中南财经政法大学新闻与文化传播学院
世界华文文学研究所主办

# 世界华文文学研究年鉴 2014

策划：胡德才　　编纂：古远清

WUHAN UNIVERSITY PRESS
武汉大学出版社

**图书在版编目(CIP)数据**

世界华文文学研究年鉴. 2014/胡德才策划;古远清编纂. —武汉: 武汉大学出版社,2016.1
ISBN 978-7-307-17054-4

Ⅰ.世… Ⅱ.①胡… ②古… Ⅲ.华文文学—文学研究—世界—2014—年鉴 Ⅳ.I106-54

中国版本图书馆 CIP 数据核字(2015)第 248766 号

责任编辑:白绍华 袁婷婷　　责任校对:李孟潇　　版式设计:韩闻绵

出版发行: **武汉大学出版社** (430072 武昌 珞珈山)
(电子邮件: cbs22@whu.edu.cn 网址: www.wdp.com.cn)
印刷: 湖北恒泰印务有限公司
开本: 787×1092 1/16 印张:22.25 字数:511 千字 插页:1
版次:2016 年 1 月第 1 版 2016 年 1 月第 1 次印刷
ISBN 978-7-307-17054-4 定价:78.00 元

# 序

胡德才

大约是八年前，我和古远清先生成为同事不久，我们谈到世界华文文学研究的话题时，他就建议我们可以编辑出版一册《世界华文文学研究年鉴》。本来有古先生主持其事，编辑工作应该不成问题，但一来那时学院学科建设经费很少，需专款专用，每年定期出版一册年鉴的费用难以筹措，二来当时学院亦无专事世界华文文学研究的年轻人，我亦无暇协助古先生去编年鉴，也不好将年鉴编辑工作全推给古先生去做。这样，年鉴编写一事就暂时放了下来，后来，我们也偶尔议及此事。我想，编纂《世界华文文学研究年鉴》可能是古先生晚年难以割舍的学术情结。多年来，他似乎一直放不下这件事。古先生潜心研究台港澳暨海外华文文学多年，藏书甚丰，交友广泛，资讯丰富，著作等身，享誉中外，具备编纂年鉴的条件和优势。果然，2013 年下半年，古先生告诉我他已在着手《世界华文文学研究年鉴》第一册的编纂工作，那是应汕头大学《华文文学》编辑部之邀进行的，在何处出版似乎尚未确定。我那时因学院学科建设经费有所改善，就向古先生承诺，若出版有困难，可由我们来承担，也算使我们当年议定的话题有一个圆满的结果。后来，《华文文学》以 2014 年增刊的形式正式印行了《世界华文文学研究年鉴 · 2013》，并于 2014 年底在南昌召开的“首届新移民文学国际研讨会”和在广州举行的“首届世界华文文学大会”上，受到作家和学者们的欢迎和好评。古先生辛勤的付出得到了学界的赞誉，他备受鼓舞，也更有信心了，于是就有了《世界华文文学研究年鉴 · 2014》的诞生。

古远清先生曾被誉为“中南财经政法大学的一张名片”，这与他 20 多年来从事台港澳及海外华文文学研究取得的丰硕成果有关。1992 年 3 月，中南财经大学台港文学研究所成立，他是所长。后来，他退休了，又被返聘数年，退而不休，尤其是在退休之后，又两度获得国家社科基金立项，完成了《海峡两岸文学关系史》和《新世纪台湾文学史》及《当代台港文学概论》等专著、教材的写作。他每年都有新著出版，虽年逾古稀，却一直活跃于世界华文文学研究界。自 2007 年中南财经政法大学创建中文系以后，他连续给四届学生开设“世界华文文学”课程，颇受欢迎。在学生眼里，他是一位具有独特人格魅力的可爱的老头儿。他所创建的研究所已更名为世界华文文学研究所，所长至今仍是古先生。古远清先生是大陆学界较早开展台港文学研究的学者，也是至今大陆学界拥有台港澳暨海外华文文学研究资料最丰富、研究成果最丰硕、影响最广泛的学者之一。古先生和他主持的研究所早在 1997 年就曾在武汉组织、主持召开过“新加坡作家作品国际学术研讨会”。2010 年 10 月，我们又承办了第十六届世界华文文学国际学术研讨会，海内外200余位作家、学者应邀与会，盛况空前。次年由中国华侨出版社出版了会议论文集《多元文化共建的世界华文文学》。

众所周知，我国学界对台港澳暨海外华文文学的关注、研究，始于20世纪80年代初，至今已有30余年的历史。30余年来，台港澳暨海外华文文学研究已有了丰硕的成果。时至今日，作为一种客观存在的遍布全球的华文文学现象，已给世界多元文化格局增添了新的成分，已经成为全球化时代世界文学进程中的一道亮丽的风景，同时也不断扩大着中华文化在世界的影响。《世界华文文学研究年鉴》是应时而生，必将为世界华文文学研究的发展和深化及新学科的成长助一臂之力。

关于“世界华文文学”这一概念的内涵，学界尚有分歧。主要有三种认识：一是认为“世界华文文学”包括全世界所有国家和地区的华文文学，中国大陆和台港澳文学亦在其中。二是认为“世界华文文学”主要研究“世界范围内、中国大陆以外地区华人文化圈中的文学现象”，即“台港澳暨海外华文文学”。三是认为“世界华文文学”主要是研究海外华文文学。

其实，“世界华文文学”这一概念的内涵本来应该是清楚的，那就是包括中国在内的全世界各国各地区的华文文学。早在1985年汕头大学《华文文学》杂志创刊时，秦牧就在《代发刊词》中指出：“华文文学，是一个比中国文学内涵丰富得多的概念。”秦牧是把华文文学当作像英语文学一样的跨越国家和地区的语种文学来看待的。同期杂志的《编者的话》则对“华文文学”概念作了进一步的界定：第一，凡是用华文作为表达工具而创作的作品，都可称为华文文学。第二，华文文学和中国文学是两个不同的概念：中国文学包括中国大陆的社会主义文学以及作为中国领土一部分的台湾和香港文学，而华文文学除了中国文学之外，还包括海外华文文学。第三，华文文学和华人文学也属于两个不同的概念，华人用华文以外的其他文字创作的作品，不能称为华文文学，但非华裔的外国人用华文创作的作品，可以称为华文文学。次年2月，秦牧在北京《四海》杂志第1期发表了《打开世界华文文学之窗》一文，他提出，以中国为中坚，华文文学的流行范围及于世界，我们应该打开窗口，关心世界华文文学的动向，“在世界范围内，加强华文文学交流”。这应该是学界最早出现“世界华文文学”这一提法。在这里，“华文文学”和“世界华文文学”的内涵是一致的，后者不过是对“华文文学”的跨地区、跨国界的全球性特征予以了强调和突出。

我以为，“世界华文文学”概念所指明确，应该更加名副其实：即指包括中国大陆和台港澳在内的世界各地的华文文学。但鉴于世界各地华文文学发展的特殊性以及该学科发展的历史特点，处于世界不同地区的研究者可以有不同的研究重点和研究视角。主要表现为：第一，所有华文文学的创作者和研究者首先应该有世界华文文学的整体观念。不论身在何处，只要是汉语写作，就是整个世界华文文学的一部分；我们评说任何一个华文作家或任何一部华文作品，只有将其放在整个世界华文文学的格局中才能更好地认识其价值和意义、成就和局限。第二，对于中国大陆研究者而言，由于大陆华文文学作家作品众多、成就显著，并另有一支庞大的研究队伍，华文文学研究者对其或多或少已有相当的认识、了解和研究，因此在进入世界华文文学研究领域的时候，应该将研究的重点放在大陆以外的台港澳及海外华文文学创作上，而大陆华文文学会是研究大陆以外华文文学的背景和主要参照，在涉及比较研究的时候，大陆华文文学也自然会成为直接的研究对象。第三，对于台港澳和海外各地区的研究者而言，大陆华文文学则既是主要的背景和参照，也是主要的研究对象。既可以有像王德威的《当代小说二十家》似的打通大陆、台港、东南亚以至北美之间的界限、具有比较视野的整体的世界华文文学研究，也可以是夏志清的《中国现代小说史》似的作为海外华人学者对大陆华文文学的专门研究。

古远清先生在基本完成《世界华文文学研究年鉴·2014》的编纂工作之后，将文稿发给我，希望和我联名主编。艰辛的工作是古先生做的，我虽积极支持古先生的工作，但未有实际的付出，岂敢掠美。但古先生说，“序”得我写。其实，年鉴不一定要有“序”，但恭敬不如从命，借此机会，略述缘起，并向古先生和学界各位作家学者、名流耆宿的鼎力支持深表敬意和谢意!

2015 年 8 月 9 日于中南财经政法大学

[illegible]

[illegible]

2015年3月9日[illegible]

# 凡　　例

古远清

一、本年鉴属于资料性工具书，它通过“争鸣”、“综述”、“资料”、“目录”、“刊物”、“访谈”、“悼念”、“书评”、“机构”、“会议”等栏目，反映“世界华文文学”这门学科 2014 年的基本状况和重要成果，并汇集有关重要信息，以让广大读者了解这门学科的最新动向，为世界各地学者研究时参考和使用。

二、“世界华文文学”按约定俗成的办法：除中国大陆地区外，其他国家和地区的华文文学，都是本书收集和研究的范围。但这两者有时很难截然分割，故在“目录”、“机构”等项，仍保留有中国大陆的内容。

三、“综述”以中国大陆文学研究现状为主，兼及境外研究。

四、《世界华文文学大事记》等项，原则上按时间先后排列。

五、有关世界华文文学国家社科基金立项课题，包含一般项目和重大项目。

六、“目录”中境外刊物的有关提法，一律保持原貌，不作改动。

七、“刊物”小史，鉴于“2013 年”已介绍过不少大陆刊物，故这次以境外为主。

八、“争鸣”对象主要是学科理论建设和华文文学走向问题，不含作家作品评论。

九、“悼念”的内容含 2014 年去世的境外作家和大陆学者，悼念文章则不限于该年。

十、“书评”除收入研究性著作的评论外，也收入评工具书的文章。

十一、“资料”《中国大陆研究海外华文文学的专家小传》，入选标准为出版过或参与撰写过重要的海外华文文学研究著作，具有副教授以上职称，且有影响者。

十二、“机构”以海外为主，也适当补充介绍 2013 年鉴遗漏的中国大陆的研究机构。

十三、“会议”只收入有重大影响的会议。

十四、开华文文学课情况统计系在去年的基础上增加遗漏部分，另除掉因授课老师或退休或出国未能开课的学校。

十五、由于人手有限，本年鉴未能提供人名、书名、刊名索引。

# 凡 例

# 目　　录

## 争　　鸣



## 综　　述



## 资　　料

## 目　录



## 刊　物



## 访　谈



## 悼　念



## 书　评

## 机　构



## 会　议

## 后　记

# 争　鸣

# 海外华文文学的突围

［美国］王鼎钧

哥伦比亚大学中国同学联合会举办“聆听中国、对话全球”论坛，有一个题目是“海外华文文学的突围”，这个题目很好，一针见血，先获我心。这是一个大题目，要大手笔来做大文章，我没有这个能力。

我也觉得华文文学是在重重包围之中——

首先是语言的包围，也就是文化的包围。文学是文化的花朵，我们在英语的环境里用中文写作，如同置身于文化的孤岛。有人改用英语写作，但即使成功了，还能算是华文作品吗？因而我们坚守中文，画地为牢。

其次是空间的包围。用中文写成的作品，应该送到中文的世界里去，可是那地方在半个地球之外，我们隔那里太远，中间有一个辽阔的无人地带。失去地利就失去人和，要么是你失去编者，失去读者，要么读者失去你。海外移民号称失根的兰花，海外的华文文学成了空谷幽兰。

还有意识形态的包围。海外的中国移民有五种立场，左、中、右、独、统。许多年以来，中国人认为文学是工具，“一切艺术都是宣传”曾是当年最响亮的口号。这个观念至今没能清除。作家多半不能超脱个人立场去表现人生，读者多半不能超越生活经验和现实利害来欣赏作品，作家用意识形态包围自己，读者又用意识形态包围作家。

还有文学流派的包围。当年写实主义独霸文坛，至今许多作家仍然没能摆脱它的束缚。写实主义给了作家一个高度，也给了作家一个限度，写实主义久已过时，它的创作方法拿到国外来运用也非常困难，这些作家也就像蝉或者螃蟹，蜕不掉身上的硬壳，妨碍自己的继续生长。

还有时间的包围。当年谈文学的人喜欢说不朽，而现在是一个速朽的时代，作品的寿命短促。这个现象是大众传播造成的，大众传播工具在理论上号称一次、立即送达所有的受众，作品流通快，磨损也快。古人说各领风骚五百年，今天的作家各领风骚五十天，你的文章发表以后，立刻有人贴在网页上，你的警句立即被无数人占有，你的见解立即被无数人重复，五十天后一切就变成了陈词滥调。我们都有速朽的焦虑，死亡号称大限，也是一种包围。

今天，在外国用中文写文章，渐渐成为个人的癖好，就像好酒好赌，约票友唱戏，到北极照相。你有这个瘾，你为它花钱，千金散尽不复来，家为它受苦，衣带渐宽终不悔。玩意儿不怎么样，却自我感觉良好，躲进小楼成一统。本能的反应，陷入重围，向内收缩。

有学问的人说过，无论多么坚固的堡垒，都不能永远守住，特洛伊也只守了十年。有人说文学死了，死了倒好，一了百了，可是没那么容易，堡垒陷落，你死不了，你只能去做俘虏，做奴隶。文学成了电视剧的台词，资本家的广告，政客的口号，脱口秀的段子，没有个性，没有自尊，仰人鼻息，苟延残喘。

所以文学要突围。怎么突围，我不知道有学问的人怎么说，如果问我，我见过两种突围的方法，有心人可以参考——

一种是陆军突围，也就是步兵突围，他们是集中兵力，一点突破。莫言好像用过这个方法，轮回、人工流产、专制时代残酷的刑罚，都是前人写过的题材，到了莫言手里才把它写尽了，写透了，好像前人都没写过，好像前人写过的都不算，好像后人也很难再写这个题材。这是量的增加，面的扩充，他很成功。

还有一种是空军突围、战斗机突围，空战的时候，驾驶员一看情势不妙，他的办法是爬高，用高度来摆脱敌人。海明威好像使用了这个方法，有一段时间，他写作由高峰跌到低谷，一连十年，文坛认为他不行了，江郎才尽了。就在此时他拿出了《老人与海》，这篇小说并不长，他不求广度，他求高度，他把这个老渔夫出海捕鱼的故事处理成高级象征，后来各民族把它当作自己的寓言。他超过了自己以往的成就，突破了包围，他也成功了。

这是我们知道的方法，试试吧！一定还有我们不知道的方法，想想吧！我们的佼佼者，文坛有影响力的人，谱一首进行曲吧，吹起号角来合唱：起来，不愿被包围的作家！

（载《世界新闻网·北美华文新闻》2014年11月5日；另载《羊城晚报》2014年12月10日，原题被改为《起来，不愿被包围的作家！》）

# 百年海外华文文学经典研究之思

饶芃子*

文学经典是文学发展变化过程的集中表现。任何一种新的文学传统的形成、发展，其特质主要是表现在经典著作上。海外华文文学在世界各地存在至今，已有一百多年的历史，无论是西方还是东方，都出现了一批优秀的文学作品，探讨这一领域的艺术传统与艺术创造个性等问题，清理出其中连贯的经典谱系，辅以国别间文学的影响研究，从历史的、文本承传的角度去解读，展示这一领域所形成的新的文学传统，阐明其与本土的联系和区别，诠释其“新”和“不同”，不仅有助于我们把握这一特殊文学“世界”的发展和律动，了解其特质，而且有利于深化中外文化交流，加强其与本土文学的发展互动。

## 一、海外华文文学经典研究的意义

文学是“人学”，是不同时代不同社会人们的认识观、价值观、审美观的形象反映。文学创作指向的是人变化着的活的灵魂，而其中的经典正是这些变化着的活的灵魂的集中表现。对此，学界已有共识。海外华文文学作为一个近百年来新兴的文学领域，在发展中已经形成了一种新的文学传统。这种传统，既有别于中国古代和现代，也不同于西方和东方其他国家的主流文学传统。如何从世纪的长度来审视百年来海外华文文学的发展，梳理其脉络，对其所形成的新的文学传统进行研究和阐释，在文化上直接关系到近百年中华文化的外传，特别是关系到中外文化的频繁相遇和交汇；在文学上则与这一领域的文学经典研究有密切的联系。海外华文文学的经典研究：是一种新的文学经典研究：一是它已突破了“国族”的文学疆界，蕴含有许多民族性和世界性多元文化混融、对接的文学问题；二是作为一种世界性的汉语文学，它具有开放性、跨越性的文化/文学特质。也就是说，海外华文文学经典，是一种新的汉语文学经典。这就要求研究者以新的眼光和世界性的视野，用心去解读海外华文作家笔下那一幅幅多重文化话语的精神形象图，通过对系列作品深入的剖析，特别是对许许多多优秀作品研究成果的积累，在文学领域里形成一个自身的“张力场”。

---

* ［作者简介］饶芃子(1935—)，女，暨南大学中文系教授、博士生导师，现任中国世界华文文学学会名誉会长、世界华文文学联会副会长，主要从事文艺学、比较文学和海外华文文学研究。

［基金项目］2011年度国家社科基金重大项目《百年海外华文文学研究》(批准号：11&ZD111)。

何谓经典？20 世纪意大利著名作家卡尔维诺曾在《为什么读经典》一文中，给文学经典下了十二个定义。① 可见文学经典的内涵是无限丰富的，很难从一个方面说清楚。但文学经典是文学史的重要路标，应有一些不可或缺的共性，中外学者针对不同的经典，有各种各样的界定和阐释。从广义的角度，笔者认同陈众议新近提出的两个方面的概括：第一，它必须体现时代社会(及民族)那种高度的认知和一般价值(包括人类永恒的主题、永恒的矛盾等)；第二，其文学创作方法的魅力及审美高度，不会随着岁月的更迭而褪色和消融。② 沿着这一基本思路展开，笔者认为，经典文本应具有下列三个基本特征：第一，从时间的意义看，它是历代读者的共同选择，经历过不同历史时期读者的检验；第二，从展示的生活深度看，其内容能直接诉诸读者的灵魂，能与不同时期的读者“对话”，具有多种阐释的可能性，有超越社会、时代的意义；第三，从艺术的角度看，在自己的艺术传统中有“陌生”的一面，也就是有自己的创新。文学史上的许多事实说明，任何文学经典的产生，都是建立在对以往经典的传承、翻新，甚至是对前者“颠覆”的基础上的，传承、翻新，是指对原先经典优秀传统的发扬和拓展，而“颠覆”，则是指借助以往经典的艺术生命力，在它的启迪下，反其道而行之，创造出有另一种新意的经典，而原来的经典并没有因此被“取代”和“淘汰”，反而获得了新的意义。

海外华文文学是一种“离散”文学，世界各国的华文文学都是一时一地华人文心的艺术呈现。一百多年来，这一领域通过不同历史时期各个地区华文作家个人的不断表达、传递、塑造，艺术地展现了本民族人民在外的生存状态和生命体验，已涌现出许多优秀的作品，并且以其独特的文化、文学形态在世界各地产生了广泛的影响。这些作品是海外华人作家在域外与各民族文化对话之后创作出来的，当中已发生了文化上的“染色体”作用，蕴含有各种“世界性”的因素。因此，这一领域的优秀文学作品，其文化生态往往是多元重叠、丰富多彩，是无数“这一个”的“和”。对这一领域经典文本的确立和阐释，既关系到对这一新兴文学领域的认识、评价，也直接关系到对其形成的新的文学传统特色、价值的展现。

## 二、海外华文文学经典研究的基础和特殊性

如果从 1910 年美国华工刻写在天使岛木屋墙壁上的汉语诗歌算起，海外华文文学的存在已有了一百多年的历史，在百年的文学历程中，无论是西方还是东方，都出现过相当数量具有开拓性、令人瞩目的著名作家，当中有程抱一、陈舜臣等在历史上饮誉世界的文学大家，还有白先勇、王鼎钧、郑愁予、杨牧、洛夫、痖弦、於梨华、聂华苓、赵淑侠、余心乐、方北方、姚紫、吴岸、黄东平、司马攻、云鹤等一大批作家，他们有的以其艺术的突破达到一个新的高度，有的在其所在国华文文坛上率先创作出具有开拓性和标志性的文学作品，从而确立了自身在海外汉语文学史上的重要地位，更有活跃在当今海外华文文学领域中具有独特个性和艺术影响的一批中青年作家，如严歌苓、张

① ［意］卡尔维诺：《为什么读经典》，黄灿然、李桂蜜译，译林出版社 2006 年版，第 1-10 页。

② 陈众议：《外国文学学术史研究大系》总序，译林出版社 2011 年版，第 1 页。

翎、虹影、陈河、抗凝(林达)、欧阳昱、陈大为、钟怡雯、黄锦树、林幸谦、黎紫书等。这些不同历史时期、不同地域的华文作家通过自己的创作，在世界各个国家和地区传播和扩大了华文文学的影响，参与了这一领域文学的经典化过程。正是这些优秀作家作品的沉淀，为我们百年海外华文文学的经典化和经典研究提供了重要的基础。

海外华文文学是中华文化外传以后，在世界各地开出的文学奇葩，是一种处于中外东西文化交汇点上的独特文学现象，各种不同“质”的文化艺术精神、思想元素在这样一个平台上错综交织，丰富性、多元性、复杂性是它的突出特征。面对这样的“文学场”，特别是其中的优秀作品，要对其进行解读、研究、阐释，如研究者不能以开放的思维，突破传统的“国族”界线，就难以把握这一领域文学的特殊性。从现在我们读到的许多海外华文文学作品来看，有三个明显的特点：第一，海外华文作家的作品，隐含着他们离家去国之后“离散”生涯的生命体验，是一种有跨越性的独特精神历程的形象叙写；第二，因其创作主体是在“本土”以外，处在各种“异”文化包围的环境里，有多种文化的参照与介入，多数作品具有反思性和多元性；第三，这些作品淡化了中国历史传统主题的内容，更多是“离散”华人在外生存状态和生命意识的审美表达，在思维模式上，更加突出了人的主体性，在社会行为模式上，更重视现代价值的普适性和开放精神。这些只是我们在平时阅读中感受到的，今后要在学术的层面从整体上探讨这一领域的文学特质，认识其所形成的新的文学传统，还有待于学界同仁的通力合作，从广度和深度上作研究：既要从百年长度上梳理其兴起、发展的文脉，也要通过具体文本的阅读，在众多文学作品中寻找、选择出那些具有路标性的文学经典，并对其进行系列的分析和阐释，从文化、文学上展示它们所蕴含的新的质素。

由于历史的原因，以往学界对中国新文学传统和经典的研究，多从意识形态上看待问题，对其传统的形成和经典特色的论说，也多依附于革命历史的线索，因而在思维模式上不同程度地存在以“现代化革命大叙事”为主线的局限。在寻找新文学自身特质、分析中国新文学如何从古代文学蜕变过来的原因时，对其中的各种复杂因素，往往关注不够，少有从文学自身的发展去作更深入的追问，在一些经典著作的研究成果中，也少有从文学传统内在的变化和经典作家独特的人生解读上展开其阐释空间。近十几年，一些现当代文学的学者，如黄曼君、陈思和、洪子诚等都曾在他们的著作中反思和论说过这些问题。① 黄曼君还特别倡导：要通过对经典著作的诞生、阐释和论述，揭示新文化特质与“诗性转向”的思、诗、史关系结构线索。② 也就是说，要从文化精神、审美诗性与史的定位，对文学经典的真正意义进行分析，通过对具体经典作品的阐释，进一步认识、展现中国新文学传统的特质。他们所论的虽是针对中国新文学传统的研究，但对我们今天开展海外华文文学传统和经典的研究，对于如何去突破那种原先可能有的思维定势和某种局限，也是很好的提醒和启示。

---

① 黄曼君：《新文学传统与经典阐释》，湖北教育出版社 2005 年。
陈思和：《中国现当代文学名篇十五讲》，北京大学出版社 2003 年。
洪子诚：《问题与方法：中国当代文学史研究讲稿》，三联书店 2002 年。

② 黄曼君：《新文学传统与经典阐释》，湖北教育出版社 2005 年版，第 43-45 页。

经典作品是历史承传的标志。文学经典既是文学传统的集中表现，也是建构文学史的一个重要路标。任何文学经典都是以“诗性”为核心的思、诗、史的结晶。探讨百年海外华文文学形成的新的文学传统，同样要通过经典化过程和经典文本研究，了解这一领域文学经典化复杂的历史变动，展示其在新的文化语境中，思、诗、史不同组合形成的新文学经典特质；从文化和审美的视角，认识其从“本土”到“域外”文学传统的变化、延伸和重构，特别是其独具的审美内容——那种跨界超越的美学品格，以及由此而表现出来的某种原创性——那种能够成为新的经典或新的文学经典性特征。

## 三、海外华文文学的经典化和经典文本研究

文学经典是经典化过程的结晶。开展海外华文文学的经典研究，首先是要对这一领域的经典化过程进行考察和研究。考察和研究海外华文文学的经典化问题，可以有多种角度，而其中的重要视角是文化上的从“一元”到“多元”。海外华文文学作为“离散”华人在域外生命体验的审美表达，是中外文化交汇的艺术成果，尤其是在当中的一批有才情和智慧的优秀作家的作品中，这种多元文化、互识互补的特色就更为突出，具有新的文学经典性的特征：从精神意蕴看，这些优秀的文学作品，都有一种多元文化跨界认同的开放品格，在文化和美学上呈现出不同程度的原创性；从艺术审美看，它们涵纳了多个地区移民作家复杂多彩的心灵世界和“离散”生涯独特精神历程的叙写，为读者提供了与中国本土文学不同的审美经验，有新的“诗学”内涵；从文学史的层面看，它们为世界文学史翻开了新的篇章。21世纪以来，国际学界不断质疑现有的“20世纪世界文学史”，认为当中存在明显的“西方中心论”印记，因而提出了重构新的“20世纪世界文学史”问题，其问题的内核正是：文化上应从“一元”到“多元”。而海外华文文学是20世纪兴起和发展起来的具有世界性的华文文学领域，具有从“一元”到“多元”的“跨界”文化、文学特质，作为世界近百年发展中出现的新的文学元素，在现有成果的基础上，开展此领域的经典化问题和经典文本研究，既是“海外华文文学及其研究深入发展的关键”①，也将为20世纪新的世界文学史的重构提供一个新的版块。因为这个新的汉语文学领域，有多种“跨界”的文化特质，早就突破了中国文学“国族”的范围，是新的20世纪世界文学史重构中不可忽略的内容。

正如许多论者所言，文学经典的生成与确立，本质上是立足于审美接受的群体的。而其之所以拥有审美接受的群体，前提是它自身是一个极其优秀的文本，有很高的审美价值，已成为一个开放性的平台，能在各个时代的读者中产生特殊的影响。用卡尔维诺的话说：“是一本每次重读都好像初读那样带来发现的书。”“是一本即使我们初读也好像是在重温我们以前读过的东西的书。”②因此，笔者认为，在开展此项研究之初，必须

① 黄万华：《第三元：百年海外华文文学经典化的一种视角》，《学术史视野中的华文文学——第十七届世界华文文学国际学术研讨会论文集》，福建师范大学文学院、福建省台湾香港澳门暨海外华文文学研究会2012年10月，第438页。

② ［意］卡尔维诺：《为什么读经典》，译林出版社2006年版，第1页。

着重关注和回答下列问题：第一，百年来这一领域已经出版的众多文学作品中，有哪些可称为经典？第二，这些经典是怎样诞生的？有何独特的人生解读和阐释空间？第三，在其存在的历史长度中，审美群体对它的阅读、接受、传播和评价如何？第四，作品自身形成了怎样的跨文化超越的形态与模式？在审美方面有何原创性的贡献？而要回答上述问题，首先是要从这一领域大量的资料工作做起。饶宗颐先生在《文学与神明》一书中，曾具体谈到掌握材料在学术研究中的重要性。他说："不论做什么题目，都要材料，这是基础。"还特别指出：对经典材料，更要反复地下功夫。"第一次或者了解不深、不透，第二、三次继续了解。有时需要十次，或者十次以上。"他认为"只有掌握了材料，才有立足之地"。① 我们进行海外华文文学的经典研究，同样要以材料为基础。其次是要"直面作品"，在文本的阅读上下功夫。通过对各种文学作品及其相关材料的阅读、比较、筛选，突出文学性，从中选择出更具有心灵感动、更具有审美内容，为社会、受众公认的有代表性的名著。"直面作品"，不是孤立地面对文本，而是将文本和历史结合起来(包括文学史、批评史、接受史和传播史)，与这一领域的文学历史"对话"。因为对于同一作品，不同时代的人理解可能不一样，即使是同一时代，不同的人也会有不同的理解，就是同一个人，对同一作品，在不同时间、不同语境中，理解也可能会有差异。所以，在这个过程中，研究者就要去面对历史上这种种的差异，既要了解人们在各种不同情况下对同一部作品的不同评价，以及他们解读文本时不同的态度和方法，联系他们不同的"文化身份"(一般读者、批评家、专业研究者)、历史背景和文化语境，分析其产生差异的原因；还要关注本领域特殊的文化、文学问题，(如流散者的生存、生活问题等)，把握与这些问题相关的特殊文学现象，思考、研究"经典"的选择和确立的依据，阐明其在什么意义上成为经典。

由于百年海外华文文学是一个在文化上中外混融的世界性文学领域，因而还有一个如何从国际化角度看待经典的问题。任何经典都是思想和艺术秩序确立的范本，所以此领域中的中外文化、文学传统的交融、对接(如古今传承、中外交接)，以及因不同地区、国家历史时空的差异而衍生的多重文化观照结果等，也将是我们经典研究的"焦点"问题。也就是说，我们还要从世界文学的角度，通过本领域文学经典化问题的追问和文学经典研究，展示其作为这一特殊汉语文学领域经典著作独特的思想内涵、精神意蕴和审美品格，以及其所表现出来的原创性与新锐性、丰富性与超越性。

百年海外华文文学经典化问题的研究，是关于这一领域文学经典形成过程的研究。而经典的确立，是基于艺术的本体，也就是作品所达到的一种新的艺术高度。所以解读和阐释经典文本，展现其之所以成为经典的审美价值，是本课题研究最具意义的工作。

西方著名学者纳博科夫认为：一部文学作品的经典性和审美价值，"最终要看它能不能兼备诗道的精微与科学的直觉"，因为这样的作品才能给人一种既是感官的、又是理智的快感。② 可见，作品的艺术本体和读者的审美接受，是文学经典研究的两个重要方面，中西方学者均有共识。由于海外华文文学是近百年新兴的文学领域，因而我们面

① 饶宗颐：《文学与神明：饶宗颐访谈录》，三联书店 2011 年版，第 23-24 页。

② ［美］纳博科夫：《文学讲稿》，申惠辉等译，上海三联书店 2005 年 3 月版，第 5 页。

对的是一种新的文学经典研究，所以我们的工作是要去开发一个新的“矿藏”，这就需要从最基础的“入门”工作做起，除上面所说的搜集资料、探清“史路”外，更重要的是要通过对各种文学文本的阅读、解读，特别是对其中的优秀文本的细读、精读和不断地重读，展示这一领域的优秀作家在文学作品中如何运用语言、结构、文体等创作手段和表现方式，组成不平凡的故事、情节和细节，使作品具有真正的艺术生命，怎样令人读了产生情感的火花，引起了心灵的震颤。并通过各方面的比较，选择出其中的经典名作，将其拆开、窥探，研究其风格、意象、体裁，从作品的艺术设计和构造，深入到作品内里最具创意和精美的部分，揭示其文学和美学上的不寻常价值，阐明那些经典名作为何得以成为经典，以及它们是如何生成的。

艺术的魅力存在于作品形象的骨骼和思想的精髓里，任何经典著作都是一个独特的“新天地”。我们要真正地了解和阐释它，就必须“进入”到这一个个的“新天地”当中去。作为海外华文文学经典著作的研究者，在艺术上我们要“进入”的是一块以往人们尚未涉足或涉足不深的“天地”，除了对其历史进程、文化交汇应有所了解外，还应该具有想象力和艺术感，也就是艺术感觉。只有有了艺术感觉，我们才会在阅读和研究时在自己和作者的心灵之间形成一种和谐关系，甚至随着不断重读和研究日深还成了艺术上的“知己”。记得纳博科夫在讲解经典著作时，曾用一段形象的描述，来说明优秀读者和优秀作家之间的那种难以言喻的共鸣感。他说：“在那无路可循的山坡上攀援的艺术大师，只是他登上山顶，当风而立。你猜他在那里遇见了谁？是气喘吁吁却又兴高采烈的读者。两人自然而然地拥抱起来了。如果这本书永垂不朽，他们就永不分离。”①笔者认为，这种对艺术之美发自内心的共鸣感，对于文学经典的研究者来说，也是极其重要的。

“文本是历史的，历史是文本的。”我们要从世纪长度上来探讨海外华文文学的特质及其所形成的新的文学传统。在大的方面，一是要梳理百年海外华文文学发展的历程，明“史实”；二是要对体现其历史变化发展的文学经典进行阐释，立“标帜”。前者，学界已有若干或详或略的文学史问世；后者是近期才提出和被关注的问题。但从探讨此领域所形成的新文学传统的角度，这两者都十分重要，而且它们之间有着密不可分的联系。记得陈思和说过：“所谓文学作品和文学史的关系，大约类似天上的星星和天空的关系。”构成文学史的最基本元素就是文学作品，是文学的审美，“就像夜幕降临，星星闪烁，其实每个星球彼此都隔得很远很远，但是它们之间互相吸引，互相关照，构成天幕下一幅极为壮丽的星空图，这就是我们所要面对的文学史”。② 事实上，任何一个文学的“天空”，都离不开那些“星星闪烁”似的文学作品，它们是“史”的基础，“论”的依据，各种优秀文学传统的生命之“光”，没有它们的“灿烂”，我们就很难观赏到壮丽的文学“夜空”。所以我们在探讨百年海外华文文学存在、发展的意义及其形成的新传统时，就不能不关注这一领域那些类似“明星”的文学名著，因为只有通过它们，才能观赏到这一特定“天空”夜幕中的深邃神秘。

（原载《暨南学报》2014 年第 1 期）

① ［美］纳博科夫：《文学讲稿》，申惠辉等译，上海三联书店 2005 年 3 月版，第 2 页。

② 陈思和：《中国现当代文学名篇十五讲》，北京大学出版社 2003 年版，第 2-3 页。

# 海外华文文学的前世、今生与来世

陈贤茂

人生已进入暮年，随时都有可能蒙主宠召。蓦然回首，才发觉自己这一生，是过得多么的平凡。然而，即使是这么平凡的一生，却也不乏一些亮点。亮点之一，就是我与海外华文文学的结缘。

1983 年，我调到汕头大学任教，开始倡导海外华文文学研究。“华文文学”一词，不是我的发明。早在 20 世纪 60 年代初的新马华文报刊，就已频繁出现这个词，后来流行于东南亚各国。我只是在“华文文学”前面加上“海外”二字，构成一个新词，特指这是中国(包括台港澳)以外的华文文学。中国古人缺乏地理知识，认为中国四面环海，因此，用四海之内称呼国内，四海之外称呼国外，简称海外。

1985 年，我主编的《华文文学》杂志创刊，在秦牧的《代发刊词》和我执笔的《编者的话》中，都有关于“海外华文文学”的阐述，标志着这个新词已正式走进了中国的传播媒介。

1988 年，我在《海外华文文学的定义、特点及发展前景》一文(载《香港文学》第 42、43 期)中，给海外华文文学下了一个定义：“在中国(包括台港澳)以外的国家或地区，凡是用华文(即汉语)作为表达工具而创作的文学作品，都称为海外华文文学。”1999 年，由我主编的四卷本《海外华文文学史》(约 200 万字)正式出版，为这门新学科奠定了基础。

《海外华文文学史》记录了海外华文文坛自 1919 年至 1999 年这 80 年间的发展历程。书中具体评述的作家有 260 位，简要评述的作家也有近百位。其中绝大多数是华人作家，非华人作家只有两位，即韩国的许世旭和澳大利亚的白杰明。

鸦片战争以后，中国屡受西方列强的侵略，国弱民穷，再加上水旱频仍，天灾人祸，民不聊生。东南沿海一带的农民，被迫出洋谋生，形成巨大的移民潮。华人出国以后，大多聚族而居，于是仍能保留原来的生活习惯与文化传统。此后，又逐渐产生了华文教育和华文报纸，华文文学创作也就应运而生。这 80 年的海外华文文学，就是在这种特殊背景下诞生和发展的。

海外华文文学记录了华人在海外谋生的辛酸与屈辱，也记录了海外华人的开拓进取与奋发图强。因此，一部海外华文文学史，既是海外华人的血泪史，也是海外华人的奋斗史。

海外华文文学并不是 1919 年以后才产生的。早在一千多年前，就已有海外华文文学的存在。不过那时候不称为华文文学，而称为汉文学。创作主体不是华人作家，而是非华人作家。

汉唐盛世，中国声威远播，中国文化也越出中国国界，泽被周围国家。中国文化影响所及，汉语也成为所在国家的知识分子普遍学习和掌握的语言。海外汉文学就是在这个基础上产生的。根据现有资料，日本、琉球、朝鲜、韩国、越南等国，是使用汉语进行创作最多的国家，作品包括诗、词、赋、散文、笔记、小说等，数量十分巨大。

公元751年，日本第一本汉诗集《怀风藻》问世，收汉诗117首，是最早编纂成册的日本汉诗集。据日本学术界统计，从奈良时期到明治时期出版的日本汉诗集共769种，收录20余万首诗。日本汉诗之盛，可见一斑。

朝鲜、韩国的汉文学也有着悠久的历史。早在秦汉时期，汉字便已随着中华文化传入朝鲜半岛，此后便出现了用汉语进行创作的汉文学作品。由朝鲜诗人、学者徐居正编选的诗文合集《东文选》，收录了朝鲜半岛自公元7世纪至15世纪的汉文学作品。全书共130卷，包括辞赋3卷，诗19卷，文108卷，是现今保存的古代朝鲜半岛最重要的汉文学作品选集。

早在秦汉时期，越南便已纳入中国版图，因此，中国文化对越南影响深远。公元10世纪，越南建立了独立的封建王朝——李朝，但仍定汉文为全国通用文字，提倡儒学、佛教。公元13世纪陈朝时期，朝臣韩铨在汉字基础上创造了越南国音字"字喃"，此后便开启了汉文学创作与字喃文学创作并存的局面，但汉文学仍占据优势地位。19世纪末，法国占领越南，开始推广由葡萄牙传教士创造的拉丁化的越南国语，并逐步占据统治地位，汉文学创作遂逐步走向衰落。

近30年来，中国大陆和台湾地区陆续出版了一些海外汉文学作品集，比较系统的有上海古籍出版社出版的"域外汉文小说大系"（包括《越南汉文小说集成》、《朝鲜汉文小说集成》、《日本汉文小说集成》和《传教士汉文小说及其他》）。与此同时，海峡两岸又举办了一系列有关海外汉文学以及域外汉籍的学术研讨会，标志着海外汉文学已日渐得到中国学术界的研究和重视。

海外汉文学虽然受到中国文学的巨大影响，但是，"橘生淮南则为桔，生于淮北则为枳"。由于受到异国他乡的阳光雨露的滋润，这朵生长在异国文化土壤上的鲜花，也必然表现出不同的文化形态，展示出别样的娇艳，别样的姹紫嫣红。海外汉文学，既表现了异国人民的喜怒哀乐，也承载了异国人民的理想情操、审美追求和历史浮沉。海外汉文学，既是中外文化交流的结晶，也是中国历史上国力强盛时期的文化辉煌的见证。

鸦片战争以后，随着中国国力的衰弱，汉语与汉文学在周边国家的地位一落千丈。到20世纪，以非华人作家为主体的海外汉文学已逐步趋于消亡，代之而起的是以华人作家为主体的海外华文文学。

上面谈到的，是海外华文文学的过去与现在。如果为海外华文文学算命，那么，海外华文文学的未来命运又将如何呢？1993年，梁锡华教授在广州暨南大学举办的一次座谈会上发言，语惊四座。他说："我认为，海外华文文学必死无疑。"我没有他这么悲观，相反，我认为在不太远的将来，海外华文文学必将迎来一个比过去任何时代都更加辉煌的发展时期。

汉语是海外华文文学的载体，如果海外华文文学要取得飞跃性的发展，首先汉语必须成为一种能够与英语并驾齐驱的国际性语言。

很多西方人都认为，汉语难学，英语易学。这已成为一种思维定势。其实，难与易是相对而言的，不能绝对化。据统计，莎士比亚时代的英语单词大约是三万个，但在信息爆炸的现代，英语单词已超过一百万个。语言学家估计，英语使用者必须掌握五万至二十万个单词，才能算是一个有学问的人。相比之下，汉语使用者只要掌握四千个汉字，就足够用了。光凭这四千个汉字，就可以组合成无穷无尽的新词，足够应付不断出现的新事物、新知识。一个已经掌握两千个汉字的英国人，如果在阅读中碰到一些原来没有学过的词，比如电灯、电话、电视、电脑之类，也不一定非查词典不可，因为每个字的音和形是原来学过的，至于义，通过触类旁通，望文生义，也能猜出个七七八八，不影响阅读。至于中国人学英语，即使已经掌握了两万个英语单词，但如果碰到一些不同专业的新词，因为音、形、义都是新的，还得老老实实地学、背，最后还不一定能记得牢。因此，难和易也要辩证地看。

事实上，一种语言不论其先天禀赋如何优异，如果没有使用这种语言的国家的强大实力(包括经济、政治、军事、科技、文化等)作为后盾，是不可能成为国际性语言的。正是由于英国在19世纪攫取了大量殖民地，美国在20世纪成为世界霸主，才使得英语能够越出英伦三岛成为国际通用的强势语言。

语言的强势与否，与国家实力成正比，英语如此，汉语也是如此。当中国国力强盛时，汉语成为周边国家知识分子普遍学习、使用的语言，当中国国力衰弱时，连中国人自己都对汉语产生怀疑。五四运动时期，一些激进知识分子如钱玄同、鲁迅、陈独秀、胡适、傅斯年等人，强烈主张废除汉字，走拼音化道路。20世纪二三十年代，已有一些语言学家着手制订拼音化新文字方案，其中比较有代表性的是“国语罗马字”和“拉丁化新文字”。1949年以后，汉字拼音化的呼声仍是此起彼伏，但终因汉字同音字太多，最后以失败告终。一场持续数十年的汉字拼音化闹剧，终于落下了帷幕。

一个民族的悲哀，莫过于文化自信心的丧失。所幸的是，这一切都已成为过去。现在，一个强盛的中国已经呼之欲出。随着中国国家实力的增强，汉语也正在稳步地走向世界。在与语言有关的实力中，经济实力是最主要的。试想，如果学习一种外语不能带来经济效益，又有多少人愿意去学呢？

根据经济学家的预测，中国的经济总量将在10年内超过美国。诺贝尔经济学奖得主福格尔教授甚至预言，到2040年，中国经济总量将是美国的3倍。也许经济学家的预测过于乐观，但是，回顾过去两千年的历史，其中有一千八百年的时间都是中国在经济上坐第一把交椅的，未来再重新回到世界老大的位置，也没什么好大惊小怪的。当然，其前提是中国国内不发生大规模动乱。

在不太远的将来，当中国崛起成为世界经济强国，汉语成为世界通用语言，海外华文文学还会“必死无疑”吗？

鸦片战争以前的海外华文文学，作家主体是非华人；鸦片战争以后的海外华文文学，作家主体是华人。展望未来的海外华文文学，将是由华人作家和非华人作家共同创造的。届时，海外华文文学或将正名为海外汉语文学。

2014年12月30日于汕头大学

# 世界华文文学：跨区域跨文化存在的文学共同体

刘 俊

“世界华文文学”这一名称的提出和确立，经历过相当长时间的争论和“磨合”。大陆学术界自20世纪七十年代开始，先有“港台文学”名称出现，后来“港台文学”变为“台港文学”并扩大为“台港澳文学”，再从“台港澳文学”延展至“海外华文文学”(外国文学中用华文创作的文学)，最终又有了“世界华文文学”(范围包括了“台港澳文学”和“海外华文文学”，所以它还有一个名称叫“台港澳暨海外华文文学”)的名称。

应当说，到目前为止，“世界华文文学”这一概念还没有获得一个学界最终确立的“统一认识”，大致而言，大陆学界的这种看法得到了大多数大陆学者的认可，那就是，除了中国大陆文学以外的用中文(汉语、华文)创作的文学，即为“世界华文文学”——虽然坚持把大陆现当代文学也包含在“世界华文文学”概念中的学者，始终不乏其人。

“世界华文文学”在涵盖范围上(究竟包不包括中国大陆现当代文学)至今尚是一个悬而未决的议题，在其内部(假使我们认可它的范围不包括中国大陆现当代文学)也同样存在着边界模糊的问题。从概念和范围上来讲，“台港澳文学”与“海外华文文学”分属两个不同的文学范畴，前者是中国文学的一部分而后者属于外国文学，虽然由这两种不同范畴的文学组成“世界华文文学”是“历史的产物”——当初大陆学者正是通过“台港澳文学”才发现了“海外华文文学”，并且这两种文学本身也常有重叠和交叉的现象，但毕竟，“台港澳文学”和“海外华文文学”应该是两种不同性质的文学(前者属于中国文学，后者属于外国文学)。

然而，问题的复杂性正在于，“台港澳文学”和“海外华文文学”虽然分属不同的文学范畴，具有不同的文学性质和归属，但它们之间的历史联系和文学渊源，却不像“中国”和“外国”那样界限分明疆域明确。对于像白先勇、聂华苓、施叔青、陈若曦、杨牧、郑愁予、王鼎钧、东方白、梁锡华、痖弦、洛夫、李黎这样在北美和台港间不断“旅行”居住的作家，他们到底是属于“台港澳文学”中的作家呢，还是“北美华文文学”中的作家？而对于像李永平、张贵兴、陈大为、钟怡雯、黄锦树、林幸谦、温瑞安、方娥真、辛金顺这样旅居台港的马来西亚作家，他们应该是“马来西亚华文”作家呢，还是“台港”作家？

如果把20世纪改革开放后走出国门的大陆“新移民”作家也放进来考虑的话，那问题就更加复杂了。对于像严歌苓、张翎、陈河、虹影、查建英、卢新华、北岛、木心、阎真、施雨、少君、陈瑞琳这样频繁出入中国、有些甚至已经又“海归”回中国(香港)的作家，他们应该算是“中国”作家呢，还是应该被视为“海外华文作家”？

在全球化的今天，用国籍或地域归属来“界定”在世界范围内“旅行”游走不断迁居的华文作家，显然非常困难，更不用说他们的作品在发表时，那种自由流动不分畛域的“跨界”和“越位”现象（常常人在“海外”作品却在台港或大陆发表出版）。面对“世界华文文学”如此复杂的“生存形态”，希冀用国籍或地域概念将“世界华文文学”的组成成分（“台港澳文学”和“海外华文文学”）分别加以约束、限定和固化，看来是件颇为困难的事。

与大陆学者用“台港暨海外华文文学”、“世界华文文学”等概念来指称大陆以外地区的汉语文学相比，海外学界有“华语语系文学”（王德威）和 Sinophone（史书美）的说法。王德威的“华语语系文学”，是指包含了中国大陆文学在内的世界性的汉语语种文学——这与那些主张“世界华文文学”应涵盖中国大陆现当代文学、台港澳文学和海外华文文学的大陆学者可谓“不约而同”，然而与大陆学界对“世界华文文学”的一般认识却有所不同——区别就在于在“世界华文文学”中要不要包括中国大陆现当代文学。虽然王德威在用“华语语系文学”这一概念来统摄世界华文文学的时候，侧重的是文学中的问题而并不是在涵盖范围上用力。

2007 年，在美国加州大学洛杉矶分校任教的史书美（Shu-mei Shih）在她的英文专著 *Visuality and Identity*：*Sinophone Articulations across the Pacific* 中，仿造西方学界的 Anglophone，Francophone，Hispanophone 等概念，提出了 Sinophone 的概念。史书美在这本书中，希望能用 Sinophone 这个概念，取代离散（Chinese diaspora）这一概念——在史书美提出 Sinophone 这一概念之前，西方学界常将“离散”（Diaspore）理论用于分析流布在世界各地的中国人（以及他们的语言和文化）——具体化为 Chinese diaspora，而在史书美看来，所谓中国人的离散（Chinese diaspora）①主要是指汉人的离散，对于那些非汉人的中国少数民族而言，就难以用离散的概念来说明他们②，并且，她认为离散（Chinese diaspora）的概念具有本质主义之嫌，“是把分布在世界各地的华人视为由同一个源地产生的同一种族、同一文化和同一语言的普遍性概念”③，而且这种离散“是与那种设定为渴望回到祖国的‘海外华人’的民族主义修辞，以及西方对于中国性的那种永远具有外来异质性的种族化建构相共谋”的④，现在她提出的 Sinophone 概念，“包括了世界上那些在中国以外使用中文（说和写）的地区”⑤，不同于离散概念的是，“Sinophone 的前景

① 离散（Diaspore）这一概念原本是用来说明犹太人在世界各地的散布，史书美书中，将离散（Diaspore）具体化为“中国人的离散”（Chinese diaspora），因此这里所说的离散，如果没有特别说明，都是指“中国人的离散”（Chinese diaspora）。

② Shu-mei Shih：*Visuality and Identity*：*Sinophone Articulations across the Pacific*，University of California Press，2007，pp. 23-24.

③ Shu-mei Shih：*Visuality and Identity*：*Sinophone Articulations across the Pacific*，University of California Press，2007，p. 23.

④ Shu-mei Shih：*Visuality and Identity*：*Sinophone Articulations across the Pacific*，University of California Press，2007，p. 25.

⑤ Shu-mei Shih：*Visuality and Identity*：*Sinophone Articulations across the Pacific*，University of California Press，2007，p. 28.

不是人们的种族，而是他或她所使用的语言社群——无论这些语言是天然的还是雕饰的，Sinophone 与生俱来的跨国性和全球性以及包含了各种中文语言，使它不再与国籍永远捆绑在一起”①。

史书美在给出 Sinophone 这一概念时，特别强调它的出现是与特定的时间和地区相关联的，并且，散居在世界各地的华人，他们使用的中文已经不再是标准的汉语，而是一种具有地方特色和混杂性质的“中文”——而在这种具有地方特色和混杂性质的中文背后，则是对“中国中心论”的去除②——这又与离开故土在新的环境下生活的华人的认同有关③。

史书美在书中形成和展开 Sinophone 这一核心概念时，主要依托于对视觉艺术产品(电影、绘画、摄影)的分析。在书中，她也提到了文学，认为 Sinophone 对于用不同中文创作的文学是非常有用的一种概念，因为“过去对于在中国之内和中国之外用中文创作的文学区别较为模糊，这种模糊对于在中国之外用标准汉语或其他中文创作的中文文学产生的效果是：即便不是湮没起码也是忽略，在英文中用‘中国文学’(Chinese literature)和‘华文文学’(literature in Chinese)这样的范畴来区分这种中国之内和中国之外的文学更增添了混乱。在英文中‘中国’这个单一的词抹杀了中文(Chinese)和华文(Sinophone)之间的差别，并且容易滑入中国中心论”④。

不过，史书美在运用 Sinophone 这一概念来说明文学的时候，她似乎没有找到太有力的着力点——因为虽然她将 Sinophone 用拼音 Huawen(华文)来指称，但她对 Sinophone 的分析，显然更注重其中包含的“声音”意味，而对 Sinophone 中更为重要的“文字”层面，她却谈论不多，也就是说，在一种语言所包含的字、音、意三者间，史书美注重的是音，而不是字——这也许就是她在书中以视觉艺术为分析的主体，而没有把文学当做论述的重点的原因，因此，在我看来，如果要把史书美笔下的 Sinophone 这一概念翻译成中文的话，与其把它翻译成“华文”，不如把它翻译成“汉声”来得更加贴切。

史书美的 Sinophone(汉声)概念，在某种程度上为我们认识和分析世界华文文学提供了一个新的视角，也不失为一种具有参考意义的方法，然而，由于我们谈论的世界华文文学，是以中文(华文)文字为书写媒质，因此，由中文(华文)衍生出的各种变体(各种方言、中外混杂语、土著语等)，不管它们在声音(发音)上有怎样的差异，也不管这些变体吸收了多少外来词汇乃至新创了多少词汇，在语法结构和表达方式上有什么样的调整和改观，但在文字上，只要它们是用中文(华文)书写的，它们就都同属一种文字：

---

① Shu-mei Shih: *Visuality and Identity: Sinophone Articulations across the Pacific*, University of California Press, 2007, p. 30.

② 参见 Shu-mei Shih: *Visuality and Identity: Sinophone Articulations across the Pacific*, University of California Press, 2007, pp. 34-39.

③ 参见 Shu-mei Shih: *Visuality and Identity: Sinophone Articulations across the Pacific*, University of California Press, 2007, pp. 183-192.

④ 参见 Shu-mei Shih: *Visuality and Identity: Sinophone Articulations across the Pacific*, University of California Press, 2007, pp. 32-33.

中文(华文)，用这种文字创作出来的文学，就是中文(华文)文学。

在这样的认识下来论述世界华文文学的时候，就会发现，如果说Diaspore(离散)关涉的是世界华文文学的一种“外延形态”(如何从中国向世界外延——“中国性”容易被诟病为本质主义)，Sinophone(汉声)聚焦的是世界华文文学的一种“在地分布”(如何在本土生发出新质——“在地性”自然被赋予抵抗色彩)，那么世界华文文学，在我看来，就是以中文(华文)为书写载体和创作媒介，在承认世界华文文学的历史源头是来自中国文学，同时也充分尊重遍布在世界各地的中文(华文)文学各自在地特殊性的前提下，统合中国(含台港澳地区)之内和中国之外的所有用中文(华文)创作的文学，所形成的一种跨区域跨文化的文学共同体。在这样的定义下，Diaspore(离散)和Sinophone(汉声)所呈现出的，就只是世界华文文学的某种特性和生存姿态，而不是世界华文文学本身。

既然我在这里把世界华文文学定义为是个包括了中国大陆文学在内的跨区域跨文化的文学共同体，那么在世界华文文学这一文学共同体中，按照目前文学生态的实际分布情况，大致可以分为中国大陆文学、台湾文学、香港(澳门)文学、东南亚华文文学、北美华文文学、欧洲华文文学、大洋洲华文文学等几大文学区域，这些不同的文学区域，既各有自己的发展历史和独特风貌，同时彼此之间也双边或多边地互有交集、重叠、渗透和影响。

中国大陆文学，自古至今，是一个有着悠久历史和杰出成就的文学领域，它的历史积淀、古典传统和“五四”所开创的现代形态，成为世界华文文学中其他区域文学无可争辩的源头——世界华文文学中其他区域的文学，无论后来融入了多少新质，产生了多少新变，历史有多独特，形态有多复杂，追根溯源，其发祥地都是中国大陆文学。虽然这些文学区域在后来的历史发展中，逐步形成了自己的地方色彩或国别属性，但它们都是源自中国文学的这一事实，不容置疑。就此而言，中国大陆文学(以及当代台湾文学)在世界华文文学中，在某种程度上就是个核心体，其他区域的华文文学，都是从它身上生发、延伸、变异、剥离出来的。需要特别说明的是，中国文学这个核心体在其他区域的生发、延伸、变异和剥离，是伴随着中国人自觉或不自觉(被欺骗被贩卖)地向海外移民实现的，因为近代以来中国没有像英、法、日、西班牙等国那样在海外殖民的历史，因此中文(华文)在海外的“扩散”，就没有殖民或强迫的意味，它也基本上没有向其他族群“扩张”，而是只限于在华人社群中流传和播撒，由是，中国(包括台港澳)以外的华文文学，也只是属于华人族群的华文文学。

台湾文学作为中国文学中的外岛文学，其文学的源头可以追溯到阿美人的口头文学，然而自有文字记载以来的台湾文学，则是明代大规模汉人移民后所带来的中国古典文学，这一文学到了20世纪初，在殖民地处境下，经由大陆“五四”新文学运动的影响和感召，以及日本大正文学的新风吹拂，产生了具有独特历史轨迹和区域文学特色的台湾现代文学——包括了20世纪二十年代的汉语白话文学；三四十年代短暂的现代日语文学；四十年代后期开始、五十年代以后成熟的新汉语文学——此时的汉语文学已直接移植了大陆现代文学的丰富成果(包括白话语言的圆熟、文学风格的多样、创作技巧的发达等)。在表现内容和文学风格上，则有了五十年代的“反共”、思乡文学；六十年代的现代主义文学；七十年代的乡土文学；八十年代以来的多元共生、众声喧哗的文学（包括不成气候的所谓"台语文学"）。台湾作为大陆的一个外岛，在地理位置上原本就与大陆本土隔海相望，加上近代以来五十年的日本殖民统治（1895—1945）和半个多世纪的国共两党分治（1949—现在），从自然地理和政治环境两方面影响了台湾地区的文学。自1895年台湾割让给日本成为殖民地之后，一百多年来逐步形成了具有自己特色的外岛文学历史和外岛文学风貌。

香港（澳门）文学作为中国文学中的特区文学，在近代以来也形成了自己不同于中国大陆文学的特殊历史和特有风貌。说香港（澳门）文学是中国文学中的特区文学，是指香港（澳门）文学是中国文学中的"特殊区域"文学，这里的"特区"不是指政治上的"香港特区"和"澳门特区"，而是一个文学概念——因特殊的地理位置和特殊的殖民地历史所形成的"特殊区域"文学，这一"特区"文学既游离于中国主干地区（大陆地区）的文学之外却又始终包裹在中国文学之中，它既与中国其他地区（大陆地区、台湾地区）文学有着千丝万缕无法割舍的联系，又有着不同于中国其他地区（大陆地区、台湾地区）文学的本土特质。它的具体表现，就香港文学而言，是以"表现香港"与"联系中国"为体现——这两个向度可以说覆盖了香港文学的所有方面①；对于澳门文学而言，则以"古今杂糅"和"移民写作"为其基本特色——而不论是"古今杂糅"还是"移民写作"，它们都是以一种特殊的方式，体现着它是中国"特区文学"的特性。

东南亚华文文学包括了马来西亚华文文学、新加坡华文文学、印尼华文文学、菲律宾华文文学、越南华文文学、文莱华文文学等，在这些国家的华文文学中，以马来西亚华文文学和新加坡华文文学成就较为突出。首先必须强调的是，与台湾文学和香港澳门文学不同，无论是东南亚华文文学也好，北美华文文学也好，欧洲华文文学以及大洋洲华文文学也好，这些华文文学都已不是中国文学，而是属于各自国家的非主导文学（新加坡或许是个例外）。以在东南亚华文文学中成就较为突出的马来西亚华文文学和新加坡华文文学为例，华文文学在马来西亚和新加坡都属于"边缘文学"——马来西亚华文文学是个在受压制的环境下坚韧而又奋力生长的"非国家文学"②，新加坡华文文学虽然没有受到政府的制度性压迫，而且华文使用人口似乎不在少数，可是推崇英文的社会风气也对新加坡华文文学的发展构成了一定的负面影响——华文文学可以说是个在人口占多数的华人圈中自娱自乐的文学，它在整个新加坡文学中，可能会形成数量上的优势（在当今有萎缩的趋势），却似乎并不具有地位上的优势。然而，即便是在如此不利于华文生存和发展的政治环境与社会环境下，马来西亚华文文学和新加坡华文文学，还是以自己的实绩，为世界华文文学贡献了一种独特的风貌和不凡的成就。

尽管东南亚华文文学已经从中国现代文学中剥离出来成为所在国文学中的华文文学，具有了自己的本土特性，但它在形成和发展过程中，深受中国文学特别是中国现代

---

① 对于香港文学是中国文学中的特区文学的论述，请参阅刘俊《香港小说：中国"特区"文学中的小说形态——以〈香港当代作家作品合集选·小说卷〉为论述对象》一文，《香港文学》，2012年第5期。

② 在马来西亚，只有马来语文学才是"国家文学"。

文学的影响却是不争的事实，不但它们的诞生是直接受到了中国现代文学的影响，就是在后来的发展过程中，它们也与中国现代文学（以及20世纪50年代以后的台湾文学）乃至中国古典文学，发生着密切的联系。从某种意义上讲，东南亚华文文学可以被看做是中国文学特别是中国现代文学的“外国变体”——这种“变体”的基本特征是：主要运用作为“五四”成果的现代白话文，杂糅进当地的词汇、语法和语言表述方式，表现本土的社会现实和思想情感，形成自己特有的文学风格。

北美华文文学包括了美国华文文学和加拿大华文文学，在世界华文文学中，北美华文文学是成就较为突出的一个文学区域，很多在华文文学中产生了世界性影响的重要作家，如白先勇、严歌苓等，都归属于这个文学范畴。北美华文文学与东南亚华文文学一样，虽然也不是中国文学，可是它同样是中国文学特别是中国现代文学的“外国变体”，不过它的“变体”特征却与东南亚华文文学不同——如果说东南亚华文文学作为外国华文文学，它的生成历史和生存方式，是以“移植—本土化—落地生根—代有延续”的形态展开的话，那么北美华文文学，却是以重复“移植”的方式累积形成和并置发展的。所谓的重复“移植”，是指北美华文文学中无论是早期的木屋诗、白马社，还是后来的留学生文学和当今的新移民文学，在北美用华文写作的作家，都是第一代移民，他们虽然在北美长期居留甚至入籍，但他们所承载的华文文学，却没能以代际传递的方式向下延伸，而是以后续的另外第一代移民加入北美华文作家行列的方式，进行着文学中的“代”的更替，也就是说，在北美华文文学中，“对于每一个特定的‘代’，华文文学的薪火却很少能传入自身的下一代，北美华文作家的‘代’的意义似乎从来都是指的‘旁系’而不是‘直系’，北美华文文学中的作家几乎都是第一代移民而极少波及第二代移民——这应该正是导致北美华文文学始终处于‘移植’状态的根本原因”①。

北美华文文学除了以“移植”的方式存在之外，作为中国文学的“外国变体”，它的另外一个重要特征，在于它的语言形态：很少有自己特有的词汇、语法和语言表述方式，而基本上是沿袭和搬用“五四”以来现代白话文在中国大陆和台湾（少量的香港）所形成的独特形貌，几乎是将中国大陆文学语言和台湾（少量的香港）文学语言以“寄生”的方式，“复制”到北美华文文学之中。从白先勇的文学语言中，我们看到了台湾文学语言在北美华文文学中的遗留，而严歌苓的文学语言，则保留了中国大陆文学语言的特有气质。

与东南亚华文文学植根本土，长期经营，代代相传，生生不息地在地深耕相比，北美华文文学似乎与本土的关系相对松散，它以一种跨越国度远程发表的方式和作家作品频繁的“流动性”，造就了自身的某种“漂浮”性②。这使得北美华文文学在属性归属上是外国文学，可是在存在方式上，却常常“介入”到台湾文学和中国大陆文学之中，与中国文学形成一种互有“交错”和彼此“互渗”之势——这是北美华文文学作为中国文学“外国变体”的一个重要特点。

---

① 刘俊：《从台港到海外——跨区域华文文学的多元审视》，花城出版社2004年版，第118页。

② 参阅刘俊：《从台港到海外——跨区域华文文学的多元审视》，花城出版社2004年版，第117-120页。

欧洲华文文学和大洋洲华文文学，其基本特征与北美华文文学有相似之处——因为本地对于华文文学的生存和发展，没有提供较为丰厚的土壤和广阔的发展空间，因此它们的生存，也时常依托在与中国大陆文学、台湾文学和香港文学的“交错”和“互渗”之中——作品会以欧洲华文文学或大洋洲华文文学的身份，在中国发表和出版。

世界华文文学作为一个跨区域存在的汉语语种文学，它所包含的几大文学区域，自它们的共同源头——中国文学特别是中国现代文学中或延伸、或流变、或剥离、或再生出来之后，就各自具有了自己的发展历史和区域特色，也各自具有了自己的文学诉求和文学风格，然而，在这些不同区域的华文文学之间，它们的边界却时有不尽明确之处——在中国大陆文学与台湾文学、港澳文学之间，在中国大陆文学与北美华文文学之间，在中国大陆文学与欧洲华文文学之间，在中国大陆文学与大洋洲华文文学之间，在台湾文学与港澳文学之间，在台湾文学、港澳文学与北美华文文学之间，在台湾文学、港澳文学与欧洲华文文学之间，在台湾文学、港澳文学与东南亚华文文学之间，都有着各种形式、不同程度的你中有我，我中有你的“彼此交错”和“复合互渗”现象，这种在世界华文文学中不同文学区域间既彼此之间有着质的规定性差别从而各自具有相异性，同时又因为双边或多边“你中有我，我中有你”的“彼此交错”和“复合互渗”的生存形态所导致的互渗性，使得世界华文文学的跨区域性质，就不仅只是单指它涵盖若干个不同的文学区域，而且也意味着世界华文文学不同文学区域之间的关系，也是一种“彼此交错”和“复合互渗”的跨区域存在。

世界华文文学的跨区域性质和跨区域存在方式，自然会导致跨文化现象成为世界华文文学中的突出特点。虽然“文化”是个相当宽泛的概念，学界对于“文化”至今尚无一个定于一尊的标准答案，而从哲学、社会学、人类学、历史学和语言学等各种角度给“文化”下的定义据统计不下两百种，但我们这里所说的文化，是指与文学生产、文学接受和文学传播相关联的社会意识形态、思维方式、社会结构、历史传统与心理范式等要素综合而成的一种社会机制，而跨文化，则主要是指两种或两种以上的文化（社会机制）影响着文学的生产、接受和传播。

事实上，在当今社会，很难有一种文化是极其单纯极其纯粹的单一文化，从某种意义上讲，今天的文化都是以某种文化为主融合了各种其他文化因素的复合文化——就此而言，可以说当今所有的文化都带有跨文化性，然而，各种文化的融合虽然是客观现实，但并不意味着各种文化基本形态的消散和流失，相反，在各种文化交流日益频繁日益密切的今天，一些核心文化的特性，反而在各种文化的比较中更显突出。如中国的儒家文化，虽然在当今时代会融入一些现代中西文化的元素，但它的基本特性，在和西方基督教文化的比较中，更能体现出它东方文化的特有内涵与认知形态——也就是说，不同的核心文化乃至于区域文化之间，还是有它相对稳定的质的规定性的，这种质的规定性不会因为当今各种文化之间交流的频繁和密切而消失。因此，我们在这里所说的跨文化，就不是指一般意义上的不同文化之间的相互交流相互影响，而是指不同的核心文化，不同的区域文化，以某种“文学的”方式彼此吸纳、互渗、交织、再生的一种文化形态。

当台湾文学作为中国文学中的外岛文学形成自己独特的文学历史和文学传统的时

候，它的独特性，在很大程度上就体现为它的跨文化特征——中国文化(以中原文化、闽南文化、客家文化、原住民文化为主)与日本文化、美国文化、东南亚南洋文化的“杂糅”，就构成了台湾文学中特有的跨文化形态。而香港澳门文学作为中国文学中的“特区”文学，它的独特性，则与中国文化(以中原文化、岭南文化为主)与英国文化、葡萄牙文化的长期“嫁接”密切相关。东南亚华文文学的与众不同之处，则显然与中国文化(以中原文化、闽南文化、客家文化、潮汕文化为主)、东南亚本地的南洋文化以及曾经的殖民宗主国英国文化、美国文化和荷兰文化的“混杂”密切相关；至于北美华文文学、欧洲华文文学与大洋洲华文文学，中国文化与西方文化的全面互渗毫无疑问是形成它们独特的区域特性特质的关键因素。

跨文化现象在世界华文文学范畴中不同文学区域内的广泛存在，实际昭示出跨文化现象与跨区域现象一样，构成了世界华文文学基本形态和总体风貌的又一重要方面，当我们要对世界华文文学进行全面认识和总体把握的时候，跨区域和跨文化这两翼，就应当成为我们剖析世界华文文学的核心内容。

既然跨区域和跨文化是世界华文文学基本形态和总体风貌的核心两翼，那么因跨区域而导致的冲决文学区域边界的越界，和因跨文化而形成的各种不同文化之间的交融，就成为世界华文文学这一文学共同体的核心样态①。

需要特别指出的是，在世界华文文学研究中，中国中心、中国性、民族主义、殖民主义、身份认同、第三文化空间等是常被涉及的理论话题，这些理论话题，在我看来，有些可以用来对世界华文文学——作为一种跨区域跨文化存在的文学共同体——的研究产生深化和推动作用(如民族主义、殖民主义、身份认同、第三文化空间等)，有些却与更为复杂的历史问题相缠绕(如中国中心、中国性等)，虽然世界华文文学使用的是中文汉字(华文)，中国文学是世界华文文学的历史源头——这是不争的事实，但这并不意味着“外国”的华文文学(如马来西亚华文文学)在使用中文汉字(华文)的时候，就自动地会连带产生中国中心问题和中国性问题——从发生学的角度来看，中文汉字(华文)在世界各地的流布，是伴随着华人移民在世界各地的散居而形成的，像马来西亚这样的国家，当初华文文学的出现与中国有着密切的联系(甚至可以说是对中国文学的“克隆”)，因此在历史上，曾经有过对中国的向心力和钦慕感，在文学中遗留过中国中心现象和中国性追求(侨民文学)的印迹，不过，随着时代的变迁和历史的发展，随着外国华文文学的在地化，这样的情况已发生了较大的改观。事实上，在今天，那些“外国”华文文学，都不存在中国中心和中国性的问题，因为，在中文汉字(华文)中固然附吸着内蕴着承载着中国文化的信息，但这种文化信息在传递给接受者时，并不具有强迫性和强制性——这与英语、法语、西班牙语、日语作为曾经的殖民宗主国语言在殖民地的强行推广和移植，有着本质的区别，而由于在世界各地，使用中文汉字(华文)的基

① 随着网络文学的兴起，世界华文文学有了一个新的呈现跨区域跨文化特质和越界与交融样态的新型平台。在网络世界，不同区域的华文文学可以共处在一个网站，展现跨文化的姿态，完成跨文化的诉求，在世界范围内实现华文文学的无边界交流和全方位交融。北美著名华文文学网站文心社，就是一个典型的例证。

本上主要是华人，因此它的传播方式，完全是因为接受者(华人)内在的需要而自觉主动地去选择，而不是像殖民宗主国语言凭借殖民者的强权对被殖民者进行逼迫接受和强制性灌输。因此，对于“外国”使用者(主要是华人)而言，运用富含中国文化信息的中文汉字(华文)，并不会必然地导致中国中心，也不会必然地在“外国”的华文文学中形成中国性——因为隶属于外国文学的华文文学，当它从中国文学中剥离出来，成为一种独立的在地华文文学之后，当它在使用中文汉字(华文)进行创作的时候，中文汉字(华文)就只与文化中国发生联系，而不与现实的作为民族国家存在的中国发生联系——现实的作为民族国家存在的中国，在“外国”的华文文学中，是不存在的。于是，所谓的中国中心和中国性，也就自然不存在了。

世界华文文学作为一个跨区域跨文化存在的文学共同体，其复杂的多面性使得对它的研究也是一个复杂的系统工程，学界目前对世界华文文学概念的不同理解和各自定义，以及海内外学者从不同的角度切入对世界华文文学(华语语系文学、Sinophone—汉声)的研究，从某种意义上讲正体现了世界华文文学无论是作为本体还是作为研究对象的复杂性，而正是这种复杂性，为从各种角度和以各种方式展开对世界华文文学研究，提供了多种可能性。

(选自刘俊：《越界与交融：跨区域跨文化的世界华文文学》，人民文学出版社2014年版)

# 华语文学的学科边界与名称再议

## ——兼与几位同行对话

曹惠民

日前，接连读到《当代作家评论》2013年第3期陈思和教授（复旦大学）接受颜敏博士的访谈《有行有思，境界乃大》与香港《文学评论》2013年第4期黄维樑教授（澳门大学）的论文《学科正名论："华语语系文学"与"汉语新文学"》，谈论的话题都涉及世界华文文学（暂且用此名）这一"学科"及其"命名"问题。读后颇有所感，很有些话想说，姑且直言陋见，写在这里，或许也算是与同行朋友的一种对话吧。

陈思和教授说，世界华文文学"可以成为独立的学科"，但"不要成为孤立的学科"；在谈到台湾文学研究的时候，他还认为："你没有到过台湾，最好不要研究台湾文学。"

黄维樑教授则对哈佛大学王德威教授提出的"华语语系文学"的概念提出明确的质疑，而力赞澳门大学朱寿桐教授提倡的命名——"汉语新文学"。

"世界华文文学"能不能、或可不可以成为一门独立的学科？如何独立？倘若可以独立，这一学科该怎样命名？其实，这些都不是新问题。十数年来，论者甚伙，见解歧出，众说纷纭，莫衷一是。似为悬案，近乎无解。

本文不欲求解，更无关褒贬，只想就个人以为"解题"的讨论前提发表一点浅见，以期建构探讨此话题的基本理念，也对学科边界问题和学科的命名，从"技术操作"的角度谈点看法，以就正于方家。

一、一种学问，能否成为一门学科，是必须具备一些条件的。十几年前，我曾在一篇文章中对这些必备条件，发表过这样的看法：1. 有相当丰富的研究资源（作家、作品）；2. 有相应的理论支持；3. 有相对稳定的一批研究人员；4. 有相关的一批较为成熟的研究成果；5. 有相当数量的高校开设相关的课程。今天，我仍然坚持原先的这些看法——现在看来，或许还要加上一条：相关学科学者的普遍认可。

从1979年至今，在中国大陆，世界华文文学（从1980年代之交开始时称"台港文学"，后称"台港澳暨海外华文文学"再到1990年代称"世界华文文学"）的研究已有了35年的历史——已过了而立之年。是否成了一个独立的学科，却还是个争论不休的话题，可见问题有其特殊的复杂性。在我看来，独立不独立，对于一门学问而言，其实并不是必须的，成不成为一门独立的学科，绝对与研究对象是否具有研究价值无关，大可不必把成为一门独立的学科看得很重。对于一个真正将其作为"志业"（而非职业）的"从业者"来说，还是要有点"只问耕耘，不问收获"的心态才好——不管这收获是关乎"名"，还是关乎"利"，均"不问"可也。虽云"名者实之宾"，名为宾为表，实为主为质，求名不如务实，务实无疑才是第一重要的；但先贤孔子早就说过："必也，正名乎？"何况，"名不正则言不顺，言不顺则事不成"呢！为了名正言顺地讨论问题，立名之举，也真是有其必要的。

二、命名固然是必需的，但方式、答案不必定于一尊，可以多元共生、互补并存。但某种在一定时代社会背景下或在一定地域内使用的概念，某种由意识形态派生或带有特定价值判断的概念（如新、旧、解放区、解放后、建国后、十七年、新时期乃至现代、当代、现当代，等等），须认识其暂时性与某种不规范性，注意其适用性，应逐渐调适，采用在大的历史时段和国际性的空间中具有学理性、普适性的确切的概念与语词。

三、命名的冲动、新概念的提出，依然吸引着很多学者，这并不值得忧虑，甚至是可喜的现象，但需察其利弊得失，同时，应力避刻意对抗、故意标新乃至唯我独尊的倾向。翻译巨擘严复有言——"一名之立，旬月踟蹰"（《〈天演论〉译例言》），既道出了命名之不易，也表明了他对于立名一事的审慎与严谨。

20 多年来，学界（包括海外华人学界、汉学界）提出的与"世界华文文学"有关的新概念（且不说离散文学、流散文学、流亡文学之属），就有新移民文学（潘凯雄）、新华侨文学（日本莫邦富）①、新华人文学（钱超英）②、新华文文学（陈涵平）③、新海外文学（英国赵毅衡）④、海外中国文学（赵毅衡）、海外汉语文学（朱大可）、跨区域华文文学（刘俊）、华美族文学（美国李友宁）⑤，乃至唐人街文学（朱大可）⑥、洋插队文学、洋打工文学（这类命名似有某种调侃或自嘲的意味，不能算是规范严肃的学术研讨吧？），等等，直至近年引起广泛关注与讨论的华语语系文学（美国史书美、王德威）；而近百年来，与"中国现代文学"相关的概念与提法，也有新文学（周作人、朱自清、王瑶）、中国现当代文学、中华现代文学（余光中）、20 世纪中国文学（黄子平、钱理群、陈平原）、现代中文文学（梁锡华）、民国文学（张福贵、汤溢泽）、汉语新文学（朱寿桐），等等，可谓林林总总，不胜枚举。这些概念都需要进一步的阐释说明和斟酌权衡，更需要具体的文学史操作实践。

一个新的学术概念的出现，并不意味着研究范式的必然更新，但也往往能够起到开启新思维、引发新意念的作用。中外学术研究史告诉我们，正是在阐释和质疑的往返论辩驳诘中，学术理念与构想方得以明确，学术研究方得以深入。

---

① 此称谓见于移民日本的莫邦富 1990 年代中期在东京创办的《新华侨》杂志、2002 年出版的《这就是我爱的日本吗——新华侨 30 年的履历书》，引自廖赤阳、王维：《"日华文学"：一座漂泊中的孤岛》，见黄万华主编：《多元文化语境中的华文文学》，山东文艺出版社 2004 年 9 月版。

② 此称谓见于钱超英：《澳大利亚：英语世界中的新华人文学》，《华文文学》，2001 年第 1 期。

③ 见陈涵平：《北美新华文文学的研究价值》，《中国比较文学》，2006 年第 3 期。

④ 赵毅衡：《新海外文学》，《羊城晚报》，1998 年 11 月 20 日。

⑤ 此称谓是美国圣约翰大学终身教授李又宁在 1990 年代提出的，详见李又宁：《华美族文学的回顾与前瞻》，《华文文学》，2006 年第 1 期。

⑥ 朱大可：《唐人街作家及其盲肠话语——关于海外汉语文学的历史纪要》，《花城》，1996 年第 5 期。

四、学科与学科之间的联系是客观存在的，是历史形成的；孤立的学科不可能存在，却可能有或划地自限、或以邻为壑、或孤芳自赏的学者，也可能有与相邻学科(如中国现当代文学学科、世界文学与比较文学学科、文艺学学科等)“鸡犬之声相闻而老死不相往来”、关起门来称老大的学者。笔者的理解，陈思和教授所谓“孤立的学科”，是否批评某些学者划地自限、以邻为壑的作派、学风？若是，则实与学科是独立还是孤立无关。事实上，近年来由各级各类华文文学学会团体或院校研究机构召开的会议，就都有其他学科的学者参与，华文文学研究者也曾被邀参与其他学科的会议乃至组织专场(如2011年8月在复旦大学举行的中国比较文学学会第10届年会暨国际研讨会分设多个专场，其中就有海外华文文学专场，可称佳例)，彼此互动良好。华文文学学科并无孤立之虞。但陈思和先生的话不失为一种警示，或可借以自省。

五、不同的学科本无高下优劣之分。“人类学”与“动物学”就都有互相无法替代的价值。“一流”的学科里也未见得都是“一流”的学者。——如同小儿科未见得比脑外科低一档次，二者的学术价值、学术地位是平等的，小儿科同样能出名医；同理，脑外科里未必就个个都是良医，也可能有不上档次的庸医。所谓“一流学者如何如何、二流学者如何如何、三流学者如何如何”的说法，只不过是此类话语的发明者和信奉者的偏见，而“偏见比无知离真理更远”。在学术问题上人人平等，妄自尊大与妄自菲薄都不必要、更不可取。去除学科的隔阂与偏见，鼓励打破传统的学科藩篱，褒扬跨学科意识及相关著述与学术交流、学术争鸣、学术活动等，对于我国各学科的发展，实具有其毋庸置疑的迫切性和现实意义。

六、中国大陆较为正式、较为广泛地使用“世界华文文学”这一概念，始自1993年在庐山召开的第六届有关学术会议。(无独有偶，此前不久的1992年，在台北成立了“世界华文作家协会”——值得玩味的是，二者同用了“世界”和“华文”二语，似是互为呼应？)但实际上，“世界华文文学”这一概念有相当含糊的地方，在大陆学界，不少学者在处理具体学术问题时，基本不把中国(大陆)文学归于其名下(相似处是，台北的“世界华文作家协会”在全世界各大洲有几十个分会，却独无大陆分会——当然这与两岸分隔的政治现状有关，此节当另论)，而另一些学者又执著地要求，既称“世界”，就应包含中国大陆在内，不然何以成“世界”？笔者认为，如若“世界华文文学”是指中国本土以外的国家和地区的华文写作，那或许还是有成为一门学科的可能的，毕竟它研究的范围有其特定的对象，毕竟它有其越界跨国跨文化的内涵，还涉及移民、族裔、身份、国家认同、文化认同等问题，这些都是作为国别文学的中国文学研究中所无(或并不突出)的，需要另外的新的理论支撑；但是，如果这个“世界华文文学”的概念里包含中国大陆、台湾、香港、澳门，那么，这个意义上的“世界华文文学”是断不可能成为一门独立学科的——道理很简单：台港澳文学是中国文学这个学科的不可分割的组成部分。

这又涉及高校有关课程的设置问题。据了解，全国高校中所有的中文系都没有像开“中国现(当)代文学”课那样普遍开设“世界华文文学”(或台港澳文学)的课程——事实上，那是绝不可能的：前者是中文系必修课，故高校凡有中文系者必开；后者本就位列选修课系列，故有条件的——特别是有教师自愿开，才有开设，没开的主要原因是师资，可能倒不是校、院、系管理方面的原因，学生方面肯定是很欢迎开此类课程(尤其是台港澳文学)的，而倘若“世界华文文学”这一门课程还包括台港澳文学的话，内容就未免太过庞杂，选修课的课时又有限制，故此，即使是作为选修课来开，用“世界华文文学”这个名称的也为数很少，症结正在于此。

七、为研究对象寻找并确定其适宜的位置，是学科成熟与否的最基本也是最重要的标志之一。

有学者大力呼吁或企望“世界华文文学”学科“走向成熟”。笔者以为，在还没理清学科边界的情况下，一味地把属于中国文学的台港澳文学与不属于中国文学的海外华文文学扭结在一起作为一个学科，这样的焦虑难免会陷入一种误区或迷思，势必会陷入逻辑上无法说清的困境，这也正是一种不成熟的表征。要真正走向成熟，首先应做的是，就台港澳文学与中国文学的关系来说，前者要归位，要认真去研究其如何与大陆文学整合的问题；就台港澳文学与海外华语文学的关系来说，二者要区隔，要认真去研究海外华语文学的独特性，自洽地周延地进行其作为一门独立学科应有的学科体系论述，那才是走向成熟！

八、倘若我们现在所谈论的这门学问，确乎可以成为一个“独立的学科”，那又该怎样命名？

1. 首先必须达成这样的共识：命名的概念既要精短，又要有充分的概括力；作为一个名词性词组的概念，其中的语素所指要明确、要确定，且其内涵不可互相包含、交叉、重叠；态度应严谨，标准应严格，界定应严密。否则，鸡同鸭讲缠夹不清的情形将难以改观。

2. 在这一概念中，其他并非必要或易生误读、误解的修饰性与限定性的语词(“新”、“语系”等)皆可省略，遑论不确切有争议者。如“语系”一词，论者在当下具体语境中赋予的含义，就和语言学通常的“语系”(family of languages)概念与用法有异，王德威教授接受李凤亮教授访谈，解释他所提概念中的“语系”时说：“我宁可把语系这个词当成一个像‘family tree’(系谱)这样一个观念。”①

在这一概念中，用“汉”，还是用“华”？——“华”的涵盖面较“汉”为广，且在东南亚和北美华人社会中，凡涉及华人之事物概以“华”冠称，多年来一直沿用至今，已约定俗成，而用“汉”字，可能被误读为只指汉族人氏，许多少数民族就没被包括在内。史书美教授在论及她的“华语语系”这个概念时，就特别明确强调，“它包括严格意义上的中国地缘政治之外的华语群体……也包括中国域内的那些非汉族群体”，从而“构成一种跨越国族边界的多语言的‘华语语系’世界”。②（顺便提及，饶宗颐先生早在1995年就主编过一种大型国际学术刊物，舍沿用已久的“汉学”、“国学”之名而选用的是《华学》[1995年8月广州中山大学出版社出版创刊号]；近时也有学者，或许是考虑到“汉学”一词中的“汉”字可能有的局限而在倡扬“中国学”之名，可作参证。）

在这一概念中，用“语”，还是用“文”？——通行的说法称“英(法、德、俄、日、

---

① 李凤亮：《彼岸的现代性》，广西师范大学出版社2011年10月版，第43页。

② 史书美：《反离散：华语语系作为文化生产的场域》，《华文文学》，2011年第6期。

西班牙、葡萄牙、阿拉伯等)语文学”，而不称或极少称“英(法、德、俄、日、西班牙、葡萄牙、阿拉伯等)文文学”，故宜概称“华语文学”，但“语”与“文”此二者之间的差异不及前二者(“汉”与“华”)之大，故，续用“华文文学”的概念也无不可。

在这一概念中，用“世界”，还是用“海外”?——这涉及此处之“世界”是否包含“中国大陆”在内，有论者认为既用“世界”一词，就理应包含“中国大陆”；而目前大陆学界使用“世界华文文学”这一概念时，却是不包括的，因此颇遭诟病。这让笔者想起两个近似的情形：1952 年始创，1959 年定名，北京的重要研究机构(先是中国作协，后转中国社科院外国文学研究所)就出版有名刊《世界文学》，这是 1980 年代以前，我国唯一一家介绍外国文学作品与理论的刊物，至今仍用此名出版。此处的“世界”也并不包括中国，而专指中国以外的“外国”文学；现在通用的“世界文学与比较文学”这个经由国家行政部门确定的学科名称里的“世界”，也是不包括中国而是指外国的文学——如此使用“世界”一语而把中国“包括在外”，却并未遭非议，两相对比，颇堪玩味。前已说明，若包括，则无法成为独立之学科，而不包括中国大陆及台港澳的“海外华语文学”概念，倒足以有理由成为一门独立学科。考虑双方的见解，兼顾协商的原则，或许用“海外”比用“世界”来得明确，且可避免两个概念在逻辑上互相包含之弊。

九、基于以上种种考虑，笔者主张称用“海外华语文学”一词，在称用这一概念时，如约定俗成地省略“海外”一语，可径称“华语文学”。具体说来，包括以下几层意思：

1. 台湾文学、香港文学、澳门文学必须归位——还原其在中国文学史中的位置(1920 年以后的台湾新文学归入中国现代文学之中，之前的明清时期台湾文学归入中国古近代文学之中，港澳文学亦可作如是观)，而不应、也不宜再与海外华文文学放在一起组构一个学科。台港澳文学属于中国文学这一点，除了台湾少数分离主义分子，已无学者否认或无视，问题只在于如何进行海峡两岸文学的整合式的书写。

2. 包含着台港澳文学(或如某些人主张的进而还包含中国大陆文学)在内的“世界华文文学”不能成为独立的学科。

3. 海外华语(华文)文学可以、也能够成为一门独立的学科，它的研究范畴应限于中国本土(含中国大陆、台湾、香港、澳门)以外其他国家和地区的华语(华文)文学；它是从语种角度立论立名的一种可行的学术探索，并不在国别文学的名称序列之内，自然也不意味着与国别文学的相提并论。

4. 海外华人华裔的非华语写作，属于所在国的少数族裔文学，不应与华语(华文)写作在“华人文学”的名义下混为一谈，应有所区隔，但在“世界文学与比较文学”学科的意义上，海外华人华裔的非华语写作，可与海外华人的华语写作互成参照甚至并置研究。

十、顺便说说如何研究的问题。

在与颜敏博士的访谈中，陈思和教授还有个这样的看法：他认为：“你没有到过台湾，最好不要研究台湾文学。”这个看法涉及研究一门学问，研究者是否必须“在场”的问题。

笔者以为，研究一门学问，研究者能否人在现场，不是从事此类研究的必要条件或前提(更非充要条件或前提)。能到现场，自然更好，如一时条件不具备，无法到现场，也不能因此而剥夺其研究的自由和话语权。要不然，现在的人都不可以研究历史了——因为现代人根本不可能回到古代(现场)。

被陈映真誉为大陆“研究台湾文学第一人”的范泉，当年(20世纪40年代)人在上海，并没到过台湾，却能写出那样让台湾作家认可的评论文章，就有力证明，没有去过台湾，并不一定写不出好文章，并不一定就研究不了台湾文学。“最好不要研究”这种导引，如果在学界成为一道门槛或一条不成文的规限，就很可能使原本有意研究台湾文学的人望而却步，孰知是否因此而埋没了许多可造之材！因此，即使是尚未涉足台湾者，只要有心，应当一概给予鼓励。在研究过程中再努力创造条件，亲到台湾现场，搜集资料乃至躬身田调，掌握在大陆无法得到的第一手材料，那无疑是研究环境的上佳之境！事实上，陈思和教授就身体力行，他曾帮助自己的博硕士生和青年学者多人赴台访学，为他们从事高水准的研究提供了有力的帮助。这样的学者在国内华文文学学界也还有一些。

陈思和、黄维樑、王德威、朱寿桐诸教授在中国文学(主要是20世纪文学)与海外华语文学的研究方面，建树良多，成果丰硕，在国内乃至海外中国文学研究界有相当大的学术影响。黄、朱二位在国内多所大学执教过，陈、王二位的研究评论笔涉中国、东南亚、北美多地的华语文学创作，他们都是具有国际视野的资深学者。他们对于华语文学研究发表的看法固有其一定的学理创意，也难免带有个人学术背景和当下语境的因素或可能有的某种偏颇。但不管从哪一个角度来说，为了探寻一名之立更好更适切的方案，学界有不同的声音，毕竟是件值得庆幸的好事。

我相信，一种论前不带偏见、论中不争输赢、论后不存芥蒂、更绝对摒弃人身攻击甚而闻异则喜、开阔兼容的学者气度风范，必将日渐成为学术界的主导倾向，因为那是真正意义上的现代学者所应具有的基本素养和可贵气质。

2013年12月

(原载香港《文学评论》双月刊2014年6月)

# “华语语系文学”理论建构的意义和问题

胡德才

“华语语系文学”作为海外汉学界提出的概念，其内涵主要有两种：一是以史书美为代表的学者以“华语语系文学”指称除中国大陆以外的世界各地以华文为母语的作家用华文进行的文学创作；二是以王德威为代表的学者认为“华语语系文学”应该是包括中国大陆在内的世界各地所有的华文文学书写。史书美论述在前，海外亦有异议，在大陆则少为人知；王德威阐述在后，并努力付诸实践，影响较大，逐步引起国内华文文学研究界的关注和探讨。本文的讨论亦针对王德威关于“华语语系文学”的理论建构与实践而言。

“华语语系文学”作为海外汉学研究领域出现的一个重要概念在大陆广为人知和重视大约始自 2006 年。当年 8 月，王德威的《当代小说二十家》由生活 · 读书 · 新知三联书店出版，并获得当年“第五届华语文学传媒大奖之年度文学评论家奖”。王德威在该书序言中提出：“华语语系文学所呈现的是一个变动的网络，充满对话也充满误解，可能彼此唱和也可能毫无交集。但无论如何，原来以国家文学为重点的文学史研究，应该因此产生重新思考的必要。”①该书论及中国大陆、台港、东南亚及北美华文作家二十人，视野开阔，视角独特，体现出作者“借以扩充跨世纪华文文学版图”，构建“华语语系文学”体系的企图。与此同时，王德威在香港《明报月刊》2006 年 7 月号、《中山大学学报》2006 年第 5 期、《上海文学》2006 年 9 月号分别发表了题为《文学行旅与世界想象》、《中文写作的越界与回归——谈华语语系文学》和《华语语系文学：边界想象与越界建构》三篇内容观点相同的文章，文中初步阐述了作者“华语语系文学”的理论构想，其目的是“希望在国家文学的界限外，另外开出理论和实践的方向。”②

以王德威为代表的海外华人批评家所提出的“华语语系文学”概念及其理论建构与初步实践，已引起国内学界的关注和探讨。③ 就概念所涵盖的研究范围而言，与“华语语系文学”最接近的在国内学术界已广泛使用的概念是“华文文学”或者“世界华文

① 王德威：《当代小说二十家》序，生活 · 读书 · 新知三联书店 2006 年版，第 3 页。

② 王德威：《华语语系文学：边界想象与越界建构》，《中山大学学报》，2006 年第 5 期。

③ 如刘斌：《构建与缺失：华语语系文学——评王德威〈当代小说二十家〉》，《华文文学》，2007 年第 4 期；李凤亮、胡平：《“华语语系文学”与“世界华文文学”：一个待解的问题》，《文艺理论研究》，2013 年第 1 期；黄维樑：《学科正名论：“华语语系文学”与“汉语新文学”》，香港《文学评论》，2013 年 8 月第 27 期。

文学”。

就“世界华文文学”和“华语语系文学”这两个概念而言，陈思和从“世界华文文学”作为一个学科的形成过程进行辨析，认为从大陆学界的立场看，世界华文文学是综合了两个部分：“一部分是从港台文学、海外文学慢慢发展至今、内地文学作为其中心但并不包含其中的一个学科类别；另外一部分就是从 19 世纪末开始的中国华工，再进而是华侨等移民文学延续而来的一个学科类别。”这两部分构成了目前“世界华文文学”的学科现状。他认为，“如果我们仅仅从政治统战的目的出发来推动世界华文文学的学科建设，那么内地所代表的中华文化是当然的中心，台湾和港澳地区是中国文学的一部分，海外各国的华文文学属于边缘性的分支，而以华侨文学为源头的东南亚各国华文文学则更偏向边陲。”而从一个独立学科的角度来看，“世界华文文学”概念还存在一个至今在学界未能解决的关键问题，那就是中国内地文学是否涵盖在“世界华文文学”的学科之内？而国内学界主流意见是中国内地文学不宜列入“世界华文文学”。陈思和分析其原因和因此而带来的问题时说：“如果内地文学这样一个巨无霸占据了研究空间，其他地区的文学就无从显示其独立的意义。但是如果内地文学不列入其间，那么，台港文学也失去了列入其间的正当理由。因为华文文学的‘世界’不可能排除中国内地而列入‘台’‘港’。”正是基于“世界华文文学”学科的这种理论困境，陈思和对王德威所提出的“华语语系文学”作为一个学科概念持肯定态度。①

李凤亮和胡平在《“华语语系文学”与“世界华文文学”：一个待解的问题》中认为，近年来海外华人批评家关于“华语语系文学”的理论探讨与实践，既显示出海外现代中国文学研究界以“边缘”谋取美国汉学“中心”话语权的努力，又反映出他们借助反殖民、去中心化等学术理路与中国大陆争夺学术主导话语的心态，其中隐含着浓烈的“话语政治”。“华语语系文学”与“世界华文文学”在价值立场、理论方法、研究旨归上差异明显，却也为流散文化语境下跨地域的“中国现代诗学”的形成提供了诸多学术启示。

黄维樑在《学科正名论：“华语语系文学”与“汉语新文学”》中首先从学理上指出“华语语系文学”概念中的“语系”一词不妥当，“华语语系文学”其实就是“华语文学”，也就是“华文文学”，“语系”一词实为多余。而对“华语语系文学”倡导者所流露出的对抗大陆文学的思想意识则不以为然。认为“假如这个世界真有‘大中国(主义)’出现，而它是以王道而非霸道的面貌出现，则‘大同世界’或‘华文文学的大同世界’应是全球华人人人所乐见的”。而从为学科正名的角度看，黄维樑则对朱寿桐倡导的“汉语新文学”概念表示赞赏和认同。

笔者认为，海外华人批评家关于“华语语系文学”的理论建构和实践对于全球化时代华文文学创作的繁荣与研究的深入具有一定的促进和启发意义，但其偏颇之处也需正视和讨论。其意义表现在：

一、“华语语系文学”要求突破“以国家文学为重点的文学史研究”格局的初衷适应了全球化时代华文文学在世界各地蓬勃发展、作家流动性大、身份归属难辨的客观情势，有助于从“世界文学”的立场和高度对遍布世界各地的华文文学予以全面、客观的

① 陈思和：《比较文学视野下的马华文学》，《杭州师范大学学报》，2012 年第 5 期。

关注和探讨。

传统的文学史研究主要是国别文学研究，目前以至未来很长时期内国别文学研究将依然是文学史研究的主要视角。但随着世界历史的发展、科技的进步、资讯的发达、地域间的差异日益缩小，国家民族间经济文化交流和渗透不断扩大，早在一百多年前，歌德、马克思、恩格斯就已提出“世界文学”的概念，呼唤“世界文学”时代的到来。如果说马克思、恩格斯提出的“世界文学”概念更多的是着眼于各民族、国家文学之间的影响、交融和文学的“世界性”(相对于“民族性”)特征，因而为19世纪末开始形成20世纪之后得到迅速发展的比较文学学科提供了原则性的指导，那么，在现今经济全球化、信息网络化、旅行平常化、移民迁徙频繁、国籍身份淡化、地域差异更少、世界公民日多的时代环境下，“世界文学”的内涵更加丰富复杂，国别文学研究已不能覆盖也不能适应“世界文学”发展的复杂面貌。而随着20世纪后期以来中国台港地区的发展和中国大陆近三十余年改革开放局势的影响，华文文学随着华人社区的遍布世界各地、汉语的推广及在华侨华裔社会的复兴以及华人移民的剧增而在世界各地得到蓬勃发展。很多作家生活、居住、工作、旅行于中国、东南亚、北美、欧洲等地，甚至频繁迁移。其作品也并不写于一地，内容也不限于一国一族，很多作品创作于海外，发表在大陆或台港，传播于整个华人世界。这些跨国、跨区域的文学显然不能简单地归入中国现当代文学的版图，而列入外国文学的范畴又不尽妥当。当今世界华文文学的复杂面貌应该是“世界文学”时代到来的一个突出的例证，过去“以国家文学研究为重点的文学史研究”确已无法应对这样新的文学现象。也正因如此，国内自20世纪八十年代中期开始，已有“华文文学”及之后“世界华文文学”概念的提倡和阐述。就突破国别文学研究格局的局限、应对华文文学发展的新情况而言，“世界华文文学”与“华语语系文学”的倡导者有同样的初衷。只是由于“世界华文文学”内涵的特殊性，学科建设虽已历经三十年，但就学科归宿来说，在我们现有的学科体系中还找不到自己的位置，至今仍是一个悬而未决的问题。

二、“华语语系文学”关于“重画”和“扩充跨世纪华文文学的版图”的理论探讨与实践使我们重新审视和界定“世界华文文学”概念的内涵并进行深入的理论探讨和实践具有紧迫感和必要性。

王德威指出：“华语语系文学因此不是以往海外华文文学的翻版，它的版图始自海外，却理应扩及大陆中国文学，并由此形成对话。”①去掉“它的版图始自海外”的说法，王德威的“华语语系文学”概念扩充华文文学版图及“形成对话”的观点是很有价值的。

“世界华文文学”这一概念的内涵本来应该是清楚的，那就是包括中国在内的全世界各国各地区的华文文学。早在1985年汕头大学《华文文学》杂志创刊时，秦牧在《代发刊词》中指出：“华文文学，是一个比中国文学内涵丰富得多的概念。”秦牧是把华文文学当作像英语文学一样的跨越国家和地区的语种文学来看待的。同期杂志的《编者的话》则对“华文文学”概念作了进一步的界定：第一，凡是用华文作为表达工具而创作的作品，都可称为华文文学。第二，华文文学和中国文学是两个不同的概念。中国文学包

① 王德威：《华语语系文学：边界想象与越界建构》，《中山大学学报》，2006年第5期。

括中国大陆的社会主义文学，以及作为中国领土一部分的台湾和香港文学。而华文文学除了中国文学之外，还包括海外华文文学。第三，华文文学和华人文学也属两个不同的概念，华人用华文以外的其他文字创作的作品，不能称为华文文学，但非华裔的外国人用华文创作的作品，可以称为华文文学。次年2月，秦牧在北京《四海》杂志第1期发表了《打开世界华文文学之窗》一文，他提出，以中国为中坚，华文文学流行范围及于世界，我们应该打开窗口，关心世界华文文学的动向，“在世界范围内，加强华文文学交流”①。这应该是学界最早出现“世界华文文学”这一提法。在这里，“华文文学”和“世界华文文学”的内涵是一致的，后者不过是对“华文文学”的跨地区、跨国界的全球性特征予以了强调和突出。

大致说来，关于“世界华文文学”这一概念的内涵，有三种认识：

一是认为“世界华文文学”包括全世界所有国家和地区的华文文学，中国大陆和台港澳文学亦在其中。海外作家、学者尤其坚持这一认识。因为中国文学是海外华文文学存在的背景和不可或缺的参照，没有了中国文学，“世界华文文学”不只是残缺不全的，简直是不可思议的。新加坡作家黄孟文先生说：“我深深地怀疑，不包括中国大陆在内的文学，能够适当地被称为‘世界华文文学’吗？‘世界’二字怎么解释呢？是否有名不正则言不顺之嫌？”在他看来，“世界华文文学”主要由两大部分组成，一是中国（包括大陆、台港澳）文学，二是中国以外的华文文学。② 这是非常有代表性的看法。但国内很多学者虽然在理论上也承认“世界华文文学”应该包含中国大陆文学，但在实践中实际是将中国大陆文学或者整个中国文学（包括台港澳文学）排除在“世界华文文学”之外的。正如刘登翰先生所说：“重新命名之后的‘世界华文文学研究’，实际上并未脱离原先的‘台港澳暨海外华文文学’的研究框架和轨迹，无论观察与分析的对象、视角或方法，并没有产生具有结构性意义的改变。”就研究对象而言，“国内的研究往往把中国大陆的文学摒除在外”。③ 国内学者在研究实践中所采取的这种策略当然是事出有因。刘登翰先生曾解释说：“作为世界性语种的华文文学，毫无疑问应当包括使用华语人口最多，作家队伍最为庞大、读者市场最为广阔、历史也最为悠久的中国内地地区文学。然而在实际操作之中，由于祖国大陆文学已经有一个庞大的研究群体而自成体系，而华文文学研究范畴的形成，又有自己特定的背景和过程，它往往不把祖国大陆文学包括其中。这就使‘世界华文文学’的命名失去了它的本来意义，只是狭隘地专指台港澳和海外两个部分。”④

二是认为“世界华文文学”主要研究“世界范围内、中国大陆以外地区华人文化圈中

---

① 参见古远清《中国15年来世界华文文学研究的走向》，《古远清自选集》，马来西亚爝火出版社2002年版，第451-452页。

② 黄孟文：《“世界华文文学”释名》，《新华文学·世华文学》，云南园雅舍出版社2008年版，第205页。

③ 刘登翰：《华文文学的大同世界》，见《世界华文文学研究：理论与实践》，中国文化出版有限公司2007年版，第8-9页。

④ 刘登翰：《命名、依据和学科定位——关于华文文学研究的几点思考》，见庄园编《文化的华文文学》，汕头大学出版社2006年版，第49页。

的文学现象。从某一特定的意义上说，它是‘20世纪中国文学’的特殊延伸”①。也有持这种认识的学者为了避免“正名”的争议，在具体操作上就沿用“台港澳暨海外华文文学”这样一个较长的名称，尽管学界对这一名称也不无异议，但好在所指明确。

三是认为“世界华文文学”主要是研究海外华文文学。如潘亚暾先生指出：“在我们的用语里，已经界定大陆、台湾、港澳的文学都不属于‘华文文学’的范围，这是学术上的权宜之称，我们规定‘华文文学’是专指域外的，按习惯统称‘海外’，兼示强调。”②还有人解释说，“世界华文文学”有广义和狭义之分，广义的“世界华文文学”当然顾名思义是指全世界所有运用华文创作的文学。但中国大陆学术界通常却是取狭义的“世界华文文学”概念，即“所谓‘世界华文文学’研究的对象，常常是特指两岸以外，以汉语华文为创作工具的华文文学，而并不包括两岸本身的华文文学，至少不是以两岸本土的作品为主要研究对象”。

笔者认为，“世界华文文学”概念所指明确，应该名副其实，即指包括中国大陆和台港澳在内的世界各地的华文文学。但鉴于世界各地华文文学发展的特殊性以及该学科发展的历史特点，处于世界不同地区的研究者可以有不同的研究重点和研究视角。主要表现为：第一，所有华文文学的创作者和研究者首先应该有世界华文文学的整体观念。不论身在何处，只要是汉语写作，就是整个世界华文文学的一部分；我们评说任何一个华文作家或华文作品，只有将其放在整个世界华文文学的格局中才能更好地认识其价值和意义、成就和局限。第二，对于中国大陆研究者而言，因为大陆华文文学作家作品众多、成就显赫，并另有一支庞大的研究队伍，华文文学研究者对其或多或少有相当的认识、了解和研究，因此在进入世界华文文学研究领域的时候，是将研究的重点放在大陆以外的台港澳及海外华文文学创作上，大陆华文文学会成为研究大陆以外华文文学的背景和主要的参照，在涉及比较研究的时候，大陆华文文学也自然会成为直接的研究对象。第三，对于台港澳和海外各地区的研究者而言，大陆华文文学则既是主要的背景和参照，也是主要的研究对象。既可以有像王德威的《当代小说二十家》似的打通大陆、台港、东南亚以至北美之间的界限、具有比较视野的整体的世界华文文学研究，也可以是夏志清的《中国现代小说史》似的作为海外华人学者对大陆华文文学的专门研究。

三、“华语语系文学”作为海外汉学研究界提出的理论命题及其所进行的探讨和实践，是海外汉学研究的新发展。传统的海外汉学研究，就文学研究领域来讲，主要是集中在中国古代文学和中国现代文学领域，并取得了显著的成绩。但整个世界范围的华文文学尚未受到海外汉学研究界的重视。“华语语系文学”的理论探讨和实践既是随着全球化背景下世界华文文学的日益丰富多样而出现的，同时也将对促进世界华文文学创作与研究的发展和繁荣产生积极的影响。

四、“华语语系文学”的倡导者所追求的世界各区域华文文学平等对话的诉求对于调整华文文学研究中的中国文学至上论心理和从“离散”观点出发的“孤儿”情结都不无

---

① 曹惠民：《“20世纪中国文学”与世界华文文学》，《他者的声音》，江苏人民出版社2005年版，第16页。

② 潘亚暾：《海外华文文学现状》，人民文学出版社1996年版，第3页。

裨益，它将使研究者对世界各区域的华文文学的独特性有更多的关注和研究。正如李凤亮、胡平所说："华语语系文学最大的优点在于可以对各个区域的华语文学有着历史的尊重和切实的了解，从而在'本土性'建构的基础上，从地域的角度切入华语文学比较研究，重视文学与区域(国家)的微妙互动。"①

五、"华语语系文学"理论建构和实践中所运用的理论和方法对于世界华文文学研究的深入开展具有重要的借鉴价值和启发意义。特别是饶芃子先生特别倡导、大陆部分学者已有成功实践的比较文学的研究视野和方法应有更多的用武之地。

笔者认为，"华语语系文学"的理论建构和实践也存在值得商榷和进一步探讨的地方。

就"华文文学"或"世界华文文学"概念本身所应涵盖的内容而言，如前所述，它无疑就是指包括中国在内的全世界各国各地区的华文文学。只是学术界需要加强对这一学科的理论探讨，克服在"世界华文文学"的旗帜下只研究台港澳和海外华文文学的名实不副的问题。就此而言，"世界华文文学"的版图本身是完整的，无须"重画"和"扩充"。因此，"华语语系文学"概念就其扩充华文文学版图的意义而言，相对"世界华文文学"的概念，它并没有提供新的内容。至于王德威先生认为："长久以来，我们已经习惯用华文文学指称广义的中文书写作品。此一用法基本指涉以大陆中国为中心所辐射而出的域外文学的总称。由是延伸，乃有海外华文文学、世界华文文学、台港、星马、离散华文文学之说。相对于中国文学，中央与边缘、正统与延异的对比，成为不言而明的隐喻。"②笔者认为，首先，"华文文学"或"世界华文文学"概念本身并无"以大陆中国为中心"和隐喻"中央与边缘"等含义；其次，作为华语文学的发源地和大本营，中国文学的成就和繁荣程度是世界其他各区域的华文文学难以比拟的，中国文学在整个世界华文文学中的重要性以及对中国文学研究相对深入和广泛是必然的，也是正常的，这也无关"中央与边缘"的问题；其三，"华语语系文学"建构中的"反中心"和"去中国化"的态度和倾向具有明显的偏颇，倡导者对中国文学在世界华文文学中的地位和意义明显估计不足，对海内外华文文学在本源上的根本联系也有所忽略。海外华文文学实则无需与中国大陆文学形成"对抗"，也根本构不成"对抗"。海外华文文学的发展和繁荣和中国文学会形成互补和对话，共同发展繁荣是全球华人的共同期待。至于王德威关于"华语语系文学"的版图"始自海外，却理应扩及大陆中国文学"的说法则更是值得商榷。

(选自中国世界华文文学学会编：《生命行旅与历史叙述》，暨南大学出版社，2014年)

---

① 李凤亮、胡平：《"华语语系文学"与"世界华文文学"：一个待解的问题》，《文艺理论研究》，2013年第1期。

② 王德威：《华语语系文学：边界想象与越界建构》，《中山大学学报》，2006年第5期。

# 新世纪两岸对台湾文学诠释权的争夺

## ——以“反攻”大陆学者写的《台湾文学史》为例

古远清

某些台湾作家对大陆学者撰写的《台湾文学史》或分类史所做的“反攻”，在21世纪有两种情况：

一是出版《台湾新文学史》①或类文学史的著作，对大陆学者坚持的“台湾文学是中国文学一个组成部分”②的观点作出反弹；

二是发表理论文章，从政治上和学理上清理大陆学者的台湾文学史观，在清理时还把岛内的统派学者“捆绑”在一起：给不同观点的作家尤其是批判源于国家统一观念及其不可变异性的陈映真加上“祖国打手”③的罪名；称大陆的台湾文学史撰写者是“统战撰述部队”，是“中国解放军的一支”④，是“外来殖民主义学者”，甚至说他们是“文学恐龙”⑤。

### “反共文学”值得肯定吗？

关于“反攻”一词，出自深蓝诗人谢辉煌评古远清《台湾当代新诗史》⑥一文中。他认为古氏以胜利者的姿态否定他曾参与撰写的“反共文学”，因而要“反攻”：

> 任何一个战败的团体或领导者，只要还有点本钱，没有不想“反攻”的。因为，他们也有历史的使命和道义的责任……
>
> 《台湾当代新诗史》最后一页说：“这是一本什么样的书？”一位收废纸的邻居看

---

① 陈芳明：《台湾新文学史》，台北，联经出版公司2011年版，第30、27、304页。

② 刘登翰等主编：《台湾文学史》上册，海峡文艺出版社1991年版，第4页。

③ 林瑞明：《两种台湾文学史——台湾V.S.中国》，台南，《台湾文学研究学报》，2008年11月总第7期。

④ 彭瑞金：《高雄市文学史·现代篇》，高雄，高雄市立图书馆2008年版，第283页。

⑤ 彭瑞金：《台湾文学史论集》，高雄，春晖出版社2006年版，第101页。

⑥ 该书为台北文津出版社2008年出版。关于此书，台湾著名诗人洛夫2012年5月14日致古远清信中说：“可以说不论大陆或台湾的诗歌学者、评论家，写台湾新诗史写得如此全面、深入精辟者，你当是第一人。”此信见古远清《台湾文坛的“实况转播”》，台北，秀威科技公司2013年版，第185页。

了之后，用手拈拈说："不到一公斤。"①

用卖废品这种方式"反攻"，真是奇特，也够幽默。不过，这种离"恶评"只有一步之遥的"酷评"，人们毕竟从中嗅到了两岸争夺台湾文学诠释权的火药味。

"反共文学"到底该不该否定？在马英九执政后，汉"贼"已不再势不两立，国民党荣誉主席与共产党总书记在北京握手言和。在这个融冰的年头，还要去肯定"反共文学"，真使人感叹不已。

"反共文学"本是一种逝去的文学，离读者远去的文学。它之所以经不起时间的沉淀，一个重要原因是它具有虚幻性。如"反共诗歌"写到最后差不多都有一个光明的尾巴："反攻"胜利了，共产党"灭亡"了。对这种预言，历史早已证明它的荒谬。正因为如此，当年领取巨额稿酬的"反共诗歌"的作者及其作品，当今读者有谁还记得起它的篇名和词句？对这种声嘶力竭的"反共文学"，用之即弃的文艺产品，如果说还有什么值得肯定之处，一是它反映动乱年代的历史文献价值，二是作者们常常把"反共"与"怀乡"联系在一起，在思念故土故乡时散发着泥土的芬芳，三是在内容上坚持"一个中国"原则，比起现在的"独派"人士视大陆为"外国"来说，要好得多。

谢辉煌认为古远清否定"反共诗歌"，是因为在体制内写作的缘故，或曰与"统战"有关。可否定"反共文学"的人，并不仅仅是大陆学者，连批评古远清的台湾诗人落蒂也认为："那段时间的战斗诗，除了史的意义外，谈不上什么艺术价值。当时许多很红的战斗诗人，现在都没人提了。"②还有台湾本土作家叶石涛亦认为："反共文学"是一种附庸政策的"堕落"，是一种歌功颂德的"梦呓作品"，"令人生厌的、划一思想的口号八股文学"这一文学潮流"不仅被广大的台湾同胞所厌恶，而且被他们自己的第二代所唾弃"③。叶石涛如此认为，该不是他也在中共体制内写作，或是为了呼应对岸的"统战"才这样评价吧？

无论是"反攻"还是"争夺"，是嘲讽还是抨击，其实均是以个人名义而非在团体间进行。但这个人往往代表了某种政治势力和思潮，有时还可能有某个党派、团体或明或暗的给力，而不可能完全是纯学者身份，比如下面谈及的陈芳明、钟肇政、林瑞明这三位指标性的人物。

## 谁在"发明"台湾文学史？

在21世纪，争夺台湾文学诠释权最著名的是从岛内燃烧到岛外的陈映真与陈芳明的论战。

众所周知，在《台湾文学史》编写中，充满了意识形态之争。为了抵抗和消解所谓

① 谢辉煌：《诗人·诗事·诗史》，台北，《葡萄园》，2008年5月，第77页。

② 落蒂：《介入与抽离——评古远清著〈台湾当代新诗史〉》，台北，《葡萄园》，2008年5月，第68页。

③ 叶石涛：《台湾文学史纲》，高雄，文学界杂志社1987年版。

“中国霸权”的论述，陈芳明下决心写一本以“台湾意识”重新建构的《台湾新文学史》。作者在第一章《台湾新文学史的建构与分期》中，亮出“后殖民史观”。① 这种史观，明显是把“台独”教条与为赶时髦而硬搬来的后殖民理论拼凑在一起的产物，是李登辉讲的国民党是“外来政权”的文学版，因而受到以陈映真为代表的“统派”作家的反击。

陈映真的文章题为《以意识形态代替科学知识的灾难——批评陈芳明先生的〈台湾新文学史的建构与分期〉》，发表在 2000 年 7 月号《联合文学》上。面对陈映真对《台湾新文学史的建构与分期》一文的严正批判，陈芳明迅捷地在同年 8 月号的《联合文学》上发表《马克思主义有那么严重吗?》的反批评文章。陈映真不甘心自己所钟爱和信仰的马克思主义受辱，分别在《联合文学》同年 9 月号、12 月号上发表《关于台湾“社会性质”的进一步讨论》、《陈芳明历史三阶段论和台湾新文学史论可以休矣——结束争论的话》，继续批驳陈芳明的分离主义谬论，战火延至 2001 年底才稍歇。

台湾文坛之所以将这场论争称为“双陈大战”②，是因为这两位是台湾知名度极高的作家、评论家，互相都有不同的政治背景，如陈芳明曾任民进党文宣部主任，陈映真曾任中国统一联盟创会主席和劳工党核心成员。另一方面，他们的文章均长达数万言，且发表在台湾最大型的文学刊物上，还具有短兵相接的特点。大陆学者也参与了这场论战，写了文章声援陈映真。这是世纪之交最具规模、影响极为深远的文坛上的意识形态之争，堪称 21 世纪“统独”两派最豪华、最盛大的一场演出。

和 70 年代后期发生的乡土文学大论战一样，这是一场以文学为名的意识形态前哨战。“双陈”争论的主要不是台湾文学史应如何编写、如何分期这一类的纯学术问题，而是争论台湾到底属何种社会性质、台湾应朝统一方向走还是走“台独”路线这类政治上的大是大非问题。“双陈”大战过后，陈映真用“许南村”的笔名编了《反对言伪而辩——陈芳明台湾文学论、后现代论、后殖民论的批判》一书，③ 陈芳明也把他回应陈映真的三篇文章，收在新著《后殖民台湾》④中。

这“双陈”中的“独派”理论家陈芳明，除大力抨击台湾左翼文坛祭酒陈映真外，还写过嘲讽大陆学者撰写台湾文学史的文章，认为他们不是“发现”而是在“发明”台湾文学史⑤：把根本不存在的“中国台湾文学”硬说成是客观存在。其实，这“发明专利”不属于大陆学者，而属于台湾的本土作家张我军、杨逵和叶石涛等人，如——

张我军说：“台湾的文学乃中国文学的一支流。”⑥

杨逵在 20 世纪 40 年代末写的《台湾文学问答》中也说过“台湾是中国的一省，没有

---

① 陈芳明：《台湾新文学史》，台北，联经出版公司 2011 年版，第 27、30、304 页。

② 杨宗翰：《文学史的未来/未来的文学史?》，台北，《文讯》杂志，第 183 期，2001 年 1 月号，第 51 页。

③ 该书由台北人间出版社 2002 年出版。此书另收了一篇陈映真未发表的《驳陈芳明再论殖民主义的双重作用》。

④ 该书由台北麦田出版社 2002 年出版。

⑤ 陈芳明：《现阶段中国的台湾文学史书写策略》，台北，《中国事务》，2002 年 7 月第 9 期。

⑥ 李南衡编：《日据下台湾新文学 · 明集 5》（文献资料选集），台北，明潭出版社 1979 年版，第 81 页。

对立。台湾文学是中国文学的一环，当然不能对立。”①

还未转向为“台独”论者的叶石涛在其早期著作中亦说过类似的话：“台湾新文学始终是中国文学不可分离的一环。”②

我们之所以认为台湾文学是中国文学的一部分，从文学的发生发展看，与台湾最具有血缘和历史文化关系的不是日本，而是祖国大陆；从地缘来看，台湾永远都无法与神州大地剥离。再从作品使用的语言看，绝大部分作家运用的都是北京话，只有禁止使用中文的日据时期才用日文写作。现在有人提倡所谓“台语写作”，这“台语”其实是中国方言，无论是闽南话还是客家话，都是从大陆传过去的。即使纯用“台语”写作，也不能由此将台湾文学与中国文学、日本文学并列，因为说到底台湾文学不是国家文学，而是中国一个地区的文学，用地方语言写作，只不过是更富于地方色彩罢了。

说到“发明”台湾文学史，那些分离主义理论家才是当之无愧的“发明家”。他们不但将本是同根同种同文的台湾文学“发明”为与中国文学无关，还“发明”了“台湾民族”、“台湾语言”、“台湾文字”，并“发明”了贻笑大方的“闻名台外”成语，还有什么“卖台”“台奸”等政治术语。在“台语写作”上，则发明有“母语建国论”。③ 在此论指导下，出现了林央敏讲“台语”、“台语文学”与台湾的土地、社会、民族、文化的关系的“民族文化论”与“民族文学论”。另还有“言文合一”论、“活语”论或“熟语”论、台湾文学“独立”论、台湾作家的信心觉醒与尊严论、文学原作论或创作论、文字化实践论、“台语”提升论、挽救“台语”论、台湾文学代表论④。“发明”这么多“论”，属疲劳轰炸，弄得人无耐心去钻研这些人为制造的“理论”。

## “雄性文学史”雄在何处？

陈芳明不仅是陈映真的劲敌，也是大陆学者的重要对手。他的《台湾新文学史》，堪称“反攻”大陆学者的代表作。

在《台湾新文学史》第一章，陈芳明曾用很大的篇幅来批判或曰“反攻”大陆学者所奉行的所谓“中华沙文主义”⑤，将在大陆出版的肯定台湾作家憧憬祖国的各类文学史，说成是把台湾文学边缘化、静态化、阴性化，是一种“阴性文学史”，而把他自己写的说成是具有台湾主体性独立性的所谓“雄性文学史”。⑥ 那我们就来看看他的“雄性文学史”吧。

在《台湾新文学史》出版后，陈芳明接受记者采访时称：“不希望用后来的某些意识

---

① 台北，《台湾新生报》，1948年6月25日。

② 叶石涛：《台湾文学史纲》，高雄，文学界杂志社，1987年。

③ 台文笔会编：《蒋为文抗议黄春明的真相》，台南，亚细亚国际传播社，2011年。

④ 方耀乾等人专门座谈：《台语文学的一百个理由》，高雄，《台文战线》总10期。

⑤ 陈芳明：《台湾新文学史》，台北，联经出版公司2011年版，第27页。

⑥ 陈芳明：《台湾新文学史的建构与分期》，台北，《联合文学》，1999年8月号。该文称大陆学者写的是“阴性文学史”，他要写一部“雄性文学史”对抗所谓“中国霸权”论述。出书时这些话被删去。

形态或文学主张去诠释整个历史。它在你们出生之前就已经存在了，不能把过去的历史收编成当前一个政党的意识形态。我主要的出发点在于，我不想替蓝或绿说话，而纯粹为文学与艺术发言。”①作为资深的“独派”理论家陈芳明，进入学术界时要完全隐去“雄性”身份——由政治色彩鲜明的“战士”蜕化为无颜色的“院士”，谈何容易！书中将中国与日本并称为“殖民者”和多次出现抗拒“中国霸权”论述的段落，明眼人一看就知这种所谓“雄性文学史”是在替“绿营”发声。在第九章中还对光复后担任《台湾新生报·文艺》周刊主编何欣所主张的“我们断定台湾不久的将来会有一个崭新的文化活动，那就是清扫日本思想遗毒，吸收祖国的新文化”持嘲笑和抨击的态度，这种“去中国化”的做法完全是在替民进党说话，是陈芳明“独派”胎记未褪尽即并没有完全转化为“自由派”的典型表现。和这一点相联系，陈芳明把陈映真的小说称作“流亡文学”，和彭瑞金称余光中作品为“中国流亡文学”一样，也是出于意识形态偏见。陈映真尽管也写台湾的大陆人，写他们在异乡的种种遭遇，但与所谓“中国流亡作家”白先勇写的作品截然不同，两者不可以相提并论。更奇怪的是论述“反共文学”时，陈芳明说“反共文学暴露的真相，尚不及80年代伤痕文学所描摹的事实之万一。“反共文学”可能是虚构的，但竟然成为伤痕文学的‘真实’。”②这就是说，大陆的伤痕文学比当年的“反共文学”还要“反共”。这真是语出惊人，可惜与事实相差十万八千里。

众所周知，大陆的伤痕文学，全部发表在官方主办的报刊上。如果作品有“反共”倾向，能允许发表吗？现在这些伤痕文学的作者，无论是在海外的卢新华或还是在大陆的张贤亮、丛维熙，都照样来去自由并发表或出版作品。当然，伤痕文学也的确有“反”的内容，但反的是中共的极左路线和否定历次政治运动对知识分子的不公正待遇，而不是要推翻现政权。陈芳明口口声声说要“以艺术性来检验文学”③，这使人想起司马长风在《中国新文学史》的附录中吹嘘自己的书是“打破一切政治枷锁，干干净净以文学为基点写的文学史”④，可司马长风当年未做到，现在陈芳明也未必能做到。陈氏在第十一章中对大陆伤痕文学与台湾“反共文学”所作的这种非学术比较，不仅掉进了“蓝营”意识形态的陷阱里，而且还从“雄性”蜕化为“阴性”，即给大陆学者说的“两岸文学一脉相承”提供了最佳佐证。陈芳明就这样左右逢源，蓝绿通吃。

## 能“宽容看待皇民文学”吗？

钟肇政的《台湾文学十讲》⑤虽是类文学史，但在两岸争夺台湾文学解释权方面也

---

① 黄文钜：《从文学看见台湾的丰富——陈芳明X纪大伟对谈〈台湾新文学史〉》，台北，《联合文学》，2011年11月。

② 陈芳明：《台湾新文学史》，台北，联经出版公司2011年版，第304页。

③ 黄文钜：《从文学看见台湾的丰富——陈芳明X纪大伟对谈〈台湾新文学史〉》，台北，《联合文学》，2011年11月。

④ 司马长风：《答复夏志清的批评》，台北，《现代文学》复刊第2期，1977年10月。另见司马长风《中国新文学史》上卷，香港，昭明出版社，1980年4月第3版。

⑤ 钟肇政：《台湾文学十讲》，台北，前卫出版社2000年版，第14、35、15、229页。

具有典型意义。

台湾文坛有“北钟南叶”之说，可这位“北钟”即钟肇政的理论思维能力远远比不上叶石涛，故他只有应武陵高中所做的十场台湾文学讲座的记录——《台湾文学十讲》。该书“台独”意识浓厚，这表现在给台湾文学下的定义时称：“台湾文学就是台湾人的文学”，而“不是中国文学的一支，也不是在台湾的中国文学”。① 作为本土的台湾文学，带有传统的反抗意识——反抗“就是反国民党的统治”②。这里把国民党等同于中国，并从“反抗”方面立论，这显然不是审美判断，而是典型的政治挂帅。钟肇政还认为，日本投降台湾光复，“事实上也等于被殖民的状况，跟日据时代是五十步与一百步之差而已”。③ 这里把国民党看成外来政权，是所谓“殖民者”，系出于“台独”意识的偏见，是从政治出发的判断，偏狭性非常明显。“十讲”还为“皇民文学”减压。钟肇政提出一种不同于陈映真的看法：“宽容看待皇民文学”④，认为在日本人的高压统治下，作家写一些违心之论情有可原，不能脱离当时的历史背景，用严苛的眼光看待。

所谓“皇民文学”，通俗来讲就是汉奸文学。它系发生在 1937 年 8 月日本扩大对华南与南太平洋地区的侵略，占据了台湾之后所开展的“皇民化运动”的产物。如周金波创作于 1941 年的《志愿兵》，系台湾作家首次从正面表现日本帝国主义战时体制的小说。作品所写的台湾青年高进六，为了响应“圣战”的号召，将姓名改为带日本色彩的“高峰进六”。他认为为天皇战死可以提高台湾人的地位，因而写了血书上前线当志愿兵。

这个在台湾文学史上没有地位的日本法西斯国策文学之所以在台湾沉渣泛起，是因为为“皇民文学”翻案可以抹杀民族大义，这正与当下台湾汹涌澎湃的“台独”思潮相吻合。李登辉便是这股思潮的始作俑者。台湾内部出现的亲日思潮，为“皇民文学”的复辟制造了最好的温床。钟肇政为“皇民文学”喊冤和企图为它平反，是他丧失民族立场的表现，当时就曾受到具有强烈中国意识的本土作家吴浊流的抵制和批评。

钟肇政后来还有《“战后台湾文学发展史”十二讲》。这本书与“十讲”不同之处是补充了战后没有讲到的缺失，一直叙述到 90 年代之后。就“台湾文学不是中国文学”这点来说，两本书没有什么不同，有差异的是《“战后台湾文学发展史”十二讲》宣扬“台独”主张比“十讲”更露骨，如第十一讲谈到他自己小说中的台湾少数民族经验时，所使用的便是《他们不是中华民族》的标题⑤。在第三讲《我是台独三巨头？》中，则急于为自己辩护。

## 大陆研究台湾文学是“政治化妆术”？

某些台湾作家“反攻”大陆学者的第二种情况，以成功大学台湾文学系教授林瑞明

---

① 钟肇政：《台湾文学十讲》，台北，前卫出版社 2000 年版，第 14 页。
② 钟肇政：《台湾文学十讲》，台北，前卫出版社 2000 年版，第 35 页。
③ 钟肇政：《台湾文学十讲》，台北，前卫出版社 2000 年版，第 15 页。
④ 钟肇政：《台湾文学十讲》，台北，前卫出版社 2000 年版，第 229 页。
⑤ 钟肇政：《战后台湾文学发展史十二讲》，台北，唐山出版社 2008 年版，第 313 页。

发表的《两种台湾文学史——台湾 V. S. 中国》①为代表。此文从历史与现实两方面，论述、考察与批判台湾文学史建构的前后经历。其中《检讨台湾的台湾文学史》，批判陈少廷的《台湾新文学运动简史》的左翼立场，肯定叶石涛的《台湾文学史纲》和彭瑞金的《台湾新文学运动四十年》，并称当时还未正式出版的《台湾新文学史》的作者陈芳明为名满天下的"文化英雄"，而在《台湾统派隔岸借力》一节中，认为"中国研究台湾文学史是为了呼应对台政策所做的'政治化妆术'"，是统战工作的部分。这种说法连当年的叶石涛也不认可，他在《蹉跎四十年——泛论台湾文学的研究》一文中说："把它解释为'统战'的一部分，固然有助于我们保有阿 Q 式的自尊；其实，这是台湾学界不折不扣的不长进和耻辱。"②

林瑞明在批判陈映真的台湾文学史观时，提出台湾文学应该独立于中国文学之外来书写，并强烈反对政治介入学术，主张台湾文学研究应与政治完全剥离，认为文学史书写的出路正在于非政治化或去政治化。这是一种很大的迷思。文学史书写当然不应成为政治宣导的载体，让文学史家成为政治家的奴婢，但这不等于说，文学史写作完全可以脱离政治，一旦与政治发生关系就会丧失文学史的自主性。把特定时期、特定语境的政治抓狂与不带贬义的"政治"混同，把政治性与非自主性等同，显然不科学。

众所周知，在国族认同问题上，目前台湾人多数认同"中华民国"，但亦有像陈映真那样的左派认同海峡对岸的中华人民共和国，"也有人认同尚未存在的台湾共和国"。③ 林瑞明虽然未明确表示自己赞同第三种立场，但从其认为"台湾已有将近百年独立于中国"④的发展经验，"独树一帜的台湾文学"既非日本文学，更非中国文学，并过分夸大二・二八事件对台湾文学的影响，认为"皇民文学"不是"奴化文学"等论述中不难看出，他显然从学理上向往尚未存在的"台湾共和国"。可见林瑞明的主张与其实践是对不上号的。

人们充分注意到，用逃离政治为自己宣扬"台独"政治打掩护的林瑞明，对台湾文学的诠释隐含了一个权威"台湾学者"身份，其代表的是"台湾文学的主权在台湾"的立场。正是在这种意识形态支配下，林瑞明认为大陆学者只看到台湾作家在不同阶段挣扎过程中的"中原意识"，而忽略了"台湾意识"、"日本意识"的种种纠葛。基于这种看法，他对体现了"台湾人的自我认同"的台湾文学史书写引为同调。这也就不难理解，他在主持台湾文学馆和参与主编台湾文学及台湾作家全集的工作期间，把台湾文学范畴严格控制在本土作家之内，而对外省作家的资料整理及相关的研究工作，基本上采取的是"省略"或曰封杀的政策。

同属叶石涛、钟肇政、李乔、张良泽等精神光谱的"台独"学者，有激进与温和之

① 林瑞明：《两种台湾文学史——台湾 V. S. 中国》，台南，《台湾文学研究学报》，2008 年 11 月，总第 7 期。

② 叶石涛：《台湾文学的困境》，高雄，派色出版社 1992 年版，第 55 页。

③ 林瑞明：《台湾文学的历史考察 》，台北，允晨文化公司 1996 年版，第 73 页。

④ 林瑞明：《台湾文学的历史考察 》，台北，允晨文化公司 1996 年版，第 74 页。

分。林瑞明虽然不像李乔等人那样极端，但他批评大陆学者写的台湾文学史是“有中无台”，① 和李乔的“文化台独论”②并没有质的差异，不能因其涂上绿色的“政治化妆术”而认为他真的是笑傲烟霞的雅士，在超越政治。事实是大陆学者写的台湾文学史，既评价具有中国意识的外省作家，同时也写了大量具有台湾意识的省籍作家。如果说认同“台独”意识才是“有台”，那必然会大大缩小台湾文学的范围。试想，如果台湾文学史“开除”具有中国性的陈映真、余光中、白先勇等人，那台湾文学史还能成为“史”吗？

## 谁最有资格写台湾文学史？

为台湾文学写史本是一种艰难的选择，为台湾当代文学写史尤为艰难。因为当下文学的发展现状始终参与当代文学史的建构，这便造成当代文学生成与文学史研究的共时性特征。下限无尽头、尘埃未定、作家多半未盖棺却要论定，便使文学史家疲于奔命，新的作品尤其是网络文学永远看不完。

大陆学者研究台湾当代文学史则是难上加难。不仅是因为搜集资料的不易，还因为研究者未亲历台湾文学的转型和变革，缺乏感同身受的经验，另一方面还要转换视角，要丢弃研究大陆文学的条条框框，才不至于隔着海峡搔痒，这就需要深邃的学养，必须有智者的慧眼、仁者的胸怀和勇者的胆魄。

大陆学者虽然无法都做到智者、仁者、勇者三位一体，但他们还是本着别人难以企及的对台湾文学关注的热情多次前往宝岛考察，和外省/本省、西化/中化、强势/弱势各个派别的作家座谈，让自己感受到台湾文坛的变幻多姿和波谲云诡。流派纷呈的亮点和各大社团的明争暗斗，促使他们琢磨应如何描绘这座岛屿的文学地图。当求新求变的“地图”描绘完毕——如古远清著的《台湾当代新诗史》在台湾问世后，台北不少作家对古著作出诸多批评。这其中有正常的学术探讨，也包含有两岸对台湾文学诠释权的“争夺”。

本来，台湾文学史的撰写，不仅是如何为作家定位和如何诠释文学现象的问题，还涉及谁来定位、谁来诠释，甚至谁最有资格定位、谁最有权力来诠释的问题。最有资格者不一定是台湾学者或圈内作家，最有权力者也不一定是掌握学术权力与资源的人。像某台北诗人批评古远清写余光中在20世纪50年代初入台湾大学时，由于新中国成立后的厦门大学没有用“民国”而用公元的转学证明，导致险被拒之门外，他认为此事纯属道听途说③。林海音因为发表风迟的叙事诗《故事》④受到“总统府”的责问，认为该诗的“船长”系影射蒋介石，从而卷入所谓“匪谍案”而辞职一事，他认为纯属“报刊主编来

① 林瑞明：《两种台湾文学史——台湾 V. S. 中国》，台南，《台湾文学研究学报》，2008年11月，总第7期。

② 李乔：《我的心灵简史——文化台独笔记》，台北，望春风文化事业公司2010年版，第19页。

③ 落蒂：《介入与抽离——评古远清著〈台湾当代新诗史〉》，台北，《葡萄园》，2008年5月，第69页。

④ 台北，《联合报》，1963年3月23日。

来去去，没那么严重”①。这位批评者对这些诗坛重大事件居然不知道或不甚清楚，说明他对台湾文学的了解在某些程度上还不如大陆学者。由此反证，写台湾文学史不一定要台湾作家包办，对史料搜集狠下功夫的大陆学者也有资格和权利书写。古远清的《台湾当代新诗史》出版后能引发不少人的钦羡、不安、不满或焦虑，至少说明大陆学者的书写有一定的讨论价值。对大陆学者的著作不论是赞扬还是贬低，是爱不释手还是用论斤卖废品形容，② 均难于否定他们撰写的《台湾文学史》及其分类史在两岸文学交流中所起的作用。

谁怕大陆学者写的台湾文学史？当然是那些言伪而辩的“台独”论者。可有道是“不批不知道，一批做广告”，“反攻”大陆学者写的文学史只会引起人们阅读和购买的欲望，这是“反攻”者始料所不及的。

（载《台湾研究》2014 年第 1 期）

---

① 落蒂：《介入与抽离——评古远清著〈台湾当代新诗史〉》，台北，《葡萄园》，2008 年 5 月，第 70 页。

② 谢辉煌：《诗人 · 诗事 · 诗史》，台北，《葡萄园》，2008 年 5 月，第 77 页。

# 综　述

# 2014 年香港文学研究概况

凌　逾

## 第一部分　写活香港：2014 年星云奖、书奖与新著

### 一　奖落谁家：三足鼎立

2014 年，香港文学有三大家夺魁：黄碧云获红楼梦首奖、董启章获年度作家奖、西西获华文星云奖。他们斩获大奖，实至名归。

“红楼梦奖”即“世界华文长篇小说奖”，自 2006 年设奖以来，香港作家冲刺首奖，一直未果；直至 2014 年第五届，实现零的突破，黄碧云的《烈佬传》①赢得首奖。决审委员团白睿文、王安忆、陈思和等指出，该作题材出色，赢在叙述，将粤语口语精心提炼为平实结实、表现力内敛的文学语言，从叙述层面赋予不识字的口述者以主体身份和尊严。舒言论《烈佬传》②指出，该书以空间写时间和命运。所谓烈佬，是群行了宿命的路且不回头者。周未难是代表，食白粉，卖白粉，在不同时间不同地点入不同监狱，坐一世监。该书采用回忆结构，周未难六十多岁出狱，口述回忆故事，交叉使用粤语及书面语，让读者聆听卑微人物的声音，语言粗糙，却有真实新鲜感，将吸毒者、赌徒、黑仔还原为普通人，充满本土特色，再现阴暗世界多面体，反映香港历史的另类变迁。饶翔发文指出③，《烈佬传》易让人想到黄碧云的《烈女图》(1999)，并引用凌逾的论述：“《烈女图》以香港女性的命运浮沉，书写香港百年的近现代史。自古以来，烈女叙事不少。汉代有《列女传》，记载上古至西汉的百余名具有通才卓识、奇节异行的女子；而《明史·列女传》则专门记载节烈女，在入传的 290 人中，为夫守节、殉夫的女性约有 120 人，事迹都冰霜惨烈。古代典籍记载传奇女子，《烈女图》却反其道而行之，叙述平常女子的故事，书写普通女性的日常生活，她们在平凡、琐碎、坎坷的生活中历经磨

---

① 黄碧云：《烈佬传》，大田出版社 2012 年版。

② 舒言：《以另一种口吻述说香港——黄碧云的〈烈佬传〉》，《香港作家》，2013 年第 1 期，第 4 页，2013 年 1 月 15 日。

③ 饶 翔：《黄碧云〈烈佬传〉：以文字照亮那没有光的所在》，http://www.chinawriter.com.cn/bk/2014-08-08/77334.html，2014 年 8 月 8 日 07：08。

难，表现出坚韧的意志力和不屈的生存力量，这是当代的烈女。”①饶翔接着说，“烈佬、烈女”都显示出以一息尚存之烈和飞蛾扑火般卑微而顽强的生命力。全书共两部分：黑暗的孩子、命运之书。第一章“此处”倒叙阿难自11岁入黑道，为满足毒瘾，专扒美国水兵钱包，锒铛入狱。第二章“那处”再倒叙阿难进出监狱，周围人事变迁，物是人非。第三章“彼处”顺叙阿难出狱后生活，与瘾君子、精神病人、残疾者为伍，最后搬到老人院，戒毒，融入社会。小说的粤语叙述语言，给人阅读障碍感；阿难极度非主流的人生经历，也使人无法有代入感，因而产生出冷静观察的思考距离。烈佬口述一生，再大的事也只三言两语，不怨不憎，平淡中带出命运沧桑感；阿娇与之合伙行窃，因悲伤而试毒，阿难自问：如果当时没有给她那一粒，她的命运又会是怎样？这种快乐，要付上一生做代价。我们每做一件事，都不只是自己的事。《烈佬传》勾勒红尘人蚁的浮沉，成为丰芜的命运之书，一如白先勇《孽子》，细描在最深的黑夜里无所归依的孩子们，因不可违抗的命运而无罪得咎，具有人道主义式的浪漫与悲悯。黄碧云如实记录烈佬们的偶然命运、自食恶果、羸弱人性，交织成酷烈的人类丛林，以平静而坚忍的文字照亮被忽视的边缘角落——那没有光的所在。港台对比角度特别。

廖梅璇认为，《烈佬传》②平实简洁似口述报导文学，书写底层另类历史。写阿难阿牛的兄弟情谊，由古惑仔摇身变为议员的阿生，发达后抛弃未秋，与《七宗罪·忿怒》的七只手和阿雄仔相仿，该书以意识流写边缘人物绽放绚丽糜烂的恶之华，而《烈佬传》舍弃传奇笔法，语句省略处暗藏玄机；回归传统叙事小说，少用主观形容词，多用动作与对白；既书写阿难个人意志，也写生命过客的集体宿命。从《烈女图》的暴烈转向柔韧，《烈佬传》写移民木屋群大火、越战、六七暴动、越南船民偷渡潮、廉政公署成立、跨国资本等重大历史事件，将之与个人吸毒偷盗坐监等并置，将历史转化为日常。《末日酒店》写澳门，《烈佬传》回写香港，“佬”即边缘成年男子像黑暗孩子，被困在特定经验里，如孤寂的浮岛，不知历史何来，却为历史牵制，朝宿命未来漂移。连结黄碧云前后创作，为新作定位。

吴美筠认为③，烈佬之所以成传，与其话语模式及身世牵连不可分割。此前黄碧云多讲女子故事，自我放逐(exile)以《其后》为最。《烈佬传》摆脱阴性书写，以静谧语言进入失语沦落人的内心，无话语权的沉默者，存活于监房和板间房的无家者，不懂得讲，不愿多讲；第一人称书写阿难经历，叙述者隐藏于人物之外，扮演采访记录者角色，文句短促浅白，掺和方言俚语，有意摆脱过往书写的艰深，但在大中华阅读视野里，方言难懂。全书用本土语言掀开被忽略被搁置的身影，以暴烈美学的话语，保留香港叙述历史的特例，标志着本土小说创作的范式转移。

《字花》设“小说的宽容——《烈佬传》小辑”于2012年9至10月号。一直精研黄碧

---

① 凌逾：《中国女性主义的自我赋权叙事策略》，《学术研究》，2010年第4期。

② 廖梅璇：《航渡遗忘——〈烈佬传〉》，2013年5月13日，http：//erenlai. com/tw/home/item/5324-2014-02-16-10-15-07. html

③ 吴美筠：《烈佬夺魁——从自我放逐到天涯沦落人》，“香港文学评论学会”策划之“《香港文学》小说展评论特辑”，港人字讲，2014年12月第360期。

云的黄念欣有《或此或彼读黄碧云的〈烈佬传〉〈烈女图〉或人的选择》①；卢劲驰有《朝向现实的思索——读〈烈佬传〉短札》②。为写书，黄碧云费时7年，前往监狱探访，观察囚犯的入狱或离世，感受他们的喜怒哀乐，访问道友及社团人士，为寻找适切的语言，重写了三次。其实，艾晓明1999年至2000年赴美国田纳西州南方大学任访问学者时，曾到监狱帮助中国、墨西哥犯人学中英文，写成纪实作品《我的监狱之行》，两作可对读。

2014年，黄碧云推出新著《微喜重行》③，自称是写给哥哥的遗书④："人死了七年，永远看不了遗书，遗书对他也无效，等于呼救无门。这是无人听的祷告与忏悔。"书写对哥哥的忏悔与祷告，回想生命、反省生命。该书讲述一对感情复杂的兄妹如何摆脱超越正常的情谊，最终各自获得灵魂救赎的故事。李颖、郭泽纯指出，该书处处瞥见惨淡之美——阴郁压抑的叙述风格，冷静且充满死亡味道。倘若时光有终结的点，便让它停驻在黄碧云感叹世事无常、思忖生存或死亡的哀美文字之中⑤。

继刘以鬯、西西、也斯、陈冠中之后，董启章获评为2014年第25届香港书展"年度作家"。是年，出版新作《美德》⑥。朱嘉荣《"自然史三部曲"与"V城"的延续》⑦指出，自2005年"自然史三部曲"巨著起，董启章打破香港现有小说框架，探索文学与科学结合的可能性，前几本长篇给人读不尽读之感，为此，三部曲下半部拆分细化。董启章谋求创造宏大的小说世界——V城，《天工开物》叙述V城史，呼应明朝宋应星著述古代各项技术及物品的发展与形成，以物发展史，重组家族史、香港史；《时间繁史》以"我"叙述，以时间科学建构婴儿的宇宙世界；《物种源史·贝贝重生之学习年代》"书"叙述，串接古今中外人事。中篇《美德》聚集曾出现或未出现过的人物，是浓缩版自然史三部曲，在《学习年代》四年后。此前已有V城系列四部，以小说笔法写历史文化、生存状况，创造虚实一体的香港。董启章认为，现今香港正高速走向崩坏，既危险又混乱。《美德》以"先见、后见"两线接续V城故事。后见的石兼美，从抱石行为艺术逐渐了解内心的另一面；先见的咖啡店经理林秉德，善于读心，了悟咖啡店内形形色色的人物。男女主角渗透出老庄思想：庄子人物合一的思想见于石兼美；老子养尊处优的

---

① 黄念欣：《或此或彼　读黄碧云的〈烈佬传〉〈烈女图〉或人的选择》，《字花》第39期，第102-105页，Sep-Oct 2012。黄念欣：〈怀乡音——一个教书女子的尤里西斯〉，《字花》第49期，第30-31页，MAY-JUN 2014。

② 卢劲驰：《朝向现实的思索——读〈烈佬传〉短札》，《字花》第39期，第87页，Sep-Oct 2012。

③ 黄碧云：《微喜重行》，天地书局，2014。

④ 李颖、陈佩佩：《致予哥哥的遗书——黄碧云新书〈微喜重行〉》，2014年7月16日，http：//media. stu. edu. cn/hkbookfair/？ p=951。

⑤ 李颖、郭泽纯：《2014年香港书展不能错过的十本好书》，2014年7月26日。

⑥ 董启章：《美德》，台湾联经出版公司，2014年4月。

⑦ 朱嘉荣：《"自然史三部曲"与"V城"的延续——读董启章〈美德〉》，港人字讲，2014年9月21日。朱嘉荣，香港公开大学中文系学生。第十届香港文学节征文比赛公开组亚军。叶长文整理，来源：晶报，http：//www. book110. com/2052. html。

思想见于林秉德。林秉德因善读心，过多思考和忧虑，不愿与人深交，活在一个人的世界，难以融入社会，行为被自己过多的忧虑限制。结尾时，他看到石兼美挂的“那行字”，象征她没有自己的思想，做任何事都不顾后果，只听从他人指示。这两种与社会分离之人，都在V城寻找自己的存在与定位。书中人物超百，像人物浮世绘，透过石兼美和林秉德，带出每个人在生活中对自身存在的反思。《美德》是引子，是继续创作自然史三部曲的动力引擎。此外，谭以诺写了《董启章与美德》①，赵晓彤写了《作家剪影：董启章的凑仔经》。②

2014年12月7日，“第四届全球华人华文文学星云奖”和“第六届星云真善美传播奖”联合举办赠奖典礼，星云奖“贡献奖”颁给西西。全球华文文学星云奖评审主任委员李瑞腾撰文指出，③ 西西是位全方位的香港作家，诗、散文、小说、剧本诸文类都备受称扬，自20世纪60年代以来，始终坚持女性、香港性与国际性的根本立场，从自我主体经验、香港城市繁荣与沧桑、港人的群体个性，乃至从此游离出去的足迹印记之书写，传达人物我和谐共生的价值。写法上极富实验精神，创造出多元写作模式，如以现代感重演神话，如《致西绪福斯》；历史长篇《哨鹿》写乾隆狩猎，历史真实和虚拟故事搭配得宜。稽其十余部小说作品集，均以香港为场域，探索其内在肌理，以文字重建我城，从肥土小镇到现代化大城，历史一路迤逦而来，人在其中如何追求幸福，是西西不断叩问的主题。从以刚果战乱为背景的《玛丽亚》，到《像我这样一个女子》、《哀悼乳房》，都让人看到圣洁的形象、健康面对自我生命的向上向善的力量。

## 二　2014第七届香港书奖

2014年6月，第七届香港书奖颁给12本书：也斯《浮世巴哈》和《也斯的五〇年代——香港文学与文化论集》、陈智德《地文志：追忆香港地方与文学》、安裕《安裕周记——思前想后》、陈国球《抒情中国论》、李欧梵《情迷现代主义》、蔡思行《邮票中的香港史》、蔡炎培《从零到零——蔡炎培自选集》、李维怡《短衣夜行纪》、廖伟棠《寻找仓央嘉措》、潘国灵《静人活物》、麦高登《世界中心的贫民窟：香港重庆大厦》。

诗人学者陈智德④推出新书《地文志：追忆香港地方与文学》⑤，分两卷，上卷“破却陆沉”，梳理香港前辈和同代作者的香港城市故事、经验描写，文学笔法描画香港地区，述说、引用、评论，再加论者自身的地方生活体验，互相印证。下卷“艺文丛谈”，讲书与城：香港的老书店、二楼书店、文艺刊物，寻找文化的历史烟尘。全书糅合不同文类：地方纪事、掌故拾遗、成长回忆、文学谈片，还时常穿插个人及他人的诗作。再

---

① 谭以诺：《董启章与美德》，《字花》，2014年5-6月第49期，第12-15页。

② 赵晓彤：《作家剪影：董启章的凑仔经》，《香港中学生文艺月刊》，2014年4月15日，第39期，第60-63页。

③ 李瑞腾：《文坛行走：像西西这样一位香港作家》，2014年11月5日。

④ 陈智德评论集《愔斋书话》于2007年获第九届中文文学双年奖评论组推荐奖，诗集《市场，去死吧》于2009年获第十届中文文学双年奖新诗组推荐奖，2012年获选参加美国爱荷华大学“国际写作计划”。

⑤ 陈智德：《地文志：追忆香港地方与文学》，联经出版事业股份有限公司2013年版。

认识地方空间，为香港文化身世补白。彭砺青①指出，陈智德将自身文学经验与香港“记忆所在”叠合，用前清遗老游历宋王台时题写的旧体诗开笔，掺杂遗老和徐讦的怀乡之思和追昔之情。九龙城寨是作者童年居地，原属三不管地带，南来移民聚居；调景岭是旧政权一代人南来垦殖的眷村。附近的启德机场负载了朋友移民前的离愁别绪，机场搬迁意味旧事物在城市发展中消灭。论者比较分析陈智德、马博良的《北角之夜》、也斯的《北角汽车渡海码头》。王德威认为这是抒情考古，地方经作者审视，呈现出个人色彩。高山剧台是一众同代人接触地下摇滚音乐的圣地；岭南大学任教时曾到附近墓地考察，虎地令人想起越南难民。全书以个人成长史为经，以文学为纬：写维园，引用李金凤《公园中的哭声》、辛其氏《红格子酒铺》、钟玲玲《记一九七二年大水》等片段，重构70年代的保钓运动。《历史和它如果存在的真实》指出，小说记录作家参与活动经验，即使那是片面的记录，也有可能反映历史现场。建构我城，写个人故事，抒情考古不能取代历史位置，但能在权威以外，更有人情味地填补阙如的部分。彭砺青②还指出，城市景观不断变化，城市是资金、人力流动的空间，政府实施城市现代化计划，拆除旧物，引致记忆散失，找不到本来身份。《地文志》既钩沉文学史和历史，也重建失落的城市文学记忆。上卷讲述香港几个行将消逝的地区，个人成长历程成为主轴，像帕慕克的《伊斯坦布尔》。《破却陆沉：从芒角到旺角》，比较叶灵凤《香港方物志》、罗香林《香港与中西文化之交流》、刘蜀永《香港史略》等书，证明旺角是古今不明的忧伤之城。王充《论衡·谢短篇》认为，知古不知今就是陆沉，知今不知古就是盲瞽。现代香港人基本是无根之人，作家学者将地方当成城市，通过书写记忆来记载。下卷描述少年常驻足的书店，既有卖杂志漫画和文史哲二手书的复兴书店肥佬老板，也有在咫尺书架里操外省话的贻善堂店主一家，更有被书籍压死的青文书屋老板罗志华……这些在社会边缘挣扎求存的小人物，都是对抗资本主义市场的奇人异士。《地文志》以介于文学书写和历史钩沉的方式，保留一代人对城市经验的记忆，引用诗歌自我回溯和反省，让人想象在特定历史情景下港人的世界。

梁文道主持“开卷八分钟”③也推介《地文志》，论者谈成长共同体经验，触动港人的心扉。写香港本土，既要批判又要追忆、关怀，还要承接大传统和世界。陈智德捡拾丢在历史废纸篓的东西，有怀旧癖，上卷书写地方空间，如九龙城、维园、北角、旺角、红磡、屯门、湾仔、达德学院甚至儿童乐园。地文志描写地方的前世今生，关注文学如何呈现地方，借文学史跟地方史对话，谈个人对地方看法，不用学者考证写法，以诗为证，给人梦幻感，显现在新闻、统计资料中难见的真实。写小时去九龙城寨，攀上高耸而狭窄的木楼梯，像只流窜的蟑螂。有人被审判的电视新闻画面，大人们有的切齿愤慨有的低声婉叹，傍晚过后收音机播送鬼故事，传来乐曲锣鼓喧天女声婉转，夹杂众

① 彭砺青：文学追忆我城：http：//paper. wenweipo. com/2014/04/14/BK1404140002. htm。

② 彭砺青：《城市需要记忆，记忆需要文学》，http：//jb. sznews. com/html/2014-04/12/content_2839758. htm。

③ 梁文道：开卷八分钟（一、二）：http：//book. ifeng. com/kaijuanbafenzhong/wendang/detail_2014_05/19/181828_0. shtml。

人不息的争闹，我不知应该掩耳还是学习。谭以诺论《陈智德式的“书言志”——〈地文志〉的香港地景》①。

以外来者眼光观察香港，以双脚行走，以双手书写，为游记文化散文，有刘克襄《四分之三的香港：行山、穿村、遇见风水林》②，其十多年前已在台湾进行自然观察、历史旅行与旧路探勘，有《野狗之丘》《风鸟皮诺查》《台湾鸟类研究开拓史》《永远的信天翁》《11元的铁道旅行》等20余部作品。2006年受邀到港讲学，课余热衷行山，且行且远，挖掘出隐藏版香港：“香港有四分之三的郊野，四分之一的城市，城市和郊野如此接近，是世界上其他城市所没有的，但人们只看到香港的四分之一，却不知其余四分之三的意义。”香港原是生态城市，保留英国式铺法的水泥小径，行人行走山间，可见有机农场、自然学校的教育场地、寺庙也多，没有过度开发的干扰。近年来，台湾的地志空间书写盛行。方梓指出，作者书写故乡、旅行走踏之地或钟情的某些所在，以情与地志，人与空间书写脚下的土地景物，呈现地理、地貌、人文等特色，而以女性为基调的地志空间书写，有方梓《采采卷耳》、郝誉翔《温泉洗去我们的忧伤》等散文③。刘克襄写台湾来香港的行脚，也有大陆往台湾的行脚，如李娜深入台湾原住民居住地，同吃同住同甘苦，做田野调查，做扎实的人类学、社会学、文学、音乐学研究，写就《流浪之歌》④《无悔——陈明忠回忆录》⑤两书，文笔优美流畅，开辟出田野调查类新书写，为学界瞩目。

其实，香港地志小说早有董启章1997年出版的《地图集》，凌逾认为其开创出了地

① 谭以诺：《陈智德式的“书言志”——〈地文志〉的香港地景》，《字花》47期，2014年1至2月。

② 刘克襄：《四分之三的香港：行山、穿村、遇见风水林》，远流出版公司，2014年4月。

③ 方梓：《女性与空间书写——从方梓〈采采卷耳〉、郝誉翔〈温泉洗去我们的忧伤〉谈台湾女性地志散文》，

④ 李娜：《流浪之歌：林班歌，部落志》，台北：人间出版社2014年版。1990年代原住民当代创作歌曲进入流行乐坛。其实，原住民一直在创作，部落早已拥有自己的流行音乐。20世纪50—70年代，在伐木外销争取外汇政策下，部落族人受雇在“林班”做育苗、砍草、整地的工作，开始现代意义上的货币劳动。在单调的劳动工作中产生了一种歌谣：从部落的旋律和腔调而来，逐渐以新学习的国语为主，跨部落、跨族群地流传；又从部落的篝火旁，唱到城市的工地中、唱到远洋的渔船上，唱着思恋和流浪。歌词直白，却蕴含了半个世纪的悲欢离合；曲调简短，却融汇了千年古调、日本演歌、西洋民歌及流行音乐的元素；它是一无所有的劳动者的慰藉，也是回顾来路、思考未来的武器。这些歌谣，烙印着原住民族从氏族传统走入民国的现代化足迹。究其起源，我们称之为“林班歌谣”。

⑤ 李娜整理编辑，吕正惠校订：《无悔——陈明忠回忆录》，台北：人间出版社2014年5月版。陈明忠，1929年1月2日生于高雄冈山，知名社会运动家、社会主义理论家，在戒严时期两度被捕入狱，是台湾最后一位政治死刑犯，坐了21年的黑牢，二二八事件时，是台中农学院学生兼谢雪红领导的二七部队（到埔里后改编为“台湾民主联军”）突袭队长。一生经历日本殖民统治、二二八事变、五〇年代白色恐怖、党外民主运动，用一生实践、反省和思辨，探索着民族和平统一的未来和人类全面解放的道路。该书经过多次访谈，再由李娜编辑整理、吕正惠校订，展现出如台湾历史般波澜壮阔的陈明忠一生。

图空间叙事学①。香港还创设了"香港文学地景资料库"网站②：储存十八区文学地景的数据，包括文学篇章、景点地图、散步路线、笔记纸，让人重温散步经历，也让人自行规划文学散步路线，共享文学教学资源。该库为"轻松散步学中文"计划成果之一，由香港中文大学香港文学研究中心与大学图书馆共同营运，并获语文教育及研究常务委员会资助。文学散步概念由卢玮銮提出，其《香港文学散步》通过文学景点实地考察推广香港文学。

也斯《浮世巴哈》③收 72 篇杂文，有数篇长文，写于 2012 年接受化疗时，岭南大学教学未停，又忙于推进香港文化事业，深感时不我与，足迹遍及全球。一生岂止行万里路且无从中国看世界的中心情结。李欧梵指出，也斯情迷香港④："一生 live life to the full。"香港有广纳百川的亚洲商埠地位，是另类国际性(cosmopolitan)大都市，是浓密拼凑的(collage)城市，而不是极端理性秩序的都市设计产物，不按理出牌，都市空间混乱无序，充满流动性、灵活可能，人在空间夹缝中感受到其妙处。也斯在既乡土又洋化的环境中长大，在前辈文人宋淇、刘以鬯等熏陶下，从反叛的文艺青年成长为香港文学的代言人和支持者。也斯的创作特色在于包容、对话和多元，跨艺术、跨文类、跨国界，形式多元：如受"本土文化通才达人"黎键鼓励，以现代手法改编《牡丹亭》等。多和想象朋友"你"对话，对话体给人亲切感。对话需要包容，不排斥任何文艺潮流，这也是拜香港之赐，更是文化国际主义的表征。关心本土文化，极力把世界文化介绍到香港来，到不同国家和不同文人交流。所阅中外新旧影片数以千计，看法国新浪潮和意大利名片长大，写《意大利电影的人文关怀》；关注新片，如李安《少年 Pi 的奇幻漂流》。李欧梵撰文悼念也斯⑤，当年美国引导学生接触香港，首先赏读也斯的《超越与传真机》(Transcendence and the Fax Machine)，呈现学者在物质文明猖獗的香港的生活，论文想传给国外的学者，不料传真机传回商业广告，学生说这简直是超现实主义的黑色幽默。李欧梵说其认识港澳文化的启蒙老师是也斯，其教学方法很简单：食物和漫游。其国际性的叙述方式是游荡和流浪，好像把波德莱尔(Baudelaite)的"都市漫游者"(flaneur)化为香港人。也斯已进入香港文学史，对香港文学卓有贡献。《也斯的五〇年代——香港文学与文化论集》⑥，是其生前最后的大型研究项目，讨论那个时代的香港文学和电影、都市文化、文化身份等，从传承转化的角度，讨论宋淇、马朗、桑简流、曹聚仁、叶灵凤、李维陵等创作。该研究为香港文化研究带来新的方向和启发。

李欧梵论著《情迷现代主义》⑦指出，现代主义兴起于 20 世纪 20 年代，为反抗 19 世纪末的陈规旧矩，转而用感情上更真实的方式，来表现真正的感受与想法。书名源自

---

① 凌逾：《后现代的香港空间叙事》，《文学评论》，2009 年第 6 期。

② 香港文学地景资料库：http：//hkliteraryscenes. wikidot. com/start。

③ 也斯：《浮世巴哈》，牛津大学出版社(中国)有限公司 2013 年版。

④ 李欧梵：《情迷香港》，2013 年 6 月 16 日，晶报深港书评特刊，http：//jb. sznews. com/html/2013-07/13/content_2549642. htm。

⑤ 李欧梵：《〈情迷现代主义〉试读：忆也斯》，http：//book. douban. com/reading/32802097/。

⑥ 也斯：《也斯的五〇年代——香港文学与文化论集》，中华书局(香港)有限公司 2013 年版。

⑦ 李欧梵：《情迷现代主义》，牛津大学出版社(中国)有限公司 2013 年版。

电影《情迷午夜巴黎》，由老友林道群催生，帮忙收集近几年香港报刊文章，如《苹果日报》《明报》《明报月刊》《信报月刊》等。论者重回台大外文系读海明威、费兹觉罗年代，回到初遇西方现代主义的60年代。王为松①指出，《情迷现代主义》省思在市场化环境中如何培养人文精神与鼓励创新；“百花谭文丛”出有李欧梵的《情迷现代主义》、郑培凯的《行脚八方》、陈子善的《纸上交响》等，意在唤回读者对百花散文小丛书的记忆。徐福伟②认为，李欧梵和董桥堪称香港散文界双璧。《情迷现代主义》既有对现代主义文学的推介，又有城市文化、人文精神的建构与深思，还论电影、话剧、歌剧、音乐等诸多方面，怀念友人，如《闲话王文兴》推崇其《家变》《背海的人》，盛赞也斯是香港文化代表，还回顾展望北岛主持的《今天》，《忆索尔蒂》《音乐巨人马勒》等，皆以探究主人公叛逆、独创的人文精神为核心。

潘国灵的《静人活物》③观察香港，犀利地写出了都市景观、意象心性，以身体、疾病、城市为框架，构筑充满肉身皱褶、疾病呓语、边缘人物、都会寓言、情绪缺口的文字堡垒。全书九篇短篇、一篇中篇，手法多变、各有所寓，合奏出一主题结构，再现对人性、存在及城市面相的敏感度和透视力，以静默又骚动、沉溺又疏离、荒诞又诗化的眼光书写生命。骆以军说：“如果董启章建筑了一座看不见的城市，天工开物之香港；那千万别错过潘国灵那鬼魅，如巨人脚底癣菌落，疾病隐喻的香港，像妖术收在故事最初时光的黯影之城。”李欧梵说：“潘国灵小说的寓言色彩独一无二，寓言即反思：不仅是对于个人经验的反省，也是对于存在的现代困境的后设评论。”陶然说：“潘国灵以《病忘书》《失落园》崛起于香港文坛，身兼小说家和文化评论家的身份，创作时既充满哲思，更不乏想象力，出入于常人并没有涉及的领域，笔下荒诞，内在却指向现实人间风云。”罗展凤指出：“物象、身体、写作者的分裂和存在方式，潘国灵新作弥漫幽微物语，并沉淀一个作家对写作本身的自省反思。诗化哀绝，在寻常中写出诡异。”凌逾④指出，给一个支点，潘国灵小说就能撬动世界。哪怕就是石头、皱纹、套娃、不动人偶、蛋糕商场、电梯大堂这些微乎其微的支点，他也能由此创造出一套套的故事来，绝不重样。潘国灵先生的才气在于巧思、才睿、灵气⑤。邓文娟认为，“潘国灵小说虽然多为中短篇小说，但其十余年不断地短跑，其实相当于长跑，所有小说从内部已构成一个连贯紧密的书写系统”。钟晓毅指出，“潘国灵本质地再现容颜与情爱相生相克又相恋相悖的吊诡的生存氛围，由激情到平淡的缓慢的、日复一日无边寂寞的生活，既没有刻骨的抱怨，当然也没有无边的奢望。在不急不躁、不愠不火却机智过人的讲述中，真的人生就这样复活了”。廖伟棠论《俄罗斯套娃》：“结构严密，感情埋藏克制而深远，就如俄罗斯套娃，是好小说。”黄静则论《密封，缺口》：“人物在最日常真实的现代城市

---

① 王为松：《情迷现代主义》：http：//book. hexun. com/2014-11-12/170290562. html。

② 徐福伟：《欧梵先生的“情迷现代主义”》，http：//xmwb. xinmin. cn/html/2014-11/30/content_18_1. htm。

③ 潘国灵：《静人活物》，联经出版事业股份有限公司。

④ 凌逾：《睿思才慧巧笔墨——潘国灵小说集〈静人活物〉短评》，2013 年 7 月 3 日：http：//www. lawpun. com/？ mod = iColumn&cmd = showCAS&caID = 368。

⑤ 名家推荐语：http：//www. lawpun. com/？ mod = userPage&menuKey = tableau_vivant。

景观中，发现了异色魔幻；与其说这是身体上的游移飘荡，毋宁说这是叙事眼光的调整，开列人与城市之间的审美距离之戏剧化路径；与其说现代空间的某种历史偶然超逾常理，毋宁说这是人的结果，破碎如人与空间的关系、人与人的最后感通。回程并非归路，破碎也是克制；在创作里来回，好比从未出发，不曾离开文字城堡，缺口就是写作。张历君论《我城零五》："七一大游行以一种轻松的嘉年华形式，达成了沉重的政治任务，正是从这一有关轻和重的悖论组合那里，潘国灵获得了一种摆脱西西的政治局限性的写作形式。"

香港中文大学人类学家麦高登(Gordon Mathews)论著《世界中心的贫民窟：香港重庆大厦》①获好评。该大厦因王家卫电影《重庆森林》和旅游书系"Lonely Planet"的推介，名扬海外。大厦建于1961年，17层共770个单位，位于九龙尖沙咀闹市，毗邻高级酒店商场，但却是非洲和南亚商家的重要交易所，被喻为"香港少数族裔的九龙城寨"，被美国《时代》选为亚洲最能反映全球化、多元文化之地。该楼有来自120多个国家的外来客：店主经理、家庭佣工、性工作者、瘾君子、政治避难者、临工、游客，流通英语。该书讲述他们的故事，指出大厦不仅是各色种族出没之地，是第三世界国家成功人士俱乐部；还推动发展中国家经济，扮演全球文化超市角色，为低端经济全球化中心(low-end globalization)，为香港的他者之岛(an island of otherness in Hong Kong)，揭露大厦居民与国际商品、金钱、理念的错综联系，各色人种在大厦内，仿如世界公民，他们多认为自己只是暂居香港，但梦想未必是回到祖国，而是移民到新的国家：这是不得已的世界主义。

有读者指出，全书关键词让人印象深刻：低端全球化、避难者、新自由主义②。低端全球化指"人与物在资本投入低和非正式经济(半合法和非法)情形下的跨国流动，其组织形态常与'发展中国家'联系"(第36页)。重庆大厦是低端全球化的鲜明场所，将货品从低端全球化的中心运向世界各地的中心。这群商人在电商时代，依旧固执地相信必须亲自验货、诚信才是王道。大厦整个建筑属于循环自生系统，任何东西均可在此购买，外来者可一直居于此地，足不出户，因而避难者最青睐此点。从2006年至2009年，论者每周一至两晚居于此，亲历其境，每周为避难者开门时事课程。时事课程像大学研讨会，充满激烈辩论，议题包括非洲殖民主义、同性恋、其他星球上生命、网络未来、神的本质等。香港是自由放任经济和新自由主义经济的化身。重庆大厦大致是文明、和平、甚至是有道德的地方，贫民窟孕育出世界主义的氛围，道德上变得更宽容。查太元读后指出③，麦高登认为重庆大厦是低端全球化的实践佳例，比联合国更有效地

---

① Gordon Mathews(麦高登)：《世界中心的贫民窟：香港重庆大厦》，杨玚(Yang Yang)译，红出版(青森文化)，2013年3月。*Ghetto at the Center of the World*. Written by Gordon Mathews. London: The University of Chicago Press. 2011. The Chinese translation, by Yang Yang, won the Hong Kong Book Award in June 2014.

② Mayi的博客：《世界中心的贫民窟：香港重庆大厦》读后：http://blog.sina.com.cn/s/blog_604298850101bj0i.html。

③ 查太元：《世界中心的贫民窟：香港重庆大厦》读后感，2013年6月13日，http://blog.zty.cc/?p=2872。

为不同种族提供一处打破藩篱的空间，打消固有意识形态，实践个人梦想，这实在是丑陋的正确。该书译文多偏向西洋文法，不易读，编辑体例前后不一，有明显错字，使得议题有趣、装帧印刷精美的书籍带些遗憾。网民①指出，麦高登出书后，每周仍替非洲难民补习英文。香港人原怕来此地，但现在恶评观念有所转变。香港被称为国际城市，但麦高登直陈，如今香港的最大群外国人是外来家庭佣工，中环白人少了，国际化景象其实见于重庆大厦。Regine② 写书评指出，该书揭露了全球化迷人外表下的幻象，跨国公司光鲜国际总部之外的世界。全书描述大厦居民故事，饶有吸引力；介绍独特的全球化图景——低端全球化中心完全不同于高大上的跨国企业；探讨大厦历史、地理位置、居住人群、货物流通、大厦交易法规等，在日益缩小的地球村，窥视未来生活。

《安裕周记——思前想后》③，资深传媒人安裕探讨在《明报》有“星期日生活·安裕周记”专栏，每周两三千字，点评前一周香港事件。许骥④指出，博学的安裕总能从小小的点，延伸到历史、文化、政治各层面，举出闻所未闻的书，边谈时政，边写书评。如《几多坚持几代赤子》由 2006 年保卫天星码头，写到“文革”破坏古迹，写到邓小平保护南京总统府；再写 Michael Cannell 的《贝聿铭，现代主义泰斗》。“文革”后官员邀其设计酒店，但他不能想象高楼俯视紫禁城是怎样的感受，就像不能想象希尔顿酒店俯视白金汉宫。安裕读书多，文字流畅优美；英文、日文俱佳，对中日美等当代史用力深，自序《十年·黑雾》云：2004 年小布什连任，主编梁享南请写美国选举，一篇开启了十年的历程。《满城尽带黄金甲》指出：“1200 年前，落第的农民起义军领袖黄巢写《不第后赋菊》……500 年后，农民起义军领袖朱元璋也写《菊花诗》……中国历史，就是在你死我活的残酷斗争中周而复始，有些人的菊花开了，我们的末日也就到了。”《回头已是百年身》评述三本传记：司徒华的《大江东去》、罗海雷的《我的父亲罗孚》和《吴康民口述历史》，林培瑞、傅高义、黄明珍、秦家聪早年都有红色之旅，司徒华、罗孚、吴康民等苦恋了一辈子中国。

陈国球的《抒情中国论》⑤探究中国文学特质及其如何构成自成体系的抒情传统，梳理近现代文学大家对中国文学的本质问题的研究，进而论述个人观点和看法。《从零到零——蔡炎培自选集》⑥收录诗人近年作品，以粤语入诗，平白如话，诗味浓郁，题材多样，多为短篇，既有诗作，也有批判社会之作，附录麦然然、钟国强的赏读。《短

---

① 印度之窗：《记者看书：〈世界中心的贫民窟：香港重庆大厦〉》，2013 年 2 月 28 日，http：//www. yinduabc. com/cn/4904. htm。

② Regine：《书评——世界中心的贫民区：香港重庆大厦》，ForTeen 译，2012 年 4 月 4 日 http：//article. yeeyan. org/view/294057/263436。

③ 安裕：《安裕周记——思前想后》，明报出版社有限公司，http：//www. pentoy. hk/author/k36/。

④ 许骥：《待到秋来九月八，我花开后百花杀——读〈安裕周记：思前想后〉》，http：//www. itotii. com/5079. html。

⑤ 陈国球：《抒情中国论》，三联书店（香港）有限公司。

⑥ 蔡炎培：《从零到零——蔡炎培自选集》，天地图书有限公司 2013 年版。

衣夜行纪——李维怡·文字耕作》①，将诗歌、散文、纪录片、小说共冶一炉，记录被时间辗过的裂痕，在高速消费化、广告化、偶像化的都市中，拷问人的立足点。网民 sunfai 指出②，“该书设计漂亮，简单有格调，自接触到李维怡的《行路难》后，也追看其《沉香》及《字花》连载的故事。其书写用街坊视觉，贴近基层，有利于让人了解近年香港的社变与社运”。廖伟棠《寻找仓央嘉措》③，为接近六世达赖喇嘛仓央嘉措的灵魂，赴西藏找寻孕育其诗的道歌、门巴与珞巴歌者的声音，探究其一生传奇，分析其是情僧还是圣徒。诗人凝视诗人，透过翻译、诗作、散文与小说，交叠建构出仓央嘉措的多个面孔。蔡思行《邮票中的香港史》④为邮票简史。1863 年，首枚邮票诞生，为英帝国维多利亚女皇通用邮票。150 年来推陈出新、题材多样：社会民生、公共建设、传统建筑、民间习俗……将历史面貌以图像形式记录。该书选出 200 多张香港邮票、小全张及首日封，重塑其设计原意和时代背景，重新勾画百多年来香港走过的路。陈学然著《五四在香港：殖民情境、民族主义及本土意识》，香港中华书局 2014 年版。

## 三　港人字讲·新著速递

钟晓阳《哀伤纪》2014 年出版，收录 1986 年初版《哀歌》与续写的《哀伤书》。其《停车暂借问》是早慧女作家的传奇，《春在绿芜中》是名校女子捧读的课外书，散文《贩夫风景》编入教材。好文笔、好情怀、好日子，钟晓阳擅写稍纵即逝的岁月旧情，凝止时光。其与黄念欣的访谈，论 28 年来的思考及新作写法。⑤ 1996 年《遗恨传奇》后，多为重新校订版小说、散文再版序，新作则是《哀伤纪》。《哀歌》讲少女到美国读书，认识一对打渔伙伴——美国人和华人，成为好友，因她离开美国，感情无疾而终。到《哀伤书》，少女和男子都已届中年，设名为“金洁儿、占、郑星光”。三人经历人生起跌、错失甚至消亡，兜兜转转，命运线还是没有连上。哀包含悲伤、爱、怜悯、同情、珍惜，哀是人生的基调。小说头尾提及英国劳伦斯·贺普(Laurence Hope)，抄录其诗《柚树林》，其生平教人哀伤：军人丈夫年长 22 岁，8 月夫逝，10 月，39 岁的她自杀追随。其热爱东方印度文化，情诗炽热迷蒙，有说其幸福忠贞，有说其情诗对象另有所指，引来无数忖恻。小说借贺普写洁儿；爱过、伤过、失去过，也是哀伤。《哀歌》为少女抒发对男子的感情。《哀伤书》反写男人对女人的感情；结尾设置悬念，写旧金山简单收结；只呈现事实，而多留空间，像张大春歌词云“只经过，别难过”；未讲之处，也很重要。《哀歌》以歌为名，人物故事多歌；《哀伤书》则云“想起孤树坡，坡上唱过的歌，坡上的你和我，好知己不在了，我哭泣，从春哭到夏，从秋哭到冬”，写洁儿与中学同窗小汶和蒋明经，明净无瑕，青葱故事写得毫无时间距离：写老人拖着脚步走过凉茶铺

---

① 李维怡：《短衣夜行纪——李维怡·文字耕作》，kubrick 出版社。

② sunfai，豆瓣读书笔记，http://book.douban.com/review/6298633/。

③ 廖伟棠：《寻找仓央嘉措》，行人文化实验室出版。上海文艺出版社 2014 年版。

④ 蔡思行《邮票中的香港史》，中华书局(香港)有限公司。

⑤ 黄念欣：《只经过，别难过：钟晓阳谈十八年后新作〈哀伤纪〉》，明报世纪版，2014 年 7 月 18 日。

喝蔗汁，或写春天放风筝、夏日荡舟、冬季坐雪橇的快乐。小说善于倒写：朋友一同经历新年倒数；数算余下日子的末世之感；把章节结构编为10、9、8、7、6、5……；由Hope的生命完结讲起，再开始另一人生。时光来回反复，是最美也最难写之处。钟晓阳未来想重写《遗恨传奇》，家里关起门来，外人难知，在美写家庭史诗小说，像Jonathan Franzen写Freedom，简单又复杂，好看。

钟晓阳还和唐诺对谈①。28年前，《哀歌》在《联合文学》连载，三三出版，唐诺任编辑、设计封面。钟续作再写美国经验：多年前全家游西岸、毕业后公路旅行、海豹人神话歌谣、西方文学等唤起想象，对写小说不死心。唐诺是首读《哀歌》手稿者，犹记得字躺在微微透光稿纸上的安静模样，内容却惊心动魄，一波波绵延不停歇的海浪，又天地高远洁净，几近完美。24岁书写者，把全部所有恰到好处用到极限的神作，让人犹读屈原《楚辞》、宋玉之赋，简明白话、人物对话都在情感里统一，自然成诗，无一物一字浪费；作者竭尽所能地询问情是何物，呈现询问者的专注执迷，眼前世界一分一寸地打开，各类知识、传闻、神话乃至只字词组，不再是事不关己的异物，而被赋予可能解答的启示，让人深记。人的情感竟然可以好到这样。朱天心也说，28年后，晓阳那黄金似的东西依然还在。2008年冬，钟晓阳去美国沙沙里多的旧渔坞，该地捕鱼人本被誉为“海上吉卜赛”，20年后此生活方式消失，历史付出沉重代价。钟晓阳想思考变迁原因，搜集鱼群、水流、气候、生态改变等资料；思考自身的青春年代，其时西方处于政治和经济丰繁年代，享有西线无战事的平静，也面临核武竞赛的隐忧：里根与撒切尔夫人成功连任，带领美英走向强人政治；婴儿潮世代进入成年期、走出嬉皮拥抱雅痞，企业王国崛起，芯片科技突飞猛进，苹果端出首台麦金塔……回头辨认那时代，将青春书写《哀歌》重新抛掷到现实，进行严酷试炼；《哀伤书》文字有不寻常的急切感、棱角裂纹：认真到难以和世界简单和解的人，怀璧其罪，不打算放弃，好让自己舒适怡然，即使年纪渐长，用以保卫它的体力和精神缓缓流失。这言志之书，从歌到纪，痕迹累累，诗人还原为会磨损的实体人，但不改初衷。《哀歌》感情单纯，倾诉少女情怀；《哀伤书》重现人事，不再倾诉，而拉阔镜头，写历史与身世。时间本质哀伤，人想起来，自己曾犯下那最可原谅的错误、不是错误的错误。保卫自己认定的内心纯金之弦般的东西，得弃守现实利害，倒过头来像是笨拙的人。在最弱的支点上，却负担了最大部分的重量。钟晓阳写梦想破灭、友情破裂、美好时光：哀伤，因为曾经深爱。

2014年7月17日，黄碧云和钟晓阳参加书展的名作家讲座②，两同代人都善写酸楚悲凉，多涉死亡、黑暗与幻灭；以“重写与重行”为题，讲述人生经历及对生命的回顾与反省。《哀伤纪》填补断了的记忆；作者像原作男一号般，也爱上了海，海像人生，

① 钟晓阳、唐诺对谈从《哀歌》到《哀伤书》，台湾《联合报》，2014年9月24日。http：//www.douban.com/group/topic/63313924/？author=1。

② 张蕾、陈佩佩、陈旭贤：《黄碧云、钟晓阳：微喜哀伤——重写与重行》，凤凰网，2014年7月18日，http：//culture.ifeng.com/a/20140718/41214522_0.shtml。

看似平静，却蕴含着冲突与不安。马家辉在电视上推介《哀伤纪》①：陈雪在左，钟晓阳在右：一狂放，常写变态；一忧郁，常写无奈遗憾等常态。《哀歌》写女生跟两男人的潜在爱情，结局似无，忧郁；《哀伤纪》写重逢，少女作家步入中年，对生命有了新领悟。李宜芳写《香港女作家在台湾——谈锺晓阳的《哀歌》》，1981 年，钟晓阳②以《停车暂借问》获联合报小说奖，其后从密西根东部大学电影系毕业；1986 年回港，后移民澳洲，近年又回港。朱西宁指出，钟晓阳有仙缘在中国诗词养育里呵护长大，造就天骄。王德威认为，钟晓阳是今之古人，能用现代小说形式包装中国古典诗词的情思，尤擅描绘流离的哀伤。台湾发展张爱玲的精警叙事，钟晓阳突显感伤情愫，典雅用词、梦幻及死亡和爱情纠结书写，相较于李碧华、张小娴的写实，突显出时代脉动，远离商业化。柳苏称誉钟晓阳是才女作家。钟玲指出，《停车暂借问》写活了 20 世纪 40 年代东北的庙市货摊、四合大院、水果土话民谣，写现代人面对生命问题，爱用中国古典死亡的底色对照到男女欲求。《哀歌》以死亡彰显男女情爱本质：死后世界像童话般甜美，呈现异样的死亡美学；死亡是种轮回，写海豹化身的男女非常优美。钟晓阳被定位为香港本土作家，但她只写模糊的香港，在倒退的时光轨道中，营造中国古典故乡，主角在漂流中受难、体验哀伤。

2014 年 7 月 16 日，荐书堂推出“2014 香港书展参展书目推荐”③。香港牛津大学出版的董桥《读书人家》，为最新文集，董桥云：“住漂亮的房子读漂亮的书是人生雅致的慰藉，值得企慕，应该追求。”同出版社的许礼平的《旧日风云(二集)》，因一集一纸风行，再接再厉写就，二集本土味更重，揭秘深藏身名的香港左派人士如潘静安、柯麟、罗孚、吴南生、吴荻舟等，内容丰富，有助于了解香港文化、历史、政治、民国史。华洋军人合作是香港“华洋杂处”历史的独特写照，香港三联书店出版的邝智文《老兵不死：香港华籍英兵(1857—1997)》，重新发现本土军人，从华籍英兵角度，审视英国殖民者与香港华人的关系。还有董启章《美德》，前文已述。

2014 年 8 月 12 日，荐书堂推出“香港书展最香港的书”④，湖南《晨报周刊》廖方舟赶集归来推介，包括李雪庐《黄霑呢条友》(大山文化出版社 2014 年版)，“呢条友”即“这朋友、这小子”。陶杰说：“港人既喜爱这位擅说色情笑话和粗言秽语的不文狂士，也更怀念为香港文化奠基立业的音乐巨匠。”李雪庐勾勒生动鬼马的老友黄霑，旁征博引，铺陈出百年香港史画卷。郑宝鸿《默默向上游：香港五十年代社会影像》(商务印书馆 2014 年版)：其时港人辛勤工作捱世界，有无数出人头地的机会，富可敌国的精英肇

① 马家辉：《步入中年的文青到底在想什么?》凤凰卫视的开卷八分钟，凤凰网读书，2014 年 8 月 22 日。http：//book. ifeng. com/kaijuanbafenzhong/wendang/detail_2014_08/22/093801_1. shtml。

② 1983 年台湾洪范书局出版《流年》短篇集，三三书坊及远流公司出版《细说》诗和散文集，1983 年香港大姆指出版社和天地图书公司出版《春在绿芜中》散文集，1986 年洪范书店出版《爱妻》短篇集，1986 年三三书坊出版《哀歌》短篇集，1992 年麦田出版公司出版《燃烧之后》短篇集，1992 年台湾洪范书店出版《普通的生活》短篇集，1996 年麦田出版《遗恨传奇》。

③ 叶长文整理：荐书堂 2014 年 7 月 16 日推出“2014 香港书展参展书目推荐”，来源：《晶报》http：//www. book110. com/2052. html。

④ 荐书堂整理，来源：真友书屋 http：//www. book110. com/2260. html。

造事业王国，内地人南下发展，引入资金及技术，为香港经济发展奠下基石。马冠尧《香港工程考 II：三十一条以工程师命名的街道》（三联书店 2014 年版）：香港以工程师命名的主街有 31 条，包括航海测量师、造船、煤气、铁路、水务、道路、木工、皇家工程师等，城市发展与工程项目关系密不可分。黄永豪、潘淑华的《闲暇、海滨与海浴：香江游泳史》（三联书店 2014 年版）：香港史从开发海滨开始，华人热衷游泳，游泳团体相继成立、参与游泳竞赛，见出香港社会变迁。

黄维樑新著《壮丽：余光中论》①，从早、中、近期百篇论文中精选 50 篇，为研读余光中 50 年的最新结晶。1979 年编著《火浴的凤凰：余光中作品评论集》，成为“余学”奠基之作，后有《璀璨的五彩笔：余光中作品评论集》、《文化英雄拜会记：钱钟书、夏志清、余光中的作品与生活》等。《大公报》对新书有书讯报道。黄维樑赞誉余光中天赐五彩笔：紫色笔写诗，金色笔写散文，黑色笔写评论，红色笔编辑作品，蓝色笔翻译，是个文学多面手。论者自身也是多面手：早期研究《文心雕龙》，著《中国诗学纵横论》；美国俄亥俄州立大学博士；中西学根基深厚，著《中西新旧的交汇》；关注香港文学，著《香港文学初探》《中国现代文学导读》等；还著有《黄维樑散文选》等书。其能自如运用中西理论，微观宏观并重，信手拈来地作古今中西比较，全面阐释余光中的创作特色与成就。全书分导言、前论、通论、论诗、论散文、论文学批评、翻译及其他、短论与杂记、附录。黄维樑《宏微并观，纵横比较，彰显中国——曹顺庆主编〈中外文论史〉评介》发表于香港《文学评论》2014 年 4 月第 31 期。

近年，口述史、访谈录创作兴盛。卢玮銮、熊志琴策划采访了何振亚、奚会暲、古梅、孙述宇、王健武、林悦恒、胡菊人、戴天等一批香港文化界前辈，2014 年将采访录结集为《香港文化众声道》②，被列为 2014 香港书展十本好书之一。采访问题尖锐精当，回答翔实，图文相得，附录报刊资料、人名索引，史料功夫扎实。该书缘起于 2002 年香港中文大学香港文学研究所的“口述历史：香港文学与文化”计划，一册四套，此为第一部。两位教授用 10 多年时间，向 40 多位香港文坛、文化界前辈进行口述访问，钩沉历史，淘洗真相。网络上有卢玮銮访谈钟伟明的音频片段③，卢玮銮童年从电台广播中学到许多道德观念、国学文史知识，他谈到听钟伟明讲朱思斋武侠小说时说：“强调侠的精神和不屈不挠的苦练精神……如方世玉和胡惠干的侠义精神、待人接物的风度，对我有很大的影响。”其口述史研究或许跟早年听广播讲古经历有关，二者都属于听觉叙事传播，值得深入研究。

香港 2014 年新书出版业绩斐然，四卷本《林曼叔文集》④包括《中国当代文学史稿》、《文学散论》、《编余漫笔》、《风雨当年》，第一本与司马长风的《中国新文学史》写于同期，为香港的现当代文学研究的两个高峰。近年，香港文学评论出版社得香港艺术发展局资助，出版“大家书系 · 香港文学研究丛书”《作品评论集》，共有司马长风、

① 黄维樑：《壮丽：余光中论》，香港文思出版社 2014 年版。

② 卢玮銮、熊志琴编：《香港文化众声道》（第一册），香港三联书店 2014 年版。

③ 小思谈钟伟明：http：//www.hkmemory.org/chung/text/xi-zh.php。

④ 林曼叔：《林曼叔文集》（四卷），香港文学评论出版社有限公司 2014 年版。

李辉英、侣伦、徐訏、曹聚仁、黄庆云、寒山碧、也斯、何达、陶然、叶灵凤、刘以鬯、犁青 13 种，功德无量。香港《文学评论》2014 年 30 期封里推介。此外，还有犁青总主编《香港新诗发展史》，人民文学出版社 2014 年出版；《犁青文集》四卷本诗文集，汇信出版社出版；古远清《读犁青的早期诗歌札记》发表于《香港作家》2014 年 11 月号。

郑政恒编《读书有时——2013 年香港文学书评精选》第三辑，次文化堂 2014 年 10 月出版，结集诗文、小说评论、复刻选集书评，作者包括黄子平、黄念欣、廖伟棠、陈智德、绿骑士、许迪锵、陈子善、郑政恒、宋子江、陈子谦、梅子、阿修、陈洁仪、邓小桦、胡燕青、凌逾等，为文学好书作印记，作香港文学史记录。郑政恒还回顾 2012 年至 2013 年香港文学书籍①，列举了近两年的文学书单：网络通俗小说如《一路向西》、《杂文・西》、《那夜凌晨，我坐上了旺角开往大埔的红 VAN》；中华书局百年志庆，推出散文典藏，有董桥、林行止、刘绍铭、西西、陈之藩、金耀基、罗孚、金庸、小思、何福仁等作品集；此外还有董启章 V 城系列、陈冠中的《裸命》与陈智德的《地文志》等，好书不尽，港文光耀。绿洲不见，只见沙漠者，只缘有眼不识泰山。

移民出境入境，移民又回流，割裂蜕变、融合流动，才成就了香港文学永动的风景线。香港与内地文化交流日益频繁，以区域融合、文学艺术融合的角度结集成书，成为新时代的新视野。香港福建书画研究会副会长、中国书协香港分会副主席秦岭雪谈艺录《石桥品汇》2014 年出版②，汇集 30 年间闽港两地知名书画家、戏曲家、文学家所撰的序、跋，图文诗书影并呈，论人形象传神，评艺拿捏精准。《香港文学》2015 年 4 月有“秦岭雪《石桥品汇》纵横谈”专辑，收录刘俊、曹惠民、袁勇麟、陆士清、钟晓毅、凌逾、黄卓才的评论，成就谈文论艺的盛宴。

郑政恒综论 2014 年诗歌。③ 2014 年香港出版界的大事，是陈国球主编的 12 卷本《香港文学大系(1919—1949)》陆续面世，新诗卷由陈智德主编，编撰香港本土文学系谱，见出编者眼力，收录李育中、鸥外鸥、陈残云、卢璟等诗作，其中柳木下与戴望舒有 6 首，现代与写实的诗风融合恰到好处。黎汉杰主编《香港诗选 2012》，收录钟国强、邓阿蓝、黄灿然、胡燕青、洛枫、饮江等诗歌，关注社会现实，个人诗风突出。蔡炎培出版精选诗集《雅歌可能漏掉的一章》，收录麦然然研究论文，关注诗作的“雪里鸣禽”声音，研究角度特别。2014 年有近十本个人诗集问世，如刘伟成的《阳光栈道有多宽》、邓小桦的《众音的反面》等，叶英杰的《寻找最舒适的坐姿》受瞩目，卷目都以家为题，用赋比兴的手法写诗，反映出香港诗人的家国想象。该文还评点了诗集中的精彩诗评，在寂寞与抗争中，发现诗歌的私密与公共空间。《梁秉钧五十年诗选》是也斯最后一本诗集，收有叶维廉与翁文娴的序和跋。犁青主编厚达 689 页的《香港新诗发展史》，选文良莠不齐，引来毁誉参半的评论。总体而言，2014 年诗坛颇为沉寂。郑政恒自身就是诗人，编选了大量著作，阅文多多，对诗坛了如指掌，评论起来自有见解。

港人文评活跃。江琼珠《我们总是读西西》、陈丽娟《滂沱下午茶。谢晓虹 X 黄启豪

① 郑政恒：《香港文学书籍回顾(2012—2013)》，《城市文艺》第 72 期，2014 年 8 月 20 日。
② 秦岭雪：《石桥品汇——闽港游艺录》，天地图书有限公司 2014 年版。
③ 郑政恒：《2014 年香港诗集回顾》，《字花》，2015 年第 54 期。

x 字活 活字生花——文学与设计当代活版实验 002》，见于《字花》48 期 2014 年 3—4 月；陈筱筠《线索——寻找 1980 年代香港文学建构的轨迹》、编辑室《专访潘国灵“我的首部长篇：一场大规模的招魂”》，见于《字花》49 期 2014 年 5—6 月。赵晓彤《猫在原稿纸旁边、上边、或里面——访韩丽珠》《文学神婆爱解说——访邓小桦》《作家剪影：董启章的凑仔经》《谢晓虹谈吃：亲密而神秘的想象》，见于《香港中学生文艺月刊》2014 年第 37、38、39、42 期。钟国强《甘蔗的梦想，苹果的现实——读黄茂林诗集〈鱼化石〉》《向内心回转、层层深入的沉哀——由新诗诗体谈到读毕晓普的〈六节诗〉》，见于《香港中学生文艺月刊》第 36 期、39 期。陶然《我看散文诗》、冷雪《穿过玫瑰的子弹——散文诗浅谈》，见于《圆桌诗刊》2014 年 1 月 42 期。潘国灵《婚姻与独身——现代彼得潘的原初情结》，见于《香港文学》2014 年 1 月。他们都是香港文评界的活跃分子。

在追思逝者方面，包括：《回看，也斯，1949—2013》，香港康乐及文化事务署 2014 年版。陈素怡《回看也斯(报道)》、江涛《一阕时间的歌，与诗(读书笔记)——读也斯诗歌〈七月〉》，见于《城市文艺》2 月 69 期。编辑室《一年到冬再遇也斯——〈回看，也斯〉》，见于《字花》47 期。舒非《忆也斯》，见于《台港文学选刊》4 月 305 期。罗孚，资深报人，2014 年 5 月 2 日病逝，享年 93 岁，曾任《大公报》下属《新晚报》总编辑，被誉为“香港文学界的伯乐、新派武侠小说的催生婆”，助推金庸梁羽生写武侠。罗孚即柳苏，20 世纪 80 年代末《读书》发表名文《你一定要读董桥》，董桥始在内地走红，柳苏亦为人熟知。1992 年出版《香港文坛剪影》，即《南斗文星高》，写曹聚仁、三苏、叶灵凤、侣伦、金庸、梁羽生、董桥、小思、西西、亦舒、林燕妮、钟晓阳等，文笔精彩传神。出版首版聂绀弩诗集《三草》。香港《文学评论》6 月 32 期有“悼念罗孚先生特辑”包括黄庆云《忆罗孚》、林曼叔《小记罗孚先生》、吴萱人《罗孚：诗人痛史》。桃桃丛书出版《会鸟语的妈妈——黄庆云、周蜜蜜母女童话》，周蜜蜜家公为罗孚，曾敏之为其表叔，其写有悼念两先人的文章。《百家文学杂志》6 月 32 期有郑政恒《罗孚与冷战时代的香港文学》、黄志江《从罗孚看毛时代香港左派文人》。陈竞新《从体制内到体制外的奇遇——罗孚(1921—2014)——香港传奇报人文化人罗孚逝世》见于《亚洲周刊》5 月 18 日 28 卷 19 期。香港《文学评论》6 月 32 期还有悼念黄河浪的专辑：周蜜蜜《卓越的名家可敬的良师——怀念世界华文文学作家黄河浪先生》、盼耕《黄河浪诗歌的语言艺术》、朱寿桐与张丽凤《论黄河浪汉语新诗写作的超性意义》。

2014 年关于香港文学与文化研究的硕博士论文不少。大陆博士论文有邓丽香《唐君毅人文精神研究》、赵秀敏《张爱玲电影剧本研究》、高艳芳《中国白蛇传经典的建构与阐释》。大陆硕士论文有杨荣斌《香港都市生态的书写与反思》、李美馨《作者电影——理论视域下的王家卫电影研究》、王楠楠《王家卫电影叙事风格研究》、杨洋《从操纵理论看张爱玲的自译小说〈秧歌〉》、张娟《论张爱玲笔下的异国形象》、李苗《张爱玲的流亡书写》、黄丽萍《论李碧华小说的另类情爱书写》、谢丽娟《论许鞍华的电影创作》。台湾的香港文学硕士论文有：暨南国际大学谢明成的《香港制造——论董启章〈V 城系列〉的城市逻辑》，黄锦树指导；淡江大学何玥臻的《从驱魔到入魔——黄碧云小说中的鬼魅书写》，张双英指导。香港方面的待收集。

# 第二部分　品赏港文：大陆与台湾视角

## 一　陆评岛文

2014年总览香港文学，有中国社科院研究员赵稀方的演讲《香港：城市与文学》①，梳理了香港文学风貌图。导览香港文学史，其是最佳人选，2003年所著《小说香港》是香港文学研究方法转型的里程碑著作，作为学术书籍忝列畅销书行列，再版呼声高，只待作者首肯。该文指出，百年香港文学涌现出大量特色作品，见证了中国的历史和城市变迁：第一，香港乡土与现代主义文学。香港文学源头可追溯到1861年从沪逃至港的王韬，他创办香港首份国人办中文报纸《循环日报》，有《遁窟谰言》等创作。20世纪初，同盟会革命党人在港创办《中国日报》。在新文学兴盛的五四时期，香港成为旧文学阵地；新文学发展，源于鲁迅1927年南下香港演讲。港派文风受创造社、太阳社影响，感伤、洋化与海派文学渊源有自。香港文学高潮由内地文人的两次南下潮造成，创建了大量报刊，涌现了一批优秀文学。香港文学与中国文化密不可分，是中国文学的组成部分。本土作家黄谷柳1947年《虾球传》和侣伦1948年《穷巷》是现代香港文学的标志。舒巷城1961年《太阳下山了》显现出香港文学的自身特点，摒弃二元对立思维，通过描景画俗，透视港人心态，揭露商业竞争、文化炒作等，维护乡土文化和民间温情；其后期都市诗抨击广告大厦、赛马噪声、旅游景点等。海辛也反对资本主义的残酷，愤慨于都市化摧毁传统，怀念乡村温情，维护传统道义。香港现代思潮发端于1956年《文艺新潮》。台湾乡土文学站在乡村与传统立场，现代主义站在西方和现代立场，两方尖锐对立论战。香港两派一致反省商业化、都市化。西方现代主义多反映理性人的精神分裂，刘以鬯《酒徒》揭示商业性对文化的侵蚀：报刊按生意眼选择，精品不值钱，作家为谋生而写武打色情，借酒浇愁，在人与兽、本能与理智之间撕裂内心。此意识流小说成为香港现代主义文学代表。第二，香港情怀与怀旧色彩。西西1975年《我城》代表新一代作家对香港的认同和自信态度。也斯反感于外界对香港的成见，感到无法用四字成语一下子说尽香港，这促使其写《剪纸》，在中西文化观念中思考香港文化面目。西西以漫画法处理香港黑暗面，也斯以神话方法批评现实。80年代后，钟晓阳、李碧华以城市反省方式，转向传统怀旧。《胭脂扣》迎合重寻香港历史的社会心理，描写妓女回阳寻情，构造情义民间历史，满足港人对于身份重新定位的需求。施叔青《香港三部曲》书写重要历史事件，如1892年香港大瘟疫、英军攻占新界、二七大罢工、六七暴动、中英谈判等，用心良苦地还原时代的风情背景。第三，香港文学大众化倾向。香港乡土文学与现代主义反商业化，而言情武侠通俗小说则是商业都市的产物，亦舒、梁凤仪等不写琼瑶般虚幻的爱情童话，只有港式的不浪漫爱情，如持大学文凭者做交际花以掘金，自认是得失相当的等价交换。琼瑶多描写；亦舒、梁凤仪多直陈，第一人称，简

① 赵稀方：《香港：城市与文学 》，演讲稿，发表于《人民政协报》，2014年8月18日，第11版，文化·讲坛。

短对话，直写议论，无过多背景介绍、心理渲染。香港新武侠小说始于 1952 年梁羽生《龙虎斗京华》、1955 年金庸《书剑恩仇录》，最初受民国武侠小说、新文学影响，几年后独创出成熟品格。《史记》之《游侠列传·刺客列传》早有盗侠、官侠；《水浒传》标榜忠义，盗侠渐隐，官侠大盛；清末《施公案》《三侠五义》达到高潮。香港新派武侠小说多同情群众革命，支持农民起义，突破狭隘民族主义、反省暴力观念等。金庸等新武侠小说风靡全球华人，冲击雅俗文类，承续古代与民间的神怪传统，与古白话小说相联，代表 20 世纪中国的另类现代性。在全球化语境中，欧化式新文学局限性彰显，而本土与民间叙事蕴含的新现代性意义却日益清晰突显。此篇弘文高屋建瓴，全面梳理香港文学与传统文学的因缘、影响与突破，指出未来文学发展的新路向，深具全局视野。

赵稀方分析 20 世纪 50 年代香港难民小说①，认为该类小说的难得之处在于关注左中右西各路阵营对香港难民们的再现，剖析背后的话语体系、思想根源，这有开辟新课题之功。1949 年后，受美元文化引导，有"反共绿背"文学，如赵滋蕃《半下流社会》、林适存《鸵岛》、张一帆《春到调景岭》等。更早逃到香港难民营的台湾作家邱永汉，写《香港》指出，台湾并非"反共"小说所憧憬的自由世界，显现出国民党外来政权与台湾本土派矛盾的另一维度。与"反共"小说抗衡的左派难民小说，如洛风《某公馆散记》。曹聚仁《酒店》表现出政治中立的人文主义眼光。英国马森《苏丝黄的世界》在左右政治叙事之外，增加东方文化维度，突出小说和历史、叙述的复杂关系。赵稀方指出："当时香港的特殊性在于，既承受英国的殖民统治，又承受美国的文化冷战控制。但从殖民话语的知识谱系说，《苏丝黄的世界》不能归入关注与冷战相关的西方意识形态操控的新殖民主义；而是后殖民主义的分析对象，主要关注西方中心主义的知识话语传统；其并非为香港意识形态冷战而作，而来自于更久远的西方人的东方主义思维传统，这与难民文学交叠，新殖民与后殖民主义构成了巧妙的汇合。"论者一直从事后殖民理论与香港文学研究，在此文中，两者找到了更高层次的契合点，见人未见。

2014 年，陶然研究成为热门。袁勇麟主编 47 万字《陶然研究资料》②，深化陶然研究，是香港文学整体研究的重要收获，华文文学史料建设的范本，可资华文资料库建设借鉴。司方维指出③，与曹惠民《阅读陶然》相比，该书增设"陶然创作谈、访问与印象"：前者收 39 篇序言、后记、创作谈等传记史料；后者则多是访问记或近距离观察，包括曹惠民、蔡益怀、赵稀方等知名学者的评论。"陶然评论文章选辑"收文 31 篇，亮点在新，均发表于 2000 年后。除梅子、方忠、王绯、刘俊、李安东等陶然研究"老面孔"外，还有较年轻的研究者，如王艳芳、凌逾、计红芳、白杨、朱崇科、王金城、颜敏、黄劲辉、李薇、钟钛申等"新人"，其文常有新的切入角度和研究方法，有独到认知。"文学创作与活动年表"延至 2013 年 4 月，包括求学、创作、编辑、会议等，增添评论性内容，囊括海峡两岸及新加坡、法国等国内外史料，学术视野更开阔。该文论述

① 赵稀方：《五十年代香港的难民小说》，《甘肃社会科学》，2014 年第 3 期。

② 袁勇麟主编：《陶然研究资料》，福建人民出社 2013 年版。

③ 司方维：《华文文学史料建设的范本——评袁勇麟主编〈陶然研究资料〉》，《世界华文文学论坛》，2014 年第 3 期。

扎实，功夫深厚，研究细致。

颜敏①表示，钦佩主编袁勇麟的史料功夫和能静能动的研究精神，书籍编得既大气又精到，既有从历史深处走来的恬静淡雅，又有迎对当下的学术沉思和良苦用心。全书分四部分，对陶然研究作了完整呈现和细致梳理：首列创作谈，收录作品集序言或后记，以时为序。其次是访问和印象，展现作家风采。再次是评论文章选辑，呈现海峡两岸研究视角和成果。最后是创作年表和评论数据索引。此书能激发重读陶然的兴趣。论者对其南洋经历很感兴趣，刘俊《从北上到南来》指出万隆经验造成的疏离感对陶然创作的影响，该文博大精深、视野宏阔、见人未见。颜敏想进一步从具体文本细读入手，探究南洋经验与陶然创作的关系。该文论述笔带感情。

方忠《香港文学视野中的陶然》②，发表于核心期刊《中国现代文学研究丛刊》，全面论述陶然的文学史价值和意义：陶然既是有丰厚实绩的小说家、散文家，也是出色的文界组织者和领导者，是香港文学的一面旗帜。其擅长各类小说文体，有《追寻》《与你同行》《一样的天空》等长篇小说集，《蜜月》《平安夜》《岁月如歌》《天外歌声哼出的泪滴》等中短篇小说集，《美人关》《密码168》等微型小说集，将现实和理想主义熔于一炉，冷静描摹世态人情，热烈追求理想。其散文多叙事抒情，文集有《回音壁》《此情可待》《月圆今宵》《侧影》《夜曲》《黄昏电车》《秋天的约会》《“一九九七”之夜》《街角咖啡馆》等，题材宽广，坚持以真情实感为魂的美学原则，创造出别具一格的艺术风格。其接编《香港文学》后，设计“小说舞台、散文家园、世纪诗群、批评空间、文艺茶座、影画诗心、文讯下载”等栏目，使刊物更活泼，内容也更丰富；旗下名家荟萃，如西西、也斯、董启章、昆南、李欧梵、董桥、胡燕青、余光中、钟玲、牛汉、杨炼、蔡其矫、秦岭雪等均有发文，青年作家也崭露头角；设置全球华人创作专栏，广泛联络世界著名作家及文坛新秀，成为世界华文文学重要阵地。《香港文学》已成为香港影响最大、乃至在全球也有广泛影响力的文学杂志。该文论述有全局视野，扫描陶然文学贡献的方方面面，既到位又深刻，分析作品切中肯綮。2013年9月28至29日，“陶然文学创作40年”研讨会在江苏师范大学举行。《香港作家》2014年第1期封底里有介绍，该期还有徐雯的报道文字：“陶然文学创作40年研讨会在徐州召开。”

刘俊赏读陶然散文，③ 用诗意文题：“我轻轻地招手，带走每一片云彩。”陶然被誉为写作多面手，小说、散文、散文诗俱佳。舒婷赞曰“一个普通的题材，一段平常的抒情……其笔锋一转，令读者生柳暗花明之感，让同行有起死回生之叹”；朱蕊赞叹：“陶然散文有缠绵悱恻的情致”；陈义芝认为陶然散文多写时间的感慨、怀古的意绪、沧桑的意识；写景、抒情、还讲故事，时空经纬古今交织，篇幅不长而格局不小，笔朴实而寄寓实深。董桥说：“陶然的文学从来是热文学，写市井，写生活，写失落的现代人，谁都写不出他的敏感和犀利。纵然走进暮春的江南，陶然笔底关怀的还是人与事不

① 颜敏：《读〈陶然研究资料〉》，香港《文学评论》第30期，2014年2月15日，第118-119页。

② 方忠：《香港文学视野中的陶然》，《中国现代文学研究丛刊》，2014年第12期。

③ 刘俊：《我轻轻地招手，带走每一片云彩——论陶然散文兼及〈风中下午茶〉》，香港《文学评论》，2014年第33期。

是花与草。”第十本散文集《风中下午茶》①，个人风格俨然。刘俊指出，陶然散文自有特质：一是行走姿态。这源于他丰富的人生经历——祖籍广东，生在印尼，求学北京，而立之年定居香港，有强烈的在路上感，喜用文字记录行走之姿。二是人生的屐痕。每天记录见闻，对所到之处和所见人事，珍惜难舍。三是过往的追忆。描摹行走屐痕，借外在的客观描写，抒发主观感受和人生思索。四是深挚的感情。其笔下之情润物细无声，淡笔写浓情，平淡叙述留恋和不舍，内蕴强烈，深藏沉静的深情。《风中下午茶》记录人生旅途印象点滴：海角逢友人、无意中寻根、迁移中过中秋、重走王府井、重悟京城秋夜饮食、游走槟城，宝岛游淡水、乘捷运、赏瘦樱，乐不思港，足迹和笔迹遍及东南亚和中国各地，屐痕过后必留文，忆旧怀人感人，如《百岁杨绛》写活了尊者的慈祥可爱和坚强。此外，还有万鹏飞、王艳芳《古典与现代的对话——论当代香港作家的“故事新编”》见于《世界华文文学论坛》2014 年第 2 期；万鹏飞的《“故事”如何“新编”——访问香港著名作家、〈香港文学〉总编辑陶然先生》见《焦作大学学报》2014 年第 2 期；王金城《现实主义的诗学变奏——陶然微型小说论》见《世界华文文学论坛》2014 年第 2 期，指出其微型小说具有故事新编的互文性、魔幻世界的诡异性、现实传真的写实性，呈现出现实主义的诗学变奏。

重要作家作品研究方面，陆士清《忧时论世寄诗文——读曾敏之近期作品》见于《世界华文文学论坛》2014 年第 4 期。马洛论刘以鬯《酒徒》中女性角色的象征，发表于《小说与诗》2014 年 10 月第 5 期。《刘以鬯作品评论集》出版，香港《文学评论》第 30 期封底里推介。颜敏剖析葛亮小说集《相忘江湖的鱼》②，都市男孩毛果身兼叙事和角色双重功能，柔弱的身躯、感伤的心，以忧郁目光扫视都市边缘——残留冲突和苦涩的裂缝；以入戏观众作为叙事者，增强情感力量和真实性，开拓叙事心理深度。这叙事者受限于作者笔力所能抵达的空间，虽给人传递感受和感动，却未形成真正的换位思考，移情和静观存在张力，有待慢慢消弭。毛果叙事者是混血儿——中西美学融汇的产物，作家意识到回归中国故事传统的重要性，但西化文化感觉结构也渗入血肉中，其叙事者所通之幽，总有摇曳不定的混合性质。该文感觉敏锐，解读细致，优劣兼论，客观到位。彭夏婷以《陈塘关总兵府家事》《浪子燕青》《长城营造》为例③，探讨西西故事新编的元虚构：从叙事视角对原故事颠覆改写，戳破虚构叙事方式，蕴含“反省、拆解、重构”思维。该文的文本解读细致。

金庸研究依然红火：如季进《作为文本、现象与话语的金庸——从〈纸侠客：金庸与现代武侠小说〉谈起》，《中国现代文学研究丛刊》2014 年第 10 期；高玉《金庸小说误读与武侠小说形象重塑》，《文艺研究》2014 年第 7 期；徐渊、袁栋洋《金庸小说华山人物形象描写与地域文化阐释》，《当代文坛》2014 年第 3 期；李泉、曹漪那《英语世界的

① 陶然：《风中下午茶》，江苏文艺出版社 2015 年版。

② 颜 敏：《叙事者的形象——剖析葛亮小说的一个视角》，香港《文学评论》第 32 期，2014 年 6 月 15 日。

③ 彭夏婷：《西西“故事新编”中的“元虚构”探——以〈陈塘关总兵府家事〉〈浪子燕青〉〈长城营造〉为例》，《三峡大学学报》，2014 年 6 月。

金庸小说研究——以宋伟杰的金庸小说民族观研究为例》，《当代文坛》2014年第5期；宋琦、周俊《论武侠小说复仇模式的变迁》，《华文文学》2014年第6期；刘杨《通俗文学“经典化”的另一种路径——论金庸小说修改的学术史意义》，《世界华文文学论坛》2014年第3期；黄大军《反乌托邦的人性寓言：〈连城诀〉评断》，《世界华文文学论坛》2014年第4期。

2014年，凌逾继续从事香港的跨媒介文化研究，发文若干。《港派跨媒介叙事范式》(《学术研究》2014年11期)指出，媒介融合已是大势所趋，香港的跨媒介融合有先进经验，港派跨媒介叙事具有范式意义。该文首先分析港派跨媒介文化的形成语境，接着论述跨媒介叙事的四种形态的特色，然后与海派台派比较，挖掘港派跨媒介文化的独特之处。凌逾《对倒叙事：香港后现代电影和小说的融合剂》(《华南师范大学学报》2014年第1期)，为中国人民大学复印报刊资料《影视艺术》2014年第5期全文转载。该文认为，对倒叙事开辟出小说与电影跨界的通道；王家卫擅长营造电影镜像时间、空间、声画的对倒，呈现难以言明的错失心理对倒创意，这得灵感于刘以鬯对倒小说的思想和叙事创意，也受启发于欧派灵魂电影的分身、生死、三色对倒创意；香港后现代小说电影创设出新的港派对倒叙事。凌逾《开拓中西游牧与跨界叙事的也斯》(《汉语言文学研究》2014年第1期)，为中国人民大学复印报刊资料《中国现代、当代文学研究》2014年第7期全文转载。该文指出，香港作家多喜欢越界，也斯是其中典范，长篇小说《记忆的城市·虚构的城市》和《布拉格的明信片》，借中西游牧的空间经验书写，在地理文化、叙事技艺、文类体裁、媒介艺术之间融通，开拓跨媒介创意，呈现出后现代性表征：游动、混杂、多元。其还论述沙田派散文家余光中①，认为其散文熔铸汉魂唐魄和西化精神，兼具静雅神韵和现代动感，灵动幽默，新意体现在五个层面：具有浓郁的诗化色彩；遣词造句讲究质料，个别字词品质决定散文趣味、境界高低；文体语言富于弹性，即兼容多种文体，并包文言典故、欧化句法、方言俚语；佳词警句密度大，步步莲花，字字珠玉；幽默机智，善用譬喻，见人未见。司方维和曹惠民撰写《更新论述话语的可贵尝试——评凌逾著〈跨媒介叙事——论西西小说新生态〉》，发表于《常州工学院学报》(2014年第1期)。

王珂《香港新诗的文体特征及香港诗人的诗体观》②指出，主体性与主体间性使香港新诗处于大陆和台湾、西方现代诗的影响焦虑中。香港诗人的移民经历、文化多元和诗体丰富性赐予新诗多样性，以都市诗歌为主，为全球移民写作提供经验。廖伟棠《香港诗的三个我》认为：蔡炎培、也斯和昆南象征香港诗的本我，自我，超我——潜意识深度的挖掘、理性完美的自知自主、对人性乌托邦的祈求超越。王良和《打开诗窗：香港诗人对谈》，访谈马博良、昆南、也斯、关梦南、黄国彬、饮江、胡燕青、钟伟民、陈汗、钟国强等十位诗人。2011年11月21日《南方都市报》陈晓勤与王良和访谈指出，20世纪70年代起，香港诗作出现本土声音，余光中、也斯、黄灿然、廖伟棠先后发

① 凌逾：《余光中灵动幽默散文的质料与弹性》，《中国现代文学论丛》，2014年6月30日。

② 王珂：《香港新诗的文体特征及香港诗人的诗体观》，2014-12-24转载 http：//blog. sina. com. cn/s/blog_4bab0db00102vjhf. html。

声；90 年代《星岛日报·文艺气象》大量刊载诗歌。一些香港诗人在大陆、台湾、澳门三地频繁移居，如傅天虹 80 年代从内地到香港，近年又在澳门工作。苇鸣生于澳门，任职香港。也斯、王良和、苇鸣等学院派写都市诗，观察细致、想象奇特、思想深刻。蓝海文、犁青从商，善用媒体团体造势。犁青学立体派诗，创造图像诗，如写北约轰炸南斯拉夫的组诗《大轰炸》①之《戈雅之二》，前半每行四字，每句退后一格成等阶排列，摹仿一群轰炸机成编队飞临上空，再投弹向下俯冲，中后部 11 个炸字竖排，如一颗颗炸弹自天而降。从轰炸机编队飞临——投弹俯冲——炸弹垂落，抒写整个轰炸过程。《大轰炸》第三首第一二诗节，既写导弹垂直钻入建筑物在地下室爆炸，还每两字一组，表示弹片，也表示导弹的分弹头，呈现出导弹散爆的动态。香港与台湾图像诗几乎同步。丁旭辉指出："台湾最早创作图像诗为詹冰，1943 年首写《Affair》、《自画像》图像诗……第一本诗集《绿血球》有图像诗《插秧》和《雨》；1955 年写《蝶与花》，1978 年附于《图像诗与我》发表；1966 年《笠》诗刊发表图像诗：15 期《水牛图》、16 期《三角形》；1967 年第 20 期《二十支的试管》；1975 年写《山路上的蚂蚁》。他认为图像诗是诗与图画的融合，汉字象形，最适合做图像诗的工具。80 年代中期，洛夫、罗门、非马、杜国清、萧萧、罗青、苏绍连、杜十三、陈黎、罗智成、陈建宇、林耀德、罗任玲、颜爱玲等，将詹冰、林亨泰、白萩撒下的种子，灌溉出图像诗花园。"犁青图像诗可与詹冰媲美。大陆近年有图像诗人黄文科、尹才干。也斯诗"国际化与本土化"有代表性，一反以往现代派诗的贵族化和偏激、修辞暴力，温和包容却又不忘创新，理性与世界接轨。王良和不写极端的自由诗和格律诗；不重视韵，但重视内在节奏；不追求"齐言体"，却重视句的相对整齐，分节方式较传统，追求每个诗节诗行数量的相对一致。这与台湾新诗相似。

香港诗歌散文研究活跃，赵小琪《当代台港澳新诗的现代性中国形象建构》，发表于《社会科学战线》，2014 年第 4 期；燕世超、陈振宏《论黄河浪诗歌对现代都市的建构》，《世界华文文学论坛》，2014 年第 3 期；孙辰《夏夜繁星——试论王一桃〈香港诗辑〉审美意象》，《世华文学家》2014 年 3 月第 36 期。吕若涵《"怀旧"主题与香港文学的本土性脉动——以最近二十年的香港散文为例》，《福建师范大学学报》2014 年第 5 期；王澄霞《叶灵凤散文创作论》，《世界华文文学论坛》2014 年第 3 期。

从整体研究入手切入香港文学的，有许翼心的《我与香港文学的学术因缘》，《世界华文文学论坛》2014 年第 4 期；侯桂新《抗战期间香港的文艺报刊与民族共同体想象》，《海南师范大学学报》2014 年第 5 期；凌逾《2013 年香港文评年鉴》，《世界华文文学论坛》2014 年第 3 期。王丹《港版〈文艺生活〉月刊与战后香港文学》，《学术研究》2014 年第 9 期。王艳芳一直研究香港的女性文学②，其《论香港女性小说身份书写的话语空间》指出，香港 150 多年殖民史，有过难民潮、南下潮、移民潮、回流潮，迁徙加剧东西文

---

① 黎青组诗：《大轰炸》，《台湾诗学季刊》第 28 期，1999 年 9 月，《戈雅之二》，1999 年 7 月 16 日。

② 王艳芳：《异度时空：论香港女性小说的文化身份想像》，《文学评论》，2008 年 11 月 15 日。王艳芳：《近三十年香港女性小说研究述评》，常州工学院学报(社科版)，2012 年 2 月 28 日。

化交流，为女性身份书写提供了异质话语空间和站在不同立场操持自我的话语权力。20世纪50、60年代，社会多关注“难民(refugee)、侨民(sojourner)”。70年代后，香港社会与经济发展稳定，孕育出香港土生土长的年轻一代。90年代香港身份讨论热门，如周蕾《写在家国以外》和王宏志、李小良、陈清侨合著《否想香港：历史、文化、未来》等，纷纷论证香港的独特性：“混杂空间(也斯1995，李欧梵1995)、后殖民的反常体、崛起社会、第三空间(周蕾1995)、消失文化(Abbas 1997)，甚至同时拥有被殖民者与殖民者的双重身份……”还有夹缝论，或反夹缝论的北进想象：“都是心理上寻求逃离解脱霸权的方式，焦躁与不安溢于言表。”在边缘与城市、私人与公共空间的相互挪用中，性别对女性写作者的影响日益明显。香港女性小说身份书写既关乎自我的存在，同时又投射出对城市的期望，既指向历史沉痛的疮痍，又承担起未来文化的关切。“后九七”香港认同在“去国族化、再国族化”的论述之间，发展出更具创造力的新身份认同。近十余年来的香港女性小说，以文字书写探讨身份认同的变化，表现出多元的态势和层叠的视角。

古远清撰文《吹起华文文学的一支号角》，悼念潘亚暾①。潘亚暾曾任暨南大学的台港暨海外华文文学研究中心主任，是世界华文文学学科的开拓者，首个写香港文学史，获国家图书奖，首个出版论著《海外华文文学现状》，起步早、涉猎面广、文章量多，雅号潘大吹。黄维樑则云，其乐道人善，号大吹，却也正是吹起华文文学的一支号角。1993年，潘亚暾在会上戏称，文界冒出个‘刽(快)子手’古远清，堪称后来居上。潘先生奖掖后进，葆有一贯的谐谑风格；但其用大中原心态看待香港文学，将之判为边缘文学，让人难以苟同。潘亚暾为人耿直、豁达乐观、广于交游，1980年至今出版各类著作30余部，在海内外300余家报纸、杂志发表千余万字的文章，还主编《台港文学导论》、《台港暨海外华文文学辞典》，完成“九五规划海外华文文学研究”项目，最近“中国世界华文文学学会”编辑其自选集，已经面世。

## 二　港澳台文学及研究的互渗与交流

华文界研究视野日益广阔，逐渐将港澳台文学打通，对照思考。黎湘萍《时间与叙述——观察“殖民地”文学的一种方法》②是其中典范，用“殖民地文学”术语，统摄港澳台文学，从三个不同空间观察政治和文化变易及其对人生命的影响，时间节点选取台湾殖民之初，日据时代、香港殖民结束之际，澳门殖民之时，以讨论殖民地文学经验。三地处边陲沿海、半岛或海岛，最早面对西方海洋文化：澳门与葡萄牙(天主教信仰和商业文化)、香港与英国(新教信仰与法制文化)、台湾与日本转译的西洋文明相遇和冲突，提供了三种不同的文化时间、政治时间和叙述可能。叙述本身既是时间的过程(自我的时间)，也是对过去时间(历史或他者时间)的呈现和意识，自我与他者时间交集。台、港、澳三空间都曾从原时间脉络中切割出去，进入他者时间，展开另叙述与构建自

① 古远清：《吹起华文文学的一支号角——悼潘亚暾》，《世界华文文学论坛》，2015年第1期。

② 黎湘萍：《时间与叙述——观察“殖民地”文学的一种方法》，《福建论坛·人文社会科学版》2014年第10期。

我的历程，他者融入自我，自我包含他者。新质混杂旧因素，不可变蕴藏在可变的底层，殖民经验被充分表现，记载海洋中国。全文具体例证选取独具匠心，一是分析中英文写作的《台湾日日新报》，探究殖民与被殖民思想文化角力或博弈的状况，了解殖民者与被殖民者的时间如何被呈现的状况。接着，论者又提出新课题：该刊由日本总督府支撑，可对比20世纪20年代台湾知识分子办的《台湾民报》；还可对比同期的《时务报》（梁启超）、《国闻报》（严复）和《湘报》（谭嗣同）的异同；《台湾日日新报》早、晚期与战争期的异同；对比其他日文媒体的差异等。这些都是可以继续拓展的路数。香港的九七焦虑症，远较台湾和澳门突出，这见于香港史学书写和黄碧云、也斯的叙述中，尤其是《后殖民食物与爱情》，颠覆线性时间观，颠覆因果观，回归人的生活真实面相，以治疗"焦虑症"。澳门各路文化相安无事地生存。土生葡人飞历奇《大辫子的诱惑》隐喻天主教与儒家融合、华人与葡人时间的交融。郑炜明（苇鸣）对时间有浓厚兴趣，其现代派诗歌有佛家悲悯眼光，年轻与苍老同存，《无心眼集》写"澳门眼、香港眼、天下眼、时代眼与另眼"，呈现对港澳和20世纪世界性精神生活的观察和感受。黎湘萍在此文开拓出重要的新理念：把台港澳文学放在"海洋中国"坐标里审视，可谓振聋发聩，预示着未来研究的走向。

史料研究和整理方面，也是硕果累累。袁勇麟、章妮撰写《二十世纪台港澳及世界华人华文文学发展概观》，为张俊彪、郭久麟主编《大中华二十世纪文学史》的第五卷第九篇，香港中华书局2014年版。王琨《还原"台港澳"文学的历史现场——评王金城、袁勇麟主编〈中国当代文学编年史·台港澳卷〉》，《世界华文文学论坛》2014年第1期。计红芳《十年磨砺求精工——评曹惠民〈台港澳文学教程新编〉》，《海南师范大学学报》2014年第6期。颜敏选编、陈思和著《行思集——台港澳暨海外华文文学论稿》，花城出版社2014年11月。向忆秋《2013年台港澳文学研究述评》，《2013年中国当代文学年鉴》，百花洲文艺出版社2014年6月。胡朝霞《台港文学研究的出版和诠释权的"争夺"》，与古远清访谈①，不时爆出佳句妙语，有趣极了。如古远清被白舒荣和刘红林称为："活着为了写书，写书为了活着"；因出书速度奇快，又被人称为"刽（快）子手"；不惧怕别人批评，自嘲"不批不知道，一批做广告"；自称"过惯了寂寞清苦而孤独的书斋生活，到生命之秋仍不打算放弃'买书—评书—写书—出书—出游'这一嗜好，也算是一种坚守"。阅读该文，有助于了解古远清执着的学术精神、长青的学术生命力。

港台两地交流互动日益频密。2014年10月17日，一年一度的港台交流文化周——"香港周2014"在台北开幕，主题为"香港民俗文化——文学足迹"，香港文艺范儿赴台湾②：香港传统民俗、知名文学现身台北，让台湾民众走进香港文化核心，破除偏见——以为香港只有购物，台湾只有小吃。香港周已举办两届，主题涵盖文化创意、

① 胡朝霞：《台港文学研究的出版和诠释权的"争夺"——古远清教授访谈录》，《世界文学评论》，http：//www.sjwxpl.com/news/html/3254.html。

② 卢哲：《香港"文艺范儿"赴台湾：香港周2014将在台北开幕》，2014年9月18日20：53，中国新闻网，中新社香港9月18日电。

传承与创新，推动了两地文化艺术交流的发展，反响很好。今年的特色是首次把香港传统粤剧带到台湾，粤剧大佬新剑郎说，除充满浓郁港味的粤剧外，龙飞剧团(香港)与国光剧团(台湾)还首度合作《京昆迎大戏》，将台湾观众从熟悉的京昆戏宝，引进到香港本土戏曲中。另一主题是纪念也斯，采取展览、朗诵、座谈等形式，展现其充满香港城市文化气息的作品，也斯的魂魄仿佛来了一趟台北。香港文化博物馆筹划《非常香港——传统风俗文化》，展出了13项有本土特色的非物质文化遗产。《诗人的缪思——余光中诗歌音乐会》，演出过去30年来作曲家以余光中诗作谱写的歌曲。舞剧《舞·雷雨》由香港舞台剧名家演绎；还有室内歌剧《萧红》。《香港台湾动画五十年大展》放映由70年代至今的25套长短片共63场，这是香港动画首次在外地展出。《2014年香港当代电影展》选13部2013年制作的中小型商业长片，及过去两年得奖短片辑录而成三个作品选。此外，还展卖香港本地艺人的自家制品，《香港彩灯会》展出丝袜奶茶、蛋挞、咖喱鱼蛋、肠粉、盆菜、车仔面等街头美食造型的精致彩灯。还有工作坊、座谈会等活动，让台湾民众更全面地体验香港独有的“文艺范儿”。

台湾文学馆由香港文学博士翁志聪接掌①。该馆成立10年，历任馆长林瑞明、郑邦镇、李瑞腾都是知名教授。2014年1月27日举行交接仪式。翁志聪1965年生于台南，香港珠海大学中国文学博士，师承名汉学家河沛雄，专业横跨戏剧、传播与文学，曾任“台北文化局”主任、“文献委员会”执行秘书、台北市立美术馆馆长，主编《存文征献六十有成》《口述历史实务手册》《台湾歌谣》《走过宝藏严：口述历史》《续修台北市志》等书，现任“文化部”影视及流行音乐发展司专门委员。翁志聪表示，未来将会继续做跨界合作、中书外译工作，让台湾文学与世界接轨，使其能量能辐射至华人世界。

台湾王钰婷研究台港女性文学交流②。港台有相似历史轨迹。李瑞腾1985《文讯》第20期策划“香港文学特辑”，开启当代台湾的香港研究先声。目前研究重点在现代主义传播、冷战影响、南来文人现象，以须文蔚、陈建忠、苏伟贞、应凤凰等为代表。20世纪50、60年代不少台湾女作家投稿至港刊，并在征文比赛中获奖。该文重点探讨童真创作与香港的渊源，分析台港文学交流。台湾50年代女作家群活跃：苏雪林、谢冰莹、琦君、林海音、张秀亚、聂华苓等，突破了男作家主宰的瓶颈。范铭如以童真为例，分析重建家园的困境与方法，塑造心灵原乡，突破大叙述与家国视角，《穿过荒野的女人》展现女性离开父权象征的大陆，赴台获得重生、建构自我的主体性。陈芳明《台湾新文学史》认为，童真文字生动，擅用风景衬托内心。其第一高峰期在1958年至1960年，有几十部短篇小说和四部中篇小说；第二高峰期在1962年至1973年，在《中华日报·副刊》连载《爱情道上》，在港出版四部小说集，在台出版《爬塔者》《雾中的足迹》《彩色的脸》《车辚辚》《夏日的笑》《寂寞街头》《寒江雪》等小说集。1955年，《最后的慰藉》获香港《祖国周刊》短篇小说亚军(李白金像奖)后，很多香港报刊约稿，如《大学生活》《中国学生周报》《华侨文艺》等。郑树森指出，50、60年代香港特殊，容许不

---

① 赵家麟：《香港文学博士翁志聪 接掌台湾文学馆》，http：//www. CRNTT. com. 2014年1月28日，中评社台南1月28日电。

② 王钰婷：《台港女性文学交流另一章——以1950至60年代童真出版作品为讨论核心》。

同政治立场者众声争鸣，南来文人与美援文化结合。赵稀方认为，香港反共文艺在美国资金扶植下繁荣，写大陆的多揭露和控诉中共红色政权“黑幕”；写南下难民的，演绎无所依归的生命困局。卢玮銮、黄继持批评南来作家对本地问题缺乏关怀，过客心态，多偏重个人自我沉吟。陈智德指出，南来作品有怀乡与否定的依归，形塑香港 50 年代美学意识。1962 年，童真《黛绿的季节》写怀乡，被关注，收录五作，反思居台南来人的集体离散记忆，男女主角多为外省人，因战乱而被迫迁徙，后又重逢，可已是世变境迁。错过，是双方在烽火时代的共同命运；他日在他乡重逢，戏剧张力就在于如何面对尘封多年的思念，处理现实的棘手境况。如晶父亲长年酗酒、背叛家庭，骤逝后，母亲韶音带其到高雄投靠同学蕙姨。其夫何景平在民营工厂担任厂长。如晶观察到蕙姨家境良好却气氛冷淡，蕙姨成天打牌，姨丈忙于工作，但对寄宿的韶音母女却十分周到。一日，如晶意外撞见母亲与姨丈在大贝湖上泛舟，才知其是妈妈离散 20 年的旧情人。真相暴露后，大家决定回归现实，蕙姨决定戒赌，回归家庭，重修婚姻，母亲也重新考虑孙秘书的追求。《安排》描述超华暑假带女儿茵茵到好友家萱的新家度假，家萱虽有体贴的丈夫和乖巧的儿子，然内心始终思念因中日战争而分离的初恋情人金雪鸿，对丈夫有极深的愧疚感。超华为维持家萱的家庭和谐与安宁，斩断了家萱与旧情人的两次重逢机会。两作叙事者皆为中年女性，因为与旧情人重逢带来的冲击，陷入矛盾。他乡重逢，近在咫尺却不得相见，最后都选择忘却过去，回归现实，除个人怀乡情感的宣泄之外，也包含群族集体放逐的命运。童真创作与香港文坛相联，从布尔迪厄(Pierre Bourdieu)场域(field)理论考察童真如何被香港文学场域所接受，思考台湾与他地的联动关系，拓展文学研究的疆界、广度与向度，从冷战时期的东亚布局、南来文人、性别议题，重新检视台港跨国界、跨文化交流，仍待继续。

## 三　会议声音与文学活动

2014 年 11 月 19 至 20 日，“首届世界华文文学大会”由国务院侨办、中国作家协会主办，暨南大学、中国世界华文文学学会承办，海峡两岸与海外华文作家和学者共聚羊城，探讨世界各地华文文学创作、传播与研究。第十场分论坛题为“作为文化窗口的港澳文学”，主持人为潘耀明、陶然；讲评人为曹惠民、於贤德，共有 13 位学者做了精彩的发言，中国学者、韩国学者、剑桥博士、新加坡学者济济一堂，进行思想的交锋和碰撞。正如曹教授所说，大会充满灵性和智慧的闪光，给人带来新的启示。港澳分论坛汇报者凌逾从四个方面进行了总结概述。

第一，新时代的新视角。金惠俊和凌逾认为，港澳作为国际都市，具有世界主义的特色，要把港澳放进世界语境中，考察港澳文学对于中国、韩国、日本等亚洲文学的贡献及与西方文学的影响互动，省思其在世界文化中扮演的角色，为港澳文学搭建更广阔的平台。赵稀方著《小说香港》正是站在全球文化视野高度，并拓展出后殖民理论和翻译研究。剑桥大学的周德成说要“坐上时光机，戴上翻译器”，去理解“华语语系文学”与“世界华文文学”的理论建构问题，认识命名背后众声喧哗的文化复杂性。他以香港和新加坡为例，论述诗的意识、中华性的迁徙流变，诗歌语言的可译性和不可译性、主体性与话语的拔河。论述新锐，具有中西文化比较视野。凌逾认为，香港文学的特色在于跨媒介叙事。新锐的香港艺术家实验文学与电影、传播媒介、科技发展的融合打通，贡献出很多创意，可资内地文坛借鉴。香港导演和作家受启发于对倒邮票符号，创设“对倒叙事”，以此作为小说和电影融合的催化剂，改变传统的电影改编观念，不是从文学中取情节和人物，而是取文学的意念和符号：对倒不是性质二元对立的对比，而是偶然随兴的正反关联；由此创造镜像时间、空间的对倒、错失心理对倒、中西镜像言说对倒；进而创建出起兴式对倒创意，具有东方特色。龙扬志指出，澳门批评场域及其建构要从四个维度展开：一是外省批评与文化在场；二是澳门文学研究与中西交汇的语境化处理；三是华文报纸副刊与澳门文学场结构的关系；四是外省视野与文化外维性。他的论述富有问题意识和宏观理论视野。

第二，论述香港的女性文学。王艳芳认为，香港文学的性别研究可从新角度来讨论，如异度时空，即和现实时空对应的另一时空。一是异度时空存在的现实根源，香港文化空间是“魑魅魍魉自由穿行之地，妖魔鬼怪各得其所之处”，可以上演最凄艳华美的传奇故事。二是异度时空的人格模式，如年轻女性书写老灵魂。三是异度时空的情感方式。四是异度时空的叙事方式。该论述层次清楚，切中肯綮。香港周蜜蜜重点论述黄碧云的新作《烈佬传》和《微喜重行》，将之命名为非典型性小说；指出其小说个人风格鲜明，实验性强，超越女性视野，侧重于人性暴烈面的刻写。尤其是《烈佬传》，获得2014 年第五届“红楼梦奖：世界华文长篇小说奖”首奖，这是第一部香港作品获此奖。该书以口述方式回忆一个黑社会分子周未难的人生经验，真实还原香港底层生活，以另类叙事方式反映香港后殖民历史。周女士作为著名作家，理解女性文学有独到、切身的体会和洞见。

第三，作品新解。韩国金惠俊认为，西西的《我城》提供了正面想象香港的方式，乐观地展现了香港人，同时进行了温和的批评。西西我的城本土建构，可以转变为我们的城建构，香港是世界的香港。——该论述敏锐独特、全面到位。香港李嘉慧解读金庸小说《神雕侠侣》，认为杨过的个人主义特性反映出 20 世纪 60 年代“Beat Generation 垮掉的一代”的文化精神。金庸将宋朝人的叛逆和香港的现代精神对应，在时空穿越中，投射出香港文化受西方现代文化影响的精神实质，研究角度新颖。由此拓展开去，可以做金庸武侠小说的传统与现代、后现代精神的研究。任茹文认为，要对张爱玲的香港创作《秧歌》进行价值重估，因为其提升了 20 世纪 40—70 年代以革命为背景的农村题材小说的整体水准，在 20 世纪革命叙事谱系中，张爱玲的“中国经验”族裔书写具有重构文学史的作用，论述有个人见解。台湾杨明探究台湾当代文学中的香港书写，她探讨作家的地域和迁徙的经验如何影响文化书写。她提出一个关键词——文化翻译，从而论述台湾作家如何挖掘出不一样的香港书写，形成有距离美的他者观照。杨博士本身也是作家，感同身受，论述因此声情并茂。

第四，报刊编辑与文化组织和传播经验。香港李远荣论述了曾敏之先生对香港文学和世界华文文学的贡献，曾先生担任香港作联会长，举办各种有价值的活动，并于2003 年因创作贡献获得香港勋章，其杰出的贡献值得载入史册。李先生论述恩师伟业饱含深情，论述全面。香港林曼叔回顾自身四十多年的编辑经验，他认为，香港文学不仅应重视文学杂志的研究，也应该重视探究政论性杂志中的文学作品；希望内地学者和香港学者合作，共同书写完整的香港文学史。林先生善于敏锐地发现问题症结。百花出版社甘以雯报告“我心中的澳门”全球华文散文大赛盛况，由澳门基金会与内地媒体联合打造，从2000年至今已举办五届，成为澳门文化品牌和文学盛宴的典范。甘编审以抒情方式演讲，富有激情。在讨论环节，有的学者认为，香港政府和学界最好能像澳门政府一样，做整体战略规划，以推进香港文学的繁荣，使之走向世界。会场热烈的讨论让人感到，港澳文学研究不应成为过去时，而是依然值得深度挖掘的一口深井。

2014年11月2日至3日，第三届21世纪世界华文文学高峰会议在南京大学召开①，以“承传与新创：新世界世界华文文学发展的可能性”为主题，这是该会首次在大陆举办。中国作协铁凝、李敬泽，中华全国台湾同胞联谊会汪毅夫、杨毅周，台湾新地文学发展协会理事长郭枫，瑞典学院院士贺拉斯·恩格道尔，江苏作协范小青，以及来自世界各地的近百位作家学者出席了开幕式。南大张异宾书记致欢迎辞。作协主席铁凝指出，这次会议将会对推动两岸文化交流、促进华文文学发展、深化华文文学研究产生深远影响。创新就是真正的传承，而传承也正是为了创新，世界华文文学必将在这壮阔的历史进程中迎来更大繁荣。贺拉斯·恩格道尔发言表示，希望与中国作家有更深入的接触，减少作为评委在评价世界文学作品中可能出现的傲慢。会议分组为“大陆的自省与异域的审视、海峡两岸和世界华文文学的生态、华文文学理论研讨、翻译批评传播与文学的转向”等，展开深入研讨。

2013年11月30日至12月1日，“香港文学创作专题”研讨会于广东惠州举行，赵稀方、陶然、陈惠英、葛亮、周蜜蜜、郑正恒、黄劲辉、李洛霞、陈曦静、蔡益怀等出席，颜敏撰文《传媒、都市和文学——香港文学专题研讨会综述》，发表于《香港作家》2014年第1期②，该期封底里、《香港文学》2014年2月号封底里，均有图文介绍。

2014年12月14日，2014中国小说学会第12届年会暨新媒体时代文学与文化创意研讨会召开，古远清在闭幕发言中，首提“香港偷渡作家群”概念③——指20世纪50至70年代偷渡至港的作家，或因家庭出身不好受歧视，或因对极左政策不满遭迫害，或文革中挨批斗，或为脱贫，或向往资本主义生活，冒死至港，或从深圳河游到对岸，或由人蛇带去，或翻山越岭躲过追捕，从澳门辗转到香港。偷渡作家群不是流派概念，而是松散群体。他们一般不前卫，不认同现代后现代，多用现实主义手法批判社会。他们对香港文学大有贡献：一是开拓香港文学的表现空间，增添文学的新品种，代表人物有倪匡，以科幻小说独树一帜。二是创作早于卢新华所描写文革的伤痕文学。三是充当海峡两岸文学交流的桥梁。四是林曼叔的《中国当代文学史稿》(巴黎第七大学东亚研究中心出版)用非阶级斗争观点，写当代文学史，这是境外学者撰写的唯一的大陆当代文学

---

① 侯印国、刘成：《第三届21世纪世界华文文学高峰会议在南京大学召开》，2014年11月4日，南京大学新闻网，http://news.nju.edu.cn/show_article_1_36866。

② 颜敏：《传媒、都市和文学——香港文学专题研讨会综述》，《香港作家》，2014年第1期，第51-53页。

③ 古远清：《“偷渡”作家对香港文学的贡献》(会议演讲稿)，2014中国小说学会第12届(珠海)年会暨新媒体时代文学与文化创意研讨会，2014年12月13—14日会议，地点：珠海城市职业技术学院。

史。五是当内地文学“鲁迅走在金光大道上”时，他们的作品填补了中国当代文学的许多空白。有部分偷渡作家晚年定居珠海或深圳。

2014 年第十届香港文学节、第 25 届香港书展举办，为香港这座现代化都市带来浓浓的文学味。文学节由港府康乐及文化事务署和公共图书馆主办，在香港中央图书馆开幕后，自 6 月 26 日至 7 月 13 日连续举办 30 多项文学活动，包括专题展览、研讨会、文学变形比读、导读会、豆棚说书系列讲座、围读工作坊、诗歌朗诵会、从创作谈起交流会等。2014 年 2 月《城市文艺》第 69 期，2014 年 2 月《百家文学杂志》第 30 期，均有报道。2014 年 7 月 16 日至 7 月 22 日，第 25 届香港书展在香港会展中心举办，各类“2014 年香港年度书展、好书榜”纷纷在书展出炉，汕头大学长江新闻与传播学院开辟“汕大新闻人看香港”系列报道，在网站播报①。

2014 年，文学生活馆成立，可谓香港文学界盛事。字花编辑室撰文《文学有馆——香港文学生活馆成立》②，以致祝贺。以作家董启章和学者陈智德为核心的文学爱好者，倡议成立香港文学馆，经年未果，最终只能自行组织筹建民间文学馆，选邓小桦、廖伟棠、朗天、谢傲霜、阿三为董事，注册成立非营利有限公司。斯人指出“在信息爆炸的今日，连纸媒也被迫入穷巷，但他们作为文学的忠实信徒，怀抱理想主义激情，守护一息尚存的文学篝火，明知不可而为之，其精神令人感佩”③。

2014 年，国务院公布，香港增添四个非物质文化遗产项目——西贡坑口客家麒麟舞、黄大仙信俗、全真道堂科仪音乐、古琴艺术，涵盖了表演艺术、社会实践、仪式、节庆活动和传统手工艺等类别。此前，2006 年首批非物质文化遗产，粤港澳三地联合申报的粤剧和凉茶，成功入遗；2011 年第三批名录，香港有四项目入选：长洲太平清醮、大澳端午龙舟游涌、大坑舞火龙、香港潮人盂兰盛会。至今，香港的国家级非物质文化遗产代表性项目有 10 个，香港自行申报的项目有 8 个④。

## 第三部分　香港文学杂志百花齐放

2014 年，香港的各类文学杂志继续绽放：《香港文学》《城市文艺》《文学评论》《字花》《香港作家》等，各有特色，各有优长，为香港文坛增添了多元的文化形态。

### 一　从香港走向世界的跨域与跨界——《香港文学》

《香港文学》创刊于 1985 年 1 月，至 2014 年 12 月，每月一期，出版准时，已不间

① 汕头大学长江新闻与传播学院：“汕大新闻人看香港”系列报道，http：//media. stu. edu. cn/hkbookfair/。

② 字花编辑室：《文学有馆——香港文学生活馆成立》，《字花》2014 年 1—2 月第 47 期，第 8-9 页。

③ 斯人：《香港文学馆》，大公网 2014 年 4 月 5 日，http：//news. takungpao. com/paper/q/2014/0405/2402824. html。

④ 朱剑虹：《香港新增四个国家级非物质文化遗产》，http：//www. master-insight. com/content/article/2749#sthash. LbJUJEYW. dpuf。

断地出版360期。到2015年，办刊足足30年，三十年如一日，坚守纯文学，办刊有声有色，这在香港来说实属难能可贵，让人肃然起敬。2015年1月24日，在30周年志庆座谈会上，与会者公认，该杂志是香港迄今最长寿的文学杂志，是作家发表严肃文学的重要平台。这份最具标志性的纯文学杂志，在推进香港文学发展中功不可没，已经发展为有影响力的香港刊物，成为香港文学的品牌，是香港文坛的旗帜，为东方之珠添华彩。

**总体特色**

香港杂志如何走向世界？跨入新世纪以来，在陶然总编的积极推动下，《香港文学》着力发展成为世界性的华文文学杂志，契合香港的世界主义气质，办刊视野日益宏阔：从关注香港文学，转向华人文学作品和评论；搜罗凌云健笔，撰稿者遍及世界各地；追踪世界华文文坛新热点；中外文化领域跨界，文学与艺术跨界打通；大力扶持提携年轻的作家和学者。广纳百川，有容为大，这需要眼光、视野、心胸。香港，汇聚五湖四海人士，藏龙卧虎，平均智商居高世界前列，在这样一个各路人马、矛盾、锋芒高度集中之地，要做到海纳大江大潮，殊为不易；既要有包容的心态、平等的眼界，也要有平衡协调的能力、宽广深厚的人脉。近十几年来，《香港文学》已经成为中西文化交汇的中继站、加油站，编者眼光敏锐，把握时代的潮头浪尖，推进海内外华人交流不遗余力，已经成为世界华文文学的品牌，在海峡两岸、全球华文的期刊史上创下了不可磨灭的功勋。

以文会友，文学质量是作品的生命线。1985年1月和2000年9月，刘以鬯和陶然先后接任《香港文学》总编辑，为杂志发展付出了大量心血和精力。他们都是作家，这给杂志带上了鲜明的作家办刊特色，注重作品文学品位，倡导文学革新、自由评论，坚持文学质量第一。陶然评判小说，简洁明了一条标准：不管流派如何变化，能够牵动人心的，就是好小说。对友人也认准一条：开心就好①。陶然主编像穿了隐身衣，深潜杂志背后，不张扬，不高调，勤力耕耘，遮风避雨，喁喁前行。《香港文学》一直坚守清雅、平衡、中正、安和、均匀、稳健的风格，不搞险峻飞扬，惊奇跳骏，不朝危险、惊奇的方向发展，绝不花哨，如柳公权书法强调的“心正则笔正”，该杂志以真行腔，文风平易亲切，典丽方直，端重楷正。

一直以来，笔者都在研究香港的跨媒介文化，认为跨媒介与香港土壤两相宜：因创意需要文化环境孕育，而香港得天时地利之先。奈斯比《大趋势》发现，美国发明多集于五州，因这些前驱州的人种组合丰富。中国大唐也因国度开放，生成文化混血新种，气象恢弘。亨廷顿认为，移民较富创造力。20世纪香港得天独厚，中西合璧，是典型的移民城市，古今中外在此生长共存，传统、现代与后现代既尖锐冲突又和谐并存；经济自由，位居世界前列；城市文化的最大特色是杂性，高扬杂种多元文化主义，万国人种随处可见，万国商品进驻，具有世界主义气质，充满国际化气象；这些优势都不经意间营造出创造力爆发的强大气场。香港因此能开辟出自成一体的“港派”，具有范式意

① 陶然：《开心就好——秦岭雪印象》，《香江文坛》，2003年6月。

义，可资内地学界借鉴。

新世纪后，《香港文学》日益呈现出跨地域、跨文化、跨媒介风味。稿约辞为："立足本土，兼顾海内外；不问流派，但求作品素质"，办刊视野面向全球华人，向海内外刊发。2014 年带"世界"字样的专栏有：6 月的世界华文闪小说展，7 月的世界各地机场专辑，11 月的世界华文文学扫描专辑。标题放眼世界华文文学的，则有陆士清的《共舞世界话语文学的春天——写在话语文学网上线时刻》、《迈向新世纪的世界华文文学》，曹惠民《中国大陆世华文学研究之昨天、今天与明天》，袁勇麟的《一个不容忽视的文学谱系——世界华文文学中的旧体诗词》，陈义芝的《华文文学的一点断想》，陈瑞琳的《众生喧哗：看世界华文文学的新格局》，骆明的《在世界格局中的南洋华文文学板块》，刘荒田的《新移民文学断想》，高慧琳的《跨文化实践与华人华文文学》。《香港文学》立足香港，走向世界；既有跨区域视野，与世界互动，也有跨艺术追求；文学创作与学术批评互补。

2014 年栏目设置特色分明，2 月有《大拇指》重聚展、4 月有"艺术对话：也斯周年祭"、8 月有悼念罗孚特辑、"苏童在香港"专辑；12 月号推出香港文学小说展评论专辑，特意组织评论《香港文学》杂志刊发的文学作品，形成对照记，以改进本土文学评论弱化的现象。除了这些特色菜，例牌正菜则有香港作家散文大展、香港作家小说专号、小说舞台、"香港，香港"散文大展、散文家园、香港文学小说展评论特辑、世纪诗群、文学批评展、文艺茶座、真情对话、阅读笔记、文坛瞭望。尤其值得一提的是，15 年来，陶然坚持每期写卷首漫笔，提点重要文章，给读者指引线索；三言两语现出文学功力；不仅呈现出 15 年路线图谱，也呈现编辑思路；积少成多，至今已成就近 18 万字，即将出版成书，这是极有价值的研究史料。

《香港文学》兼容并蓄，每期均为近百页篇幅，新思路不断。单看 2014 年的标题目录，就让人浮想联翩，随意兴发，可集句成文：管管的一只蝴蝶从河南飞来，江山如此多娇让子弹飞吗？陶然电光一闪，指尖起舞，从小岛漫游到大岛；希尔尼新加坡品榴莲滋味，惟得温哥华寻长寿面之味；古远清在首尔开国际玩笑，郑芸在日本教中文；葛菁走进帕慕克的伊斯坦布尔，卢岚撷取面具威尼斯；洪晓娴染一身鸢尾花，颜敏徜徉夜色森林；王性初诗的血滴，黄仁达得闲饮茶；余光中送梦蝶，马觉一抹艳阳；羁魂打边炉，灰娃叹年华；文人笔生花，齐开香港家。

**闪小说专栏**

后现代社会总强调快速、效率，网速、航速不断提速，快闪行动、快闪歌舞创意迭起，快闪文化波及小说，于是掀起了闪小说风潮。但陶然卷首语告诉我们：闪小说(flashfiction)的渊源可追溯到伊索寓言，好手有契诃夫、欧亨利、卡夫卡等。当代闪小说限华文 600 字以内，具有信息时代多渠道传播的特色。《香港文学》6 月的闪小说专栏，打捞起印度尼西亚、马来西亚、泰国、新加坡、越南、美国、加拿大、新西兰、中国等地的近 150 篇作品，区域文化对撞，引人遐想，赐人灵感。海外华人作家多写养老、养生、骨灰、宗教信念、福报、报应、宿命、问米婆灵媒、集体记忆、绿卡梦、镀金、番客、打工族、越狱、应征、牛缘、死亡等事；港澳台多写爱、恨、家庭悲剧、动作片、人偶装、死神笔记本、赌徒，富科幻、魔幻色彩；或有大陆背景的作家多写谍战、批斗、贪官、小三、谋杀、金手指 GDP 增长的成与毁，富写实色彩，故事情节离奇，结局总像脑筋急转弯，让人吃惊。

当然，灵感跨域交错之事也时有发生。新加坡学枫也写解放系列：犹太人从纳粹集中营逃离，获得解放；太太与上司去度假村解放；“我”去夜总会解放，巧遇朱丽安，竟然是家中女佣化名来解放、挣大钞。全文构思巧妙。新加坡的希尼尔敏感于嗅觉，榴莲滋味能挽救轻生小伙的生命；就像伊朗导演阿巴斯，以樱桃的滋味挽救了自杀男子的命。马来西亚的多拉敏感于听觉，写三年后重回原来的房间，还能听到那中年女心碎的哭声；养老院的老妇则向医生求失聪，因不想听晚辈的刺耳话。在马来西亚的菲尔笔下，超级富豪喜欢吃大葱煎蛋，结果一应手下都跟着吃，想沾点富贵气，还将灵验说得神乎其神；就像内地汪曾祺写《异秉》，小市民相信与众不同能带来好运富贵，迷信遗传。陶然写职业刀手、醉酒幻觉；写眼盲患者竟要预约一年才能看病；恰似故事新编般，一如既往地呈现出深刻的写实性。芜华写美国华人夫妇，一生攒钱，为这为那，直到一死一失忆，养老钱都未动用，活活被逼成了守财奴。

时代在变。泰国杨玲写对付变心丈夫，一哭二闹三上吊传统手法已失效。蔡中锋写市长夫人首创印刷鸳鸯名片，随意找各局长处理小事。马来西亚杨伟哲笔下，老夫妇养狗，竟然是为了处理剩饭剩菜，为了瘦身和健康。美国的少君写电脑工程师，为与所爱共撑一伞，竟置吃饭家伙——贵重电脑于不顾。台湾宇文正写调音师，拆钢琴盖调音时，接长长的电话，仿佛自己的盖子卸下来，让旁人不习惯。加拿大陈华英笔下，阿文去西藏拍天葬，竟然将自己性命搭进去，得成录像；又写老老少少一家人喝早茶，都成了低头一族，叫阿爷等长辈吃点心，都要靠手机传讯。

台湾李进文扫描超声波看见不能说的秘密。香港罗贵祥窥探特警训练班：用暴力教授顺从，以走神实践情治；王良和怒斥打印机死机、被过度注视的黑白电视机的鱼骨天线错位、电脑屏幕 deadline，无不在压迫着当代人。澳门寂然俯瞰飞机坠毁前，夫妻自剖心声、自毁前缘。年轻一代绿茵、吴鑫霖则写网上奇缘、照见脸书皆空，与数码网络解不开千千结。香港潘国灵以数学思维书情感，富有创意：例如，深宵凌晨，十致电给前女友三：我对你的感情是十除三，除之不尽，女说：我明白，第三者在这世界总是太多；例如，由 let's go 到 let go，期间是以光年计的距离；其还以小说角色戏剧对白方式，再现作家创作赌才华的艰难、成败得失的压力。澳门梁淑淇的《时光话筒之离合悲欢》，给手机安装时光话筒应用程序，录制留言在未来的预设时间播放，由此组接出分手、复合、生子、病故、护母故事，生与死两条平行线索交错，构思精妙，科幻想象奇特。

### 世界机场专栏

闪得快，好世界。但偶有闪失，也能让哲思灵感再次起航。7 月的世界机场专辑原来有个触动扳机——2014 年初，马航 370 航班失联，陶然卷首语赫然就是“飞向无踪影”，6 月小说《迷踪》已有先兆。陶然还曾创设过地铁专辑，眼光独到，新锐合潮。机场、地铁，出发、抵达、远行、离散，都是富有后现代感的符号，是后现代社会的衍生物和象征。21位书写者都是名副其实的空中飞人、世界人，所写的21种世界各地机场异彩纷呈。

机场关联离情。赵稀方描述女儿获得哈佛全奖后，一家三口在北京机场送别，全文点化出接送、买零食、喊睡觉等前后几个细节，看似不经意，却催人泪下，戳中了所有为人父母者脆弱的心。女孩菲尔第一次单独旅行，在陌生的伦敦希思罗机场，体会到旅途中最珍贵的人情。谭惠贤也谈及，第一次独自去欧洲读书，在启德机场的三块围板禁区，“一个闪身，就是一个人，那是我经历的最艰难的一个转身”；启德机场曾是香港的地标，但她伤感地叹息：“启德没有了，香港的传奇也消失了……传奇不是这个世界需要的。”钟国强则感悟新的香港赤腊角国际机场，欣赏诺曼设计的建筑、默片般的乘客，怡然自得地消磨等飞的时光。

机场启迪写作。朱蕊说，写作像在机场，从一个点出发，可以去无数的地方。在机场里，每一个人就是一条航线，从自己出发，而后又抵达自己。既然远方向来遥远得一无所有，那么，抵达才是出发的理想。她由上海虹桥浦东机场随意兴发，思考世界的可不可思，上升到高深的哲理问题。卢因发觉，温哥华机场观景台适合写诗，让人文思泉涌；机场还是旅游景点，不少师生前来field trip，实地旅行观察，提升写作思维。郑明娳也写加拿大机场，但是却从两个以人命名的机场，想到了皮尔斯和杜鲁道总统的政绩和受大众拥戴程度，想到建筑背后的人文魅力。

好机场给人暖意。吴小攀哀叹世界机场多是毫无个性的集装箱，一边吞，一边吐，日夜赶工，不动声色；其常年出入广州白云国际机场，不由自主要对机场建设建言献策：最好由无情到有情，甚至多情，让乘客安心暖心。而韩国的仁川机场正因做到此点，获评世界机场第一，并且九连冠。李安东将之与浦东机场比较，分析仁川机场胜出之因：整体设计高端大气上档次，有世界最全免税店、物美价廉；花园式休闲场所，牌楼木地板民族风俨然；与韩国国立博物馆联手，将航站楼打造成文化博物馆；还有免费洗浴、小心搬运行李等很多人性化的细节，让乘客舒心难忘。计红芳说波兰华沙肖邦机场也很人性化：考虑周到的儿童乐园、最完备的残疾人登机设施，还有因慢节奏生活而带来的优雅、从容、善良和天然。景色绝佳的当属建在海上的日本关系国际空港、与海争地的新加坡樟宜机场、大海平原高山天空合而为一的韩国金海国际机场，郑芸、希尼尔、金惠俊对此有详尽的描述。肖复兴难忘芝加哥机场的恐龙骨架，想起“流年暗换南北路，老眼厌看往来人”，恐龙仿佛看尽春秋演绎的沧桑老人，不变的芝加哥对于居住者而言，其实是好事。刘荒田讲及多次进出纽约肯尼迪机场，在陌生城市的接机趣事。印度尼西亚袁霓的《雅加达“苏加诺——哈达”机场》溢出到了8月号。若然携带也斯小说，在苏黎世候机，却念兹在兹香港，由此体验烦恼娃娃的回程之旅。黎翠华则是怀揣澳门，在葡萄牙里斯本机场寻找熟悉的前世今生记忆。当然，机场也会给人寒意，如马海甸所写的莫斯科谢列梅捷沃机场。

机场见证华人的崛起。梁源法描述从30年前于巴黎戴高乐机场第一次约会时的惴惴不安，到如今频频出入其中的驾轻就熟，呈现出华人自信之姿兴起的历史流变过程，机场最能见出人间的真情流露。胡仄佳也注意到悉尼机场华人越来越多，中文旅游指南、指引标识越印越精美。其实，新西兰、美国等国都早有此现象。全球华人流动正影响着世界文化。国际航空机场属于“非地方”(non-place)，这流动站和周遭环境没有什么关系，自成一体，不属于一般意义的地方概念，不属于当地居民，而属于国际人，边际人；在此，社会关系、历史和身份认同会变得模糊不明。还有什么比国际机场更能让人体验到全球化、地球村、世界性、流动性、国界边界等宏大话语呢？由机场建筑地理空间出发，能碰撞出那么精彩的思绪灵感，也是让人醉了。机场专栏不同于过去的游记文学、开拓文学地理学，它有更高层次的提升，属于跨学科、跨地域、跨文化的新锐实验。设计此专栏，实在值得点赞。

上述两专栏，明显具有世界性、前卫性。但是，以散文笔法写机场，多是温情、美好的记忆；而闪小说多写暴力血腥、喊打喊杀、凄惨悲剧，魔幻诡异，仿佛不传奇则不足以称奇。虽然书写者们都用汉语华文，但因来自世界各地，用语不同，风格迥异，文化有别，读者不时遭遇奇特话语，被给以陌生化的激灵，就像冷水浇面，这冲击让人新奇清醒，领悟到华人的个体差异性和尊重有别的重要性。

**跨界谈文论艺**

《香港文学》让人难忘的文学佳文很多。北京王童写人，力透纸背，《发子变形记》细描同窗发子从初识到下乡到亡命的经历：从小偷到大偷，从偷盗变成动物保护主义者，从蛮霸到惧内，从死刑犯到画家，虽属作奸犯科之辈，却是有情有义有骨之人，尤其临终所画《怀念》，将一生经历入画，野性四溢，愤世嫉俗。全文写“我”和发子在画家刑有民启迪下的成长记，渗透出对绘画艺术、人生苦难的深刻感悟。香港王良和写事，一波三折，初看《波仔记》题目，以为写人，细看才知写餐厅：回忆大学、工作婚姻时代在那里度过的快乐时光，回想其同窗友情、让人难忘的人物；前面是温情的记忆，突然笔锋一转，结尾竟至极度惊悚——那温婉的老板娘被老板情妇所杀，变成了油炸咕噜肉。故事很有香港性：什么惊奇的故事在香港似乎都变得不再神奇。马来西亚黄锦树以魔幻的笔法，写西少爷去祖上古墓和纪念碑溜达，梦见古墓破开逝者复活，梦见燃烧的绿树、燃烧的春梦，古墓衰朽气与热带生命力相生并存，马尔克斯之风吹拂，异域色彩充溢，文笔活力俨然。

2014年《香港文学》既呈现世界空间的跨越视野，也呈现历史时间的穿越视野，送呈历史大菜。曹惠民的《中国大陆世华文学研究之昨天、今天与明天》上溯到学科渊源：从胡风和范泉说起，前者1936年译编《山灵——朝鲜台湾短篇集》，后者于1946年前后发表过台湾文学研究文章11篇，研究小说戏剧、高山族传说文学，被陈映真称为“大陆台湾文学研究第一人”；该文还考证出，最早发表台湾文学作品的刊物是《上海文学》——1979年3月刊发聂华苓的《爱国奖券——台湾佚事》；同时，详尽梳理学科建构历程，对未来学科深化发展提出切中肯綮的设想；该文史料功夫扎实，视野宏阔，立论严谨。刘俊的《文武父子古都缘》历数白崇禧和白先勇父子的南京情缘：一个因参战而结下悲喜情缘，一个在南京培育出昆曲情缘和苍凉悲悯之感。刘俊自攻博起研究白先勇，至今已有20年，对白家谱系了然于胸，刻写历史的跌宕起伏、人生的曲折多变，落笔精确。全文情深意挚，笔墨饱含深情。阅后方知，原来白家竟是来自中亚的阿拉伯人。白家先勇享有文名，媲美李家太白，大概都因为是中外混血的优良品种，由此论题或许可衍生出精彩的论文，是很有趣的研究角度。杂志还刊载了萧干写给巴金的书信，知己之间情真意挚，字里行间刻下了时代的痕迹；刊载了蔡其矫遗稿《旅途诗稿》，为游黄山组诗，由王炳根留存提供。两者都极具史料价值。徐重庆的《李健吾给赵景深的新婚贺礼》，由一张新婚贺卡，论及两者深厚的友情。此外还有黄维樑悼念夏志清先生，刘绍铭话分两头记夏公；追念罗孚，则有邵燕祥、孔捷生、黄庆云、彦火、周蜜蜜、冯伟才、沈西城、施友朋、卢因等；何杏枫回忆黄继持老师，木鱼怀念张国荣，桂清扬向七月派最后一位诗人冀汸致敬。逝水流年，追念逝者，钩沉历史，读之令人感慨唏嘘。

《香港文学》具有跨媒介性，不时有小说与电影、曲话、戏影的打通之思。推出香港台湾电影小说专辑，富有创意；又以绘画、图配诗、诗文方式纪念也斯，艺文互涉对话，仿作小说尤其出彩：黄劲辉《后现代的剪纸与爱情》，呼应也斯的《后殖民食物与爱情》和《剪纸》；陈子健的《李小姐的 IPAD》，呼应《李大婶的袋表》；叶晓文的《带伤的苦瓜》，回应也斯的《给苦瓜的颂诗》。呈现跨媒介性的文章，还有冯宵论电影与小说《胭脂扣》，胭脂凝泪惊梦破；吴美筠诗歌《电影馆看香江光影》；沈海燕论苏童小说与电影改编，视之为无法改造的“红粉”；黄淑娴以图文记事簿法，写苏童在香港；叶丽咏分析《宝岛一村》的剧场元素与故事情节；孙立川创电视传记文学剧本《萍踪侠影录——梁羽生》；绿骑士写《歌剧·袋鼠·阳光》；陶然卷首语特意点出：“辛其氏在茶座忆旧，曲话、戏影、红楼，一一在她笔下复活。”①

整本杂志装帧设计也有跨媒介特色。2014 年封面均为北岛摄影，封二为杂志信息，封三为文学活动点击，图文并茂；2015 年进化为彩照配图，封底为“影画诗心”，绘画配诗，最后一页为下期预告，倒数第二页为新书推介、文学短讯。全刊既有对已刊作品的评论，也有对未刊作品的预告。每年第 1 期，则有上年杂志的总目录。每年封面封底用一个色系，一年一摞，井然有序，2014 年用淡雅的米黄色，而 2015 年则因 30 周年大庆用喜庆红。内页标题不时有秦岭雪的书法题字，古雅诗意。内页也讲究图文适配，新书书评配封面摄影，游记配照；机场专栏，每文均加插全球各地的机场景观照片，瞬间呈现机场的感性认知，给人亲切感。每一个设计细节都前后左右相呼应，自然地成长为带感情的、有历史感的刊物。

2014 年有文艺茶座，跨界说文论艺：刘登翰《色焰的盛宴》节选自《李锡奇评传》第三章，详尽梳理李锡奇艺术史：从木刻到布拓版画，从普普到欧普艺术，以民间民俗物对普普精神进行突破和再创，再从装置到连作艺术，不断发展；有感于《清明上河图》手卷的时间流动感，创作圆与方系列，展现二元对立的无尽玄思；赌具系列、大书法系列、漆画系列，化用中国文化元素，修炼为画坛的变调鸟，走向艺术顶峰。刘登翰作为书法家，敏感于李画家创新艺术的美学意蕴，分析鞭辟入里。秦岭雪不仅是书法家，也写诗为文，《随笔三题》赏读杜永志书法集《寒梅墨韵》，细描先文人后印人的篆刻家王泉胜，分析王来文国画如何渐入精微。孙绍振曾研读秦岭雪的诗歌，入木三分。陶然说，写作用命，书法养命；秦岭雪出入其间，从容自适，追求风雅蕴藉的文风艺风。陶

① 陶然：《飞向无影踪》，《香港文学》，2014 年 7 月号。

然散文集新书《风中下午茶》自序，一贯的朴实谦逊，平实如话，让人如沐春风。王鼎钧《我所知道的比喻》，论明喻、隐喻，例证丰富有趣，如"爱情与咳嗽不能久藏；长江断流时我断念；挂在墙上的江山；有个黑酋长在等他，名字叫死亡"，《百喻经》更上升到象征层面。年轻一代周洁茹写《自己的对话》，潇洒自如，语言老辣。2014 年有三篇对话体：香港翁文娴专访写《0 档案》的大陆诗人于坚，成《古典王维与工厂系统的学习》；陈锦德与胡燕青对谈，成《呈现感觉、细说人生——胡燕青谈散文创作》；萧欣浩与苏童对谈，有《江南吃货的酒食印记》，文体体裁丰富多彩。书评方面，司方维指出，袁勇麟主编《陶然研究资料》是华文文学史料建设的范本；曹惠民认为，李元洛《唐诗三百首新编今读》是高标独举间情怀；袁勇麟评曾焕鹏的《当代散文美学论》；篇篇视野恢弘，解读精细，怀珠衔玉，各有精彩。

每期封面隆重推介的文章，两篇忝列者不少，如季季的《我的第一个海南朋友》、《陈列割草》；黄锦树的《那年我回到马来西亚》、《燃烧的绿树》；黄维樑的《当中文遇见英文：余光中论翻译体中文》、《悼念夏志清先生》；孙绍振的《福建乡土》、《老友张毓茂的人与文》，后文对老友知根知底，嬉笑怒骂，妙笔生花。此外还有蔡益怀《渡边淳一〈失乐园〉的美学意蕴》、区肇龙《读刘绍铭教授的〈冰心在玉壶〉》、郑宝娟《赢家通吃》、黄静《赤麂》、潘步钊《公屋的故事》等。他们多是既写文评又创作的多面手。张叹凤概说黄维樑的文学成就与影响，精雕龙，品人间词话，论艾略特与中国现代诗学，结杜甫、夏志清、余光中为莫逆之交，诗学纵横，美文理趣小品出众，身兼作家与学者于一身。钟怡雯素有台湾文坛的"文界哪吒"之称，除写散文《地铁与黑面包》、《麻雀树，与梦》，还论新疆汉语作家刘亮程的村庄叙事。黄劲辉既有小说《后现代剪纸与爱情》，也有电影小说《假如布列逊是寇比力克》。郑政恒写诗《罗聘鬼趣图》，还有评论《从性别到历史：苏童〈妇女生活〉与侯咏〈茉莉花开〉》。李娜《还俗记》以散文笔法，论白先勇笔下人物：尹雪艳的文学性、金大班的烟火气、台北人的在地与还俗、戏园里的小孩——俗的信仰，比较其小说与电影、昆曲舞台剧的跨界，论述其如何努力突破华文界文化自残的痼疾。该文文笔老练洒脱，可读性强。

世界华文文学评论是重头戏。陈岸峰评夏志清的扛鼎之作《中国现代小说史》，论述如何建构现代文学大传统，排座次，分主次，重估作家，既以文学价值为原则，又带有鲜明的政治倾向；评论作家也有矛盾，但因以敏锐触觉挖掘文学价值，而能振聋发聩。赏读马来西亚多拉作品的论文有三篇。刘俊评其散文为寻美的旅程，用美文写美景、美人、美食，表达美意，以此安顿旅途心灵的漂泊感。方忠论其微型小说的质感与意味，既写传统孝道与亲情，也直面现代社会问题，小中见大，以画家笔法勾勒生活瞬间，结尾喜剧反转、意味深长。曾丽琴谓其 10 多本微型小说为花的修行，详述其笔下的日常题材、女性生存、丰盈意象。袁勇麟《小真实与大情怀》，论马华作家菲尔的《抛闲情》，既有纯真之趣，也有文化反思，见出音乐品位，该文的文本解读精细，属于国家社科基金重大项目"百年海外华文文学研究"成果。胡德才论印度尼西亚喜剧家林万里，讽刺锋芒指向商业社会的虚伪势利——金钱腐蚀人性，人人互相算计。幽默调侃，犀利反讽。全文例证精当，点评精准，让人忍俊不禁。

在全球视野下，研究作家的跨域书写兴盛。论名作家笔下的南洋情结，有两文呼应。马六甲的夏蔓蔓注意到张爱玲的南洋情结①，《红玫瑰与白玫瑰》的红玫瑰娘惹黄娇蕊、《倾城之恋》的精刮富浪子范柳原都是南洋华侨出身，都带有热带雨林气息，都放过洋，走过四方，感兴趣于真正的中国，都投入到一场火热的恋爱中，然后爱火烟消云散。散文《烬余录》提及香港同学，学医的多为马来西亚华侨，华侨女生则多为时装狂；《谈跳舞》描述马来西亚华侨金桃跳马来舞；后期《小团圆》提及马来西亚侨生林医生，帮过九莉逃生。刘以鬯曾于 1952—1957 任职于新加坡和马来西亚，旅居南洋五年，南洋叙事结集为《星嘉坡故事》、《蕉风椰雨》、《热带风雨》、《甘榜》等，朱崇科分析刘以鬯笔下的南洋风景、南洋虚构、南洋书写的文学史意义——外来客写南洋本土，实现自我转换②；在描绘南洋风景层面，冷静、锐利、温情脉脉，而在叙事风格上，坚持批判现实主义以及接地气的现代主义，徘徊于现实主义与现代主义之间。若将之安放在马华文学史和香港文学史的双重观照之下，则既是马华文学本土建构的参与者，又是年轻本土作家的模仿资源，反过来，南洋经验又成为刘以鬯提升自我、转化为香港作家的有力推助力③。两文的研究视角独特，梳理有趣的文本细节，让人眼前一亮。

香港文学研究比重大。叶维廉论弟子也斯的语言风格的自觉与营造：先论语不成诗；再论也斯的诗感，冷凝反嚼，语气自然，干净利落；在事件呈现与语调存真上提供了变化多端的语言策略，深悟象征和发现的诗学；开辟凝注的艺术，冥思入神出神，于是听到“静默摩擦静默发出声音，绿色回答绿色，相遇在这世界的早晨”；映像化用古诗，于是有“月出惊起汽车，在黑夜里断续鸣叫”；运气行文重顿切和空间部署，呈现内在的思想形状；不忘时时为香港文化塑形。全文洋洋洒洒两万字，诗人论诗，入心入肺，他人难仿。昆南为梁品亮《细说》写序，拈出“时间、爱欲、语言”三个关键词。时间透过空间而活，像两粒原子互撞，激出记忆体宇宙来。情欲暗涌，最难控制与表述，小说仿佛是供人吐露情爱记忆的树洞，越爱记忆，情爱越深。文学的本领是让语言起死回生，无中生有，再有中生无，最后无中生无，才成大器。语言是肌肤，语言与欲望一起颤抖，单阳双阴的哲学，是梁品亮语言国土中抢眼的图腾；男女对答，秋天地回复，冬天地问，活用语言。吴美筠论黄碧云的隐形书写与小说的暴与烈：由书写扬眉女子，到自我放逐关注天涯沦落人，到拒绝写女性媚态和中产梦公式，再到《烈佬传》的书写焦点转移，为失语烈佬代言。苏燕婷分析西西短篇小说的时间意蕴：再现世纪交替、历史变迁，叙述节奏多有创意。凌逾论香港唐睿长篇《Footnotes》：以脚注为文本主体，独具创意；在脚注空间层面，实现多层盗梦的转化；在命名符号层面，进行异项人生和正项人生的转化；在脚注时间层面，开拓牙签发芽式的光影声色、通感想象与记忆美学叙事；全书透过观感、嗅感、触感等多种感官，对生活细节有天才的感悟力，再现出栩栩如生的生活现场感和质，恰如《追忆似水年华》打捞记忆的声色形味，形成自成一格的记忆美学。《Footnotes》正副文本互动，形成了多声道叙事，西西《玛丽个案》是其前文

① 夏蔓蔓：《洋与张爱玲——略谈张爱玲小说与散文中的南洋情结》，《香港文学》，2014 年 12 月号。

② 朱崇科：《刘以鬯的南洋叙事》，《香港文学》，2014 年 5 月号。

③ 朱崇科：《刘以鬯的南洋叙事》，《福建论坛·人文社会科学版》，2014 年第 10 期。

本，而在数字网络世界中，后来者可运用加注、超链接元素，开辟更新的文学创作。

总体而言，2014 年比 2013 年专栏更丰富多样。2013 有重点作品专号：1 月的创刊 28 周年纪念“香港作家小说专号”，3 月“马华作家作品展”，6 月“香港作家散文大展”，7 月“加华作协”推荐作品十二人展，11 月“我爱老北马”印象专辑；也有评论专辑：2 月“文学与电影专辑”，5 月“文学批评展”，9 月“推理小说评论专辑”。5 月凌逾《盘点 2013 年香港文评》指出，综览 2013 年香港文学研究，从总体论而言，既有异托邦后殖民研究，也有跨媒介叙事的新角度研究，新着、硕论选题转向关注年代论、报纸杂志、歌词、电视剧等新方向。就个体论而言，分析年度作家陈冠中的论文有深度，追念也斯的评述有广度，新作家研究有新意。香港文学和文化的精彩仍然在召唤更多的伯乐。相对来说，《香港文学》的小说诗歌散文专栏丰富，戏剧略少。

对于香港研究而言，亟须先整史料，再修史。11 月号陈国球《香港新文学大系 1919—1949》总序指出，经过 30 年酝酿，终于成就 12 卷大系，仿照《中国新文学大系》体例，集合各种文体类型。首 6 卷已经面世：新诗卷、散文两卷、儿童文学卷、旧体文学卷、通俗文学卷；余下的小说两卷、评论两卷、戏剧卷、文学史料卷，预计在 2015 上半年出齐。每卷主编均撰写导言，说明编撰理念。这是功德无量的香港文坛大业。《香港文学》早已着手史料整理。从 2008 年起，陶然总编有战略眼光地推出“香港文学选集系列丛书”，至 2012 年已出版至第四辑。“香港文学选集系列”六册，由花城出版社出版，小说选四册：《伞》、《Danny Boy》、《垂杨柳》、《鹫或羔羊》，散文选两册：《秋日边境》、《尚未发生》；选自 2000 年 9 月至 2005 年 9 月《香港文学》；第 16 本为笔记选《黑夜里的闪电》（2009. 1—2012. 6），题目隐喻要在文学式微年代里继续寻找光和热。仅仅 2014 年，已足够编选精彩选辑；因篇幅所限，本文无法一一论及所有佳文佳作，只好期待以后的精选集以飨读者了。

## 二　评点香港与世界文学：《文学评论》

香港《文学评论》杂志双月刊，一年六期，2014 年有第 30—35 期，以发表香港文学作品评论为主，古今中外，兼收并蓄。栏目基本固定，细剖一个杂志一年如何用心设置栏目，也是件有趣的事情，可以见出主编的文学品位、办刊视野、视角触感、取舍喜好、时空观感等各种复杂元素。

### 专栏设置：香港与世界

2014 年“文学香港论坛”栏目设置了 4 期，以体裁论为主，还有性别论。2 月号设“杂文专栏作家”，4 月“女作家专辑”，6 月为“小说创作漫评”，8 月为“散文作家漫评”，其中，女作家专辑为重头戏，切中学术热点。

“我所喜爱的香港文学作品”所指明确。2014 年“文学透视”栏目每期不落。6 月为“华文文学论坛”，10 月为“诗歌创作漫评”，6 月和 8 月为重头戏，分设世界华文文学和诗歌专栏，阵容强大。文学透视栏目，不拘香港，广涉古今中外的作家作品，视野开阔。

2014 年“作家与作品”也是跨地域文学评论，每期不落。“世界文坛”每期一篇，面向世界，所论多为大师级名家名作。香港《文学评论》不仅希望视野广阔，还希望具有历史的穿透力，因此设置了“文坛史实”栏目。不仅关注历史，也关注当下，有“新书评介”栏目，每期不缺。香港《文学评论》还关注文学与艺术的因缘，设“影艺空间”栏目，每期一篇。12月还增加开辟了“萧红专辑”，呼应许鞍华电影《黄金时代》。许鞍华电影《黄金时代》热播，带旺萧红评论：王艳芳的《论“黄金时代”里的双重悖论》，发表于《艺术广角》2014年第6期；赵轩的《“港产”、“港味”与艰难转型——评李碧华鬼魅系列电影〈迷离夜〉、〈奇幻夜〉》，发表于《世界华文文学论坛》2014年第4期；《百家文学杂志》2014年2月30期，有蒲锋的《吴昊和香港电影及流行小说研究》。文学与电影研究早已实现了台港澳联动。

**亮出观点**

为什么《文学评论》开年力推杂文专栏？总编辑林曼叔在卷首语点明初衷：“香港报刊的杂文专栏是香港文坛的一道亮丽的风景线……以专栏作者群吸引读者，这是香港报刊成功的法宝……港人一天多从一盅两件和一份报纸开始……作为杂文作家不仅要有独立的思想，要有批判的精神，更要有敢于直面现实的勇气，敢于揭露虚伪，道出真相。”林曼叔评述徐东滨收入其文集的杂文专栏：《中华月报》之“放平闲话”、《星岛日报》之“灌茶家言”，笔锋纵横捭阖：“不敢自称观察家，所以改称灌茶家，笔名王延芝表示是姑妄言之而已”；提出“统治强度三大定律”：统治强度边际效用递减律；统治效果畏爱总和适中律；统治政权求取续存趋中律。如论说蔡元培是仁者，建校立功；胡适是智者，撰文立言；马寅初是勇者，殉道立德。林曼叔总结道：“徐东滨先生以文学家的笔法撰写政诗，别具一格。他是独具慧眼的观察家、政论家。他的论述自有其不可抗拒的说服力，可谓书生论政，谈笑风生。”该文论述严谨，简洁有力，眼光独到。

黄维樑论胡菊人的专栏文字《坐井集》，重点言及其早年设文学沙龙，创《盘古》杂志，赞誉余光中为最富儒家入世精神的现代诗人，对香港文坛做出了种种贡献。卢文敏论高雄(高德雄，1918—1981)：笔名三苏，擅写怪论，全盛期日产约一万五千字，自称有写稿绝艺。“左手推稿纸，由上而下，右手楂(拿)笔，唔郁(不动)，就好像车衫(缝衣)一样。”高雄最重视其刊于1945年间的“三苏怪论”，卢文敏列出其“怪论文章”的十大公式——语不惊人死不休；颠倒黑白是非；反讽嘲弄时政；以挖苦人物为乐；极滑稽、幽默、风趣之能事，效法《东莱博议》及美国《疯狂杂志》，多反面文章；将不同意见与异议极度丑诋及谩骂；紧守四字真言“以子之矛，攻子之盾，以毒攻毒，以牙还牙”；玩弄真假是非对错直曲于掌上；东拉西扯，胡说八道，指鹿为马，自以为是，出奇制胜，怪字挂帅。古远清指出，戴天的《一周记事》是香港专栏写作的一道亮丽风景线。台湾远景出版公司出版有戴天专栏文章结集的《矮人看戏》、《人鸟哲学》、《群鬼跳墙》、《啰哩哩啰》，为可读性甚高的奇书，戴天以日记形式记录行藏，内容丰富，文笔灵动，以至有“星期天，睇戴天”一说。其日记不是流水账，而是记录起居饮食、文友聚会、书信往来、购书经过、读书感想、对生存状态的思考、对生命意义的感悟、乃至对国家大事、世界风云变幻的思考。《一周记事》副题为“前97纪事”，反映九七回归前夕的社会状况，多写移民问题，如《移民的理由》。作者批评香港学术界轻忽学术而热衷论政："更是一蟹不如一蟹……因是，马经、股经、麻将经深有体会，酒会、茶会、美食会习以为常。有如花蝴蝶，好比交际草！"古远清秉笔直书，也反思这些日记的真伪、语句重复等小瑕疵，但其也指出"从《一周记事》中毕竟可看到现代文人的人格形象，看到不畏强权追求自由的人文精神"。

香港杂文家群体中，巾帼不让须眉。吴萱人论笔耕农妇孙淡宁，先是抗日战士，然后返任记者、报人；转职《明报周刊》经年后，才出版首部备受关注的专栏杂文《锄头集》(1979)，署名"农妇"。天地图书还出版其《水车集》(1979)、《犁耙集》(1979)、《草鞋集》(1994)；《扁担集》(1984)由博益出版。湖南文艺为之出版《农妇随笔选》(1985)，可谓湘女还乡。1982年孙淡宁移民美国，三年写成自传长篇《狂涛》(天地版及远流版1989)，其后又有首集《西风寄语》(1987)、《揉和着书香的浪漫》(1990)、《渔鼓歌》(1992)、《水泡泡》、《月亮与钟声》(2004)、《猴把戏》(2004)，一系列均为天地版，毅力可嘉。阎纯德谈框框散文，1974年4月何锦玲在《星岛日报》主编"星辰版"专栏"七好文集"，个个吐语如珠的女作家，以不同的个性和不同的文笔风格书写，简短有力，无拘无束。何锦玲将该专栏文章结集出版，《七好文集》(1977，台北远景出版社)，收入9人作品："柴娃娃的醒，有杜良媞的实，有圆圆的辣，有小思的淡，有陆离的秀，有尹怀文的醇，更有亦舒的直，蒋芸是韵，秦楚是畅。"《七好新文集》(1983，香港天声出版社)，收录小思、柴娃娃、尹怀文、陈方、凯玲、不系舟、秦楚、杜良媞八人作品。如小思的散文要言不烦，哲理相生："心境是自己的，可以狭窄得杀死自己，杀死别人，也可以宽广得容下世界，容下宇宙。是忧是乐，由人自取。"黄维樑曾将其散文比作清爽的秋菊。正如柯灵所云："纸醉金迷的维多利亚港不只是声色犬马之场，在红尘十丈中，自有一片清凉世界，供心灵的栖息翱翔、悲欢歌哭、长啸行吟。"阎纯德称誉"七好文集"系列是香港女性散文发展的一盏绿灯。

《文学评论》2014开年刊还有重头戏——鲁迅研究，与杂文专栏互为对照。杨国雄《〈大公报〉邀请鲁迅来港演讲》，搜集详实资料，证实鲁迅来港为《大公报》所邀，在港演讲的《无声的中国》和《老调子已经唱完》两文曾在《大公报》发表，可惜该期散失。葛涛谈《鲁迅对当代中文网络中的民间思考者的影响》，朱崇科论《鲁迅广州时期的文体转换》，自有新的研究角度，开辟出新的课题。

女性文学在20世纪异军突起，不容小觑。很多杂志都创设过女性主义文评专栏，《文学评论》第31期也设过专辑，有8篇文章。阎纯德的《香港女性文学》论过蓬草(冯淑燕)、绿骑士(陈重馨)和西维(高洁)，后在法拜访移居巴黎的华文界三女侠，再次撰文。先论"理想国"中的蓬草：出生于中医世家，人生之初读《本草纲目》；天性追求自由，梦见自己是深海的鱼，潜游自在，舒然往来；懂中、英、法语，但坚持中文写作，善写生活，敏感于人世沉重，富于幻想。再论绿骑士情怀：爱绘画，图文双修，诗画俱佳，如法文诗集《茶曲》，集中国书法、绘画与法文诗歌于一体，自辟诗艺珍品。黎海华称赞其诗画"捕捉的是万物于季节流转间的迷失与悠扬"。其深知佳作势必探讨人性，描述生存的痛苦与在黑暗间的挣扎，注重对美的追寻；因少时家道中落，更关注街头巷尾小人物，更能感悟世间沉重的灰尘。又论高洁的两支笔人生："一脑二用：国际新闻，挥其雄性之笔；杂文散文，还我女儿之身。"这得益于其出身于《大公报》报人世家。

黄继持赞誉其散文主调“毋宁是以艺术家的心态，去观察体味生命人间、艺术世情，雕塑、现代音乐电影、中国民间陶艺、文士诗词，添上古典的僧意禅情、现代的都会节拍等，化入思理之中，与生活实感结合，酝酿成耐读的篇什。即使以形象说理，而说理者风神宛然，艺术个性仍然强烈流露”。其以清纯的现代语言，辅以胎息于诗词的书卷味，道说人生怪事的体会，成就了其散文雅与俗之“笔意饱满，文气舒畅”的审美高度。该文知人论文，入木三分。张锦贻论述黄庆云长篇《苗山少年传奇》(湖北教育出版社2011年版)。当年，黄庆云曾赴海南岛山区与苗族同胞同吃同住，体验生活后，写成描写少数民族传奇的童话。该书每节末尾都抛出一个疑团，每个人物出现都与苗山少年的成长关联着，每样动物的描述、树木的阐释，都别具只眼。《苗山少年传奇》有动人的传奇，沁心的诗意，诗性、传奇性与文化性、民族性交融，独具一格，因此被列入“中国儿童文学100部”。

钱虹论香港20世纪80年代女性散文占半边天，多干脆利落，直抒胸臆，杜良媞说“我需要为我而生的男人多于为我而死的男人”，高扬女性自主意识。钱虹指出，这些议论性杂文的基本特点是俗、小、杂、碎。如农妇在《钱和苦恼》中云：“钱可以买到房屋，但买不到家；钱可以买到祭物，但买不到健康；钱可以买到美食，但买不到食欲；钱可以买到床，但买不到睡眠……”，铺排了17对排比，点明人生辩证学。比较写寂寞的白韵琴、西茜凰、农妇，分析女人如何寻找寂寞解毒丸，各具特色。女性善写写景状物的抒情文，如小思写杨柳泛青，“嫩得宛如轻轻一弹便碎的绿”，将抽象之物写活了，写苔绿让人心静，而赏樱则是“樱花绝不可以逐朵细看，该是一大片一大片的朦胧，远望似一层微红的轻雾，罩在山间人丛”，咏物小品对自然界色彩有画家的敏感。钱虹指出，80—90年代香港女作家鲜有抒写热烈浪漫的爱情，而多为悲哀、伤感或苦涩、无奈的自白书，淋漓尽致地渲染对爱情、婚姻既希冀、渴求又怀疑、失望的矛盾心态和情愫，如李碧华《醉蜜难》说：“山盟海誓，难敌岁月”；而亦舒将影树开花比作“年轻人的爱情，非常的凄艳，而且一刹间就谢落”。但笔下依然有浓郁温馨的人间烟火气息，多为记叙儿女趣事，借以抒发舐犊之情，以及忆念父母旧事，表露怀人之思的咏叹调，轻盈柔曼，舒缓委婉。如锺晓阳《贩夫风景》用电影法组接成香港街市的“锅碗瓢盆交响曲”。在“日日出名，篇篇收钱”的商业环境中，钱虹认为香港女性散文少见大家，成就不及台湾女作家和香港男作家的散文。该文文本分析细致且用心，女性论女性，切中肯綮。

古远清评周蜜蜜的底层写作，即写无权无势无高知、未达小康的底下人物，或地位在平民之上却是受侮辱或受损害的一群，如其短篇小说集《香江情式》救济人病，裨补时阙。笔下有被迫到生活壁角的大陆新移民、因助人而早产的的士司机、不从上司性骚扰而被炒鱿鱼的女职员、被处以极刑的借种生子的四姨太和木匠、失业的摄影师，在贪财路上越走越远、直至抢劫富妇拍裸照的理发店洗发师。从写苦难到写生命尊严，周蜜蜜的创作题材更加丰富，境界进一步提升，写法上不拘于写实主义，而更多运用现代手法——电影叙事、文本互涉等。该文立论建立在扎实的阅读基础之上，毫不含糊，论述详实。陈辽认为林湄从内地移居香港又至荷兰，坚韧生存并创作，自立一片天地，《精神王国的探索者》呈现出思想者萌芽，荷兰所写长篇杰作《天望》则已是十足的思想者，省思中西文化的碰撞交流，探讨如何互动互补的问题。龚自强论韩丽珠短篇《窗户》的移民身份认同问题。该小说人物抽象，叙事展开模棱两可，充满破碎感和挫败感，先写呕吐的身体以及反认同心绪，开始认同行动；接着写移民尊严感的申唤，怀孕的认同社会学机制，最后思索新生还是衰败开端等问题。文中阿米与阿土因围观跳楼女而相识相恋，但全文并不主写婚姻、恋爱，而重写怀孕，凸显出赤裸裸的等价交换原则。孩子出生，却使得两男女在认同路上分道扬镳；生育后阿米不再望窗，而专注镜子，取消了对世界的反抗抗争，而选择认命。该文思辨有力度和深度。梁璧君称辛其氏的《飘移的崖岸》善写女性果敢，而男性则多懦弱而自私滥情，拖泥带水而犹豫不决的，连情感都像漂移的崖岸，抵达不了幸福的彼岸。宵缨赏读王璞的《红房子灰房子》：童年的红房子代表了让人同情的弱者的渴望；青年的白房子尽管残破，但象征了新婚的美丽浪漫，可惜最终也成为了一座倾斜的孤舟，漂浮在苍茫夜海上，载浮载沉；最后，在灰房子遭遇了三年停课八年失业。三座房子，恰似文革三部曲，三个坐标，诡异地排成宿命的长线，令人想到个人的偶然和历史的必然。该文以文学之笔写就评论，呈现出文人之间的惺惺相惜，入情入理。

《文学评论》与《香港文学》杂志一样，都关注世界华文文学的进展，开辟出相关专栏。饶芃子的《百年海外华文文学经典研究之思》是主持国家社科基金重大项目结出的硕果，意在梳理连贯的经典谱系，从历史、文本承传角度解读，展示此领域的新文学传统，把握其发展和律动，了解特质，有利于深化中外文化交流，与本土文学发展互动。全文从三个方面展开论述：海外华文文学经典研究的意义，海外华文文学经典研究的基础和特殊性，海外华文文学的经典化和经典文本研究。先界定什么是经典，再点出一批经典大家：程抱一、陈舜臣、白先勇、王鼎钧、郑愁予、杨牧、洛夫、痖弦、於梨华、聂华苓、赵淑侠、余心乐、方北方、姚紫、吴岸、黄东平、司马攻、云鹤、严歌苓、张翎、虹影、陈河、抗凝(林达)、欧阳昱、陈大为、锺怡雯、黄锦树、林幸谦、黎紫书等。然后论述海外华文文学作品的三个特点：一是隐含离家去国的离散生命体验，二是创作主体在本土以外，接受各种异文化，多文化参照，具有反思性和多元性，三是淡化中国历史传统主题内容，在思维模式上突出主体性，在行为模式上更重视现代价值的普适性和开放精神。该文高屋建瓴，开辟总论，提纲挈领地为后期的深厚研究奠下坚实的基石。曹惠民《华语文学的学科边界与名称再议》详尽梳理了百多年来学者们对华学的术语界定，并用表格形象地图示出主要术语的学科边界的交叉重合之处，然后，力陈使用“海外华语文学”术语，简称华语文学，以区别于大陆、台港澳文学与华裔的非话语写作。该文观点明确，有理有据，雄辩滔滔，辩才了得。钱虹《华文文学批评与理论建构的本土化历程》指出：华文文学批评，指对于中国大陆以外的台、港、澳地区和世界范围内以中文汉字书写、创作、出版为其主要特征的文学载体及其创作主体等所进行的研究、论述和评价。该文详细梳理学科的命名史与发展史：台港文学、台港澳暨海外华文文学、世界华文文学，进而论及世界华文文学的学科定位及其理论表述。该文史料详实，论证充分。庄伟杰的《全球化语境中海外华文文学如何经典化》，梳理古今中外对经典的论述；设问为什么要重提经典，且以高行健和白先勇创作为例论证，经典作家都是个案、异数；然后指出，有创造力和具原创性的作家最后比拼的不是形式技巧，而是人格魅力和精神境界、内心强度、灵魂力度，在个人表达中渗透出对生活历史的认知，对人性和爱的关怀；虽然在网络时代，文学门槛变低变俗了，但也应有独到的审美和品格意识。唯此，海外华文写作才有可能呈现出精致典雅、崇高悲剧、庄严荒诞之美，去面对整体世界的美学质量，在世界文学共性中获得存在的可能。该文以诗人之语写就，信笔由缰地潇洒立论，文采斐然。古远清受汕大华文文学研究中心委托，编撰《2013 年世界华文文学研究年鉴》。这在世界华文文学研究史上有开拓意义。该年鉴分综述、特稿、刊物史、期刊目录、争鸣、访谈、悼念、书评、资料、机构、会议、备忘等栏目，反映世界华文文学学科 2013 年主要成果，汇集重要信息，把握最新动向，为世界各地学者提供参考。其在后记感叹："世界华文文学要成为独立学科，戛戛乎其难哉!"在权威教材编写、教学队伍壮大、史料整理等各方面都还有拓展空间。历史总在前进中，相信不远的将来，世界华文文学研究必将成为独立的学科。

## 三 《城市文艺》的艺彩与异彩

突出文艺性，是《城市文艺》的一大特色。该刊既有小说、新诗、杂感、散文、书评、文评，也有影评、画评、乐评等栏目。封面封底内页为新书推介，封面封底均为绘画，封底则为诗画配套，如陈玉娟水彩画、萧滋水彩画与柳岸诗歌配搭；萧滋水墨画、钱中油彩、欧阳乃沾的水墨画、卓有瑞的亚克力麻布画作与章舜诗歌配搭。尤其是刊物内中夹有绘画与书法作品：彩图，铜版纸印刷，高端大气上档次。六期计有吴羊璧书法集、陈一年摄影作品、李丽芬书画作品、钱中的西画作品、庚子画友邀请展、卓有瑞的绘画创新等。《城市文艺》双月刊，一年六期，2014 年为第 69—74 期。每期栏目设置高度一致："浮生手记、山年水月、丽日繁星、千思缅想、心歌灵韵、含英咀华、镜窗石火、艺海风帆"，文题诗意，以不变应万变。每期的梅子主编撰写的卷首语和编后记更是必不可少：卷首语以诗的语言写就，思考人生感悟、生命哲思、香港文学反思等议题，天马行空，想象无拘；编后记以散文的语言写就，反映该期杂志办刊的意旨理念、选文取舍、编辑甘苦、重点推介的作家作品等议题。内文则几乎每期都有梅子的书评"瀛海淘宝"，每篇评两至四本香港出版的文学新著，所评之书品质颇高，如《烈佬传》、《我不是潘金莲》等。该系列已经写至 14 至 18 期，论者的阅读面非常广阔。此外，梅子还有一篇导读长文《悦读刘以鬯》，知根知底，可读性强。港人办文学杂志总让人称奇：办刊人员少而精，但是高标质量、雅致蕴藉。如何能三头六臂达成奇效？实在值得内地文学刊物前往取经。

具有诺贝尔奖情结，向西看与世界顶尖文学对话、接轨，是《城市文艺》的又一大特色。该刊几乎每期都有诺贝尔文学奖得主的专栏，或者是世界级文学大师的推介，这是《城市文艺》自成一体的思路。这跟当年的《素叶文学》接近，似乎得其血脉。2014 年 10 月 20 日出版的 73 期，隆重推出"2014 诺贝尔文学奖得主莫迪亚诺特辑"。该专栏收录文章 5 篇：许荣辉翻译的《爱情故事》；杜海铭编译的访谈，解释其为何得奖；阿东译的访谈《莫迪亚诺：我一直在写同一本书》；舒适编译的《莫迪亚诺挥之不去的人生梦魇》；黄国兆的《莫迪亚诺编剧的电影〈拉康比·吕西安〉》。诺奖是该刊每年必做的重头戏。每年的诺贝尔文学奖一揭晓，《城市文艺》总是最先推出专辑，可谓"新鲜滚热辣"，用这粤语来形容，最恰如其分。这很考验主编的识见决断力、约稿组稿能力。《城市文艺》每次的诺奖专栏都做得很精彩，已经具有品牌效应。

2014年2月20日出版的开年刊69期，即有“诺贝尔文学奖得主多丽丝·莱辛纪念小辑”——为纪念2013年11月17日辞世的94高寿女作家。该专栏收录文章5篇：于同翻译的莱辛自传片段《走在阴影下的记忆》；张丽思的《多丽丝·莱辛的最后一部作品》；何士礼翻译的创作谈《写作的重要核心是生活》；叶丽雯翻译的小小说《向伊萨克·巴别尔致敬》；卢山峰编译的综述《深切怀念多丽丝·莱辛》。第71期有“诺贝尔得主加西亚·马尔克斯逝世纪念小辑”，包括卢青译小说《光像水一般成灾》、施长扬译散文《我父母亲婚恋中三个关键时刻》、程文意译微型小说《这些日子里的某一天》、江之源编译随笔《取材自马尔克斯本人奇异人生的小说情节》、黄启新译的《马尔克斯谈人生》、黎有朋散文《大文豪的陨落和他的三场葬礼》。此外，第74期有“悼念1991年诺贝尔文学奖得主纳丁·戈迪默小辑”。第70期有“波兰、捷克两位文学大家其人其作”专辑。第72期有“爱沙尼亚小说家再现小国遭大国欺凌的惨史”专辑。邵逸夫奖被称誉为“东方诺贝尔奖”，第69期有黄国兆《我眼中的邵逸夫爵士和邵氏公司》①，专文悼念2014年初以107高龄辞世的邵逸夫，分析邵氏影视王国的功业。但也指出，邵氏公司太早把香港电影工业定性为纯以赚取和讨好观众为目标的娱乐事业，而忽略了电影作为创意媒体的可塑性和艺术性。此可谓真知灼见。

突出香港性，当然也是作为香港杂志的《城市文艺》的应有之义。每期封面提点的三四行重要栏目指引中，四分之三为香港文艺展览，如香港老中青作家各类新作展秀、以及秋季汇展，也斯逝世一周年纪念文字与活动报道，王璞、许荣辉、孔慧怡、王晋光、马海甸、黄元、古松、王樽、黎翠华、郑政恒、邹文律新作展秀，香港作家夏季各类新作展秀，香港女文艺家各类新作风采，舒巷城逝世15周年纪念小辑，沈舒访问许定铭谈丁平与《华侨文艺》，陈楚思纪实文学新作反映衙前围村现状，香港力行植林慈善基金会扶贫义举纪实，刘再复忆念真诚的夏志清，祝贺被忽略的香港女作家陈实的诗文卷首次在港问世等。从中可以看出，刊物既注重文学性，也注重时政性，关注社会现实问题。许南山《论无“性“不欢的中文何来纯洁》②，指若要硬性维持中文的纯洁性很难，也不大现实，而兼收并蓄更能体现中文的生命力。凌逾分析游牧中西的也斯③，该文指出，不少香港艺术家都像吟游诗人，游牧中西，流浪天下，不仅客家，而且客国，进而创作出独特作品。也斯小说《记忆的城市·虚构的城市》是八十年代游历美国和法国的结晶，《布拉格的明信片》是九十年代游历柏林和布拉格的产物，《后殖民食物与爱情》则是在新世纪游历世界后的集大成之作。跨界，是也斯的商标，其借中西游牧的空间书写，打通地理文化、叙事技艺、文类体裁、媒介艺术，开拓跨媒介创意，呈现出后

① 黄国兆：《我眼中的邵逸夫爵士和邵氏公司》，《城市文艺》，2014年2月20日第69期。

② 许南山：《论无“性“不欢的中文何来纯洁》，《城市文艺》，2014年8月20日第72期。

③ 凌逾：《游牧中西的也斯》，《城市文艺》，2014年2月20日第69期。

现代性表征：游动、混杂、多元。南翔阐述其自身寻找新城市文学的三大维度①：一是历史的维度，重记忆与追问，城市角色应该是一个积极的批评者和建设者；二是生态的维度，重挞伐与敬畏；三是人文的维度，重情怀和变迁。我们的城市化太晚，城市化进程又太快，各类纠结难免，需要作家和评论家对此多做探究。

## 四　青春《字花》与多元《香港作家》、《百家》

一年之计在于春。每种杂志的开年第一期，都会备受重视。因其对编者和读者而言，都至关重要，从中可以见出全年杂志的办刊理念、栏目设置、行文风格、取舍倾向等思路。我们且以《字花》、《香港作家》、《百家》的2014年首期为例，探究这三种刊物的风格特色。

《字花》以刊载文学作品为主，主要是刊载中青年一代作家和学者，主打短文，青春活力扑面。2014年1至2月第47期，《字花》首期，开年力推香港文学生活馆，开篇为编辑室撰文祝贺成立，黄静则写《文学博物馆》进行鼓与呼。作家作品系列占多数：老一辈作家有西西《非洲夏娃系列四　森林人阿卡》、蔡炎培《邓丽君之歌》、辛其氏《花生砂糖锅饼》、颜钝钧《女儿与奖金》；中坚力量有董启章《人物的制作方法》、潘国灵《写作疗养院》、骆以军《女儿·二．红楼梦机器人(下)》；年轻一辈有唐睿《和亚丁谈亚丁》、廖伟棠《遗像》《微尘记》、葛亮《信札》、王贻兴《原稿纸》、郑政恒《地图与手掌》、邹文律《龙子》；题目长符号多的有陆颖鱼《词语簿，原稿纸，文学》、罗维明《曾几何时的文房四宝：原子笔、原稿纸、剪刀、胶贴纸……》、锺国强《树作为物，或无物》、周耀辉《纸上染了蓝打电话。嘘嘘嘘嘘嘘嘘。唱歌》、叶爱莲《阅女录 败将》；题目互相呼应者有邓小桦《键盘》和陈子谦《钢琴》，陈康涛《雁尾》和韩丽珠《尾巴》；超活《石油气仔》、凌钝《外置软件》和卢劲驰《行刑机器》，都有高科色彩；郭诗咏《借书证》、李嘉仪《启首语》和荧惑《书事了》与书相涉；题目给人魔幻色彩感的则有：木猫《穿蓝色风衣的女郎》、罗乐敏《现实/超现实的陌生之地》、吕永佳《小丑木偶》、黄仁逵《一元不沾》、淮远《啄木鸟和它的虫子》、张婉雯《雪地上的肩膀痛》、袁兆昌《Thumb Thing》、masa《编造者》、庄国礼《圣婴(下)》、饮江《布鲁各的两个奥巴马》《上帝头上的飞机》、小令《盆栽人》、曾淦贤《在天空看地上的人》、魂游《或许我们都是无家的流浪者》；题目给人现实质感的则有：锺玲玲《要建立关系的人是我》《生而为人(十八至二十)》、跂之《关于诚实》、陈丽娟《鸟》、洪慧《哮喘药》、枚录金《台北，我的一页》、俞若玫《女人的时间》。推介评论类有：介绍《回看，也斯》展览"一年到冬再遇也斯"、洪晓娴《写小说的马国明：〈欧洲12国16天游〉》、谭以诺的《陈智德式的"书言志"——〈地文志〉的香港地景》、阿修《缺页的〈伙计〉》、邓正健《现实主义书写，及其真实——阎连科的〈发现小说〉》、李正文《心比天高，身为城客——记"身是客"展览的延伸讲座》。

《香港作家》的文学创作与评论兼收并蓄，不拘地域，主攻文学。2014年1月15日

① 南翔：《洞在清溪何处边——小说集〈绿皮车〉自序》，《城市文艺》，2014年4月20日第70期。

出版第1期，开篇先有曾敏之老先生的《向古典散文取经》；然后，所设“走近名家系列”，力推98岁高龄一代宗师饶公——中国学界早有“南饶北季”之誉。专栏结集为“饶宗颐专辑”，包括郑炜明《论饶宗颐先生的华学观》、孙立川《吾道从知德不孤——饶宗颐先生对福建人文研究之举隅》、黎必信《略谈饶宗颐教授学术面貌——读〈文学与神明：饶宗颐访谈录〉》、罗琅《说潮州市“饶宗颐纪念馆”》、李远荣《走近饶宗颐大师》。文评方面，有饶芃子《从本土学术到海外汉学》、甫拉托夫《刘宪平译钦差大臣的矮靿皮鞋》；新诗创作有马觉新诗《裸（外二首）》、阿蓝《许愿的树身沉重》、余颖盈《如果忧伤可以迷你》；小说有周蜜蜜《时空·少女》、孙贵芳《秘密》、关瑗霖《红》、陈德锦《梅雨之夕》、谢越芳《落红何价》，此外还有邝龑子《为他人作嫁衣裳：学术评审（散文）》、黄劲辉游记《花莲：年轻艺术家摇篮》；文学活动报道有颜敏《传媒、都市和文学——香港文学专题研讨会综述》、刘健生《第四届世界华文旅游文学国际学术研讨会港澳跨境举行》、徐雯《“陶然文学创作40年”研讨会在徐州召开》。庆祝“香港作家联会成立25周年”专栏有传晓《文林携手同行二十五载 作联盛会作家风采翩翩》、致辞方面有《祝愿中港文学事业繁荣灿烂——中国作家协会副主席钱小芊致辞》、《经济长远，未如文化永恒——香港作家联会永远荣誉会长贝钧奇致辞》。此外，还有稿约、会员书讯、报道著名文学评论家夏志清逝世。介绍各类文学活动的有：“文学创作的理念”交流讲座，表明“我们对文学仍怀有信心”；封底里有图文介绍文学活动的有：第四届世界华文旅游文学国际学术研讨会于2013年11月28至29日在港澳跨境举行；“香港文学创作专题”研讨会于2013年11月30曰至12月1日在广东惠州举行，陶然、陈惠英、葛亮、周蜜蜜、郑正恒、黄劲辉、李洛霞、陈曦静、蔡益怀出席；“陶然文学创作40年”研讨会2013年9月28—29日在江苏徐州举行。封底还有郑海天的《五色土》、萍儿《坚贞的告别》。

《百家文学杂志》以刊载文学创作为主，兼及文学和艺术评论，注重内地与香港的交流互动。2014年2月15日出版的第30期为首期，开年重头戏是纪念吴昊——原名吴振邦（1947年8月11日—2013年12月16日），香港历史风俗掌故专家、作家、电台节目主持、影评人及收藏家，曾任香港浸会大学传理学院电视电影系系主任、无线电视编剧、监制，编写剧集《家变》、《网中人》、《上海滩》、《千王之王》、《亲情》等，著有《香港老花镜》、《香港掌故》系列、《老香港》系列、《太平山下》、《岁月留情》、《香港电影民俗学》、《乱世电影研究》、《香港电视史话》、《孤城记——论香港电影及俗文学》、《香港电影类型论》及《邵氏光影系列》等书。纪念文章包括赖宇曼《风吹不散的名字》、彭志铭《纪念昊》、黄嘉慧《真的爱履》、罗卡《吴昊的火红年代及其时代感》、刘细良《岂止度gag佬》、蒲锋《吴昊和香港电影及流行小说研究》、彭济材《三数十年三数事》、黎文卓《笑话吴昊》、郑启明《老花镜与留声机》、袁建滔《点滴忆老师》、方圆《透过光影、文字认识生命意义的爱书人》、杨靖知《读吴昊广府话研究 学巴闭港式广东话》、卓茗《风起了，叶落了》、吴昊《童话之路：鸡猫狗驴走天涯》。文艺评论方面，有黄维樑的《“不朽之盛事”：李元洛唐诗新选》、黄君榑《试论茅盾〈农村三部曲〉的时序象征意义》、叶嘉咏《不变与转变——谈〈桃姐〉的两个场景》、东瑞《静安寺·飞天·舅舅的帽子——文革小小说三题》、宋展云《冷板凳上“斗婵娟”——扬州学者顾农教授访谈录》，杨嘉敏和李垚希的《〈号外〉主编张铁志：香港正值新生和死亡的时刻》。创作方面有陈德锦《德累斯顿瓷杯》、鞠锦明《摆地摊去》、黎慧娴《连理》、蓝雪《武林第一》、三叔《A 的北海道》、余龙杰《传奇》、许秀杰《穿梭札记》、蚊子《人氏教练》、叶晓淇《还未送出的小礼物》、黄津琪《人情旧区南山邨》、侯亦恩《同住难》、李国君《眼镜》、秀实《帘外窥诗录》、锺国强《诗五首》、袁子桓《绳子》、魏鹏展《诗两首》、梁璧君《剥落的鳞片》，还有“第十届香港文学节”前奏活动报道、封面内有黄鱼的《喜宴》。

香港比内地先走一步，更早步入后现代社会。今日年轻人成长于数码时代，在网络海洋中游刃有余，人称网络原住民（Digital Native）①；而余者则为网络新移民（Digital Immigrant），置网络于次要地位。那么，在网络数码时代，香港的各种文学杂志应该如何应对新变化，将是未来的新问题，也许，它们已经在不经意中实现了稳妥的转身。

---

① 马克·包尔连（Mark Bauerlein）编：《数位并发症》，温美铃译，时报文化出版企业股份有限公司，2012 年 8 月，第 25-26 页。

# 2014年澳门文学研究概况*

[中国澳门]朱寿桐　黄耀民

近些年，澳门文学评论和文学研究的水平不断提高，其成果所显示的学术实力正在实现地域性超越。如果说“澳门文学”是否存在这种疑问的一度存在，体现了澳门内外对澳门文学创作成就的一种怀疑态度，那么，澳门文学评论及其成就则不会受到如此这般的质疑或怀疑。一方面，以内地以外唯一的文学评论家协会——澳门文艺评论家协会为骨干的澳门本地文学评论队伍正取得长足的进步和健康的发展，另一方面，澳门文学地位的越来越突出，引起了内地和外地文学评论家越来越多的关注，他们对澳门文学的研究和评论同样构成了澳门文学评论的新气象。关键是我们需用新的视角去看澳门文学评论以及有关澳门的文学评论，从中发现澳门文学评论以及有关澳门文学评论的新的学术生长点。

## 一　澳门文学的溯源与追踪

澳门文学的评论与研究，有一个绕不开的话题，也是非常有价值的话题，那就是如何理解，如何认识澳门文学？澳门文学概念已经有了30年的历史，在此期间，澳门文学评论家和澳门文学界都在不断探索和认知澳门文学作为一个特定概念的可行性与必然性，并成为澳门文学研究的重要收获。这样的研究和评论仍在继续。

从史料学和文学史的角度，论证澳门文学鲜为人知的历史，是近期澳门文学研究的新走向。张建华是专门从事澳门文学研究的第一位文学博士，他的抗战时期澳门文学研究构成了近期澳门文学评论的一个学术亮点。他的《澳门抗战文学概评》①是难得的资料性论文。论文告诉我们，澳门早期文学活动是随“九一八”救亡运动而逐步开展的，远在抗日战争时期，澳门文艺活动就蓬勃一时。在全国抗日救亡运动的感召和推动下，澳门青年成立了各种文艺会社，进行着公开或半公开的抗日救亡活动。一些报刊常大幅报道抗日救亡的最新消息，刊登一些抗日救亡的文学作品；一些学校也将进步和抗日的歌曲编入教材。鉴于当时澳葡当局对于口号的限制，澳门各界纷纷以“救灾”的名义，进行抗日救亡活动。澳门同胞在支援国内抗日救亡运动中，建立了不可磨灭的功勋。文

* 本文为国家社科基金重大项目《华文文学与中华文化研究》(批准号：14ZDB080)阶段成果。国家社科基金后期资助项目“香港跨媒介文化叙事研究”(13FZW047)阶段成果。

① 张建华：《澳门抗战文学概评》，澳门日报2014年1月1日E04版　镜海副刊。

章以廖平子和梁彦明的作品为代表，揭示出那个时代的澳门文学表现了中国人的爱国精神，伸张了民族正气，为抗战时期的澳门史诗写下了光辉的一页。澳门的戏剧文学也在抗日救亡运动中发挥了巨大作用，澳门文化人多以演剧的方式，将个体生命汇入到了全民抗战的历史洪流。在国难当头民族救亡的危险时刻，文学为时局服务，这是历史的要求，也是澳门作者的内在要求。

古远清的《澳门文学的“始发”格局》①一文，将20世纪50至60年代的澳门文学概述为澳门文学的“始发期”。虽然从张建华的论文来看，将“始发期”放在20世纪50年代可能还有讨论的余地，但古远清先生对这一时期澳门文学的许多亮点进行了富有学术内涵的揭示。特别是通过这一时期由刊物的创办、新军的成长、港澳的互动，澳门培养起了一批又一批优秀的作家，得出了澳门文学的萌芽和生长，以前主要靠南来的内地文人的推动，稍后则靠来自香港文人的支持，但至此一时期本地作家占据主流的观察结论。

2014年，澳门文学丛书在作家出版社隆重推出，这使得澳门文学以一种较高的姿态和整体的优势，向汉语新文学世界宣告了自己富有质感的存在，也引起了各方面的文学批评家的关注，他们以一种发现的眼光重新去看澳门作家的文学创作，产生了一批关于澳门文学现状的研究成果。

如邱华栋的《散文的率性与情怀》②，论证了在急速发展的商业社会，长篇小说或大河小说往往不受欢迎，因而香港、台湾、澳门散文创作较为兴盛。这正道出了澳门文学的文体特性，也道出了澳门文学散文随笔较为密集的原因。作者以王祯宝的散文随笔集《曾几何时》③为例，论述到澳门散文具有一种率性、自然、健谈的风格。他还看出王祯宝是视觉、版画和造型艺术家，他的很多文字，体现出他的视觉艺术观。他的艺术观是现代的，是超脱的，也是日常的。王祯宝的文字轻巧生动，描摹情感、状态、人物，都非常贴切，文风亲切自然，而且化日常为神奇，化腐朽为生机，化瞬间为永恒。邱华栋最后将这样的散文与现代文学的性灵抒写联系在一起，的确是很中肯的批评。

张陵的《探索文学规律　讲好澳门故事》④也是一篇关于澳门文学现状研究方面的优秀评论。文章主要从澳门文艺评论家李观鼎的《三余集》⑤论起，认为李观鼎这些年的文艺评论文章，从文艺理论的高度，也从作品和文艺现象的层面入手，比较全面地考察研究评价澳门文学这些年特别是澳门回归祖国以来的文学艺术繁荣发展状况。《三余集》立足于澳门文化地域，将重心放在澳门作家艺术家的具体创作实践，探寻澳门文学的发展规律，支持和推动广大澳门作家艺术家多出精品力作，讲好澳门故事。由此，我们更会注意到，他的批评观与民族文学传统，与中国现代文学精神，与新中国时期形成的当代文学精神以及西方现实主义文学之间的联系。对如何写好澳门故事，反映社会生

---

① 古远清：《澳门文学的“始发”格局》，澳门日报2014年3月12日E04版　镜海副刊。
② 邱华栋：《散文的率性与情怀》，澳门日报2014年10月15日E04版　镜海副刊。
③ 王祯宝：《曾几何时》，作家出版社2014年版。
④ 张陵：《探索文学规律　讲好澳门故事》，澳门日报2014年10月29日E04版　镜海副刊。
⑤ 李观鼎：《三余集》，作家出版社2014年版。

活的现实，揭示深刻的人性，《三余集》作了深层的思考，给出了真知灼见。评论者从李观鼎的评论中总结出，澳门文学是中华民族文学的重要组成部分，澳门文学正在以自己鲜明的特色为中华民族文学的发展繁荣做出自己应有的贡献。其实，澳门文学是汉语文学的一个不可分割的部分也正是澳门文学评论界近年来论证的重要话题。

近些年，一些外来作家书写澳门，对澳门文学水平的提升和影响的扩大做出了贡献。澳门文学评论对此做出了积极、迅速的反映。李观鼎的《一部“形象的哲学”》①以及《向严歌苓学什么》都是关于严歌苓的研究和评论。文章中认为澳门的小说创作，近年来发展较快。反映着澳门文学自我提升的努力，以及在这种努力中不断学习的需要。严歌苓的小说《妈阁是座城》有着沉甸甸的思想分量，其中写出了几个真实可信的人物，细读这部作品，可以发现一些十分有益于澳门作家的经验。作者分析出，严歌苓从人物性格出发来观照生活，而不是让人物跟着情节走，成为故事的“附属品”。在严歌苓看来，“文学是心理学的补充，要在心理学停止的地方去深入”，因而特别注重人物性格逻辑和生活逻辑的关系抒写。文章通过分析、举例等，论证《妈阁是座城》②成功的人物塑造，把叙事引向了哲学和人性的思考。文学作为语言的艺术，需以精彩的语言抒情、叙事，塑造生动的艺术形象，但对于优秀作品而言，这还远远不够。文学创作不应停留在语言文字和艺术形象层面，还应进入哲学意味层级，即要实现融于语言文学和艺术形象的哲学思考的传达。《妈阁是座城》显现的正是一种洞悉人生的智慧，一种人性善恶的哲学思考。文章中作者以书中的两个人物为例表达了《妈阁是座城》这部书在形象的哲学这方面的贡献。

陈晓明的《中国女性文学研究的新收获》③也是外来作家和批评家关于澳门研究的一篇优秀论文。文章评论荒林的新著《日常生活价值重构》④，论述中国的女性主义批评因未经历过激进的女权主义社会运动的洗礼，几乎是从接受西方女权主义理论一步跨进到女性主义批评。论文指出，荒林意识到中国女性主义批评的理论出发点所在的位置，以及她们在文学研究和话语表达方面所能抵达的目标。荒林也涉猎了西方现代女性主义批评的大量表述，她对中国当代女性主义批评的形成和成长的历史脉络把握得很明确。书中从人与人的关系、人与物的关系、人与自我的关系三个维度上展开分析，可以看到中国女性叙事建构日常生活价值的途径和方式，揭示出中国女性写作在日常生活价值重构方面的意义。荒林这部书勾画了当代中国女性话语重构日常生活价值的历史谱系，揭示出隐蔽很深的女性身份意识，发掘出了极端女性意识等。

## 二　超越地域文学的评论视野

随着澳门文化地位的提高，国际国内关注度的加强，澳门文学评论界也有了一种自

---

① 李观鼎：《一部“形象的哲学”》，澳门日报 2014 年 3 月 19 日 E04 版　镜海副刊；《向严歌苓学什么》，澳门日报 2014 年 4 月 16 日 E04 版　镜海副刊。

② 严歌苓：《妈阁是座城》，人民文学出版社 2014 年版。

③ 陈晓明：《中国女性文学研究的新收获》，澳门日报 2014 年 1 月 22 日 E04 版　镜海副刊。

④ 荒林：《日常生活价值重构》，北京大学出版社 2013 年版。

信，其突出的表现便是其批评视野有一种超越地域限制而向外发展的趋势，也就是说不再局限于澳门人写澳门文学，澳门文学批评只对澳门文学负责的惯态。澳门文学研究和评论呈现出前所未有的开放性态势。

立足澳门，但将批评视野投放到澳门以外的文学世界，这是近年来澳门文学批评的新常态。2014年12月上旬，诺贝尔文学奖得主莫言来到澳门，给澳门文学界和澳门社会带来了某种兴奋与活力。一力促成这一文学盛事的朱寿桐在《澳门日报》上发表《关注莫言，理解莫言》①的长文：面对整个汉语文学界，采取的不是澳门立场，澳门观点，而是关乎中国当代文学以及整个汉语文学世界的一种思考，去迫近莫言，言说莫言。文章中有不少观察和思考，即便是放在世界汉语文学研究的总体框架下，也具有鲜明的学术价值。论文明确将莫言放在汉语新文学的总体结构中论述其重要地位，同时也重新倡言汉语新文学的重要命题。汉语新文学之所以优越于一般意义上的中国现当代文学概念，是因为它能够将台港澳文学以及海外华文文学包容进来，并整合为统一的整体。在与莫言进行文学对话的现场，澳门著名作家吴志良也特别肯定汉语新文学概念的重要性和合理性。朱寿铜论文指出，汉语新文学领域长期以来都存有诺贝尔文学奖心结，真正代表汉语文学将这一美好的"中国梦"诉诸实现的是文化英雄莫言。莫言帮助几辈汉语文学家实现了属于自己的光荣与梦想。

朱寿桐还针对许多读者并不喜欢莫言作品的现象，辩证地阐述了"文学资源"的原理：莫言文学的风格与成就是这样的突出，以至于任何读过其作品的读者，无论是否喜欢，都无法不留下深刻的印象；莫言文学形成了汉语文学和文化的重要资源，无论人们是否喜欢，都无法绕开它言说当代汉语文学。此外，朱寿桐还以精炼的语言这样概括莫言的创作：它精神粗犷，语言奔放，情节波诡云谲，人物纷繁复杂，既反映出一个文学巨擘自由快意的写作狂欢，也体现出一个善于"讲故事"的人的摄人心魄的超人技艺。莫言善于写历史，写饱经磨难和灾难的中国近现代和当代历史，以自己的家乡——山东高密，甚至是相对狭小的东北乡为创作基点，透过这片偏僻、贫穷而丰富、神奇的土地，折射乡土中国主要是近一百多年的内乱外患，悲壮狂恣与血雨腥风，其中有英勇的流血，壮烈的牺牲，也有苟且的存活，贪婪的掠夺；有正义的呐喊，血性的抗争，也有宵小的背叛，屈辱的呻吟；有残暴的虐杀，兽性的荼毒，也有如水的柔情，如歌的温馨。近代中国的天道纷乱，现代中国的烽火连天，当代中国的天灾人祸，在莫言的创作中得到了如此生动、详实而充满荒诞的戏谑性的表现。如果说托尔斯泰可以称为俄国历史的一面镜子，则莫言的文学浑似中国近现当代历史的一面哈哈镜。

黄维樑在2014年客座于澳门大学。作为一位资深文学评论家，他继续进行着富有特色的文学批评，当然，他的视野同样跃出了澳门。他的《诗的新想象和旧规律》②，对于余光中的《天兔》、《拔海》进行分析评论，认为《天兔》一诗通过脱兔、天兔、兔溺、兔眼等形象，把现实性与想象力糅合起来，歌颂了母爱的伟大。《天兔》与《拔海》一谐一庄，形象生动、语言练达、脉络分明、主题集中。而彰显作者丰富想象力的新创

① 朱寿桐：《关注莫言，理解莫言》，澳门日报2014年12月3日F04版　镜海副刊。

② 黄维樑：《诗的新想象和旧规律》，澳门日报2014年4月9日E04版　镜海副刊。

比喻，则成为诗之为诗的标志。黄维樑认为余光中写的诗在想象新创之际，谨守主题和有章法的旧规律，值得借鉴。

方次零的《现代诗语言与古典诗意境的融合》①一文主要介绍洛夫。洛夫作为现代诗社的创始人之一，其影响早已超越台湾甚至大陆，而在世界汉语文学界享有特别的声誉。他的诗歌创作在不断的探索演变中交汇着现代与古典——现代诗歌语言加以古典诗歌意境，实现了二者的有机融合。方次零揭示出洛夫以超现实主义的手法表现禅意，以此为途径抵达现代诗歌语言的特色与古典诗歌意境的内涵。中国古人喜欢以禅入诗，形成一种诗中有禅趣的意境美。洛夫继承了这个传统，同时用现代技巧重构了这个传统——放弃现实形象的逻辑性记忆，呈现潜意识里的感观和理念。洛夫从拥抱现代主义走向回归古典传统，在寻求现代与古典的和谐融汇中，植根于精神深处的本土文化记忆上升为一种文化乡愁。饮酒赋诗一直是中国的文人情趣，古代绝大部分的酒诗里都寄托着愁情，从而塑造了以酒写愁的审美意境，富有浓厚的民族意味。在洛夫的诗歌中，读者可以感受到一种游走于西方与东方、现代与古典之间的美，极具艺术感染力。

港澳之间一衣带水，文化相融，信息相通，澳门文学评论对香港和香港文学的关注实属自然。廖伟棠的《西西的诗实验》②以作品《我城》为引，分析了西西作品《我城》所表现的一代代香港年轻人对香港的认同，从而成就为一个具有时代精神普遍性的作家。廖伟棠认为这样的认知远远不够，作为一个诗人的西西长期被小说家西西掩蔽，新诗才是她的出发点，而且早在五十年代末中学时期，她就已经写下一批极具实验性的诗歌。如果说这种实验还是形式上的，更前卫的表现来自二十岁的她写的涉及宗教反思与女性主义反思的诗。她的《面包》试图把传统基督教受难意象作一种存在主义式的还原。至于六十年代在西方蔚然成潮的女性主义，在六十年代香港一个前卫女性诗人这里，有着完全另类的演绎方式。她的政治描写，深受法国超现实主义讽刺诗人普利维尔影响，不过它体现为一种西西式的调侃。

澳门文学评论的触角不仅延伸到汉语文学世界的各个领域，还延伸到非汉语文学的辉煌积累。姚风的《贾梅士十四行诗 100 首》③在前言中就介绍了葡萄牙的一位被视为民族象征的诗人贾梅士。他所创作的史诗巨制《葡国魂》被视为“祖国的圣经”。为随后而来的国家衰败的漫长时间提供了宝贵的精神慰藉。“一手执剑，一手握笔”的诗人生活的年代，正是葡萄牙辉煌时代的后期，也是文艺复兴运动后期，文艺复兴已在物质生活和思想观念上动摇了传统的宗教和伦理，贾梅士及时地把葡萄牙的历史辉煌记录下来，但他已看到国家走向衰败的先兆。“诗歌是一个种族的触须”，姚风的评论又是澳门文学评论的触须，它从澳门伸向了西方世界。

作为文学评论，郑智仁的读诗随笔④涉及面更广，他分析、评论了章衣萍出版的个

---

① 方次零：《现代诗语言与古典诗意境的融合》，澳门日报 2014 年 6 月 18 日　E04 版　镜海副刊。

② 廖伟棠：《西西的诗实验》，澳门日报 2014 年 9 月 24 日 E04 版　镜海副刊。

③ 姚风：《贾梅士十四行诗 100 首》，澳门日报 2014 年 5 月 14 日 E04 版　镜海副刊。

④ 《郑智仁的读诗随笔》，澳门日报 2014 年 5 月 21 日 E04 版　镜海副刊。

人第一本诗集、梁宗岱的从象征主义来谈诗、阿波利奈尔的诗集《烧酒与爱情》、北岛的散文、叶维廉的《论现阶段中国现代诗》、木心的《从前慢》、黄梵的《诗歌五十条》、杨牧的《长短歌行》、保罗·瓦乐希的《海滨墓园》等作品，体现了澳门文学评论广阔的文化视野和诗学关怀。孙琴安的《马奎斯奇妙的写作方法》①则是以已故作家马尔克斯代表作长篇小说《百年孤寂》在中国影响甚大为始，重点介绍了马尔克斯奇妙的写作方法，认为他因运用魔幻现实主义的手法而为文坛所关注。

澳门文学评论的超越性不仅体现在对澳门本土文学的超越，而且还体现在对文学话题的文化超越。荒林的《姚风诗歌的跨文化对话之美》②不再仅仅是介绍澳门诗人姚风文学方面的作品，而是超出了文学，在文化层面上阐论作家的文章。文章里提到了姚风体验并验证了人类通过文学所做的交际的深刻意义，在某种意义上，姚风诗歌的跨文化对话之美，象征了澳门这一中西文化交汇之所的文明境界。与葡萄牙诗人们的交流，在“诗歌之国”葡萄牙的生活体验，和文学的“同一性”一起，激发了姚风的诗歌灵感。从事葡萄牙语翻译，用葡萄牙语写作，使得姚风的诗歌在起点上就立足于多元文化视野，并使他的诗歌阅读国际化。姚风的创作在中西文化与文学交流中，日益凸显其反思人类现代处境的思维能力。姚风选择诗歌写作是因为诗歌参与了他生活的最核心部分，让他找到一种方式去关心自己，去关心世界。姚风始终不渝地保持“对话”姿态，他寻找跨文化对话的路径，从心灵渴求出发，朝向宗教、历史和生命这三个人类精神生存的高峰，呈现它们在不同文化处境中的现代情景，再现它们多元并存的经验，从而以诗歌“方式”抵达人类生存现实的深度关怀。姚风将现代化进程中复杂多变的内地经验保存在诗歌结构中，这种保存是经过了与人类整体经验的对比对话所提取的。他的诗歌超越了国家、种族、民族和性别的障碍，建立起诗歌自己的诗学方法论。这样的评论虽然带有过度阐释的意味，但超越文学而反观文学的学术意图相当明确。

李观鼎的《面对死亡的思考》③同样是超越文学而又反观文学的一篇力作。文章主要介绍黄文辉以“死亡的姿态”为题的作品，联系到中国文化主“悟”传统，分析了诗人由主体置身的形而下，去探究作为宇宙人生根本的形而上，从而显示出中国哲人感悟乃至彻悟世界的一条基本途径。作者指出，黄文辉的镜头和笔触所涉，并不限于人，还及于此外的有生之物，甚至无生之物，将其一一纳入关于死亡的思考和观照，从而表现出一种宽广的视域和情怀。面对着一堵剥落、败坏的墙，任何“建造”都将在时光的催迫下毁损，后又将有新的“建造”被催生出来。不仅揭示了生与死的本真，而且阐明了二者之间相互转化的关系。黄文辉的诗观中明显包含有“未知死，焉知生”的看法，与孔子“未知生，焉知死”的观点并不矛盾。事实上，孔子并非不言死亡，儒家经典表明，他曾认真地探讨过死亡的意义。人就应该珍惜光阴，修身养性，提高精神品格，丰富生命价值。

---

① 孙琴安：《马奎斯奇妙的写作方法》，澳门日报 2014 年 8 月 6 日 E04 版　镜海副刊。

② 《荒林的〈姚风诗歌的跨文化对话之美〉》，澳门日报 2014 年 2 月 5 日 C04 版　镜海副刊。

③ 李观鼎：《面对死亡的思考》，澳门日报 2014 年 7 月 16 日 E04 版　镜海副刊。

《澳门日报》上经常有一些短评文章，例如谷雨对海芸的《关于死亡后的秘密》①所进行的简单的分析评论，也都涉及超越文学的死亡话题。死亡这个话题本应沉重，但作者并不是一味写死亡的悲哀和绝望，而是要告诉我们她对死的敬畏，对人生的思索，以及对爱的信念。关于海芸，庄文永的评论也很醒目。他对海芸《今夜，我们必须倒数》、《倒刺》②这两首诗进行了简单的分析评论，来表达澳门当今诗坛，年轻人们仍然保持着青春般的热情，以充沛的激情去唤醒诗意的看法，认为诗歌作为表现生活的最高语言艺术，也是诗人重塑自我的阶梯，同时也指出海芸女性的细腻的情绪包括对个体生命意识的把握、对诗歌话语方式的驾驭、对现代主义和后现代主义元素的吸收等，都有自己很大的特色，但要永葆诗歌与艺术的青春，还应不断地充实自我。

澳门文学评论中还出现了从各种文化思潮解读文学的现象。荒林的《中国女性文学读本》是澳门女性文化建设中的一个有特色的文本，伍丽云③撰文指出，《中国女性文学读本》最大的价值在于较为全面地展现了百年来女性及女性文学的动态。它的独特之处，除却时间上的大跨度，还有空间上的大融合，并且囊括了我国海峡两岸的女作家作品，方便读者看到不同时间地域中的女性写作特色。这为广大读者打开了一扇走进女性世界的门，你可以只在门外观望其色彩的丰富，也可以深入其内，去感受更为广阔深沉的女性世界。

澳门文学建设正在走出区域意义上的澳门，甚至也正在涉猎文体意义之外的文学，澳门文学评论敏锐地把捉到了这样的学术信息，并以自己灵便的身段随转着这种时代性的特征，以自己的理论阐释去应对和拥抱这样的文学和文化现象。

## 三　理论的深化，学术的提高

毋庸讳言，澳门文学批评起点较低，相当长一段时间内发展缓慢，因此在汉语新文学世界里长期处于默默无闻的状态。但近些年这种状况大为改观。一方面由于澳门文学人才引进的多元化，高层次，使得澳门文学评论比起其他地区更见优势，另一方面由于澳门文学地位的提高，澳门文学的多元开放的趋势，反激起澳门文学评论的热忱与活力，姚风、庄文永等作家主动参与到文学评论队伍，就是有力的证明。还有一方面由于澳门文学和文化影响力的扩大，引起内地和台湾的文学评论家更多地关注澳门，参与澳门文学的评论，拉升了澳门文学评论的总体水平。在这样的学术和文化背景下，澳门文学研究和批评的总体实力大为加强，澳门的文学理论水平和批评成果也大为提高。

汉语新文学概念的提出及其理论的论证，是澳门文学评论对于世界汉语文学研究的一个重要贡献。关于澳门文学与汉语文学关系的研究，就成了澳门文学评论水平攀升的一个节点。这不仅是涉及在汉语文学的总体视野中发现和研究澳门文学的特定地位的问

① 《谷雨对海芸〈关于死亡后的秘密〉的评论》，澳门日报 2014 年 3 月 26 日 E04 版　镜海副刊。

② 《庄文永对海芸〈今夜，我们必须倒数〉、〈倒刺〉的评论》，澳门日报 2014 年 3 月 26 日 E04 版　镜海副刊。

③ 伍丽云：《〈中国女性文学读本〉之美》，澳门日报 2014 年 4 月 23 日 E04 版　镜海副刊。

题，更是澳门文学评论如何能在整个汉语新文学研究中确定自己独特地位的关键。

《文艺争鸣》2015年2月号专辟澳门文学研究专辑，其中朱寿桐、杨青泉发表的《澳门文学评论的建树》①，论证了汉语新文学总体视野中如何发现和研究澳门文学的前沿问题。文章认为澳门文学评论是整个中国的文学评论里不可或缺的一部分，近年来澳门文学评论取得了丰厚的成果，展现出百花齐放的学术研究局面，应该理解为汉语文学建设的重要收获。澳门文学的创作趋近成熟，各种体裁的文学作品得到了大量的发表和出版，越来越多的人认识到了澳门文学评论对于澳门文学全局建设的重要性。澳门文学评论就像是汉语文学评论这一部交响曲中的"小步舞曲"那般以典雅而睿智的评论风格而深受广大受众的喜爱。汉语文学建设里有着"澳门思考"，澳门文学评论始终饱含着对汉语文学建设与发展的深切关爱，其对于汉语文学评论建设，乃至汉语文学建设都有着相当深的影响力。

文章还论证了汉语文学研究的"澳门风格"。澳门文学研究应不仅仅是满足于对于澳门文学作品以及文学现象的品评，而应该站在汉语文学研究的高度，把握澳门文学在这一语境里的空间和张力，通过对澳门文学的研究，进一步深入到整个汉语文学的研究中去。

随着澳门文学批评的发展，澳门文学批评的理论浓度也在不断加强。有些文学理论是通过澳门文学评论揭示出来的，也有的文学理论及其创作规律的思考需要通过外来文学和文化现象的分析获得。黄文辉的《怀旧的诗行》②通过分析陆奥雷的诗歌，揭示诗人与城市的关系及其苦果，他对"我城"的质问是和很多留在本土的老澳门相同的。陆奥雷写出了时代的心声，把握住了当下澳门人的情绪脉搏：他们土生土长于澳门，出道于回归后的经济腾飞期，所以似乎是倾向于怀旧了。怀旧是一种丧失和位移，但也是个人与自己的想象的浪漫纠葛。但没有得到反思的怀旧会制造出魔怪，陆奥雷不宜长期只有"与自己的想象的浪漫纠葛"，否则容易陷入感情的泥沼而不能自拔。庄文永③发表的文章就围绕着博尔赫斯的理论展开，博氏说一个作者最重要的是有自己的声音，即诗人应该自己面对时代、生活和世界发言，这样才能彰显自己的个性。作者认为雪堇就是这样的作者，有自己的"声音"，有自己的表达方式，有自己真挚的情感。

寂然④评论紫菱提出了这样的观点：他的小说布局有时跟韦斯利的科幻小说甚为相似，开篇非常精彩，但看到结局又往往觉得是草草收场，希望他日后能把精彩的意念妥善安排。这种中肯的意见体现出相当厚重的理论修养。

《面海三十年》⑤是语言学家程祥徽教授的著述，杂糅了回忆录文体的诸多写作特征，其文学韵味耐人咀嚼又发人深思。该书分"我爱濠江的桥"、"从东亚到澳大"、"忘

① 朱寿桐、杨青泉：《澳门文学评论的建树》，《文艺争鸣》2015年02月号专辟澳门文学研究专辑。

② 黄文辉：《怀旧的诗行》，澳门日报2014年5月7日E04版 镜海副刊。

③ 《庄文永的短评》，澳门日报2014年6月11日E04版 镜海副刊。

④ 寂然：《短评》，澳门日报2014年8月27日E04版 镜海副刊。

⑤ 程祥徽：《面海三十年》，中华书局2011年版。

不了老师和同学”等十部分，铺陈了作者大半生的生命轨迹，生动详实地记录了一位知识分子近半世纪的风雨人生，讲述了特定时期知识分子的生存实况。特别是其中表现新移民所绕不过的酸甜苦辣的职场墙，令人读后唏嘘不已。作者既陈述个体人生经历，截取生命历程中的几个横断面，把众多故事、人物、事件加以勾勒与串联，并完整细腻地表述出来，同时又对作品和人情事态进行综合批评，使得批评写作呈现出深度掘进的态势。

孙琴安的《翻译家的诗》①论述的是张炽恒，认为他是五四以来，集写诗与翻译于一身的诗人。张炽恒的诗作真可谓首首奇妙，篇篇精粹，风格与众不同。其对黑夜与月光的感受也非常人能及。作者还将张炽恒的诗与郑敏的诗进行比较，并以里尔克、庞德的诗作作为参照，有对不幸者和受压迫者的同情与关爱，也有对骄横者、谄媚者和伪善者的鄙夷与痛恨，但仍充满着人类之爱。张炽恒为人真诚，对世界和生命常怀一种敬畏，对人类和万物有一种博爱，对艺术和美有一种追求。他的诗多写季候和自然景物，却有着丰富的寄托和深层的思考。

穆凡中、穆欣欣父女是偏爱戏剧的澳门写作者，他们也成为了近期澳门文学评论的焦点。郭艳的《“心动神迷”话故人 》②分析穆欣欣《相看是故人》这部散文集，揭示出对于戏剧的“真爱”是这本散文集最为动人的地方。穆凡中是一位真诚的叙述者和表达者，他笔下呈现出了一幅幅鲜活的澳门戏剧表演史，他的散文集对多部在澳门上演的优秀剧目进行了文本赏析和细节评述。这本散文集最有特质的部分是对澳门戏剧历史和人文历史的勾连性描述，凸显出作者中西文化交融的视角。尤其对于内地读者来说，这种跨文化的戏剧交流在正史上的记录和传播都是很少见的，由此显得更为珍贵。他的散文写作从对小传统的叙事走入对中国文化大传统的充盈和补充，心系小传统的一幕幕戏剧，在折子、声腔、脸谱、水袖中体味中国文化历史、文人士子的风流蕴藉、民间信仰和故事的大俗大雅以及中国古代音乐舞蹈的独特韵致。作者观戏、听戏感受非常个人化，却能用一般读者理解的方式表达出来，既有通俗易懂的特点，又悄然融汇了深厚的审美与文化内涵。

澳门文学评论中关于文体认知和批评的一些理论命题，同汉语新文学理论倡导一样，可以说走到了汉语文学批评的前沿。

李观鼎的《略谈文体意识》③里就提供了一个较为新颖的文学研究思路。他认为澳门中篇小说奖生动地反映了澳门文学近年来生长发展的态势，形成了本地小说创作的基本面貌。文学作为一种心理活动，是同时在意识和潜意识两个层面展开的，而正是意识的自觉性和能动性，让文学行为成为受主体目的性、方向性导引的艺术实践。在文学创作过程中，作家观察、感受到的生活现象在脑际形成主观表象，不仅取决于作家的审美意识，而且取决于其文体意识。有些作品文学性不足，一个重要原因即在于作者不熟悉所用文体特征，因而未能将其化为创作的自觉意识。就中篇小说这种文体而言，它首先

① 孙琴安：《翻译家的诗》，澳门日报 2014 年 9 月 10 日 E04 版　镜海副刊。

② 郭艳：《“心动神迷”话故人》，澳门日报 2014 年 9 月 24 日 E04 版　镜海副刊。

③ 李观鼎：《略谈文体意识》，澳门日报 2014 年 12 月 17 日 F04 版　镜海副刊。

是小说，是一种侧重于刻画人物形象、叙述故事情节、描写环境氛围的叙事性文学模式。人物、情节、环境是为小说反映生活、彰显主题的三要素，缺一不可。至于环境，则是形成人物性格并驱使其发展的一个主要作用力，也是构成完整、复杂情节的一个要素。澳门中篇小说并非没有环境描写，积淀着五百年中西文化交汇的历史遗存，常被作者们挑选出来，作为故事背景或生活场景写到作品中去。不过，往往让人觉得有些生硬，有些“隔”。这样的理论思考和文体理解，有内涵，有体验，有理论，有水平，是澳门文学评论的精品。

廖伟棠的《再谈“口语诗”》①仍然是从文体出发，体现出的同样是新颖视角的文学研究。文章认为“口语”的定义不能被狭窄化，现在中国的口语诗有一个倾向，就是日渐单一和狭窄。诗歌是一种语言实验，它有责任让语言保持鲜活。你认为你的口语是那样的，我认为我的口语是这样的，为什么你要用你的口语来限定我的口语呢？这是作者对口语诗最基本的立场。口语诗现在已经蔚为风潮，宏观一点来讲，这是一种语言上的犬儒主义，就是认为诗人作为语言的魔术师，已经斗不过日常的、市井的庸俗语言。这时候，诗人就只能向后者靠拢，用后者的手段去斗后者。废话诗人想用这种方式调侃日常，调侃废话——跟自己反对的东西采取同一策略，本身可以构成一种反讽，但我自己绝不认同这种策略，因为，你可能就因此变成了你反对的东西。这样的评论充满着哲理性的反思，也带着浓厚的创作经验，内涵厚重而很具说服力。

澳门文学评论越来越显示出扎实的理论基础、浓厚的理论兴趣，体现了澳门文学评论水平不断提高的良好发展态势。其不仅仅文学批评的理论在不断地深化，还能勇于创新，走在学术的前沿。随着澳门作家和写有关于澳门的作家的不断发展和进步，澳门文学的创作水平也在不断地提高。

① 廖伟棠：《再谈“口语诗”》，澳门日报 2014 年 12 月 24 日 E04 版 镜海副刊。

# 2014年台湾文学研究概况

朱双一

## 一　古代、日据时期和光复初期台湾文学研究

1949年以前的台湾文学，也是台湾文学整体的重要组成部分。近年来，大陆学界对日据时期台湾文学的关注渐多，但对古代和光复初期则还偏少。2014年以古代台湾文学为题的论文有陈茗博士的《金门林树梅著述考》（《闽南师范大学学报》），仔细考订、梳理曾入林则徐幕府的林树梅的著作二十余种，现存者考其版本得失，已佚者则描述其概貌。计璧瑞的《西方之眼——论〈看见十九世纪台湾〉的知识生产》（《台湾研究集刊》）以14位19世纪西方旅行者的福尔摩沙故事为主要分析对象，考察来自西方“凝视”下的台湾图景，以及所表现的观察与被观察、控制与被控制的权力关系，选题和角度都颇为新颖。

相较于古代台湾文学研究的相对单薄，对日据时期台湾文学的研究则颇具规模。着笔于甲午战争、乙未割台历史巨变中的台湾文学的有庄小芳的《略论台湾诗人林朝崧内渡泉州的历程及心境》（《闽台文化研究》）、左鹏军《甲午战争与近代诗风之创变》（《文学遗产》）等。另一焦点则是20世纪二三十年代的台湾社会文化运动及其以反抗殖民统治、追求回归祖国为主题的文学创作，相关论文包括王海亭《略论早期台湾文化协会的文化启蒙工作》（《昆明冶金高等专科学校学报》）、林豪《日据时期林献堂活跃于文坛的动因探析》（《闽南师范大学学报》）、林夏《张我军的〈新野〉》（《河南教育（高教）》）、杨红英《台湾文化自觉先驱者张深切》（《世界华文文学论坛》）、马泰祥《殖民地左翼文学刊物的坚持与溃败——〈台湾新文学〉（1935—1937）之文化生产研究》（《台湾研究集刊》）、萧成《中国梦，回归梦——日据时期台湾文学中的“中国梦”管窥》（《现代台湾研究》）、樊洛平《面对殖民现代化的质疑和批判——以日据时代的台湾小说创作为例》（《河南师范大学学报》）等。近年来着力于左翼文学理论旅行研究的台湾学者徐秀慧①的《1930年代台湾“文学大众化”论述及其创作实践》（《福建论坛》）认为，1930年代前后台湾的“文学大众化”思潮，其最终源头在于苏联的无产阶级文学理论；然而在民族

① 近年来台湾学者在大陆学术刊物上发表论文者日多，为了凸显两岸学界的相互启迪融汇，本文将此类论文也归入大陆的台湾文学研究的范畴中。另外，本文涉及的论文个别属于2015年年初发表的，考虑到这些论文的完成和投稿日期在2014年或之前，所以一并列入介绍，下同。

文化面临倾覆危机的情境下，在阶级性的考虑外，带有民族意识的特殊性。论文并借由当时台湾作家的创作实践，探讨“文学大众化”意识在台湾社会、文化所发挥的理论效用。

特别值得注意的还有沈庆利的《在暧昧的注视中——日据时期台湾文学中的日本人形象》(《世界华文文学论坛》)、王璇的《强横的“亲善”者——台湾“皇民文学”中的日本人形象》(《世界华文文学论坛》)等文，它们引入了形象学的视角；而马泰祥《殖民地文学交往中“台湾想象”的生成意义——以〈华丽岛的冒险〉为例》(《华文文学》)一文，更以日本作家书写日据时期台湾的文学选集为研究对象，比较日本文坛不同世代对殖民地台湾文学生态的差异化想象。

在日据时期作家作品研究方面，赖和研究的论文有古大勇《台湾“日据时期”作家与“东亚鲁迅”的精神关联——以杨逵与赖和为中心》(《中国海洋大学学报》)，陈美霞《甲午年重读〈斗闹热〉》(《文艺报》)，台湾学者陈建忠的《东亚的知识交流与民族情结：重论鲁迅〈藤野先生〉与赖和〈高木友枝先生〉中的日本教师》(《中国比较文学》)，以及甘志伟的硕士论文《反抗精神与民族意识的书写——鲁迅与赖和小说人物形象比较》(东北师范大学，导师吴景明)，陈美霞的博士论文《赖和文学实践与殖民时期知识者精神》(中国社会科学院，导师黎湘萍)。杨逵研究的论文有梁伟峰《论杨逵青年文化心理的形成》(《江苏师范大学学报》)、《杨逵的青年文化心理及其小说中的自我描写》(《世界华文文学论坛》)，李红《论杨逵小说中的农民形象》(《牡丹江大学学报》)，宋颖慧《论杨逵小说中的底层民众形象》(《渭南师范学院学报》)等。研究吕赫若、张文环等的论文有《吕赫若小说〈玉兰花〉的诗性特征探微》(《参花》)、杨红英《〈论语与鸡〉的民俗书写策略》(《南京工业职业技术学院学报》)，等等。

在光复初期台湾文学和文化的研究方面，有谢禾生《光复初期台湾文化重建的分歧与斗争(1945—1949年)》(《沧桑》)、杨彦杰《重建与承续：台湾省编译馆与台湾研究》(《福建论坛》)等。朱双一《光复初期台湾社会诸种矛盾辨析——从文学看台湾民众的“悲情”和认同》(《台湾研究集刊》)认为，光复初期的台湾，民族矛盾、省籍矛盾、阶级矛盾、现代化程度的差异等多重矛盾交织，错综复杂，广大民众与官僚统治集团的阶级矛盾是其主要矛盾，省籍矛盾固然存在，但它更多的是阶级矛盾的特殊表现形态。只有把握此，才能对光复初期的台湾社会特别是所谓“悲情”和认同的相关问题有清晰的认识。

## 二　当代台湾文学思潮和理论研究

从文学思潮的宏观角度研究当代台湾文学，历来是本领域研究的厚重部分，其中又分为几大类。

### (一)文学创作思潮的研究

衔接日据时期和光复初期的论文有陈美霞《赖和“形象建构”与战后台湾文化政治思潮研究》(《台湾研究》)、徐纪阳《“鲁迅风潮”的消退与“反鲁论述”的泛起》(《台湾研究集刊》)等。后者从第一手资料出发，考察1948年至1952年间台湾《民声日报》、《天南日报》、《民族报》、《台湾新生报》、《联合报》等报纸副刊上的鲁迅传播状况，勾勒其在政治生态变化下产生的由尊崇鲁迅到贬抑鲁迅的演变链条。

紧接着是五六十年代的现代主义文学思潮。最重要的当属张诵圣的《论台湾文学中的现代主义潮流》(《扬子江评论》)。作者的其他论文还有《论台湾文学场域中的政治和市场因素》(《华文文学》)、《台湾文学新态势：政治转型与市场介入》(《中国现代文学论丛》)等。这一组论文由刘俊从张诵圣的英文著作中译出，其中文版《台湾文学生态：从戒严律到市场经济》将由江苏大学出版社出版。从文学期刊角度入手的则有杨学民的《〈现代文学〉杂志与台湾光复后文学思潮》(《南京晓庄学院学报》)、王铎羲《文学香火的再继绝——复刊后的〈现代文学〉(1977—1984)研究》(《青年作家》)等。

瞩目于20世纪六七十年代以后的乡土文学和后现代思潮的有田文兵《当代台湾乡土文学发展异变探析》(《延安大学学报》)、肖宝凤《消解历史的秩序：20世纪末台湾文学中的后现代历史叙事研究》(《台湾研究集刊》)等，黄锦树《内在的风景——从现代主义到内向世代》(《华文文学》)。吴鹍《论台湾乡土文学发展中的两次文化转向》(《世界华文文学论坛》)认为，六七十年代的台湾乡土文学引发了战后台湾文学的第一次文化转向，使其由以“现代主义文学”为代表的高蹈文化转向了以“乡土文学”为代表的关注社会现实和底层大众的社会俗世文化，或称“社会性文化转向”；90年代以来台湾“后乡土文学”的发生发展则可称之为“多元化文化转向”。

值得特别加以介绍的还有台湾学者廖咸浩的《西橘本无种，逾淮别有类：台湾文学与现代性的斡旋》(《文化研究》)长文。该文引入和辨析了本土现代性、殖民现代性、文学现代性、美学现代性等概念，以各种现代性的相互纠结和折冲为视角，对数百年来台湾文学现代性的发展演变脉络加以清晰勾勒，包括从明代出现的“本土现代性”如何由郑成功带到台湾(由此看出《河殇》以及现在“台独”派的“海洋文化”论述的缺失)并由刘铭传承续发展，日据时代的台湾作家如何对抗殖民现代性、20世纪五六十年代美学现代性的发展情况，以及80年代后的“本土派”如何失去批判性等，最后提出“超现代性”作为治本之道。该文的最大贡献在于提出了“本土现代性”，由此将中国特别是其东南沿海、台湾地区的现代性的产生向前推进了数百年。

### (二)文学史相关问题研究

有关台湾文学史的相关问题，受到了学者们的持续关注。黄万华《典律的生成：战后中国文学转型的基石》(《首都师范大学学报》)、朱云霞《地方性的建构：台湾地方文学奖综论》(《扬子江评论》)都涉及典律化和建构美学原则等问题，黄万华更以《多源多流：双甲子台湾文学(史)》(花城出版社)一书对其观点加以实践。值得赞赏的还有计璧瑞为悼念夏志清教授而撰写的《小说史之外的夏志清》，除了点出夏氏《中国现代小说史》对于中国现代文学研究的特殊价值和意义外，还精辟地指出此著之后夏志清的文学批评观念有所调整，即在坚持注重作品本身和“优美作品之发现和评审”的宗旨之外，“人道主义”也成为其文学批评不断强调的主旨，从而构成其小说史之外的现当代文学批评的两大突出特点：一是强调中国新文学传统的延续和发展，二是继续坚持人道主义精神。

丁帆等在撰著的《中国新文学史》中，列专章论述台湾文学并将其放入"民国文学"范畴中的安排，引起了持续的讨论，施龙《从历史的夹缝中寻找学术良知——丁帆教授访谈》(《福建论坛》)，杨辉《文学史的视界——丁帆教授访谈》(《美文》)，王昉《在历史的喧嚣中坚守学者的精神立场——文学史家丁帆访谈》(《文艺报》)，陈晓明、丛治辰《启蒙理念与文学史叙述——评丁帆主编〈中国新文学史〉》(《当代作家评论》)，朱燕颐《对中国现当代文学分期问题的思考》(《安徽文学》)，吴义勤、陈晓明、吴俊等《作家作品的经典化与文学史研究的创新——第五届中国当代文学高峰论坛》(《东吴学术》)等，都有见仁见智的看法。与文学史书写相关的期刊论文还有周春塘《论王德威现代华文文学史的困境》(《文学报》)，古远清《新世纪两岸对台湾文学诠释权的争夺——以"反攻"大陆学者写的〈台湾文学史〉为例》(《台湾研究》)，张军《论台湾学者皮述民等撰写的〈二十世纪中国新文学史〉》(《辽东学院学报》)，记者杨青访谈张大春的《看重价值多元的文学史叙述》(《深圳商报》)等。至于孙会军的《翻译家葛浩文对中国现、当代文学的研究与推介》(《燕山大学学报》)，古远清《〈台湾当代文学辞典〉自问自答》(《名作欣赏》)、《古里古怪的文学辞典》(《文学自由谈》)等，在某种意义上也与此有关。

洪若晨的硕士论文《现代与本土的交织共生——陈芳明台湾新文学史观试论》(华侨大学，导师倪金华)极富勇气地评说一部具有敏感性和争议性的文学史著作。论文借用新历史主义分析了陈芳明的《台湾新文学史》，梳理出现代与本土两条叙述脉络，同时也看到了由于理论建构与文学、政治事实的差距而导致的各种矛盾和冲突，最终认识到其实没有"一部"大写的、单数的台湾新文学史，只有先后或同时并存的"多部"小写的、复数的台湾新文学史。作者具有较强的理论论述能力，但仍略有瑕疵，如论文中多次提及陈芳明论述台湾现代主义文学的创新之处在于对自由主义传统的强调，并将之当作值得大陆学者学习之处，然而台湾学者梅家玲早就指出：论者多会强调《文学杂志》与《自由中国》"文艺栏"的密切关系，进而据此申言台湾 50 年代"自由主义传统"与 60 年代"现代主义文学"之间的关联与转折，"此说由朱双一首开端绪，其后论者，大多踵武其说"①，可见将之归于陈氏之"创新"，恐有溢美之嫌。

### (三)女性文学、乡愁文学、眷村文学研究

台湾女性文学研究的势头方兴未艾，其论文包括樊洛平《浮出历史地表——海峡两岸女性文学的孕育和出发》(《职大学报》)，周海琳《1950 年代大陆赴台女作家入史问题》(《福建论坛》)和周海琳、吴琼的《1960 年代台湾女性文学的处境与抉择》(《南昌大学学报》)，分别着笔于日据时期和五六十年代的台湾女性新文学。贺越明《一位台湾女作家经历的禁书事件》(《同舟共进》)涉及郭良蕙。宋爽、丛琳的《台湾当代女作家小说研究》(《芒种》)观照对象涵括整个当代，杨淑荣《男权社会的解构》(《名作欣赏》)则以"20 世纪 80 年代台湾新女性主义文学"为副标题。樊洛平和王萌合著的《海峡两岸女性小说的历史流脉与创作比较》涵盖 1895 年至今一百多年来海峡两岸女性小说的发展历史

① 梅家玲：《夏济安、〈文学杂志〉与台湾大学》，《台湾文学研究集刊》创刊号，2006 年 2 月。

和创作形态，堪称2014年台湾女性文学研究的突出成果，陈辽在《世界华文文学论坛》上发表书评《两岸女性小说的四“同”四“异”》。由厦门大学林丹娅主持的国家社科基金成果《台湾女性文学史》也即将出版，值得期待。

有关“怀乡文学”的论文包括黄红春《伦理的美与人性的美——台湾20世纪中叶怀乡思亲文学的精神诉求》(《当代文坛》)，许玉庆《现代中国乡愁的开拓与建构——论〈巨流河〉对中国文学乡愁母题的创新》(《石家庄学院学报》)，侯茗予《沿着〈巨流河〉回望——揭开一段“疼痛”的历史记忆》(《辽宁教育行政学院学报》)，张祖群、祖文静《乡土北京：〈城南旧事〉的老北京影像》(《青岛科技大学学报》)，肖瑶《放逐与自我放逐：台湾文学中的过客心态》(《金田》)，等等。可以看出，大陆赴台作家忆写故乡生活的作品，早年常被冠以“反共怀乡文学”之名，而近年来更多地着眼于其乡愁亲思为时代留下了记录，并体现了伦理之美和人性之美的内容。

台湾独有的眷村文学一直是大陆学界的兴趣点，相关论文有的具有宏观的视角，如张向辉《眷村书写的多重记忆》(《常州工学院学报》)，隋双双、隋萍《眷村小说中的第二代人书写》(《牡丹江大学学报》)、隋双双《眷村文学中的父亲形象》(《安徽文学》)，时茹冰《台湾眷村文学中的族群书写》(《现代语文》)，阎菲《眷村小说女性形象精神理路探究》(《江西科技学院学报》)，陈璟《眷村：抹不去的台湾记忆》(《鸭绿江》)，以及张蓉的硕士论文《台湾眷村小说离散主题研究》(广西师范大学，导师刘铁群)等。更多的论文则集中于朱氏姐妹，包括黄舒《论朱天心眷村书写中的族群焦虑与认同危机》(《鸭绿江》)，席艳红《台湾眷村作家朱天文、朱天心小说主题探究》(《语文建设》)、《眷村作家对自我认同的焦虑与出走情结的书写——以朱天文、朱天心为例》(《长春工业大学学报》)，贾淑倩《从诗意回眸到记忆破碎——论朱天文小说中眷村内涵的转变》(《齐齐哈尔师范高等专科学校学报》)，韩松《论朱天文笔下的眷村书写》(《山西广播电视大学学报》)等。

### (四)文学与政治意识形态的关联研究与两岸互看

由于百多年来的台湾文学始终与政治意识形态紧密相关是不可否认的客观事实，所以必然会有论文涉笔于此。如方爱武、张彩芸的《论台湾当代文学史料构建的意识形态化特色》(《名作欣赏》)，马泰祥《从〈文学江湖〉看台湾“反共文学”史观》(《粤海风》)，古远清《新世纪台湾两大政党文艺政策剖析》(《天津师范大学学报》)、《台湾文学：用政治天线接收文学频道》(《文学报》)，等等。台湾学者应凤凰的《姜贵长篇小说〈旋风〉接受史——“旋风研究”的三次变迁》(《现代中文学刊》)，从不同时期两岸对姜贵的研究和评价的明显或微妙的变化，说明文学与政治生态演变不无关系。

黎湘萍《两种现代性？——冷战初期两岸小说初论》(《华文文学》)是一篇富有新意和启发性的论文，它以陈纪滢、周立波、张爱玲和丁玲创作的四部最具有近代政治色彩的50年代长篇小说作为讨论对象，揭示出表面上充满了差异的两岸小说所隐藏着的内在关联，认为海峡两岸文学在1949年以后的发展，未必是人们常说的“分道扬镳"，而更可能是近代以来中国人所选择的不同的现代性路线的开展。

2014年8月9日中国作协港澳台办在北京举办的“2014两岸文学评论工作会议”，

使两岸年轻评论家得到了一次面对面地相互品评对方作品的机会。同年冬由徐秀慧、彭明伟、黄文倩、黄琪椿、苏敏逸等年轻学者在台湾创刊的《桥》，特设“两岸 70 后创作互评”专辑，其中“大陆看台湾”的论文，包括李丹梦评吴明益，李云雷评王聪威，沈庆利评许荣哲，房伟评郝誉翔，郝敬波评伊格言，张立群评高翊峰，张莉评甘耀明，杨庆祥评胡淑雯，欧阳月姣、邵燕君评骆以军，陈艳评许正平等，堪称近年来活跃的大陆年轻评论家对台湾年轻作家作品的一次集中检视和评说。“台湾看大陆”方面则有台湾年轻学者石晓枫评东紫，郝誉翔、徐秀慧、苏敏逸等分别评徐则臣，彭明伟评田耳，黄琪椿评艾玛，杨佳娴评阿乙，蓝建春评付秀莹。

### （五）研究的研究

2013 年底夏志清教授逝世，随即出现了为数不少的缅怀悼念文章，如著名学者陈思和《假如中国现代小说也有“大传统”——纪念夏志清先生》（《书城》），香港作家彦火《记忆中的夏志清》（《上海文学》），鲁迅研究专家袁良骏《悼夏志清先生》（《上海鲁迅研究》），台湾女作家章缘《怀念夏志清先生》（《文学报》），刘再复《夏志清先生纪事》（《新文学史料》），刘剑梅《永远天真的“老顽童”——缅怀恩师夏志清先生》（《现代中文学刊》），张恩华《怀缅夏志清先生》（《中华读书报》），刘铮《夏志清少作考》（《东方早报》），止庵《夏志清的未竟之功》（《读书》），张闳《夏志清与一个时代的终结》（《上海采风》），姜猛《夏志清：“中国现代小说作家走向世界的幕后推手”》（《名人传记》），吴禹星、刘子侠《同学少年多不贱：夏志清的沪江缘》（《新文学史料》），李楠《夏志清先生的“史”与“学”》（《博览群书》），钟诗婷《学界“顽童”夏志清》（《环球人物》）等。2014 年，对这位影响巨大的中国现代文学（含台湾文学）研究学者的研究也格外地多，包括张惠《夏志清红学研究刍议》（《红楼梦学刊》），张慧佳、赵小琪《普实克与夏志清中国现代诗学形象建构方式论》（《中南民族大学学报》），赵小琪《普实克与夏志清中国现代诗学权力关系论》（《广东社会科学》），徐敏《讽刺者的道德世界——夏志清眼中的〈围城〉与〈儒林外史〉》（《中国现代文学研究丛刊》）。然而最多的是对其《中国现代小说史》及相关研究的评说，如曹漾漾《现代文学史上的拓荒之作——评夏志清的〈中国现代小说史〉》（《德州学院学报》），崔命《夏志清：中国新文学史观的拓荒者》（《华夏时报》），陈歆耕《夏志清的“偏见”之功》（《中华读书报》），陈建华《重读〈中国现代小说史〉》（《书城》），杨佳《“异见分子”的文学想象——解读夏志清〈中国现代小说史〉》（《现代语文》），张闳《夏志清与现代文学史的纠结》（《经济观察报》），张清芳、王丽玮《海外汉学与中国现代文学研究互动关系的再反思——以夏志清〈中国现代小说史〉在中国大陆学界的传播为个案》（《南方文坛》）等。特别值得注意的是部分论文并非对夏志清一味叫好，而是指出了他的某些缺失，如马登春《试论夏志清〈中国现代小说史〉的“洞见”与“不见”》（《白城师范学院学报》），张涛《理论贡献与立场偏狭——重评夏志清的〈中国现代小说史〉》（《文艺争鸣》）。与夏志清相关的论文还有韩斌《〈夏济安日记〉独特的艺术魅力》（《作家》），庄信正《忆陈世骧先生》（《现代中文学刊》）等。华中师范大学硕士生胡亚楠的学位论文则题为《美国汉学界的沈从文研究——以夏志清、金介甫、王德威为中心》（导师王泽龙）。

王德威是另一位引起大陆学界格外关注的旅美学者，焦点主要在中国文学的抒情传统和晚清以来的现代性问题，后者的相关论文包括周丹《评王德威“没有晚清，何来五四”之说》(《华中人文论丛》)，高春元《评论王德威〈被压抑的现代性——没有晚清，何来“五四”?〉》(《语文学刊》)，曹露丹《一枝独秀前的百花争妍——论对“没有晚清何来五四”的误读》(《湖南工程学院学报》)，付丹宁《进入文学研究的理论文本：读〈被压抑的现代性〉》(《云梦学刊》)等。前者的论文则有范芊婀《论王德威〈抒情传统与中国现代性〉的述学特色》(《顺德职业技术学院学报》)，李春芳《另一种现代性：王德威“抒情”论的三种面向》(《小说评论》)，冯庆《“有情”的启蒙——“抒情传统”论的意图》(《文艺研究》)，徐承《抒情传统论述的“之”与“止”》(《中国图书评论》)，张春田《抒情传统：想象中国文学的一种方式》(《书屋》)，周春塘《论王德威文学批评中的西方意识》(《文学报》)，韩昀《论王德威建构中国现代性的途径——从写实与抒情谈起》(《世界华文文学论坛》)等。此外另有陈平原、王德威、藤井省三等的对谈《中国现代文学研究的方向》刊于《学术月刊》上。

## 三　文化、艺术视角的台湾文学研究

### (一)文化与认同的研究

从文化视角来研究台湾文学，是80年代以来“文化研究”兴起和台湾“文学文化化”背景下的必然产物。有的论文从宗教的角度切入，如丛新强《基督教文化与当代台湾文学精神的内在超越》(《山东大学学报》)；有的涉及教育等其他文化领域，如张艳茹、董雪娇的《教育家许寿裳的两岸文化交流史》(《兰台世界》)。有的从整个中华民族文化着眼，如赵书刚《近代以来台湾同胞的中华民族情感》(《贵州社会科学》)；有的则从台湾文学与中华各地域文化的角度入手，除了惯常得到福建学者特别重视的闽台文化关系，如杨晓玲《浅析闽台文学亲缘》(《神州》)、陈支平《闽南文化的历史构成及其基本特质》(《闽台文化研究》)等之外，还有从其他省区地域文化着眼的，如陶德宗、陶兰的《重庆对台湾文学名家梁实秋和余光中的影响》(《重庆与世界》)，曲筱鸥《论王鼎钧作品中的“兰陵文化”情结》(《临沂大学学报》)，张放《“一个还乡的种类的美”——论余光中诗歌中的四川情结与李杜苏信息》等。

最值得注意的是众多论文认识到民众认同问题的重要性及其与文化的密切关联。这方面的论文包括：刘克曼、卢梭《以文化认同促进台湾民众的民族认同和国家认同》(《广东省社会主义学院学报》)，张祖群《文学何以疗伤——简论台湾族群的政治伤痕与文化认同》(《青岛科技大学学报》)，古远清《台湾文学身份认同的裂痕》(《文学报》)，王丽红《认同的异化与重塑——对当前两岸关系发展困境的跨文化思考》(《中国媒体发展研究报告》)，廖中武《海峡两岸政治沟通和整合中文化的价值和效用》(《福建行政学院学报》)，等等。马英萍《台籍日本兵问题之史料挖掘与文化省思研究》(《台湾研究》)与一般同类论文主要依据口述历史不同，更多的是以文学作品作为论据，包括日据时代皇民文学作家周金波，战后乡土作家、“笠”诗人陈千武以及新乡土文学年轻作家甘耀明的作品，比较三个不同时期有关台籍日本兵的叙说，由此反映台湾人从被殖民到“脱殖民”意识形态的演变过程，是一篇富有新意的论文。

## (二)台湾戏剧文学研究

文学与艺术的联姻，主要在戏剧和影视两个方面。与戏剧相关的论文，涉及传统和民间戏曲的有潘培忠《论闽台歌仔戏的“捡戏”传统》(《福建师范大学学报》)、《台湾“老歌仔戏”：“小戏”向“大戏”的过渡形态》(《台湾研究集刊》)，王彬《从台湾霹雳布袋戏看中国传统文化的传承与发展》(《北京电影学院学报》)等。《工人日报》记者《台湾话剧“淘金”在大陆》(《工人日报》)写的是台湾的话剧在大陆发展的情况。格外特别的是李斌《悲剧抑或闹剧：赵雪君的京剧剧本〈祭塔〉批判——台湾文学中的白蛇传改写之研究》(《暨南学报》)，对台湾作者赵雪君改写传统经典剧目白蛇传的故事，将剧本写成许仙和白素贞之子许仕林与母亲产生乱伦之恋加以批评，认为作者受到西方解构主义思潮的影响，从自身的存在境遇和阅读感受出发，解构经典，消解传统的道德伦理观念，没有写出文化、伦理对于人物的影响以及人物在是与非、爱情与伦理漩涡中的痛苦挣扎，因此并不是能引起读者灵魂震撼的悲剧，而是荒唐的闹剧。在一般论文对评论对象大多采取褒扬态度的“风气”中，本文的尖锐批评态度可说是别具一格。

对于当代戏剧的评论，有相当部分集中于赖声川，包括陈昊姝《浅析〈暗恋桃花源〉的中西方文化表现》(《戏剧之家》)，蔡明宏《台湾政治文化社会“乱象”讽喻下的赖声川戏剧美学建构》(《台湾研究集刊》)，马倩《赖声川喜剧作品中的东方意蕴和西方色彩》(《百家评论》)等。赖声川近作《如梦之梦》格外受到关注，如房长永《浅论〈如梦之梦〉对当代戏剧舞台空间的突破》(《吉林广播电视大学学报》)，胡明华《〈如梦之梦〉：对现代人生命的佛法关怀》(《戏剧艺术》)。后者认为，《如梦之梦》是一部从佛法角度对现代人的生命状态及其困境进行观照和反思的剧作，它以“听濒亡者讲故事”的方式，形象揭示了佛法中的死亡观与生命苦乐观；还以更高层次的“自他交换”的佛教修行方式，从病人的因缘果报关系的反照中，为现代人指出了完全消除痛苦，带来真正快乐的行为方向。同样涉及赖声川与佛教的特殊密切关系的还有张涟《赖声川的戏剧创作与佛教救赎之路》(《戏剧之家》)。此外，胡明华《论契诃夫对赖声川戏剧创作的影响》(《艺苑》)从中、外戏剧家比较的角度，揭示了赖声川受契诃夫影响的三个方面：淡化外部情节冲突以凸显内心生活的静态性戏剧艺术特征，流动无常的生命哲学表达，独特的喜剧观念与表现方式。这也是一篇很有见地的论文。另有盛文沁的《往事悠悠话眷村——〈宝岛一村〉观后》(《杭州》)也涉及赖声川。

其他的论文，有将两岸小剧场加以对比的张超的《两岸小剧场戏剧的艺术性与商业性比较研究》(《电影评介》)，有引入新概念的林豪的《“全球本土化”——台湾戏剧的传播形态研究》(《戏剧文学》)、《全球本土化——日据时期台湾电影传播形态研究》(《当代电影》)。还有一些以某位当代台湾戏剧大家为研究对象的论文，包括苏琼的《跨语境中的台湾女戏剧家李曼瑰》(《艺苑》)，着笔于重要的大陆赴台女剧作家、当代台湾戏剧运动的领航人李曼瑰在1949至1975年间的戏剧活动与创作，指出这些创作和活动与其具有基督徒、戏剧教授、党务工作者三重身份密切相关；胡明华《台湾外省第二代李国修戏剧中的创伤记忆与超越》(《台湾研究集刊》)认为李国修接受了父辈遗留下来的移民身份和创伤记忆，从而形成了自己的创伤体验，并将之作为其戏剧表达的主要课题，从创伤心理学的理论视野对其进行观照，既能真切感受到台湾外省第一代的移民创痛，更可深入理解台湾外省第二代所特有的现实和精神处境，从而对台湾社会有更为深刻的理解；胡星亮《论张晓风的话剧创作》(《中国现代文学研究丛刊》)探讨张晓风戏剧将宗教信仰渗透于审美沉思的特色；《用"五四"文学精神引领当代台湾戏剧——姚一苇对于当代台湾剧坛的意义、价值和贡献》(《西南民族大学学报》)是一篇重量级论文，对当代台湾剧坛的旗帜性人物姚一苇的创作特点及其与"五四"新文学的关系做了颇为到位的剖析：姚一苇"喝五四奶水长大"，其戏剧"为人生"的创作理念及其与生命同构的创作真诚，注重民族特质与人类共同性的题材主题描写，在人生困境中思索人与人性的形象刻画，以及为了表达人生思考而对于艺术表现形式的执着探求等，都与以鲁迅为代表的"五四"文学精神有着深切关联。当台湾戏剧在政治压抑下趋向衰微时，"暗夜中的掌灯者"姚一苇以其深刻的戏剧创作和戏剧精神，引领台湾剧坛艰难地走出荒原地带，走向具有思想内涵和审美探索的现代戏剧艺术。有关姚一苇的论文还有刘丽、曹新宇《存在之思：人的失落与发现——论姚一苇的戏剧创作》(《新疆大学学报》)等。

值得一提的还有改编自琦君的小说《橘子红了》的现代瓯剧《秀芬》，2014 年 9 月 16 日在温州大剧院正式首演。该剧由中国剧协副主席罗怀臻担纲编剧，著名导演熊源伟担任导演，从原著中选取了"廊桥接亲"、"拜堂成亲"、"橘园相会"、"橘子红了"、"橘园重逢"、"风雨行路"等六个情节，通过主人公的情感纠葛和悲惨命运遭遇，反映了 20 世纪二三十年代浙南农村的社会风情，描述了旧中国社会转型时期青年的追求和彷徨、希望和无奈、爱情和欲望的矛盾冲突以及人性的挣扎和人生的迷茫，以一种特殊方式演绎了琦君的作品。

### (三)电影电视作品研究

在影视作品方面，除了林沛、贺俊浩《〈甜蜜杀机〉：原汁原味的台式警匪喜剧》(《戏剧之家》)，张洁弘《电影的儒者——从〈养鸭人家〉中对中国传统文化的服膺解读台湾导演李行》(《时代文学》)，安东《〈总铺师〉：淡静悠远的人生百味》(《台声》)，肖小和《浅谈〈艋舺〉中象征符号所表达的成长主题》(《电影评介》)，李峤雪《诗意的想象——〈盛夏光年〉导演手法分析》(《当代电影》)，王娅姝《你只不言不语，在这晚来时候——浅析电视剧〈曾经〉》(《鸭绿江》)，丁颖《〈看见台湾〉你不曾见过的视角》(《数码影像时代》)，李垣璋、郑妍妍《童年的寂寞——从〈呼兰河传〉看电影〈冬冬的假期〉和〈我十一〉中的寂寞情绪》(《湖北工业职业技术学院学报》)，李玲靖《纪录片〈看见台湾〉美学分析》(《大众文艺》)，张祖群《李行导演电影〈秋决〉的人伦主题》(《电影评介》)等对某一作家作品加以剖析的论文外，另有一些具有文化研究的宏观视角，如贾斌武《从文学时代到影像时代——台湾文学改编电影的历史性考察》(《扬子江评论》)，从近百年台湾电影史的发展脉络来看待文学与电影的关系，从"前新电影"时代台湾文学改编电影没有形成风潮，到"新电影"时代影像与文学的联姻，再到"后新电影时代"的台湾电影与文学从疏离到整合，从而得出结论：影像时代的兴起并不会导致文学的终结，电影和文学从来都并非你死我活，而是一直存在相互支持、相互促进的关系，既然人类已经进入了影像化时代，那么文学也不能将自己置身于这一时代之外。孙慰川、贾斌武《身份认同危机与台湾形象重塑——论21世纪初期的台湾电影》认为全球化进程加剧了台湾民众身份认同的危机，也为台湾提供了重建本土身份的可能性。2000—2004年的台湾电影通过对青春、自然与地方感的强调，在银幕上建构了一个崭新的台湾形象，也为此后台湾电影的复兴奠定了重要的基石。陈旭光《"后华语电影"："跨地"的流动与多元性的文化生产》(《艺术百家》)指出，CEPA和ECFA之后的"后华语电影"进入到一个有体制性、政策法规性保障的新时期，其文化生产在大中华地区展开，表现为全国乃至国外的文化或电影文化的跨地流动、拼贴、融合，不同价值观的碰撞和新的文化符号、文化意义的生产，新形态文化、新型电影的创生等，从而营造了多元化的"后华语电影"生态景观与文化格局。此类论文还有涂翔文《台湾电影2013》(《当代电影》)，吴亚明《台湾黑帮电影管窥》(《台声》)，余娟《改造解说——论台湾环保纪录片的画外音策略》(《电影新作》)，徐筱《台湾新时期电影中的女性主义视角》(《戏剧之家》)，郑秉泓《21世纪的台湾短片创作》(《当代电影》)，杨翥鹏、梁春竹《台湾当代电影中本土文化的建构研究》(《西部广播电视》)，李洋《新台湾电影导演的世代更替》(《电影评介》)，林达《台湾电影古早味》(《环境与生活》)，薛凌《神话与寓言——中国西部电影与台湾乡土电影之"乡土性"比较》(《当代电影》)，刘文《后殖民主义的书写——试论台湾电影的后殖民色彩》(《现代妇女》)，白惠元《本省、本土与民主台湾——试解读台湾电影中的"美丽岛事件"》(《华文文学》)，何映宇《无声黑白阮义忠》(《新民周刊》)，陈佩怡《一场葬礼引发的思考——浅析台湾电影中传统乡村文明与现代都市文明叙事主题的继承和嬗变》(《美与时代》)，暴文婷《浅论台湾后新电影的价值取向》(《吉林省教育学院学报》)，王凯《台湾本土电影的去政治化解析——以2005年以来获得内地公映的影片为例》(《文教资料》)，以及易晖的硕士论文《台湾纪录片的发展状况研究》(华南理工大学，导师黄桂萍)和缪旸《台湾怀旧电影研究》(南京艺术学院，导师沈义贞)。

可以看到，近年来兴盛一时的青春片得到了特别的关注。以此为主要观照对象的论文有孙希娟《新世纪台湾青春片的多元化叙事主题》(《文艺争鸣》)，李洋《新台湾电影的青春情结》(《电影评介》)，陈娟《台湾新青春电影：类型的深化与影像构建》(《浙江传媒学院学报》)，尤佳、金晓非《新世纪台湾电影中的台北城市影像》(《电影评介》)，张贝思《太平洋的风——浅谈台湾青春电影》(《作家》)，杨翥鹏、梁春竹《台湾青春电影的类型演变》(《西部广播电视》)和《浅论台湾青春电影的叙事主题》(《戏剧之家》)等。汪方华《台湾电影·台湾符号·台湾意识》(《云南艺术学院学报》)认为新世代台湾电影有着清晰的内涵，多以青春电影为主，人物、场景、故事都和"在地"的现实要求相呼应，形成了较为一致的风格：本地故事、本地经验、本地情感以及自成体系的电影语言和时尚趣味，使台湾电影在短短十几年间恢复了生机，在华语文化圈中建立了"品牌"。刘澹雪《内地台湾青春片艺术风格对比——以〈致青春〉和〈那些年〉为例》(《今传媒》)以及杨扬的硕士论文《两岸电影中的经典青春叙事比较——姜文、王朔、杨德昌》(厦门大学，导师阎立峰)将两岸同类影片加以比较。董蕴的硕士论文《青春电影里那抹"黑色"——台湾电影研究另类观察》(曲阜师范大学，导师刘波)选取30多年来的台湾青春电影作为考察对象，并采用了这些作品中或多或少存在着的冲动与暴力打斗、理想与道德缺失、性等黑色元素作为另类视角，由此观察这些影片呈现的台湾社会政治、经济、文化的时代变迁。论文的各章，既有对台湾青春电影中突显的“性”(包含青春期性萌动和同性恋两个方面)这一黑色元素进行探析，并从台湾爱情文艺电影的嬗变、身份认同、全球化与殖民统治、台湾电影政策等多个角度反思台湾青春电影中同性恋元素泛滥的缘由；也有重点对“暴力”这一黑色元素进行审视，从而探寻出其与教育体制、暴力文化、父权、青少年身份等社会元素之间的映射关系；还有的从整体上对台湾青春电影中的“黑色”影像做深层的社会文化反思，充分认识到社会的快速发展带来的负面影响，诸如理想的缺失、价值的混乱、道德的荒芜、个体的异化与疏离等。梁村的硕士论文《“小时代”情结：台湾新青春电影研究》(厦门大学，导师黄星民)也以同类电影为研究对象。

更多的论文或文章针对某一著名导演、编剧的作品加以研究和介绍。如涉及吴念真的论文有马依娜的《娓娓道来的人间真情——浅评吴念真〈这些人那些事〉》(《美与时代》)，沃尔夫小鸟《寻味吴念真》(《环境与生活》)，章慧敏《吴念真：一个“接地气”的诚实写作者》(《中国出版传媒商报》)，姬少亭、韩淼《吴念真：台湾最会讲故事的人》(《新华每日电讯》)，等等。涉及杨德昌的文章包括：朱立立的《恐怖分子是怎样练成的——杨德昌电影〈恐怖分子〉谈片》(《福建艺术》)，李妮的《杨德昌电影的城市写生——浅析〈麻将〉、〈恐怖分子〉》(《神州》)，何李新的《现代性的实在——杨德昌电影综论》(《中华文化论坛》)，李兵的《杨德昌电影〈一一〉中的洋洋形象解读》和《杨德昌电影〈一一〉中的婷婷形象分析》(均发表于《安徽文学》)，韩山《杨德昌的真实与悲悯》(《光明日报》)，黄颖《体认都市人生悲剧：影片〈一一〉解读》(《戏剧之家》)，党荣珍《〈一一〉纪实美学中的生命音符》(《电影文学》)，朱一超、王奕《父与子——评杨德昌电影〈麻将〉》(《艺术科技》)，赵晰、金田《从〈一一〉角色中看仁慈的杨德昌》，梁枝文《〈一一〉道来》(《中国西部》)，徐小双《〈一一〉杨德昌与自己的对话》(《商》)，彭静宜《用光影凭吊青春——记〈牯岭街少年杀人事件〉》(《电影》)等。

以侯孝贤或李安为研究对象的论文最多。研究侯孝贤的论文择其要者有：杨小滨《在镜像自我与符号他者之间：侯孝贤电影的精神分析学观察》(《文艺研究》)，韩笑《台湾导演侯孝贤的电影叙事风格浅析》(《青年文学家》)，神雨丹《侯孝贤电影视听语言的东方美学》(《青年文学家》)，沈言天《侯孝贤的电影“寻根”》(《电影文学》)，李劼刚《论侯孝贤电影的艺术品格》(《电影文学》)，王鹤、顾小勇《小津安二郎与侯孝贤镜语中的情感与诗意》(《电影文学》)，王冕《中国式诗意写实——浅析台湾导演侯孝贤的电影特色》(《戏剧之家》)，张璇《奔逃与回归——浅析侯孝贤作品〈千禧曼波〉》(《大众文艺》)，陈怡泉《浅析台湾电影新浪潮中的本土性——以侯孝贤导演作品为例》(《电影评介》)，徐萌《电影〈好男好女〉画外音叙事功能研究》(《神州》)，郇军德《〈悲情城市〉中配乐与情感的结合》(《作家》)，李定通《话语的三个层面——电影〈悲情城市〉的“焦虑主题”解读》(《名作欣赏》)，赵善栋《执着的爱情　悲剧的宿命——〈恋恋风尘〉影评》(《传承》)，黑木诚、骆驼《如同生活：侯孝贤的电影》(《艺术界》)，此外还有王莉的硕士论文《侯孝贤电影的美学风格研究》(太原理工大学，导师胡钢锋)。

有关李安的论文数量之多令人叹为观止，单是学位论文就颇为可观，包括：秦珊珊《多重文化视点下的李安电影研究》(山东师范大学，导师张宏森)，郑晨醒《李安电影的性别秩序研究》(华中师范大学，导师孟君)，曲晓倩《李安“家庭三部曲”中父亲形象的文化探寻》(河北师范大学，导师李惠敏)，王子兴《东方视野中的西方景观》(河北大学，导师)，王雨桐《李安电影的美学研究》(河北大学，导师李蕾)，王晶晶《从深层生态学的角度解读〈少年派的奇幻漂流〉》(湖北大学，导师刘国枝)，石少云《李安电影的自我认同研究》(扬州大学，导师苏保华)，孙晓斯《李安电影与跨文化传播》(暨南大学，导师刘家林)，沈姗姗《李安作品中所体现的身份意识及文化身份探讨》(辽宁大学，导师姜蕾)，周师师《“陌生人”的桥梁梦——李安电影解读》(河南师范大学，导师孙先科)，张东苗《“意义的森林”——李安电影的隐喻研究》(陕西师范大学，导师杨争光、马聪敏)，张洁《从李安“父亲三部曲”看父亲形象的嬗变》(陕西师范大学，导师许加彪)，边哲《〈少年派的奇幻漂流〉小说与电影的比较研究》(湘潭大学，导师季水河)，李发阳《〈少年派〉英文台词词汇衔接研究》(延安大学，导师张志敏)，纪辰《〈少年派的奇幻漂流〉中隐喻研究》(上海戏剧学院，导师赵韫颖)，余红《概念整合理论视角下〈少年派的奇幻漂流〉中创造相似性隐喻的分析》(西南大学，导师罗耀光)，郭向利《创伤的隐喻性表征》(《四川外国语大学》)，闫婧《海外华侨在文化冲突下文化适应策略的运用——基于电影〈推手〉和〈喜宴〉》(内蒙古师范大学，导师方芳)等，至少有 18 篇。

有关李安的百篇以上的论文或文章，这里只能择要简单介绍。如从思想、文化、美学的宏观角度加以研究的有陈林侠《大众叙事媒介的文化竞争力与李安的意义》(《文艺研究》)，米彬彬《新历史主义批评视域下的李安电影》(《科教文汇》)，张芳《李安电影的思想性危机》(《电影文学》)，纪辰《从老朱到浩克——李安电影中西文化解读》(《戏剧之家》，孟星《从人生的三种境界分析李安的创作心理定势》(《电影评介》)，杨鹏飞《论李安电影的道家美学内蕴》(《芒种》)，范妮《谈李安东方电影中“叛逆”的女性形象》(《辽宁大学学报》，何世剑《李安电影美学思想三题》(《电影文学》)，苗迪《父与子——论李安电影中父亲形象的原型与深层文化意义》(《名作欣赏》)，肖钦杰《电影造型语言之色彩的魅力——李安电影中色彩语言的叙事功能分析》(《西部广播电视》)，张妙珠《解析李安电影的悲剧情怀》(《电影文学》)，崔跃芳《浅析李安电影中的音乐审美功能》(《电影文学》)，等等。更多的是对某一部作品或从作品入手的文化研究，如关于《推手》，有陈卓《从电影〈推手〉看中西文化的差异与共融》(《青年文学家》)，雷春晓《从后殖民主义视角解读电影〈推手〉中文化身份认同和建构》(《青年文学家》)，对于“父亲三部曲”，有胡洁的《以“父亲三部曲”为例解读李安导演的父权文化观》(《戏剧之家》)，闵媛春《试论李安“家庭三部曲”中“家”的影像表达》(《电影评介》)，曹龙钰《从“父亲三部曲”浅谈李安电影的文化观》(《电影文学》)，薛玉洁《东西方文化的碰撞与交融——李安“父亲三部曲”的结构主义解读》(《视听》)，杨璐《跨越文化藩篱的儒道传统——从李安的“父亲三部曲”看中国文化形象》(《南昌教育学院学报》)，王若璇《试论长镜头的情感表达与叙事张力——以李安电影“家庭三部曲”为例》(《大众文艺》)等。关于《喜宴》，有刘骥艺《从“身体”意象分析李安电影中的中西文化——以〈喜宴〉为例》(《电影评介》)，成彪、林柳《浅谈李安电影〈喜宴〉的跨国文化交流》(《电影文学》)，吴素青《李安电影〈喜宴〉中的中西方文化差异》(《大众文艺》)，陈晨《电影〈喜宴〉中的隐喻符号解读》(《青年文学家》)，谭凌霞《从〈喜宴〉&〈喜福会〉看中西文化差异》(《电影文学》)，尹雪《进入权力游戏——从福柯话语理论视角比较李安的〈推手〉与〈喜宴〉》(《戏剧之家》)。关于《色·戒》，有周春雷《评电影〈色·戒〉的人性色彩》(《电影文学》)，邓如冰《〈色·戒〉的寓言：家国场域中的身体政治——兼谈李安的“正解”和“误读”》(《妇女研究论丛》)，张霖源《“无中生有”的影像蒙太奇——从小说〈色·戒〉到电影〈色·戒〉》(《河南教育学院学报》)，张燕丽《电影〈色·戒〉与文学批判》(《电影文学》)等。关于《卧虎藏龙》，有陈晶的《浅析东西文化博弈下的电影叙事语言——以〈卧虎藏龙〉和“家庭三部曲”为例》(《青年作家》)，陆文静《影片〈卧虎藏龙〉对中西文化的择取融合》(《电影文学》)，刘江静《关于电影〈卧虎藏龙〉艺术赏析之思考》(《艺术教育》)。关于《饮食男女》，有刘丽菲的《精神分析视域下的〈饮食男女〉》(《电影评介》)，乔俐岩《两代人的抗争——〈饮食男女〉解读》(《新闻世界》)，杨翥鹏、梁春竹《饮食与情感——论〈饮食男女〉中的叙事策略》(《戏剧之家》)。此外还有吴雨蓓《〈少女小渔〉从小说到电影的文本转换》(《戏剧之家》)，谢筱楚《对〈断背山〉的电影符号学分析》(《戏剧之家》)等。

最多的是对于“少年派”的评说，相关文章连篇累牍，《电影文学》等刊物更是其重要园地。如冯王玺《从〈少年派的奇幻漂流〉看李安作品中的东方美学特征》(《现代语文》)，曾仲权《李安 *the life of Pi* 的接受美学研究》(《理论界》)，聂亚婷、周兰《〈少年派的奇幻漂流〉结构主义二元对立浅析》(《商》)，黄菁《〈少年派的奇幻漂流〉的三重审美维度》(《电影文学》)，程载国《电影〈少年派的奇幻漂流〉的叙事策略》(《语文教学通讯》)，刘清花《传情与达意：〈少年派的奇幻漂流〉的视听语言分析》(《大众文艺》)，贺义辉《影片〈少年派的奇幻漂流〉中的信仰探秘》(《电影文学》)，殷雪雁《〈少年派的奇幻漂流〉中的生态主义情怀》(《电影文学》)，刘红艳《〈少年派的奇幻漂流〉的电影情感艺术分析》(《电影文学》)，赵隆华、李亚红《〈少年派的奇幻漂流〉的空间和意义建构》(《电影文学》)，赵现标《试论〈少年派的奇幻漂流〉中的存在主义》(《电影文学》)，卞小艳、刘丰《〈少年派的奇幻漂流〉双结局的哲学思考》(《电影文学》)，张昀《电影〈少年派的奇幻漂流〉中角色意象解读》(《芒种》)，曲倩倩《〈少年 Pi 的奇幻漂流〉的精神分析理论解读》(《濮阳职业技术学院学报》)，等等。

## 四　台湾作家创作研究(上)

### (一)不同体裁或主题类型创作的研究

文学创作和作家作品历来是文学研究的重头戏，2014 年的台湾文学研究也不例外。就某一体裁或主题类型创作加以研究的，如陈婕《闽台民间文学探析》(《福建广播电视大学学报》)，朱云霞《“解严”后台湾家族书写的特征与意义》(《中南大学学报》)，古远清《以蕉风椰雨介入台湾文坛的作家》(《山西大同大学学报》)，刘伟云《穿越都市表象的探索——台湾新世代小说的文化认同书写》(《华南师范大学学报》)，等等。张皓宇的硕士论文《“现代意识”的深化与危机——现代性视野下的台湾现代派小说研究》(山东大学，导师黄万华)认为，“现代主义”不足以概括台湾现代派小说家的发展流变，因此其立足于现代性的视角，提出了“中国文学现代意识”的概念，并以王文兴、七等生为例加以论述。

在诗论方面，有白杨《背离与回归：“先锋”探索的一体两面——20 世纪 70 年代后〈创世纪〉的诗论建构及其思想意义》(《文艺争鸣》)，王力《论迁徙对向阳〈十行集〉空间象征的影响》(《世界华文文学论坛》)，何言宏《台湾中生代诗人论》(《文艺争鸣》)，赵小琪《当代台港澳新诗的现代性中国形象建构》(《社会科学战线》)，马立安·高利克、尹捷《台湾女诗人对圣经智慧书的理解》(《华文文学》)，吴鹍《如何影响 怎样传承——海峡两岸现代诗关系摭谈》(《福建师范大学学报》)以及台湾学者郑慧如的《台湾当代诗的命名效力与诠释样态——以“超现实”在台湾诗歌中的流变为例》(《江汉学术》)、《1990 年代以来台湾数字诗的发展与美感生成》(《江汉学术》)，李一的硕士论文《台湾图像诗语图关系研究》(山东大学，导师黄万华)。值得注意的还有张卫中研究台湾文学的语言问题的系列论文《台湾当代小说语言流变寻踪》(《华文文学》)、《台湾当代诗歌语言流变论》(《甘肃社会科学》)、《大陆与台湾“新生代”小说语言比较论》(《中国现代文学研究丛刊》)、《诗人视野中的“五四”语言变革——以郑敏、余光中为例》(《兰州学刊》)。语言问题颇为重要但研究者不多，张卫中的研究既包含小说和诗歌这两个主要文体，又引入了两岸比较的视野，是很有价值的成果。

### (二)老一辈台湾作家创作研究

当然，更多的论文是对某一作家作品的论析。以吴浊流为研究对象的论文有：赵元尧《从吴浊流小说看台湾地区知识分子的寻根意识》(《文史杂志》)，张婉婉《浅谈〈亚细亚的孤儿〉中日本人的形象》(《电影文学》)。以钟理和为研究对象的有蓝天的系列论文《论钟理和创作中的悲情意识》(《学术交流》)、《殖民语境下身份的焦虑——〈夹竹桃〉的文化意蕴》(《东北师大学报》)、《认知暴力下民族意识与文化的自觉——再读〈原乡人〉》(《求是学刊》)，以及申亚楠《钟理和创作中的客家书写——以〈笠山农场〉为例》(《重庆文理学院学报》)等。徐纪阳《钟理和：与文学者鲁迅相遇》(《福建师范大学学报》)认为，钟理和早年与受到鲁迅影响的左翼文化人交往颇多，在他生命的最后十年却又处于台湾官方贬损、诋毁鲁迅的年代，但钟理和与当时的左翼“鲁迅传统”、“右翼”反鲁论述的立场都不相同，显示出他与鲁迅文学心灵的深度共鸣，从而与作为文学家的鲁迅孤独、寂寞的气质接榫，因此在台湾的鲁迅接受传统中，钟理和与文学者鲁迅的相遇具有独特的意义。

2014 年虽然未见有关钟肇政的论文出现，但却有赖一郎《底层认同·殖民现代性与史诗建构——钟肇政小说创作论》一书，于 2014 年 11 月由厦门大学出版社出版。全书除了绪论外，共分八章，分别论述了钟肇政的客家书写、女性书写、“原住民”书写、殖民现代性的书写和批判、台湾史诗的建构以及钟肇政小说的叙述艺术等，认为钟肇政早期曾把文化自卑化作审美趣味和爱情传奇，而后其小说文本中日本与中国意识曾产生强烈对抗，其后又出现文化杂糅的现象。创作手法上，钟肇政 20 世纪 50 年代的作品采用单一视角，《鲁冰花》采用散点透视法，20 世纪 60 年代的小说采用聚焦透视法，20 世纪 70 年代后则采用时空的重叠交错法。

一般而言，有作品收入大陆的中小学教材中的台湾作家，每年有关他(她)的文章经常是成十上百，林海音就是其中一位。略去一些纯粹教学研究的文章，在文学报刊或高校学报上发表的论文主要有：郭群《儿童视角下的成长书写与精神返乡——论〈城南旧事〉的叙事视角及其意义》(《海南师范大学学报》)，楚恒叶《〈呼兰河传〉与〈城南旧事〉的儿童视角分析》(《宁夏大学学报》)，王麦巧、雷红珍《林芙美子与林海音的女性意识之比较》(《小说评论》)，张祖群、祖文静《乡土北京：〈城南旧事〉的老北京影像》(《青岛科技大学学报》)，周淑贞《电影〈城南旧事〉的民俗书写》(《电影文学》)，徐睿彤《〈城南旧事〉叙事的陌生化》(《佳木斯大学社会科学学报》)，卓洪艳《儿童视角观照下〈城南旧事〉的美学特征》(《教育探究》)，周利萍《论〈城南旧事〉中的儿童视角》(《鸭绿江》)，祁卉璇《原型批评视角下林海音〈城南旧事〉的恋乡情结探析》(《芒种》)，赵芝铭《林海音：她家的客厅是半个台湾文坛》(《名人传记》)，赵雅娇《审美北京的生成——林海音〈城南旧事〉解读》(《新文学评论》)，邹玲《百裥裙的意义流变——解读林海音小说〈金鲤鱼的百裥裙〉》(《青春岁月》)，以及徐瑾的硕士论文《台湾的半个文坛——林海音文学活动研究》(陕西师范大学，导师程国君)。

### (三)有关余光中和白先勇的研究

比林海音有过之而无不及的是余光中，相关文章达数百篇之多。不过大多集中于对《乡愁》等诗的解读和评说，有分量的创新性论文偏少。除了前面已提及的之外，主要还有：廖坤慧《美学角度下余光中文学创作和翻译互动关系研究》(《语文建设》)，李锦丹《冷峰上的坚冰，幽谷里的暗花——余光中和周梦蝶诗歌中生命主题之比较》(《嘉应学院学报》)，古滕客《乡愁之魂的温暖与真情——读余光中新著〈青铜一梦〉》(《天津社会保险》)，韩雪《余光中留美诗作中的文化民族主义》(《名作欣赏》)，马静峰《余光中〈乡愁〉的音乐美》(《文学教育》)，张丽凤《访问余光中先生》(《华文文学》)，白鹿鸣《余光中小议〈红楼梦〉》(《红楼梦学刊》)，苏明霞《试问乡愁几许——浅析交响诗剧〈乡愁〉的多元形式》(《大众文艺》)，罗海韵《〈春天，遂想起〉中乡愁主题的泛文化性》(《中华文化论坛》)，等等。

关注度堪与余光中比肩甚至超过之的作家是白先勇。以他为题目的硕士论文有山东师范大学的张丽雯《边缘人身份与白先勇的小说创作》(导师姜山秀、孙桂荣)，胡晓宇《论白先勇小说的漂泊意识》(导师王万森)和张昭清《白先勇、苏童小说比较论》(导师李掖平)，以及董娜《白先勇小说及其影视改编研究》(西南大学，导师李永东)，李红梅《从接受美学视角看〈台北人〉的白先勇自译本》(重庆大学，导师李永毅)，许佳《白先勇和田纳西·威廉姆斯短篇小说中女主人公雌雄同体性质的对比研究》(中国海洋大学，导师杨连瑞)，宋芳《白先勇与太宰治作品中悼亡贵族情结的比较》(辽宁大学，导师刘立善)，叶小芳《时间意识·家国意识·人性表现：白先勇短篇小说研究三题》(浙江师范大学，导师付建舟)，余理梁《小说翻译中叙述视角与叙述声音的再现——以〈台北人〉为例》(广东外语外贸大学，导师张保红)，等等。

期刊论文方面，涉及白先勇文学创作的有罗秋香《论白先勇短篇小说中的女性命运与上海》(《哈尔滨学院学报》)，张曦姗《白先勇〈台北人〉中欢场女子形象分析》(《世界华文文学论坛》)，欧阳美玉《浅谈白先勇小说的语言特色》(《鸭绿江》)，甘资鸿《世界的客居者——论白先勇〈纽约客〉的文化认同及其重构》(《名作欣赏》)，潘雯《从疏离到融合——探析白先勇的移民小说对美国形象的重构》(《名作欣赏》)，朱双一《比较视野下白先勇的文学观和创作理念》(《中国现代文学研究丛刊》)，李艳《白先勇小说中死亡意象意蕴解读》(《短篇小说》)，任泽南《白先勇〈台北人〉中的上海形象》(《名作欣赏》)，滕斌《论白先勇小说的叙事视野》(《文学教育》)，谢非《〈永远的尹雪艳〉中对"永远"的反讽——论白先勇小说中的不可靠叙述》(《美与时代》)，孙秋英《浅析白先勇小说中的死亡主题——以将军之死为例》(《现代语文》)，黄璐《论白先勇的桂林书写》(《学术论坛》)，李咏梅《论白先勇短篇小说的孤独主题》(《南方文坛》)，李如芳《亦真亦幻的错综世界——白先勇小说〈游园惊梦〉新探》(《广西职业技术学院学报》)，陈欣然《人同此曲——浅析白先勇短篇小说意象》(《时代文学》)，郭向宁《白先勇小说〈游园惊梦〉的意象解读》，郭海燕《几处风月场——谈白先勇〈台北人〉中的场景设置》(《名作欣赏》)，陈春霞《白先勇小说赏析及其对大学生的生命教育》(《语文建设》)，车玉茜《试论白先勇小说的艺术创作手法》(《短篇小说》)，尚秋《试论人性关怀在白先勇小说中的魅力》(《青年文学家》)，庄琳《浅析〈孽子〉中流露的温情》(《西昌学院学报》)，盖建平《"融入"之外：〈安乐乡的一日〉的现实意义探析》(《世界华文文学论坛》)，张恒《尹雪艳与薛宝钗形象比较分析》(《青年文学家》)，陈姗姗《论白先勇小说中的时间观》(《重庆电子工程职业学院学报》)，孙子雅《从灵肉冲突看白先勇小说的悲剧意识——以〈花桥荣记〉和〈那片血一般红的杜鹃花〉为例》(《牡丹江教育学院学报》)，陈欢蓉《试论〈金大班的最后一夜〉之金大班形象》(《现代语文》)，高祎博《边缘与悼亡——浅析小说〈孽子〉》(《芒种》)，杨颖慧《月夜灯会下的生存雾霭——从叙事伦理学角度浅析〈永远的尹雪艳〉》(《青年文学家》)，阮崇友、刘永松《论白先勇同性恋小说中的情感流变》(《青年文学家》)，葛东峰《白先勇与莫里森笔下边缘女性对比研究》(《长城》)，孙秋英《浅谈白先勇小说的创作悖论》(《鸭绿江》)，沈燕《浅析存在主义对白先勇小说创作的影响》(《现代语文》)，赵辉《白先勇：父亲为台湾"止痛疗伤"》(《台声》)，龙珊、柯轲《人生戏梦忆游园，世事无端恨经年——白先勇〈游园惊梦〉与李商隐〈锦瑟〉的互文性分析》(《中央民族大学学报》)，郭向宁、楚冬玲、张晋维《昆曲"游园惊梦"在白先勇同名小说中象征意象研究》(《参花》)，等等。此外还有数篇谈白先勇作品的翻译的论文，包括庞桃、谢宏桥《从叙事学角度看〈孽子〉的英译本》(《校园英语》)，余荣琦《白先勇自译作品〈台北人〉的翻译策略探究》(《长春工业大学学报》)，姚强《简评〈永远的尹雪艳〉之翻译策略》(《韶关学院学报》)，金凯《巴赫金对话理论下的〈台北人〉英译》(《英语广场》)等。

昆曲在白先勇的创作和生活中占有重要位置。与白先勇和戏剧影视相关的论文或文章包括：赵予曼《昆曲新美学之新版〈玉簪记〉》(《戏剧之家》)，吴晓东《"昆曲义工"白先勇》(《工人日报》)，金圣华《在舞台欣赏白先勇长篇小说〈孽子〉》(《文学报》)，孙嘉《从白先勇小说谈影视作品中女性形象的影视化塑造》(《大众文艺》)，舒巧《白先勇戏评舞剧〈玉卿嫂〉》(《档案春秋》)，张盛《昆曲艺术的惊世之作——浅析青春版〈牡丹亭〉上演成功缘由》(《戏剧之家》)，周秦《青春创意与传统典范——关于青春版〈牡丹亭〉公演200场的回顾与思考》(《四川戏剧》)，汪人元《循理以求道 落华而收实——贺昆曲青春版〈牡丹亭〉乐谱出版》(《剧影月报》)，厉震霖《上海味、历史感及其政治人性——沪语话剧〈永远的尹雪艳〉散论》(《戏剧文学》)，李锦平《谈谈青春版〈牡丹亭〉的"唯美"倾向》(《戏剧之家》)，朱惠英《以昆曲青春版〈牡丹亭〉谈艺术教育重要性》(《剧影月报》)，吴晓东《白先勇：让昆曲与青春同行》(《光明日报》)，谭璐《白先勇：我给昆曲两个字，一是"美"，二是"情"》(《21世纪商业评论》)，等等。

### (四)现代派诗人和小说家研究

20世纪五六十年代的现代诗持续得到大陆研究者的关注。首先是由纪弦领军的现代诗社。有关纪弦的论文包括：谢力哲的《从穆旦到纪弦："现代性"的认知偏失与"民族性"的诗体缺位》(《绥化学院学报》)，李相银的《上海沦陷时期路易士(纪弦)行迹考》(《新文学史料》)、《上海沦陷时期路易士诗歌论》(《中国现代文学研究丛刊》)，胡亮的《"且去填词"：读〈纪弦回忆录〉》(《诗探索》)，黄一《上海—台北—海外：中国新诗现代化的一种路径——百年中国新诗史中的百岁诗人纪弦》(《暨南学报》)，以及台湾学者孟樊的《纪弦的现代主义诗作》(《现代中国文化与文学》)等，台湾新地文学社郭枫的《天地闭，贤人隐，狼之独步——论纪弦人品风格与诗歌艺术》(《文学评论》)，更以作者本人的"在场经历和诗人身份"，检出纪弦本人及同伴所撰资料，论证纪弦"大陆时期"的生活状况和附逆行为，"台湾时期"的诗活动始末和诗创作艺术，"美国时期"的清冷晚境和最终感悟，以期展现大活动家比较真实的面貌，是一篇颇有分量的学术论文。

对现代诗社另一重要诗人郑愁予的评论大多集中于《错误》等名诗上，如余芳《〈错误〉的文化情结》(《语文建设》)，任明清《多角度解读郑愁予的〈错误〉》(《文学教育》)，王姣冰《灵性文字 挥洒爱的甘露——郑愁予〈雨说〉一诗赏析》(《小雪花》)，袁晓红《互文观照视野中的〈错误〉文本》(《新课程》)，许洪颜《"美丽"的诗性歧义——〈错误〉意象语言的文化分析》(《名作欣赏》)，杨琼华《〈雨说〉的两个温情"姐妹"》(《语文教学通讯》)、郜霞《错误：课堂别样的美丽》(《江苏教育》)，周玲《美丽的错误》(《新诗》)等。此外还有徐鲁《杂记诗人郑愁予》(《中华读书报》)以及有关"我打江南走过"郑愁予诗歌朗诵会在南京举行的报道。

着笔于蓝星诗社掌门人覃子豪的论文有郭枫的《风雨凄迷路，彩虹照眼人——覃子豪：五十年代台湾新诗荒野播种者》(《扬子江评论》)，与纪弦、覃子豪同列"诗坛三大元老"的钟鼎文受到古远清的关注，写了《钟鼎文对台湾诗坛的贡献》(《贵州社会科学》)、《"让我将不朽的爱，留给世界"——钟鼎文的生平及其对台湾诗坛的贡献》(《诗探索》)等文。以诗坛重镇罗门为题的论文包括谭五昌《略论文学史视野中的罗门现代诗创作》(《齐鲁学刊》，刘夙《罗门诗歌导读》(《中国诗歌》)。也许与周梦蝶在2014年辞世有关，关于他的论文最多，包括李景冰《周梦蝶的瑰丽与贫瘠》(《诗林》)，洪子诚《种种可能：周梦蝶和辛波斯卡》(《中华读书报》)，王绍叶《周梦蝶：萤火将世界从黑海里捞起》(《商周刊》)，宜金学《他的离去，就是最后一行诗》(《芳草》)，余袭《他的离去，就是最后一行诗——台湾诗人周梦蝶化蝶仙去》(《求学》)，以及李锦丹从比较入手的《冷峰上的坚冰 幽谷里的暗花——余光中和周梦蝶诗歌中生命主题之比较》(《嘉应学院学报》)。

在创世纪诗社方面，一般集中于洛夫、痖弦和商禽。如研究洛夫及其作品的有李徵《论洛夫〈长恨歌〉的艺术特色》(《牡丹江大学学报》)，曾攀《评〈边界望乡〉》(《扬子江诗刊》)，袁循、邹惟山《现代诗的探路者——洛夫新诗导读》(《中国诗歌》)，帅震《“眺望原乡”解读——以〈又见棕榈，又见棕榈〉与〈边界望乡〉为例》(《集美大学学报》)，以及詹浩的硕士论文《洛夫诗歌艺术研究》(云南师范大学，导师胡彦)。瞩目于痖弦的有阿九《把超现实主义的想法当作一个技巧——台湾诗人痖弦访谈》(《江南》)，邢向楠《繁华背后的真淳——品读痖弦和他的〈深渊〉》(《鸡西大学学报》)，王选《痖弦肩膀上的爱情》(《晚报文萃》)，邹惟山、王金黄《痖弦新诗导读》(《中国诗歌》)，安培君《战士的人文视角和诗性关怀——互文性视野下的〈上校〉与〈汤姆之歌〉》(《通化师范学院学报》)。著名学者王宗法《以文会友识“三杰”——与洛夫、张默、痖弦相识记》(《世界华文文学论坛》)回顾了他与创世纪诗社“三驾马车”的交往。着笔于商禽的有陶德宗、陶兰的《简论川籍诗人覃子豪与商禽对台湾诗歌的卓越贡献》(《长江师范学院学报》)，孟宪恕的硕士论文《商禽诗歌美学研究》(苏州大学，导师陈小明)。具有科技背景的台湾诗人兼学者白灵在《江汉学术》上发表的《从商禽之梦看台湾新诗的跨领域现象——基于左右脑与语言、非语言的关系》，借助左右脑功能的不对称性和科学酶反应中的活化能观点，由商禽之梦说起，讨论20世纪80年代前后开始的台湾新诗之跨领域趋势和发展，并对拉康幻象公式中的障碍观重予解释，继而讨论诗之作者、作品、读者之间的关系。论文认为，诗的声光化、影像化、数字化，乃至全方位化、庶民化，是诗在“跨领域年代”中所有艺术皆朝向右脑化、无框化、无界限化、非辖域化方向运动的一显著现象，也正是后现代实践的必然趋势，是使诗深入一般读者与其共鸣并使读者“可逆参与”成为作者的重要路径。论文的新颖切入角度，让人想起1985年中国大陆由林兴宅等引发的文艺批评与科技联姻的“新方法热”。

此外，还有对中生代台湾诗人进行研究的论文，如李红《从萧萧的诗歌看其生态意识》(《吕梁教育学院学报》)，傅天虹《论简政珍汉语新诗写作与批评的在场性》(《诗探索》)。

20世纪六七十年代《现代文学》的小说家群是台湾现代主义文学走向高潮的中坚力量。关于王文兴的论文有车玉茜《再论王文兴小说语言的个性化创新》(《短篇小说》)，董慧、郑丽霞《恨父厌己的悲剧——论范晔的分裂人格》(《山东理工大学学报》)。关于丛甦有邓玉环《台湾现代主义文学的经典之作——丛甦短篇小说〈盲猎〉再解读》(《名作欣赏》)。关于欧阳子有李芝《文本二主义：结构主义与解构主义——对〈〈游园惊梦〉的写作技巧和引申义〉的批评》(《青年文学家》)。有关陈若曦的论文包括鹿义霞的《“信徒”被“神”抛弃的悲剧——论陈若曦伤痕文学的独特风貌》(《河北科技师范学院学报》)，庄园《陈若曦在澳门大学讲“文革往事”》(《华文文学》)等。另外还有潘旭《文化冲突中的“婚恋”反思——试论陈若曦的婚恋小说》(吉林大学，导师白杨)、马一萍《知识女性的乌托邦追寻——陈若曦小说研究》(福建师范大学，导师朱立立)等硕士论文。

“施家姐妹”的早期创作都曾发表于《现代文学》。有关施叔青的论文有李钧的《家国同构，香港史诗——论施叔青"香港三部曲"》(《中国现代文学论丛》)，陈磊的《论施叔青70年代乡土小说的回归》(《铜仁学院学报》)，古远清的《简论施叔青的小说创作》(《盐城师范学院学报》)，高从云的《超越性别的人性书写——施叔青〈愫细怨〉简评》(《现代语文》)，宋宁的《女性都市生存的"在场者"与"缺席者"——论施叔青的"香港故事"系列短篇小说》(《长春工业大学学报》)，金进的《命相香港 贵族气质——施叔青笔下的香港及"香港人"形象》(《扬子江评论》)，贾钊的《寂寞堕落 清醒自觉——解读施叔青的〈愫细怨〉》(《安顺学院学报》)，闫冬玲的《试论〈倾城之恋〉与〈愫细怨〉文本的趋同性》(《职大学报》)，徐玲的《沉醉于传统与现代之间——论台湾女作家施叔青的创作源头》(《青年文学家》)，等等。有关李昂的论文有：葛浩文、史国强的《性爱与社会：李昂的小说》(《东吴学术》)，张重岗的《李昂前期小说的叙事问题》(《安徽大学学报》)，钟声的《析李昂〈杀夫〉中的人性悲剧》(《语文学刊》)，樊朝阳的《浅析李昂〈杀夫〉中的女性悲惨世界》(《青年文学家》)，刘芸《私语话成长——〈有曲线的娃娃〉与〈私人生活〉比较分析》(《职大学报》)，邱伶艳的《从女性主义视角解读〈自传的小说〉》(《名作欣赏》)，张延文的《欲望，权力到"家庭革命"——"杀夫"母题的现代演变》(《山花》)，等等。刘显茹的硕士论文《〈杀夫〉与〈紫色〉的对比研究》(青岛大学，导师赵洪玮)是一篇将李昂作品与美国杰出黑人女作家艾丽斯·沃克的作品加以对比研究的论文。

### (五)大陆赴台作家创作研究

20世纪50年代大陆赴台作家创作以往未得到足够重视，近年来有很大改观。研究国民党文艺当局的头面或重要人物的无形"禁区"已经打破，2014年相关论文包括：袁娟《张道藩多维文艺思想的身份内抗》(《商》)、《身份叠加：张道藩多维文艺思想的源与由》(《环球人文地理》)，熊飞宇《抗战时期赵友培的三民主义文艺理论》(《景德镇高专学报》)、《〈三民主义文学论文选〉归要》(《宜春学院学报》)等。在其他大陆赴台作家方面，裴高才发表《"当代蒲松龄"司马中原》(《名人传记》)；围绕周啸虹的论文有在《黄河科技大学学报》上刊发的李孟舜《从流寓文学视野看周啸虹文学创作中的人地关系》和王强《周啸虹小说创作中的二元世界及其思想资源》，在《世界华文文学论坛》上刊发的有樊洛平《周啸虹小说的三种阅读——兼及大陆迁台作家研究的再思考》和朱双一、肖魁伟的《日常·乡土·两岸情：缘于积极人生观的"正能量"书写——周啸虹创作特点管窥》。对于中国历史小说家高阳的研究，有涂秀虹《论高阳〈胡雪岩全传〉的传奇叙事与历史反思》(《广西师范学院学报》)、顾农《〈高阳说诗〉及其后来》(《中华读书报》)，以及朴美莲的硕士论文《中韩巨商题材历史小说研究——韩国崔仁浩〈商道〉和中国台湾高阳〈胡雪岩全传〉为中心》(延边大学，导师李官福)。姜贵研究有了新进展，除了台湾学者应凤凰梳理姜贵接受史和王云芳在《名作欣赏》上发表《试析姜贵小说中的民间叙事》之外，山东大学威海分校的年轻学者有不少新的发现，王瑞华和周怡分别在《现代中文学刊》刊文《文学与历史中的王翔千》和《姜贵遗失小说〈白棺〉前两章的发现》，前者考究了《旋风》的头号主人公"方祥千"原型乃山东共产党创始人之一的王翔千，后者更从青岛早期的报刊资料中发现了姜贵早年"遗失"的长篇小说《白棺》第一、二章并加以辨析考证，堪称姜贵研究中的重要发现。

最为热门的或许是王鼎钧，除了前已提及的曲筱鸥论王鼎钧与兰陵文化关系之外，相关论文还有：牛静、王有亮的《病蚌怀珠 流光万彩——评王鼎钧〈左心房漩涡〉》(《名作欣赏》)，吴越的《王鼎钧：一个山东人的家国叙事》(《齐鲁周刊》)，梁燕丽的《客观艺术与浪漫艺术——王鼎钧〈那树〉和郭宝昆〈傻姑娘和怪老树〉之比较》(《华文文学》)，彭燕彬的《王鼎钧散文"顺势应激"境界与离散叙事主旨》(《南方职业教育学刊》)等，此外还有一些对王鼎钧单篇作品如《中国在我墙上》的阅读赏析文章。以王鼎钧为题的硕士论文则有赵程程的《论多元文化观对王鼎钧散文创作的影响》(山东师范大学，导师王景科)。

不少大陆赴台女作家在两岸都享有盛名。有关苏雪林的论文最多，其特点是不仅限于台湾时期，更多的包括苏雪林在大陆时期的文学创作和活动。硕士论文就至少有三篇，包括雷超《苏雪林与中国文学的性灵传统》(《西南大学》，导师王本朝)，潘惠霞《苏雪林早期文学批评论》(《湖南师范大学》，导师周仁政)，黄小梅《苏雪林〈中国文学史〉研究》(《华中师范大学，导师汤江浩》)；而董延武的《1930年代的大学新诗教学——以四部讲义为例》(首都师范大学，导师孙晓娅)中所谓"四部讲义"，包括了苏雪林的《中国二三十年代作家》。报刊论文则有孙诣芳《"闺秀派"的误读与"潜文本"分析——重评苏雪林早期文学创作》(《合肥学院学报》)，方维保的《儒家亲情伦理与天主教博爱精神的遇合——苏雪林皈依天主教的心路历程》(《淮阴师范学院学报》)，雷超《苏雪林与性灵文学的历史关联》(《海南师范大学学报》)，孔刘辉《苏雪林"反鲁"案新探》(《北京社会科学》)，陈卫、陈茜《第一代学院新诗批评者：沈从文与苏雪林比较》(《武汉大学学报》)，王妍引《论母爱对苏雪林创作的影响》(《重庆电子工程职业学院学报》)，骆耀娥《论苏雪林对中国神话学的学术贡献与反思》(《黑龙江史志》)，张楠《矛盾一生的苏雪林》(《吉林省教育学院学报》)，苏育生《胡适与苏雪林》(《乌鲁木齐职业大学学报》)，陈思广、李灵《在亲近与疏离间——关于苏雪林与庐隐、冯沅君关系的一个考察》(《文学评论丛刊》)，刘旭东《国民劣根性的挖掘与微观的社会批评——论苏雪林20世纪20年代创作中的国民性批判写作》(《宜春学院学报》)，方秀娜《论苏雪林作家批评的矛盾色彩》(《文艺评论》)、《论苏雪林作家批评的唯美色彩》(《现代企业教育》)。张凯默的《现代女作家的文学交往与互塑》(《江汉论坛》)列专节论述了苏雪林和凌叔华的交往。特别有意思的是台湾学者张堂锜在《西北师大学报》上发表的《"禁区"与"误区"——台湾的"三十年代作家论"》，以姜穆、苏雪林、陈纪滢、丁望等在台湾以"三十年代作家"为名出版的著作为对象，剖析这些作者对20世纪30年代作家的研究动机、写作立场，并分析30年代作家在台湾特殊的政治气氛、文艺政策下被"误读"的原因、被"误读"的策略，从而体认到正因为"误解"的伤害与重重障碍，才更显示出"理解"的必要与难能可贵。

另一位与苏雪林略为相似的女作家谢冰莹以《女兵自传》闻名于世，相关论文也基本围绕于此，包括黄燕玲、连超记《民国历史上七位女将军之一——谢冰莹》(《云南档案》)，梁堂华《谢冰莹与徐特立的师生情》(《特立学刊》)，以及王余鹃的《20世纪三四十年代中国女性自传兴起原因初探》(《天府新论》)，谢子元《新文化英雄的自传写作——考察中国现代作家自传的一个视角》(《海南师范大学学报》)，雷莹《论现代作家自传的“心理化”叙事》(《枣庄学院学报》)等部分涉及的论文。

散文似乎是20世纪50年代大陆赴台女作家的强项，琦君、张秀亚、罗兰等颇有文名。研究琦君创作的论文有：段志东《白云亲舍桑梓情深的暖暖记忆——琦君散文赏析》(《吉林省教育学院学报》)，史皓怡《琦君小说中的故土经验——以〈橘子红了〉为例》(《名作欣赏》)，戴勇《琦君散文的语言艺术》(《哈尔滨学院学报》)，杨俊华《唯美的言说——从怀旧散文看琦君创作的美学追求》(《文化月刊》)。罗怀臻《致琦君：从小说〈橘子红了〉到戏曲〈秀芬〉》(《剧本》)是一篇将小说改编为剧本的创作谈。此外，还有为数不少的对于琦君编入大陆语文课本读物中的《桂花雨》、《春酒》、《泪珠与珍珠》等作品的赏析和教学文章。研究张秀亚的论文则有林烨《张秀亚散文创作与基督教》(《常州工学院学报》)，司敬雪《台湾妇女写作的燃灯人》(《文艺报》)等。谢秋晓的《罗兰散文〈入世与幽隐〉赏析》(《教育艺术》)一文说明大陆学界对罗兰的关注虽有所下降，但并未完全忘却。

## 五　台湾作家创作研究(下)

### (六)台湾留美或旅外作家研究

聂华苓、於梨华等“留学生文学”作家，为大陆学界持续关注。评说聂华苓创作的论文有：李亚萍的《论聂华苓长篇小说中的文化意蕴——从〈桑青与桃红〉到〈千山外，水长流〉》(《暨南学报》)，陈学芬的《论聂华苓小说中的离散者形象》(《中央民族大学学报》)、《论聂华苓小说中的移民形象》(《商丘师范学院学报》)，许燕转《跨文化视野下的聂华苓后期离散写作研究》(《当代作家评论》)，李兆梅的《聂华苓的两份小档案》(《档案春秋》)，陈琦《聂华苓的“文学朋友圈”》(《21世纪经济报道》)，朱旭晨《〈三生影像〉的叙事艺术分析》(《现代传记研究》)，邓如冰《当代汉语写作“国际化”研究的可能性——以爱荷华“国际写作计划”为例》(《海南师范大学学报》)等。评说於梨华创作的则有：奚志英《於梨华和严歌苓留学生文学比较研究》(《芒种》)、《论於梨华和严歌苓小说中的中国叙事》(《产业与科技论坛》)，曾丽华《论於梨华小说中的美国形象》(《集美大学学报》)，覃雯《於梨华“后留学”时期创作的变化与深化——以婚姻关系与亲情关系为例》(《名作欣赏》)，等等。程小强、任晓娟《论东方主体的东方主义建构——〈又见棕榈，又见棕榈〉的叙事分析》(《兰州交通大学学报》)与一般论文都以赞扬为主不同，指出了於梨华的这部长篇小说提供了东方主体展开西方本质化想象的特例：在这种想象中，西方(美国)社会中的负面内容被无限放大，天堂与地狱的两极被刻意强调。此外还有扬州大学吉琳的硕士论文《论於梨华的留学生小说创作》(导师王澄霞)。特别有意思的是朱立立的《朱立立论朱立立——我读〈荆棘与南瓜〉》(《学术评论》)一文。笔名“荆棘”的台湾旅外作家朱立立曾是白先勇在台北的邻居，2014年在大陆出版了作品集《荆棘与南瓜》，与她同名同姓且同为女性的大陆著名台湾文学研究专家朱立立为此撰写这篇题目奇特的论文，堪称一桩文坛趣事。

在台湾旅外女文学家中，叶嘉莹堪称绝对的“热门”，一年中涉及她的论文或文章超过百篇，其中学术含量较高者包括：吴晓枫《论叶嘉莹词学阐释中的生命美学思想》(《河北科技大学学报》)，张静、张海涛《叶嘉莹先生学术思想研究综述》(《文学与文化》)，张静《入世已拼愁似海，逃禅不借隐为名——叶嘉莹的入世与出世》(《中国图书评论》)、《〈迦陵诗词稿〉版本述要》(《中国诗歌研究》)，王金思《试论新批评对叶嘉莹诗词评说的影响》(《赤峰学院学报》)，石任之《评叶嘉莹先生传记两种》(《中国图书评论》)，耿志《“境界”说是否着眼于“感受”——与叶嘉莹先生商榷》(《文艺理论研究》)，张春华《叶嘉莹的中国身份认同》(《济南大学学报》)，贾先奎《从〈迦陵论词丛稿〉看叶嘉莹先生的研究方法》(《嘉兴学院学报》)，米晓燕《叶嘉莹词学研究方法二题》(《绥化学院学报》)，周静《跨文化的视野——从叶嘉莹和叶维廉的异同看中国当代诗学的建构》(《新余学院学报》)，孙康宜《好花原有四时香——读〈独陪明月看荷花：叶嘉莹诗词选译〉有感》(《文学与文化》)，马晓军《李清照与叶嘉莹文学比较研究》(《课程教育研究》)，汪泽《百年的等待——评叶嘉莹先生〈人间词话七讲〉》(《博览群书》)，赵庆庆《高楼风雨感斯文——论叶嘉莹先生之登高诗词》(《湘潭大学学报》)，张宏生《正是江南风景好——记和叶嘉莹先生在南京的三次见面》(《文史知识》)，周世箴《叶嘉莹先生诗歌理论管窥：认知诗学角度初探》(《文学与文化》)，缪元朗《缪钺先生与叶嘉莹教授合作的学术观念基础》(《文学与文化》)，高毅哲《叶嘉莹：家国往事 诗词人生》(《中国教育报》)，汪荣祖《叶嘉莹的诗学及其贡献》(《中华读书报》)，李乐乐《两位世纪大师的古典文心》(《中国图书评论》)，庞依《书生志意托讴吟——读叶嘉莹〈红蕖留梦〉有感》(《语文学习》)，刘金《浅谈〈人间词话〉中境界之“真”》(《佳木斯教育学院学报》)。台湾大学中文系教授齐益寿发表于《北京大学学报》的《叶嘉莹先生的诗教特色》指出：中华诗教以魏晋为界可大致分为前后两个阶段，前一阶段以《诗三百》作为言志、悟理的媒介，产生了孔子“兴观群怨”和汉儒温柔敦厚的诗教，后一阶段则是站在作诗、评诗的角度，以文人诗的传统为诗教。叶嘉莹的诗教特色是从孔子的“兴观群怨”提炼出诗歌中兴发感动生生不已的生命力量，作为其诗教的核心，并以诗歌的创作、评赏以及美学理论的探索为其诗教展演的舞台，可说是前后两阶段诗教的集大成者。此外，直接以叶嘉莹为题的硕士论文有黄华钧《叶嘉莹“兴发感动”说在中学古诗词教学中的意义及运用》(海南师范大学，导师薛泉；李纪镜)和姜福安《在西方理论的观照中反思叶嘉莹的词学》(上海师范大学，导师刘耘华、孙景尧)等两篇，而涉及叶嘉莹的硕士论文也有肖瑜《燕卜荪“复义”理论在中国的译介与应用》和廖丽娴《“新批评”理论在中国新时期的运用》(均为重庆师范大学，导师王有亮)等两篇。

## (七)乡土文学和左翼作家的研究

20世纪六七十年代当代台湾乡土文学思潮崛起，有关70年代乡土文学思潮的文章有：石剑峰《王健壮谈台湾七十年代的乡土文学论战》(《东方早报》)，郑树森《“新批评”在台湾》(《南京师范大学文学院学报》)，刘晓慧《政治纷扰日增下副刊的转型——70年代台湾报纸文艺副刊发展特色分析》(《文化与传播》)等。陈映真、黄春明、王祯和、尉天骢等乡土文学的“左翼”，后来与叶石涛、钟肇政、李乔等乡土文学的“本土派”在“统”“独”问题上分道扬镳。有关陈映真的论文包括韩陆山《试论陈映真及其〈山路〉的创作特色》(《兰州文理学院学报》)，古远清《一个陈映真，两种不同诠释》(《暨南学报》)，何宇鹏《小说〈将军族〉的音乐叙事探究》(《芒种》)，张冬梅《小人物生命的卑微与人性的高贵——〈将军族〉的另一种解读》(《语文学刊》)等，此外还有徐婷婷的硕士论文《论陈映真小说中的忏悔意识》(吉林大学，导师白杨)。李亚奇《试论陈映真——社会科学方法论视野下的重释》(《参花》)虽然篇幅不长，但将陈映真笔下诸多知识分子形象放置于社会科学方法论的视野下重新释读，试图揭示马克思主义普遍适用的科学性和真理性价值，在研究角度上有可取之处。

以另一位重要的乡土文学作家黄春明为题的论文有：宋媛媛的《浅析黄春明台湾转型期小说中的悲剧》(《文学教育》)，庄琳的《论黄春明笔下的小人物世界》(《牡丹江教育学院学报》)，帅震的《一个逝去的乡土世界背影——黄春明乡土小说中的伦理叙事》(《时代文学》)，岑灿的《爱恨交织的悲悯救赎——论黄春明笔下的“乡下人进城”书写》(《世界华文文学论坛》)。着笔于王祯和的有章妮的《于“乡土”寄寓“现代”——解析王祯和〈嫁妆一牛车〉的艺术特点》(《芒种》)，专论尉天骢的则有王晴飞《乱离与原乡——读尉天骢〈岁月〉》(《扬子江评论》)。与乡土文学关系密切的保钓作家也进入了研究者的视野，于是有了张晓婉、朱双一的《反思与弃绝：“保钓”视野下唐文标的现代诗创作》(《台湾研究集刊》)，周之涵的《历史困境里的现实突围——“钓运”影响下刘大任的文学叙事》(《华文文学》)，吴舒洁的《启蒙的遗产与失败者的再出发——从〈雪盲〉看保钓知识分子的自我反思》(《台湾研究集刊》)。2014年台湾“统派”作家施善继出版了散文集《毒苹果札记》，台大教授陈昭瑛为该书所写序言，以《读左翼诗人施善继的〈毒苹果札记〉》和《当“毒苹果”化为文学》为题，分别发表于《世界华文文学论坛》和《文艺报》。

台湾左翼作家致力于挖掘湮没已久的白色恐怖历史，《文化纵横》刊出台湾“左统派”领军人物陈明忠的《我在台湾的左统生涯》和李娜的《暗夜行路——〈无悔——陈明忠回忆录〉整理后记》。蓝博洲的《台共党人的悲歌》和《台北恋人》二书先后出版，周军在《侨园》发表《台湾共产党人的悲歌》加以介绍。著名学者汪晖更在《文学评论》上发表了《两岸历史中的失踪者——〈台共党人的悲歌〉与台湾的历史记忆》，以蓝博洲所著《台共党人的悲歌》为线索，分析了中国革命与台湾现代史的关系，指出在内战与冷战双重构造下，经过二·二八事件和五十年代“白色恐怖”，共产主义运动和左翼思想遭到残酷镇压和肃清。蓝博洲继承了鲁迅、中国左翼文学以及杨逵和陈映真等人的左翼传统，他对台湾共产党人的活动及二·二八事件真相的持续调查乃重建当代台湾与这一传统之历史联系的巨大努力。该文重新勾勒了甲午战争以来的台湾史，并针对当代“台独”史观的若干观点展开分析和驳论，指出需要探讨的根本问题是这些“独立”主张发生在怎样的历史条件下，基于何种政治目的，针对哪一个政治秩序和国际关系。与蓝博洲相关的文章还有：许荻晔《台湾共产党，“两岸历史中的失踪者”》(《东方早报》)，陈键兴、杜斌、韩森《爱国世家的“好男好女”——屏东萧家三代抗日故事》(《两岸关系》)等。

### (八)“战后新世代”作家创作研究

台湾文坛所谓“战后新世代”一般指20世纪五六十年代出生的台湾作家，也可弹性地向前延伸到 1945 年前后出生者。与其著作大量在大陆出版有关，目前在大陆名气颇大的“战后新世代”男作家有张大春、蒋勋、舒国治、骆以军等。关于张大春的论文包括庄恒恺《张大春短篇小说〈现世报〉、〈扶乩〉中的民间信仰现象考释》(《新余学院学报》)，商商、路小五《〈江湖〉中看到自己的身影 周华健×张大春》(《明日风尚》)，韩浩月《张大春与李白的时光旅行》(《出版广角》)等，但更多的是与张大春的对谈或采访，如傅小平的《在远而冷的距离里，对历史、现实做亲切的观察——与张大春长篇新作〈大唐李白〉有关的对谈》(《黄河文学》)、《张大春：我认为自己是个小作家》(《文学报》)，赵辉的《张大春：历史不是一面平整的镜子》(《台声》)，丁杨的《张大春：写李白很过瘾，像是向老友发问》(《中华读书报》)。关于蒋勋，有杨晶晶《善述者蒋勋》(《文学教育》)、王强《唤醒沉睡的美——论蒋勋的散文创作》(《青春岁月》)，钟芳《品味独特的生活之美——读蒋勋新书〈品味四讲〉》(《中国职工教育》)，何玉蔚《为孤独正名——读蒋勋〈孤独六讲〉》(《学园》)，李肖华《唐诗是个万花筒：〈蒋勋说唐诗〉推介》(《山东图书馆学刊》)，郝青松《废墟与清新——青年艺术家的语境和向度》(《艺术广角》)。有关舒国治的文章包括赵辉《舒国治：人生何处不理想》(《台声》)，温庄《漫游以悦己，行走须留白》(《新经济》)，于萃《带上这一座城的尘埃，流浪到另一座城的未来——和舒国治一同翻阅〈流浪集〉》(《青年作家》)，等等。关于骆以军的有赵辉《骆以军：都市梦游者的呓语》(《台声》)，欧阳月姣、邵燕君《月球・西夏：“异托邦”叙事与“游牧”美学——解读骆以军》(《当代作家评论》)，丁杨《骆以军：想做赫拉巴尔式的城市人类学采集者》(《中华读书报》)，夏学杰《“敏感孩子”眼里的城与人》(《环球人物》)，几又《我们都是生活中的路人甲》(《江淮法治》)等。此外有关同世代作家的论文还有王筱《分割与融合——浅谈杜十三散文中的意象世界》(《青年作家》)，刘洪英的《读出疏密背后的情感和哲思——林燿德散文〈树〉解读》(《课程教材教学研究》)。2014 年 11 月底，福建师范大学召开了“林燿德著作文本学术研讨会”，两岸学者共发表了 27 篇论文，这些论文在 2015 年或将陆续在期刊或论文集中正式刊出。

从马来西亚来到台湾定居、工作而成台湾作家的李永平、张贵兴、黄锦树等，形成了一个特殊的作家群。有关李永平的论文有朱崇科的《(后)殖民/解殖民的原乡(朝圣)：〈大河尽头〉论》(《南洋问题研究》)，黄锦树《石头与女鬼——论〈大河尽头〉中的死亡与象征交换》(《华文文学》)，另外还有两篇硕士论文，即邹秀子《“原乡”书写与纠葛：李永平小说论》(暨南大学，导师王列耀)和张侠《〈吉陵春秋〉中的华人形象与中华文化研究》(华中师范大学，导师苏晖)。关于张贵兴，有王立峰《从“马华”到台湾——论张贵兴的文学创作之路》(《华文文学》)，赵咏冰《张贵兴的南洋“神话”——阅读〈顽皮家族〉》(《华文文学》)。有关黄锦树的论文包括：朱崇科的《台湾体验与黄锦树“南洋”论述的吊诡》(《暨南学报》)，汪荣的《恋物、悼亡与家国寓言——黄锦树〈鱼骸〉的离散诗学》(《华文文学》)，李莉《马华作家黄锦树小说中的闽南情结》(《世界华文文学论坛》)，另外，贾颖妮的《〈南洋文艺〉与马华新生代批评的崛起》(《小说评论》)也有所涉及。许文荣《华文流散文学的本体性：兼及海外华文文学研究的再思》(《华文文学》)则以上述作家作为论证的实例。

“战后新世代”中的女作家是一极有成就的群体。着笔于廖辉英的论文有陆洁琰《从自甘任命到自我觉醒——廖辉英小说中的女性形象分析》(《枣庄学院学报》)。探讨苏伟贞小说的诗学问题的有郭玲霞的硕士论文《苏伟贞小说中的空间诗学》(福建师范大学，导师朱立立)。张杨论述袁琼琼的论文为《海峡对岸的“第二性”——从袁琼琼的创作看台湾20世纪新女性主义文学的发展》(《河南广播电视大学学报》)。以邱妙津为题的论文更有刘潇潇《沉默中的独白——论邱妙津〈鳄鱼手记〉的个人化特征》(《南阳师范学院学报》)，秦蔚《〈鳄鱼手记〉的叙事学分析》(《濮阳职业技术学院学报》)，以及星河Shinho的《冷暖自知》(《颂雅风·艺术月刊》)等。已在文坛“消失”了30年的蒋晓云近年来“复出”，其书写“民国素人”或为没有眷村庇护的外省人代言的小说自然引起近年来沉浸于“民国热”中的大陆读者的关注，相关论文或访谈有：李怡《飘零的民国——我读〈百年好合：民国素人志〉》(《中国图书评论》)，李青《〈桃花井〉：三十年后说书人》(《中华读书报》)，半塘月《“桃花井”里的别样故事》(《石家庄日报》)，谷立立《年轻的清秀与老来的风度》(《北京日报》)，黄灵《时间胶囊里的华人世界——访台湾女作家蒋晓云》(《检察风云》)，以及《文学报》上的《“寥寥数语的故事背后，都是人生”》、张滢莹《蒋晓云：用文字为民国时代留下剪影》等。

这一群体中最引起大陆学界关注的有李昂、朱天心、朱天文、龙应台等。李昂前已介绍，朱氏姐妹的眷村文学也已述及，但其他的论文仍很多，如有关朱天心的论文包括：黄英哲的《历史、记忆与书写——论朱天心〈古都〉》(《南方文坛》)，何瑛的《中产阶级的治愈式旅行——读朱天心〈初夏荷花时期的爱情〉》(《中国图书评论》)，帅震的《论朱天心作品中原乡认同的流变》(《常熟理工学院学报》)，以及司方维的《朱天心访谈录》(《常州工学院学报》)。朱天文相关论文似乎更多，包括：席艳红《朱天文笔下的生命体验与心理轨迹》(《作家》)，郑越予、方忠《论朱天文的“双性同体”书写》(《世界华文文学论坛》，曾晨《矛盾的立场 矛盾的态度——从〈荒人手记〉看朱天文的价值立场》(《鸡西大学学报》)，朱贶《〈荒人手记〉——都市的颓废预言》(《名作欣赏》)等；其中有些与电影相关，如，张梦妮《乡土视域中的〈风柜来的人〉》(《名作欣赏》)，张舟《朱天文的文学创作与电影》(《安徽文学》)；有些着笔于朱天文与张爱玲、胡兰成的关系，如秦芬《越“张”离“胡”——朱天文对张爱玲、胡兰成的承继与超离》(《作家》)，闫美景《孤独的姿态——管窥张爱玲“流言体”散文》(《郧阳师范高等专科学校学报》)。此外还有关于朱天文的两篇硕士论文，一是王超的《朱天文小说创作中的“语—图”关系研究》(山东大学，导师黄万华)，另一是邵敏的《都市文化视野下的朱天文小说研究》(安徽大学，导师张鲁高)。值得注意的是，朱氏姐妹的“三三”文友仙枝也进入了大陆读者的视野，有河西的《别有红尘外，仙枝日月长——胡兰成大弟子仙枝专访》一文刊载于《法人》。

最为热门的应数龙应台，相关论文和文章成十上百，主要有：葛英芬《视角转变间的龙应台——评龙应台的文学创作》(《金华职业技术学院学报》)，席艳红《龙应台对边缘人的孤独体验与审视》(《成都师范学院学报》)、《浅析龙应台〈目送〉对个体的私密体验》(《名作欣赏》)，翟小洁《浅析龙应台散文集〈目送〉的语言美》(《参花》)，贾艺薇《龙应台：生命是一场目送》(《名作欣赏》)，古远清《龙应台的“野火”风格及其争议》(《苏州教育学院学报》)，史红华《朱自清与龙应台亲情散文的比较研究——以〈目送〉

与〈背影〉为例》(《现代语文》)，黄晶晶《龙应台女性角色之下的生命关怀》(《闽台文化研究》)，袁海红《龙应台杂文特色浅析》(《牡丹江大学学报》)，居婷婷《龙应台的批判精神及其呈现——以〈野火集〉为中心的考察》(《常州工学院学报》)，顾玮、孙春梅《龙应台〈目送〉中的生命哲学》(《枣庄学院学报》)，胡轶《浅议龙应台的女性观》(《名作欣赏》)，李睿璇《论龙应台作品的启蒙主义思想》(《赤子》)，吴周文《龙应台艺术散文的评估及〈目送〉的价值》(《常州工学院学报》)，罗雪松《论龙应台创作的文化自觉》(《海南师范大学学报》)，韩素静《向龙应台学教育——读〈孩子你慢慢来〉有感》(《河南教育》)，唐冰炎《龙应台教育理念初探》(《福建基础教育研究》)，萧洁梅《论龙应台作品中的西方女性主义思想》(《常州工学院学报》)，何先绪《"野火"迎春风——龙应台〈野火集〉读后有感》(《老年人》)，王姣《平静下激流暗涌，委婉中深情尽述——龙应台〈目送〉一文赏析》(《小雪花》)，段香转《镶嵌在目光里的爱——龙应台散文〈目送〉赏析》(《青苹果》)，张爱敏《长长的路，慢慢地走——读龙应台〈孩子，你慢慢来〉》(《河南教育》)，张文芬《那些稚嫩的音符啊，妈妈记得清——读〈初识〉有感》(《河南教育》)，于勇《爱，有温度——〈亲爱的安德烈〉读后感》(《福建教育》)，浦淑敏《例析写作中的"空镜头"——以散文集〈目送〉为例》(《语文教学通讯》)，赵萌的《漫漫人生，慢慢成长——散文集〈孩子，你慢慢来〉》(《少年心世界》)，廖学春《龙应台的〈孩子你慢慢来〉给幼儿家庭教育的启示》(《教育导刊》)，刘洋《情感细腻直指内心——龙应台经典语句赏析》(《中学生阅读》)，董滢《那份浓浓的爱——读〈孩子你慢慢来〉》(《当代学生》)，郭秀秀《铿锵而丰盈——论〈野火集〉之责己精神与理想文化心理建构》(《文教资料》)，苏杨《龙应台与德国小镇的足球少年》(《齐鲁周刊》)等。苏祖祥《本土化：固守文化本源，融入主流文明》(《名作欣赏》)则以包括龙应台在内的台湾作家作品来说明其论点。有关龙应台的硕士论文在数量上也名列前茅，达六七篇之多。包括魏青云《多重身份的完美演绎——龙应台散文创作浅论》(华侨大学，导师倪金华)，解志智《龙应台杂文创作论》(河南师范大学，导师马治军)，李沐丁《论龙应台创作中的批判意识》(东北师范大学，导师程革)，贾艺薇《龙应台：穿越多重维度的文化旅行》(山西师范大学，导师傅书华)，薛逸珺《龙应台散文的审美追求》(湖北民族学院，导师毛正天)，李月《龙应台亲情散文研究》(西南大学，董小玉)，刘辉《和谐论视角下的散文英译——以龙应台〈亲爱的安德烈〉的翻译为例》(苏州大学，导师方华文)。在所有相关论文中，笔者以为特别值得介绍的是李彬发表于《新闻爱好者》上的《一九四九：残山剩水与大江大海——兼谈现象真实与本质真实》一文，在一片对龙应台的叫好声中，提出了一些不同意见，特别是同意李敖对龙应台的批评，指出了龙应台在历史书写中的要害——选择性地谈论一些现象，却回避了历史事件发生的原因，因而未能揭示历史的本质与真实。

### (九)原住民文学和新乡土文学研究

20世纪80年代后，台湾少数民族文学(台湾统称原住民文学)崛起，相关研究也随之展开，成为台湾文学创作和研究不可或缺的重要组成部分。2014年以来的相关论文包括古远清《新世纪台湾原住民文学的发展》(《商丘师范学院学报》)，陆卓宁《被"污名"的台湾地区少数民族文学——以1949—1984为考察场域》(《广西民族师范学院学报》），范宇鹏、李诠林《走向世界之路——20年来当代台湾原住民族文学进入西方世界的考察》（《长春师范大学学报》），向忆秋《台湾少数民族文学中的山海崇拜、祭仪书写与生态关怀》（《中国现代文学研究丛刊》），黄一《走出人类中心主义的审美文本——生态美学视域中的台湾原住民文学》（《南开学报》），李洁、勾娜娜《西部少数民族与台湾原住民乡土美术教育资源的开发》（《美与时代》），鹿忆鹿《偷盗谷物型神话——台湾原住民族的粟种起源神话》（《西北民族研究》），陈建樾《统一国语与建构国族：台湾光复初期山地国语运动的思考脉络》（《西北师大学报》），刘秀美《历史的诗意想象——记斯卡罗遗事》（《扬子江评论》）等。

在研究台湾少数民族文学文化的论文中，有不少涉及了电影《赛德克·巴莱》，包括王刚《兰屿淑兰与马跃·比吼——台湾原住民影像举例》（《北京电影学院学报》），曾亚玲、李娌《从〈赛德克·巴莱〉看台湾原住民赛德克族文化》（《电影文学》），张祖群《台湾之殇：当野蛮遭遇文明》（《青岛科技大学学报》），许乐《〈赛德克·巴莱〉：文明冲突之痛》（《贵州大学学报》），马学海、金田《人类学视野下的〈赛德克·巴莱〉》，王海燕《身份的暧昧 处境的尴尬——电影〈赛德克·巴莱〉的身份焦虑》（《名作欣赏》）等。

对新乡土文学（或称后乡土文学）的研究，成为近年来的新热点，其论文有古远清《台湾"六年级作家"笔下的新乡土》（《名作欣赏》），吴鹍的《台湾后乡土文学的源起——论〈失声画眉〉的分代价值》（《哈尔滨师范大学社会科学学报》）、《台湾后乡土文学论》（《中国现代文学研究丛刊》）等，石松华《反抗与僭越——论陈雪小说的女同书写》（《常州工学院学报》），刘建华、朱双一《"海—陆"一体生态整体观中的台湾海洋书写——以吴明益〈复眼人〉为中心》（《福建论坛》）等。张帆的《台湾后乡土小说的历史意识与时间美学》（《华文文学》）、《空间视野下的身份认同——90年代以后台湾小说中的空间书写研究》（《福建师范大学学报》），着重论述后乡土文学在时间和空间处理上的新探索，如翻转了庶民时间的落后性，以及通过地方空间的开发探寻自我认同。刘建华《地方·颓废·返魅：台湾"新乡土小说"研究》（《台湾研究集刊》）则认为台湾"新乡土小说"延续了"乡土文学"反思现代化的社会批判功能，通过描绘地景、风俗等来建构"地方性"，塑造"废人"形象传递对现代社会的反叛意识，同时以奇谭浪漫、神秘鬼魅的后现代描写质疑历史正典和文化正统。

中国作协港澳台办在北京举办的"2014两岸文学评论工作会议"上"大陆看台湾"的论文，包括李丹梦的《记忆与历史——关于吴明益的〈虎爷〉及其他》，李云雷的《虚构的"故乡"及其精神隐秘——从大陆看〈复岛〉》，沈庆利的《人生与"迷藏"——读许荣哲小说》，房伟的《幽灵海洋的塞壬之歌：读郝誉翔小说》，郝敬波的《沉浸梦境与选择清醒——对伊格言小说〈噬梦人〉的一种解读》，张立群的《尘世的记忆与哀歌——论高翊峰的小说》，张莉的《而故事是唯一的足迹——读甘耀明〈杀鬼〉、〈丧礼上的故事〉》，杨庆祥的《"辩证的抵抗"——由胡淑雯兼及一种美学反思》，欧阳月姣、邵燕君的《月球·西夏："异托邦"叙事与"游牧"美学——解读骆以军》，陈艳的《在路上——论许正平的短篇小说创作》等①，上述论文（其中有的题目和内容略作变动）大多也先后发表于

① 上述论文大多也先后发表于大陆的《文艺报》、《南方文坛》、《当代作家评论》等报刊。

大陆的《文艺报》、《南方文坛》、《当代作家评论》等报刊上。由于上述论文的研究对象大部分属于“新乡土文学”作家，因此可说是对新乡土文学的一次集中检视。

吴鹍的博士论文《台湾后乡土文学研究》(山东师范大学，导师方忠)是大陆新(后)乡土文学研究的标志性成果之一。论文认为90年代以来一批迥异于以往乡土书写的新的乡土文学在台湾文坛破茧而出，呈现出独特的美学品格。首先，它实现了“审美现代性”与“启蒙现代性”两种现代性的分离，以宗教书写的复归、传统精神的再现、现代性的在地化、现实批判的差异化等审美表现完成了对以往乡土文学的修补，使现代性与区域文化的真正融合成为可能。其次，它在主题内涵上具有突破和创新，包括以“鬼神”主题反映出对原乡文化的怀念以及对乡土时空的个性化建构，以“废人”主题表现出对主流秩序的反抗以及对精神自由的向往；其“现实批判”主题则消解了以往乡土文学的宏大叙事，以世俗人道主义代替启蒙人道主义。论文还探讨了台湾后乡土文学叙事手法的技术转型，语言策略的独特呈现，以及艺术风格的模式转换，如在地感的凸显，乌托邦想象与荒诞化书写等。论文还指出，后乡土文学在发展中存在着诸如对先锋性创作实验的过分推崇、批判现实等方面有所蜕变与弱化等缺点，需要警惕与纠正；而具有的审丑与审美并存、文学维度的整体性表现等，则值得肯定和发扬。

## 六　结　语

2014年中国大陆的台湾文学研究，具有如下特点：一方面，论文数量十分可观，达数千篇之多，作者中出现许多新面孔、新名字，说明随着台湾文学传播渠道的扩大，资料已经不是少数学者才能获得的“专利”，因此台湾文学研究的队伍迅速扩大，更多的学者乃至读者投入了这一领域中，如江苏师范大学文学院现当代文学专业的年轻教师们几乎“倾巢出动”。新人们带入了许多新视野、新方法、新观点和新的活力，对大陆的台湾文学研究是巨大的推动。另一方面，虽然论文数量很多，但良莠不齐，真正有分量的学术论文偏少，其中不少是对某个单篇作品的赏析性文字或对单个作家、单个事件的介绍性文字，“为文而造情”、为写文章而写文章的情况较多，很难说是真正进入了研究的层次。另外，将目光过多地集中于某几位作家(主要是其作品被收入大陆的中小学教材或其作品集在大陆出版的作家，以及少数几位“明星”导演、作家)身上，也就难以对台湾文学有更全面的了解。这种状况有待于改进。值得指出的是，台湾学者的研究论文在大陆学术期刊上刊登的情况越来越多见，他们的论文一般资料更为详实，观点更为贴切，对于大陆学者的研究也就更有启发和借鉴的意义。

# 2014年北美华文文学研究概况

向忆秋

北美华文文学研究包括美国华文文学研究和加拿大华文文学研究，这是近二十年来海外华文文学研究的重镇和热土，成果颇为丰富。

北美华文文学研究中，刘俊《论北美华人文学中的故国历史和个人记忆》①极其出色，它从“故国历史”和“个人记忆”的视角，审视了北美华人作家白先勇、严歌苓、张翎、哈金、汤婷婷、李群英等人的创作，对不同身份不同境遇华人作家的故国叙事和个人记忆的比较研究，富有学术意义。作者总结说，北美华人作家对于祖国/母国历史的记忆，都相当沉重，“来自大陆的作家，不论用中文还是英文写作，多聚焦在1949年以后的中国历史，这段历史对他们来说，政治风暴的冲刷使他们很难彻底摆脱精神的痛苦和心灵的梦魇，化为记忆，自然就以惨痛、悲壮、痛苦、沉痛为主要内容；来自台湾的作家，用华文写作追怀的是1949年以前的中国，描述的是弥漫于那段历史上空的战争硝烟和血火印记，而从中产生出的曾有的辉煌(北伐统一、抗战胜利)和失败(国共战争后的败退)，都使他们对那段历史充满了悲欣交集的复杂感情，而那段历史的一去不复返，又使与那段历史有着密切关系的他们，对此充满了失落和惆怅，与此相关的记忆，自然是一种伤逝、悼亡和追忆搅拌而成的复杂体。而出身北美本土的英文作家，……他们个人的相关记忆，就只能侧重于长辈的生活经验和文字的翻译描述，由于这些历史内容和记忆碎片在他们的人生中并不占据主要地位，因此当他们将这些历史遗迹和记忆内涵交织进他们的文字书写的时候，这些与母国相关的历史和记忆，就以一种或变形或刻板的样态，进入他们的作品，……而更具个人色彩的主观理解和主观需求，则使他们的历史表现和记忆侧重，带有了一种自由挥洒和个人认定的特征。”论文突破北美区域华文文学创作，而以华人文学视野观照不同境遇作家作品在故国历史和个人记忆方面的审美差异，提升了美华文学研究境界。申霞艳的《新移民小说“历史化”的诸种方法》②、张长青的《论北美新移民文学的创作心态与叙事方式》③、彭超的《北美新移民文学中的“另类爱情”演变》等注重新移民文学研究。其中申霞艳论文颇有深度：其

---

① 刘俊：《论北美华人文学中的故国历史和个人记忆》，《暨南学报》哲社科版，2014年第9期，89-94页。

② 申霞艳：《新移民小说“历史化”的诸种方法》，《文艺研究》，2014年第10期，33-42页。

③ 张长青：《论北美新移民文学的创作心态与叙事方式》，《世界华文文学论坛》，2014年第2期，30-34页。

一，具有宏观视野和比较方法，论文从全球视野下比较评述了中国大陆新历史小说的“失重”和海外新移民小说想象“历史”、介入“历史”的方法。其二，对新作家作品的推介也是论文价值所在，这体现为对加华作家薛忆沩文学创作的推介和深入解读。作者指出，“薛忆沩让小说历史化的方法是将历史不断聚焦成为一个时代的精神结点，然后由此展开想象，历史随话语经脉遍布叙事肌理”。从中篇《通往天堂的最后一段道路》开始，薛忆沩就将小说变成清扫精神战场的行为。白求恩这个政治符号成为他叙事的精神结点。长篇《白求恩的孩子们》是薛忆沩对自己这一代人的精神资源的全面清理，是对白求恩大夫不远万里成为“白求恩”这个中国文化符号的有效祛魅。在新作《空巢》中，薛忆沩将中国式空巢引申为一个精神意象，《空巢》也为中国式诈骗事件赋予了历史的灵魂。张长青论述了北美新移民作家的不同创作心态及呈现出的不同叙事方式。作者以为，“北美新移民作家的弱者心态，形成了他们试图超越与摆脱弱者身份的想象型叙事方式”；新移民作家的局外人心态使他们对故国题材（*主要是文革题材*）创作时往往采取反思型叙事方式；新移民作家处于中西文化夹缝之中的边缘人心态，使他们在情爱叙事中不由自主流露出在中西之间游走和徘徊的困惑型叙事方式。应该说，论文具有相当的新颖性，对新移民作家创作心态及其叙事方式的概括论述有其准确性或新鲜性（*尤其是弱者心态及其想象型叙事*）。另外，较为特别的是境外学者高慧琳的《从多方视角论议北美华人华文文学属性》、施雨的《北美华文网络文学中双重经验的跨文化书写》，都重视多重视野，前者富有意义的是从中国大陆、台湾出身的北美学者和韩国三种视角探索了北美华人华文文学属性，研究视角不错，但观点有所偏差。

## 一、美国华文文学研究

2014年度美国华文文学研究主要呈现为如下几个向度。

第一个方面是20世纪50年代前旅美华人文学研究，最具代表性的成果是李书磊《作为异文化体验的“梁启超游美”——重读〈新大陆游记〉》①。作者指出，“写”与“被写”乃是一种权力等级，梁启超有过写与不写旅美游记的反复，但他终于书写了，“他的这种书写本身就是对他本人的思想观念的挣脱，是对当时文化权力格局的冲破”。报人、党人的角色决定了他游美时的所见、所思、所写。作为流亡政治人物，“他关注的是总统制、议会制这样的政治制度，是太平洋、大西洋这样的国际格局：这些事情才与他的政治事业直接相关。当然，作为要在华侨中发展组织的维新会二号人物，他对在美华侨群体也研究甚力。整部游记，反反复复写的就是这些事情。旅美日记、游记内容的这种变化，也无意中反映了从19世纪60年代到20世纪初中国社会主题、中国‘西学’的侧重点由经济、‘格致’到政治的转变。”梁启超“是个骨子里的报人”，这影响到游记风格，其美国游记可以说是新闻式的风格。但梁启超本质上仍是一个“士人”，是个新形势下的“士”，“承担天下兴亡、扛起国运民命，他内心所有的就是这种士人的灵魂。

① 李书磊：《作为异文化体验的“梁启超游美”——重读〈新大陆游记〉》，《中国现代文学研究丛刊》，2014年第3期，1-12页。

何况他除了‘报国’还不离‘忠君’，更坐实了他士大夫的心怀。包括他下笔就成诗成词穿插在游记之中的习惯，也成为他‘士大夫’身份的一个标识”。作者富有新见，尤其是论文从梁启超的身份（党人、报人、士人）入手探究《新大陆游记》的文体风格和内容特色，显得非常新鲜。此外，程国君关注20世纪40年代旅美的黄运基小说；桑仲刚、杨青泉、闫石等作者关注张爱玲；邓伟的《海外空间与留学时期胡适的“西方文学”体验》关涉旅外时期的胡适研究；陈涵平《文学经典建构的文化关系与历史语境》多以《埃伦诗集》为例，都丰富了20世纪50年代前旅美华人文学研究。

第二个方面是台湾旅美作家研究。以白先勇最受重视，发表了大约30余篇研究论文（有9篇硕士论文），叙事视野、上海形象、桂林书写、时间观、漂泊意识、边缘人身份、影视改编等，是切入白先勇研究的各种角度。其中朱双一《比较视野下白先勇的文学观和创作理念》①富有意义地将白先勇和陈映真这两位文坛甚具影响力作家的文学观和创作理念进行比较。论文认为，尽管白先勇更重视“怎么写”，而陈映真将“为谁写”、“为什么写”、“写什么”放在首位，白先勇将描写人生和深挖人性视为文学观的核心，陈映真与之不同的是对于“永恒人性”的看法，双方对“传统”内涵的认知也有所区别，而悲悯情怀使白先勇和陈映真“产生了紧密的连接”。概而言之，两位作家差异极大，却能相互尊重和包容，“共同提供了属于当代台湾最优秀创作之列的作品，并延展出多元互补的两大文学脉流，其‘不同而合’的经验值得总结”。论文虽然并非所有观点都很新颖，但在比较视野下论述白先勇的文学观和创作理念，并从中发现台湾文学互补共生的两大流脉，富有学术价值。厉震霖《上海味、历史感及其政治人性——沪语话剧〈永远的尹雪艳〉散论》②在2014年白先勇研究中别具一格，它是对白先勇同名小说改编的沪语话剧《永远的尹雪艳》的多方位解读。作者指出，尹雪艳连通了两个上海，“一个是实体的上海，一个是虚体的上海，在虚体之间上海既亲切又虚缈，也就使上海附丽了更多的撩人风致和情韵。一个尹雪艳，二个虚实的夜上海，多么富有令人迷醉至深的魅力。”文章谈不上是很深入的文本解读，但从“上海味、历史感及其政治人性”的角度，推荐读者还不熟悉的沪语话剧《永远的尹雪艳》，无疑有其重要意义。龙珊、柯轲德的《人生戏梦忆游园，世事无端恨经年——白先勇〈游园惊梦〉与李商隐〈锦瑟〉的互文性分析》③富有意义地比较了当代台湾诗人白先勇和唐朝诗人李商隐的作品，作者指出“《游园惊梦》与《锦瑟》文体各异，意趣别样，但从书写内容、艺术情感和审美意蕴等层面审视，都呈现出鲜明的互文性，蕴藉着世事沧桑、人生无常的意味，体现了作者历经的精神困境及其对人世的洞察与思考”。张曦姗《白先勇〈台北人〉中欢场女子形象分析》从白先勇笔下芸芸众生的女性人物中发现特殊群体而加以论述，是其价值所在。旅美女作家

---

① 朱双一：《比较视野下白先勇的文学观和创作理念》，《中国现代文学研究丛刊》2014年第9期，177-186页。

② 厉震霖：《上海味、历史感及其政治人性——沪语话剧〈永远的尹雪艳〉散论》，《戏剧文学》，2014年第11期，31-35页。

③ 龙珊、柯轲德：《人生戏梦忆游园，世事无端恨经年——白先勇〈游园惊梦〉与李商隐〈锦瑟〉的互文性分析》，《中央民族大学学报（哲社科版）》，2014年第6期，121-124页。

聂华苓、於梨华、陈若曦也较受关注，聂华苓、於梨华研究各约有5篇论文发表。潘旭硕士论文《论陈若曦的婚恋小说》(吉林大学，导师：白杨)深挖陈若曦婚恋小说中对情爱的反思、对政治的隐喻、对社会的关注，可谓视野开阔。李亚萍的《论聂华苓长篇小说中的文化意蕴——从〈桑青与桃红〉到〈千山外，水长流〉》①和陈学芬的《论聂华苓小说中的离散者形象》关注聂华苓两部相同的长篇小说，观点也有相似点。前文从主人公的形象寓意、身份认同的隐喻及"'分裂'与'交汇'的艺术结构"等三个层面，展开对比分析，挖掘作者在海外创作的这两部小说里植入的文化象征，展现作者对海外华人生存及文化认同等问题的认识和思考。论文对小说主人公身份认同的论述较好，作者指出，"在身份认同的问题上，桑青/桃红对中美两国都采取背离姿态，表达一种'非此非彼'的态度：既不属于祖籍国，也不属于居住国"。作者在莲儿身上却体现从"非此非彼"向"既此亦彼"的认同转变。"从桑青/桃红放弃国家认同到莲儿作为混血儿在中美之间架构沟通桥梁的转变，象征了海外华人在移民历程中从失根流浪到落地生根的转变，这一转变无形中凸显出海外华人的历史使命和文化意义，而聂华苓自身的经历也印证着这一转变。"

第三个方面是大陆旅美的新移民作家研究。严歌苓多年来占据新移民文学研究的"榜首"，本年度严歌苓研究居然多达200余篇。在学位论文中，刘红英的博士论文《严歌苓小说论》(吉林大学，导师：白杨)是最厚重的一篇。它在"人性"的总体尺度下，对严歌苓文学意识的生成、人物形象、人性视域下的伦理关系、漂泊者的生存体验和诗学之思、叙事策略和审美原则、文化哲学等多个层面展开阐释。论文作者有颇多观点值得关注，譬如，作者认为，在严歌苓的审美话语谱系中，"雌性"概念尤为突出。严歌苓笔下的女性形象，体现着儒家、道家的底蕴，而且"雌性"的本质具有了佛性的融合。同时，严歌苓认同犹太——基督教文化中的伦理观念，充分地表现了对人生的悲悯情怀。作家对希腊人本精神的吸纳，使严歌苓的创作具有厚重的价值底蕴，一个个艺术形象以真实的生命力阐释着对人类尊严的解读。在当下海外华文文学研究中，踏踏实实进行系统、全面的作家论的还较为欠缺。在此情况下，《严歌苓小说论》的意义颇为突出。在大约20篇的硕士学位论文中，李萃《论严歌苓小说中的女性躯体隐喻》(广西师范学院，导师：顾凤威)和郝雪雯《严歌苓小说中的动物形象描写研究》(陕西师范大学，导师：李继凯)因其研究视角的独特而值得关注。前文借助女性主义及巴赫金等人的躯体理论去挖掘严歌苓小说中的女性躯体内蕴。后文从动物形象描写的角度，对严歌苓小说中的动物形象描写做出系统全面的梳理与把握。发表于学术期刊的论文中，对严歌苓小说《第九个寡妇》和《陆犯焉识》及其电影改编本《归来》的研究较多。(香港)李仕芬《以女性为中心的写作——论严歌苓〈第九个寡妇〉》②、李有亮《从人格美学视角再读严歌苓小说〈第九个寡妇〉》(《小说评论》2014年1期)等关注《第九个寡妇》。前文从"女性

① 李亚萍：《论聂华苓长篇小说中的文化意蕴——从〈桑青与桃红〉到〈千山外，水长流〉》，《暨南学报》，2014年第1期，15-20页。

② (香港)李仕芬：《以女性为中心的写作——论严歌苓〈第九个寡妇〉》，《华文文学》，2014年第6期，46-57页。

中心”的写作方向切入，解读《第九个寡妇》题目命名的意义、王葡萄的生存哲学、小说的女性视角和身体叙事。作者认为，小说体现了严歌苓明显有性别意识的写作姿态，故事常从王葡萄的视角、看法诠释政治人事的变迁，女性视角成为贯串全书的脉络所在。王葡萄在“看人或回看行为中表现的自主、个性，更在意识形态上抗衡了女性在两性关系中只能处于被动位置的常规”。王葡萄发挥雌性的柔性智慧，在社会、政治大潮中自持，活在当下，从容面对横逆，王葡萄“好活”的一生，是作者用心所在。而女性的存在意义及价值，同样通过小说的身体叙事得以彰显。在叙述方式上，小说连结民间传说，超越现实，以想象方式，建立女性的神话传奇。盖建平《浮华绌落见真淳——〈陆犯焉识〉中的移民视角与当代史观》①从“女友望达：指明‘无出路’”、“兄弟焉得：质疑‘有福气’”、“长女丹琼：反思‘现在’”和“孙女学锋：试问将来”等几个方面进行论述。作者认为，严歌苓在《陆犯焉识》中“不仅延续了她书写‘传奇’的华丽技巧，更贡献了她身为移民的文化经验与当代意识”。小说打破陆家“大团圆”的表现，揭示了陆家骨肉至亲间已无可沟通的疏离，对焉得、丹琼两位海外华人的喜剧化处理，“释放的是一种不同于‘伤痕’思维的新观念——这份疏离不应一概归咎于国内政治运动留下的‘精神创伤’”；而子烨和丹钰这些政治运动的“‘间接受害者’才是被‘运动’规训得最深的一群”。至于学锋，是价值观跨界的一代——“渴望西方的物质文明，又保留着新中国的社会理想主义传统”，以学锋为代表的新一代“超越了父辈的实用主义生活态度，对祖父、祖母不为苦难所摧垮的精神世界深有共鸣”。“于是，读者可以相当直观地认识到，在‘后革命’的时代，人仍然能够做到既正视苦难，也怀抱理想——知道了历史，方才懂得如何担当现实。”总之，论文从几个人物与陆焉识的关系中考究《陆犯焉识》的移民视角和当代史观，是《陆犯焉识》研究中前所未有的一篇，这正是论文的价值所在。必须指出的是，严歌苓研究论文虽然极其丰富，但或许因为过度阐述的缘故，大部分水平有限。

除严歌苓之外，王性初、施雨、查建英、陈瑞琳、王瑞芸、郁秀和王蕤等新移民作家也受到了关注。其中钟惠红、向忆秋的《美籍华人作家王性初诗文主题综论》是本年度较为细致的文本解读。陈梦的《论施雨创作中的文化取向》较有价值的是综合论述了施雨诗歌、散文和小说创作。论文若能更为清晰地论述施雨文学创作中的文化取向，将有更好的学术价值。池雷鸣、陈涵平的《复杂多样的代际差异——以美国新生代华文作家郁秀和王蕤的小说为例》②值得推荐的是它论述了北美新移民作家中更年轻一代的郁秀和王蕤的小说创作。作者认为，王蕤的《哈佛情人》、郁秀的《美国旅店》和《太阳鸟》等新生代作家作品彰显了“复杂多样的代际差异”，“即年轻一代移民们独特的异域体验、平和的物质心态、平等的差异认知以及超越‘中西’视界的追寻与自审”。虽然已有王宗法等多位学者对两位年轻的70后作家的海外创作进行过深入的论述，但采取比较

① 盖建平：《浮华绌落见真淳——〈陆犯焉识〉中的移民视角与当代史观》，《华文文学》，2014年第6期，58-65页。

② 池雷鸣、陈涵平：《复杂多样的代际差异——以美国新生代华文作家郁秀和王蕤的小说为例》，《华文文学》，2014年第5期，108-113页。

的视野、从“代际差异”的角度综合论述郁秀和王蕤的小说创作，却是此论文独特的地方。

第四个方面是其他视角的美国华文文学研究。李良《零落成泥碾作尘——休士顿〈华人世界〉的文学性考察》①富有价值地对总部设在休斯敦、短暂存在过的中文杂志《华人世界》进行了全面的介绍和基于文学性角度的深入考察，在华文文学世界为其留下清晰的“背影”和不能忘却的记忆。

概而言之，2014年度美国华文文学研究最突出的现象，是重视台湾旅美文群和大陆新移民作家作品的研究。这两大作家群体中，又以白先勇和严歌苓最受重视。但客观来看，研究成果虽多，高水平的研究论文却有限。如何在被过度阐释的研究对象中找到新意，或者开拓美华文学研究的新对象，都是应该引起学术界重视的问题。

## 二、加拿大华文文学研究

加拿大华文文学研究论文不是很多，但不乏好论文。赵庆庆的《对加拿大“猪仔屋”和先侨壁诗的历史解读》②极富学术价值和资料价值。论文对加拿大“猪仔屋”的成因和变迁的介绍，使我们得以了解美国天使岛移民站之外又一个北美华人移民史的灰暗场域；论文对加拿大“猪仔屋”先侨壁诗的历史解读，使加华文学研究回溯到了20世纪早期，丰富、拓展了加华文学研究的空间。作者认为，加拿大先侨壁诗“显示了早期华人迫于生计、宗亲移民的现实”，显示了“早期华人来加旅途的艰难和凶险”和“来加后被拘‘猪仔屋’的悲惨遭遇”；“这些壁诗为加拿大早年排华政策提供了宝贵的史证和文本，同时也堪称加拿大华人文学的最早滥觞。”刘红林《风景这边独好——近三十年加拿大华裔文学综论》③首先引人注目的是其资料价值，作者所谓“华裔文学”包括移居加拿大的华人华文文学和华人英语文学创作，对老中青三代近三十年加拿大华裔文学的综合评述，让读者更全面地认识了加拿大华裔文学的突出成就：“无论在思想上，还是在艺术上，都可以进入世界文学的优秀序列”，而非有些研究者盲目评价的“乏善可陈”。作者关于“加拿大华裔文学的突出特点”的论述，也让读者对加拿大华裔文学有一个总体的价值认知。池雷鸣《“加拿大新移民华文小说”的界定、研究现状及局限》④和《比较视野下的历史书写及其形态——以加拿大新移民华文小说为中心》⑤宏观研究的视野颇为可

---

① 李良：《零落成泥碾作尘——休士顿〈华人世界〉的文学性考察》，《世界华文文学论坛》，2014年第4期，12-16页。

② 赵庆庆：《对加拿大“猪仔屋”和先侨壁诗的历史解读》，《世界华文文学论坛》，2014年第3期，20-25页。

③ 刘红林：《风景这边独好——近三十年加拿大华裔文学综论》，《华文文学》，2014年第4期，106-110页。

④ 池雷鸣：《“加拿大新移民华文小说”的界定、研究现状及局限》，《世界华文文学论坛》，2014年第3期，32-36页。

⑤ 池雷鸣：《比较视野下的历史书写及其形态——以加拿大新移民华文小说为中心》，《暨南学报》（哲社科版），2014年第9期，95-101页。

取。前文的价值在于概念的界定。作者指出，广义的"加拿大新移民华文小说"，"指来自任何地区或国家，在任何时期以任何目的移居加拿大的'第一代'移民作家的华文小说创作；具有时间的无限性和空间的全球性"。从狭义而言，"'加拿大新移民华文小说'主要是指20世纪70年代末以来，从中国陆续以留学、团聚、陪读、求职、婚嫁、技术、投资等形式移居到加拿大的华人作家用中文创作的小说"。狭义的概念具有时空的阀限性，而且作者借鉴王列耀等学者的见解，在论述中强调"拥有'文革经验'的'第一代'移民作家的华文小说创作"。应该说，广义的界定具有学术的开放性，狭义的界定既参照了学术界对"新移民文学"的普遍认知，也是为了作者学术研究的方便，有其合理性。后文从比较文学视野，论述加拿大新移民华文小说的历史书写及其形态。作者认为，加拿大新移民华文小说的"文革书写"蕴含"隔洋视角"，并由此在文本中生成离散语境；家族书写除具有传统中国文学中的特指性与历时性特征外，又含有跨界性与未来性特征；加华史书写因历史时空的阻断与隔离，与前两种书写形式相比，脱离了这种主观式的俗套，最大可能性地接近"不即不离"的艺术理想。

就作家个案而言，张翎是多年来最受重视的加华作家，2014年大约有12篇研究论文发表。其中左亚男《彼岸的花朵——透过他者语境对张翎小说〈余震〉的解读》①认为，张翎以小说为媒介，在东西方之间搭建了一种独特的对话，以"开花结果在彼岸"的创作方式实现了时空的交错与疆界的突破。章怡虹、周春英的《精神原乡与基因来源——论温州文化对张翎小说的影响》研究视角也很可取。个案研究中，齐益寿的《叶嘉莹先生的诗教特色》②和赵庆庆的《高楼风雨感斯文：论叶嘉莹先生之登高诗词》较为特殊的是关注加拿大籍著名华人学者叶嘉莹。前文在回顾中华诗教传统的基础上，重点论述了叶嘉莹的诗教特色。作者认为，叶嘉莹先生的诗教似乎属于中华诗教第二阶段，她钟情于中华古典诗词，在诗词创作、评赏和审美理论探索方面取得惊人的成就。然而叶先生又斟酌吸收了汉儒伦理教化的诗教，并且凸显、深化孔子诗教中"兴"的作用，"从孔子侧重于作人、悟理方面的'兴'，深入到情意领域的兴发感动之力与美"。"因此先生的诗教特色，是从孔子的'兴观群怨'提炼出诗歌中兴发感动生生不已生命力量，作为其诗教的核心，并以诗歌的创作、评赏以及审美理论的探索为其诗教展演的舞台，可说是前后二阶段诗教的集大成者。"赵庆庆的《论郑南川在魁北克的草根写作》③和《论加拿大双语作家李彦的自我译写》也是作家个案研究的重要成绩。前文认为，郑南川作为加拿大魁北克华人写作的积极实践者和推广者，其文学活动和诗作"具有'草根写作'的鲜明个性"，"即坦陈魁北克华人移民的草根写作观、实描魁北克各族移民的草根存在，以及认同新魁北克人的精神定位"。不仅如此，郑南川的草根诗作不自觉地延续了早年蒙特利尔现代主义诗歌运动，"并赋予其鲜活的时代特征，体现出华裔新移民在多元化法

① 左亚男：《彼岸的花朵——透过他者语境对张翎小说〈余震〉的解读》，《辽宁师范大学学报（社会科学版）》，2014年第4期，553-557页。

② 齐益寿：《叶嘉莹先生的诗教特色》，《北京大学学报》（哲社科版），2014年第4期，60-71页。

③ 赵庆庆：《论郑南川在魁北克的草根写作》，《华文文学》，2014年第1期，112-119页。

裔环境中的精神风貌”。作为大陆学者的第一篇魁北克华人文学研究论文，选题的意义和价值不容置疑。乔琦《是咒还是诗？——读洛夫〈大悲咒〉兼谈元语言理论与诗歌阐释》①研究对象是洛夫少有人解读的《大悲咒》，颇为特别。论文认为，“《大悲咒》全诗竭力写‘大悲’，诗情的着力点却在漂泊，诗中的抒情主体为天涯浪迹者，欲与禅的纠葛是其形而上的呈现。漂泊天涯者，思乡又超脱于乡，其间多味杂陈，无限纠葛，此一悖论可谓《大悲咒》乃至洛夫诗歌之头条悖论。禅与诗的元语言交融，促成诗歌‘无理而妙’的艺术效果；诗、禅与现实世界的元语言冲突，带来阅读的晦涩感”。

概而言之，加拿大华人、华文文学研究虽然成果不多，但视野开阔。从早期先侨诗到新移民华文小说创作，从概念的界定、宏观的评述到深入的个案研究，从华人文学社团的论述(如梁丽芳的《华人文学团体在中加文学交流上的民间角色：以加拿大华裔作家协会为例》)到文学主题的文化冲突与修复功能的探讨(如蒲雅竹的《从单色到斑斓——〈红浮萍〉与〈海底〉主题呈现的文化冲突与修复功能》)等，加华文学研究无论是关注的时间长度还是论述的空间宽度，都可圈可点。

## 结　语

海外华文文学研究已经成为汉语文学研究颇具特色的组成部分，2014年海外华文文学研究整体氛围良好。在北美区域华文文学研究中，美国和加拿大华文文学研究都取得了较为突出的成绩。就作家个案研究而言，美华作家严歌苓和白先勇、加华作家张翎是研究较多的三位。但毋庸讳言，虽然不少研究成果体现了独特的学术价值，但大部分研究论文还是比较平面的分析，甚至偶有研究论文有悖于学术规范。如何在被过度阐释的研究对象中发掘新意，对重要作家进行系统、全面的观照，进一步开拓海外华文文学研究的新空间，是华文文学研究学者应当重视的问题。

① 乔琦：《是咒还是诗？——读洛夫〈大悲咒〉兼谈元语言理论与诗歌阐释》，《海南师范大学学报(社科版)》，2014年第5期，39-43页。

# 2014年澳洲及欧洲华文文学研究概况

[澳大利亚]庄伟杰

## 一

光阴荏苒，年复一年。就像大地是空阔的记忆一样，遍布于世界各地的华文文学，在各自不同的时空里、不同的语境中各领风骚，并且用母(汉)语作为精神的“拐杖”，伴随着时光的流动，不断腾挪或漫行于文化羁旅途中，所簇拥的梦想比大地更加空阔。

面对华文文学在海外不同区域蔓延生长，开花结果的景象，仿佛面对一片片葡萄园，令人目不暇接。当那些缤纷的文字精灵，在尘世里若隐若现，其中潜藏的奥秘如同乡愁，撩人心弦；或如夜之眼，总是在远方闪烁。当那些源自心灵深处的声音，像记忆的光焰燃烧着，所有发亮的符码，总在幽深的年轮里回荡……

作为中国文学的向外自然延伸，海外华文文学已然构成为独立自足的“第三文化空间”，并形成与中国本土文学迥然有异又彼此互动的视界，即具有不同于中国本土文学的独特内涵，成为全球化语境中值得关注的焦点和津津乐道的话题。诚然，要全面、深入和系统地研究海外华文文学，“除了需要学术勇气，还需要有破旧立新的学术眼光和智慧”(陈瑞琳语)。因为文学不是史学，是鲜活的个体创作的艺术。尽管作为一门新兴的学科，海外华文文学研究并非“显学”，但它处在中西文化相遇、碰撞的最前沿，在异质文化交汇中形成属于自身的新形态、新特征，其中诸多错综复杂的文化关系和矛盾都能在华文作家笔下加以呈现。“异”的文化特质、对中华文化的传承和融合某些世界性话语等特色，使得海外华文文学仿若中国文化走向世界的晴雨表。值得肯定的是，海外华文文学创作为研究者提供了寻求文化想象与阐释的新空间，提供了更为开阔的文化视野和更为丰富的研究领域。于是吸引了更多的研究者参与其中，驱动其学术内涵和外延在不断扩展中迅速地延伸。

文学有其自身的生态链。不同区域的华文文学亦然。自然地，海外华文文学研究也呈现出某种不甚平衡的“倾斜”。从地缘学的视角观察，更多的研究者把关注点移向东南亚华文文学与北美华文文学，相对而言，对于澳洲华文文学和欧洲华文文学，无论是研究力度、认知程度还是传播效应，都明显地远远落后于东南亚、北美的华文文学研究。这固然有其诸如作家队伍创作实力与整体创作格局的强弱，具有代表性的文本与知名作家的多少等深层原因，同时也与不同区域华文文学的发生、发展、现状和历史流程等因素有关。

## 二

从学术研究的特点来说，一个年度毕竟太短了。在回眸之际，让我们携带一份热切的期待，去倾听 2014 年度海内外有关澳洲及欧洲华文文学研究的声音。

首先，吸人眼球的当属“访谈与对话”构成的风景线。引人注目的应是江少川编著的 30 多万字的《海山苍苍——海外华裔作家访谈录》，几乎囊括了目前在文坛上最具影响力的海外新移民作家，共达 31 位。访问的作家横跨美国、加拿大、欧洲、澳洲等。其中欧洲华文作家有虹影、林湄、章平、池莲子等四位，澳洲仅有庄伟杰一位。其余的均为美、加的华文作家，在比例上多少能看出一些端倪。所采访的内容涉及新移民作家的写作历程、代表作品、创作体会以及新移民文学的发生、现状与前瞻，涉及新移民文学与中国本土文学以及与外国文学的比较和关系等诸多方面。重要的是，这些访谈对于读者和研究者而言，有“第一手感”和“第一现场感”。诚如旅美学者苏炜所言，其提供的文学视界和史料价值，是不言而喻的，也是具有开创性意义的。

作为当代文学批评的一种重要方式，与作家、艺术家和学者的访谈、对话和交流，是目前国际上备受青睐的一种批评文体，其特色在于具有现场感和真实感。由香港青年学者潘淑阳整理的《要怎样的文学——高行健与刘再复在香港科大的对话》(《华文文学》2014 年第 6 期)，为我们提供了两位文学大家对文学发出的富有真知灼见的思想对话与心灵交流，对于我们理解文学、欣赏文学、研究文学可以带来诸多启示意义。一方面，这个文学对话可以看作著名学者刘再复对旅居欧洲的第一位获诺贝尔文学奖的华人作家高行健的文学观及其文学成就的一种带有理论洞见的评价。刘再复对高行健的研究，至今已经出版了好几本书。在对话和交谈中认为高行健“所要的文学”，概述起来大致有三个要点：首先，他要的文学是告别 20 世纪大思路、大思潮的文学。第二，他要告别“文学介入”的大思路。第三，高行健所要的文字，可以用“独立不移，自立不同”八个字来表述。另一方面，这个精彩对话也是作为杰出作家的高行健结合自己的创作实践，思考“要什么样的文学”和选择什么样的文学的深刻体会和独特见解。用刘再复的话说，“无目的写作境界最高，写作只是为了生命的需要、心灵的需要”。斯言诚矣！

就澳洲华文文学研究的情况来看，这个年度有多篇作家、艺术家访谈录值得关注。作家张明整理的《艺术必须是创造的，而思想是其灵魂——庄伟杰访谈录》(《泉州文学》2014 年第 11 期)一文，恰好与江少川著作中的《庄伟杰的五度空间——庄伟杰访谈录》遥相呼应，宛若姐妹篇，从多方位、多视角与作家进行对话交流，其中不时迸发诸多新鲜的火花和亮点，这是通向作家心灵的理想路径。有意思的是，旅居澳洲的学者欧阳昱蝉联发表了四篇“对话与访谈”。其采访对象均为澳华著名学者或艺术家。在《Mabel Lee(陈顺妍)访谈录》(《华文文学》2014 年第 1 期)一文中，与陈顺妍博士展开有的放矢的对话，让读者进一步了解这位饮誉东西方学界的著名华裔女学者的心路历程和学术人生。陈顺妍(Mabel Lee)现为悉尼大学中文系名誉教授，对近代、现当代中国思想与文学等方面的研究成就斐然，使她成为澳大利亚人文学院院士。必须提及的是，她是诺贝尔文学奖得主高行健作品的重要翻译家和主要助推手。高行健的《灵山》《一个人的圣经》等书的英译本经由她在英语世界进行了广泛的推广和传播。早在20世纪90年代，她就陆续撰写了高行健创作研究的大批论文，成为"高行健研究"基础的重要学者之一。《子轩访谈录》(《华文文学》2014.4)、《呼鸣访谈录》(《华文文学》2014.2)，围绕着文学与艺术、现实与理想、传统与现代、东方与西方乃至生存境遇与艺术追求等话题分别对两位旅澳女画家进行访谈与对话。由于子轩本身是一位诗人，先写诗后画画，其中的因缘及其对文学的理解和看法，让我们隐约窥见了旅居海外的艺术家的生活现状。另一篇《归来的"另类"艺术——关伟访谈录》(《华文文学》2014.6)，这个篇幅较长的访谈，从"归来：机遇与挑战"、"澳洲华人艺术的另类"、"绘画、文学与阅读"、"近期艺术活动"、"个人经历与创作理念"、"'多元互化'与文学发展"等方面对旅澳著名艺术家关伟进行了多方位多层面的交流畅谈。关伟堪称是澳华文艺界的独特个案，曾参与多项颇有影响的中澳艺术交流活动，多次获得澳大利亚政府艺术基金，包括2008—2010年度澳洲政府颁发的最高荣誉艺术基金。如今他穿梭于澳中两地，其作品在复杂的象征性绘画符号中，有力地体现了当今社会、环境的两重性。这是他丰富的文化储备、对社会和现实的高度关注，以及对艺术史的广博知识使然。

访谈(他人)和被访谈都是平等的对话与谈论，也是一种开放式的交流与探讨。李珺博士的《文字的淘金之旅——欧阳昱访谈录》(《华文文学》，2014.5)，既涉及访谈对象以双语为媒介积极融入澳洲文学界，并对海外华人文学创作与推广投入了极大精力的话题，又触及到华裔文学在澳洲文学中的境况、乃至华裔作家在澳洲主流文坛的边缘化地位。

其次，通过跨文化视野与比较诗学展开探讨研究堪称特色。如果说华人作家获得诺贝尔文学奖意味着提高了汉语写作在国际上的地位，具有重大语言学意义；那么旅居欧洲的高行健当年获得诺贝尔文学奖，无疑是一个耐人寻味的重要话题。旅居美国著名学者刘再复撰写的《高行健莫言比较论》(《华文文学》2014.4)，可谓立论高屋建瓴，观点颇有见地，视野开阔而又情理并茂。在刘再复看来，我们定位一个作家最重要的是看他的文化、血缘，看他用什么语言写作。高行健在加入法国籍前后，始终坚持用汉语写作。他的两篇代表性长篇《灵山》、《一个人的圣经》是汉语写成的，其余大多亦然(除了三个法文写作，但后来又用中文重写)。据说，高行健的作品迄今已翻译成40多种文字，共有300多种外文版译本。这充分证明了汉语写作已经走向了世界心灵的高度，我们必须面对这个事实。刘再复指出，高行健和莫言的共同点有：一是超人的勤奋，二是惊人的原创性。同时从主体论、创作论、作品论三个角度分析比较两位作家各有千秋且又卓然自成风貌。野芒发表的《两个世界：从高行健到莫言》(香港《文学评论》2014年12月第35期)，则在对两者的比较分析中引发出一系列值得我们思考的问题，譬如，文学究竟和政治有什么关系？另外还有文学的经典性与大众化、通俗化等颇为敏感和容易引起争鸣的话题。

记得笔者在2013年欧洲华文文学研究略述中曾说过，高行健无疑是整个华文世界乃至世界文学中的一个独特个案。面对这样的独特个案，永远有谈不尽的话题。但反观当下学界和批评界，对高行健的研究还远远不够，也远远不足。令人欣慰的是，本年度"高行健国际研讨会"在香港科技大学举行(2014.10.24)，多位蜚声海内外学界的著名学者于研讨会上就高行健的著作交流意见，并对高行健在多个文学艺术领域的卓越成就给予高度评价。这些学者包括陈顺妍、刘再复、方梓勋、张寅德、魏简、季进、梁鸿、杨慧仪、刘剑梅等。此外，本年度尚有多篇研究高行健的文章值得留意。如景晓莺的《论高行健戏剧艺术的借鉴与创新——〈车站〉和〈等待戈多〉戏剧手段之比较》(《华文文学》2014.5)，郭冰菇、曹晓雪的《〈灵山〉的禅意分析》(《华文文学》2014.2)，萧盈盈的《言无言和相无相——庄子和禅宗在高行健作品中的现代相遇》(《跨文化对话》第32辑)等。前一篇认为高行健的《车站》借鉴了《等待戈多》的某些戏剧手段，但两部作品产生于不同的社会背景，具体的影响源不同，在现代主义戏剧风格上有所差异，并指出高行健在创新中体现出对中国传统表演艺术手段的回归。后两篇以创作主体的精神世界、文化积淀、思想理念等方面作为关切点，着重探析高行健作品充满禅意气息和庄子精神：正是这些因素的无处不在，成就了其作品最具深意、最为精彩和动人之处，也折射出作家自身潜在的生命意识和精神境界。

在当代华文世界，“金梁并称，一时瑜亮”是人们常用来形容金庸、梁羽生两大武侠小说宗师的一句话。由于步入晚年的梁羽生移民定居于澳大利亚，为澳华文学文化界增光添彩，这是澳华文学的荣幸。青年学者艾自由在《从梁羽生驾鹤西去说到金庸加入中国作协》(香港《文学评论》2014年12月第35期)一文中，对30年前加入中国作协的梁羽生驾鹤西去和金庸加入中国作协这个耐人寻味的文坛史实，及其引发的诸多热议和联想，展开回顾、比较和评说。澳华学者何与怀撰写的《麦琪：心灵之旅已经结束》(《华文百花》2014年第1期)，传达的是一份鲜为人知而又令人感叹的文坛写真式史料。曾经夹在著名诗人顾城与刘湛秋之间，处于紧张“三角关系”中的澳华女诗人麦琪，终于走完了现实人生之路。这位原名李英的澳华诗人作家，因为顾城的一部遗作《英儿》而引起诸多传说，因为一部《爱情伊妹儿》曾一时洛阳纸贵。她生前希望时间能使传说中的“英儿”，成为一个具有独立人格和独立情感的“麦琪”。以上两位学者提供的“见证式”文字，的确值得一读。

尽管海外华人用非母语写作并不属于华文文学(范畴)，但从旅裔、血缘和根性等因素加以观照，可以带来新的学术生长点。欧阳昱的《澳大利亚英语文学中的华人写作》(《华文文学》2014.2)，旨在讨论澳大利亚华人、华裔作家在长、短篇小说、剧本和非小说等领域的英文写作。该文从跨文化视野来加以审视，认为澳大利亚文学中的华人英语写作方兴未艾，从中隐约可见华人在融入当地主流社会之后的人生姿态、价值取向和精神追求。欧阳昱的另两篇文章：《回译、自译及创译》(《华文文学》2014.1)、《双语人生》(《华文文学》2014.5)，则从不同语言文化的比较谈论自己的写作体会与心得。作者根据长期在澳中两个不同国度的中英双语写作和翻译活动，结合自身的经历探讨了文学、文化翻译中面对的回译、自译和创译此三种活动。这些无不得益于作者本身拥有的“双语人生”。

再者，备受关注的华文女作家成为热门研究对象。当今世界华文文坛，一个特别醒目的现象是海外女作家掀起的创作热潮，大有一马当先，不让须眉之势，欧洲和澳洲的华文女性写作亦然。旅居海外女学者陈瑞琳“谈海外华文女作家的历史挑战”(中国网，2014-12-30)时认为，女作家创作的一个新特点，是开始走向跨国界、跨族群、跨文化的写作方向，她们能够自由地在“原乡”和“异乡”之间巧妙地切换，无论是历史的回首还是现实的反省，无论是怀恋的寻找还是超越的兼容，不仅表现出“跨性别”的崭新视野，而且呈现出多元化的创作格局，当然，在海外女性作家高涨的创作热情面前，一个严峻的历史挑战也摆在面前，那就是女性作家的创作将如何肩负起华文文学走向世界文坛的大使命？如何进入到更深重的人类命运的关怀？如何展现出“地球人”的广阔视野？这，显然是当代海外女作家所要面临的大跳跃。例如欧洲的华文女作家，已从20世纪的“散兵游勇”进入到“骑兵纵队”的方阵。生活在人类文明的源头，欧华女作家特别善于用她们的灵性之眼看世界、感知世界及表达世界。但是，有关欧华女作家的研究却一直是相当的薄弱。比如：被誉为半部欧洲华文文学史的赵淑侠，其创作的拓荒意义并未得到深入的挖掘，还有她近年来创作的历史人物小说，其中所包含的情感价值以及人文主义的精神本质也都未能得到足够的阐释；英国作家虹影，其作品内在的女性主义力量也远远被忽视。当代法国小说家赵宝娟的创作，其勾人心魄的绝品小说，几乎无人问津。有关荷兰小说家林湄的作品，其中所张扬的宗教精神在学术界也是忌讳莫深。此外，近年来在法国崛起的新移民女作家山飒，这位留学法国的中国女孩所创作的小说《围棋少女》，在法国已经销售了12万册，并被译为英、德、韩、日等17种语言出版，作品先后获得法兰西学院奖、龚古尔处女作奖和新年奖、卡兹奖等，中文版的《围棋少女》也已在中国出版发行。特别值得关注的是，自冷战结束后，统一后的德国逐渐取代了英、法，而成为欧洲文学的心脏，德华文学也随之兴盛起来，其中以女作家的贡献尤其显著。如麦胜梅女士笔下的德国风景，复旦才女穆紫荆的创作，新移民作家刘瑛的小说等，都有其特别的意义。除此而外，在欧洲的华文文坛上，比利时作家郭凤西笔下的欧洲风情，西班牙作家张琴的文学空间，法国学者作家杨翠屏的创作，也都非常值得研究。由此可见，欧洲的女性文学创作正在踏入一个开花结果的成熟阶段，她们的努力需要得到掌声。关于澳华女作家的整体评价，近年来虽然也是“众生喧哗”，但是很多作家都是“昙花一现”。冷静剖析她们的作品，大多创作还属于个人的移民故事，张扬的是海外“新移民文学”中早期的猎奇题材和传记色彩，例如麦琪笔下的爱情故事，虽然有浓郁的个人生命烙印，但在境界上则缺少大情怀和大关怀。因此，澳华文学需要在整合后再出发，在坚持中提高与升华。

虹影和林湄，无疑是本年度欧华女作家中备受关注的代表性人物。刘晓伟的《创作与传播的合谋：对虹影的一种解读》(《世界华文文学论坛》2014年第2期)、俞丽虹的《跨文化视域下华文作家虹影的女性书写》(香港《文学评论》2014年2月第30期)，分别从不同的理解方式和不同的视角出发，对虹影及其作品进行解读。前篇参照拉斯韦尔传播学“5W”模式中的主体、渠道和内容展开分析，认为虹影是一个自觉的文学传播主体，善于利用各种不同的渠道促进文学传播。并且，她的文学创作内容往往契合社会热点，容易引起媒体的兴趣。后篇则立足于跨文化视野，分别围绕着“跨越太平洋的雨虹——跨越文化与性别开阔书写”、“父权之叛——对于男权的颠覆与解构”、“女子之行——对于女性的历史地位的重塑”、“身体之现——对于通俗两性欲望的超越”解析虹影的女性书写，认为虹影作为海外女性新移民作家“三剑客”之一，并没有囿于当代女性主义写作者们普遍是身体写作、闺阁私语的模式的这一偏激桎梏，而是在中西文化交汇的开阔视域中进行女性主义写作，通过释放女性潜能来颠覆男权，真实地袒呈女性寻找自我认同的过程，以叛逆不羁的个性和越轨而热烈的笔触，关注人类的共同命运和人性的终极追问，并致力于实践"超性别写作"。

《欧洲时报》(2014 年 10 月 18 日)以《林湄的"沙漠树语"：谈欧洲华文作家群体的"边缘生活"》为题推介林湄。这篇采访式的文章，让我们更加真切地感知和了解到一个旅居海外的女作家是如何"播种——破土——缠枝——开花"，经历了人生三起三落仍矢志不渝地坚守文学，并游走在中西文化大山的"谷底"间，从而找到了"地球村"的视角，在自己的精神家园里不断探索和耕耘的。从十年前推出长篇小说力作《天望》之后，林湄又十年磨一剑，重磅推出了一部融汇中西人文探索的"天"字号长篇《天外》。难得的是，她以"地球村"的视角来关注人性与命运的关系。在欧洲生活长达 20 多年，林湄认为自己的最大收获是对"文学即人学"有了再思：没有国界、种族的区别，而置身于地球，要写人性的东西，要超越过去。此外，女学者钱虹对旅法女作家吕大明散文及其艺术追求展开了持续而深入的研究，同样值得一阅。钱虹以《一株优美典雅的华文奇葩》(《长安学术》第六辑，商务印书馆 2014 年版)为题，高度评价这位"名字往往容易使人误解其性别"的华文女作家的"文化散文"彰显的审美价值意义。

相对而言，澳华文坛尚缺乏具有代表性的女作家，整体写作实力较为均衡，且偏重于文化散文和文学小品创作，小说、尤其是长篇小说创作相对滞后，尚未形成具有广泛影响力的大作品，因此，多数女作家的作品尚难进入研究视野。澳华学者庄伟杰、何与怀博士曾先后选取了多位较为出色的澳华女作家进行专题评论，但澳华女作家群体至今依旧未能真正引起外界的关注。而这，唯有留给时间去作出公正的检阅和回答。

另者，整体考察与宏观把握也是研究者着力探讨的话题。这类研究文章相对有难度，需在大量掌握第一手资料的基础上方能自如驾驭。黄万华《欧洲华文文学：远行而回归中的文化中和》(《天津师大学报》2014 年第 2 期)是作者多年来对欧华文学的历史进程和现状不断追踪、寻找和把握之后，对欧华文学的重新认识。如果说，几年前他在《平和长远散中见聚：欧华文学的历史进程和现状》(《华文文学》2009 年第 6 期)一文中，将"散中见聚"推广至整个欧华文学，并用"平和淡远散中见聚"八个字概括了欧华文学总体特点的话，那么经过一段时间的深入观察、思考和积累，他又从欧华文学呈现的精神气象和诸多现象中发现："远行而回归中的文化中和"在某种意义上已然展示出新世纪欧华文学的重要走向。而《欧洲时报》(2014 年 12 月 18 日)记者、华文作家黄冠杰发表的《欧洲华文创作现状一瞥：坚持用文字拥抱精神原乡、文化原乡》，则重点介绍了欧洲的文学组织与华文作家现状，为我们了解欧华文学的生存状况提供了新信息新动向。该文开章明义地指出，欧洲华文创作与亚洲相比，无论从作品的质量和数量上都逊色一些，这与移民人群的职业有关，也与生存状态有关。早期从事创作的大多数来自于台港等地的移民，随着大陆的改革开放，部分学者持续移居欧洲，但数量有限，真正意义上的文学创作尚不多见，大多还是从事学术研究。至于从事外语写作者，尽管创作内容与祖籍国有关，但已经属于另一种表达方式，像法兰西院士程抱一等。重要的是，仍有一些文学组织者和写作者，依然坚持华文写作，用文字拥抱精神原乡和文化原乡。

反观澳华文学研究，近年来从宏观视野谈论澳洲华文文学现状和历史进程的文章并不多见。何与怀博士的《澳华文学是一块不断崛起的新大陆——也谈“澳华留学生文学”的衰落与嬗变》(详见《澳华文学网》)，以在场者和见证者的身份，通过翔实而丰富的资料，经过一番梳理和描述，重新为我们提供了一份当代澳华文学的“全景图”。

## 三

从一个年度有关欧洲及澳洲华文文学研究现状可以看出，除少数取得重大成就或具有广泛知名度的作家作品外，这两大区域的华文文学在国内并不为广大读者所了解和认知，于是未能更多地引起学术界和批评界的关注并进入研究视野，且不说与亚洲语境下的东南亚华文文学相比，即便与同处于西方语境下的北美华文文学比照，无论是欧华文学还是澳华文学，在中国大陆和整个华人世界所能产生的影响或引起的反响的确难以望其项背。造成这种尴尬局面的真正缘由究竟是什么呢？这当中除了存在诸多客观条件的限制，同时有其潜隐的更为深层的内在因素制约着，并非三言两语能够述尽。况且，华文文学在不同的时空和不同的文化语境中的生长态势，乃至不同的人站在不同的视角进行观察、思考和评价不尽相同，都在无形之中影响着华文文学的传播与交流。诚然，在已经形成的作为独立自足的“第三文化空间”——海外华文文学的总体格局中，澳洲及欧洲华文文学便无条件地成为这个“华文文学共同体”的当然成员，只是至今尚无法改变这两个区域处于弱势文学的状态。

尝试着把 2014 年澳洲华文文学及欧洲华文文学研究情况综合在一起，展开一番粗线条的回眸与巡视，挂一漏万在所难免。这固然与笔者有限的阅读范围有关，同时也因为资料匮乏而难以尽如人意。据此，不难发现，尽管海内外学术界和批评界对欧洲及澳洲华文文学研究已取得了或多或少的收获乃至长足的进展，但从整体上而言，仍相对显得较为滞后。首先，从横向上观察，与北美(美加)华文文学研究对比明显不足；从自身的向度上看，与欧洲及澳洲华文文学创作势头相比，研究状况也显得有点迟钝，尚未能及时跟踪、全面立体、有序有效地反映出这两大区域华文写作的真实风貌。其次，如何转换研究视角，尽可能调动更为丰富多样的研究方法，在对研究对象的整体把握和透视的基础上，注重对具体作家作品个案的深入研究，尚需加大力度。再次，如何增强问题意识，寻找新的学术增长点，不断拓开视域，扩张研究领域，以理论带动问题的生成，提升学术含量和品质，为海外华文文学的诗学理论建构提供更有说服力的依据和更多的可能性，同样需要引起足够的重视。

文海茫茫贵涉远，学林深处有奇津。放眼全球，除了中国本土文学外，自然延伸并旅行于世界各个角落的华文文学，在全媒时代特定的历史境遇和文化语境中，一方面是创作视角的日趋多元和复合互渗，另一方面是呈现出一种动态式的不断变化的新态势，从而形成了华文文学的多元、差异和混杂性特征。看得出，华文文学叙事蕴含着相当复杂而丰富的历史文化内涵，需要寻找更为多样的途径和理论思考以及诠释模式来加以解读。唯其如此，才能让创作与研究产生互动，并在不断拓展中寻求到文化身份的新认知，寻求到文化想象与阐释的新空间，有效地推进华文文学创作的发展可能。从这个意义上说，无论是作为海外华文文学重镇的北美华文文学，还是崛起势头明显的欧洲华文文学和逐渐进入爆发期的澳洲华文文学，值得探讨的话题相当丰富。可见，忽略或轻视任何区域华文文学的创作价值、整体趋势和研究意义都是不足取的。因此，如何进一步揭示和把握包括澳洲和欧洲在内的华文文学创作的规律，及其与中国文学之间的视界互动；如何把它们放置于世界文学的格局中进一步加以审视，从而确立其在海外华文文学世界中的合理位置；如何从历史和文本承传角度阐释和展示其作为特定区域所形成的新文学形态、尤其是对其中形成的经典性文本进行研究，探讨其中内含的文化意蕴和文学特质，为世界性的汉语文学研究拓宽新视野、打开新思路，等等，其潜在的意义不言而喻。如是，澳洲及欧洲华文文学研究就有可能走出窘境，吸引更多的研究者主动地把眼光投向这里。而这，正是我们所热切期待的。

2015 年夏日急就于华侨大学

# 2014年东南亚华文文学研究概况

朱文斌　刘红英

东南亚华文文学研究进入21世纪十多年来，突破性进展不大，比如国别华文文学史的撰写一直停滞不前，研究方法和理念还比较单一，研究资料相对匮乏等，这些一直以来困扰研究界的问题并未得到明显改善。然而，可喜的是，华文文学研究界还是比较热闹的，2014年11月在广州暨南大学召开了“首届世界华文文学大会”，这是一次具有划时代意义的盛会，第一次真正地让华文文学创作界与研究界齐聚一堂，相互切磋，增进友谊。来自世界各地的华文文学界近400人共同见证了“首届世界华文文学大会”的盛况，这次大会以“华文文学的文化传承与时代担当”为主题，探讨了华文文学文化担当与时代使命，其中十大专题论坛的举办，成为本次会议的最大亮点，华文文学研究界与创作界展开了充分而热烈的研讨，为华文文学学科今后的建设发展绘制蓝图，促进了华文文学的发展与繁荣。在此背景下，东南亚华文文学研究当然也获得了一些新的发展。通过中国期刊网数据库查询，2014年共有60多篇东南亚华文文学研究论文在各大报纸杂志上发表，还有一些硕博论文也获得通过，取得不俗的成绩，呈现出诸多亮点。

## 一、整体性研究视野开阔，宏观把握较强

本年度东南亚华文文学的整体性研究，是在对东南亚华文文学宏观、整体把握的基础上进行深入分析与细致阐述的。无论是从马华文学的交流到现实存在的焦虑，还是从微小说的探微到闪小说的叙事，无论是从诗歌的诗意、诗性的探析到后现代色彩，还是从“崛起的苏北诗群”到主持人语，无论是从中国现代文学对泰华文学的影响，到印尼华人文学中的中国影像，还是当前网络文学的影响等，类目详备，视角多样，有历时性的纵观，也有横断面上各类不同文体的共振，有资料性的爬梳整理，也有理论性的逻辑追问。当然，值得注意的是，就文体而言，诗歌研究实绩更丰，理论穿透力也强。

杨贵谊的《华马文化交流六百年》①以历史性的视野来纵观华马交流的历史，发现华马交流备受人们关注，有关交流资料也很丰富，但唯有“华马译介及民族文化交流的论述尚嫌不足”。因此，该文以译介工具——词典为对象，展开对华马交流史的梳理。除了词典编排之外，还有对相关报刊的整理、对互换学生与教授的介绍，以及对社会团体、委员会的归纳，最后认为：“从不同历史阶段人们用不同语文编写或编译出来的出

---

① 载《国际汉学》第二十五辑，197-224页。

版物，到通过文化教育而进行人与人之间的直接沟通，前后已走过数百年。”论文资料丰厚、论证细致入微、谨慎严密。

邹秀子的《历史溯源与存在的焦虑——浅谈20世纪90年代马华新生代小说》①对20世纪90年代马华新生代(如廖宏强、柏一、毅修、黄锦树等)的小说创作进行分析，发现新生代作家“一方面为文化失根而忧虑，一方面又不停地解构文化乡愁”，从而认为他们在“承续着拓展深化现实关怀面，也试图更自然地融合本土性、中国性和现代性，并在消解历史、颠覆传统、挖掘民族性中用多元的方式表达存在的焦虑”。论文通过文本细读，逐层剥离，观点独特。郭剑卿的《马华微型小说“微”探》②对微型小说的“微”做出深入分析，认为“威摄”、“微雕”为其美学特征，“微讽”、“微笑”为其美学品格，“南洋镜”、“万花筒”为其美学内涵。微型小说“无论从形制抑或内涵方面，处处体现其‘微’”，分析细致，内容贴切。赵朕的《泰华闪小说的叙事姿态》指出，泰华闪小说是在中国闪小说的基础上兴起并迅速崛起的。闪小说也同传统小说一样，“通过叙述故事和刻画人物来表现人们的生存经验和感情导向”，但它的叙事却更追求娱乐化、消遣化、幽默感等方式，毕竟这种小说是伴随现代社会发展的快速节奏而兴起的，满足的也是人们业余的消遣。当然，也不可否认闪小说中也有一些思想表达深刻的作品。

黄锦树的《寻找诗意：大马新诗史的一个侧面考察》③首先对“诗性”和“诗意”做出辨析，发现马华新诗与新中国文明文学的特征有着惊人的相似；其次从历史的角度考察殖民地苦难中马华新诗的诗意，认为马华新诗具有“呐喊与呢喃”的双重特征；再次论证“民族—非国家文学的反诗意”，最后提出颇有创新性的观点——“反诗意的诗意”。论文资料详实，论证处有自己的思考。朱文斌的《论马华当代诗歌的后现代色彩》对20世纪90年代以来马华文学中的诗歌进行阐释。马华当代诗歌因受西方后现代主义话语的影响，表现出日常化、解构性以及“后乌托邦”色彩。朱文斌对以上三个方面逐一剖析，肯定了马华当代诗歌的新转向，但同时指出“马华当代诗人脱离西方文本与语境，引进后现代主义话语，把诗歌导入晦涩难懂的灾难性绝境”，使“本来已经边缘化的马华诗歌如今更加边缘化，陷入了新的发展困境当中，如何突围就成了摆在我们面前的迫切问题”。④论文问题意识鲜明，理论性突出，逻辑思辨力颇强。萧成的《漫议印尼苏门答腊岛华文诗歌》重点以苏门答腊岛北部诗群，如青松、晓林望春、戈峰、雁诗以及寒松子等为例，对他们的诗歌进行对比分析，在诗行中挖掘各自的思想深意与个性风格，对这一“崛起的苏北诗群”寄予充分肯定与褒扬，当然，论文最后指出“理想的解构与新的形式审美规范，是一个漫长的蜕变和进化过程”⑤，从而对“崛起的苏北诗群”提出新的期待。论文虽为“漫议”，实际却理据确凿。

除了以上对文化、小说、诗歌的论述之外，值得提及的还有一篇述评、一篇《主持

① 载《名作欣赏》，2014年第1期。
② 载《山西大同大学学报》，2014年第6期。
③ 载《华文文学》，2014年第2期。
④ 载《暨南学报》，2014年第4期。
⑤ 载《世界华文文学论坛》，2014年第4期。

人语》，一篇网络文学的分析，两篇学位论文，都是关于东南亚华文文学的宏观观照。甄雷、马遂莲的《中国对菲律宾文学研究述评》①指出中国对菲律宾文学研究经历了三个时期：早期有选择性的翻译、简介菲律宾文学名家名作，中期的菲律宾华文报刊与中国的报刊所关注的"菲华文学"，以及后期的对菲律宾文学尤其是菲华文学的系统研究。如果就研究内容而言，包括对菲律宾文学的总体性介绍，对菲华文学的宏观论述，对菲华文学与中国文学关系之研究。述评分类明确，评述详尽。"主持人语"②是《新马华文学》的主编苏晖对一组关于东南亚文学的三篇论文的概括介绍，分别为王松林对马华作家辛金顺作品《鳖迹》所撰论文、蒋天平对方北方的作品《医生与病人》所撰论文，和金进博士的一篇论文。苏晖非常肯定三篇论文的价值，并指出"此栏目中的三篇文章对于新马华文学与中国文化关系的探讨非常有意义"，而且进一步指出，希望有更多的学者关注新马华文学。颜敏的《马来西亚华文文学网络传播现象略析》③针对的是 20 世纪 90 年代后马华文学随着网络的繁荣，进入网络传播阶段，开始了新的展示空间与生长方式的状况，这样，马华文学具有了从国族意识到对具体个人的生存的关注的转变。《中国现代文学对泰国影响之研究》是山东大学徐佩玲（泰国）的博士论文，论文从泰中两国建交以来文学的交流与发展谈起，分四个方面进行阐述，首先考察中国现代文学在泰的传播途径，其次研究和探讨中国现代文学与泰国"为人生"文学思潮以及泰国激进知识分子、作家的关系，再次研究泰华文学与中国现代文学的关系，最后探讨鲁迅作品在泰国的接受与研究情况。论文角度独特、阐述细致。《论印尼当代华人文学中的中国影像》是沈阳师范大学吴娟娟的硕士学位论文。论文认为印尼华人文学作品中多多少少具有中国文化、中国历史或中国人的社会生活等中国元素，所以她从文学作品中探寻印尼华人作家眼中的中国影像，并探析中国文化在印尼的传播与影响。

## 二、作家作品研究内容广博，论述深入浅出

跟往年差不多，本年度关于作家作品的研究也比较多。作品分析大部分以细读为主，分析处精微独到，但相关内容仍然停留在乡愁、身份、传统文化、离散主题、家国寓言等层面上，在思想和观点上没有新的突破。不过，就艺术形式而言，二元对立的结构特征、死亡叙事等虽不甚新颖，但论证严密，针对作品细处把握，论述有力。

王松林的《〈鳖迹〉何以成了〈旧时的池塘〉——马华作家辛金顺的乡愁书写及其在中国大陆的审美偏差》④认为马华文学"新生代"辛金顺在《鳖迹》中流露出的是复杂的微妙的文化乡愁，但"鳖"与大陆读者在文化上、伦理上、审美心理上都有一些偏差，所以在大陆出版时改名为《旧时的池塘》，这样更切合大陆读者的审美期待。蒋天平的《方北

① 载《东南亚纵横》，2014 年第 1 期。
② 载《新文学评论》，2014 年第 3 期。
③ 载《世界华文文学论坛》，2014 年第 3 期。
④ 载《新文学评论》，2014 年第 3 期。

方小说〈病人与医生〉中的文化身份认同》①就方北方作品和马来西亚的中医历史之间的关系展开分析，从马来人对中医的认同到逐渐疏离，认为马来人的自我身份认同在不知不觉中进行了转变。联系历史来看，随着“一战”、“二战”、“中国国内战争”等的爆发，马华作家从心系祖国逐渐转变为对公民身份的关注。谢永新的《论〈花茶〉对中国传统美德的阐释》②认为秋迪的散文集《花茶》透露出了对中国传统美德的拳拳之心，这种传统美德主要表现在中国人固有的道德观念上，如“忠孝、仁爱、信义、和平”，进而剖析这种情结实际上是来自于秋迪内心深处对中国传统文化的认同与追慕，而且这样一种表达不期然地为菲华文学增添了色彩，促进了菲华文学的发展，从而具有了现实性意义。汪荣的《恋物、悼亡与家国寓言——黄锦树〈鱼骸〉的离散诗学》③认为“《鱼骸》全篇散发着热带的气息与神秘的中国氛围，故事怪诞且意象充盈，将文化政治寓于美学的经营之中，在表面的情节背后潜藏着浓郁的象征意味”。论文从文本对照与主体镜像，到历史创伤和身份焦虑，再到骸骨迷恋和“中国性”问题，加以论证，既有理论深度，又不乏细节分析。赵小琪、何娟的《二元对应性的空间结构美学——论马华作家朵拉〈听风的声音〉中的空间意识》④从空间解构来分析朵拉的散文，揭示出朵拉的散文与一般散文不同，它具有多元、开放、流动与虚拟的二元对应性。现代社会中人们对自然空间感觉迟钝，内在心灵感受枯竭，缺乏责任意识与对自然空间的诗意想象，而朵拉的散文“无论对都市空间的情绪化抵制和理性化反思，还是对自然空间的美学建构和价值坚守，无不具有重要的现实意义和启示性意义”。刘征的《人性关照视野下的生死二元对立——〈出走的乐园〉死亡叙事研究》⑤对该小说集中的死亡进行分类归纳，发现其大致可分为“以鬼魂形象对小说进行叙事，以离奇死亡方式对情节进行刻意编排，以家庭、家族为背景展开死亡叙事这三种叙事类型”。然而，对死亡的书写，其实质是对生的肯定与重估。

作家纵论在内容上来说是较为丰厚与充实的，这些研究对作家的评价与定位都非常到位，虽为议论，却饱含激情。古远清的《以蕉风椰雨介入台湾文坛的作家》⑥对从马来西亚到台湾定居或学习的马华作家进行研究，发现“他们大部分能写、能评、能编，并以蕉风椰雨的异国情调成功第介入了台湾文坛”，他重点选取了李永平、张贵兴、黄锦树、钟怡雯等作家进行阐释，揭示出他们的共性和不同个性。王立峰（香港）的《从“马华”到台湾——论张贵兴的文学创作之路》⑦也颇有特色。一般而言，马来西亚的华人写作都采用“马华”视角，但该篇论文舍弃“马华”立场，对张贵兴的创作进行探讨，认为他的创作历程“经历了台湾化到回归‘雨林’的过程，这其中反映的不仅是作家文学观的变化，也折射出台湾政治文化的变迁”。该论文以张贵兴为例，提出“张贵兴之类

① 载《新文学评论》，2014年第3期。
② 载《广西民族师范学院学报》，2014年第1期。
③ 载《华文文学》，2014年第2期。
④ 载《海南师范大学学报》，2014年第11期。
⑤ 载《宁夏社会科学》，2014年第3期。
⑥ 载《山西大同大学学报》，2014年第4期。
⑦ 载《华文文学》，2014年第6期。

优秀的作家理应在台湾的文学史中占据一个重要的篇章。这既是台湾文学的收获，亦是更好的解读作家的一种渠道”。该论文不仅观点新颖独特，而且视野广阔，思考独到。聊城大学张敏的《黑婴小说主题研究》是她的硕士学位论文(2014 年)。黑婴被钱理群称为“真正能称得起是新感觉派后续作家”，同时也是印尼重要的华文文学作家。该论文对黑婴小说主题进行研究，概括为漂泊主题、荒诞主题和爱国主题。在逐层论述的基础上，肯定黑婴对中国现当代文学的贡献，期待在“重写文学史”的语境下，对黑婴寄予准确的定位与评价。

对某个作家的某一方面研究，在本年度东南亚华文文学研究中所占比重是最大的。和作家纵论研究一样，论者对作家创作的价值观、主题意蕴、地域情结等把握都非常准确。张颖的《从黎紫书的小说创作看新生代的文化价值取向》①从历史记忆的隐匿、族裔边界的模糊、自我身份认同的现实策略三个方面论述了黎紫书的创作，进而探析其文化价值取向，揭示她文学观念的递变历程。黎紫书作为新生代马华作家的代表者，从她的创作可以窥探新生代作家的整体文化价值观。曾麒霖的《浅议黎紫书小说中的懦弱男子形象》②采取新批评文本细读的方法，分析黎紫书创作中的懦弱男子形象，在形象分析的基础上探讨黎紫书创造这些形象的深层原因，认为黎紫书的童年经验、生长环境、游学时的思想资源都是直接影响她创作的根由。在冷峻的笔调背后，彰显的是当代马华女作家的创作特色与美学观念。廖冰凌的《存在之思——新加坡女作家淡莹作品中的哲理意蕴》③以淡莹的诗和散文为研究对象，揭示其创作中的哲理内涵，即对“存在”的思考与书写，论文就淡莹作品的诗性书写、哲理探索和入世体验三方面进行论证，体现了淡莹对生命与诗性的独特把握。李莉的《马华作家黄锦树小说中的闽南情结》④论述了泉州籍东南亚华文作家黄锦树小说中的闽南情结，诸如小说中人物对闽南语的熟练使用，闽南妇女的美好品格，闽南人的价值理念。黄锦树的小说不仅是马来西亚闽南移民的生活写照，也是整个大陆移民依恋故土情感的真实流露。杨月的《泰华作家博夫作品中的中国传统文化色彩研究》⑤在对博夫作品分析的基础上，探析其作品中的中华传统文化因素。泰华文学在曲折发展的过程中，中国传统文化始终伴随其左右。泰华作家在书写生活、生命的同时，总是不自觉地流露出中国文化的特质。从本质上来说，海外华人在逐渐认同所在地文化的同时，总是心系中国文化。庄伟杰的《文化人类学视域与砂劳越情结——马华诗人吴岸的本土化写作及其诗性空间》⑥对吴岸诗歌提出了新颖独特的见解，认为他不同于一般海外华人的乡愁情结，而是自觉地将砂劳越当做自己的故乡。就其实质来说，来自于他站在人类性的高度来看待生命，从而寻找到了一种超越个人性的空间视域，也使其诗歌具有了高度与深度。黄子坚、潘碧华、蔡晓玲的《战乱与

① 载《名作欣赏》，2014 年第 14 期。
② 载《文教资料》，2014 年第 16 期。
③ 载《外国文学研究》，2014 年第 6 期。
④ 载《世界华文文学论坛》，2014 年第 3 期。
⑤ 载《青年文学家》，2014 年第 15 期。
⑥ 载《诗探索》，2014 年第 1 期。

爱：叶传华及其在越战期间创作的华文诗歌》①展示了叶传华晚年，也即越战期间的诗歌创作，探讨其作为一个越南华人、文化人对人生、生命以及战争与爱的深入思考。越南华人在异国落地生根后，建立华语学校并创办报刊，在20世纪第二次世界大战后最是蓬勃。叶传华正是在这种背景中创作出了关于战争的诗篇，来表达他对局势的无奈，而作为一个教育家，他更多的是注重对生命的关怀与思考。吴春兰的《论新华作家南子的微型小说》②对南子的微型小说做了深度解读，从荒诞的表现手法、反串的叙事视角、幽默的生活智慧等方面来阐释，认为南子小说传递出"热爱生活、珍视生命，既要活，就要快乐地活"的观念，而这样一种超然的观念和南子对佛学的理解有密切关系。朱崇科的《刘以鬯的南洋叙事》③针对学界对刘以鬯小说中娱乐题材的作品研究泛乏的现状，另辟蹊径，着力于研究前人涉猎较少的《热带风雨》、《甘榜》等，注重他的南洋经验与独特叙事风格。无论是南洋风景，南洋虚构还是南洋安置，都细致入微、论述严谨。最后总结到刘以鬯的南洋叙事使他成功实现了自我创作风格的转变：他"既是马华文学本土建构的参与者，又是年轻本土作家的模仿资源，同时反过来，南洋经验又成为刘以鬯提升自我、转化为香港作家的有力推助力"。陈大为的《赶在风雨之前——论傅承得政治抒情诗的思维结构》④探讨了马华诗人傅承得的政治抒情诗《赶在风雨之前》：在一个特殊的政治语境中创作，却反映出的是一个文人孤独的生命体验与心灵感知。论者指出："这是一个文人的战争，独自带着他的书斋意识、菁英读者、月如策略、风雨幻境和爱国精神……记载茅草行动之后的不安年代和心灵。"谢永新的《论诗人陈国正对越南华文文学的贡献》⑤总结德高望重的诗人陈国正在文学创作、文学编辑和文学新人培养方面，对越南华文文学做出的贡献，并指出研究的意义在于使我们了解越南华文现代诗的创作概况与发展趋向。

## 三、报纸杂志研究愈见深入，会议奖项整理增多

文学流派、文体形式与报纸副刊之间，地域文化文学的传播接受与杂志论文之间有着种种偶然与必然的关系，格局风格同行并走。这一方面的相关研究者都掌握了大量的详细的资料，事理确凿。贾颖妮的《〈南洋文艺〉与马华新生代批评的崛起》⑥阐释了马华新生代从根本上改变了马华文坛的解构与文化思潮的走向，但他们对马华文学的重构很大程度上是借用了《南洋文艺》作为传播媒介的。《南洋文艺》最大的特色是"刊登大量的文学理论或理论文章"，它设立有文学论争、马华文学评论并设定议题，使文学批评公开化。当然，从传播来看，刊物起的作用很大，但实际上，"背后有更深层次的政

① 载《外国文学研究》，第6期。
② 载《世界华文文学论坛》，2014年第3期。
③ 载《福建论坛》，2014年第10期。
④ 载《山西大同大学学报》，2014年第4期。
⑤ 载《华文文学》，2014年第4期。
⑥ 载《小说评论》，2014年第3期。

治、经济、文化和社会背景因素”。论文从以上三个方面突出了《南洋文艺》和马华新生代崛起的密切关系。陈庆妃的《九十年代马华散文的新势力与副刊现象考察》①辩证地论证了20世纪90年代马华散文与副刊的关系：一方面，马华散文依凭副刊推陈出新，革新审美、语言与文体；但另一方面，由于对报纸副刊的依存度过高，不得不符合“报学”特点，从而呈现出消费时代文化消费的商业性，失去了大散文的思想容量。最后指出本论文的意义所在：“考察90年代马华文化副刊现象是对马华文坛阶段性的回望，既是总结，也是为延续至今的马华文坛的动态研究提供方法论上的可能。”吴奕锜、王文艳的《深耕“本土”与走向“世界”：现代传媒与90年代以来的马华文学——以“花踪文学奖”和〈花踪文汇〉为例》②以详尽的资料显示了“花踪文学奖”的设立与《花踪文汇》的编排，并对文汇作品进行提炼归纳，认为《花踪文汇》“保存和显示了马华文学近20多年来的创作实绩，描绘了马华文学发展演变的轨迹，具有弥足珍贵的史料价值和文学史意义，同时显示了传媒在参与建构‘马华文学经典’中发挥的重要作用”。向忆秋的《印尼华文文学在中国大陆的传播和研究(1985—2012)——以〈世界华文文学论坛〉和《华文文学》为例》③整理和评述了自1985年至2012年登载于《华文文学》与《世界华文文学论坛》的印华文学及研究论文，认为“印华文学研究从‘垦荒’到发展，所有成绩的取得都和《世界华文文学论坛》、《华文文学》两刊的支持息息相关”，并分析了中国大陆“印华文学研究”的发展进程和研究特点，如学理性探讨和印象式批评并行，而后在深度、广度上又有所加深。赵振详的《论菲华社会的笔战与菲华报刊发展》④分四个方面论证了菲华社会的笔战与菲华报刊的发展，分别为菲华报刊笔战的缘起、党报与报刊论战、文学团体与报刊论战、维护华社利益与报刊论战。论文充分肯定菲华文学作者和菲华报人在笔战中的力量，而且肯定笔战促进了菲华报刊的发展，对传播中华文化起到了不可低估的作用。陈庆妃的《1990年代马华文学场域与地志文化散文的兴起》⑤肯定了马来西亚报纸副刊对90年代马华散文的重要影响，它不仅是马华散文主要的发表阵地，而且成就了新生代作家的崛起。当然，另一方面新生代的创作也受到了副刊专栏特点的影响，比如，公共性与专栏性、策划性和时效性、消费性与娱乐性等。论文辩证统一，说理透彻。厦门大学张雅博的《〈人民报〉副刊群与缅甸华文文学(1951—1960)》(2014年硕士学位论文)写道：“创刊于1947年的缅华日报《人民报》在创刊之处便开辟文艺副刊，登载文艺理论、文学作品等，在一定程度上反映了20世纪50年代缅甸华文文学的发展脉络”，从而梳理了《人民报》副刊的出版内容以及传播状况，从史实得出“缅华《人民报》在一定程度上较为清晰地勾勒出50年代缅华文学的发展面貌，同时推动了缅华文学的进步与发展”的观点。

2014年7月18—19日，在拉曼大学金宝校区举办了一场跨区域的华文文学国际学

① 载《华侨大学学报》，2014年第2期。
② 载《暨南学报》，2014年第11期。
③ 载《世界华文文学论坛》，2014年第3期。
④ 载《厦门大学学报》，2014年第6期。
⑤ 载《暨南学报》，2014年第11期。

术研讨会。主题为“战后马华、台湾、香港文学场域的形成与变迁”。会议由马来西亚拉曼大学中华研究院主办，与会者横跨三地。会期为两天，共设立六个分场，议题包括：文学观念、文学与媒介、作家与作品，两场博士研究生论坛，以及神州诗社的神话与反思。“2014年，拉曼大学研讨会已迈出研究计划的第一步，未来两年将陆续由香港与台湾承办。轮流在三地举办研讨会……将有助于马华文学、台湾文学、香港文学间跨国越界研究的进一步拓展与深化。”暨南大学陈安娜的《花踪文学奖与马华文学典律重构》(2014年硕士学位论文)将“花踪文学奖”放置于历时的宏观的文学场域与权力关系中，得出90年代以来“花踪文学奖”对马华文学典律的重构起到的作用。论文首先回顾马华文坛上的文学论争，其次考察花踪文学奖是如何介入到马华文学典律的重构之中的，最后回归到具体的获奖文本创作上。

还有一些书评也值得关注。凌逾的《南洋风与现代性的解语者——评张松建的〈文心的异同〉》①对张松建的《文心的异同》做出高度评价：“全书视野开阔，论述全面，谋求拆解近代现当代时期划分，以当代新马华文学关照中国现代文学，借现代文学分析探究新马华文学，以当代海内外学者学术成果反思中国现代文学研究之路，借此打通现当代文学。”论文从三个方面来概括该书的特点：一是捕捉南洋风、异域调，深挖本质特性，深化东南亚华文文学研究；二是省思洞察现代性；三是关注海外汉学，考察海外中国学的现代性问题。徐忠友的《构建文学交流的桥梁》②对浙江评论家、诗人龙彼德的《梦莉散文艺术》一书进行评论，认为“该书对泰国著名散文家梦莉独创的‘梦莉体’优秀散文进行了全新的评论。因每篇评论前面都附有梦莉的原文，看上去原著者是‘画龙’，评论者为‘点睛’……成立中泰两国文化交流的一个新文本”。论文在评论的同时，附有龙彼德与梦莉等学人的插图，图文并茂，叙论结合。王德威的《金进的〈马华文学〉序》③首先指出马华文学研究的边缘性特征，在此基础上认为金进的专著《马华文学》是非常具有挑战性的。《马华文学》这部著作非常成功，“在编排上以四编为叙述框架，以重要作家为切入点，借此，任何对马华文学有兴趣的读者可以循序渐进，获得清楚脉络”。当然，在此基础上，仍有可探索的空间，比如，对马华文学“史前史”的探讨，在经典人物之外，对不同文学、文类以及被忽略的作者的研究，以及对马华作为华语语系文学的理论坐标的探索等。王德威教授在充分肯定的基础上提出了合理性建议。

总的来说，2014年度东南亚华文文学研究可以说是点、线、面俱到，篇幅数量也很丰富，其中具有创新性、理论驾驭力强的论文也有一些。但综合来看，不足之处比较明显，如在宏观整体的论述方面还需要进一步的提升，在普遍的离散、家国、文化等主题之外还需要挖掘，尤其缺乏系统性的专著。不过，随着越来越多的青年才俊不断加盟到华文文学研究队伍中来，以及国际性华文文学交流活动不断增多，我们有理由相信，东南亚华文文学研究必将在现有的基础上有着更美好的前景，也必将出现更有深度、力度的批评佳作。

---

① 载《华文文学》，第4期。

② 载《文化交流》，2014年第5期。

③ 载《世界华文文学论坛》，2014年第1期。

# 资　料

# 2014年世界华文文学大事记

袁　青

1月15日，中国作家协会创研会等单位主办的台湾诗人绿蒂诗集《四季风华》研讨会在北京举行。

1月17日，翁志聪出任台湾文学馆馆长。

1月19日，香港《亚洲周刊》2013年十大小说评选结果揭晓，苏童、黄锦树、朱国珍等人作品入选。

1月，马华当代散文选《与岛漂流》在吉隆坡出版。《海外星星数不清——陈瑞琳文学评论选》在北京出版。

2月16日，由国际华文诗人协会、《世界华文诗报》联合举办的“第二届世界华文诗杯新诗大奖赛”揭晓。

2月，由韩国釜山大学现代中国文化研究室翻译的“现代中文文学代表作品系列(3)”出版。第17届世界华文文学国际研讨会论文集在福建出版。

3月3日，台湾出版家姚宜瑛去世。

3月20日，由澳门文化局与当地葡文报纸《句号报》联合举办的第三届澳门文学节拉开帷幕。

3月27日，“全球华文写作中心揭牌仪式暨文学创作座谈会”在台湾师范大学召开。

3月31日，记录片《我们总是读西西》在香港中文大学首映。

4月5日，内地作家毕飞宇任香港浸会大学驻校作家。

4月10日，南加州诗歌艺术节“与痖弦、杨痖有约”在洛杉矶举行。

4月12日，台湾与马来西亚文学交流暨新书发表会在东华大学举办。

4月13日，怀念林忠民暨朗诵比赛颁奖典礼在马尼拉举行。

4月25—26日，城市文学节在香港城市大学举行。

5月1日，台湾著名诗人周梦蝶去世。

5月2日，香港资深报人、作家罗孚逝世。

5月4日，台湾赴美作家李渝去世于纽约。

5月10日，台湾《笠》诗刊五十周年系列活动在台北、台中等地分别举行。

5月17日，香港公共图书馆等单位举办文学月会，题为“结构与叙事——小说的虚构世界”。

5月21日，亚洲华文作家协会文艺基金会代表赴北京向中国资深作家王蒙致敬。

5月26、27日，第十届东南亚华文文学研讨会在福建厦门、泉州两地举行。

5 月，由林静助策划的 2014 年世界华文文学国际学术研讨会在台北举行。由犁青担任总主编、朱寿桐为分卷主编的《香港新诗发展史》出版。

6 月 1 日，马来西亚“南方诗歌节”开幕。

6 月 10—16 日，新加坡书展首次举办台湾文学节。

6 月 15 日，香港《字花》杂志讨论粤语文学的创作可能及相关问题。

7 月 3—7 日，首届两岸学子论坛在厦门大学举行。

7 月 14 日，马华文学节在吉隆坡开幕。

7 月 16—22 日，第 25 届香港书展在香港举行。

7 月 18、19 日，第一届“战后台湾、香港、马华文学场域的形成与变迁”国际学术研讨会在马来西亚拉曼大学举行。

7 月 28 日，《我们留台那些年》在吉隆坡举行新书发表会。

7 月 31—8 月 4 日，第二届华文朗读节在台北举行。

7 月，《香港文学大系 1919—1949》全套 12 卷，已出版新诗、散文等六卷。江少川《海山苍苍——海外华裔作家访谈录》在北京出版。《小诗磨坊》泰华卷第八辑在曼谷出版。

8 月 1 日，菲律宾华文作家协会“文学面对面”交流会在马尼拉举行。香港《明报月刊》附册《明月》制作《为华文文学倾尽心血——曾敏之》专题。

8 月 2 日，陕港澳台文化学者论坛暨文化峰会在西安举行。

8 月 9 日，骆明荣获新加坡政府颁发的“公共服务章”星。

8 月 20 日，“缅华笔会”在澳门注册成立。

8 月 22—29 日，北美华文作家协会举行年会，选出新会长赵俊迈。

8 月 23、24 日，“第三届两岸民族文学交流暨学术研讨会”在台北举行。

8 月 27 日，“澳门文学丛书”22 册在北京出版。

8 月 29 日，第五届 Ben · 华文世界电影小说奖征文开始。

8 月，龚则韫接掌北美华府作协会长。

9 月 1—2 日，“台湾文学大会师”在台湾大学举行。

9 月 6 日、10 月 11 日，菲律宾灵惠学院与台湾“侨务委员会”在马尼拉举办汉字文化节。

9 月 22 日，第 22 届汉新文学奖颁奖典礼在美国新泽西州举行。美国第 4 届纽曼华语文学奖由台湾朱天文获得。

10 月 2 日，缅华文学界最年轻的文学团体“抹谷雨”成立。

10 月 4 日，加拿大华裔作家协会与温哥华中央图书馆合办的新书发表会在温市举行。

10 月 4、5 日，“哥伦比亚大学中国展望论坛”以“聆听中国 · 对话全球”为主题，在美国纽约哥伦比亚大学举行。

10 月 15 日，《越南华文文学》总第 26 期出版。

10 月 17—18 日，施叔青国际学术研讨会在台北举行。第五届“华文诗学名家国际论坛”在重庆举办。

10月20日，韩国朴宰雨在湖南大学文学院主讲“当下儒学与鲁迅：儒学复活潮流中如何拥抱鲁迅”。

10月12日，北美洛杉矶华文作家协会组团前往北京、武汉、长沙、上海四地访问，历时23天。

10月24日，第13届海外华文女作家协会双年会在厦门大学开幕。

10月24—26日，两岸新诗国际论坛在台湾举行。

10月25日，“中加文学论坛”国际研讨会在滑铁卢大学瑞纳森学院举行。

10月25—27日，第10届世界华文微型小说研讨会在吉隆坡召开。

10月26日，北美第三大城市举行多伦多国际作家节，举行中国专场讨论会。

10月29日，中国作家协会一行四人在法拉盛与纽约作家交流。

10月30日，《澳门日报》社长、作家李鹏翥逝世。

10月31—11月9日，第17届新加坡作家节邀请国内外四种语言源流的作家参与，出席的华文作家有苏童、张翎、麦家等人。旨在推广英语文学艺术的香港国际文学节在香港举行。

10月，古远清编纂《世界华文文学研究年鉴·2013》，由汕头大学《华文文学》出版。姚嘉为《越界后，众声喧哗——北美文学新视界》在台北出版。

11月1日，《香港文学》制作“世界华文文学扫描”专辑。“香港文学的前世今生”文学讲座在香港中央图书馆举行。

11月2日，“第三届21世纪世界华文文学高峰会议”在南京大学举行。

11月13日至16日，首届中国新移民文学研讨会在南昌举行。

11月19日，首届世界华文文学大会在广州开幕。

11月20日，世界华文文学联盟在广州成立。孙德安当选为亚洲华文作家协会会长。

11月21日，大陆研究华文文学专家潘亚暾去世。

11月22—23日，首届全球华文作家论坛在台北举行。

11月25—12月14日，“华马文化交流六百年”资料展在吉隆坡举行。

11月28—12月3日，两岸文学刊物主编高峰论坛在台北召开。

11月，世界华文文学研究文库第二辑共10本在广州出版。颜敏选编、陈思和著《行思集——台港澳暨海外华文文学论稿》出版。

12月4—7日，“跨文化论坛2014：海外汉学与比较文学研究新方向”在北京语言大学召开。

12月6日，澳大利亚中文作家协会举行年会。

12月7日，由热带文学艺术俱乐部等主办的新马两地诗文交响会，在新加坡艺术之家举行。由新加坡热带文艺俱乐部和书写文学协会主办的“林涛与海韵——新马两地诗文交响会”在新加坡举行。

12月16—22日，第二届海峡两岸文学笔会在台湾举行。

12月，北美作协出版《亦侠亦狂一书生——夏志清先生纪念文集》。

# 2014年世界华文文学奖项

袁　青

1月11日，《中国时报·开卷》好书奖举行颁奖典礼。

3月25日，吉隆坡福建会馆主办双福文学奖基金会，公布资助名单。

3月29日，第4届全球华文文学奖星云奖公开征稿。

4月26日，马来西亚第5届理工大学奖公布得奖名单。

4月27日，第10届澳门文学奖颁奖礼在澳门科学馆举行。

5月2日，台北“中国文艺协会”主办的“中国文艺奖章”获奖名单揭晓。

6月20日，唐奖首届汉学奖揭晓，得奖者为余英时。

6月23日，第18届台湾“国家文学奖”揭晓，旅美作家王鼎钧获奖。

6月28日，第32届华文学生文学奖颁奖典礼在台湾明道中学举行。

6月30日，首届《联合报》文学奖大奖揭晓，陈列获奖名单。

7月13日，第2届月曲了青年诗奖颁奖典礼在马尼拉举行。

7月15日，第5届“红楼梦奖”揭晓，香港作家黄碧云获奖。

8月19日，第4届华文世界电影小说奖颁奖。

10月26日，首届世界华文微型小说双年奖(2012—2013)的评选成绩揭晓，获得二等奖的是希尼尔(新加坡)、若萍(泰国)及曾沛(马来西亚)。

10月28日，首届全球华文散文大赛公布得奖名单，加拿大曾晓文等人获奖。

11月4日，2014年新加坡文学奖成绩揭晓。华文源流的获奖作家为周德成(诗歌类)、林高(小说类)、何乃强、尤今(非小说类)。

11月10日，“漂母杯”散文诗歌赛在德国汉堡豫园举行颁奖典礼。

11月11—12日，第三届“中山杯”华侨华人文学奖颁奖仪式在广东中山市举行。

12月3日，马来西亚南方大学学院王润华获得第二届“南洋华文文学奖”。

12月7日，第四届全球华文文学星云奖揭晓，北美作家石丽东得奖。

12月8日，第十三届马来西亚华文文学奖颁奖仪式在吉隆坡举行。

12月31日，中国世界华文文学学会主办的“文化中国·四海文馨”全球华文散文征文大赛截稿。

12月，“首届华语红色诗歌征稿”评奖在京揭晓。

# 2014年中国大陆高校开设华文文学课程概况

古远清

## 东北地区

**吉林大学** 白杨教授共开三门课程：(1)《台港文学专题研究》，30课时，授课对象为本科生，教材自编。(2)《台港及海外华文文学研究》，52课时，授课对象为硕士生，教材为曹惠民主编《台港澳文学教程新编》，复旦大学出版社2013年版；饶芃子、杨匡汉主编《海外华文文学教程》，暨南大学出版社2009年版。(3)《台湾现代诗研究》，授课对象为博士研究生，30课时，教材为白杨著《穿越时间之河——台湾“创世纪”诗社研究》，吉林大学出版社2013年版。

**黑龙江大学** 中文系徐昭晖讲师主讲《台湾文学研究》课程，36学时，汉语言文学本科选修课，无固定教材。

**辽宁师范大学** 乔世华副教授讲授《世界华文文学研究》，54课时，授课对象为文学院中国现当代文学专业研究生(一年级，即2013级新入学研究生)，使用自编教材。

**齐齐哈尔大学** 人文学院杨玉静老师主讲《港台文学》课程，32学时，汉语言文学本科选修课。教材：《20世纪台湾文学史》，陆卓宁编著，民族出版社，2006年。参考书：《台湾小说发展史》，古继堂著，人民文学出版社，1985年；《台湾新诗发展史》，古继堂著，人民文学出版社，1989年；《当代台湾女性小说史论》，樊洛平著，河南人民出版社，2005年。

## 西北地区

**陕西师范大学** 程国君教授讲授课程为《海外华文文学研究》，计30课时，授课对象为全校本科生及中国现当代文学专业硕博士研究生，使用教材为江少川等主编的《台港澳暨海外华文文学教程》以及陈瑞琳主编的《一代飞鸿——北美新移民小说精选与点评》、《当代海外作家精品选读》。

## 西南地区

**云南大学** 黄丽副教授开设《海外华文文学研究》课程，36课时，为选修课，使用教材不固定。

**西南大学**　文学院徐茜讲师开《海外华文文学》课程，36 课时，为汉语言文学专业(包括师范类和非师范类)的选修课，使用教材是饶芃子、杨匡汉主编的《海外华文文学教程》。

**西南科技大学**　周逢琴副教授开设《台港澳文学》，对象为本科生，32 课时，教材为自编或曹惠民主编《台港澳文学教程》。

**四川大学**　文学与新闻学院中文系张叹凤教授，开专业选修课《世界华文文学研究》，以台湾香港及北美华文文学为主，授课对象硕士研究生，已开课十年左右，自编教材，每周上二学时，一学期总计 36 学时。

**西南民族大学**　王进教授开《当代台湾文学专题研究》，每周 2 学时，对象为研究生，无固定教材。

**重庆三峡学院**　陶德宗教授共开三门课：(1)《台港文学与世界华文文学》，32 课时，对象为中文系本科生，教材为陶德宗著《百年中华文学中的台港文学》；(2)《台港文学与文化》，32 课时，对象为全校学生，教材为陶德宗著《百年中华文学中的台港文学》；(3)《台港文学与华文文学研究》，32 课时，对象为研究生，教材为陶德宗著《百年中华文学中的台港文学》。

**贵州师范学院**　袁曙霞教授开《台港文学与文化》，每周 2 学时，一个学期 34 学时。上课对象为中文系及全校学生，教材为自编的《台港文学概论》，贵州人民出版社 2002 年版。

**贵州财经大学**　何琼教授开《台港文学欣赏》，每周 2 学时，一个学期 32 学时。上课对象为全校学生，系选修课，教材为自编的《台港文学：民族文化的艺术透视》，民族出版社 2008 年版。

## 中南地区

**郑州大学**　文学院樊洛平教授所开课程为《台湾文学研究》，授课对象：本科生、研究生，其中本科生(专业选修课)，36 学时；研究生(专业必修课)，54 学时。没有规定性教材，主要参考教材为：刘登翰等主编《台湾文学史》、古继堂主编《简明台湾文学史》等。

**河南大学**　文学院田锐生副教授，为本科生开设必修课《台港文学课》已经 20 年。每周两个课时，用的是他自己的教材《台港文学主流》。

**河南理工大学**　文红霞副教授，为本科生开设必修课《中国当代文学》，华文文学占五分之一，没有使用固定教材。

**河南广播电视大学**　彭燕彬教授，开设《世界华文文学》课程，为基础选修课程，54 学时。教材为由彭燕彬主编的《世界华文文学教程》。

**武汉大学**　赵小琪教授，共开两门课程：(1)《世界华文文学经典欣赏》，36 学时，授课对象为全校本科生，教材自编。(2)《世界华文文学经典研读》，36 学时，授课对象为文学院本科生，教材自编。荣光启副教授另开设有专业选修课《港澳台文学专题》，

36课时(自2006年开始，一学年一次)。授课对象：文学院本科生及全校学生，自编讲义。

**中南财经政法大学** 中文系世界华文文学研究所肖画讲师开《世界华文文学》课程，32学时，授课对象为本科生，教材为古远清《当代台港文学概论》。

**华中科技大学武昌分校** 中文系江少川教授共开两门课程：(1)《台港澳文学》，48学时。(2)《海外华文文学》，40学时，授课对象为本科生。教材为江少川、朱文斌主编的《台港澳暨海外华文文学教程》、《台港澳暨海外华文文学作品选》，华中师范大学出版社出版。

**湖南师范大学** 吴培显教授主讲《台港文学》，34课时，授课对象本科生，教材为古远清《当代台港文学概论》。

**湖南第一师范学院** 文学与新闻传播学院李立平副教授开设《台湾文学赏析》，36学时，全校公选课，教材自编。

**暨南大学** 共开四门课：(1)李亚萍副教授开《海外华文文学》课，教学对象大三本科生，36学时，教材《海外华文文学教程》及读本，暨南大学出版社。(2)王列耀教授、蒲若茜教授合开《海外华人文学专题》，教学对象博士生，50学时，教材自编。(3)王列耀教授讲授《海外华文文学》，教学对象研究生，54学时，教材自编。(4)龙扬志博士讲授《台港澳文学作品选读》，教学对象大一、大二本科生，36课时，教材自编。

**中山大学** 朱崇科教授开《马华文学》课程，36课时，授课对象大一大二本科生，使用教材朱崇科著《考古文学“南洋”》和他自己的论文。

**深圳大学** 文学院中文系钱超英教授、胡旭梅副研究员开设《海外华文文学》课程，每周2课时，授课对象为汉语言文学专业本科生，教材为公仲主编的《世界华文文学概要》。

**广州大学** 周文萍副教授所开课程为《台港澳文学》，36课时，授课对象本科生，教材不固定。

**华南师范大学** 凌逾教授开设《港澳台文学》课程，36学时，授课对象为本科生。使用教材凌逾《跨媒介：港台叙事作品选读》，广东高等教育出版社，2012年8月版。

**广东财经大学** 卢建红副教授开设《台港澳文学研究》，32课时，授课对象为本科生，没有固定教材。

**汕头大学** 燕世超教授开设《海外华文文学研究》课程，32学时，授课对象为本科生，自编讲义。

**广东外语外贸大学** 李惠娟副教授开设《台港澳暨华文文学》课程，36学时，对象为本科生，选修课，教材为江少川、朱文斌主编的《台港澳暨海外华文文学教程》。

**广东韩山师范学院** 林茵讲师开《港台文学》课，32课时，使用教材为尉天骄主编《台港文学名家名作鉴赏》，北京大学出版社出版。

**广东惠州学院** 颜敏副教授开《海外华文文学》课程，36课时，授课对象本科生，使用教材《海外华文文学教程》，暨南大学出版社出版。

**广东第二师范学院** 陈涵平教授开设海外华文文学课，1学期16节，对象为文学院本科生，教材为饶芃子《海外华文文学教程》，暨南大学出版社2011年出版。

**广东技术师范学院**　陈翠平讲师开设两门课，一是《港台小说研究》选修课，1 学期 32 节，对象为研究生，教材为江少川等主编的《台港澳暨海外华文文学教程》。二是刘茉琳讲师开设《中国代文学史》，其中港澳台文学占四分之一，1 学期 54 节，教材为自编，对象为本科生。

**岭南师范学院基础教育学院**　管怀国教授、易丽华讲师、高承新讲师合开《台港澳文学》，每周 2 学时，一个学期 34 学时。上课对象为中文系大专生。系选修课，教材为自编的《台港澳暨海外华人作家选讲》。

**北京师范大学珠海分校**　文学院傅天虹教授共开三门课：(1)《海外华文文学》，授课对象文学院本科生，每周 3 学时，教材自编；(2)《台港澳文学》，授课对象文学院本科生，每周 3 学时，教材自编；(3)《金庸与台港新武侠小说》，授课对象为全校学生，每周 3 学时，教材自编。

**广西民族大学**　文学院陆卓宁教授讲授课程为《海峡两岸当代文学比较研究》，36 课时，授课对象：2012 级现当代文学专业硕士研究生。使用教材：(1)陆卓宁《海峡两岸文学：同构的视域》，中国文联出版社，2001 年；(2)陆卓宁主编《20 世纪台湾文学史略》，民族出版社，2006 年一版，同年二版，2010 年三版。(3)其他。张柱林教授开《台湾文学》，30 课时。授课对象：2011 级汉语言文学本科专业。使用教材：陆卓宁主编《20 世纪台湾文学史略》及其他。

**广西师范学院**　陈祖君教授讲授《台港文学专题研究》，32 课时，授课对象文学院中国现当代文学专业研究生，自编讲义。

**海南师范大学**　文学院杨若虹副教授主讲《台港女性作家作品选讲》，18 课时，全校公选课，教材自编。

## 华 东 地 区

**复旦大学**　中文系梁燕丽副教授共开三门课程：(1)《世界华文文学研究》，授课对象研究生，每周 2 学时，教材自编。(2)《海外华人文学》，授课对象 MFA(创作班)研究生，每周 2 学时，教材自编。(3)《台港澳文学研究》，授课对象本科生(中文二学位)，每周 2 学时，教材自编。

**同济大学**　钱虹教授，开有《世界华文文学研究》课程，34 课时，授课对象为研究生，自编电子版教材。

**南京大学**　刘俊教授共开三门课程：(1)《白先勇研究》，授课对象本科生，每周二课时，自编讲义，参考书：《悲悯情怀——白先勇评传》《情与美——白先勇传》。(2)《台湾电影赏析》，授课对象本科生作家班，每周三课时，自编讲义。(3)《台港暨海外华文文学研究》，授课对象硕士生，每周三课时，自编讲义。(4)《世界华人文学专题研究》，博士生课程，每周二课时，自编讲义。

**南京师范大学**　李志教授开设《世界华文文学研究》课程，60 学时，授课对象为硕士研究生，教材自编。

**南京信息工程大学**　张勇副教授开设《华文文学导读》，对象为本科生，32 课时，教材为江少川、朱文斌主编《台港澳暨海外华文文学教程》，华中师范大学出版社，2007年版。

**南京晓庄学院** 杨学民教授开设《台湾现代派小说研究》，32课时，对象为本科生，自编教材。

**苏州大学** 陈小明副教授所开课程为《台港文学研究》，36课时，授课对象为文学院本科生，教材为曹惠民主编《台港澳文学教程新编》，复旦大学出版社，2013年。樊燕讲师所开课程为《台港文学研究》，36课时，授课对象为苏州大学文正学院本科生，教材为曹惠民主编《台港澳文学教程新编》。

**江苏师范大学** 方忠教授和王梅芳教授合开《台港澳文学研究》课程，36学时，授课对象为研究生，使用教材为曹惠民主编《台港澳文学教程新编》。

**江南大学** 共开三门课：庄若江教授开设《两岸三地文学比较研究》，授课对象为研究生，32学时，自编讲义。陈佳冀副教授开设《台港文学研究》，本科选修，32学时，教材为曹惠民主编《台港澳文学教程新编》。赵翌讲师开设《台港影视作品鉴赏》，本科选修32学时，自编讲义。以上课程均2学分。

**江苏盐城师范学院** 李曙东讲师、孙晓东副教授合开《港台文学》，15课时，授课对象为汉语言文学专业本科四年级学生，教材为曹惠民主编《台港澳文学教程》，汉语大辞典出版社出版。

**江西师范大学** 陈琳副教授讲授《港台文学》课程，专业选修课，32课时，授课对象为本科生，教材自编。

**南昌大学** 张俏静副教授开设《世界华文文学研究》，对象为中国现当代研究生，每周3课时，教材为公仲主编的《世界华文文学概要》。

**南昌师范学院** 戴勇讲师，开设《华文文学》课程，授课对象是汉语文学科本科专业的学生，36课时，专业选修课，教材是江少川、朱文斌主编的《台港澳暨海外华文文学教程》，华中师范大学出版社出版。

**东华理工大学** 李斌、程桂婷合开《海外华文文学经典作品精讲》，30课时，全校选修课，教材不固定。

**江西赣南师范学院** 周建华副教授开设《台港文学》，32课时，专业选修课，教材自编。

**扬州大学** 王澄霞副教授共三门课：(1)《台港澳文学研究》，对象为本科生，选修课，32课时，使用教材是曹惠明主编的《台港澳文学教程新编》。(2)《世界华文文学研究》，对象为研究生，36课时，没有规定统一教材。(3)《台港澳文学研究》，通选课，对象为全校非中文专业的本科生，32课时，教材为曹惠民主编《台港澳文学教程新编》。

**浙江绍兴文理学院** 朱文斌教授开《台港澳暨海外华文文学》课程，每周2课时，授课对象为汉语言文学、对外汉语专业的三年级本科生，使用教材为江少川、朱文斌主编《台港澳暨海外华文文学教程》。

**厦门大学** 台湾研究院朱双一教授开两门博士生课程：(1)《台湾文学创作思潮史》，周课时为3，使用教材朱双一著《台湾文学创作思潮简史》，九州出版社2010年版；朱双一、张羽著《海峡两岸新文学思潮的渊源和比较》，厦门大学出版社2006年版。(2)《当前台湾文学重要问题研究》，朱双一教授，周课时为3。另朱双一教授与吴舒洁助理教授合开两门硕士生课程：(1)《古代及日据时期台湾文学史论》，周课时为3，使用教材朱双一著《闽台文学的文化亲缘》，福建人民出版社2003年版，人民出版社2013年重版；朱双一著《台湾文学创作思潮简史》，九州出版社2010年版。(2)《当代台湾文学创作思潮》，周课时为3，使用教材朱双一著《台湾文学创作思潮简史》，九州出版社2010年版。张羽教授主讲二门课程：(1)《日据时期台湾文学研究专题》，对象为本校硕士生；(2)《台湾文学与电影》，对象为本校硕士生。苏永延主讲《东南亚华文文学研究》，对象为本校本科生。

**厦门大学**　史言助理教授开有两门相关课程：(1)《20世纪台湾文学》，32课时，没有固定教材，面向本科2、3年级。(2)《海外华文文学》，24个课时，没有固定教材，面向研究生1、2年级。

**福建集美大学**　文学院张媛教授开设《当代台港文学专题》，32学时，专业选修课，教材为古远清《当代台港文学概论》、江少川等主编《台港澳暨海外华文文学教程》。

**福建师范大学**　朱立立教授共开两门课程：(1)《台湾文学与电影》，每周2学时，授课对象：本科三年级，使用自编教材。(2)《华文文学研究》，每周2学时，授课对象为研究生，教材：朱立立著《身份认同与华文文学研究》，上海三联书店2009年版。李诠林副教授共开四门课程：(1)《台港文学研究》，2课时，授课对象硕士研究生，教材为李诠林《台湾现代文学史稿》(海峡文艺出版社，2007年版)；(2)《台港澳诗歌研究》，2课时，授课对象本科生，自编教材；(3)《海外华文文学研究》，2课时，授课对象本科生，教材为《海外华文文学教程》(暨南大学，2009年版)；(4)《台湾现当代文学概况》，2课时，授课对象本科生，自编教材。

**福建闽南师范大学**　向忆秋副教授开校公选课《当代台港文学研究》，36课时，授课对象为本科生，没有使用固定教材。

**华侨大学**　庄伟杰教授开设《台港散文名家名作赏评》，36课时，无教材。马娟娟讲师开设《海外华文文学研究》，36学时，教材为江少川的《台港澳暨海外华文文学教程》。

**莆田学院**　孟建煌教授开设《华文文学》课，2学时，对象为本科生，教材为《海外华文文学教程》(暨南大学出版社)。

**安徽师范大学**　吴尚华副教授开设《台港文学》选修课，授课对象为本科生，32学时，教材为吴尚华著《台港文学研究》，安徽人民出版社2007年版。

**安徽合肥学院**　朱育颖教授在该校新闻学专业讲授《中国现当代文学》，两学期80学时，增添了有关海外华文文学的内容，其中，概述1课时，陈映真、白先勇、李昂各2课时，授课对象为本科生。

**济南大学**　宋晓英教授开设海外华文文学研究课，1学期32节，对象为文学院现当代文学、比较文学专业研究生，教材：汉语与英语两种，饶芃子等《海外华文文学教程》，暨南大学出版社2011年出版。

**山东德州学院**　丰云副教授讲授《华人流散文学》课程，36课时，授课对象为现当代文学专业硕士研究生。无固定教材，饶芃子、杨匡汉主编《海外华文文学教程》、江少川、朱文斌主编《台港澳暨海外华文文学教程》、公仲主编《世界华文文学概要》、陈贤茂主编《海外华文文学史》、黄万华主编《文化转换中的世界华文文学》以及业内的主要专著如陈涵平的《北美新华文文学》、钱超英《诗人之死：一个时代的隐喻》、丰云《新移民文学：融合与疏离》，都是主要的参考书。

**山东鲁东大学** 由张清芳副教授开设《20 世纪中国文学史》，含台港文学 15 课时，教材为严家炎主编《20 世纪中国文学史》。

## 华 北 地 区

**北京大学** 计璧瑞教授共开四门课：(1)《台湾文学专题》，36 课时，授课对象为本科生，教材为刘登翰主编的《台湾文学史》；(2)《台湾文化事件解读》，36 课时，授课对象为本科生，教材为自编；(3)《两岸文学关系》，36 课时，授课对象为本科生，教材为自编；(4)《台湾小说十家》，36 课时，授课对象为本科生，教材为自编。

**北京师范大学** 文学院沈庆利教授主讲中国现代文学专业研究生专业基础课，32 学时。在讲课过程中以“海峡两岸文学之比较”、“海内外华文文学之比较”作为主要专题内容，重点分析了鲁迅、林语堂、白先勇、金庸等经典作家的文化心理个性，教材自编。台湾大学的黄美娥教授到北师大开设了《台湾文学史论》课程。

**首都师范大学** 艾尤副教授开《台港女性小说研究》，授课对象研究生，54 课时，自编教材。

**北京第二外国语大学** 廖四平教授为中国现代文学研究生开《华文文学》课，每周二课时，教材包括古远清《当代台港文学概论》等多种。

**北京语言大学** 人文学院赵冬梅副教授共开两门课程：(1)《华文文学专题》，授课对象为比较文学与中国现当代文学专业的中外研究生，必修课，每周 2 课时，自 2008 年始每年春季开课，无教材，提供参考文献；(2)《海外华人文学》，授课对象为中文系本科生《比较文学概论》的一次专题必修课，每学期 2 课时，无指定教材，提供参考文献。

**天津师范大学津沽学院** 卢翎教授开设《海外华文文学专题研究》课程，34 课时，授课对象本科生，自编教材。

**天津师范大学文学院** 卢翎教授开设《台港澳暨海外华文小说专题研究》课程，34 课时，授课对象为本科生，自编教材。

**南开大学** 刘堃讲师开有《海外华文文学研究》课程，36 课时，授课对象为本科生，教材为饶芃子、杨匡汉主编《海外华文文学教程》，暨南大学 2009 年版。

**附：中国社会科学院文学研究所** 黎湘萍研究员共开三门课：(1)《台港澳与世界华人文学史研究》，60 课时，授课对象为博士生；(2)《中国现当代文学生态变迁：晚清至九十年代》，80 课时，授课对象为博士生；(3)《中国大陆的“台湾学”》，80 课时，授课对象为博士生。赵稀方研究员共开两门课：(1)《翻译文学史》，60 课时，授课对象为博士生；(2)《中国翻译文学史》，40 课时，授课对象为博士生。张重岗副研究员共开三门课：(1)《战后台湾文学研究》，40 课时，授课对象为硕士生；(2)《海外华人文学研究》，40 课时，授课对象为硕士生；(3)《东亚近代文人交流史》，40 课时，选修课，授课对象为硕士生。

（说明：本文系作者给每所学校打电话或开会期间访问所得，一定有不少遗漏，欢迎补充修正）

# 2014年中国大陆和台湾文学研究硕士博士论文提要

朱双一

张丽雯的硕士论文《边缘人身份与白先勇的小说创作》(山东师范大学，导师姜山秀、孙桂荣)分析白先勇的四种边缘处境及其在四部作品中的文学呈现，即童年的边缘化情感体验和性格特质在《寂寞的十七岁》中的呈现；文化上的边缘化状态在小说集《纽约客》中的体现；政治边缘人身份对小说集《台北人》创作的影响；作为性取向上的边缘人对同性恋题材长篇小说《孽子》写作的影响。

胡晓宇的硕士论文《论白先勇小说的漂泊意识》(山东师范大学，导师王万森)认为白先勇把他对漂泊的独特感受与思考诉诸文字，书写了寄身孤岛的"台北人"、中西方文化夹缝中的"纽约客"、被主流伦理道德所放逐的"孽子"(男同性恋者)等三类漂泊者形象，言说的独特方式包括意象的描摹、"戏剧化"叙事和意识流手法等。作家受中国传统的命运无常、岁月易逝的生命体验和存在主义人生哲学的影响，满怀悲悯之情地书写置身社会"边缘"的漂泊者的痛楚与失落，以帮助人们面对孤独的自我，勇敢地生存下去。

张昭清的硕士论文《白先勇、苏童小说比较论》(山东师范大学，导师李掖平)从小说的家族主题、女性形象、色彩意象和艺术手法等方面将白先勇和苏童加以比较。如白先勇用家国同构的方法，将家的衰亡同国民党的衰败结合在一起；苏童则让主人公自愿走进没落之中，同家族一起衰败灭亡。白先勇笔下的家族女性面对性压抑时选择忍受，苏童笔下的女性虽反抗却最终难逃悲剧结局。在色彩意象中，白先勇的红色是生命力的象征，代表着抗争又代表着原始的欲望；苏童的红色则更多地与黑色结合，传达出欲望的张扬。白先勇擅长运用色彩的对比，苏童则善于运用色彩的流转。在艺术表现上，白先勇擅长运用意识流和弗洛伊德心理分析法，苏童擅长运用虚构与荒诞等先锋派艺术技巧。

董娜的硕士论文《白先勇小说及其影视改编研究》(西南大学，导师李永东)探析白先勇小说成为影视改编宠儿的缘由——除了漂泊与怀旧感得到青睐外，还具有极强的影像感，另外，色彩、音乐元素和意识流的运用，都便于影视改编时直接挪用；对比分析了白先勇小说和改编后的影片在主题表现、人物塑造、情节处理、叙事结构等方面各自的特性，由此反观视觉文化发展的今天，文学尤其是小说的生存空间及改编策略。

许佳《白先勇和田纳西·威廉姆斯短篇小说中女主人公雌雄同体性质的对比研究》(中国海洋大学，导师杨连瑞)通过对文本叙述技巧的结构性分析和诗学的鉴赏，揭示白先勇和威廉姆斯笔下女性人物的共同点——女性特质和男性特质的融合，而这种具有雌雄同体特质的女性人物形象可归入社会边缘人这一群体。

宋芳《白先勇与太宰治作品中悼亡贵族情结的比较》(辽宁大学，导师刘立善)认为，都具有“贵族”身世背景的白先勇与太宰治的作品中弥漫着的感伤情调以及对于高雅的孜孜追求，都源于其内心对于“贵族”的追怀。两人记录、美化衰败，多写失意的破落贵族、迷惘的知识分子、旧道德重压下的女性以及边缘人，其抗争命运的无力、反叛社会的荒唐以及死亡的结局，折射出强烈的死亡意识。两人都抛弃大众文学的消遣性和低俗性，呼唤小众的、贵族的精神回归。

叶小芳《时间意识·家国意识·人性表现：白先勇短篇小说研究三题》(浙江师范大学，导师付建舟)认为《台北人》《纽约客》等，“时间”是其最重要主题，流泻出历史沧桑和生命无常感；异地无根的生命漂泊感和浓重乡愁使白先勇深思家国境遇；作者笔绘幽深复杂的人性，并受存在主义影响，力图表现人与环境的关系以及与命定悲剧和荒谬所作的不屈的抗争。

李红梅的硕士论文《从接受美学视角看〈台北人〉的白先勇自译本》(重庆大学，导师李永毅)指出，《台北人》由作者白先勇和美国学者叶佩霞合作完成14篇小说的全部英译，暗合了接受美学的“文本召唤结构”、“隐含读者”和“读者期待视野”等概念和观点。由于文化差异，译语读者无法理解《台北人》原文本中某些东西，白先勇对原文合理地进行阐释，吸引译语读者像原文读者参与原文意义创造一样参与译作意义的生成；尽管自译者这一特殊身份便于他对原文进行大胆的修改、调整和创新，但白先勇在翻译过程中很大程度上还是忠实于原文；译者还考虑了目标语读者的接受能力和审美趣味，采用了注释、增补、转换、审美期待等翻译策略，以实现目标语读者与译本的视野融合。

余理梁《小说翻译中叙述视角与叙述声音的再现——以〈台北人〉为例》(广东外语外贸大学，导师张保红)认为，翻译小说不仅是翻译故事，再现叙述话语才是重中之重，而这必然要考虑再现叙述视角与叙述声音。白先勇在《台北人》中灵活地操纵各式各样的视角与声音来鲜明地塑造人物或推动故事发展，如视角的转换，声音的融合等。对照其译文，可发现译者通过多种翻译技巧，比如巧妙地运用人称和时态，大体上再现了叙述视角与叙述声音以及相应的叙述效果。译文也存在不足之处，仍有可以改善的空间。

潘旭的硕士论文《文化冲突中的“婚恋”反思——试论陈若曦的婚恋小说》(吉林大学，导师白杨)认为具有中西生活体验的陈若曦以批判的立场反思传统文化对情爱的压抑，以怀疑的态度看待西方现代性爱自由，在历史传统与社会现实中探寻一种“理想”的婚恋状态。论文分析陈若曦笔下传统观念束缚下的婚姻、“文革”中被压抑的情爱、文化冲击下的异域婚恋等三种不幸婚姻类型，探寻陈氏理想中的两性角色和她所建构的传统与现代相融合的婚姻“桃花源”，并深入解读其以男女情感的抉择隐喻两岸政治前景的书写策略。

马一萍的硕士论文《知识女性的乌托邦追寻——陈若曦小说研究》(福建师范大学，导师朱立立)探究陈若曦文学创作与人格精神之关联：其早期作品着重刻画乡间众人的生死挣扎、命运倾轧以及所受父权制思想等的压迫与钳制；“文革”时期各类人物在时代中挣扎与沉浮，显露了红色乌托邦的幻灭过程；移民时期描写海外华人琐碎生活、多元文化下知识分子群像以探寻其家国认同；回台后透过妇女与宗教问题，讨论女人的出路这一终极命题，最终由“何处是女儿家”的焦灼不安转变为“处处是女儿家”的踏实笃定。她不曾放弃对于乌托邦理想的追寻，透过写作来圆满人生，最终达到“为人生而艺术”的目的。

张侠的硕士论文《〈吉陵春秋〉中的华人形象与中华文化研究》（华中师范大学，导师苏晖）探讨《吉陵春秋》中李永平对于华人形象的颠覆及其原因，包括男性所代表的原乡中国的权威、秩序、等级的颠覆，孤儿寡母形象体现的对于传统母亲形象的颠覆，传统伦理道德关系的破坏、宗教信仰的俗化呈示的中华传统文化的失落。但李永平的目的在于建构，原乡追寻乃其一生创作的主题：他试图通过颠覆性的塑造来重建逝去的原乡，在无限的背离中又无限地向原乡中国靠近，对于原乡中国的追寻过程也是他寻求文化身份认同的过程。

邹秀子的硕士论文《“原乡”书写与纠葛：李永平小说论》（暨南大学，导师王列耀）拓宽“原乡”的定义使之包含三个维度：文化母体的原乡（中国），文学母体的原乡（台湾），生命母体的原乡（婆罗洲），由此探究李永平“原乡”书写背后的发生动机、表现形式、文学旨趣。论文梳理在台马华作家的流寓经历并分析其特殊处境所造成的文学特色；从“李永平的内在追寻”、“台湾书写与李永平的都市反思”、“婆罗洲书写与李永平的生命溯源”三个维度来具体阐释李永平的“原乡”书写，并探讨“原乡”纠葛与小说内在张力的关系——纠葛导致了什么样的结果以及造成了小说什么样的特色。

甘志伟的硕士论文《反抗精神与民族意识的书写——鲁迅与赖和小说人物形象比较》（东北师范大学，导师吴景明），以鲁迅和赖和的小说人物作为切入视角，通过比较分析，探究出鲁迅和赖和的文学联系。鲁迅在其小说中塑造出一系列典型的人物形象，或揭露，或讽刺，或批判，挖掘出小说人物悲剧命运背后的罪恶根源。赖和同样关怀着民众疾苦，透过小说中的人物，揭露和批判日据时代背景之下的台湾社会生活的种种面向。

许月桥的硕士论文《论二十世纪台湾小说的抗战书写》（重庆师范大学，导师郝明工）以20世纪台湾小说的抗战书写为研究对象，包括台湾老一辈作家的文化抗日，抗战胜利后外省作家的战争题材小说创作和台湾新世代作家的抗战小说创作。这些小说再现大陆战场以及南洋战场，勾描战争背景下台湾同胞的抗日精神，诠释殖民地人民在日本殖民统治下的悲剧生活和抗争历程，暴露了帝国主义对宝岛台湾从物质世界到精神世界的摧残。

徐瑾的硕士论文《台湾的半个文坛——林海音文学活动研究》（陕西师范大学，导师程国君）以林海音文学创作之外的其他文学活动作为研究对象，研究其编辑活动、出版活动、文坛交际活动的意义价值。林海音作为编辑具有独特的审美眼光，她革新版面，创办《纯文学》月刊，其倡导的“纯文学”编辑风格对台湾文化导向发挥着不可低估的作用。她通过文学沙龙等形式集结了一批同时代知识分子，营造了一种“民间文坛”的气氛。她践行着纯文学的理念，传播以文学性、艺术性为主导风格的文学作品，带给读者精神的充实、思想的提升。她带动了本土文学的发展，促进了两岸文学交流，推动了台湾文学乃至中国现代文学的发展，足可堪称“台湾的半个文坛”。

詹浩的硕士论文《洛夫诗歌艺术研究》(云南师范大学，导师胡彦)将洛夫诗歌创作分为超现实主义色彩明显的创作前期(20世纪50至70年代)、向中国传统诗学回望的创作中期(20世纪80年代至20世纪末)和以“天涯美学”为标志的创作后期(新世纪以来)，指出洛夫一生经历了两次流放，这两次大的人生转折不仅使诗人对生命有了更深刻的认识，同时也给他日后的诗歌创作积累了丰富的素材。他将从传奇般人生经历中获得的对生命的领悟融化在诗歌中，其创作反映出中国古典诗学和西方诗学的双重维度。他的创作风格也经历了两次明显的转变，一次是从躁动不安的超现实主义转变为向中国古典诗学习，变得含蓄沉稳；另一次的转变更大：试图超越民族与国家的界限，在更高层次上思考生命存在的意义，探索诗歌艺术。

孟宪恕的硕士论文《商禽诗歌美学研究》(苏州大学，导师陈小明)使用文本细读、数据及图表分析以及比较文学、修辞学等方法，从商禽的美学自认、散文诗美学以及意象美学等三个方面对商禽的诗歌美学进行研究。商禽的美学自认可以概括为以“超现实”美学的外衣进行“更现实”的内容创作，即借助超现实主义的形式与方法来表现诗人对社会、对人生的种种看法。在散文诗创作上，以小说意图、戏剧表演和惊心效应为美学特征，以虚与实相间、时与空交错、情与境逆转为美学手法。在意象的塑造上，运用了大量的具体意象群来表现战争与和平、逃亡与自由、故乡与异土的象外之象。

吉琳的硕士论文《论於梨华的留学生小说创作》(扬州大学，导师王澄霞)认为，在中国20世纪留学生文学发展的过程中，於梨华起着承上启下的作用。她的小说摆脱了20世纪初期留学生文学纯粹描写“弱国子民”自卑心态的局限，开创性地描写了海外留学生在异国他乡遭遇的文化困境，冷静客观地讲述了“失根的一代”海外华人在异域漂泊奋斗的经历，表现了他们在中西方文化交流碰撞下苦闷、迷茫的心态。艺术上她既继承了中国传统文学客观真实地再现生活的手法，浓郁的自传色彩增强了小说的真情实感；又大量借鉴了西方现代派文学的表达技巧，尤其是对意识流手法的运用。尽管在情节设置、主题表现等方面也存在不足，但她作为留学生文学创作领头雁的特殊地位应得到肯定。

雷超的硕士论文《苏雪林与中国文学的性灵传统》(西南大学，导师王本朝)认为苏雪林自觉地融合了现代思想与传统文化，形成了独具特色的个人风格。她与性灵文学传统之间的关联表现在对以袁枚为代表的性灵思想的承传与发展上。其出生地的地域文化环境的熏陶、家庭氛围及其童年的认知和阅读积淀、五四时期的“言志”风潮等，构成苏雪林与性灵文学传统的文化渊源，其“倡扬性情”、“倾爱自然”、“孩童气质”等，显示出对性灵文学思想传统的内化。苏雪林的性灵思想在文学作品中主要表现为诚挚真率的情志，恬淡、和平、闲适的情调，清新、灵动、自然的风貌；在文学批评中主要表现为对才情并茂之文的推崇，对艺术个性与独创的强调及她率真直性的批评风格。苏雪林受时代语境以及晚年心境变迁影响，文风有所变化；对异域文化的吸收与整合促进了其性灵文学思想的丰富与发展。

潘惠霞的硕士论文《苏雪林早期文学批评论》(湖南师范大学，导师周仁政)认为苏雪林的文学批评活动可分为两个时期，1949年离开大陆后集中在“反鲁”，本质上已经脱离文学批评而倾向政治批评，而早期的倾向于新人文主义的文学批评更具有文学性和研究性。她于1919年来到北京求学后深受以人性、理性为核心的新人文主义思潮的影响，她早期文学批评的基本观念主要从普通人性、理性节制、道德价值观三个方面体现出来。论文通过和当时众多批评家的横向对比，凸显苏雪林早期文学批评的三个重要特征：一是对批评作家的宽容；二是对批评作品中思想内容和艺术形式的双重重视；三是批评方法的多样性，善于运用分类、比较、引证多种方法展开批评。苏雪林早期文学批评对文学史书写具有开拓价值。

黄小梅的硕士论文《苏雪林〈中国文学史〉研究》（华中师范大学，导师汤江浩）以苏雪林的《中国文学史》为研究对象，从其成书、不同版本的比较、蕴含的文学观与文学史观等三个层面加以解读，以期揭示其独特价值。该文学史有三个版本：讲义版《中国文学史》（1934年版）、《中国文学史略》（1938年版）、《中国文学史》（1970年版）。讲义版前设导论，从先秦文学起至两宋词止，并非完本。1938年本删除导论，从商代起至现代文坛止，文学史规模完整成型。1970年版整合讲义版与1938年版修改而成。比较其《中国文学史》不同版本之差异，有助于探索其修改意旨。同时苏雪林《中国文学史》对陆侃如夫妇的《中国文学史简编》多有参照，梳理其参照借鉴之处，比较同中之异，有助于把握苏雪林《中国文学史》的独特之处。

徐婷婷的硕士论文《论陈映真小说中的忏悔意识》（吉林大学，导师白杨）详细分析了陈映真作为一位思想型作家，其小说中所具有的浓郁忏悔意识，包括其思想背景、表现形态以及这种意识下人物的命运等，由此挖掘作品中的精神内涵。陈映真小说中忏悔意识的产生，具有苦难的历史记忆、传奇的个人经历、浓郁的基督教文化背景以及内省的现代新文学传统的继承等四个方面的原因。这种忏悔意识分为两个层面：首先是个人指向，表现为个人对理想的幻灭、爱情的失落的忏悔和自剖；其次是社会指向，表现为对政治本质的戕害、消费主义下人的异化、文化失据下的文化荒芜三个方面的忏悔和批判。陈映真小说中忏悔意识下人物的命运和出路，有的在良知与现实的对抗中走向疯狂和毁灭，有的在短暂的忏悔之后向现实妥协而走向虚无，也有人在反思与忏悔之后超越解脱而走向新生。

朴美莲的硕士论文《中韩巨商题材历史小说研究——韩国崔仁浩〈商道〉和中国台湾高阳〈胡雪岩全传〉为中心》（延边大学，导师李官福）以具代表性的中韩近代历史商贾小说——中国台湾高阳的《胡雪岩全传》和韩国崔仁浩的《商道》为中心进行比较研究，从中寻找韩中商贾在其商业精神和财富价值观的形成过程中反映出的异同点，进一步探讨两国文化差异——虽同源于儒家思想，却在不同的社会体制和不同的民族风土中孕育出不同的民族商贾形象和传统民族文化以及性文化。

邵敏的硕士论文《都市文化视野下的朱天文小说研究》（安徽大学，导师张鲁高）认为朱天文缘于对台湾社会转型、时代变迁的敏感，“眷村”和台北都市成为她创作版图上两个轮廓鲜明的审美空间。眷村是朱天文书写不完的个人生活经验，台北既是异化的都市空间也是当代人无法摆脱的生存场域，二者的交叉叙述是个体生命记忆与城市命运的交融。朱天文通过对都市中人与物的发现来捕捉当下都市人与都市时空环境的关系，揭示现代都市人的生存状态与生存焦虑。

王超的硕士论文《朱天文小说创作中的“语—图”关系研究》（山东大学，导师黄万华)认为在《传说》《炎夏之都》《世纪末的华丽》《荒人手记》《巫言》等作品中，朱天文利用“视觉再现之语言再现”的优势，建立起文学场域和图像场域的互文关系，塑造出色彩的、绘画的、广告的或空间的视觉艺术。朱天文自参与台湾新电影运动后，其小说语言显示出“影像化”特征，在保持文学语言独立性、审美性的同时，创造性地吸收了电影表现手法，如特写、光影造型、视听综合效果、长镜头、蒙太奇等，生成“影像文本”。此“图像化”“影像化”的原因，一方面是朱天文自身独特的艺术感悟能力和她细腻、感性的女性形象思维；另一方面表现在“读图时代”文学与图像的密切联系、特定的消费文化语境以及导演侯孝贤的影像美学对她文学创作的影响和启发。朱天文用文字对抗了遗忘，用图像强化了记忆的穿透力，表现出一种对现实的关怀和对文化的反思。

姜福安的硕士论文《在西方理论的观照中反思叶嘉莹的词学——以其对“诗化之词”的论述为中心》(上海师范大学，导师刘耘华、孙景尧)论述叶嘉莹将词分为“赋化之词”、“辞化之词”和“诗化之词”三类的依据及赏析这三类词的不同方法，探讨叶嘉莹在解析“诗化之词”时所用的理念与叔本华的理念之间的差异；分析叶嘉莹用“意识批评”来与其解释“诗化之词”的方法作参照的得失，并比较了儒家道德和康德实践哲学的不同，证明了叶嘉莹受钟锦影响用康德实践哲学来分析苏轼和辛弃疾的做法有欠妥当。

黄华钧的硕士论文《叶嘉莹“兴发感动”说在中学古诗词教学中的意义及运用》(海南师范大学，导师薛泉、李纪镜)认为“兴发感动”说是叶嘉莹文学批评理论的核心内容，它的提出有着深厚的内涵和广阔的外延，该理论对中学古诗词教学有一定的指导意义：一是为教师制定教学目标提供了理论依据；二是为教师评点古诗词提供了标准；三是为教师讲授古诗词提供方法上的指导。叶嘉莹指出对古典诗歌的讲授和欣赏，要能够对诗歌中感发的生命作出传达，使读者或者听众可以获得一种心灵上的激励感发。

赵程程的硕士论文《论多元文化观对王鼎钧散文创作的影响》(山东师范大学，导师王景科)指出王鼎钧一生漂泊流离，时代变幻的冲击、丰富的生命感受和多元文化传统的熏陶促使他在思想层面上做出反应，最终形成了自己独特的“鸡尾酒式”精神信仰——多元文化观。他对儒家，基督，佛教等多种文化采取了“海纳百川”的包容心态，这种多元文化对其散文创作中主题的选择，博采众长的文体观和文体跨越现象，散文中修辞手法的运用等有重要作用。王鼎钧散文中的多元文化内涵，包括儒家“修身齐家治国平天下”的千秋情怀，基督教文化辉映下的博爱胸襟，基于佛教因果律的慈悲情怀等。

张皓宇的硕士论文《“现代意识”的深化与危机——现代性视野下的台湾现代派小说研究》(山东大学，导师黄万华)认为，20世纪中国文学的现代化进程可以视为现代意识的建立与演变的过程。以“现代意识”为标准，王文兴、七等生两位作家愈发呈现着突出的地位。王文兴对个体孤独的必然性抱有深深的执念，他对人与人之间能够实现真正的沟通不抱任何希望，有着深刻的绝望感；另一方面，他完成了个人主义观念从伦理学向美学的转化，实现了对个体孤独状态的审美演绎，并由此建立起了全新的独属于自己的汉语审美表达体系。而七等生则在认同了个体的孤独性基础上，以其对自由与爱的信仰，通过对个体存在的内省，走出了个体存在的困境，建构起平静而坚韧的生命哲学，并将个体的归宿投向大自然，在自然之美、生命之美与文学之美的和谐中，实现了个体的审美化生存。

刘显茹的硕士论文《〈杀夫〉与〈紫色〉的对比研究》(青岛大学，导师赵洪玮)将黑人女作家艾丽斯·沃克的代表作《紫色》和李昂的《杀夫》加以比较，指出两位女主人公——林氏与西丽都生活在以男性为中心的父权制社会中，其生活的压抑和艰辛颇为相似，然而却有不同的觉醒之路和最后结局。从社会背景、外部助力、经济根源以及个人内因四个方面可剖析导致这一结局的原因。该论文运用理论分析了两部作品中主要女性形象：马克思主义女性主义揭示经济地位对于二者觉醒的不同作用；新女性主义则阐释了两性和谐的重要性，并纠正以往女性主义支持两性冲突的误区。

贾艺薇《龙应台：穿越多重维度的文化旅行》(山西师范大学，导师傅书华)认为，龙应台文学创作风格的独特与变化是在其经历了不同时期的人生经验基础上获得的。台湾、欧洲、香港不同时空的转换，身为人女、为人母的不同生命体验，文人的学而优则仕的独特经历，多重身份的变化使得龙应台的作品呈现出独特的价值，跨文化的宏阔视野在其作品中有明显呈现。龙应台80年代以来的创作犹如一场跨越时空的旅行，其目光从现实台湾转向文化中国，从中华文明转向全球化视野，在传统与现代的对照中穿越历史的长河，记录了一本关于生命的日记，在跨越多重维度的旅行中走向人生的深沉。

薛逸珺的硕士论文《龙应台散文的审美追求》(湖北民族学院，导师毛正天)认为，龙应台作为拥有儒家思想的知识分子积极入世，从学者、作家到两度出任官员且政绩斐然；她也是一个拥有悲天悯人情怀的文坛斗士，结合西方启蒙思想为公民权利而呐喊；同时她也是一个女儿、一个母亲，有着对于父母的思怀、对于孩子的谆谆教导，她的文字以女性特有的细腻感人入深。在当今全球化的趋势之下，拥有多重身份的龙应台兼具中西文化思想，在她的作品中也越来越完善地表现出其多元化的文化观和生命哲理的思想性。

李月的硕士论文《龙应台亲情散文研究——以〈孩子，你慢慢来〉和〈目送〉为例》(西南大学，导师董小玉)指出，龙应台的《孩子，你慢慢来》,《亲爱的安德烈》和《目送》聚焦家庭亲情，以与之前完全不同的创作风格展现了其作为公共知识分子之外为人母、为人女的柔情一面。前者记录了龙应台卸任台北市公职后与处在青春期的儿子满怀喜悦和新奇的生活以及对幼儿的教养；第二部以散文书信的方式探讨人生成长；后者是她在经历了父亲的去世后，对时间及生命感悟的亲情散文集。其作品呈现了一个豪放与温婉兼具，由青涩走向成熟的完整的当代女性作家形象。从《孩子，你慢慢来》到《目送》，两部亲情散文集既是一个跨越二十年的情感呼应，也见证了她在体味、认知亲情方面的成长。

魏青云的硕士论文《多重身份的完美演绎——龙应台散文创作浅论》(华侨大学，导师倪金华)认为，龙应台每个阶段每种身份都给当时的作品打下了深深的烙印。写《野火集》的龙应台，从美国学成返台，对当时社会的种种陋习不能“熟视无睹”，出于知识分子的良知和责任感而大声疾呼。写《人在欧洲》、《看世纪末向你走来》的龙应台，是定居在欧洲行走于世界各地的中国作家，培养了中西比较的思维模式，形成了全球化的视角。写《孩子你慢慢来》的龙应台，是初为人母母性意识觉醒之后的年轻妈妈，为了小生命甘当家庭主妇，享受孩子带来的改变和喜悦。写《亲爱的安德烈》、《目送》的龙应台，从官员回归学者，是母亲，是女儿，写出了中年女性上有老下有小的人生困境。写《大江大海一九四九》的龙应台，经过多年人生历练后，形成了古今中外纵横交错的认知参考系，着眼于个人在历史洪流中的不可抗的命运，回归对“人”的关怀。

解志智的硕士论文《龙应台杂文创作论》(河南师范大学，导师马治军)认为龙应台杂文以广泛的社会批评见长，犀利尖刻、一针见血，带有强烈的情感，在华人界有很大影响。她的观点广阔且视野独特，言论酣畅淋漓，不受约束，拥有非凡的勇气和气场。随着龙应台阅历的丰富和思想的更加成熟，她把关注的目光从台湾扩大到了全球、人类和历史，凸显了知识分子的使命感。她的出生背景和生活经历以及西方自由主义文化深刻地影响了她的杂文创作，赋予其杂文与众不同的高度和广度。她的杂文视角独特而且语言犀利，运用多种口语，通俗易懂、平易近人。与鲁迅相比，他们的杂文既同时体现了杂文的真实性、说理性和启蒙性，又因为时代、地域、性别等的原因含有各自不同的风格特点。

李沐丁的硕士论文《论龙应台创作中的批判意识》(东北师范大学，导师程革)认为，多重社会角色之间的转换和东西文化的交融使得龙应台有着广阔的文化视野，从1985年的《野火集》到2009年的《大江大海一九四九》，她的每部作品都能引起社会的广泛关注和强烈反响。龙应台猛烈批判公民个人意识、社会文化、教育等问题的背后，掩藏着她强烈的社会责任感和对个人的关怀。成长经历、文化背景及台湾当时处于戒严时期的大环境是龙应台批判意识形成的原因。其批判的主题包括对社会环境的批判、对文化的批判、对教育的批判及对生命的思索等方面，具有深刻的思想内涵。她的作品中所运用的批判策略，包括游走于危险边缘的“策略性”写作、犀利有力的语言表达，贴近民众的言说策略等方面，这是其作品在阅读时带给读者亲切感与冲击力的原因。

刘辉的硕士论文《和谐论视角下的散文英译——以龙应台〈亲爱的安德烈〉的翻译为例》(苏州大学，导师方华文)指出，《亲爱的安德烈》作为一部书信体散文，由龙应台母子二人的36封书信往来组成。本文选取了其中的序言、第九封信、第十六封信以及第二十八封信为例，以笔者自身的翻译实践为基础，从和谐论的视角探求散文英译的基本策略，包括译者与原文的关系，译者与译文的关系，译作与原文的关系，译作内部等的关系，译作与读者的关系等。

李一的硕士论文《台湾图像诗语图关系研究》(山东大学，导师黄万华)认为，从20世纪50年代至今，台湾前行代、中生代和新世代诗人对图像诗的实践和创新从来未曾断绝，将多样性的图像技巧、多元化的媒介手段发挥到了极致。从夏宇对个人诗集进行个性化的装帧设计，到借助镜头语言和绘画艺术所创作出的“录影诗”、“视觉诗”，到以网络、多媒体等多种媒介为载体的“网络诗”(数位诗)、“多媒体诗”，媒介的多元无为图像诗的发展开辟了广阔的空间。借助图像成为现代诗歌走出浪漫抒情的桎梏，表达现代主义知性的重要手段，当后现代主义登陆台湾，文类界限的模糊、意符的游戏化等都造就了台湾图像诗的再次繁荣。不过，对形式的过分看重往往会带来诗歌深层内涵的式微，其弊端也发人深思。

胡亚楠的硕士论文《美国汉学界的沈从文研究——以夏志清、金介甫、王德威为中心》(华中师范大学，导师王泽龙)认为，国内学界曾对沈从文及其作品产生了大量的误读，夏志清、金介甫、王德威等人对沈从文进行了重新“挖掘”和审视。夏志清在《中国现代小说史》中以近一万三千字的专章介绍沈从文，第一个“发现”了沈从文，对沈从文作品的“自然人性”与“牧歌情调”的特点进行了考察和论证。金介甫站在文化视角对沈从文文化气质的成因进行了全方位的揭示，并且指出沈从文的“湘西世界”与福克纳的“约克纳帕塔法”存在一些共通之处。王德威提出隐藏在沈从文抒情手法背后的是反讽话语，即“批判的抒情”。沈从文的“乡愁”不仅是追溯过去，并且是以现实为出发点想象和重构过去，更像是一种“想象的乡愁”。美国汉学界沈从文研究的特点和不足，包括深受西方文化及文学批评观念的影响、具有比较文学的视野等。

洪若晨的硕士论文《现代与本土的交织共生——陈芳明台湾新文学史观试论》(华侨大学，导师倪金华)认为陈芳明的台湾新文学史观承袭与融合了台湾本土主义、现代理论以及后殖民主义等文学观念，但由于理论建构与文学、政治事实的差距而导致文学史书写中的各种矛盾和冲突。《台湾新文学史》展示了在台湾文学场域中的政治认同与现代性文化符码的此消彼长。其实没有“一部”大写的、单数的台湾新文学史，只有先后或同时并存的“多部”小写的、复数的台湾新文学史。台湾新文学史的书写回归的不是“大写”的历史而是“小写”的复数的历史。台湾新文学史研究领域的争议与对话，持续地拓宽了台湾文学的可能性，使台湾文学史能够回归文学历史丰富而复杂的本真面貌。

张蓉的硕士论文《台湾眷村小说离散主题研究》(广西师范大学，导师刘铁群)认为，第一代眷村人最开始被动离散来到台湾，时刻渴望返回大陆与亲人团聚而不可得，表现出来更多的是一种漂泊无依的心理状态。第二代眷村人出生并成长于眷村，简陋的眷村房屋、杂乱无序的眷村生活以及令他们反感的眷村人文环境，使他们主动逃离眷村，却面对临着身份归属的问题。两代眷村人有着各自不同的离散特征，却也拥有相同的苦痛和悲愁，由此铸造了眷村小说中凝重、苍凉的作品意蕴。眷村小说开始于离散，也终结于离散。随着眷村的改建与拆除，陆续搬离眷村的人们带着关于眷村的一切回忆、情感以及对眷村里的人、事、物的深深眷恋离开了眷村，但他们所具有的眷村印记却永远地保留了下来(厦门大学，导师阎立峰)。

杨扬的硕士论文《两岸电影中的经典青春叙事比较——姜文、王朔、杨德昌》认为，姜文的《阳光灿烂的日子》、王朔编剧的《顽主》与杨德昌的《牯岭街少年杀人事件》等电影中青春叙事的不同，主要源于创作者的核心作者意识与两岸具体的社会、文化境遇的不同。导演个人的成长经历对其核心作者意识的形成起到了决定性的影响，而这又是姜文作品中英雄主义情结和杨德昌电影中惯于展现的青春期认同混乱的缘由；20世纪80年代末到90年代初两岸不同的政治环境、社会文化氛围，则是王朔、姜文作品中呈现的反精英主义、反历史中心化的后现代主义叙事策略与杨德昌的现实主义手法的现实根基。

王莉的硕士论文《侯孝贤电影的美学风格研究》(太原理工大学，导师胡钢锋)认为，侯孝贤以“长镜头”表达了一种自然、淡定和空远的意境与特质，突出了“人与自然统一”的和谐美；以“空镜头”将东方人较为含蓄的美感置入电影中，展现出一种意犹未尽的情绪和感受，为观影者呈现了“实”与“虚”的诗意美；侯孝贤电影中采用黑白灰色调和平时自然光的影调，就像中国古典山水画的“留白”，散发出中国古典式淡淡悠长的泼墨写意美；以固定机位为聚焦点，透过“机位不动来表达心境的沉着”，展现和还原现实生活真实的朴素美。纪实是侯孝贤电影的一大特色，透过纪实向大众展示了台湾的发展历史。上述艺术风格和美学特质的形成有其历史和内在的根源，包括东方传统文化的熏陶，侯孝贤的诗性气质与文化的客观表述能力，以及受到巴赞纪实美学的深刻影响。

梁村的《“小时代”情结：台湾新青春电影研究》(厦门大学，导师黄星民)认为，青春电影作为台湾电影的代表性风貌，经历了“学生电影”、“新电影运动”与“过渡与转型时期”，进入21世纪后，《蓝色开门》等有着完全不同于以往的风貌，因此称之为“新青春电影”。大陆近年推出的《致青春》、《小时代》等青春电影散发出的后现代主义文化特征，也体现在台湾的新青春电影之中。所谓“小时代”情结，包含“个人私密青春”、“注重当下”和“与历史疏离”等特质，正相应于“深度的消失”、“历史意识的消失”、“主体的消失”和“距离感的消失”等后现代文化特征，《艋胛》、《那些年，我们一起追的女孩》、《新鲁冰花》、《一页台北》与《河豚》等新青春电影文本可从个人私密、无深度和时空断裂几个维度加以剖析。

秦珊珊的硕士论文《多重文化视点下的李安电影研究》(山东师范大学，导师张宏森)认为，李安的电影中始终贯穿的是父亲形象的探讨、人性与人伦的反思等文化议题，通过对不同文化背景中复杂人性的深刻揭露与审视，传达出李安对人的普遍关注。李安虚心学习好莱坞先进电影的语言和制作体制，推崇戏剧式文本建构；同时又用传统文化为其树立起一面镜子。静水流深的镜头语言、浓淡相宜的电影色调、有节制的音乐铺陈、干净利落的剪辑和场面调度以及诗意的电影意境等，形成了李安式淡雅平和的影像风格。李安之所以能自由游走于中西文化间，对人类生存哲学有深刻体悟，归根结底源自他多重性的文化教养、边缘性的文化身份以及生存环境的多元化。他在人文意蕴与商业诉求，民族性与时代性中达成了难能可贵的平衡，但也存在着不足。

郑晨醒的硕士论文《李安电影的性别秩序研究》(华中师范大学，导师孟君)认为，性别问题一直是李安电影关注的重要维度之一，其对男性逻各斯中心下的性别秩序的消解主要分为三个层次：质疑父权、否定父权、颠覆父权。他对于提升女性地位有三个角度：将女性作为叙事中心的深层内涵；解放“被看”的女性身体；摒弃“他者”的女性意识。在解构旧有秩序后李安重构新的性别秩序，其内涵包括两性平等、女性对男性的“反救赎”以及男女两性相依共生。李安将同性恋与异性恋作同质性的隐喻，用异性恋的叙事模式，将同性恋去特殊化，并通过对同性恋符号的多重所指，分析同性恋作为一种人类情感诉求方式所具有的普世价值。李安试图打破传统的对立关系，包括男女两性的二元对立，同性恋与异性恋的对立，以期构建一种相依共生、和谐平等的新性别秩序，以此来表达对于美好人性的向往与追求。

曲晓倩《李安“家庭三部曲”中父亲形象的文化探寻》(河北师范大学，导师李惠敏)认为，台湾家庭伦理剧在台湾电影中占有重要地位，父亲形象经历了初步建构、解构、重新建立期。李安电影继承并发展了这一脉络。其“父亲”形象不仅体现了李安自身的认同困惑，也是他寻求身份认同的努力；“父亲”折射出离散化的人对于“文化中国”的想象及李安对于传统文化的守望；还表达了李安对于家庭伦理的思考，并折射了中国人的传统人文品格：和、礼、敛。

王雨桐硕士论文《李安电影的美学研究》(河北大学，导师李蕾)认为，真正的好电影总是深刻地描述着人性的全部真实，作为个体的人是欲望的主体，不断的压抑自己又不时地释放着本真的欲望，正是这一矛盾冲突推动着故事的发展，这是李安电影美学的内在含义。李安的电影并不晦涩难懂，更不会是简单堆砌与拼接特效色情的粗俗的商业电影。他总是能在艺术与商业间找到完美的平衡点，充满智慧并自然地分配好各电影要素的权重关系。以好莱坞经典叙事策略为外衣，以表现人类共通的情感为目的，让所有人都愿意去看并且内心受到启发与升华，这正是当前中国电影市场所最缺乏的。

纪辰的硕士论文《〈少年派的奇幻漂流〉中隐喻研究》(上海戏剧学院，导师赵韫颖)认为，《少年派》叙事结构多层，充满了隐喻性的表达。其中背景设定，无论是自然环境还是文化环境均有隐喻；人物设定有隐喻；故事情节设定有隐喻。影片隐喻的作用其一为外在视觉，其二在内在思想。影片中的隐喻元素让画面更加绚丽，同时让晦涩的哲学、宗教问题更具直观性，并且引发更深入的思考。影片隐喻还体现了在文化语境，即当今全球化的大背景之下，在不同文化冲突之间寻求平衡点。

边哲的硕士论文《〈少年Pi的奇幻漂流〉小说与电影的比较研究》(湘潭大学，导师季水河)认为，加拿大作家扬马特尔的小说《少年Pi的奇幻漂流》和李安改编电影的异同之处表现在：小说为电影提供了人物素材和故事框架，也为电影的再创造留下了可以填补的“空白”。电影与小说具有同工之巧：都具有魔幻化的叙事特征，都表现了宗教多元主义主题；同时也具有异曲之妙：电影对小说人物性格进行了重塑，对事件的功能进行了改编，对时间进行了切换，对叙述者进行了聚焦，从而突破了小说的封闭性结构，为观众提供了一个更为客观的叙事者和叙事角度。差异形成的主要原因是创作者文化身份、文化追求的不同等。

张洁的硕士论文《从李安“父亲三部曲”看父亲形象的嬗变》(陕西师范大学，导师许加彪)认为，父亲这一角色在中国的传统文化中有着重要的文化内涵，其地位和作用以及他与子辈关系的变化反映出中国传统家庭伦理观念的变迁。面对西方文化的强势冲击，社会转型期的中国社会道德伦理的重新定位和新型家庭观念的重塑都透过父亲这一重要的文化符号指涉出来，这一时期的父亲形象和父子关系通过电影这门艺术形式也得到了很好的体现。李安对传统父权文化的质疑和反思，启迪着人们不断探索新时期下道德伦理的重新建构，反思在社会转型期中个人自由发展与传统伦理的困境和出路。

周师师《“陌生人”的桥梁梦——李安电影解读》(河南师范大学，导师孙先科)认为，“中原文化”“情结”使得李安一再强调自己的“外人”身份(台湾外省人、大陆台胞、美籍华人)，这与社会学研究中的“陌生人”发生了极大的理论共鸣。具体表现在“边缘性”：亚文化人类的同一聚焦；“无家性”：“现代民族国家”中的相似遭遇；“跨界性”：重合的风格品质。“陌生人”的身份对李安电影的创作起着核心作用。它一方面使其电影的主题围绕“压抑”进行，这是“边缘性”与“无家性”的“陌生人”的必然焦虑；另一方面“跨界”也让拥有客观自由视角的“陌生人”李安变被动为主动，试图借由电影对造成自己“陌生人”身份的各方展开一种“陌生人”的“积极乌托邦”策略：那就是在东—西方，两岸及台湾本省人和外省人的关系和两性形象中搭建一座座“桥梁”。

沈姗姗的硕士论文《李安作品中所体现的身份意识及文化身份探讨》(辽宁大学，导师姜蕾)认为，李安受到中外多重文化影响，而多重局外人的身份使得他的身份认同之路荆棘丛丛。在他的作品中，东西文化交织相生互为烘托，人物对于文化身份的探寻引人深省，而这也正是他自身文化身份的写照。李安剧本中人物在经历“家”的解构和重塑的过程中，在以白人为主流群体的社会中通过文化冲突与碰撞寻求自身文化认同，在保留和尊重传统的东方母文化的同时包容和吸收西方新文化来重塑文化身份，实现东西方文化的交融并存。

张东苗的硕士论文《“意义的森林”——李安电影的隐喻研究》(陕西师范大学，导师杨争光、马聪敏)认为，隐喻在李安电影中是一种重要的美学形式。其中的物象隐喻包含饮食的隐喻(《推手》、《喜宴》、《饮食男女》)、“虎”的隐喻(《卧虎藏龙》、《少年派》)、身体的隐喻；时空隐喻包括时间的隐喻(《少年派》、《冰风暴》、《绿巨人》)、封闭空间的隐喻(《色·戒》、《少年派》)、自然场景的隐喻(《断背山》、《理智与情感》)。隐喻的作用和意义包括文化、情感、人性等层面。从文化角度来看，西方形式与东方内涵相结合使其得到了东西方电影市场的认可；从情感角度来看，理性与感性的冲突存在于电影之中，借隐喻的外衣，增加了电影的可视性；从人性角度来看，这是李安想要表达的深层内涵——借压抑的情感与自由的超脱来寄托自身的人文关怀。

石少云的硕士论文《李安电影的自我认同研究》(扬州大学，导师苏保华)认为，李安游离于中西文化之间，在两者的碰撞与冲突中谨慎地自我调适，其作品流露出强烈的身份意识，表现了人性的理性与欲望。特殊的生活与工作经历让李安拥有多重身份。伴随混杂身份带来的自我迷失，他经历了家庭与学校教育中的文化冲击与个性压抑、执导电影后探索与创新两个阶段的发展，逐步自我觉醒，于电影中实现自我认同，不断借助电影进行自我塑造。电影是李安个人意愿的最大伸张，是其潜意识自由驰骋的梦境，更是其自我认同的主要路径。其影像人物具有非主流弱势群体的多元而混杂的身份，面对着共性的自我认同危机。其影片先后从家庭伦理、国家话语和自然环境三个方面表现人性的自我，逐步深入地进行自我认同模拟，但对解决认同危机并没有提出具体方法，而是引发观众思考并使其反思自身的自我认同。

孙晓斯的硕士论文《李安电影与跨文化传播》(暨南大学，导师刘家林)认为，多元文化交织的景观使得李安的作品具备了鲜明的跨文化属性。李安多元文化的成长背景，使其在跨文化传播中具备了某些独到的优势，而中西合璧的制片模式和创作团队，则为李安最大限度综合东西方文化的优势为我所用提供了可能。因此李安电影具备了在“异文化”中传播的逻辑合理性，从某种意义上说达成了中西文化的和解，甚至在一定程度上超越了既定的文化界限，创造出符合不同文化群体观影需求的全新的文化景观。从跨文化传播的角度反观李安电影，对增加跨文化传播的现实经验、拓展跨文化传播研究的学术视野都具有重要的意义。

易晖的硕士论文《台湾纪录片的发展状况研究》(华南理工大学，导师黄桂萍)认为，经过了 60 年代的电影新闻片与宣传片时期之后，纪录片开始萌芽。20 世纪 80 年代，纪录片的制作开始走向平民化，许多独立导演自行拍摄了有关于政治抗议事件现场的纪录片。90 年代后，早期政治反对运动的强烈色彩渐渐褪去，产制也从街头政治与社会运动中回归。2000 年之后，台湾纪录片进入成熟发展时期，几乎每年都会有一部备受瞩目的影片在院线上映并取得不俗的成绩，纪录片开始从电视形式跃升至大银幕，观众也喜爱并乐意买票看纪录片。2013 年纪录片《看见台湾》更是开出了 2 亿元高票房的好成绩，并推动了台湾社会环保议题的进步。

缪旸的硕士论文《台湾怀旧电影研究》(南京艺术学院，导师沈义贞)认为，近几年，怀旧电影作为一个理论议题，已经渐渐引起中国文化学术界的关注。所谓"怀旧电影"，是指创作主体把怀旧情愫作为主要审美理念贯穿始终的电影。本文研究其产生原因、叙事主题、叙事方式、文化思考等方面，试图呈现台湾怀旧电影与社会及历史层面进行的某种对话，也试图探索当今文化语境下台湾怀旧电影的发展与前景。

董蕴的硕士论文《青春电影里那抹"黑色"——台湾电影研究另类观察》(曲阜师范大学，导师刘波)认为，台湾青春电影从 1979 年发轫后以独特气质成为台湾文化的一种地域个性表征，也呈现了台湾社会政治、经济、文化的时代变迁。但无论哪个时期的作品，都或多或少存在着冲动与暴力打斗、理想与道德缺失、性等黑色元素。作者对"性"这一凸显的黑色元素从青春期性萌动和同性恋两个方面进行探析，并从台湾爱情文艺电影的嬗变、身份认同、全球化与殖民统治、台湾电影政策等多个角度反思了同志元素泛滥的缘由；又对"暴力"这一凸显的黑色元素进行审视，从而探寻出其与教育体制、暴力文化、父权、青少年身份等社会元素之间的映射关系。从整体上对台湾青春电影中的"黑色"影像做深层的社会文化反思，可充分认识到社会的快速发展带来的负面影响，诸如理想的缺失、价值的混乱、道德的荒芜、个体的异化与疏离等。

吴鹍的博士论文《台湾后乡土文学研究》(山东师范大学，2014，导师方忠)除了《绪论》和《结语》外，共分为五章。第一章《台湾后乡土文学的修补价值与发生发展》，主要论述"后乡土文学"产生的时代条件、出现标志、文化转向及其哲学基础。第二章《台湾后乡土文学主题内涵的突破创新》，包括"乡土呈现中的'鬼神'主题"、"边缘视野中的'废人'主题"、"世俗架构中的'现实乡土'主题"、"族群书写中的'山海自然'主题"等四小节。第三章《台湾后乡土文学叙事策略的技术转型》，包括"意蕴丰富的叙述视角"、"多维表现的叙事时空"、"由'扁'入'圆'的叙事人物"等三小节。第四章《台湾后乡土文学艺术风格的模式转换》，包括"微观视域的认同"、"在地感的凸显"、"乡土写实中的多元审美实践"等内容。第五章《台湾后乡土文学语言风貌的独特呈现》，涉及"国语的压迫性与务实性"、"混合语码的美学阐释"、"原住民文学中的双语书写"等内容。

陈美霞的博士论文《赖和文学实践与殖民时期知识者精神》(中国社会科学院，导师黎湘萍)除了《绪论》和《结语》外，共分五章，第一章《教育与认同：遗民精神与现代知识者》，包括"书房教育、社会交往与知识者的遗民情怀"、"殖民教育的渗透与被殖民者的因应"、"医生身份、殖民创伤与公共参与"等小节。第二章《殖民时期知识者阅读视界与公共参与》，包括"赖和的书房：日据知识者的阅读倾向与文化选择"、"台湾知识者与殖民审查的博弈"两小节。第三章《赖和新文学创作与公共领域的建构》，包括

"质疑法律：不同于大陆同时期的文学表现"、"'糖饴与鞭'下的压抑与苦难"两小节。第四章《台湾新旧文学的位移与知识者的精神迁异》，包括"启蒙与解殖：赖和与'文艺大众化'思潮"、"'大东亚体制'与新文学式微、知识者颓废"两小节；第五章《赖和汉诗与殖民时期台湾古典文学精神》，包括"赖和汉诗研究现状及其汉诗美学"、"赖和汉诗的时空感觉与兴亡情怀"、"赖和汉诗的现代性因素"、"赖和汉诗与台湾遗民情怀"四小节。

# 2014年中国大陆期刊有关华文文学研究论文索引

向忆秋

说明：本文主要收录大陆期刊发表的大陆作者的论文，也适当收海外学者在大陆期刊发表的论文，兼及大陆作者在境外期刊及境内外出版的书籍中发表的部分论文。

## 一、跨区域研究及其他

饶芃子：《百年海外华文文学经典研究之思》，《暨南学报》(社科版)，2014年第1期。

朱崇科：《再论华语语系(文学)话语》，《扬子江评论》，2014年第1期。

李凤亮：《批评的偏见与真诚——夏志清访谈录》(上、下)，美国《中外论坛》，2014年第1期、第2期。

[中国澳门]张丽凤：《走向世界与回归传统——澳门大学第二届南国人文论坛综述》，《华文文学》，2014年第1期。

饶芃子：《学科融通：海外华文文学与比较文学——在"华文文学及相关学科发展研讨会"上的发言》，《世界华文文学论坛》，2014年第1期。

王琨：《还原"台港澳"文学的历史现场——评王金城、袁勇麟主编〈中国当代文学编年史·台港澳卷〉》，《世界华文文学论坛》，2014年第1期。

庄伟杰：《全媒体时代华文文学境遇及批评姿态转变新探——以海外新移民流散写作为例》，《世界华文文学论坛》，2014年第2期。

曾琳：《读史书美"反离散"原文及中译文有感》，《华文文学》，2014年第2期。

梁燕丽：《客观艺术与浪漫艺术——王鼎钧〈那树〉和郭宝昆〈傻姑娘和怪老树〉之比较》，《华文文学》，2014年第2期。

朱育颖：《河流意象：大河之女新世纪的跨域书写》，《天津师范大学学报》，2014年第2期。

刘艳：《台港澳及海外华文文学研究选题与角度——结合八年来〈文学评论〉编审和用稿情况来谈》，《东吴学术》，2014年第2期。

朱育颖：《河流意象：大河之女新世纪的跨域书写》，《天津师范大学学报》(社科版)，2014年第2期。

易明皇：《以"人本"携"文本"在"还原"中"重构"——评曹惠民主编〈台港澳文学教程新编〉》，《常州工学院学报》(社科版)，2014年第3期。

[美国]王德威:《华语语系的人文视野与新加坡经验:十个关键词》,《华文文学》,2014 年第 3 期。

[中国澳门]庄园:《谈文学批评独立性的根本》,《华文文学》,2014 年第 3 期。

许燕转:《论〈当代诗坛〉之于"汉语新诗"的视野建构》,《华文文学》,2014 年第 3 期。

[马来西亚]许文荣:《华文流散文学的本体性:兼及海外华文文学研究的再思》,《华文文学》,2014 年第 4 期。

庄伟杰:《华文文学研究、学科理念及其诗学建构之思》,《山西大同大学学报》(社科版),2014 年第 4 期。

李宪瑜:《自我陈述与中国想象——凌淑华、韩素音、张爱玲的"自传体小说"》,《中国现代文学研究丛刊》,2014 年第 4 期。

梁燕丽:《海外华文文学中的"异国形象"初探》,陈思和、许文荣主编《第三文化空间　马华文学》,马大中文系毕业生协会,2014 年。

彭岚嘉、孙胜杰:《论海外华文作家的"河流"情结——以虹影、张翎为例》,《社会科学家》,2014 年第 4 期。

赵小琪:《当代台港澳新诗的现代性中国形象建构》,《社会科学战线》,2014 年第 4 期。

[中国澳门]庄园:《乡愁的泛滥与消解——简论华文作家的三种离散心态》,《华文文学》,2014 年第 5 期。

杨汤深:《晚清域外游记与中国散文的现代性嬗变》,《文学评论》,2014 年第 5 期。

欧阳婷:《海外华文网络文学的贡献与局限》,《社会科学战线》,2014 年第 6 期

古远清:《世界华文文学研究年鉴 2013 · 后记》,香港《文学评论》,2014 年 6 月。

黎湘萍:《两种现代性?——冷战初期两岸小说初论》,《华文文学》,2014 年第 6 期。

向忆秋:《2013 年海外华文文学研究述评》,载《2013 年中国当代文学年鉴》,百花洲文艺出版社,2014 年 6 月。

黄万华:《典律的生成:战后中国文学转型的基石》,《首都师大学报》(社科版),2014 年第 6 期。

计红芳:《十年磨砺求精工——评曹惠民〈台港澳文学教程新编〉》,《海南师范大学学报》(社科版),2014 年第 6 期

黄一:《上海——台北——海外:中国新诗现代化的一种路径——百年中国新诗史中的百岁诗人纪弦》,《暨南学报》(社科版),2014 年第 6 期。

向忆秋:《2013 年台港澳文学研究述评》,载《2013 年中国当代文学年鉴》,百花洲文艺出版社,2014 年 6 月。

龙扬志:《建构海外华文文学诗学批评体系——评〈海外华文文学诗学谱系的知识考辩〉》,《暨南学报》(社科版),2014 年第 8 期。

袁勇麟:《一个不容忽视的文学谱系——世界华文文学中的旧体诗词》,《香港文

学》，2014 年 11 月号。

曹惠民：《中国大陆世华文学研究之昨天、今天与明天》，《香港文学》，2014 年 11 月号。

章妮：《论华文新生代散文的历史书写》，《东岳论丛》，2014 年第 11 期。

胡德才：《“华语语系文学”理论建构的意义和问题》，载《生命旅行与历史叙述》，暨南大学出版社 2014 年版。

[中国香港]黄维樑：《古镜记：读古远清编纂〈世界华文文学研究年鉴·2013〉》，《华文文学》，2014 年第 6 期。

袁勇麟、李薇：《追求更敞亮的空间和更开阔的视野——关于世界华文文学研究的对话》，收陕西师范大学文学院编《长安学术》第六辑，商务印书馆 2014 年版。

## 二、北美华文文学研究

[美国]施雨：《北美华文网络文学中双重经验的跨文化书写》，《华文文学》，2014 年第 1 期。

张长青：《论北美新移民文学的创作心态与叙事方式》，《世界华文文学论坛》，2014 年第 2 期。

彭超：《北美新移民文学中的“另类爱情”演变》，《华文文学》，2014 年第 5 期。

丰云：《在跨国主义视野中审视华人移民文学的回归主题》，《文艺理论与批评》，2014 年第 6 期。

[韩国]高慧琳：《从多方视角论议北美华人华文文学属性》，《华文文学》，2014 年第 6 期。

刘俊：《论北美华人文学中的故国历史和个人记忆》，《暨南学报》(社科版)，2014 年第 9 期。

申霞艳：《新移民小说“历史化”的诸种方法》，《文艺研究》，2014 年第 10 期。

### (一)美华文学研究

江少川：《“找到的就已不是你所要找的”——查建英访谈录》，《世界华文文学论坛》，2014 年 1 期。

[中国澳门]杨青泉：《张爱玲文学生命中的“巧合”》，《华文文学》，2004 年第 1 期。

闫石、郑沛程：《聆听生命诉求　关注生存状态——试比较严歌苓、张爱玲的小说创作》，《华文文学》，2004 年第 1 期。

刘俐俐：《人类学大视野中的故事变异与永恒问题——基于张爱玲与俄国作家尼古拉·列斯科夫的比较》，《文艺理论研究》，2014 年第 1 期。

贺根民：《林语堂的魏晋文化情结》，《闽南师范大学学报》(社科版)，2014 年第 1 期。

张曦姗：《白先勇〈台北人〉中欢场女子形象分析》，《世界华文文学论坛》，2014 年第1期。

李亚萍：《论聂华苓长篇小说中的文化意蕴——从〈桑青与桃红〉到〈千山外，水长流〉》，《暨南学报》(社科版)，2014年第1期。

陈学芬：《论聂华苓小说中的离散者形象》，《中央民族大学学报》(社科版)，2014年第1期。

李有亮：《从人格美学视角再读严歌苓小说〈第九个寡妇〉》，《小说评论》，2014年第1期。

曾丽华：《论於梨华小说中的美国形象》，《集美大学学报》(哲社版)，2014年第2期。

许燕：《"遗漏"的意义——美华文学在大陆语境传播过滤研究断想》，《华文文学》，2004年第1期。

岑佩妮：《林语堂小说的生态女性主义解读》，《闽台文化研究》，2014年第2期。

邓伟：《海外空间与留学时期胡适的"西方文学"体验》，《当代文坛》，2014年第2期。

李咏梅：《论白先勇短篇小说的孤独主题》，《南方文坛》，2014年第2期。

帅震：《"眺望原乡"解读——以〈又见棕榈，又见棕榈〉与〈边界望乡〉为例》，《集美大学学报》(社科版)，2014年第2期。

程国君：《〈美华文学〉杂志与新移民叙事综论》，《陕西师范大学学报》(社科版)，2014年第2期。

彭超：《民国视野下海派女性创作的"食色"人生——以张爱玲、苏青为例》，《当代文坛》，2014年第3期。

李书磊：《作为异文化体验的"梁启超游美"——重读〈新大陆游记〉》，《中国现代文学研究丛刊》，2014年第3期。

沈玉梅、胡明贵：《论张爱玲的文论风格》，《闽南师范大学学报》(社科版)，2014年第3期。

钟惠红、向忆秋：《美籍华人作家王性初诗文主题综论》，《闽台文化研究》，2014年第3期。

李亚萍：《论"小作品"〈妈阁是座城〉的得与失》，澳门《澳门研究》，2014年第3期。

李良：《零落成泥碾作尘——休士顿〈华人世界〉的文学性考察》，《世界华文文学论坛》，2014年第4期。

杨利娟：《探寻世俗生存中的生命纯度——论王瑞芸小说的人性书写》，《世界华文文学论坛》，2014年第4期。

张磊：《严歌苓小说〈陆犯焉识〉的软与硬》，《世界华文文学论坛》，2014年第4期。

盖建平：《"融入"之外：〈安乐乡的一日〉的现实意义探析》，《世界华文文学论坛》，2014年第4期。

肖画：《与华人有关的三桩悬案——美国少数族裔的性别、种族与阶级》，《华文文学》，2004年第4期。

公仲：《海山苍苍　海水茫茫——喜读江少川的〈海外华裔作家访谈录〉》，《世界华文文学论坛》，2014年第4期。

葛丽萍：《美国华裔文学中的故国想象流变》，《当代文坛》，2014年第5期。

戴瑶琴：《〈妈阁是座城〉：心，仍是一座城》，《文艺报》，2014年5月9日。

潘雯：《从疏离到融合——探析白先勇的移民小说对美国形象的重构》，《名作欣赏》，2014年第5期。

刘茉琳：《论叶维廉散文创作》，《华文文学》，2014年第5期。

陶东风：《被抽空了社会历史内涵的爱情绝唱——也谈电影〈归来〉对〈陆犯焉识〉的改编》，《当代文坛》，2014年第5期。

池雷鸣、陈涵平：《复杂多样的代际差异——以美国新生代华文作家郁秀和王蕤的小说为例》，《华文文学》，2014年第5期。

程国君：《"开花结果在海外"——论陈瑞琳及她的北美新移民文学研究》，《华文文学》，2014年第5期。

毕光明：《中国经验与期待视野：新移民小说的入史依据》，《南方文坛》，2014年第6期。

吴永强、黄茵：《中国电影"长路归来"——以〈归来〉的艺术性探索为例》，《当代文坛》，2014年第6期。

[中国香港]李仕芬：《以女性为中心的写作——论严歌苓〈第九个寡妇〉》，《华文文学》，2014年第6期。

盖建平：《浮华绌落见真淳——〈陆犯焉识〉中的移民视角与当代史观》，《华文文学》，2014年第6期。

龙珊、柯轲：《人生戏梦忆游园，世事无端恨经年——白先勇〈游园惊梦〉与李商隐〈锦瑟〉的互文性分析》，《中央民族大学学报》（社科版），2014年第6期。

宋晓英：《追逐灵魂奔跑的写者——施玮访谈录》，美国《国际日报》，2014年7月22—24日连载。

董燕：《评赖勤芳〈中国经典的现代重构——林语堂"对外讲中"写作研究〉》，《中国现代文学研究丛刊》，2014年第8期。

刘俊：《论北美华人文学中的故国历史和个人记忆》，《暨南学报》（社科版），2014年第9期。

朱双一：《比较视野下白先勇的文学观和创作理念》，《中国现代文学研究丛刊》，2014年第9期。

闫石：《游走于理想与现实之间的严歌苓的小说创作》，《海南师范大学学报》（社科版），2014年第9期。

陈梦：《论施雨创作中的文化取向》，《海南师范大学学报》（社科版），2014年第9期。

陈涵平：《交错的时空与诗性的意象——试析施雨长篇小说〈下城急诊室〉的叙事艺术》，《广东技术师范学院学报》（社科版），2014年第10期。

陈涵平：《文学经典建构的文化关系与历史语境》（主要以《埃伦诗集》为例），《学术研究》，2014 年第 11 期。

桑仲刚：《丈夫与情人之谜：张爱玲小说自译的策略动机探究》，《暨南学报》（社科版），2014 年第 11 期。

厉震霖：《上海味、历史感及其政治人性——沪语话剧〈永远的尹雪艳〉散论》，《戏剧文学》，2014 年第 11 期。

葛峥：《严歌苓小说的新移民形象》，《中州学刊》，2014 年第 11 期。

宋晓英：《孤独是生命真实的状态》，《人文艺术》，2014 年总第 14 辑。

戴瑶琴：《〈阵痛〉："坚守在花蕾之中的风险"》，《文艺报》，2014 年 12 月 12 日。

## （二）加拿大华文文学研究

赵庆庆：《论郑南川在魁北克的草根写作》，《华文文学》，2014 年第 1 期。

赵庆庆：《对加拿大"猪仔屋"和先侨壁诗的历史解读》，《世界华文文学论坛》，2014 年第 3 期。

池雷鸣：《"加拿大新移民华文小说"的界定、研究现状及局限》，《世界华文文学论坛》，2014 年第 3 期。

李晖：《笔尖在枫叶国舞蹈——华裔加拿大文学的起源及发展》，《华文文学》，2014 年第 3 期。

蒲雅竹：《从单色到斑斓——〈红浮萍〉与〈海底〉主题呈现的文化冲突与修复功能》，《世界华文文学论坛》，2014 年第 3 期。

刘红林：《风景这边独好——近三十年加拿大华裔文学综论》，《华文文学》，2014 年第 4 期。

齐益寿：《叶嘉莹先生的诗教特色》，《北京大学学报》（社科版），2014 年第 4 期。

左亚男：《彼岸的花朵——透过他者语境对张翎小说〈余震〉的解读》，《辽宁师范大学学报》（社科版），2014 年第 4 期。

章怡虹、周春英：《精神原乡与基因来源——论温州文化对张翎小说的影响》，《当代文坛》，2014 年第 4 期。

赵庆庆：《论加拿大双语作家李彦的自我译写》，《华文文学》，2014 年第 5 期。

[加拿大]梁丽芳：《华人文学团体在中加文学交流上的民间角色：以加拿大华裔作家协会为例》，《华文文学》，2014 年第 5 期。

乔琦：《是咒还是诗？——读洛夫〈大悲咒〉兼谈元语言理论与诗歌阐释》，《海南师范大学学报》（社科版），2014 年第 5 期。

赵庆庆：《高楼风雨感斯文：论叶嘉莹先生之登高诗词》，《湘潭大学学报》（社科版），2014 年第 6 期。

凌逾：《海底无边——论加拿大华裔作家李彦的华人叙事》，《湘潭大学学报》（社科版），2014 年第 6 期。

池雷鸣：《比较视野下的历史书写及其形态——以加拿大新移民华文小说为中心》，《暨南学报》（社科版），2014 年第 9 期。

赵庆庆：《忆逢叶嘉莹先生》，《叶嘉莹教授九十华诞暨中华诗教国际学术研讨会论文集》，南开大学·中央文史研究馆，2014 年。

## 三、欧洲和澳洲华文文学研究

欧阳昱：《回译、自译及创译》，《华文文学》，2014 年第 1 期。

欧阳昱：《Mabel Lee(陈顺妍)访谈录》，《华文文学》，2014 年第 1 期。

[澳大利亚]欧阳昱：《澳大利亚英语文学中的华人写作》，《华文文学》，2014 年第 2 期。

刘晓伟：《创作与传播的合谋：对虹影的一种解读》，《世界华文文学论坛》，2014 年第 2 期。

黄一、黄万华：《欧洲华文文学：远行而回归中的文化中和》，《天津师范大学学报》(社科版)，2014 年第 2 期。

郭冰茹、曹晓雪：《〈灵山〉的禅意分析》，《华文文学》，2014 年第 2 期。

袁勇麟：《空故纳万境——黎翠华散文管窥》，《吉林师范大学学报》(社科版)，2014 年第 3 期。

管兴平：《书写从晚清到民国的上海故事——评虹影几部上海题材的长篇小说》，《当代作家评论》，2014 年第 3 期。

周云龙：《荡向无何有之乡的轻舟：陈季同的跨文化交流愿景与书写》，《华文文学》，2014 年第 3 期。

彭燕彬：《世界华文小说创作理念中的“异化劳动”审美——以林湄长篇小说〈天望〉为例》，《河南广播电视大学学报》(社科版)，2014 年第 3 期。

刘再复：《高行健莫言比较论——在香港科技大学人文学部的公开讲演》，《华文文学》，2014 年第 4 期。

李珺、欧阳昱：《文字的淘金之旅——欧阳昱访谈录》，《华文文学》，2014 年第 5 期。

[澳大利亚]欧阳昱：《双语人生》，《华文文学》，2014 年第 5 期。

陶永莉、周毅：《英语世界的虹影研究》，《当代文坛》，2014 年第 5 期。

郝莉：《女性通俗小说的跨文化视界融合——以虹影作品为例》，《淮北师范大学学报》(社科版)，2014 年第 5 期。

杨匡汉：《“边缘人”的来去家园——庄伟杰其人其诗》，香港《橄榄叶诗报》2014 年 6 月。

[中国香港]袁婵：《文学场中的画家凌淑华》，《华文文学》，2014 年第 6 期。

[中国香港]潘淑阳整理：《要怎样的文学？——高行健与刘再复在香港科大的对话》，《华文文学》，2014 年第 6 期。

胡德才：《情真意切　细腻传神——婉冰散文集《〈舒卷觅余情〉序》，载《舒卷觅余情》，台湾秀威资讯科技股份有限公司出版，2014 年 7 月。

高秀川：《老舍〈二马〉中的恋爱与国族想象》，《海南师范大学学报》(社科版)，

2014年第8期。

## 四、东南亚、东北亚华文文学研究

陈涵平：《东南亚华文诗歌复杂的文化认同——以若干代表性诗歌为例》，《暨南学报》（社科版），2014年第1期。

白舒荣：《在中华文化中游走》，《世界华文文学论坛》，2014年第1期。

郭惠芬：《略论中国现代文学对东南亚华文文学的影响——以中国文化/文艺运动的跨国影响为考察视阈》，《澳门理工学报》（社科版），2014年第1期。

王德威：《金进〈马华文学〉序》，《世界华文文学论坛》，2014年第1期。

廖冰凌：《从文学到漫画——读〈年红儿童文学选〉和〈小红猫〉》，《世界华文文学论坛》，2014年第1期。

赵朕：《泰华闪小说的叙事姿态》，《世界华文文学论坛》，2014年第1期。

涂文晖：《黑夜中的一颗星——评缅甸华文新诗集〈五边形诗集〉》，《世界华文文学论坛》，2014年第1期。

[泰国]曾心：《六行内新诗体"创格"的尝试——以泰华"小诗磨坊"的诗为例》，《华文文学》，2014年第2期。

朱文斌：《论早期东南亚华文诗歌的本土化运动》，《世界华文文学论坛》，2014年第2期。

胡德才：《论黄孟文的微型小说》，载《学术史视野中的华文文学——第十七届世界华文文学国际学术研讨会论文集》，海峡文艺出版社，2014年2月版。

黄锦树：《寻找诗意：大马新诗史的一个侧面考察》，《华文文学》，2014年第2期。

汪荣：《恋物、悼亡与家园寓言——黄锦树〈鱼骸〉的离散诗学》，《华文文学》，2014年第2期。

[中国香港]赵咏冰：《张贵兴的南洋"神话"——阅读〈顽皮家族〉》，《华文文学》，2014年第2期。

蒋晖：《〈沉沦〉里的四次"偷听"与五四主体性问题》，《中国现代文学研究丛刊》，2014年第2期。

朱文斌：《谢川成〈温任平研究〉序》，《华文文学》，2014年第2期。

李少丹：《简洁而缜密　明快而清新——郑子瑜散文语言艺术探析》，《闽南师范大学学报》（社科版），2014年第2期。

戴冠青：《海外华人生活的独特把握和诗意抒写——论菲华诗人陈扶助的诗歌创作》，《世界华文文学论坛》，2014年第3期。

颜敏：《马来西亚华文文学网络传播现象略析》，《世界华文文学论坛》，2014年第3期。

吴春兰：《论新华作家南子的微型小说》，《世界华文文学论坛》，2014年第3期。

李莉：《马华作家黄锦树小说中的闽南情结》，《世界华文文学论坛》，2014年第

3期。

古大勇：《菲华作家施柳莺创作的“中华文化认同”》，《世界华文文学论坛》，2014年第3期。

沈玲：《诗与思——菲华著名诗人云鹤诗歌研究》，《华文文学》，2014年第3期。

向忆秋：《印尼华文文学在中国大陆的传播和研究(1985—2012)》，《世界华文文学论坛》，2014年第3期。

谢永新：《论诗人陈国正对越南华文文学的贡献》，《华文文学》，2014年第4期。

萧成：《漫议印尼苏门答腊岛华文诗歌》，《世界华文文学论坛》，2014年第4期。

钦鸿：《钱石臣——印尼早期华文文化的耕耘者》，《华文文学》，2014年第4期。

凌逾：《南洋风与现代性的解语者——评张松建的〈文心的异同〉》，《华文文学》，2014年第4期。

马峰：《东瑞与东南亚华文文坛的交往初探》，《世界华文文学论坛》，2014年第4期。

朱文斌：《论马华当代诗歌的后现代色彩》，《暨南学报》(社科版)，2014年第4期。

沈奇：《瞬目苔色小诗风——〈磨坊小诗〉·2014·序》，《华文文学》，2014年第4期。

王家平：《鲁迅文学遗产在东南亚的传播和影响》，《首都师范大学学报》(社科版)，2014年第5期。

孙绍振：《“凤凰涅槃”：一个经典话语丰富内涵的建构历程》，《中国现代文学研究丛刊》，2014年第5期。

刘俊：《寻“美”的旅程：论朵拉散文的独特性》，《香港文学》，2014年第5期。

黄锦树：《石头与女鬼——论〈大河尽头〉中的死亡与象征交换》，《华文文学》，2014年第5期。

萧成：《笼罩在幢幢鬼影中的“太平洋战争”——马崙历史小说浅论》，《华文文学》，2014年第5期。

刘桂茹：《“颠覆书写”与身份建构——解读林幸谦〈狂欢与破碎〉的反模拟书写》，《华文文学》，2014年第5期。

戴冠青：《在审美发现中演绎诗意情怀——菲华诗人石子的诗歌创作》，载《东南亚华文文学研究》，2014年第13辑，新加坡文艺协会2014年5月版。

胡德才：《印尼华文文坛的喜剧家——论林万里的文学创作》，《香港文学》2014年5月。

戴冠青：《月亮意象与故土情结——略论菲华诗人施子荣的咏月诗》，载《施子荣诗词论集》，九州出版社2014年版，菲律宾《联合日报》2014年8月29日第19版。

朱崇科：《台湾体验与黄锦树“南洋”论述的吊诡》，《暨南学报》(社科版)，2014年第6期。

[中国香港]王立峰：《从“马华”到台湾——论张贵兴的文学创作之路》，《华文文学》，2014年第6期。

廖冰凌：《存在之思——新加坡女作家淡莹作品中的哲理意蕴》，《外国文学研究》，2014 年第 6 期。

[新加坡]沈伟赳：《尼采存在主义与英培安和吴宝星的作品》，《华文文学》，2014 年第 6 期。

吕小蓬：《越南古代汉文小说中的中国人形象研究》，《华文文学》，2014 年第 6 期。

朱崇科：《(被)离散(诗学)与新加坡认同的困境——英培安〈画室〉的叙事创新》，《华文文学》，2014 年第 6 期。

北塔：《论云鹤的咏物诗和准咏物诗——兼谈云鹤诗歌中人与物之间的关系的演变》，《华文文学》，2014 年第 6 期。

卢付林：《〈黑奴吁天录〉：春柳社与中国话剧的孕育》，《中国现代文学研究丛刊》，2014 年第 7 期。

戴冠青：《用诗意抒写生命的温度——论菲华诗人庄垂明的现代诗》，菲律宾《联合日报》2014 年 7 月 8 日。

袁勇麟：《小真实与大情怀——菲尔〈抛闲情〉管窥》，《香港文学》，2014 年 8 月号。

曾丽琴：《花的修行——评朵拉的微型小说》，《香港文学》，2014 年 10 月。

吴奕锜、王文艳：《深耕"本土"与走向"世界"：现代传媒与 90 年代以来的马华文学——以"花踪文学奖"和〈花踪文汇〉的出版为例》，《暨南学报》(社科版)，2014 年第 11 期。

陈庆妃：《1990 年代马华文学场域与地志文化散文的兴起》，《暨南学报》(社科版)，2014 年第 11 期。

郭惠芬：《"爱情是一则永远也说不完的美丽"——试析泰华女诗人温晓云的情诗书写》，泰国《泰华文学》，2014 年总第 72 期。

## 五、台湾文学研究

古远清：《新世纪两岸对台湾文学诠释权的争夺——以"反攻"大陆学者写的〈台湾文学史〉为例》，《台湾研究》2014 年第 1 期。

古远清：《新世纪台湾两大政党文艺政策剖析》，《天津师范大学学报》，2014 年第 1 期。

古远清：《论施叔青的小说创作》，《盐城师范学院学报》(社科版)，2014 年第 1 期。

刘俊：《白先勇〈孽子〉在大陆》，(中国台湾)《联合文学》，2014 年第 1 期。

陈炜舜：《京华不可见，北望意无穷——溥儒游观诗词中的故园意象》，《世界华文文学论坛》，2014 年第 1 期。

陈昭瑛：《读左翼诗人施善继的〈毒苹果札记〉》，《世界华文文学论坛》，2014 年第 1 期。

岑灿：《爱恨交织的悲悯救赎——论黄春明笔下的"乡下人进城"书写》，《世界华文文学论坛》，2014年第1期。

吴鹍：《论台湾乡土文学发展中的两次文化转向》，《世界华文文学论坛》，2014年第1期。

徐纪阳：《"鲁迅风潮"的消退与"反鲁论述"的泛起——1948—1952年间台湾报纸副刊的鲁迅传播状况考察》，《台湾研究集刊》，2014年第1期。

陈茗：《金门林树梅著述考》，《闽南师范大学学报》(哲社版)，2014年第1期。

林豪：《日据时期林献堂活跃于文坛的动因探析——以〈灌园先生日记〉和〈环球游记〉为中心》，《闽南师范大学学报》(社科版)，2014年第1期。

林豪：《赖绍尧和傅锡祺"之大陆"诗中的悲剧色彩》，《闽台文化研究》，2014年第1期。

朱云霞：《"解严"后台湾家族书写的特征与意义》，《中南大学学报》(社科版)，2014年第1期。

黄晶晶：《龙应台女性角色之下的生命关怀》，《闽台文化研究》，2014年第2期。

王水彰：《明代金门先贤许獬生平与著述》，《闽台文化研究》，2014年第2期。

董慧：《恨父厌己的悲剧——论范晔的分裂人格》，《山东理工大学学报》(哲社版)，2014年第5期。

王璇：《强横的"亲善"者——台湾"皇民文学"中的日本人形象》，《世界华文文学论坛》，2014年第2期。

沈庆利：《在暧昧的注释中——日据时期台湾文学中的日本人形象》，《世界华文文学论坛》，2014年第2期。

郑越予、方忠：《论朱天文的"双性同体"书写》，《世界华文文学论坛》，2014年第2期。

朱双一、肖魁伟：《日常·乡土·两岸情：缘于积极人生观的"正能量"书写——周啸虹创作特点管窥》，《世界华文文学论坛》，2014年第2期。

樊洛平：《周啸虹小说的三种阅读——兼及大陆迁台作家研究的再思考》，《世界华文文学论坛》，2014年第2期。

古远清：《古里古怪的辞典》，《文学自由谈》，2014年第2期。

古远清：《皇民文学》，(台北)《祖国文摘》，2014年第2期。

古远清：《台湾文学制度新世纪的裂变》，《中国现代文学论丛》，2014年总第八卷第2期。

袁勇麟：《〈文讯〉：建构台湾文学长河的媒介》，收《学术史视野中的华文文学——第十七届世界华文文学国际学术研讨会论文集》，海峡文艺出版社2014年版。

梁燕丽：《客观艺术和主观艺术——王鼎钧的〈那树〉和郭宝昆的〈傻姑娘和怪老树〉比较》(部分)，《文艺报》，2014年2月28日。

梁燕丽：《客观艺术和主观艺术——王鼎钧的〈那树〉和郭宝昆的〈傻姑娘和怪老树〉比较》(全文)，《华文文学》，2014年第2期。

周之涵：《历史困境里的现实突围——"钓运"影响下刘大任的文学叙事》，《华文文学》，2014 年第 2 期。

[斯洛伐克]马立安·高利克，尹捷译：《论台湾女诗人对圣经智慧书的理解》，《华文文学》，2014 年第 2 期。

[日本]藤井省三、贺昌盛译：《台湾文学史概说》，《华文文学》，2014 年第 2 期。

胡星亮：《论张晓风的话剧创作》，《中国现代文学研究丛刊》，2014 年第 2 期。

吴鹍：《台湾后乡土文学论》，《中国现代文学研究丛刊》，2014 年第 2 期。

戴冠青、廖奕茹：《刘克襄的生态写作及其现实意义》，载《学术史视野中的华文文学——第十七届世界华文文学国际学术研讨会论文集》，海峡文艺出版社，2014 年 2 月版。

刘俊：《文武父子古都缘》，《香港文学》，2014 年第 2 期。

徐纪阳：《钟理和：与文学者鲁迅相遇》，《福建师范大学学报》，2014 年第 2 期。

陈美霞：《赖和"形象建构"与战后台湾文化政治思潮研究》，《台湾研究》，2014 年第 3 期。

刘建华：《地方·颓废·返魅：台湾"新乡土小说"研究》，《台湾研究集刊》，2014 年第 3 期。

古远清：《荒谬的"诽韩案"》，《南方都市报》，2014 年 3 月 26 日。

古远清：《台湾文坛六十年来文学论争提要》，（台北）《新地》，2014 年 3 月。

李雍、徐放鸣：《海峡两岸女性自传性小说中的"中国形象"之比较》，《世界华文文学论坛》，2014 年第 3 期。

王进：《台湾少数民族诗歌与彝族诗歌的宗教意象比较》，《当代文坛》，2014 年第 3 期。

樊洛平：《浮出历史地表——海峡两岸女性文学的孕育和发展》，《职大学报》（哲社版），2014 年第 3 期。

樊洛平：《"女人树"与"含笑花"——客家女性的生命意识和文化认同》，（台湾）《艺文论坛》，2014 年总第 9 期。

古远清：《"日据"还是"日治"》，《粤海风》，2014 年第 3 期。

古远清：《"让我将不朽的爱，留给世界"》，《诗探索》，2014 年第 3 辑。

古远清：《台湾"六年级"作家笔下的新乡土》，《名作欣赏》，2014 年第 4 期。

张晓婉、朱双一：《反思与弃绝："保钓"前夜唐文标的现代诗创作》，《世界华文文学论坛》，2014 年第 4 期。

古远清：《以蕉风椰雨介入台湾文坛的作家》，《山西大同大学学报》（社科版），2014 年第 4 期。

古远清：《舞鹤：梅花与槟榔共舞》，《名作欣赏》，2014 年第 4 期。

朱云霞：《地方性的建构：台湾地方文学奖综论》，《扬子江评论》，2014 年第 4 期。

刘丽：《生命存在的意义追寻——论姚一苇的戏剧创作》，《闽南师范大学学报》（哲社版），2014 年第 4 期。

胡西宛：《李进文诗歌的现世情怀与终极关切》，《华文文学》，2014 年第 4 期。

王力：《论迁徙对向阳〈十行集〉空间象征的影响》，《世界华文文学论坛》，2014年第4期。

梁伟峰：《杨逵的青年文化心理及其小说中的自我描写》，《世界华文文学论坛》，2014年第4期。

陈辽：《两岸女性小说的四“同”四“异”——读评〈海峡两岸女性小说的历史流脉与创作比较〉》，《世界华文文学论坛》，2014年第4期。

张慧佳：《以一家之力，重书一社之史——评〈穿越时间之河：台湾“创世纪”诗社研究〉》，《世界华文文学论坛》，2014年第4期。

王宗法：《以文会友识“三杰”——与洛夫、张默、痖弦相识记》，《世界华文文学论坛》，2014年第4期。

刘建华、朱双一：《“海—陆”一体生态整体观中的台湾海洋书写——以吴明益〈复眼人〉为中心》，《福建论坛》，2014年第4期。

张卫中：《台湾当代小说语言流变寻踪》，《华文文学》，2014年第5期。

李娜：《“出草”：一个猎头习俗的文学社会学旅程》，载《当代比较文学与方法论建构》，复旦大学出版社2014年版。

李娜：《暗夜行路：陈明忠回忆录后记》，《文化纵横》，2014年第3期。

张帆：《台湾后乡土小说的历史意识与时间美学》，《华文文学》，2014年第5期。

古远清：《新世纪台湾的回忆录写作潮》，《学术研究》，2014年第5期。

陆卓宁：《被“污名”的台湾地区少数民族文学——以1949—1984年为考察场域》，《广西民族师范学院学报》（社科版），2014年第5期。

古远清：《〈原乡〉：“老兵文学”的巅峰之作》，《台湾周刊》，2014年第15期。

古远清：《在〈台港文学选刊〉诗意地安居》，《台港文学选刊》，2014年第6期。

刘俊：《〈台港文学选刊〉：一部视角独特的“文学史”和“学术史”》，《台港文学选刊》，2014年第6期。

肖宝凤：《消解历史的秩序：二十世纪末台湾文学中的后现代历史叙事研究》，《台湾研究集刊》，2014年第6期。

[中国澳门]张丽凤：《访问余光中先生》，《华文文学》，2014年第6期。

张放：《“一个还乡的种类的美”——论余光中诗歌中的四川情结与李杜苏信息》，《当代文坛》，2014年第6期。

古远清：《台湾文坛六十年来文学事件掠影》，（台北）《新地》，2014年6月。

凌逾：《余光中灵动幽默散文的质料与弹性》，《中国现代文学论丛》，第9卷第1期；南京大学出版社，2014年6月版。

古远清：《龙应台的“野火”风格及其争议》，《苏州教育学院学报》，2014年第6期。

古远清：《台港文学史上的艾芜》，《艾芜纪念集》，天地出版社，2014年6月。

古远清：《在殡仪馆写诗的人》，（台湾）《中华日报》，2014年7月12日。

古远清：《〈台湾当代文学辞典〉自问自答》，《台湾周刊》，2014年第27期。

古远清：《一个陈映真：两种不同诠释》，《暨南学报》（哲社版），2014年第8期。

古远清：《李敖其人其事》，《台湾周刊》2014年第32期。

古远清：《追念颜元叔·序》，《追念颜元叔》，湖南人民出版社2014年版。

古远清：《雨弦的诗》，（香港）《圆桌诗刊》，2014年9月。

古远清：《诗坛祭酒余光中》，《台湾周刊》，2014年第36期。

古远清：《“中国台湾文坛”何处寻》，《文学报》，2014年9月26日。

古远清：《台湾文坛六十年来文学运动掠影》，（台北）《新地》，2014年9月。

张卫中：《大陆与台湾“新生代”小说语言比较论》，《中国现代文学研究丛刊》，2014年第9期。

向忆秋：《台湾少数民族文学中的山海崇拜、祭仪书写与生态关怀》，《中国现代文学研究丛刊》，2014年第9期。

白杨：《背离与回归：“先锋”探索的一体两面——1970年代后〈创世纪〉的诗论建构及其思想意义》，《文艺争鸣》，2014年第9期。

樊洛平：《文心·乡思·两岸情——来自痖弦、杨稼生〈两岸书〉的感动》，《台港文学选刊》，2014年第9期

李娜：《左翼的两岸之路》，《人间思想》（台湾），2014年秋季卷。

古远清：《台湾文学身份认同的裂痕》，《文学报》，2014年10月9日。

古远清：《别出心裁的颜元叔》，《台湾周刊》，2014年第40期。

古远清：《载沉载浮的台港武侠小说（上）》，（台北）《祖国文摘》，2014年第10期。

古远清：《张爱玲在台湾的香港传奇及其争论》，（香港）《文学评论》，2014年10月总第34期。

朱育颖：《跨海与填海：皖籍台湾作家的“中国结”》，（台湾）《艺文论坛》，2014年第10期；2014年世界华文文学国际学术会议论文集。

林豪：《跨境与交流：两岸“之台湾（大陆）”古典诗研究（1895—1937）》，《理论月刊》，2014年第10期。

刘俊：《从“四代人”到“三世人”——论施叔青的“香港三部曲”和“台湾三部曲”》，《香港文学》，2014年第11期。

古远清：《台湾文学：用政治天线接受文学频道》，《文学报》，2014年11月6日。

古远清：《钟鼎文对台湾诗坛的贡献》，《贵州社会科学》，2014年第12期。

古远清：《台湾文坛六十年来文学现象掠影》（上），（台北）《新地》，2014年12月。

古远清：《评岩上的短诗》，台北《文讯》，2014年12月。

古远清：《捉“鬼”、打狗及其他》，《名作欣赏》，2014年第12期。

胡德才：《论〈暗恋桃花源〉的艺术成就》，《南大戏剧论丛》第11辑，2014年12月。

樊洛平：《留在生命岁月中的记忆花朵》，《台港文学选刊》，2014年第12期。

梁燕丽：《每个人都是病人，戏剧具有治疗作用——〈如梦之梦〉的一种解读视角》，周斌主编：《中国电影、电视剧和话剧发展研究报告》2013卷，复旦大学出版社2014年版。

梁燕丽：《台湾小剧场对西方前卫剧场的借鉴与转化》，《生命行旅与历史叙事》，

中国世界华文文学学会编，2014年版。

陆卓宁：《海峡两岸当代少数民族文学问题的缘起》，《生命旅行与历史叙述》，暨南大学出版社2014年版。

## 六、香港文学研究

司方维、曹惠民：《更新论述话语的可贵尝试——评凌逾着〈跨媒介叙事——论西西小说新生态》，《常州工学院学报》(哲社版)，2014年第1期。

凌逾：《开拓中西游牧与跨界叙事的也斯》，《汉语言文学研究》，2014年第1期。中国人大复印报刊资料《中国现代、当代文学研究》全文转载，2014年第7期。

凌逾：《对倒叙事：香港后现代电影和小说的融合剂》，《华南师范大学学报》(哲社版)，2014年第1期。中国人大复印报刊资料《影视艺术》全文转载，2014年第5期。

万鹏飞、王艳芳：《古典与现代的对话——论当代香港作家的"故事新编"》，《世界华文文学论坛》，2014年第2期。

万鹏飞：《"故事"如何"新编"——访问香港著名作家、〈香港文学〉总编辑陶然先生》，《焦作大学学报》(哲社版)，2014年第2期。

王金城：《现实主义的诗学变奏——陶然微型小说论》，《世界华文文学论坛》，2014年第2期。

王澄霞：《叶灵凤散文创作论》，《世界华文文学论坛》，2014年第3期。

燕世超、陈振宏：《论黄河浪诗歌对现代都市的建构》，《世界华文文学论坛》，2014年第3期。

凌逾：《2013年香港文评年鉴》，《世界华文文学论坛》，2014年第3期。

司方维：《华文文学史料建设的范本——评袁勇麟主编〈陶然研究资料〉》，《世界华文文学论坛》，2014年第3期。

徐渊、袁栋洋：《金庸小说华山人物形象描写与地域文化阐释》，《当代文坛》，2014年3期。

刘杨：《通俗文学"经典化"的另一种路径——论金庸小说修改的学术史意义》，《世界华文文学论坛》，2014年第3期。

黄大军：《反乌托邦的人性寓言：〈连城诀〉评断》，《世界华文文学论坛》，2014年第4期。

陆士清：《忧时论世寄诗文——读曾敏之近期作品》，《世界华文文学论坛》，2014年第4期。

赵轩：《"港产"、"港味"与艰难转型——评李碧华鬼魅系列电影〈迷离夜〉、〈奇幻夜〉》，《世界华文文学论坛》，2014年第4期。

许翼心：《我与香港文学的学术因缘》，《世界华文文学论坛》，2014年第4期。

李泉、曹漪那：《英语世界的金庸小说研究——以宋伟杰的金庸小说民族观研究为例》，《当代文坛》，2014年第5期。

吕若涵：《"怀旧"主题与香港文学的本土性脉动——以最近二十年的香港散文为

例》，《福建师范大学学报》（哲社版），2014年第5期。

侯桂新：《抗战期间香港的文艺报刊与民族共同体想象》，《海南师范大学学报》（社科版），2014年第5期。

宋琦、周俊：《论武侠小说复仇模式的变迁》，《华文文学》，2014年第6期。

王艳芳：《论"黄金时代"里的双重悖论》，《艺术广角》，2014年第6期。

梁燕丽：《回归后香港话剧的文化回归》，香港《文学评论》，2014年6月总第32期。

高玉：《金庸小说误读与武侠小说形象重塑》，《文艺研究》，2014年第7期。

刘俊：《我轻轻地招手，带走每一片云彩：论陶然散文兼及〈风中下午茶〉》，（香港）《文学评论》，2014年8月总第33期。

曹惠民：《卓识呈深远　情真韵自清——曾敏之与世界华文文学的学科建构》，（香港）《明月》月刊，2014年8月号。

王丹：《港版〈文艺生活〉月刊与战后香港文学》，《学术研究》，2014年第9期。

季进：《作为文本、现象与话语的金庸——从〈纸侠客：金庸与现代武侠小说〉谈起》，《中国现代文学研究丛刊》，2014年第10期。

凌逾：《港派跨媒介叙事范式》，《学术研究》，2014年第11期。

古远清：《读犁青的早期诗歌札记》，《香港作家》，2014年11月。

方忠：《香港文学视野中的陶然》，《中国现代文学研究丛刊》，2014年第12期。

梁燕丽：《回归自我，回归身体——从〈像我这样的一个女子〉到〈哀悼乳房〉》，王红旗主编：《中国女性文化》第十八辑，现代出版社2014年版。

梁燕丽：《97后香港话剧的文化回归》，周斌、厉震林主编《华语影视戏剧的历史和现状》，中国电影出版社2014年版。

## 七、澳门文学研究

［中国澳门］邓骏捷、陈业东：《寓澳名贤汪兆镛诗词探论》，《华文文学》，2004年第1期。

［中国澳门］朱寿桐：《"他者"的想象：现代小说最初的澳门面影》，《世界华文文学论坛》，2014年第1期。

王韬：《抗战时期的澳门文学》，《世界华文文学论坛》，2014年第1期。

计红芳：《浅谈寂然对小说艺术的探索》，《世界华文文学论坛》，2014年第1期。

龙扬志：《论澳门文学批评学院化转型》，《世界华文文学论坛》，2014年第1期。

王列耀、温明明：《澳门：商业语境中的文学及其场域——以〈澳门日报〉（1999—2008）为中心》，《华南师范大学学报》（社科版），2014年第1期。

吴敏：《明清至民国澳门纪游诗词的文化特性》，《华南师范大学学报》（哲社版），2014年第1期。

［中国台湾］张堂锜：《澳门土生葡人作家小说中的华人女性形象》，《扬子江评论》，2014年第1期。

张剑桦：《澳门文学批评的特征》，《廊坊师范学院学报》(社科版)，2014年第1期。

张剑桦：《澳门诗歌发展脉络概述》，《世界华文文学论坛》，2014年第2期。

魏斌：《近十年的〈澳门日报〉副刊与女性散文》，《世界华文文学论坛》，2014年第3期。

郭海军、傅天虹：《20世纪70年代的澳门小说与汉语新文学——以〈澳门日报〉〈华侨报〉副刊为例》，《文艺争鸣》，2014年第3期。

张剑桦：《澳门文学格局中的序文》，《写作》上旬刊，2014年第5期。

张剑桦：《澳门文学体裁发展态势与特征探析》，《延安大学学报》(社科版)，2014年第5期。

# 2014年中国大陆华文文学研究成果一览

向忆秋

说明：本文兼及大陆学者在境外出版的著作。

张羽、陈美霞：《镜像台湾——台湾文学的地景书写与文化认同研究》，福建人民出版社2014年版。

林建法主编：《华语文学印象——1984~2013〈当代作家评论〉30年文选》，辽宁人民出版社，2014年1月。

袁勇麟、章妮：《大中华二十世纪文学史》第五卷(全书五卷，由张俊彪、郭久麟主编，第五卷为全书的第九篇《二十世纪台港澳及世界华人华文文学发展概观》)，中华书局(香港)有限公司2014年版。

傅蓉蓉：《当代台湾文学研究》，九州出版社2014年版。

福建师范大学文学院编：《学术视野中的华文文学——第十七届世界华文文学国际学术研讨会论文集》，海峡文艺出版社2014年版。

唐桦：《文化研究视域下的台湾社会——音乐、电影及其他》，厦门大学出版社2014年版。

李晨：《光影时代——当代台湾纪录片史论》，中国社科出版社2014年版。

[中国香港]犁青总主编：《香港新诗发展史》，人民文学出版社2014年版。

戴冠青：《施子荣诗词论集》，九州出版社2014年版。

樊洛平、王萌：《海峡两岸女性小说的历史流脉与创作比较》，人民出版社2014年版。

李娜整理编辑：《无悔：陈明忠回忆录》，人间出版社2014年版。

江少川：《海山苍苍：海外华裔作家访谈录》，九州出版社2014年版。

彭燕彬主编：《世界华文文学教程》，河南大学出版社2014年版。

刘俊：《越界与交融：跨区域跨文化的世界华文文学》，人民文学出版社2014年版。

白舒荣：《走进饮浩锷的故事》(海外作家传记)，[中国台湾]秀威科技公司2014年版。

古远清编纂：《世界华文文学研究年鉴·2013》，《华文文学》增刊，2014年10月。

谢建华：《台湾电影与大陆电影关系史》，人民文学出版社2014年版。

刘小新、黄育聪、陈美霞：《现代性与当代台湾文论》，厦门大学出版社2014

年版。

彭燕彬主编：《世界华文文学教程》，河南大学出版社 2014 年版。

王列耀、龙扬志：《文学及其场域：澳门文学与中文报纸副刊(1999—2009)》，社会科学文献出版社 2014 年版。

黄万华：《多源多流：双甲子台湾文学(史)》，花城出版社 2014 年版。

黄万华：《越界与整合：黄万华选集》，花城出版社 2014 年版。

黎湘萍：《从边缘返回中心：黎湘萍选集》，花城出版社 2014 年版。

潘亚暾：《最是繁华季节：潘亚暾选集》，花城出版社 2014 年版。

许翼心：《香港文学的历史观察：许翼心选集》，花城出版社 2014 年版。

朱双一：《穿行台湾文学两甲子：朱双一选集》，花城出版社 2014 年版。

曹惠民：《边缘的寻觅：曹惠民选集》，花城出版社 2014 年版。

王列耀：《华文文学的文化取向：王列耀选集》，花城出版社 2014 年版。

刘俊：《复合互渗的世界华文文学：刘俊选集》，花城出版社 2014 年版。

赵稀方：《历史与理论：赵稀方选集》，花城出版社 2014 年版。

方忠：《雅俗汇流：方忠选集》，花城出版社 2014 年版。

颜敏选编、陈思和著：《行思集——台港澳暨海外华文文学论稿》，花城出版社 2014 年版。

莆田学院文传学院等编：《海洋视野下的马祖文化与华文文学国际学术研讨会论文集》，《台港文学选刊》增刊，2014 年版。

中国世界华文文学学会编：《生命行旅与历史叙述》，暨南大学出版社 2014 年版。

陕西师范大学文学院编：《长安学术 · 华文文学高峰论坛论文集》，商务印书馆 2014 年版。

公仲：《灵魂是可以永生的》，二十一世纪出版社 2014 年版。

赖一郎：《底层认同 · 殖民现代性与史诗建构》，厦门大学出版社 2014 年版。

尤作勇：《〈现代文学〉的歧路：白先勇、陈若曦小说创作比较研究》，知识产权出版社 2014 年版。

李孟舜：《灵根自植——台湾眷村文学与文化研究》，河南人民出版社 2014 年版。

李娜：《舞鹤创作与现代台湾》，(台北)麦田出版社 2014 年版。

郭惠芬：《中外文学交流史 · 中国—东南亚卷》，山东教育出版社 2014 年版。

# 2014年国家社科基金有关世界华文文学立项课题

周　萍

1. 邵毅平：东亚汉文学整体研究，14BZW179，复旦大学，一般项目。

2. 赵小琪：台湾新世代本土诗人的中国想象研究，14BZW131，武汉大学，一般项目。

3. 樊洛平：族群文化视域中的台湾客家文学研究，14BZW132，郑州大学，一般项目。

4. 白杨：七十年代台湾文学话语场域与文学叙事的转换研究，14BZW130，吉林大学，一般项目。

5. 郭惠芬：20世纪中国文学中的南洋书写及其意义研究，14BZW134，厦门大学，一般项目。

6. 赵振祥：菲律宾华文报刊与中国文化传播研究，14BZW056，厦门理工学院，一般项目。

7. 张桂兴：林语堂文献整理与中英文资料库建设，14BZW105，闽南师范大学，一般项目。

8. 谈凤霞：欧美华裔儿童文学研究，14BZW149，南京师范大学，一般项目。

9. 沈一帆：抒情传统与中国现代诗学的海外建构研究，14CZW006，深圳大学，青年项目。

10. 孙洛丹：晚清文人在日本的写作与汉文圈内华文文学成立研究，14CZW036，东北师范大学，青年项目。

11. 王成：韩国古典散文与中国文化之关联研究，14CZW038，黑龙江大学，青年项目。

12. 李奎：东南亚汉文报刊小说文献整理与研究（新马卷1815—1919），14CZW052，山西师范大学，青年项目。

13. 陈美霞：赖和文学实践与日据台湾文化思潮研究，14CZW053，福建社会科学院，青年项目。

14. 陈建芳：台湾乡土小说研究，14CZW054，福建师范大学，青年项目。

15. 李斯颖：台湾民族跨境族源神话及其信仰体系研究，14CZW070，中国社科院民族文学研究所，青年项目。

16. 赵季：中朝三千年诗歌交流系年，14ZDB069，南开大学，重大项目。

17. 刘俊：华文文学与中华文化研究，14ZDB080，南京大学，重大项目。

18. 曹旭：东亚《诗品》、《文心雕龙》文献研究集成，14ZDB068，上海师范大学，重大项目。

19. 方忠：华文作家的中华文化身份认同研究，14AZD079，江苏师范大学，重点项目。

20. 康保成：新加坡藏“外江戏”剧本的搜集与研究，14AZW009，中山大学，重点项目。

21. 严明：东亚汉诗史初编，14AZW007，上海师范大学，重点项目。

22. 邓艮：海外中国现代文学研究批判，14XZW024，西安外国语大学，西部项目。

# 2014年教育部人文社会科学有关世界华文文学的立项课题

周　萍

1. 闫艳：海外中国民间文艺学家谭达先研究，14YJA751027，长安大学，规划基金项目。

2. 卢建红：乡愁认同建构研究，14YJA751017，广东财经大学，规划基金项目。

3. 林彬晖：中国文学视阈中的古代日本汉文小说与汉语教材关系研究，14YJA751016，湖南女子学院，规划基金项目。

4. 古大勇：刘再复学术思想整体研究（1976—2013），14YJA751004，泉州师范学院规划基金项目。

5. 张曼：台湾地区当代文学在美国：译介、传播与研究（1945—2013）14YJA751035，上海外国语大学，青年项目。

6. 汪云霞：现代汉诗在英语世界的传播与接受研究，14YJC7510240，上海交通大学，青年项目。

# 中国大陆研究海外华文文学专家小传

古远清

说明：

1. 入选标准为出版过或参与撰写过重要的海外华文文学研究著作，具有副教授以上职称，且有影响者。

2. 以研究大陆文学著称但不以海外华文文学研究为主业者，不在此列。

3. 非海外华文文学研究著作不列入小传，含有海外华文文学研究内容的论文集酌情收录。

4. 以生年为序，尽可能写出第一学历，以后的学历从简。

5. 台港澳文学研究专家另外撰写。

6. 遗漏之处难免，欢迎补正。

**曾敏之**（1917—2015），广东梅县人。广西建设干校（中专）毕业，历任暨南大学教授、香港作家联会会长、中国世界华文文学学会名誉会长，著有《海上文谭》。

**王景山**（1924—　），山东济宁人，西南联大毕业，现为首都师范大学中文系教授，主编《台港澳与海外华文作家辞典》。

**马德俊**（1926—2010），成都人，中国人民大学教授，参与撰写《新加坡华文文学史初稿》。

**徐乃翔**（1931—　），浙江绍兴人。1960年毕业于上海复旦大学中文系，任中国社会科学院文学研究所研究员，参与主编《新加坡华文文学史初稿》。

**潘亚暾**（1931—2014），福建南安人。毕业于中山大学中文系，为暨南大学中文系教授。著有《世界华文女作家素描》、《海外华文文学现状》，与汪义生合著《海外华文文学名家》，参与主编《台港暨海外华文文学辞典》，主持完成九五规划《海外华文文学研究》等项目。

**林承璜**（1931—2007），福建闽侯人，结业于福建省委党校新闻大专班。任海峡文艺出版社台港文学编辑室主任、编审，著有《世界华文文学解读》。

**陈辽**（1931—　），江苏海门人，毕业于华中建设大学，现为江苏省社科院研究员，主编《台港澳与海外华文文学辞典》、《世纪之交的世界华文文学》、《我与世界华文文学》。

**赖世和**（1931—　），江西安远人。湖北大学法律系毕业，中国人民大学文艺理论研究班毕业，现为中南财经政法大学世界华文文学研究所研究员，在新加坡出版《新加坡华文微型小说史》、《新华文学与护花使者》，主编《黄孟文的微型小说世界》、《新华文学论文集》，与人合作《新加坡华文文学史初稿》。

**王淑秧**(1932—2000)，女，陕西富平人。1958年毕业于辽宁大学中国语言文学系。曾任中国社会科学院文学研究所理论室研究员，与人合作《新加坡华文文学史初稿》。

**张超**(1933—1991)，江苏宜兴人。毕业于复旦大学中文系，后为南京某中学教员，出版有《台港澳及海外华文作家词典》(主编)、《台湾港澳与海外华文文学辞典》(副主编)。

**张国培**(1933—　)，广东潮州人。毕业于南开大学中文系，为中山大学教授，著有《20世纪泰国华文文学史》。

**张炯**(1933—　)，福建福安人，毕业于北京大学中文系，现为中国世界华文文学学会名誉会长，出版有《世界华文文学与中国》，主编《世界华文作家长篇小说丛书》十卷。

**陆士清**(1933—　)，江苏省张家港人。毕业于复旦大学中文系，现为该校教授、中国世界华文文学学会名誉副会长。出版有论文集《探索文学星空》、《血脉情缘》。

**庄钟庆**(1933—　)，福建惠安人。毕业于厦门大学中文系，现为厦门大学中文系教授、厦门市东南亚华文文学研究会名誉会长。著有《新加坡等华文文学在前进中》，主编《东南亚华文文学丛书》、《东南亚华文文学辑刊》、《东南亚华文新文学史》。

**陈公重**(1934—　)，笔名公仲，江西永新人。毕业于江西教育学院，现为南昌大学教授、中国世界华文文学学会名誉副会长。出版有《文学徜徉录》、《离散与文学》《灵魂是可以永生的》，主编《走向新世纪》、《世界华文文学概要》、《世界著名华文女作家传》。

**梁若梅**(1934—　)，女，广东高要人。毕业于北京师范学院中文系，现为广东社科院文学研究所研究员，主编《海外华文文学大系》散文卷。

**古继堂**(1934—　)，河南修武县人。毕业于武汉大学中文系，为中国社会科学院文学研究所研究员，现移居加拿大，主编《台港澳暨海外华文新诗大辞典》。

**王晋民**(1935—2008)，广东兴宁人。毕业于中山大学中文系，为该校教授，曾任中国世界华文文学学会顾问，与人合著《台湾与海外华人作家小传》。

**饶芃子**(1935—　)，女，广东潮州人，毕业于中山大学中文系。现为暨南大学中文系教授、中国世界华文文学学会名誉会长。出版有《本土以外》、《世界华文文学的新视野》，主编《海外华文文学教程》，主持2011年度国家社科基金重大项目《百年海外华文文学研究》。

**赖伯疆**(1936—2005)，广东惠阳人。中山大学中文系毕业，曾任广东省社科院文学研究所所长、研究员，著有《海外华文文学概观》。

**陈贤茂**(1937—　)，广东普宁人。中山大学中文系毕业，汕头大学文学院教授，曾任台港及海外华文文学研究中心主任，现为中国世界华文文学学会顾问。著有《陈贤茂自选集(上下)》，主编《海外华文文学史初编》、《海外华文文学史》。

**许翼心**(1937—　)，广东汕尾人。毕业于中山大学中文系，现为广东省社科院文学研究所研究员，并任中国世界华文文学学会顾问，出版有《香港文学的历史考察》（第一辑为“华文文学的多元格局”）。

**刘登翰**（1937— ），福建厦门人。毕业于北京大学中文系，现为福建社会科学院文学研究所研究员、中国世界华文文学学会监事长。出版有《华文文学的大同世界》、《华文文学：跨域的建构》，主编《双重经验的跨域书写——二十世纪美华文学史论》。

**陈育伦**（1937—），安溪人。毕业于厦门大学中文系，现为厦门华厦学院教授。参与主编《东南亚华文文学丛书》、《东南亚华文文学新文学史》。

**汤淑敏**（1937— ），女，江苏扬州人。毕业于南京大学中文系，现为江苏社科院文学研究所研究员，曾参与创办并任《世界华文文学论坛》杂志副主编，出版有《海外文坛星辰》。

**马阳**（1937— ），原名蒋明元，祖籍广东罗定，在马来西亚出生，1961年回到祖国，毕业于华侨大学中文系，出版有《瀛外诉评》。

**赵朕**（1938— ），河北省唐山市人。师专毕业，为《唐山师院学报》编审，出版有《认同文化的结晶——世界华文文学论评》。

**王振科**（1938— ），海南文昌人。天津师范学院中文系毕业，为上海第二工业大学教授，出版《同根的文学》、《海内海外集》。

**阎纯德**（1939— ），河南濮阳人，毕业于北京大学中文系，现为北京语言大学教授。著有《二十世纪中国女作家研究》，主编《20世纪华夏女性文学经典文库》（11卷）、《台港和海外华人女作家作品选》（2卷）、《龙吟——巴黎龙吟诗社诗选》。

**杨匡汉**（1940— ），上海宝山人，毕业于中国人民大学新闻系。现任中国社科院文学所研究员、中国世界华文文学学会监事长。出版有《中华文化母题与海外华文文学》、《玉树临风》、《海外华文文学知识谱系的诗学考辨》（与庄伟杰合著）。

**白舒荣**（1941— ），女，山西人，毕业于北京大学中文系。曾任《世界华文文学》杂志社社长兼执行主编，出版有《回眸》、《寻美的旅人》（合著）。

**古远清**（1941— ），广东梅县人。毕业于武汉大学中文系，现为中南财经政法大学教授。出版有《海外来风》、《古远清自选集》、《从陆台港到世界华文文学》、《耕耘在华文文学田野》，编著有《恨君不似江楼月——（泰国）梦莉散文鉴赏》、《美丽的印度尼西亚》（诗赏析），主编《世界华文文学研究年鉴·2013》、《世界华文文学研究年鉴·2014》，另编有《2004年全球华人文学作品选精选》、《2005年世界华语文学作品精选》、《2006年世界华语文学作品精选》。

**龙彼德**（1941— ），湖南人。1964年毕业于南开大学中文系，曾任浙江省文联文艺研究室主任、编审，出版有《曾心微型小说艺术》。

**江少川**（1941— ），湖北武汉人。毕业于华中师范学院中文系，现为武昌首义学院教授。出版有《海山苍苍——海外华裔作家访谈录》，参与主编《台港澳暨海外华文文学教程》。

**王宗法**（1942— ），安徽繁昌人。毕业于合肥师范学院，现为安徽大学中文系教授。著有《山外青山天外天——海外华文文学综论》，与人合作《爱的秘图》，参与编写《台港澳与海外华文文学词典》、《台港澳与海外华文新诗大辞典》。

**杨振昆**(1942—　)，云南昆明人，毕业于云南大学中文系。现为云南大学教授，曾任该校东南亚文化暨华文文学研究室主任，主编《世界华文文学的多元审视》。

**孙逊**(1944—　)，江苏丹阳人。毕业于江苏师院中文系，现为上海师大文学研究所教授，主持国际合作项目《域外汉文小说大系》，包括《越南汉文小说集成》《朝鲜汉文小说集成》《日本汉文小说集成》和《传教士汉文小说及其他》四个部分，已出版《域外汉文小说大系·越南汉文小说集成》(主编之一)。

**曹惠民**(1946—　)，江苏南通人。毕业于北京师范大学中文系，现为苏州大学中文系教授，兼任中国世界华文文学学会名誉副会长。出版有《他者的声音》、《边缘的寻觅——曹惠民选集》，主编《台港澳文学教程》。

**钦鸿**(1947—2015)，原名钦志衍，祖籍浙江长兴，生于上海，曾任南通市社科联《江海纵横》杂志执行副主编。著有《海天集——我看新马华文学》、《遥望集——东南亚华文文学漫评》，与人合编《回家——马来西亚华文微型小说选》，另参与编写《台港澳与海外华人作家辞典》。

**李国正**(1947—　)，重庆永川人，毕业于厦门大学中文系，现任厦门大学中文系教授，参与撰写《东南亚华文文学语言研究》。

**王震亚**(1948—　)，上海人，毕业于北京师范学院中文系，现为首都师范大学中文系副教授，出版有《台港暨北美华文小说概要》。

**陈实**(1948—　)，湖南永州人。现为广东社会科学院研究员，出版有《新加坡华文作家作品论》、《根的寓言》。

**黄万华**(1948—　)，浙江上虞人，现为山东大学教授。著有《文化转换中的世界华文文学》、《中国和海外：20世纪汉语文学史》、《新马百年小说史》、《传统在海外：中华文化传统和海外华人文学》、《在“旅行”中“拒绝旅行”——华人新生代与新华侨华人作家比较研究》，主编《美国华文文学论》、《多元文化语境中的华文文学》、《全球语境·多元对话·马华文学》，参与撰写《新加坡华文文学史初稿》。

**翁奕波**(1950—　)，广东潮州人。华中师范大学进修文艺理论硕士研究生结业。曾任职于汕头大学台港与海外华文文学研究中心，退休前为汕头大学学报编审，出版有《编余拾论》(上下册)，与人合作《海外华文文学史》。

**汪义生**(1951—　)，上海人，上饶师专中文系毕业，现任上海龙脉华侨华人研究所研究员，出版有《走出王彬街——菲华文学评论集》，与人合著《海外华文文学名家》、《儒商学》、《儒商列传》、《世界华文文学概要》、《华侨华人百科全书·文艺卷》。

**郑楚**(1951—)，福建连江人，毕业于厦门大学中文系，现为厦门大学中文系教授，参与主编《东南亚华文新文学史》，并独自撰写其中的“菲律宾华文新文学史”部分；担任《东南亚华文文学研究丛书》和《东南亚华文文学研究辑刊》的副主编，与人合作《周颖南与世界华文文学》。

**喻大翔**(1953—　)，湖北黄陂人，华中师范学院毕业，后获华中师大文学博士学位，现为同济大学人文学院中文系教授。出版有《现代中文散文十五讲》、《用生命拥抱文化——中华20世纪学者散文的文化精神》。

**徐颖果**(1953—　)，天津理工大学外国语学院教授、美国华裔研究所所长，出版有《美国华裔文学选读》。

**钱虹**(1954— )，女，南京市人。毕业于华东师范大学中文系，现为同济大学文法学院教授。著有《女人·女权·女性文学——中华女性的文学世界》、《缪斯的魅力》。

**陈剑晖**(1954— )，广东揭阳人。毕业于海南师专中文系，现为华南师范大学文学院教授，合著有《海外华文文学史》、《海外华文文学史初编》。

**熊国华**(1955— )湖北黄陂人。毕业于湘潭大学中文系，现为广东第二师范学院中文系教授。著有诗评集《刘荒田抒情诗赏析》、评传《美国梦：美籍华人黄运基传奇》，另主编《海外华文文学读本·诗歌卷》

**王列耀**(1955— )，湖北武汉人，洛阳大学中文系毕业，后获暨南大学文艺学博士学位，现为暨南大学文学院教授、中国世界华文文学学会会长，出版有《隔海之望——东南亚华文文学中的"望"与"乡"》、《宗教情结与华文文学》、《困者之舞——近四十年来的印度尼西亚华文文学》、《趋异与共生——东南亚华文文学新镜像》、《华文文学的文化取向》。

**吴奕锜**(1955—)，广东潮安人，华中师范大学硕士生，现为《暨南学报》研究员，单独或与人合作出版有《菲律宾华文文学史稿》、《海外华文文学史》、《新移民文学漫论》、《回望与寻找》、《寻找身份——全球视野中的新移民文学研究》，编有《海外华文文学读本·短篇小说卷》。

**刘红林**(1955— )，女，祖籍胶东半岛，生于北京。南京师范大学文学硕士，曾任《世界华文文学论坛》主编，出版有《因为世间有爱——简宛评传》。

**彭燕彬**(1955— )，女，山东巨野人，生于北京，毕业于河南大学中文系。现为河南广播电视大学中文教授，著有《当代海外华人华文小说精品论析》，主编《世界华文文学概观》、《洛学传承文化与世界华文小说创作》、《世界华文文学教程》。

**宋瑜**(1955— )，笔名余禺，福建宁德人。毕业于福建广播电视大学，现任《台港文学选刊》杂志主编、编审，著有论述《复眼的视界》。

**樊洛平**(1956—)，女，祖籍山西沁县，生于洛阳，毕业于郑州大学中文系，现为郑州大学文学院教授、中国世界华文文学学会女性委员会主任委员。参编《世界华文文学概观》、《台港澳暨海外华文文学教程》、《世界华文文学教程》。

**陆卓宁**(1956— )，女，广西南宁人。1984 年毕业于广西师范大学中文系，现为广西民族大学文学院教授，兼任中国世界华文文学学会副会长，主编《和而不同——第十五届世界华文文学国际学术研讨会论文集》。

**周萍**(1956— )，女，山西永济人。毕业于太原师范学院中文系。现任山西省社会科学院研究员、世界华文文学研究中心主任，出版有《世华文韵》。

**戴冠青**(1957— )，女，福建莆田人。毕业于福建师范大学中文系，现任泉州师范学院教授、福建省台港澳暨海外华文文学研究会副会长，主编《积淀·融合·互动》，参与主编《流散华文与福建书写国际研讨会论文集》。

**钱超英**(1958— )，祖籍江苏无锡，毕业于华南师范大学，1992—1995 年在澳大利亚访学和工作生活 4 年，现为深圳大学文学院教授。著有《"诗人"之"死"：一个时代的隐喻——1988—1998 年间澳大利亚新华人文学中的身分焦虑》、《澳大利亚新华人文学与文化研究资料选》、《流散文学：本土与海外》，编著《澳大利亚新华人文学及文化研究资料选》。

**宋晓英**(1961—　)，女，河北威县人。山东师范大学文学博士，济南大学教授。主持国家社会科学基金项目《北美华人自传体写作发展史研究》，出版对20世纪以降的大陆出身的欧美华人女性专著《精神追寻与生存突围》。

**周宁**(1961—　)，山东金乡县人。南京大学文学博士，现为厦门大学教授、厦门市东南亚华文文学研究会会长。出版有《新华文学论稿》，主编《东南亚华语戏剧史》，并参与主编《东南亚华文新文学史》。

**赵小琪**(1962—　)，湖南邵阳人。毕业于湖南师范大学、苏州大学，现为武汉大学教授，主编《世界华文文学经典欣赏》。

**龙钢华**(1962—　)，湖南新宁人。毕业于北京师范大学，现为邵阳学院中文系教授，出版学术专著《小说新论》、《学海探赜》，现正主持国家社科基金课题“世界华文微型小说综合研究”。

**邹建军**(1963—　)，四川威远人。毕业于四川大学中文系，现任华中师范大学文学院教授，出版有《“和”的正向与反向：谭恩美长篇小说中的伦理思想研究》，主持国家社会科学基金项目《美国华人文学与中外文化》，参加撰写《世界华人诗歌鉴赏大辞典》、《世界华人新诗佳句类编》、《台港澳暨海外华文新诗大辞典》。

**刘俊**(1964—　)，南京人。1986年毕业于苏州大学，现为南京大学中文系教授，兼任中国世界华文文学学会副会长。出版有《从台港到海外——跨区域华文文学的多元审视》、《世界华文文学整体观》、《复合互渗的世界华文文学》、《越界与交融：跨区域跨文化的世界华文文学》。

**陈涵平**(1964—　)，祖籍湖南省汨罗市。暨南大学文艺学博士，现为广东第二师范学院教授，出版有《北美新华文文学》、《寻找身份——全球视野中的新移民文学研究》(合著)。

**郭惠芬**(1964—　)，女，福建漳州人。厦门大学中文系毕业，为新加坡国立大学中文系哲学博士。现为厦门大学中文系副教授，著有《中外文学交流史·中国——东南亚卷》、《战前马华新诗的承传与流变》、《新马华文文学的现代与当代》、《中国南来作者与新马华文文学》。另与他人合编《从选集看历史——新马新诗选析(1919—1965)》。主持国家社科基金项目《20世纪中国文学中的南洋书写及其意义研究》、教育部人文社科基金项目《中国——东南亚文学交流史》。

**庄伟杰**(1965—　)，福建泉州人，毕业于福建师范大学中文系，1989年底赴澳大利亚留学并定居悉尼市，现为华侨大学教授。著有《智性的舞蹈——华文文学、当代诗歌、文化现象探究》、《海外华文文学知识谱系的诗学考辨》(与杨匡汉合著)、《流动的边缘——海外华文文学的跨文化图景与阐释》，参编《台港澳暨海外华文文学教程》，主编《澳洲华文文学丛书》5卷本、《澳华文学方阵》系列丛书等。

**彭志恒**(1965—　)，吉林长岭县人，南开大学中文系毕业，后获北京师范大学文学硕士、博士学位，现为汕头大学中文系副教授。出版有《中国文化与海外华文文学》、《海外中国：华文文学和新儒学》。

**刘小新**(1965— )，福建政和人。毕业于华东师范大学中文系，后获博士学位。现为福建社会科学院研究员兼任文学研究所所长，出版有《华文文学与文化政治》。

**朱立立**(1965— )，女，安徽人。文学博士，现为福建师范大学教授，出版有《身份认同与华文文学研究》、《阅读华文离散叙事》。

**赵顺宏**(1965— )，杭州大学中文系硕士，曾任职于汕头大学台港及海外华文文学研究中心，现为浙江财经学院人文学院副教授，与人合作《海外华文文学初编》、《海外华文文学史》、《菲律宾华文文学史稿》。

**袁勇麟**(1967— )，福建柘荣人。苏州大学文学博士，复旦大学中文博士后，现为福建师范大学教授。出版论著《当代汉语散文流变论》、《大中华二十世纪文学史》(第五卷)，选编《海外华文文学读本·散文卷》。

**杨四平**(1968— )，安徽省宿松县人，西南师范大学中国新诗研究所研究生毕业，现为安徽师范大学文学院教授，著有《跨文化的对话与想象：现代中国文学海外传播与接受》。

**丰云**(1968— )，女，山东曲阜人，毕业于曲阜师范大学中文系，现为山东德州学院副教授，出版有《新移民文学：融合与疏离》。

**萧成**(1967— )，女，福建省福州市人，南京大学文学博士，现为福建省社会科学院文学研究所副研究员，出版有《椰风蕉雨入画来——南洋华文文学论稿》。

**蒲若茜**(1970— )，女，四川南充人，西南师范大学外语学院毕业，暨南大学中文系文艺学博士。现为暨南大学外语学院教授，出版《族裔经验与文化想象——华裔美国小说典型母题研究》，另参与翻译、编著华裔美国文学及海外华人文学著作各一部。

**赵庆庆**(1971— )，女，江苏淮安人，毕业于南京大学外国语学院，后获加拿大艾伯塔大学硕士学位，现为南京大学外国语学院副教授，著有《枫语心香：加拿大华裔作家访谈录》。

**李凤亮**(1971— )，江苏阜宁人。毕业于徐州师范大学，后为暨南大学文学博士，现任深圳大学教授、中国世界华文文学学会副会长，出版有《移动的诗学——中国古典文论现代观照的海外视野》、《彼岸的现代性——美国华人批评家访谈录》、《20世纪中国文学批评的“海外视野”——当代海外华人学者批评理论研究》。

**庄园**(1972— )，女，广东汕头人，暨南大学文学硕士，澳门大学博士候选人。现为汕头大学《华文文学》副主编、台港及海外华文文学研究中心副研究员。出版有《重构女性话语》、《女性主义专题研究》，编有《文化的华文文学——华文文学研究方法论争鸣集》、《女作家严歌苓研究》。

**文红霞**(1972— )，女，湖北秭归人，现为河南理工大学副教授，出版有《跨文化的女性言说——当代美国华裔女性写作研究》。

**彭伟步**(1972— )，广东人，暨南大学中国语言文学系博士后，现为暨南大学新闻与传播学院副教授，著有《〈星洲日报〉研究》。

**朱文斌**(1973— )，江西省彭泽县人。汕头大学文学硕士，南京大学中文系博士，现为浙江越秀外国语学院教授。出版专著《跨国界的追寻——世界华文文学诠释与批评》，合作主编《台港澳暨海外华文文学教程》，主编《世界华文文学研究》丛刊共9辑。

**向忆秋**(1974—　)，女，湖南溆浦人。毕业于广西师范大学，后获山东大学文学博士学位。现为闽南师范大学闽南文化研究院副教授，出版专著《洛夫：诗·魔·禅》。

**李诠林**(1975—　)，山东阿县人。现为福建师范大学文学院副教授，出版有《台港澳暨海外华文、华人文学散论》、《漂泊的汉学：台港澳暨海外华文、华文文学学科论》。

**李亚萍**(1975—　)，女，江苏宜兴人。南京大学中文系毕业，暨南大学中文系副教授，著有《故国回望——20世纪美国华文文学主题研究》、《爱薇评传》。

**朱崇科**(1975—　)，山东临沂人。毕业于中山大学，后获新加坡国立大学博士学位，现为中山大学亚太研究院教授。出版有《本土性的纠葛——边缘放逐·"南洋"虚构·本土迷思》、《考古文学"南洋"——新马华文文学与本土性》、《身体意识形态——论汉语长篇(1990—)中的力比多实践及再现》、《华语比较文学：问题意识及批评实践》，另和王润华主编"热带雨林论丛"系列丛书。

**颜敏**(1977—　)，女，湖南涟源人，暨南大学文学博士，现为惠州学院教授，出版有《在文学的现场：台港澳暨海外华文文学在中国大陆文学期刊中的传播与建构》、《风景的重新发现：内地语境中的台港澳暨海外华文文学》、《困者之舞：印度尼西亚华文文学三十年》(第二作者)，另编选陈思和著《行思集——台港澳暨海外华文文学论稿》。

**马相武**，50年代出生，祖籍江苏，浙江出生。北京大学中文系毕业，曾任中国人民大学华人文化研究所所长，现为该校副教授，参与主编《五洲华人文学概观》。

# 目　录

# 2014年汕头《华文文学》目录

黄洁玲

**【名家特辑】**



**【诺贝尔文学奖专辑】**



**【域外汉学】**

**【张爱玲研究】**



**【严歌苓研究】**



**【台港文学研究】**



**【东南亚华文文学研究】**

**【北美华文文学研究】**



**【华裔文学研究】**



**【汉语诗学】**

# 2014年南京《世界华文文学论坛》目录

刘红林

**日据时期台湾文学细读**



**澳门文学探讨**



**香港文学热点**



**新移民文学探讨**



**诗探索**



**五彩论坛**

**批评史**



**武侠天地**



**序跋选**



**学人剪影**



**作家印象**



**灯下品书**

**作家访谈录**



**加拿大华裔文学与文化动态**



**新书架**



**信息窗**

# 2014年成都《华文文学评论》目录

张　放

**“香江才子”黄维樑先生研究专题**

身证香江非沙漠

——黄维樑博士文学成就与影响概说 …………………… 张叹凤

余光中的“文心雕龙”

——黄维樑四川大学演讲录 …………………… 黄维樑

宏微并观，纵横比较，彰显中国

——曹顺庆主编《中外文论史》评介 …………………… 黄维樑

余光中《大卫雕像》三读 …………………… 黄维梁

**名家访谈**

“活着为了写书，写书为了活着”

——访台港文学研究专家古远清先生 …………………… 唐小林

雪楼访洛夫 …………………… 谭　楷

**白先勇研究专题**

孤独而忧郁的游子魂灵

——对白先勇小说的症候式解读 …………………… 肖佩华　邹瑞兰

尹雪艳的七重象征 …………………… 谭光辉

最后的贵族

——白先勇小说中的“李氏家族” …………………… 达　荷

**严歌苓研究专题**

不可靠叙述的魅力

——解读严歌苓小说《白蛇》 …………………… 刘　芳

颠覆与重塑

——论严歌苓作品《扶桑》中的民族形象 …………………… 李颖瑜

**金庸研究专题**

混杂的个体身份与历史失忆症 …………………… 李　泉

互文性视阈下台湾地区金庸武侠影视改编审美特征
——以“射雕三部曲”为例 …… 陶　黎
道家思想之人生终极理想的难实现
——电影《笑傲江湖之东方不败》中的主题曲分析 …… 金　梦

**百家成阵**

《邮购新娘》中的女性悲歌
——从文学伦理学批评的角度解读 …… 戴　珂　赵渭绒
大陆赴台诗人与台湾诗歌的复兴及前行方向 …… 陶德宗　陶　兰
近未来视野下的女性叙事
——析虹影未来小说中的女性书写 …… 谭言红
直立，并且行走
——香港作家寒山碧论 …… 孙德喜
钟晓阳论 …… 赵稀方
简论黄震遐和崔万秋的战争小说 …… 陈思广
梁实秋《雅舍小品》四题 …… 龚明德
连横组诗《茶》和《关中纪游诗》谫议 …… 熊飞宇
朱学恕的海洋诗简论 …… 吴投文
论《家变》的思想内涵 …… 薛晓磊
古龙武侠小说的身份自觉 …… 彭成广
指出女性生命的困境
——论龙应台的小说创作 …… 王　睿

**纪弦先生追思专题**

台湾现代诗人鼻祖——纪弦 …… 夏锦锦汇辑
台湾纪弦追思会报道 …… 一　叶
纪弦诗选两种 …… 子　张

**序与跋**

《边缘书写与文化认同》序言 …… 李继凯

**宝岛文心**

短论三题 …… 刘正伟
两马同槽：夏菁与余光中的故事
率性的诗人——悼纪弦

**消息**

# 2014年北京《文艺报·华馨》目录

周之涵

**(2014年1月24日，总第3676期，第4版)**
计璧瑞：《小说史之外的夏志清》
陈瑞琳：《〈跨文化视野下的北美华文文学〉：北美华文文学研究的新突破》
何　标：《小聚他乡感慨新——读张我军赠赖和诗》

**(2014年2月28日，总第3688期，第4版)**
庄伟杰：《台港澳地区暨海外华文女性诗歌：在不同的诗意空间延伸》
梁燕丽：《客观艺术与浪漫艺术——王鼎钧〈那树〉和郭宝昆〈傻姑娘和怪老树〉之比较》
动态消息(华文)：三毛佚作《你是我不及的梦》出版

**(2014年3月28日，总第3700期，第4版)**
李孟舜：《尉天骢〈回首我们的时代〉：记忆之书，时代见证》
公仲：《陈河〈猹〉：一场寓意深远的人兽大战》
吉狄马加：《爱缠绵，诗奇秀——评蔡丽双爱情抒情长诗〈比翼云天〉》
动态消息(文讯)：齐邦媛手稿资料展在台举行
书讯(华文)：阮义忠随笔集《相见　看见　听见》出版

**(2014年4月18日，总第3708期，第4版)**
黄文倩：《吕正惠的现代文学批评：一种历史的见证》
蔡益怀：《寻找一种观看的方法——也斯的“城市诗学”观》

**(2014年6月13日，总第3730期，第4版)**
徐　可：《香港文学：在喧嚣市声中静静开放》
张同吾：《绿蒂诗集〈四季风华〉：美神在四季徜徉》
陈瑞琳：《〈海外新移民作家访谈录〉：“一代飞鸿”雁归来》

**(2014年7月14日，总第3743期，第4版)**
江少川：《〈海山苍苍——海外华裔作家访谈录〉：记录新移民作家的足迹》
赵　瑜：《漂浮物，或者日常生活的飞白》

动态消息(甘以雯)：第五届“我心中的澳门”全球华文散文大赛在澳门颁奖
书讯(华文)：张小娴长篇《我在云上爱你》出版

**(2014年8月8日，总第3754期，第4版)**
饶　翔：《黄碧云〈烈佬传〉：以文字照亮那没有光的所在》
王振峰：《〈荆棘与南瓜〉：曲折故事书写弹性人生》
公　仲：《〈苏北利亚〉：真诚讲述历史记忆》
书　讯：骆以军《脸之书》简体中文版出版

**(2014年8月29日，总第3763期，第8版)**
张　莉：《甘耀明：故事是惟一足迹》
霍　艳：《从“我城”到“他城”》
书　讯：1.《远行，直到遇见自己：66号公路手记》简体中文版出版(华文)
　　　　2. 台湾作家黄海《科幻文学解构》出版(叶玲)
动态消息：1. 第38届台湾“金鼎奖”颁奖(文创)
　　　　　2. 台湾齐东诗舍举办“诗的复兴”活动(台文)

**(2014年9月12日，总第3768期，第4版)**
张立群：《高翊峰：浮世的围困》
沈庆利：《许荣哲的“迷藏术”》
动态消息(华文)：台湾作家刘克襄分享“食物与风土的记忆”

**(2014年10月10日，总第3730期，第4版)**
李丹梦：《台湾作家吴明益：书写记忆与历史》
陈美霞：《甲午重读〈斗闹热〉》
书　讯：《〈雨雪霏霏：婆罗洲童年记事〉中文简体版出版》

**(2014年11月28日，总第3795期，第4版)**
陈嫣文：《传统还是现代：台湾启蒙知识分子的抉择》
郝敬波：《伊格言〈噬梦人〉：沉浸梦境与选择清醒》
动态消息(周师师，周文晓)：《第13届海外华文女作家双年会暨华文文学论坛举行》

**(2014年12月12日，总第3801期，第4版)**
袁绍珊：《澳门回归15周年：澳门文学的跨域筑梦》
陈嫣文：《咖啡馆与文学公共领域形成——以台北“明星”咖啡屋为例》
戴瑶琴：《〈阵痛〉：“坚守在花蕾之中的风险”》

**(2014 年 12 月 19 日，总第 3804 期，第 4 版)**
张　莉：《澳门作家太皮：为众声喧哗的澳门画像》
葛笑政：《澳门文学丛书：呈现澳门多彩的文学景观》
曹竹青：《〈世界华文文学研究年鉴·2013〉：华文文学学科研究的重要参考》

# 2014年香港《文学评论》目录

[中国香港]林曼叔

## 第三十期

2014年2月

卷首语

林曼叔　我们的时代还需要杂文

文学香港论坛：杂文专栏作家

林曼叔　书生论政，谈笑风生——徐东滨的杂文专栏《放平闲话》与《灌茶家言》

黄维樑　胡菊人．专栏．华谷月——爱华居随笔之一

卢文敏　三苏"怪论"挂帅"拉哥"爆红

吴萱人　笔耕"农妇"孙淡宁

阎纯德　"七好"与《七好文集》

古远清　香港专栏写作的一道亮丽风景线——评戴天的《一周记事》

作家与作品

黄维樑　悼念冬雪中仙逝的夏志清先生

俞丽红　跨文化视域下华文作家虹影的女性书写

杨新宇　丘东平小说佚作《路》

王　璞　道一声"请教"

文学透视

葛　涛　鲁迅对当代中文网络中的民间思考者的影响——以方舟子、槟榔、于仲达和范美忠对鲁迅的接受为中心

朱崇科　鲁迅在广州的文体转换

世界文坛

梁　亮　《一个陌生女人的来信》叙述结构分析

**文坛史实**
**杨国雄**　《大光报》邀请鲁迅来港演讲
**黄庆云**　人民的作家黄谷柳
**麦乐文**　文白之间——读罗澧铭《新旧文学之研究和批评》

**影艺空间**
**李三达**　作为青春墓碑的"美国"——论《致青春》与《中国合伙人》中的伦理策略

**我所喜爱的香港文学作品**
**林　起**　黄谷柳的独幕剧《墙》
**魏鹏展**　穷则变，变则通——读《十一诗章》

**新书评介**
**庄向阳**　纵横捭阖，回归原典——读黄维樑著《从〈文心雕龙〉到〈人间词话〉》
**冷慰怀**　磊落艺德震黄钟——读周良沛先生新作《沉默与无奈》
**颜　敏**　读《陶然研究资料》

**编后记**

## 第三十一期
2014 年 4 月号

**卷首语**
**林曼叔**　也谈香港女性文学

**文学香港论坛：女作家专辑**
**阎纯德**　香港文学"三女侠"在巴黎——蓬草、绿骑士、高洁的创作生涯
**张锦贻**　动人的传奇　沁心的诗意——读黄庆云长篇新作《苗山少年传奇》
**钱　虹**　呢喃细语：香港散文的"半边天"——论香港 20 世纪 80 年代的女性散文
**古远清**　"救济人病，裨补时阙"——评周蜜蜜的"底层写作"
**陈　辽**　林湄：海外女作家中的思想者
**龚自强**　认同之路可以有多艰难？——试论韩丽珠《窗户》中呈示的移民身份认同问题
**梁璧君**　不能抵达的幸福彼岸——辛其氏的《飘移的崖岸》
**宵　缨**　那一切不会凭空消失——读王璞《红房子灰房子》

**文学透视**
**蔡益怀**　社会窳败，记者何为？
**陈岸峰**　政治宰制与书生遗恨(上)——唐弢的《中国现代文学史》述评

潘明珠　“第 12 届香港中文文学双年奖”儿童少年文学组的两难

作家与作品

陈德锦　夏志清教授的诗论

黄维樑　宏微并观，纵横比较，彰显中国——曹顺庆主编《中外文论史》评介

世界文坛

杨昆冈　绿房子：略萨一鸣惊人之作

文坛史实

杨国雄　《大光报》的结业和该报的作者群

黄庆云　人间双子星——敬业与乐业

影艺空间

王澄霞　中国当代女性的婚恋心路历程——从《寻找男子汉》、《克莱默夫妇》到《婚姻保卫战》

我所喜爱香港文学作品

王学群　宿命的谜书——评葛亮短篇小说集《谜鸦》

杨新宇　曾经诗人谭家明

新书评介

邓昭祺　鸳鸯绣了从教看　尽把金针度与人——魏鹏展《新诗创作法》

编后记

## 第三十二期

2014 年 6 月

卷首语

林曼叔　重视香港学者的研究成果

文学透视：华文文学论坛

饶芃子　百年海外华文文学经典研究之思

曹惠民　华语文学的学科边界与名称再议——兼与几位同行对话

钱　虹　华文文学批评与理论建构的本土化历程——兼论世界华文文学的学科定位及其

理论表述
庄伟杰　全球化语境中海外华文文学如何经典化
古远清　“世界华文文学”要成为独立学科，戛戛乎其难哉！——《2013 年世界华文文学研究年鉴》后记

文学香港论坛：小说创作漫评

杨玉峰　一个童话的两番演绎——论谷柳《大笨象旅行记》和《大象的经历》
李星星　灰阑印记——《包待制智勘灰阑记》与《肥土镇灰阑记》之比较
区肇龙　论舒巷城与鲁迅
颜　敏　叙事者的形象——剖析葛亮小说的一个视角
孙德喜　自传与自叙体小说——评寒山碧《狂飙年代》
杨剑龙　在尺幅中见爱与死之深思——读陈赞一的《微型小说精选》

悼念罗孚先生特辑

黄庆云　忆罗孚
林曼叔　小记罗孚先生
吴萱人　罗孚：诗人痛史

作家与作品

周蜜蜜　卓越的名家　可敬的良师——怀念世界华文文学作家黄河浪先生
盼　耕　黄河浪诗歌的语言艺术
朱寿桐　张丽凤　论黄河浪汉语新诗写作的超性意义
刘正伟　周公梦蝶——悼周梦蝶
陈岸峰　政治宰制与书生遗恨（下）——唐弢的《中国现代文学史》述评

世界文坛

杨昆冈　探索《百年孤独》——悼念加西亚·马尔克斯

影艺空间

梁燕丽　回归后香港话剧的文化回归

新书评介

黄维樑　史蒂文　牡丹与绿叶——邱岚《格林布拉特诗学思想研究》评介
邓昭祺　飞鸿踏雪　书信留情——读蒲苇主编《师生有情》

编后记

## 第三十三期

2014 年 8 月

**卷首语**

**林曼叔** 寻找香港文学经典

**文学香港论坛：散文作家漫评**

**陈 辽** 大气、正气、锐气——读曾敏之的《幽草集》

**陈德锦** 仁人爱物——读小思散文集《承教小记》

**刘 俊** 我轻轻地招手，带走每一片云彩——论陶然散文兼及《风中下午茶》

**徐 鲁** 美丽的姜百合——谈周密密的散文

**许秀杰** 笔墨豪情中华魂——评东瑞先生的散文

**李华川** 香港的碎片——评《文学·香港》

**陈振宏** 世界因梦想而呈现——谈叶芳的游记散文

**文学透视**

**阎纯德** 文学的苦闷与文学的细节——巴黎图书沙龙小记

**黄维樑** 余光中《乡愁》的故事

**王 璞** 舒芜之谜——读《舒芜口述自传》有感

**蔡益怀** 媒体客观原则今何在

**世界文坛**

**杨晓文** 渡边淳一论

**作家与作品**

**计红芳** 《秋海棠》的大众文化解读

**李晓伟** 关于告别与成长的想象之书——读黎紫书《告别的年代》

**文坛史实**

**林曼叔** 香港文学大系文学理论二卷(1942—1949 年)导言

**寒山碧** 从慕容羽军记忆的剪辑错误说到“密码诗”笔战始末

**陈漱渝** 鲁迅的抬棺人黎烈文——以《中流》半月刊为中心

**黄庆云** 影响我一生的第一本书

**影艺空间**

**李 夏** 《我的 50 呎豪华生活》剧评

**亦 华** 《风起了》的科技幻梦——论宫崎骏笔下的角色设定

我所喜爱的香港文学作品
宋诒瑞　香港儿童文学园地的姐妹花奇葩——喜读潘氏姐妹精选集《两个喷泉》《时间侦探》
梁璧君　病态而荒谬的《变形的俄罗斯娃娃》

新书评介
潘金英　一部富趣味性及教育性的书——读《儿童文学卷》

编后记

## 第三十四期

2014 年 10 月

卷首语
林曼叔　也谈旧诗与新诗

文学透视：诗歌创作漫评
蔡　毅　新诗旧诗结盟，共创诗歌辉煌
方星霞　从朴野的抒情到抽象的抒情——沈从文的新诗创作
黎汉杰　意象的流变——2012 香港诗选代序
吴萱人　香江出位唐文标
朱崇科　论林幸谦的“中国”迷恋及其超越
庄伟杰　一座城市和她的诗歌风景——澳门汉语诗歌的当代性观察与思考

作家与作品
古远清　张爱玲在台湾的香港传奇及其争论
许定铭　阅读侣伦三题
潘金英　从西西的《像我这样的一个女子》看俗世爱情观
王伟明　世事沧桑心未冷——与黄杲炘细谈翻译

世界文坛
王　芳　论凯瑟琳·曼斯菲尔德作品中的“风”意象

文坛史实
黄庆云　无所不能的梁宗岱
孙莹莹　《南社着译叙录》读后
林曼叔　编辑生涯甘与苦——《编余漫笔》序
蔡炎培　开元之后的黄昏

**影艺空间**

**周蜜蜜** 回忆 VS 失忆——谈电影《归来》

**新书评介**

**东　瑞** 百年沧桑展浩卷——序陈怆《日升日落九龙城》

**阿　土** 于平淡中见真性情——读《钟子美散文诗选集》兼谈散文诗

**编后记**

## 第三十五期

2014 年 12 月

**卷首语**

**林曼叔** 从莫迪亚诺说起

**2014 诺贝尔文学奖得主莫狄亚诺专辑**

**黄晓敏** 记忆和想象的迷宫——读 2014 年诺贝尔文学奖得主莫迪亚诺

**杨昆冈** 从《暗店街》进入莫迪亚诺的艺术天地

**萧红专辑**

**王澄霞** 《黄金时代》· 萧红 ·“萧红热”

**贾颖妮** 萧红晚期小说中的家园眷恋

**符以轩** 动物的隐喻——从《生死场》的修辞说起

**作家与作品**

**彭智文** “达观”的爱情态度——论郑慧《故国的恋人》与《西子湖畔的悲歌》的婚恋观

**陈　丹　陈　琪** 一曲女性沉沦的悲歌——马华作家李天葆小说《盛世天光》中的女性悲剧命运探析

**文学透视**

**野　芒** 两个世界：从高行健到莫言

**黄维樑** 文情复杂，翻译不忠——从谢天振《隐身与现身》说起

**陈　辽** 韩国学者鲁迅研究的新发现

**陈德锦** 小说人物的对话——写作教室随笔

**世界文坛**

**蔡益怀** 像契诃夫那样写作

**文坛史实**

**艾自由**　从梁羽生驾鹤西去——说到金庸加入中国作协

**寒山碧**　传记文学创作之史料识辨——在香港树仁大学文学讲座演讲

**陈漱渝**　从"母爱"谈到黎烈文往事

**黄庆云**　做小童星的难忘事

**影艺空间**

**罗敏球　金英明**　韩国学界怎样理解——王家卫电影中的香港形象

**我所喜爱的香港文学作品**

**周蜜蜜**　风雨留痕　震撼人心——读短篇小说集《风雨当年》

**邓昭祺**　出尘出俗　疑幻疑真——读梁莉姿《住在安全岛上的人》

**新书评介**

**林曼叔**　《中国当代文学史稿》再版前言

**王晋光**　越界书写与离散认同——林幸谦诗文评论选辑评说

**东　瑞**　用心经营　精妙处处——序许颖娟小小说集《彩蝶》

**编后记**

# 2014年台湾文学馆《台湾文学研究学报》目录

[中国台湾]林佩蓉

## 《台湾文学研究学报》18期 2014年4月

**本期专题** 区域文学与台湾文学史

**专题论文**



**一般论文**



## 《台湾文学研究学报》19期 2014年10月

**本期专题** 台湾文学的历史书写(文学与历史、历史想象)

**专题论文**

089-113　当神话变成了历史——1990年代台湾原住民族历史建构与文化政治　徐国明
115-144　“第三空间”的辩证——再探《野百合之歌》与《笛鹳》之后殖民视域　陈芷凡

**一般论文**

145-189　明治时期《台湾教育会杂志·汉文报》日台汉文交流的多重意涵　廖振富　张明权
191-222　黄得时的台湾古典文学史论暨其相关问题　江宝钗
223-254　冷战时代的台湾文学外译——美国新闻处译书计划的运作(1952—1962)　王梅香
255-286　旅行文学之诞生：试论台湾现代观光社会的观看与表达　苏硕斌

# 台湾大学《台湾文学研究集刊》第1—16期目录

袁　青

**第一期目次**

叶维廉　比较文学与台湾文学

柯庆明　台湾"现代主义月"小说序论

梅家玲　夏济安、《文学杂志》与台湾大学——兼论台湾"学院派"文学杂志及其与"文化场域"和"教育空间"的互涉

张文熏　1930年代台湾文艺界发言权的争夺——《福尔摩沙》再定位

郭玉雯　张爱玲小说与红楼梦

陈建忠　乡野传奇与道德理想主义——黄春明与张炜的乡土小说比较研究

何寄澎　试论林文月、蔡珠儿的"饮食散文"——兼述台湾当代散文体式与格调的转变

**第二期目次**

黄美娥　日、台间的汉文关系——殖民地时期台湾古典诗歌知识论的重构与衍异

张隆志　从"旧惯"到"民俗"：日本近代知识生产与殖民地台湾的文化政治

张哲嘉　清末百科全书中的医学论述

梅家玲　孩童，还是青年？——叶圣陶教育小说与二〇年代青春/启蒙论述的折变

黄英哲　战后初期台湾之台湾研究的展开：一个历史断裂中的延续

叶维廉　台湾五十年代末到七十年代初两种文化错位的现代诗

高行健　文学的见证——对真实的追求

赤松美和子　在日本出版的台湾文学目录

**第三期目次**

王德威　史诗时代的抒情声音：江文也的音乐与诗歌

柳书琴　台湾文学的边缘战斗：跨域左翼文学运动中的旅日作家

侯如绮　《狼》、《铁浆》、《破晓时分》中的人物与朱西宁之离散情结探析

郭玉雯　白先勇小说与红楼梦

洪淑苓　台湾女诗人的童话论述

杨秀芳　从音字脱节看语词的变化——以"南洋鲫仔"、"胳下空"为例

**第四期目次**

高嘉谦　殖民与遗民的对视：洪弃生与王松的弃地书写
郭玉雯　张爱玲《色，戒》探析——兼及相关之历史记载与李安的改编电影
洪淑苓　台湾民间歌谣中的“媳妇”论述
河原功　吴新荣之左翼意识——关于“吴新荣旧藏杂志拔粹集(合订本)”之考察

**第五期目次**

黄美娥　二十世纪初期的“西洋”：《汉文台湾日日新报》通俗小说中的文化地景、叙事伦理与知识想象
张诵圣　试谈几个研究“东亚现代主义文学”的新框架——以台湾为例
翁文娴　“定向迭景”时期的爆发能量——早期叶维廉诗的突破与困境
萧义玲　献给永恒女神的祷词——论七等生《谭狼的书信》中的艺术实践与自我完成
彭衍纶　高雄半屏山形成传说探源
吴瑞文　台湾闽南语本字考证三则
陈丽雪　《荔镜记》指示词的语法、语义特点

**第六期目次**

廖咸浩　异梦为何同床？中文现代诗中现代主义诗学与国族再造的纠结
王德威　抒情与背叛：胡兰成战争和战后的诗学政治
郭玉雯　《现代文学小说选集》的现代主义特色
洪英雪　阅读影像——论电影《半生缘》的影像美学
林英津、吴瑞文　论闽南语的〔X khuà5 bài6 le0〕
陈淑娟　台北市公共地区三十年来语言使用的变迁——比较分析 1978 及 2008 的语言调查

**第七期目次**

叶维廉　翻译：神思的机遇
余美玲　日治时期瀛社诗人王少涛的书画活动与艺术探析
吴毓琪　比较南社与瀛社面对新、旧文化交锋的抉择与取向——兼论谢雪渔对自我认同镜像的建构
梅家玲　战后初期台湾的国语运动与语文教育——以魏建功与台湾大学的国语文教育为中心
谢世宗　洪醒夫小说中的戏剧模式与象征子题——一个叙事学的分析

**第八期目次**

林姵吟　“文明”的磋商：1930 年代台湾长篇通俗小说——以徐坤泉、林辉焜作品为例
张文熏　“故乡”：记往与想象的叙事学——论张文环文学之梅山地区书写
石婉舜　被动员的“乡土艺术”：黄得时与太平洋战争期的布袋戏改造

张必瑜　有国无家的地理想象：战后初期台湾小学地理教育中的家乡与异乡、我族与他者
吴玫瑛　“顽童”与“完人”：《鲁冰花》与《阿辉的心》中的男童形构
洪淑苓　越南、台湾、法国——尹玲的人生行旅、文学创作与主体追寻

**第九期目次**

张隆志　From Different Shores: a Preliminary Exploration of Historical Writings on Taiwan in the Early Twentieth Century
林中力　帝国底下的两个“南方”：从西川满与龙瑛宗的诗作看起
王惠珍　殖民地文学的伤痕——论龙瑛宗《莲雾的庭院》的禁刊问题
柯庆明　台静农先生诗作中的两岸经验
萧义玲　“文化清洁运动”与五〇年代官方文艺论述下的主体建构——一个诠释架构的反思

**第十期目次**

黄美娥　从“日常生活”到“兴亚圣战”：吴漫沙通俗小说的身体消费、地志书写与东亚想象
梁淑媛　倾听神谕：台湾“宣化”鸾赋的伦理向度探析
陈国伟　岛田的孩子？东亚的万次郎？——台湾当代推理小说中的岛田庄司系谱
杨晋绮　论王祯和《嫁妆一牛车》“底”字的语法功能与修辞效果
谭家麒、吴瑞文　论金门闽南语亲属称谓词前缀an35的来源及相关问题

**第十一期目次**

王惠珍　帝国读者对被殖民者文学的阅读与想象：以同人杂志《文艺首都》为例
高嘉谦　性、启蒙与历史债务：李永平《大河尽头》的创伤和叙事
陈荣彬　战后台湾小说中“将军书写”初探
杨秀芳　《三六九小报·新声律启蒙》语言美学初探

**第十二期目次**

柳书琴　《台湾新民报》向右转：赖庆与新民报日刊初期摩登化的文艺栏
柯庆明　台湾现代小说中的男性意识
沈　冬　周蓝萍与《绿岛小夜曲》传奇
傅友祥　从巴黎到京都：论史考特《我的巴黎》、朱天心《古都》中的互文性断裂与历史幽魂
林秉宥　台语塞音尾后缀词之研究

**第十三期目次**

郑文惠　后移民时间/地理政治学：溥心畬台湾风物之文化叙事

吴玫瑛　“弹子王”与“大头春”：台湾少年小说的“野孩子”论述与青少年主体形构
彭衍伦　高雄半屏山形成传说的流传再议
陈国伟　在西方与东亚间摆荡——世纪之交台湾推理文学场域的重构

**第十四期目次**

梁淑媛　清末日治台湾民间鸾赋的叙事声口：以《分曲直赋》与《西游记》的互文性探讨为中心
谢世宗　写实叙事的意识形态与市场机制的再现：论宋泽莱、林双不的农民小说及其政治转向
杨小滨　绝爽及其不满：当代诗中的身体与色情书写
廖勇超　神游电音：第三空间与电音三太子的文化想象

**第十五期目次**

吴毓琪　传媒时代的台湾古典诗坛——日治时期“全台诗社联吟大会”的社群文化与文学传播
颜杏如　从“常夏”到“四季”——日治时期在台俳人眼中的季节感与生活写实(1895—1936)
陈允元　“新体制”下的社会/自我凝视——滨田隼雄《甘井君的私小说》的脉络性阅读
林中力　新批评与现代诗：以颜元叔围聚焦

**第十六期目次**

林香薇　海峡两岸闽南语歌仔册的汉字比较
须文蔚　1940—60年代上海与香港都市传奇小说跨区域传播现象论
蔡建鑫　知识传播与小说伦理：以《零地点》为发端的讨论
陈建忠　冷战与戒严体制下的美学品味：论吴鲁芹散文及其典律化问题
叶维廉　语言与风格的自觉——也斯(梁秉钧)

# 刊　物

# 美国《中外论坛》小史

[美国]王性初

1991年元旦，在美国纽约，一本与众不同的华文杂志——《中外论坛》诞生了。资深华裔媒体人刘御州教授是杂志出版人，他以过人的胆识与魄力，创办了这份杂志。25年来，我们筚路蓝缕，走过了艰辛而漫长的心路历程。在发刊词中，刘御州阐明了创刊的宗旨："余旅居美国近三十载，虽已入籍彼邦，不敢忘本。有意创办一刊物，专以海外华人为服务对象，此念萌生久矣。"回想25年来，整整四分之一个世纪，《中外论坛》为弘扬中华文化，为中西文化交流，为世界华文文学的开拓发展，更重要的是，为争取扩大华文媒体的世界话语权，做出了应有的贡献，获得了一致肯定。创刊以来，邀请过数百位海内外知名学者、专家、教授、研究生、作家、评论家为杂志撰稿，是一本内容丰富，品味高雅，具有特色的海外中文杂志，曾先后获得美国布什总统、克林顿总统以及国会议员范士丹的贺状。从2013年开始，《中外论坛》开辟了网路版。于是，《中外论坛》成了纸质版与网路版并存的双栖海外华文杂志。

## 一、一本跨越中西文化的高端海外华文媒体

《中外论坛》创刊于1991年元旦。杂志出版人刘御州先生在发刊词里开宗明义指出，本刊应"博采诸家之长，以增进海外华人间的了解和团结，促进海峡两岸之文化、经贸交流，传播美国生活和国际知识为主旨。辐射面广，包罗万象"。为此，我们为杂志设立了数十个栏目。其中有：中外专稿、政经热点、探索话题、文化广场、历史聚焦、学人手记、名家论坛、华裔精英、环保回声、花旗掠影、教育之窗、春秋访谈、海峡情深、网络脉动、世纪手册、国学之光、文坛纵览、史海烟云、移民档案、人物经纬、游踪忆履、藏域纪事、故国情怀……这些栏目，兼顾了海外传媒的异域性、广泛性与包容性。我们的杂志虽然篇幅不大，装帧也不豪华，但是，内容广博，信息量非常丰富。我们排斥哗众取宠、低俗花哨的浅薄，力求视野宽阔，有容乃大。从政治到经济，从文化到教育，从历史到人文，从文学到民俗，广涉众多人文学科，满足了不同的猎取和要求。

在撰稿人的层次中，我们也尽量走高端路线。数百位作者在不同行业、不同领域，给我们提供许多兼具专业性、学科性、文艺性、历史性的非常有见地的高质量论文，还兼具了可读性、趣味性、知识性与普及性。我们始终执着于严肃文化的海外华文传媒的优良传统。只有这样，我们才能通过日积月累的努力，形成我们自己的办刊特色。也因

此，我们的影响日益扩大，争取到了许多固定的长期订户。美国及其他地区的许多名牌大学、图书馆、研究所以及其他一些部门，可以通过订阅这本杂志，获取颇有价值的资料。我们还特地开辟80后的新人专栏，为年轻学人提供园地，培养学术界的新生力量。

撰稿人的素质，决定了来稿质量的深度与广度。而总编辑对稿件的取舍与编排，体现了杂志发行人的办刊宗旨与价值观。这是美国本土的一家华文综合性大型双月刊，博采诸家之长，以增进海内外华人间的了解和团结，促进美中两国及海峡两岸之政治、文化、政经交流，弘扬中华文化、介绍世界各地人文知识为主旨。内容丰富，品位高雅。包括政经、教育、文学、科技、历史、文化、风俗等各个领域。《中外论坛》创刊以来，曾先后收到美国国会参议员范士丹、前华盛顿州华裔州长、现美国驻中国大使骆家辉寄来的贺词。在《中外论坛》创刊十周年之际，还收到了美国总统克林顿从白宫发来的贺信。美国主流社会及领袖们表彰《中外论坛》为促进中西文化交流，为弘扬中华文化及增进美国各界对中国的了解，作出了巨大的贡献。目前，它的长期固定订户遍及美国各图书馆、大学及研究所等机构，是一本具有自己特色的高水准的海外中文杂志。

本刊出版人刘御州先生，长期服务于美国主流媒体，对中西文化有很高的造诣，特别是对西方传媒体系有独到的见解。二十五年来，刘御州先生辛勤耕耘，硕果累累。由于《中外论坛》秉承刘御州先生的办刊宗旨，始终坚持高标准、高品位的编辑方针，博得了海内外各界高度的评价，中国政经及学术界对《中外论坛》更是赞赏有加。由于刘御州先生的杰出贡献，他被提名为美国的著名“富尔布莱特学者”，并应邀在中国大陆各名牌大学巡回讲学，进行学术交流活动，得到了热烈的反响。《中外论坛》将在取得既有成绩的基础上，加强与中国各大专院校、特别是民间办学机构的交流，并努力为中国高等教育的腾飞，作出自己的贡献。

## 二、发挥海外华文传媒正能量

海外华文传媒与国内传媒比较而言，因着其面临的体制、编辑方针、人员架构、资讯来源、经费筹集、生存方式、发行渠道等的差异，它与国内传媒形成两大华文传媒的洪流。它起着连接中西文化的桥梁作用，为中华民族的复兴，为中国的和平崛起，为争取中国作为崛起大国在世界的话语权，都有着不可替代的正能量。而《中外论坛》在二十多年的运作过程中，正是遵循这条正确的办刊宗旨不断努力着。

### 1. 立足古今中外，提供丰富信息，作中西文化交流的使者

作为一个海外媒体，《中外论坛》应该及时地提供各地的最新信息，担任起中西文化交流的使命。

早在1998年美国克林顿总统访华期间，中国资深媒体节目主持人左安龙先生，就在上海广播电台直播室，对克林顿总统作了面对面的采访。这次采访是改革开放后，外国首脑第一次直接通过媒体与中国市民交谈。左安龙先生为本杂志撰稿，以图文并茂的

形式，介绍了这次没有先例的采访活动。这个信息，引起了全世界的惊讶，并吸引了各大媒体对现场的竞相报道，这些报道在中西文化之间搭起一座桥梁，产生了很大的影响。《中外论坛》杂志社社长刘御州教授，更是经常在杂志上介绍西方文化艺术，特别是西方歌剧的精华，让广大读者对西方音乐有了新的认识。我们还向“中国新闻出版总署报纸期刊出版管理司”张泽青副司长约稿，让她每年在《中外论坛》发布“每年度中国期刊新现象”，向海外全面介绍中国报纸期刊的现状与改革的各项措施。

当然，由于杂志与报纸还有出版周期的差异，我们在《中外专稿》的栏目中，尽量立足古今中外，为读者提供丰富的信息，诸如对国际形势的分析，对外交走向、经济动态的观察以及有关科学、医学、历史、艺术等方面的内容，《中外论坛》虽然篇幅不大，装帧也不特别高档，但内容广博，视野宽阔，从文化到教育，从经济到艺术，广涉众多人文学科，满足了不同的读者。可谓中外思想交汇的万花筒，东西文化的大观园。

### 2. 中国的改革开放，为海外华文传媒打开了一扇崭新之门

中国改革开放以来，敞开了国门，《中外论坛》为读者，特别是为海外读者提供了中西文化交流的窗口。众多中国文化和西方文化的研究者，通过这本杂志，向人们展示了深刻而独到的见解。杂志在并不太大的篇幅中，将中西文化的分野和撞击，陈列在我们的面前。对美国文化感兴趣的读者在《花旗掠影》中找到知音；而对中国大陆文化情有独钟的则会对《神州透视》投去关切的一瞥。许多著名的学者、专家都在杂志中留下了他们的华章。

著名媒体名人冰凌先生就是杂志的重要撰稿人之一。他经常在《中外论坛》中介绍中华文化的历史轨迹，访问文化名人。当然，更多的内容是向读者介绍中国在改革开放后，在各个领域出现的崭新成就。譬如在 2003 年的第 4—5 期，我们就发表了旅美学者谭伟东的《中国经济改革的理论误区》一文，对中国在改革开放中的经济改革理论，提出自己的看法与建议，以让中国的开放改革走上更加健康的发展之路。而另一学者李宁发表的《中国现行义务教育投入制度与农村义务教育》一文，则对开放改革中中国的义务教育制度做了介绍，以让海内外的人士对中国的义务教育特别是中国农村的义务教育制度有所了解与认识。

总之，在中国的改革开放过程中，产生了许多新生事物、许多崭新的领域、许多“摸着石头过河”的经验教训，为海外华文传媒打开了一扇崭新之门，而真实、准确地为读者展示这些内容，就成了《中外论坛》内容的一大特色。

### 3. 以史为鉴，反击各种反华势力对中国和平崛起的干扰与围堵

在中国和平崛起、向着中华民族伟大复兴的宏伟目标进军的过程中，必然会招致各种反华势力的极大恐慌，他们总是千方百计地利用各种时机，破坏、干扰我们伟大的历史使命。在各种反华杂音中，鼓吹西藏独立、台湾独立与日本极右势力，便是其中的代表。为了揭穿藏独、台独的种种阴谋，我们先后发布了著名美国华人历史学家尹集钧的有关西藏历史以及解放后特别是改革开放后发生的翻天覆地的变化的文章。我们先后发布了尹集钧先生的《冻澈知春否?》、《水流不腐，文化不痼》、《西藏向何处去?》、《天

也有情人未老》、《看朦胧台海，谁主沉浮?》、《从"美台中"到"美中台"》等一系列反藏独、台独的专稿。尹集钧先生以翔实的史料，并结合自己多次深入西藏、印度、台湾等地的亲身体验，给鼓吹藏独、台独的分裂主义以有力的反击。

我们还早在2006年就刊出了著名学者朱小平的文章《日本至今窃据着中国神圣领土钓鱼列岛》，以无可辩驳的历史史实，证明了钓鱼岛历来就是中国的领土，这在当时，应该说是给予了日本的极右派严正的警告。

### 4. 传播中国声音，弘扬中华文化，展现海外华文传媒的软实力

由于《中外论坛》基本上是一本泛文化的杂志，因此，传播中国声音，弘扬中华文化内容的文章是杂志的主体，特别是在栏目设计上，突出展现了海外华文传媒的软实力。我们特别注意在弘扬中华文化时，做到雅俗共赏，将精英文化与大众化统一起来。而且在海外华文文学研究方面，我们特别对海外华人、华裔文学创作、研究等予以关注。我们不只刊发相关的来稿，而且还主动向一些研究者约稿，或者让本刊记者报道有关海外华文文学的会议、研究动态。检视《中外论坛》对华文作家作品的研究就涉及近60位作家。如张爱玲、纪弦、王鼎钧、洛夫、黄运基、刘荒田、於梨华、严歌岺、张翎、陈谦、沙石等。而在《中外论坛》上发表研究论文的大多是大陆海外华文文学研究界的老前辈、资深专家、学者教授和青年才俊。如饶芃子、杨匡汉、刘登翰、陈公仲、王列耀、白舒荣、黄万华、赵稀方、陈瑞琳、古远清、季仲、杨际岚、吴奕锜、刘俊、李凤亮、熊国华、蒲若茜、朱巧云、庄伟杰、陈涵平、施雨、李亚萍、陈玉珊等。由于我们一直处于跨文化的视野中并站在学术的高度来严格办刊，《中外论坛》成为了海外华文文学研究中一道亮丽的风景线!

## 三、海外华文传媒办刊方略

海外华文传媒已经成为争夺国家话语权的重要阵地与力量。总结世界华文传媒办刊经验，明确舆论方向，拓展办刊市场，都是值得研究的方略。

### 1. 海外华文传媒，创刊容易坚持难

海外的办刊生态与国内不同。它既不必申请，也不必经过任何部门批准。你有了一笔经费，明天就可开张。但能坚持多久？一期、两期？一年、三年？能长久坚持生存下去的不多。因此，要想细水长流，就需长期规划。办刊机构要精干、简朴，不能像国内那样，动辄数十人，层层分工。经费来源是对海外华文媒体最严苛的考验，因此我们的编辑部往往一人身兼数职，一切以小而精、好而省为前提。

### 2. 明确办刊宗旨，必须持之以恒

要办好一份具一定品位的刊物，办刊宗旨是灵魂。有了正确的办刊宗旨，不媚俗，不哗众取宠，持之以恒，最终一定会得到读者的认同，成为一份有生命力的刊物。当然，这对出版人、编辑人员来说，都是一门严肃的功课。

### 3. 打造一支高水平的撰稿人队伍

刊物的宗旨定了，要保证刊物的质量，就要打造一支高水平、多学科的撰稿人队伍。巧妇难为无米之炊，要与撰稿人保持经常的联系，撰稿人是刊物的上帝，不能平时不烧香，临时才要求撰稿人供给稿件。编辑人员与撰稿人的关系越密切，刊物稿件的质量就越有保证。

### 4. 互通信息，为争夺话语权，打围歼战

海外华文传媒要在全球为中华民族挣得话语权，不能单打独斗，要资源共享。我们参与海外华文传媒论坛会议，就是要让全球的华文传媒加强互动、联合作战，媒介融合，报网一体。除了网站媒体，也要适当保持纸质媒体。世界华文传媒的组织机构要起协调作用，沟通信息，建立华文传媒在海外宣传的广泛平台，成为争夺世界话语权一支可靠、有效、有特色的生力军。

美国《中外论坛》杂志已经走过了二十五年的心路历程。我们愿意与全球华文传媒携手共进，学习同人们的成功经验，为完成华文传媒的神圣职责做出贡献！

**参考资料：**

《中外论坛》1992 年创刊号—2013 年第 3 期
刘御州：《中外论坛》发刊词
孙绍振　庞伟奇：先锋与大众共赏——写在《中外论坛》百期纪念之时
朱巧云：美国《中外论坛》与海外华文文学研究

# 台北《联合文学》小史

[中国台湾]赵文豪

## 一 前言:《联合文学》的形构

在2013年的联合报系文学奖(《联合报》文学奖、《联合文学》新人奖暨《联合文学》文艺营文学奖)颁奖典礼上，一项消息轰动了文坛:“联合文学出版社”改制成为“联合文学出版社股份有限公司”，并将过去旗下有30年历史的《联合文学》月刊杂志，与他们每年定期举办的全“国”巡回文艺营，交给关系企业“联经出版公司”营运。这不仅象征着过去相附相存的两个单位如今独立成为各自的文化事业，而且成为了多角文化经营的典范。接着，三大报文学奖之一的“《联合报》文学奖”与《联合文学》旗下的小说新人奖，也正式在台湾文学奖林立的时代宣布结束。

回溯《联合文学》(以下简称《联文》)的源起:在台湾尚未解除报禁的1984年11月创刊，由《联合报》创办人王惕吾先生指派张宝琴小姐担任《联文》的发行人。是在1981年《联合报·副刊》(以下简称《联副》)筹办“联副三十年文学大系”获得广大回响之后所顺势产生的文学刊物。

在那之前，台湾也有许多具有影响力的文学刊物，例如，《现代文学》带来一系列西方现代主义的思想与作品;《台湾文艺》提供许多台湾本土作家的作品和精神寄托，《联文》则是在《联合报》与《中国时报》的两大副刊间强烈竞争以后，成为独立性高、开创能力强的文学刊物:在当时许多文学杂志相继停刊之时象征着一股文学力量的生成。

《联文》首任总编辑则是由当时《联副》的总编痖弦先生担任，这也象征着《联文》是《联副》文艺园地的延伸。但《联副》与《联文》不同，“副刊”是附属在报纸上的一部分，文学杂志则是直接面对读者的喜好;《联副》是日报性质，每天都要有不同的内容与版面，《联文》则是月刊型的文学杂志。

过去，多半的文学杂志总被认为是文艺性质的社团同仁刊物，但《联文》并非由固定的文艺社团所组成与支持，它必须面对并抓紧读者的目光，抓紧社会脉动与相关议题，在有限的上架时间内吸引未知的读者族群购买。然而，杂志制作专题莫不就是为了开创话题、吸引读者，时至今日更以封面来唤起读者摊开杂志的欲望。关于专题设计，通常就是因应外在环境的变迁，或时事话题，或作家出书，又或是关于作家的纪念日。

虽然《联文》是“月刊型”的杂志，并未像副刊能够每天更新议题，让更多创作者针对彼此发表的意见来讨论也较有难度，但仍可以透过当时的文学潮流来开创专栏或是另辟新题，这样就会非常具备影响力。例如近期针对台湾七年级生(90后)创作者有“私文学年代，七年级作家新典律论坛”，大谈七年级的创作主题、网络书写方式与文学奖所带来的影响；在1990年，则有陈芳明、陈映真的论争；又或是历久不衰的张爱玲专题等。编辑部透过专题设计，并举办相关的许多活动，来扩大它的影响力，并且结合着全“国”巡回文艺营与小说新人奖，挖掘更多具有潜力的新人作家。

《联文》第一期的发刊词是这样说的：“我们深信，文学不应只是少数文学人口的奢侈品，而应该是全民生活的必需品；文学不应只是象牙塔的雕琢与吟诗，而应主动与整个社会脉动融为一体。基于这样的信念和认知，我们创办联合文学，无论在经营、编辑、内容、设计上，都与过去的文学刊物有些不同。”

## 二 发展：编辑理念的实践

文学杂志不能曲高和寡，而应该以全民作为目标群众，而他们在此所称的“联合”，意思是“联合不同的文学观念彼此尊重，联合不同文学作品兼容并包，联合不同文学理想异中求同，联合不同文学道路并行不悖”。因此，本文从不同总编辑的掌旗与他们所制作出的一连串极具特色的专题出发，试图勾勒出不同时代的风格与面貌。本文大致分为三个阶段，分别是从痖弦到马森的“纯文学时期”：诗、小说、散文等文类的刊登与引介是最主要的架构；郑愁予、初安民到许悔之的“文艺化时期”：跨界结合许多文艺活动，延伸到戏剧、音乐、流行文化等；以及王聪威让《联文》蜕变成为最受全民欢迎文学读物的“大众化时期”：从活泼的图文设计到极具创意的专题设计，让更多人愿意主动接触文学。

### 一、纯文学时期

#### (1)痖弦：第1—14期总编辑

痖弦1949年随国民党军队来台，在高雄左营结识张默、洛夫，合组“创世纪”诗社。在1969年，痖弦接任中国青年写作协会总干事，也接编《幼狮文艺》，发掘许多写作人才。后来，他在《联副》担任主编，与《中国时报·人间副刊》的高信疆，展开报刊史上最为辉煌的百万大报战。吴鸣称痖弦、丘彦明、梅新三人为编辑团队的金三角，并请来多位《现代文学》的编辑委员担任《联文》初期的编辑委员。在《联文》创立之初，痖弦担任社长与总编辑，以延续《联副》的抒情文艺作为基调。在痖弦主编的《联文》中，除了刊登优秀的文学作品之外，还一方面上承五四文学的风潮，一方面引介作家与国际文坛讯息，如创刊号的木心专题、1984年诺贝尔文学奖专题等，也在第5期为林徽因、凌叔华、张弦、杨小燕、野上弥生子等女性作家做了一次“文学联演”的女性作家专题。

当初《联文》创刊号先印了两万本，以试试市场上的水温，没想到才刚开始发行三、四天就几乎售罄，在再版的一万本《联文》售罄后，“欠与歉”的启事广告刊出，为了欠书向读者致歉，让向来被认为是严肃文学的文学杂志创下了崭新纪录。在挖掘新人的部分，在痖弦担任总编辑期间，举办了“第一届全省巡回文艺营”，有八百多位爱好文学的朋友参加。在第三期：痖弦在“编者语”预言科技将改变人们的阅读习惯，开始着手将订户数据计算机化，逐步让《联文》从《联副》延续以后独立“联合文学”的文学品牌，透过总编辑独到的眼光与个人风格，让文学杂志更具备收藏价值。

**（2）高达：第15—26期总编辑**

笔名高达的高大鹏，曾有《现代文学》、《中外文学》等刊物的编辑经验，在接任《联文》总编辑前，便担任副总编辑。高达同时也是一位创作者，曾拿过“时报文学奖”散文组首奖，被余光中点名为第四代散文高手，写作获得金鼎奖、“国家文艺奖”等奖项。接任痖弦担任《联文》主编之后，高大鹏首重“文学议题”专栏，创立的“小说专号”介绍五四之后的文学潮流趋向，例如张爱玲、朱西宁、白先勇等人的抒情路线，司马中原等人继承古典小说的话语技巧，黄春明、王祯和的乡土文学路线。

由此可见，高大鹏并重资深作家与现代派作家，不仅选入许多偏重现代、都市类型的作品，并把台湾乡土作家纳入五四的继承脉络，在第18期《联文》的编者琐语，高大鹏是这么提到的：“早期台湾具体而为的延续了中原文化的薪传，而台湾直到日据时代，台湾才臻于成熟，台湾作家才纷纷觉醒。”关于台湾文学经验的建立，是认识中国近代史的一大关键。

**（3）丘彦明：第27—38期总编辑**

早在《联文》筹备期间，被外界称作“金三角”的丘彦明、痖弦与吴鸣三人便是幕后重要推手。后来丘彦明在接任总编辑以前，也担任过《联文》的副总编辑，而具有记者与编辑背景的他，最具特色的就是借重他在艺术与广告的学术背景与专长。

在丘彦明担任总编辑的期间，最大的改变就是可以把一个专题扩大到整本杂志。他在《联文》企划许多的欧美文学介绍，并选择许多反思社会的两岸作家，例如设立沈从文与张爱玲专题等。例如“沈从文专题”，便请了海外特派员兼编委的郑树森。《联合》不同于一般报纸副刊的连载，而是用一整期的满满篇幅来呈现。

关于早期张爱玲的专题部分，台大教授齐邦媛在《闺怨之外——以实力论台湾女作家》一文中，表示台湾出现了“仿张体”，许多作家开始模仿张派的文字与风格。到了第29期时，再次制作张爱玲专题时，以“谁最像张爱玲?”作为主标，不过这样的活动却引发了许多的讨论与争论，读者投书抗议这样已经偏离了文学杂志的本意，将张爱玲偶像化了。

**（4）马森：第39—58期总编辑**

同时身为小说家、戏剧家的马森，曾因为写作实力而斩获许多大奖，例如洪醒夫小说奖、中华文艺奖金委员会等。马森游学与讲学的经历遍及欧美、香港等四十多国，他丰富的游历经验与对欧美文学的了解，开拓出对于海外文学独特的视角。在马森担任总编辑的时间里，“两岸文学”专栏的开拓，让更多中国作家的稿件可以被台湾的读者认识，经过文革十年之后的彼岸的生活况味在作品中可见一斑。在马森担任总编期间，曾与《北京文学》共同举办研讨会，可见其相当注重两岸文学的互动。痖弦、高达、丘彦明、马森担任总编辑期间，都能够见到他们选用许多五四新文学时期大陆作家的专题，大量引介对岸的作品。

另外，广为邀请学者来策划专题是马森担任总编辑时的特色之一，例如找来法文系的刘光能教授策划法国新小说专辑、李光炽教授策划日本的内向文学专辑、黄维樑教授策划钱锺书专辑等，也邀请年轻评论者来进行策划，例如策划校园文学特辑与抗议文学议题。马森同时也会就自己的专业来策划戏剧专题，例如马森邀请姚一苇、张晓风等作家，参与台湾当代剧场运动，并召集如魏子云、王文兴、甚至高行健等剧场人，针对戏剧的想法展开座谈。在这段时间里，《联文》逐渐跳脱以小说、散文、诗为主的文学类型，逐渐扩展了讨论的文类。

## 二、文艺化时期

### (5)郑愁予：第63—98期总编辑

知名诗人郑愁予是《联文》的第五位总编，他写作的成绩也是相当辉煌，是“国家文艺奖”新诗奖、中国文艺协会文艺奖章、时报文学奖等奖项的得主，也曾应聂华苓之邀，赴美国爱荷华大学进行国际写作研究，后来到爱荷华大学东方语文学系、耶鲁大学东亚语文学系等任教。

在郑愁予担任《联文》总编辑期间，执行主编是初安民先生。在这段期间，经常会在“编辑室报告”看到初安民为编辑室发言，在当时他已是《联文》编辑团队里相当重要的角色。

这段期间的特色是文学议题的专辑占了绝大多数，例如邀请当时的新生代作家暨评论家林耀德，探讨80年代(当时的新生代)文学创作风格；针对当代的文坛动态，从作品发表到作家出书，逐渐从纯文学圈延伸到文艺圈，也谈论绘画、音乐、戏剧等。从中隐隐能看到《联文》转型的滥觞。

### (6)郑树森：第99—111期总编辑

郑树森在担任《联文》的主编以前，曾以特派员、编辑委员的身份，策划与撰写多则专题。尤其是痖弦在《联副》所开创的诺贝尔文学奖专题，在当时那个不像现在网络信息这么发达的时代，首创以越洋电话联机的方式完成副刊的撰稿，将第一手的消息引入国内，成功引起了全国读者的瞩目。郑树森在当时经常协助《联副》完成这项任务，经常被称作“海外特派员”，在将诺贝尔文学奖引介国内时担任了相当关键的角色。后来高信疆在《中国时报·人间副刊》也相继开始介绍诺贝尔文学奖。后来，在“诺贝尔文学奖”的专题介绍中，《联副》与《联文》是相辅相成的关系：《联副》是实时报导，第一时间报导给读者谁是诺贝尔文学奖得主，写的是什么样的作品，有什么感言；《联文》则是深入引介，带读者认识作家及他的生平背景，并且进行其他文学作品的介绍。

郑树森在比较文学系的学术背景，让他在当时也一连串企划了香港文学、山西文学等不同风貌的文学作品，并结合联合报系主办艺术与阅读教育的相关路线，拓宽文艺杂志的路线。不过值得注意的是，当时编辑室报告仍多由初安民所撰写，或许也象征着初安民当时虽还不是总编辑，但已经在里头担任实际执行的角色。

**(7)初安民：第59—62、112—122期代理总编辑、123—209期总编辑**

初安民，当代文学杂志界的灵魂人物，在1994—2000年担任《联文》的社长暨总编辑，在2003年则创立"印刻文学出版社"与《印刻文学》月刊，与《联合文学》分庭抗礼，另外，近年来承接了《短篇小说》，在文学传播业占有一席之地。

在初安民担任总编辑时期，最大的改变就是将阅读文学杂志的族群扩大，结合生活与时事。初安民在题材的选定中，尤其重视"作者"，是《联文》第一位将作家的相片放在封面的总编辑，所有专题设定的取材，都是以"人"作为出发点；以人物作为主题举办《联文》的研讨会，与社会大众互动，尝试从将读者从文人圈拓展到大众圈，重新塑造作家的价值与风格。《联文》因此确立了独特的文学品牌。

作为文学杂志的守门人，初安民在《联文》一待就是十五年，面对80、90年代传播媒体的改变，尤其面对阅读人口下降的情况，初安民更是积极地透过举办文艺营、文学活动，来补足平面媒体在纸本上还未拓展到的能见度，并且经常与官方单位合作举办，或是出版作家作品集，结合文学杂志来出版发行。另外，他也对如电视制作人王伟忠等知名影视圈艺人进行专访，扩大读者的族群，并且在设定专题的风格方面，生活，饮食、爱情、旅游等文类都是初安民所筹划的专题之一。

然而，出生于韩国的山东子弟初安民，也不会因为担心销量而只取用那些讨喜的题目，他依然关心自己"国家"未来的命运。例如，在1999年，《联文》推出"殖民的伤痕"与"世纪的回眸"专题，一个是介绍日据时期的经典小说，另一个则是连载他后来成书的《台湾新文学史》。这个系列的连载，是从第178期推出的第一篇《台湾新文学史的建构与分期》开始的，陈芳明以"后殖民史观"将台湾的文学史依序分作殖民时期(1895—1945)、再殖民时期(1945—1987)、后殖民时期(1987迄今)。因为"再殖民"一词，是针对国民党政府统治台湾到戒严的时期，也引发了后来一连串与陈映真的论战。不过《联文》是属于月刊型的杂志，不像日报型的副刊能够每天让读者观赏到不同的文章与实时的响应，陈芳明的连载告一段落后，从2000年的7月号起，两人开始了延续一年多在《联文》的论争。按发表先后计有：陈映真在第189期发表的《以意识形态代替科学知识的灾难——批评陈芳明先生的〈台湾新文学史的建构与分期〉》、陈芳明在第190期的《马克思主义有那么严重吗？——回答陈映真的科学发明与知识创见》，陈映真在191期的《关于台湾"社会性质"的进一步讨论——答陈芳明先生》，陈芳明在第192期的《当台湾文学戴上马克思面具——再答陈映真的科学发明与知识创见》，陈映真在第194期的《陈芳明历史三阶段论和台湾新文学史论可以休矣——结束论争的话》，陈芳明在第202期的《有这种统派，谁还需要马克思？——三答陈映真的科学创见与知识发明》，表示两人主题已经离焦，宣布论战告一段落。而里面的内容主要是陈映真批判陈芳明是否滥用"殖民"一词，质疑戒严与严格的统治是否就是陈芳明所认为的"殖民"，是否是陈芳明刻意制造出民族与国家里的对立。而陈芳明则是以他对台湾历史及语言使用的认识来进行反驳。两陈虽然在这场论战中看似没有共识，但却是对于自我国家认同的重新认识。

最特别的是，过去从来不沾染任何政治信仰的《联文》，在此扮演着相当重要的角色：作为知识传播的媒介，不偏袒任何的角色，只是刊登文章，并且把选择权交与读者自行去判断。

#### （8）许悔之：第 210—289 期总编辑；郑顺聪：第 290—295 期执行总编

在担任《联文》总编辑之前，时任《自由时报·副刊》主编的许悔之，已有良好的文学人脉，对于议题创立的嗅觉也格外敏锐。相较于初安民大多以“作家”为主来设立相关专题，许悔之将《联文》的视野扩展到文艺界，结合着戏剧、绘画、电影、大众文学、流行文化、国际文学议题、甚至科普议题等的路线。在许悔之任总编辑期间，结合了更多活泼可爱的插图，“图文并茂”的特色让《联文》更加生动，也让更多读者有参与的感觉；创造“文学下议院”文学论坛专题，欢迎读者分享想法；他也制作许多国际议题，介绍海外文学。

许悔之担任总编辑期间，最明显的特色就是“跨界”，以戏剧部分为例，例如让人耳熟能详的张爱玲专题，跳脱单就文本的讨论，在第 259 期以“张爱玲·金锁记·文学京剧新风潮”专题来看待文学与戏剧的结合与转变。由京剧百变天后魏海敏出演曹七巧，将现代小说融入古典京剧，除了介绍京剧版的《金锁记》之外，还试图结合内心世界的交错情节，在第 264 期介绍了《红顶商人胡雪岩：高阳历史小说京剧版》，第 272 期则是白先勇与青春版《牡丹亭》的结合，许多专辑结合剧场活动，与艺术活动、时事或出版互相呼应。

此外，许悔之也带动全“国”巡回文艺营的举办，并且扩大组别，从小说、散文、新诗等文类扩大到电影、传播、饮食、时尚、网络文学等，让每年的文艺营成为许多文艺青年最为期待的大事。

在许悔之担任总编辑期间，英文副标题移到了中文大字以上，除了使用满版的封面图片设计之外，封面大多以图像或人物肖像为主。

在许悔之离开《联文》总编辑职务之后，第 290—295 期总编辑位置悬空，并由郑顺聪担任执行总编，持续推动《联文》在文学议题与作品上的发表与介绍，与前面的编辑风格没有太大的改变。

### 三、大众化时期

#### （9）王聪威：第 296 期—迄今总编辑

在《联文》贴出“寻找总编辑”的启事之后，与郑顺聪并称为“联文双聪”的王聪威，成为了最新一代的总编辑。在王聪威担任总编辑期间，开创了许多崭新的议题，例如过去《联文》经常做张爱玲的专题——从文学著作的刊登与引介，到初安民担任总编辑时期分享夏志清与张爱玲的书信往来，然而在 2010 年 9 月时，王聪威以“张爱玲学校”为专题，以课程的方式来呈现。王聪威也挑战许多大胆的议题，例如 2011 年 8 月“同志文学专门读本”专辑，从同志文学的题目带出性别议题。在 2011 年 9 月时，以“七年级”为主题，与台湾文学馆合办“私文学年代——七年级作家新典律论坛”，邀请诗、散文和小说共十五位作者，探讨“新世代”的写作如何“新”、“七年级”的书写风格与现实基础何在。其实早在2009年9月，就开始有对新生代写作主题的诘问，陈宛茜在当时的《联文》，以一篇《新世代面目模糊？》讨论新时代作者“擅长搞颠覆、玩破格”，大玩后现代技巧，其实只是“减损阅读乐趣”，而许多创作者又为了文学奖而投其所好，形成恶性循环。这些都在网络上引发了一连串的论战。

除了以上突出的议题，王聪威也以贴近作家的方式，例如用“作家日常”单元来分享作家们生活的点滴，而“灵感角落”单元则分享作家与创作发源地的介绍与相片，将文学落实在生活上，让更多读者能够轻松地接触到文学杂志。在王聪威担任总编辑时期的努力之下，订户与贩卖的数量都增加了数倍，成为书局里文学杂志的人气指标。而过去曾担任时尚杂志编辑的王聪威，为《联文》带来了许多不同以往的新活力，特别值得一提的就是封面设计，以下则是相关的分类与介绍：

A. 作家日常

▲除了封面人物是作家之外，拍摄的相关情景也与当期的主题相关。

B. 七年级

▲将当时的新生代作家摆在封面，让读者提前认识这些当时陌生但颇具写作潜力的写作者面孔。

C. 经典议题的重构

▲在张爱玲诞生90周年的时候，结合9月台湾学生开学的时间，创立“张爱玲学校”专题，并请来北一女学生穿着校服拍摄封面。

D. 国际议题的介绍

▲封面通过与马卡龙、韩国江南大叔等当代的流行议题的结合，以带出那期的主题。

E. 挑战议题

▲在王聪威担任总编辑期间，许多新颖的主题冲击着部分传统价值观，不断突破自我的特质让更多年轻作家爱不释手。值得注意的是，封面上“联合文学”的大字在此重构，用反白、颠覆等的方式呈现，也打造出“联合文学”不同于以往的品牌价值。

## 三　小结：文学传媒的活动力与影响力

《联合文学》，从最初的报刊传媒独立文学刊物，涵盖华文与国际文学的纯文学园地，拓广到戏剧、音乐、绘画等艺文主题，逐步落实文学大众化，透过举办动态活动来补足平面刊物的静态形式，让更多人容易接触到文学，将读者层从文艺圈扩大到大众圈。

《联合文学》从一本文学月刊杂志，演进成为可以出版文学丛书，固定举办小说新人奖与全国巡回文艺营的单位。其中“小说新人奖”征选未曾集结出书或获得过全国文学奖首奖的新人，“全国巡回文艺营”齐聚更多爱好文学的人，许多人甚至在此结交同好，组成读书会或诗社；其中，“文艺营”也举办“文艺营文学奖”，激发创作的动机，并挖掘新兴作家。《联文》也提供版面园地征稿，邱妙津、骆以军、王文华、郝誉翔等作家都是从这里崛起。结合文学奖、文艺营、发行产业，通过相辅相成的结合，展现文学传媒的影响力。虽然小说新人奖至去年已告一段落，出版丛书的业务也独立成为“联合文学出版社”，但这正式象征着这个得过无数出版与营销奖项的“联合文学”品牌，即将在这个时代再次写下崭新的一页。

# 访　谈

# 严歌苓：勤奋有“瘾”的华人作家

聂传清

她潜心写作，是华人作家中高产高质的作家；她勤奋刻苦，自信地声称“我会是你见过的最勤奋的人”；她用英文写小说，是罕见的作品在美国畅销的华人作家；她用中文写小说，几乎拿下了所有华语文学类的大奖。她就是首届“京华奖”获得者严歌苓。

她最近在北京接受笔者采访时说：“我想通过自己的努力，让人们谈起中国文学就像谈拉美文学、法国文学一样。”

## 好作家要沉得下心吃得了苦

严歌苓的绝大多数作品被拍成了影视作品，她也成为了炙手可热的金牌编剧，但她并不认同这个定位。“我是一个作家，编剧只是我的副业。”对于严歌苓来说，写作是“瘾”，已经融入她的生命，就像吃饭睡觉一样，成了她生命中不可缺少的一项内容。

新媒体环境下，人们更倾向于碎片化的阅读和视觉享受，文字吸引力的减弱对作家来说无疑是个新挑战。但严歌苓认为，这就更需要作家沉下心来坚持创作。“文学的魅力是任何形式的媒体都无法取代的。所谓挑战，对于心沉写作的作家来说，也是一个很好的发展机会，因为它自然而然地淘汰掉不坚定的人。”而文学与电影也并非水火相克，电影的大卖会带动书籍的畅销。“我现在做的就是，努力把观众拉回成为读者。”

“我想我会是你能见到的最勤奋的人。我天生能吃很多苦，这不是很多人能做到的，是勤奋让我赢得了读者和业界的尊重。”严歌苓这样分析她成功的原因。

1988 年，严歌苓初到美国，过着忙碌而辛苦的留学生生活：每天读 14 至 15 个小时的书，每天打工 4 小时来赚取房租，花 6 个月时间专心学英语。除了经历过生活中的困苦，严歌苓在舞蹈和写作方面的刻苦也令人惊讶。严歌苓是舞蹈演员出身，为了克服腰腿很硬这种不利条件，她每天 4 点起床练功，写信的时候也会把一条腿举过头顶绑起来。写作出名后，严歌苓每天依然写作 6 小时，为了兑现承诺了别人的稿约，“有时候真是勤奋得写到想吐”。

现在的她，可以自信地说：“学习这个东西，只要肯吃苦，没什么难的。”但“吃苦”这个词背后的努力和辛苦只有她自己能体会。她要求自己凡事要做就做到“登峰造极”，饱含感情才能有不竭的创造力，刻苦学习才能得到知识和学位，深入生活才能写出生动真实的作品，正是这种刚柔并济的性格让她成为了最有影响力的华人作家之一。

## 华人作家要有国际视野

“因为华人在海外比较孤独，所以海外华侨华人会更爱祖籍国、更有使命感，而且因为距离的关系还可以换个角度看历史。”严歌苓这样看待海外华人写作的优势。

诺贝尔文学奖得主莫言是严歌苓在鲁迅文学院的同学，她对莫言拿奖“一点儿也不吃惊，只为他感到自豪”。有评论称，严歌苓是华人作家中最有可能获诺贝尔文学奖的人选，她却对这个奖“完全不在意”。她说：“西方人能够关注到中国的意识形态，通过文学懂得中国人的生活和思想，这才是诺贝尔奖最大的胜利。”

严歌苓淡泊名利，但对提高中华文学的影响力却热情洋溢，多年海外旅居和在世界各地游历的生活让严歌苓的感情更深沉，知识更广博，艺术观念更新颖。她在旅居海外期间笔耕不辍，从不同的视角审视中华文化，写出了大量充满寓意的跨越中西文化的作品。

2004年，严歌苓随丈夫远赴非洲尼日尔。在那里，严歌苓过上了作家加非洲农民的生活。非洲洪荒的感觉、原始的生活状态刺激了她的想象力，非洲男人的懒惰与女性的柔韧给了她创作的灵感。在非洲期间，她写出了充满中国乡土气息的《第九个寡妇》，获中华读书报“2006年度优秀长篇小说奖”，被认为是“2006中国文坛最重要的收获之一”。

除了文学创作，严歌苓还进入影视创作领域，借助影视的力量扩大中国文化在世界的影响力。她编剧的《少女小渔》获得亚太电影节4项大奖，《天浴》则获得金马奖7项大奖，近年来《金陵十三钗》《梅兰芳》等影视作品的海外上映也将中国历史、传统文化传播给了国外观众。现在严歌苓是好莱坞编剧家协会会员，也是该协会唯一的华人作家。此外，为了便于海外读者阅读，严歌苓以中、英双语创作小说，英文长篇小说《The Ban · uet Bug(赴宴者)》荣获华裔美国图书馆协会授予的“小说金奖”，在美国亚马逊网站上被评为五星级图书，其荒诞的故事、丰富的情感和流畅的文笔被英国BBC广播作为“睡前一本书”整篇朗读。她的作品被翻译成法、荷、西、日等多国文字，在海内外影响深远。

## 华人作家要植根中华文化

严歌苓1958年出生于上海，曾有人称她为“现代的张爱玲”。但她认为，自己与张爱玲的相似点除了生于上海、是剖析心灵的女作家、做事讲究做到最好外，并无其他相似。张爱玲的写作局限于上海，而她的脚步遍及亚欧非。她随时准备进行自我放逐，并在漂泊中立足中华文化，创作出一部部涉及记忆、现实的佳作。

严歌苓年轻时经历军旅锤炼，后半生在国内外辗转，对很多地方有认同感，但北京对她来说是家的存在。她年轻时曾在北京工作了8年，父亲晚年在此地定居，现在北京是她在国内搜集素材的中转站，不断给予她艺术创作的灵感和动力。

但凡一座大城市，总会混杂着市民们复杂的情感。严歌苓说北京不仅是她的家，也是她的围城。人都是这样，回来了想出去，想念外面的宁静和稳定，但出去久了却想回来，想念这里的繁华和人情。而且每次回来都能看到令她耳目一新的变化，听到丰富多彩的新故事，因此对北京的爱就加深一分。这座城市，如同流淌在她血液中的东方传统，不因身在他方而淡漠。

严歌苓是传统的，她的作品题材丰富，历史、农村、城市、军队、战争不一而足，但每一个题材都植根于广袤的中华文化。中华文化不仅是她写作的目的，也是她写作的来源和内容。

严歌苓已经成为最具影响力的华人作家之一。但严歌苓在海外多年的经历告诉她，现在中国作家的作品在世界的影响力并不大。她深知，文化的影响力需要伴随国家的发展繁荣，改革开放30多年，获得今天的发展成就实属不易，对于文化发展不能心急如焚、操之过急。汉语翻译的困难性、国家发展的阶段性，都需要众人正视，而提升中国作品的国际影响力，还需要更多好的作家一起努力。

（载《人民日报》海外版2014年6月16日）

# 台港文学研究的出新和诠释权的"争夺"

## ——台港文学史家古远清访谈

曹竹青

**曹竹青**：你在古稀之年迎来了学术著作出版的井喷期。过去你在海内外出版有各类著作30余种，近年又有《古远清文艺争鸣集》《几度飘零——大陆赴台文人沉浮录》《消逝的文学风华》《两岸四地文坛现场》《海峡两岸文学关系史》《从陆台港到世界华文文学》《当代台港文学概论》《台湾文坛的"实况转播"》出版。在出书速度上，你倒是老而不古、古而不老，堪称是"刽(快)子手"啊。

**古远清**：白舒荣和刘红林两位女士称我"活着为了写书，写书为了活着"，这蛮符合本人实际。出书不能光看数量，在我的著作中，经常被人复印和引用的是《台湾当代文学理论批评史》。

**曹竹青**：年龄不饶人，你这位老古毕竟又古又老，又老又古，这使人想起中国古代有江郎才尽的故事，你难道没有"才尽"之感？

**古远清**："才尽"应与年龄的古老无关，而与对研究现状、研究题材和研究对象失却敏感相联系。"才尽"的人往往找不到新的学术生长点。我为了将自己和"江郎"区隔开来，近几年在海峡两岸著书时均尽可能出新，如我最近获批准立项的国家社科基金项目《新世纪台湾文学史》，便是为了填补两岸台湾文学研究的空白。本来，台湾文学研究比大陆文学研究滞后。大陆出版过多部《台湾文学史》，最多只写到20世纪末为止。本课题专门研究新世纪的台湾文学，其意义在于推动台湾文学全面深入的研究。过去，台湾文坛流行"自由中国文学"、"台湾乡土文学"概念，其能指只代表主流的三民主义文学或反主流的本土文学，在相当程度上遮蔽了台湾文学的复杂性和多元性。"新世纪的台湾文学"则试图去除因省籍情结而导致的历史误置和意义歧见，在多方面的考察和沟通中完成不分省籍的台湾文学总体化，为"中华文学"在台湾的复兴提供理论支撑。

**曹竹青**：作为当代文学史家，你单枪匹马写作"六史"——《中国大陆当代文学理论批评史》、《台湾当代文学理论批评史》、《香港当代文学批评史》、《台湾当代新诗史》、《香港当代新诗史》、《海峡两岸文学关系史》，你这位"独行侠"为什么不与人合作？

**古远清**：私家治史观点容易出新，文笔也容易得到统一。个人化写作不必为贯彻领导或主编意图，将自己见解消融掉。当然，利弊总是并存的。私家治史虽然可以较充分地表达个人观点，但也不是没有任何拘束，个人见解都可以尽情发挥。毕竟在体制下的书写，不能无所顾忌。且个人写史也难以集思广益；对有些自己不熟悉的领域可能难以写得深入。更何况工程太大，个人时间精力有限，难以在短时间内完成。

**曹竹青**：你的第一个国家社科基金项目《海峡两岸文学关系史》，最近获“全国台湾研究会”优秀成果专著奖。你能否谈谈此书的写作初衷？

**古远清**：《海峡两岸文学关系史》的写作有小小的希冀：在为两岸文学史写作提供原始材料以补充、完善现有当代文学史不足的同时，还企图用这本著作，引起当代文学史写作是否应加入关系史的思考。

拙著是从文学关系史切入的另类历史叙事，是一种非传统型的文学史。写作的着力点不在为作家作品定位，不以作家作品分析评价为主，不以建构典律为目标，而是抱着回顾与解读的态度，审视两岸文学关系从对立到亲和、从反叛到回归的发展过程，用“大叙事”与小细节相结合的笔调描述，不追求体系的严谨和完整性。在这本书里，无论是《春江水暖鸭先知》，还是《谁先偷跑谁就赢》，均将主流文学史遮蔽的某些史实或以为只需要“大而全”而不需要“零件”的材料展示出来，使两岸文学史真正成为一部多视野、多角度的多元共生的文学史。

**曹竹青**：“两岸文学关系史”的内容一定很丰富吧？

**古远清**：可以说既丰饶又贫瘠，既单纯又复杂。“丰饶”是指两岸文学关系史所要面对的是两地文学的对抗与隔绝、开启与曲折、互动与冲突、封锁与突围。“贫瘠”是指无论在两蒋时代，还是民进党执政时期，作为同根同种同文的两岸文学，由于政治的干预，均没有产生像鲁迅那样的大师级作家。说其“单纯”，是指两岸文学关系在任何时期都受政治制度的制约，交流必须在“一个中国”原则下进行。“复杂”是说两岸认同的“一中各表”，有各种不同的诠释，具体到“台湾文学”的界说上，则有五花八门的表述。

**曹竹青**：《两岸四地文坛现场》共分挑剔大陆文坛、质疑香港文坛、争鸣台湾文坛、修补澳门文坛4部分，充分体现了你敢向权威挑战的风格和善辩的才能。难怪《名人传记》介绍你的学术成就时，将你称为敢于抵制不良文风的“学术警察”。

**古远清**：乍看这个称呼，以为姚文元又卷土重来了，其实，“学术警察”与姚文元打棍子完全是两回事。“学术警察”一词，出自哈佛大学教授杨联升之口。有人说我是一位不为人们所注意和重视的“学术警察”。这大概是因为本人曾向某名人打假。如在评某名人的他传和自传时，多次指出其诸多伪造自己历史之处，由此被对方告到法庭。我给对岸出的《台湾新文学史》著者挑错“送大礼包”，做的亦是互相敬畏、互相监督、互相批评类似“学术警察”的工作。

在这个急功近利的年代，在拉帮结派的文坛，陈平原说，“学术警察不仅没有成为榜样”，反而常常遭受误解，受到不公正的待遇，并被迅速边缘化。钱理群也说：“公心不在，正气不彰，一切苟且马虎，这正是当下学术危机的一个重要表征。在这个意义上，呼唤‘樊骏式样的学者’，也具有同样的迫切性。”现在确实需要更多弘扬正气，批评弄虚作假和苟且马虎的文风，力挽学术危机樊骏式的“学术警察”。

**曹竹青**：在苏格兰爱丁堡举行的欧洲汉学会上，有一个小型圆桌座谈会上的主题是“由谁来编写《香港文学史》”。面对坊间出版的《香港文学史》及文体分类史，清一色出自内地学者之手这种无情现实，国外汉学家们责问香港学者：“为什么你们自己不去写本地的文学史？”到会的香港中文大学王宏志回应 道：“《香港文学史》不一定要由香港人来书写”。

**古远清**：如果香港学者不了解香港文学或虽了解而评价时“党同伐异”，的确没有资格写。写文学史，本不应查户口、分地域，像早期的《中国文学史》就不是中国人而是日本人写的。台湾地区文学史的编写现状也和香港差不多。为什么台港地区的文学史本地的学者基本不写，要由他人来写？说起来原因复杂。以香港而论，香港学者的学术观念、方法与内地不完全相同。如香港中文大学卢玮銮认为：许多原始资料还未整理出来，在这种情况下不应急于写。另一方面，在香港某些大专院校，研究香港文学不如研究内地文学、台湾文学地位高。传统偏见认为，研究古典文学比研究现代文学“身价”高，研究内地文学又比研究香港文学“意义”大。在台湾，不少教授醉心于参加各种文学活动，缺乏经济效益的学术专著写作极少有人肯干。

台港文学史由第三者来写，自有其长处。不少香港作家、学者身在“江湖”之中，不像外地人那样容易看清文坛内幕。不少学者还是圈子中人，由圈中人执笔写本地文学史必然会少写或不写圈外之人——即使写也可能多带贬词。由局外人写，自然可以减少“派性”，以较公正、客观的态度评述文坛的是非与功过。内地学者研究香港文学，30年来走过一条重政治功利到向着审美价值倾斜的曲折道路。他们的著作尽管有史料缺陷或错漏，但总的来说，包容性较大：不论是雅文学还是俗文学，不论是本土作家还是南来作家，不论是学院派还是非学院派，都能尊重他们的创作劳动，给予应有的文学地位。总之，编撰《香港文学史》最理想的人选应该是熟悉香港文学、占有资料充分、对香港文学研究深入、态度又公正客观的学者——而不管他是哪个地方的人。

**曹竹青**：台湾著名诗人洛夫说，你的“《台湾当代新诗史》不论就史料的收集与运用、历史的钩沉与分析都能见到你的卓识、且敢于触及一些敏感的政治层面，实属不易，可以说不论大陆或台湾的诗歌学者、评论家，写台湾新诗史写得如此全面、深入精辟者，你当是第一人。你在书中批评了台独诗，必然会招致对方的强烈抵制，也可能受到你未提及的小诗社小诗人的不满，好在你在自序中已有了心理准备。”由此看来写文学史必须有智者的慧眼、仁者的胸怀和勇者的胆魄。在胆魄方面，你不怕某台湾诗人说《台湾当代新诗史》送到废品收购站还不到一公斤哩？

**古远清**：有道是“不批不知道，一批做广告”。写台湾新诗史挨“骂”，本是意料中的事。古继堂的同类书出版20年，在受到许多赞扬的同时，也差不多被某些人骂了20年。正如一位台湾作家所说：“古继堂的《台湾新诗发展史》早已引发审美疲劳，怎么又来了一个姓古的，你烦不烦呀，你这两股(古)暗流!”故我有自知之明，在《台湾当代新诗史》书末写道：这是一部不能带来财富，却能带来骂名的文学史。这是一部充满争议的新诗史，同时又是一部富有挑战精神的文学史——挑战主义频繁的文坛，挑战“结党营诗”的诗坛，挑战总是把文学史诠释权拱手让给大陆的学界。

**曹竹青**：有境外学者批评你是“典型的国内研究香港文学的传统派”。

**古远清**：这评价或许值得我反省，但并不符合我现今的研究立场。如果有人问我的思想光谱，我定位为趋向开放而非教条的评论家。在第二届世界华文文学高峰论坛上，我作了《重构“香港文学史”》的学术发言。这发言是我最新的学术观点。这观点，在传统派看来，我也许属新潮派，而在某些香港学者看来，我又有可能像古继堂一样被划入

“拥抱教条马列主义美学残骸的学者”。我自信，在内地学者中，我还是比较注意香港文学特点的，并没有用内地的标准去生搬硬套。

**曹竹青**：两岸存在着“争夺”台湾文学诠释权的问题吗？

**古远清**：在黄山召开的海峡两岸苏雪林研讨会上，展出了台湾出的苏雪林《日记卷》，总计15册。这《日记卷》最先是安徽大学沈晖征得苏雪林本人同意在祖国大陆出版的。正当苏氏日记装箱运回时，被台湾有关方面发现，连忙追回，说此日记的出版权在台湾而不在大陆，于是只好改由台南成功大学中文系主持整理出版。如果说，苏雪林《日记卷》还只是两岸整理权、编辑权、出版权之争的话，那两岸对台湾文学的诠释权之争，比这激烈得多，时间也长得多，屈指一算已快30年了。

**曹竹青**：两岸的台湾文学研究竞争，无论台湾文论家如何认为他们的研究成果远胜过大陆，但谁都不能否认，在《台湾文学史》的编写上，他们交出的成绩单极为有限。

**古远清**：眼见大陆一部又一部厚厚的《台湾文学史》及其分类史出版并占领大陆乃至台湾某些院校讲坛，某官员惊呼：台湾学者如再不急起直追，台湾文学的诠释权就拱手让给大陆学者了。他们不允许也不甘心大陆学者的观点占领台湾的教坛、文坛。于是有各式各样假借学术名义对大陆学者的抨击。如有辽宁大学出版社出版的《现代台湾文学史》的评价之争。一些分离主义的评论家们，认为大陆学者连什么是“台湾文学”都没弄懂。在他们看来，“台湾文学”就是台湾人用闽南话写台湾事的作品。而《现代台湾文学史》入评的作家有一大半不是“台湾人”而是大陆人或曰外省人，因而余光中们的作品应从台湾文学史中删除出去。至于评价的标准和对许多作家的定位，他们也无法赞同。本来，《现代台湾文学史》有许多缺陷，对此完全可以批评。可台湾的某些本土评论家的评论角度不在于此，而是在向大陆学者“争夺”台湾文学史的诠释权。台湾某本土作家在批评辽宁版《现代台湾文学史》和福建版《台湾文学史》时说：大陆学者在进行台湾文学研究时，把台湾文学看成是中国文学的一环，是传统华夏文学的重要组成部分，属于老调重弹，认为这是大陆学者“不了解台湾民族主义的结构”，是“从政策性立场出发”否定了这一“民族主义结构”。他在文章中提出台湾作家的“双重性民族结构”和台湾文学中的“民族主义结构”的主张。这种论调，马上引起高扬中国意识的辽宁学者和福建省台港暨海外华文文学研究会的集体回应。福建的学者认为：大陆的台湾文学研究难免有狭窄、浅置、误差的一面，但说“台湾文学是中国文学的一环”是“老调”，这个观点正是那位评论家自己过去坚持的。所不同的是，他现在看风使舵，由主张“台湾文学是中国文学的一环”而改为主张“台湾文学国家化”了。

**曹竹青**：台湾文学研究不能由政治主宰，但却无法摆脱政治的影响。台湾陈芳明新出的《台湾新文学史》，你如何评价？

**古远清**：这本书框架全新，分期有特色。比起叶石涛过于简陋寒伧的《台湾文学史纲》来，在时间上多写20年，且不局限于岛内单一族群的狭窄立场，视野显得相对宽阔。可陈芳明的出发点不对，他声称写《台湾新文学史》是为了“抗拒中国霸权的论述”。在开列祖国大陆出版的《台湾文学史》书目后，他说：“中华人民共和国的学者”把“台湾文学边缘化、静态化、阴性化”。他尤其对高扬中国意识的大陆学者赞扬台湾诗人思念祖国母亲的论述极为反感，认为读大陆学者写的《台湾文学史》，就好似读“外国文学史”。这种“颠覆”未免危言耸听。他反对把台湾文学“阴性化”，而他的“阳性化”无非是“台湾文学的自主性、独立性，台湾文学决不是中国文学的一部分”之类的陈词滥调。在论述反共文学时，陈芳明竟说“反共文学暴露的真相，尚不及80年代伤痕文学所描摹的事实之万一。反共文学可能是虚构的，但竟然成为伤痕文学的‘真实’”。这真是语出惊人，可惜与事实相差十万八千里。陈芳明口口声声说要“以艺术性来检验文学”，这使人想起司马长风在《中国新文学史》的附录中吹嘘自己的书是“打破一切政治枷锁，干干净净以文学为基点写的文学史”，可司马长风当年未做到，现在陈芳明也未必能做到。在有政党的社会里尤其是像台湾这种政治抓狂、乱象丛生、选举的喇叭声和鞭炮声不断在书桌旁响起的社会，要走“纯艺术”、“纯学术”的道路也难。如要坚持不食人间烟火“为学术而学术”，这就要像鲁迅当年讽刺的“第三种人”那样拔着自己的头发希望离开地球。陈氏在第十一章中对大陆伤痕文学与台湾反共文学所作的这种非学术比较，不仅掉进了执政者意识形态的陷阱里，而且还给大陆学者说的“两岸文学一脉相承”提供了最佳佐证哩。

**曹竹青**：该书是“十年磨一剑”的产物吗？

**古远清**：不是。该书的封底上还有什么“最好的汉语文学，产生在台湾”，这纯粹是商业广告用语，在书中根本未进行论证。像这种仓促成书的做法，就难免带来许多史料差错。如第306页云：王蓝担任过中国笔会副会长。其实，“中国笔会”是中共领导下设在北京的文艺团体，王蓝任职的是由国民党主控设在台北的“中华民国笔会”。第266页说原东北作家孙陵写歌曲《保卫大台湾》时任《民族晚报》主编，这里有四个错误：不是歌曲而是歌词；不是任职于《民族晚报》，而是供职于《民族报》；不是任《民族晚报》主编，而是任《民族报》副刊主编；不是任副刊主编时写的歌词，而是在这之前。

**曹竹青**：既然你“活着为了写书，写书为了活着”，继《古远清文学世界》、《古远清这个人》在香港问世后，你还有哪些新书出版？

**古远清**：有《谢冕评说三十年》《世界华文文学研究年鉴》在内地出版。《台湾当代文学理论批评史》已易名为总计80万字的《战后台湾文学理论史》，新增加了“南部诠释集团”等专章，另补写了六万多字的《新世纪文论》，这同样是高扬中国意识的书，问世后一定送你指正。

（载香港《百家》2014年10月）

# 悼　念

# 诗，是你永恒的还魂草

——悼周梦蝶

[中国台湾]刘正伟

据台北中央社记者报道，台湾诗坛耆老周梦蝶因为肺炎合并败血症，于 2014 年 5 月 1 日下午过世，享寿 94 岁。

笔者曾与周公餐聚，并获诗集题字，素仰慕周公情与忏、悲欣交集的诗艺与传奇。那次餐叙，只见周公好鲜鱼与白馒头，也不过数口而已，可见其为人与生活的清淡与知足常乐。

周梦蝶本名周起述，原籍河南淅川县人，1921 年 2 月 10 日生。童年失怙，养成他沉默、内向的个性，在私塾熟读古典诗词及四书五经，奠定了深厚的古文基础。后于宛西乡村师范学校肄业，曾任小学教员及图书管理员各一年。

1947 年赴武汉参加青年军，次年随军来台，服役军中七年后退伍，在台北市武昌街明星咖啡屋前经营书报摊 21 年，该处因此成为当时文人小聚之地，也是当时台北著名的文学地景。他专卖诗集、诗刊及文哲图书，生活暂获安定。1962 年开始礼佛习禅，终日默坐繁华街头，冷对熙来攘往的红男绿女，直到 1980 年因胃疾而结束书报摊生意。

周梦蝶 17 岁那年在家乡由母亲包办结婚，夫妻感情不错，婚后生下二男一女，均留在原籍，他孑然一身羁留台湾。他的笔名“梦蝶”取自庄子的《南华经·内篇·齐物论》：“昔者庄周梦为胡蝶，栩栩然为胡蝶也。自喻适志与，不知周也。俄而觉，则蘧蘧然周也。不知周之梦为胡蝶与？胡蝶之梦为周与？”他不仅以此典故为笔名，而且在作品中常用此典。

周梦蝶因写诗投稿而与蓝星诗社结缘，后加入蓝星诗社。他性格谦冲，沉静寡言，写诗、写字精雕细琢，苦苦吟思，诗中又充满禅味，其处女诗集《孤独国》亦由蓝星诗社出版，因而人们送给他的雅号有“孤独国王”、“苦僧诗人”等。他也不爱交际应酬，不喜抛头露面，但有关怀生命、慈悲济世的佛陀襟怀。曾获得中国文艺协会新诗特别奖、笠诗社诗创作奖、第二届《中央日报》文学特别成就奖、第一届“国家文艺奖”等。著有诗集《孤独国》、《还魂草》、《周梦蝶·世纪诗选》、《约会》、《十三朵白菊花》等。

周梦蝶早期的诗作，将其人生的坎坷境遇与心境的悲苦，融入诗作当中，以收入在《孤独国》与《还魂草》诗集中的诗作为代表。《孤独国》以杨英风的雕塑作品为封面，在扉页上，他曾题上奈都夫人的诗句：“以诗的悲哀征服生命的悲哀”，可看作是周梦蝶一生创作的心境与其艺术风格的概括。

周梦蝶的诗作有两大特色：一是佛教的哲思；二是汲自古典文学的精美。因其诗兼具古典及哲理的深度，而表现出典丽浓缩、诗境深邃的风格。余光中说："周梦蝶是新诗人里长怀千岁之忧的大伤心人，几乎带有自虐而宿命的悲观情结。"又说：

> 翻遍他的少作，满纸的寂寞和悲苦全由于这一个情字。他的悲情世界接通了基督、释迦和中国的古典，个人的一端直接于另一个时空，中间却跳过了社会。

说的正是在物质生活一无羁绊，在感情上却超脱不了的、外冷内热的周梦蝶。因其至情所以至苦，乃自囿于一己的孤独国内，用纯情的悲苦，提炼禅思哲理。例如与诗集同名的《孤独国》：

昨夜，我又梦见我
赤裸裸地趺坐在负雪的山峰上。

这里的气候黏在冬天与春天的接口处
（这里的雪是温柔如天鹅绒的）
这里没有嬲骚的市声
只有时间嚼着时间的反刍的微响
这里没有眼镜蛇、猫头鹰与人面兽
只有曼陀罗花、橄榄树和玉蝴蝶
这里没有文字、经纬、千手千眼佛
触处是一团浑浑莽莽沉默的吞吐的力
这里白昼幽阒窈窕如夜
夜比白昼更绮丽、丰实、光灿
而这里的寒冷如酒，封藏着诗和美
甚至虚空也懂手谈，邀来满天忘言的繁星……

过去伫足不去，未来不来
我是"现在"的臣仆，也是帝皇。

《孤独国》描述的就是作者自我内心孤寂的显像，离乡背井、隔别妻儿的流亡之痛，这种来自情感与肉体上切肤的生活之苦，是外人无法想象的。其诗应验了日本作家厨川白村说的："文学是苦闷的象征。"因为来台后他在外部现实世界的幸福与爱情不可得，于是乃藉诗的创作，遁逃于内心想象的乌托邦、孤独国内，来排解万般的落寞、孤独与寂苦。他想象的孤独国内封藏着诗和美，没有嬲骚的市声，只有自己与内心对话反刍的微响，当过往美好的回忆伫足不去，而未来不敢企求，只好耽于能够掌握的"现在"。而"我"就是自己建构的孤独国内唯一的臣仆，也是唯一的帝皇。唯其唯一，所以孤独。

《孤独国》共收周梦蝶57首诗作，其中除了孤寂，宗教情怀与老庄思想已经出现在这本诗集，这些内涵在周梦蝶后来的诗集中依然可以看到。

昨夜，我又梦见我死了
而且幽幽地哭泣着，思量着
怕再也难得活了

然而，当我钩下头想一看我的尸身有没有败坏时
却发现，我是一丛红菊花
在死亡的灰烬里燃烧着十字

《消息》之二

当我一闪地震栗于
我是在爱着什么时，
我觉得我的心
如垂天的鹏翼
在向外猛力地扩张又扩张……

永恒——
刹那间凝驻于“现在”的一点；
地球小如鸽卵，
我轻轻地将它拾起
纳入胸怀。

——《刹那》

其中“如垂天的鹏翼/在向外猛力地扩张又扩张……”，这两句让人想到庄子《逍遥游》的“怒而飞，其翼若垂天之云”以及“鹏之徙于南冥也，水击三千里，抟扶摇而上者九万里，去以六月息者也”。周梦蝶也有御风而行、逍遥游的想象，当刹那间凝驻于现在的一点时，“地球小如鸽卵，我轻轻地将它拾起纳入胸怀”，口气很大，诗人以夸饰呈现出作者聪慧的自信，与如庄子逍遥游般无穷的想象。

《还魂草》是周梦蝶第二本诗集，扉页也引张爱玲《炎樱语录》中的句子：“每一只蝴蝶，都是一朵花底鬼魂，回来寻访它自己。”仿佛就是作者自己的心声，他的每一首诗就如同一只只的蝴蝶，一朵朵的花魂，回访着他自己内心深处孤寂凄绝的呐喊。余光中则引戴望舒的诗说：“蝴蝶的翅膀像书页，翻开，是寂寞，合上，也是寂寞。”说的正是周梦蝶的诗与人，以及其诗深处所透出的孤寂的内涵。

叶嘉莹为《还魂草》所写的序，批评精确，周梦蝶正如大谢般，表现出虽非超然的解脱，却是悲苦的凝练，虽然矛盾，却是真切的情感。周梦蝶在诗中文字的表现，都赋予古今与中外古典交融的实验与运用，交融着火的凄哀与雪的凄寒，有其极为独到的一种镕铸和实践的能力，镕铸出极为新颖而现代化的诗句，如其：

人在船上，船在水上，水在无尽上
无尽在，无尽在我刹那生灭的悲喜上

——《摆渡船上》

有鸟自虹外飞来
有虹自鸟外涌起—
你底幽思是出岫的羊羣
不识归路，惟见山山秋色

——《骈指》

已离弦的毒怨射去不射回
几时才得消遥如九天的鸿鹄？
总在梦里梦见天空
梦见千指与千目网罟般落下来
而泥泞在左，坎坷在右
我，正朝着一口嘶喊的黑井走去

——《囚》

海若有情，你曾否听见子夜的吞声？
天堂寂寞，人世桎梏，地狱愁惨
何去何从？当断魂如败叶随风
而上，而下，而颠连沦落

——《天问》

《摆渡船上》描写生命有限，人生如过客，就像在摆渡船上，在水上渡此一程。水是不定形的载体，人在船上、在水上浮浮沉沉、起起落落地过此一生。

《天问》，问天。为何天堂寂寞、人世桎梏、地狱愁惨，天堂地狱人间皆无我栖身之处，吾人将何去何从？孤独国里，只有我自己默默承受着人间桎梏，纵然有天堂的想望，却仍只有人间的孤寂陪伴着自己！无尽在我刹那生灭的悲喜上，万般无奈，刹那的生灭悲喜，也是无尽的，因为我是孤独的。周梦蝶在诗中文字的表现，赋予现代与古典交融的新感觉与新生命，有其独到运用的能力，镕铸出极为新颖而现代化的诗句，可以说是新古典主义最佳的代言人。

周梦蝶的诗作连接传统与现代，是蓝星诗社的代表人物之一。他的《菩提树下》诗："谁能于雪中取火，且铸火为雪"，则吾人以为其诗境所表现的，就是近于禅的境界。他常从景写到人或从人写到景，而写到禅，写到无我之境界，或将自我写入虚空之内。把一己之孤寂与悲惨的命运，都寄托在诗句上面，使心灵与情苦能获得纾解、排遣与安顿。"早期一味情苦，中期诸味杂陈而有逸气，晚则檀香味浓，但以'情'一以贯之。"是记录在周梦蝶传记书《诗坛苦行僧》里的句子，如此精妙之笔，可能是传主的心灵自述。

周梦蝶个性沉默拘谨，喜欢独处，喜欢在孤独里默默修持自己，其不得解脱之感情，则似乎是源于其内心深处一份孤绝无望之悲苦。他虚怀若谷，守着清贫，守着那一袭黑衫，如同守着袈裟一般。他坚持着自已，守拙质朴而深情，宁静孤峭而执着。“诗是感情，佛是观点”，周梦蝶诗有“国家不幸诗家幸，赋到沧桑句便工”句，日本侵略中国与东亚造成人类死亡与颠沛流离的历史悲剧，在周梦蝶身上是远离故乡与隔离家人的不幸遭遇。证诸其诗作，是满纸的辛酸泪。

“天堂寂寞，人世桎梏，地狱愁惨”，他一生的沧桑、寂苦跃然纸上。

昨日午后忽闻周公去世，草成悼诗一首为周公送行，愿诗人安返天家，离尘离苦：

**周公梦蝶**

刘正伟

周公梦蝶去了，一去不返
羽化登仙，从此自在逍遥游
孤独国更孤独了

人生如梦，亦蝶亦幻
从守墓者托钵者穿墙人到燃灯人
孤峯顶上，还有十三朵白菊花
继续闷烧，刹那的情火

悲苦的煎熬，仍在汩汩诉说
孤独国中尽是情与忏，悲与喜
难关困顿煎熬与解脱
诗，是你永恒的还魂草

2014年5月1日午后闻周梦蝶去世而作

注：

《逍遥游》《守墓者》《托钵者》《穿墙人》《燃灯人》《孤峰顶上》皆为周梦蝶诗集《还魂草》内诗；《还魂草》《孤独国》《十三朵白菊花》皆为其诗集名。

（载台湾《中华日报·副刊》2014年5月5日，后转载至深圳《晶报》副刊、香港《文学评论》等）

# 我所认识的罗孚先生

[中国香港]林曼叔

那是20世纪60年代末，我在《展望》杂志工作，那时候正是“文化大革命”如火如荼天翻地覆的时候，我常为杂志编写关于大陆作家挨批挨斗的文章，为了获得一些有关“文革”的讯息，也经常阅读所谓“左派”报刊，在《新晚报》的副刊，有笔名丝韦写的专栏“岛居杂文”，几乎是我每天必读的文字，这个专栏很短，每天只有几百字。希望从他的专栏得到有关大陆文艺界的新动态。那时候大陆的作家可说是今天不知明天事，昨天还是作家，今天已成牛鬼蛇神，被关进了牛棚，扫街倒粪。丝韦的专栏时时有这方面的讯息，但都点到即止，语焉不详，可见他当时落笔行文也只能该说的说，不能说的不说。既不能违背当时的政治大形势，又不想伤害作家，所能提供的讯息也就不多。我虽然不很满意他写得太闪烁，但也同情他落笔不易。不过对我编什么写什么还是有启发的，为这些被指为牛鬼蛇神的作家作较为翔实的介绍和评述，编为专辑。不知多少年后，才知道“丝韦”，原来就是罗孚，《新晚报》的总编辑。对我这个初出茅庐的小子来说，罗孚先生是左派报坛的大人物。后来又有人告诉我，他不明不白被留在大陆不准返港，令人惊愕。虽然地位高，却如临深渊，如履薄冰，虽然小心翼翼，还是跌了下去。不过，也许这对他的人生是最好的体验和洗礼。1997年天地图书为他出版了《丝韦随笔》，大概就收集他在《新晚报》所写的一些杂文吧。

虽然香港文化圈子并不大，但左右两派，壁垒分明，处于一种可谓“鸡犬之声相闻，老死不相往来”的状态，也就没有碰面的机会，何况他是显赫的大人物，我不过是一个小编辑，更不敢高攀了。直到2006年，我主编《文学研究》，有一天方宽烈先生约我到北角的城市花园的一家酒家午茗，原来他还约了罗孚先生，真有点儿意外呢。在座就只有我们三个人，罗先生看来却是一个平易近人的长者。我当然乘机约罗孚先生为《文学研究》撰稿，最好能写他的回忆录，他的一生是香港文坛的见证，如果不写出来实在太可惜了，也没有人能写了。我还说：司马璐先生85岁高龄完成了他的回忆录《中共历史的见证》，你也应该写啊！他知道我的诚意，沉吟片刻对我说：写写其他的文字还是可以的，回忆录不想写了。我感到很可惜。后来他为《文学研究》写了《当〈新晚报〉创刊时》等文坛忆旧的文章。我很感谢他的支持。

罗孚先生先后写了不少有关香港文坛忆旧的文字，他是这方面的高手，出版的《南斗文星高——香港作家剪影》一书，就是一本很好的文学史参考数据。如今罗孚先生终于离开了我们，带走了一部丰富的历史，一部时代的见证，未免令人惋惜。

（载香港《文学评论》2014年第3期）

# “知音如不赏，归卧故山秋”
## ——忆澳门老作家李鹏翥

古远清

为编写《世界华文文学研究年鉴·2014》有关“机构”部分，我将《“澳门笔会”简介》呈《澳门日报》副总编辑廖子馨女士指正。她回电邮云：“澳门笔会有创会会长梁雪予、李成俊；会长李鹏翥去年10月离世后，尚未补选新会长。”这时我才得知澳门著名老作家李鹏翥已去了天国，不禁悲从心来。他走得太匆忙：没有告别，没有花圈，没有眼泪，再也不可能和我在黄鹤楼下煮酒论诗了。

我与李鹏翥先生相识于1993年8月22日。那时我和北京大学严家炎、谢冕两位教授在香港岭南大学“客座”。东道主梁锡华教授趁此机会别出心裁举办了大陆、香港、澳门三地作家座谈会。正是在这个会上，我和这位时任《澳门日报》总编辑李鹏翥一边喝咖啡，一边聊天，发现他身材虽不伟岸，但儒雅、洒脱，且过早地秃顶。这时，他跟我聊起“督印人”与“印督人”的澳门故事：

> 《澳门日报》1958年创刊时，按澳葡当局规定必须在报头印上葡国籍的“督印人”大名。报社的华人编辑纷纷想不通，认为中国人办报，头顶上竟然有一个不懂中文为何物的“督印人”，这不是滑天下之大稽吗？因而在排印时故意将“督印人”排为“印督人”。澳葡当局看了后质问他们：什么时候谁派过印度人前来督印？答：“纯属校对错误，并非有意偷梁换柱。”

得知他也是广东梅县人，但在境外不像内地有浓浓的故乡情，故我们只用普通话而不用客家话交谈。原来，他在从事新闻工作之余，发表了不少新诗和散文作品，还擅长书法，爱好篆刻艺术。不过，作为研究台港文学批评的我，最感兴趣的是他写的文艺评论。以他赠我的《濠江文谭》而论，里面就有不少重要评论文章，如《澳门文学的过去、现在和将来》。后来我因撰写《香港当代文学批评史》与李鹏翥联系减少，仍不时在他主持的《澳门日报》上发表评论文章。

2010年，我受澳门大学朱寿桐教授的邀请，参加《澳门文学编年史》的编撰工作。这种文学史只有流水账式的叙述而不可能有任何想象，其主要任务是展示当年的文学实绩，证明有“东方蒙地卡罗”之称的澳门不是文化沙漠。由内地而非澳门本地学者来撰写这种编年史，其难度可想而知。我凭“澳门基金会”的一纸邀请，办因公签证一次只能在澳门停留20天。凭这20天，就动手撰写《澳门文学编年史(1950—1969)》，实在是一种冒险行为。我之所以有如此勇气，这主要不是靠“学术功力”，而是靠刘羡冰、李艳芳等老作家的帮助。为完成这个项目，我后来又和我的“老秘”太座数次到澳门，整天泡在八角亭“迷你型”图书馆查阅发黄的报纸。在查找时发现《澳门日报》办得非常活跃，如副刊登过这样一则小品：

> 澳门的英文书院来了一位美籍教师，说“中国诗，以女诗人李白写的最捧！”同事问：“李白何时变性了？”“不是变性，有诗为证：‘吾爱孟夫子’，吾爱即‘我的爱’，‘夫子’即‘夫君’，显然李白是孟浩然的老婆。”又说：“李白还和我们美国帅哥谈过恋爱，其《怀远》诗云：‘美人在时花满堂，美人去时余空场’，即美国人在时，李白开心地对着满室鲜花；自从美国帅哥与其拜拜后，李白寂寞地对着遗留下来的空床，不胜惆怅！”

但我毕竟弄不清在《华侨报》和《澳门日报》连载小说的众多作者是来自香港还是澳门，还有副刊出现的“凌霄阁主”、“酩酊兵丁”、“乌龙经纪”、“蕊韵”、“岫云”是谁的笔名，“独目六叔”、“静”又是谁的花名，现在是否健在或又换别的笔名写作。这时我马上想到长期在新闻界服务的李鹏翥，希望他能帮我回答这些问题，可是他对我的电邮一直没有回音。即使这样，我还是时刻感到他的存在，因为我翻阅1950—1969年间《澳门日报》时，隔几天就可以看到他以“梅萼华”、“濠上叟”等各种笔名发表的文艺评论文章，尤其是影评之多，实属罕见。我后来又查到了他本人也不一定记得的他在《学联半月刊》、《澳门学生》发表的“描红”之作，发现他写的评论深受内地文艺评论家萧殷《给文艺爱好者与习作者》的影响。在内地乃至澳门学者中，我敢说只有鄙人几乎读过他早期发表的全部作品。说我是他的“知音”，一点也不算自吹哩。

人们常说“港澳文学”，可澳门文学的资料的整理和保存远远比不上香港文学。为查找《澳门日报》的前身《新园地》单行本，我曾多次找《澳门日报》资料室联络，回答不是“不清楚”就是“不对外”。这时我又想到了在“我心中的澳门”征文颁奖会上再度握手、待人接物有礼节与有风度的李鹏翥，希望他能伸出援助之手，但仍是杳如黄鹤。我有点怪他，大有“知音如不赏，归卧故山秋”之叹。我猜想他架子大，瞧不起我们这些内地来的研究工作者，但后来一想，他可能出差了，或生病住院了。他工作毕竟太过繁忙，《澳门日报》社长、澳门基本法咨询委员会常委、澳门笔会会长、澳门新闻工作者协会理事长等各种兼职压得他喘不过气来。他没有时间应酬，没有时间接待来访人员。在找不到别人帮忙搜集和考证澳门文学资料的情况下，我原先的自信心大打折扣，本想另编一本《五六十年代澳门作家小传》，只好作为一种美丽的梦幻了。

如今，时间在李鹏翥面前永远停落下来。但作为澳门文学的开拓者和组织者，他与澳门文学将永远同在。我们今天铭记这位出版过《澳门古今》、《濠江文谭》、《濠江文谭新编》、《磨盘拾翠》专著和主编《澳门手册》、大型图片集《中国澳门》的前辈，是因为他是澳门故事发表与出版的参与者和见证者。他用自己的编写实践以及他扶助新人发现“幼苗”所作的不懈努力，将永远记载在澳门文学史上。

（载《羊城晚报》2015 年 4 月 21 日；《珠海特区报》2015 年 4 月 26 日）

# 吹起华文文学的一支号角

——悼潘亚暾

古远清

从网上得知，原暨南大学中文系台港暨海外华文文学研究中心主任潘亚暾教授，于2014年11月21日在广东东莞仙逝，虽觉得突然，但也不感到意外。他自新千年出席在泉州举行的世界华文文学国际研讨会后，已退隐江湖，弃世界华文文学研究而转向鼓吹“儒商学”去了。他最后一次出现是在2013年底深圳举行的华文文学研讨会上，那时他表情木讷，但思维清晰，当我问他身旁的中年女子是谁时，他回答得非常得体：“是我的助手。”可当年使用“乐融融”笔名所带来的爽朗笑声和豪气干云的身影，毕竟了无踪影。此刻，只留下他未完稿或来不及出版的回忆录，不禁使人怅然。

潘亚暾一生坎坷，1957年曾被打成右派，发配到贵州教书。其实，他是个左派，且是超级左派。复出后的文学研究，其姿态比任何人都要“政治正确”，比如他对“九七”回归这一重大政治事件给香港文学造成的影响估计极高，他曾这样预言：“相信随着回归的进程，文学界走向大联合，实绩将会更加显著。”事实是：回归后的香港继续保持自由港和单独关税地区的地位，保留原有的货币金融制度，所实行的是“一国两制”，新闻和出版高度自由化，不成立统一的“作协”，也不用“文联”的形式收编各路人马，故“走向大联合”云云，便成了一句伟大的空话。我曾在《重构“香港文学史”》的长文中，数次质疑过他这种过激言论。不过，这时他已不大关心学术动态，可能没有看到。

正如暨南大学讣告所云：“潘亚暾教授始终认真教书，勤恳治学，正直为人。他无愧于一位始终执着于知识学问且成就颇丰的学者、一位在其学术领域取得了颇大成就的有影响力的专家。”我治台港文学，曾从他早期的著作中获益良多。他是第一个为香港文学写史且获国家图书奖的学者，也是第一个出版《海外华文文学现状》专著的教授。在世界华文文学研究领域中，潘亚暾以起步早、涉猎面广、文章数量多而著称，是中国大陆当之无愧的世界华文文学学科的开拓者，可惜他的文章多而不精，且常有溢美之词，因而白舒荣曾赐他“潘大吹”的雅号，但正如香港学者黄维樑12月16日致我电邮中云：“他有很可怀念之处。乐道人善是他的一个特色，但不无浮夸说法。他号‘大吹’，却也正是吹起华文文学的一支号角！”我与潘亚暾属同行、同道，一度还成为一个战壕的战友。在1994年9月，挂靠在暨南大学出版的某“诗报”突然把台湾著名诗人余光中当作火药的目标，并用“本报评论员”的名义发表《真理愈辩愈明——关于“余光中严辞否定新文学名家名作”争论的一个尾声，并评古远清的招摇撞骗》（正式发表时将预告时写的“招摇撞骗”改为“拙劣行径”)对我实施人身攻击时，他非常同情和支持我，在“诗报”向暨南大学汇报的一次会上为我仗义执言：

> 远清兄：
>
> 你自印的《两岸诗学交流论争集》未收到。自滇别后，返校即向暨大校党委反映由暨大主办《华夏诗报》事。3月8日，该报负责人野曼、向明(广州)、熊国华等四人来我系开座谈会。在会上，野曼大谈该报巨大成就，回避一些问题，与会者都说好话。野曼以汇报为名，尽占时间，我只好中断其空话连篇并放炮，说“诗报”有六个问题：1. 左。2. 霸。3. 制造所谓热点。4. 不准反驳。5. 人身攻击，说兄在台港“招摇撞骗”。6. 自吹为“世界诗人”……会后他请客吃饭，说我是你的好朋友，所以尽帮你说话。我说我跟古远清只不过是中山会议才认识，谈不上友情，而是你们的报格有问题。可能我也激动，批评过分些，但与会者大都同意我的看法。我拟于今夏赴港定居。握手。
>
> 亚暾　1995年3月28日

在1993年香港中文大学召开的一次研讨会上，他又以古道热肠的精神赞美完我的珞珈山同窗古继堂后，大声“吹”我：

> ……突然冒出一个“刽(快)子手”古远清，堪称后来居上。直至中山第五届研讨会上才出现的古远清，在本研究领域里可算出道较晚而成就斐然者，这是可喜可贺的现象。

潘亚暾如此奖掖后进，令我感动。他成立“国际儒商学会”时，又封我为“常委”，可惜会务费昂贵，我只出席过一次，更重要的是我不敢也不便与他同出同进。尽管英年早逝的台湾作家林燿德曾将我和中国社会科学院的古继堂及潘氏并称为大陆学界的“两古一潘”，我毕竟无法去迎合他那些用大中原心态看待香港文学，笼统地将其判为“边缘文学”以及殖民地只能产生罪恶，不能为香港的繁荣和香港文学的发展“起促进作用”的那些观点。

他是一位激情洋溢且有拳拳赤子心的老华侨，当我看到境外个别作家过火批评潘亚暾时，也曾为他说过公道话。比如1988年12月在香港召开的“香港文学国际研讨会”上，潘氏的论文《香港“南来作家”简论》成为众矢之的，在戴天的文章《梦或者其他》中，开头一句便直呼“潘亚暾之流”，讽刺他研究香港文学是写《南柯记》和《枕中记》，认为潘氏讲的“南来作家”在香港文坛占主导地位，又发挥了领导作用的言论是“典型的梦呓……不是文艺沙皇而做文艺沙皇之言”，并质问“潘亚暾何许人也，所谓主导地位和领导作用，是‘党中央’也未曾下‘红头文件’，形式上更必待《基本法》制定之后才取决的，潘亚暾到底以什么身份说出？有没有权说出?”像这种由于对方大“吹”特“吹”“南来作家”主导作用便给潘氏戴上“文艺沙皇”的帽子，还说别人无权发表这种见解，这同样不是学术磋商的口气。我在拙著《香港当代文学批评史》中写道：“潘氏之言只代表他本人，用‘之流’一词便把内地学者一竿子打倒，这似欠公平。”

潘亚暾不仅受到过境外作家的攻讦，而且有时还被海外作家严词质问。记得20多年前，在福州召开的一次华文文学会议上，菲华作协一位副会长大会点名批判潘亚暾研究海外华文文学有偏心，对他的文学成就在其书中不置一词。当时潘氏在座，没有当场回应，会后他对我诉苦说：“此公没有出版过一本书，每次开会均像发传单一样给我们一些文章复印件，叫我如何去评他？”

为人耿直、豁达乐观、富于活力、广于交游的潘亚暾，自1980年至今，出版各类著作30余部，在海内外300余家报刊、杂志发表了千余万字的论文、评论、人物专访等各类文章。这样一位造就“最是繁华季节”的园丁，出现在八九十年代华文文学论坛，确是应运而生的学界强人。他为世界华文文学学科建设做了许多奠基工作，比如主编《台港文学导论》教材，主持大型《台港暨海外华文文学辞典》等工具书，完成《九五规划海外华文文学研究》等一批社会科学项目，使其一度成为世界华文文学研究的领军人物。他驾鹤西去后，却难得看到悼念他的文章，好似世界华文文学研究湖面上从未产生过这样一位推波助澜的人物。但不管怎样，在他离世前夕，“中国世界华文文学学会”为他编了一本自选集，在九泉之下他当会感到欣慰的吧。

（载《世界华文文学论坛》，2015年第1期）

# 书 评

# 海山苍苍　海水茫茫

## ——喜读江少川的《海外华裔作家访谈录》

公　仲

正当我紧锣密鼓地筹办今秋首届中国新移民文学国际研讨会之时，少川兄发来短信，说他这书已正式出版，问我能否给写个评论。我不加思考，即回话说，“你的书，没得说。遵命！”我欣赏他的为人，他的治学态度和他的著作水平。他不会轻易开口求人的，他只要开了口，我只能从命。同时，书的电子版也到了。打开一看，书名是《海山苍苍——海外华裔作家访谈录》。里面收录了对 30 位作家的访谈文章，而且，大多是面对面的直接采访，未能谋面的作家，也是用电邮，直接提问，直接回答。有时，远洋电话一打就是一个多小时，所有访谈，没有第三者介入。这些绝对都是第一手材料，异常珍贵。我顿时觉得如获至宝，喜出望外。这正是我们急需要的东西，今秋的国际研讨会中，我们重点要举办个新移民文学 35 年成果展览会。虽然我们已与海外新移民作家有了联系，他们大多也已将自己的简历、成果发来了，但仍不全、不细，有遗漏。而少川的书，正好能给予补遗、校正、充实。这真是及时雨，谢谢了！

江少川是在 2002 年上海的第 12 届世界华文文学国际研讨会期间才算正式加入了研究新移民文学的行列，他切入的方式是抓住一切时机对新移民的代表作家进行采访对话，与此同时，他不辞辛劳地查找资料，阅读文本，尽可能地做好采访前的案头“功课”。他批阅十载，采访了几乎所有的能找到的代表作家，阅读了这些代表作家的几乎所有的能找到的代表作品、资料。他可以说是对新移民作家的作品阅读量最多的一位研究者，在这方面，也许只有陈瑞琳可以一比。正由于他课前的功课做得扎实充分，采访又十分认真细心，而写作更是一丝不苟，字斟句酌，文情并茂。所以，这本沉甸甸的访谈录，无论是史料价值、文献意义，或是对作家作品的考察研究，对文学史观、文学理论的探寻剖析，甚至对于各行各业的业余文学读者，都是不可代替的重要的著作。这是新移民文学的作家和研究者，以及广大的文学爱好者的一个福音。一本必读书。

访谈录已成了一种文体，一种当今广大读者所喜闻乐见的热门文学形式。它的优势在于有一种亲切感，采访者、受访者以及读者似乎成了零距离的接触，大家促膝谈心，无所隔阂。这是新闻惯用的手法，现已遍及各个领域了。采访者就像记者，要有新闻的敏锐，心理学的技巧，文学的风采，更要有胆识，要有智慧，要有广博的知识根底。他是相声中的捧角，制造气氛，指引导向，拿捏火候，把握分寸。江少川就成了这样的角色，别看他平时厚道寡言，可一旦进入了角色，就活跃灵动起来了，他能轻松地把受访者的积极性调动起来，或谈身世，或讲作品，或总结创作心得，或抒发个人感想，甚至家庭琐事，闺蜜隐私，都一股脑儿和盘托出来了。阅读这样一本作家访谈录，真是一次盛大的精神大会餐，增长见识，学习知识，陶冶情操，愉悦身心，功莫大焉。

访谈录的主体部分当然还是作家们的推心置腹的谈话。这里有作家个人身世、内心世界的自白，也有创作心得体会的经验之谈，还有作家的生活情趣、个性特征的浪漫之梦，更有作家安身立命的理想追求，这些不仅显示了新移民作家深厚的文化素养，精湛的文学水平，同时，也展现了作家们的高尚的道德风范。我不必多费笔墨再去评析他们的精彩谈话，干脆信手摘录了一些作家们原汁原味的访谈话语，供大家欣赏体味。尽管是些零星支离无序的片段，也可看到他们的真知灼见是多么地聪明智慧、意蕴隽永：

"新移民的历史，不只是一个身体的漂移和身份的变化，更深层的层面是原有的心理秩序被打破，新的心理秩序不断形成的过程。""新移民作家在这种双重文化背景下写作，无论表现离愁别绪还是荣辱沉浮，他们的精神层面都打印着痛苦挣扎的痕迹。他们的作品与中国本土以及台湾、香港作家的有着截然不同。他们从单纯描写个人沉沦奋斗的传奇故事，逐渐走向对一代人命运的反思和对中西文化心态的价值的探讨。"（少君语）

"移民生活的确给作品增添了深度和广度，转过去，再转过来，写自己的民族，有了外国的生活经验，不自觉的新角度，显然，与完全生活在国内的作家是不一样的。"（严歌苓语）

"在两个大地之间游走，好处是多了一双眼睛，打开了一些原本不及的视野，多了一段审美距离，少了一些'人在此山中'的迷惑。然而，两地生活也让我失去了一种和大地结结实实接触的鲜活底气。我想，任何一种生活方式都不可能是完美的，有得必有失。"（张翎）

"对我来说，在国外有利于写作，能远离各种喧嚣，只按自己的冲动来写，感觉真好。"（陈河）

"对于未来，我的理想是写作，一步一步写下去。我的创作，绝不赶时髦，我对都市言情不感兴趣，很反感，我不喜欢写什么个人隐私，私人化的东西。我觉得有很多题材可以写，有很多事我没弄清楚的都可以深入挖掘，如抗日题材，文革题材等都可以写。我只想写我自己要写的，我对农村、对西藏有特别的兴趣，少年时代西藏的经历我忘不了。"（严歌苓语）

"有的女作家喜欢'私人化'话语，写个人多一点或者融进了相当的个人的影子，但不是都是这样，我更愿意离个人远一点。有些文学理论过于注重个人生活和文学的关系，而忽略想象力在文学创作中的作用，没有丰富的想象力，不可能称为优秀作家。"（张翎语）

"我有一种'叙述狂'——喜欢讲故事，喜欢让想象驰骋，透出一股狂喜，巴特尔称为'文本欢乐'。我喜欢让所写的人物多遇上点惊喜，多撞上点危险。表面上像惊险小说，但我醉心的是把玩人的命运，是让笔下的人物变成想象力的棋子。没有想象力的'性'，无所谓'欲'，没有想象力的自我，不成意识，没有想象力的叙述，只是一连串事件记录。"（虹影语）

"文学是美丽和高尚的，人生之美好，是与人能创作艺术、哲学和宗教分不开的。只是，别忘了王国维说的文学前有个'大'字和'精神慰藉'的问题。世上有男人难以配比的特里萨圣女，也应该出现像托尔斯泰、歌德等具有世界影响力的女性作家。"(林湄语)

"限制女性文学的博大，不在于性别或写什么，而在于作者的学识修养、境界层次、思想深度、视角体验和意识品位。"(林湄语)

"一本好书放在桌上，它会跳起来。文学作品，尤其是小说，第一要人看下去，产生阅读快感。文学有娱乐功能，要让人读起来舒服，享受，但文学不能仅仅满足于讲故事，它的背后要有更深层次的东西，有某种哲学的思考，要赋予故事以哲学底蕴。写作一定要有新意，要有哲学的思想。我对自己有要求，要对得起自己，不能损坏名声，对读者要尊敬。"(陈河语)

"一个对生活愿意思考、有所追求的人是懂得必然的：人生肯定是有一种比物质更高的境界，它是值得追求的，哪怕是尝试着追求。""在全球化的网络时代，我们早已不缺乏故事，如果小说家只是写好故事本身，很难令人获得深度的精神满足。我觉得，从故事的意义讲，生活永远比小说更精彩。这样的小说观，使我的小说是往里走的，更关注人的内心。"(陈谦语)

"所谓'巧妙高明'的境界，反而就是用最精湛的技巧让小说脱去所有巧妙高明的矫饰痕迹，达到绚烂之极的平淡。""文学中的人很快乐，但在现实中也很孤独。所有热爱艺术的人，所有决不妥协的艺术的作者们，他们各自承受煎熬的孤独，甚至日渐遭世人曲解、遗弃的艺术本身的孤独……文学大概是最好的'舒解'治疗了。""我甚至觉得，在某种程度上，短篇小说不仅是'表达'的艺术，更是'隐藏'的艺术。我们必须学会把每一处隐藏，每一个克制的沉默当作另一种表达。从其他人和我自己的小说里，我发现作者的问题常常不是表达不出，而是表达得过了头，结果，破坏了小说的美感和想象空间。就我自己的经验来说，我觉得一个作者容易学到的是绘声绘色，不容易学到的是适可而止。"(张惠雯语)

"对我而言，最鲜活、最有直接冲动的生活经验是来到美国后获得的，所有我的写作兴趣点落在这上面，是很自然的。如果相信直接经验是创作的灵感来源，那么对新移民作家，包括在海外用外文写作的新移民作家，移民题材是座金矿，只要耐得住寂寞，用功开掘，它可以带来无穷的可能。"(陈谦语)

"'边缘人加票友'的身份为主体写作群，格局偏小，多半只有从有限的个人经验出发的能耐，以中国作家的视角展现公民社会全景的作品，以宏大气质写中国移民苦难史的史诗式作品，以融汇中西的新文化为底蕴，写在美国扎根发展的一代不中不西，华洋参半的新移民真实人生的作品，不是太少就是阙如。"(刘荒田语)

"但愿有学贯中西的同行，利用身处中西文化交锋的前沿这一地利，潜心远思，写出'国内散文家写不出的'独特之作，可以和欧美大师一争短长的经典之作。"(同上)

海山苍苍，海水茫茫，言犹不尽，语意绵绵。就此打住了，还是请诸君直接去细读那洋洋三十多万言的作家访谈录吧！

(载《世界华文文学论坛》2014年第4期；美国《洛城文苑》2014年总第84期)

# 古镜记：读古远清编纂的《世界华文文学研究年鉴·2013》

[中国香港]黄维樑

由陈贤茂撰写的序言，是这本《世界华文文学研究年鉴 2013》最佳的说明书和推介词。他写道："30 多年来，台港澳及海外华文文学研究已取得了十分丰硕的成果。《台湾文学史》、《香港文学史》、《澳门文学史》、《海外华文文学史》相继出版，此外，专论、通论、文体论、作家论、作家评传、论文集、教材、辞典，以及散见于全国各种报刊的单篇论文，其数量之巨大、论点之新颖、影响之广泛，成为文坛盛事，也书写了学术界的传奇。"所述种种，这本《年鉴》基本上反映了出来。《年鉴》只述一年，为什么能反映 30 多年呢？原来它虽然以 2013 年为焦点，却也兼及从前的一些重要资料。

《年鉴》所载的资料，有按键即得的，如某某刊物一年各期的目录；若是大事年表，则非经年注意搜集不能收获。至于为相关的刊物写"小史"，白舒荣、林曼叔等诸位，都夹叙夹议，颇为用力；为《华文文学》修史的翁奕波，篇幅在诸"小史"中最多。他为该刊近 30 年的发展分期述论，史料中含有若干统计数字，看来是仔细切实地下过工夫的。顺便一提，翁奕波与翁筱曼主持编写过《现当代潮人文学史稿》（上中下三册共约 1400 页，北京中国文史出版社 2012 年出版），其中有 200 页的内容属于世界华文文学的范围。

在《年鉴》的 11 个"栏目"（项目）中，各个地区文学研究概况的"综述"在撰写时大概最为耗费作者的精力和时间。澳门虽然地小人少，但"发财立品"，朱寿桐和杨青泉合写的研究概况，使人感到澳门学术文化的崛起，势头强劲。朱双一撰写的概况，只是 2013 年大陆对台湾文学的研究，却是诸概况中最长的，占了 21 页。本文资料繁富，分门别类，详略有序，具见朱氏尽心致力的扎实治学态度。作家作品受评量的多寡，是衡量作家成就和影响的一项标准（当然不是最重要的标准，更绝非唯一的标准）；朱氏写道："2013 年大陆学界对台湾作家作品的评论，相对集中于齐邦媛、白先勇、王鼎钧、刘呐鸥、锺肇政等作家身上。"因为只是一年的，所以这段话也可解读为一时的研究风尚。

古代典籍《广雅》说"鉴谓之镜"，与《玉篇》说的"镜，鉴也"同义。"年鉴"是一面镜子，照出了客观实况；这本《年鉴》的功用即在照出了 2013 年世界华文文学研究的客观实况。然而，客观实况的描述，是人为的劳作，因此不能保证百分之百的客观。这面镜子上如有斑点，则照出的样貌难免有盲点；如果它有时任意地"哈哈"一番，而成为哈哈镜，则样貌的大小长短失去正常比例，势将难免。在研究概况的"综述"中，香港部分也称得上内容丰富实在；作者用力颇巨，读者得益不浅。作者描述实况所根据的杂志，以《香港文学》为主，这本刊物自然很重要；但香港的其他文学杂志如《文学评论》、《香港作家》、《城市文艺》、《百家》、《字花》等，则几乎没有引述——前三者只各被引述一次，其他的没有。这是这面镜子的盲点。作者在该“综述”中，花了的两页篇幅去写“香港文坛失去[的]重量级人物”；对其他的逝者，则或者三数行带过，或者根本没有提到。这就颇有一点“哈哈”了。作者在文末表示所述难免有遗漏而致歉，作为读者，我们应抱君子同情之心而理解之。《文心雕龙》希望文学批评家分析评论作品时，要“照辞如镜”；然而，完全客观描述实况的镜子，只是个理想。

在“悼念”项目中，看到有一篇写的是关于菲华作家施颖洲。我同意作者所言，98岁高龄辞世的施颖洲，其主要贡献在翻译；他从事中诗英译和英诗中译，用的是我曾说的“苦行僧”精神。中国世界华文文学学会首任会长饶芃子，向来重视华文文学研究视野的开拓，我在11月广州举行的“首届世界华文文学大会”上对此提出过具体的建议；翻译家如施颖洲的表现，也列入了论述、研究的范围内，善哉善哉！

亚伯拉穆斯(M. H. Abrams)的名著《镜与灯》，谓有文学如镜子般反映客观现实，也有文学如灯一样抒发主观感情。古远清编纂的这本《年鉴》，主要是镜子，也有灯的功能，这就是他也自述过的“既符合年鉴体例同时又有个人风格”(见“后记”)。他的个人风格见于这本《年鉴》选载了“争鸣”的文章，包括他本人的《中国大陆的台港文学研究走向及其病相》和笔者的《学科正名论：“华语语系文学”与“汉语新文学”》等；他写的后记题为《“世界华文文学”要成为独立学科，戛戛乎其难哉！》也可列入“争鸣”的文章。古氏向来修史、谈文，大抵都反映其应褒即褒应贬则贬的个人风格；编纂《年鉴》也如此。《年鉴》是反映客观实况的镜子，古氏个人风格呈现出来的褒贬评论，可视为这面镜子的镶边纹饰。

说到“成为独立学科”一事，我稍作申说。曹惠民在11月号的《香港文学》文章指出，最近35年间，大陆一百多位学者出版过的台湾文学研究专著有近410种，获得硕士博士的研究生有五百多位。这只就台湾文学研究而言，而非整个世界华文文学研究。我认为这些论著即使有良莠不齐的情形存在，也真是“书写了学术界的传奇”了。我不太了解内地学术界“成为独立学科”的充分条件是什么；目前，如果条件还不够充分，那么《年鉴》的出版，或能增强这方面的条件。

汕头大学陈贤茂的推荐，张卫东和庄园的敦聘，我这个《华文文学》的顾问认为深庆得人，古远清确是编纂《年鉴》的最佳人选。他完成此《年鉴》的“多快好省”，令人惊讶赞叹：内容丰富“多”元，“快”捷地完成任务，任务完成得很“好”，经费十分节“省”。如果在陈氏(我上面所谓)的推介词之外，还加上推销词，则我会说，大16开本、厚逾260页的这本充实有大用的《年鉴》，售价30元，“性价比”极高；用香港的话来说，“好抵买！”；用台语呢，大概可说“好康！”好康，对，像陈氏序言中所说一样，我希望这部《年鉴》健康长寿。唐代传奇小说《古镜记》里面的古镜，照出妖魔鬼怪的邪恶相；古远清编纂的《年鉴》这面“古镜”，则照出才人学士研究的好成绩。《1997香港文学年鉴》(蔡敦祺主编，大32开本，约1080页)出版9后年才有第二本，可是此后无以为继。希望《年鉴2013》之后不断有新的“古镜”面世，祝《年鉴》健康长寿！

(载香港《大公报》2014年12月21日)

# 机　构

# "世界华文文学联盟"简介

华　文

为促进海内外华文文学团体(机构)之间的互联互通与资源共享，搭建世界华文文学事业发展交流合作的平台，由中国世界华文文学学会发起，境内外多个文学团体积极响应，并借首届世界华文文学大会之机，于2014年11月20日在广州成立世界华文文学联盟。

世界华文文学联盟坚持华文文学大家庭精神和文学命运共同体意识，本着"服务、互动、平等、共赢"的原则，以文会友，互学互鉴，平等交流，跨界融会，成为华文文学繁荣昌盛的纽带和桥梁。

世界华文文学联盟成立之后，将竭力为联盟成员提供联络、交流、协作等服务，共同举办承办研讨会、培训班、创作营、高端论坛以及采风、书展等文学事项。联盟成员有责任和权利参加并支持本联盟组织的相关活动。该联盟设办事机构秘书处，秘书处设于广州暨南大学。世界华文文学联盟首批成员有：中国世界华文文学学会、世界华文文学联会、世界华文旅游文学联会、台湾艺文作家协会、台湾中国诗歌艺术学会、台湾中庸实践学会、香港作家联会、香港文学促进协会、国际新移民华裔作家笔会、新加坡文艺协会、新加坡世界华文文学研究创作学会、马来西亚华文作家协会、泰国华文作家协会、菲律宾华文作家协会、印度尼西亚华文作家协会、文莱华文作家协会、日本华文文学笔会、中欧跨文化交流协会、欧华文学会、荷兰中西彩虹文化交流中心、新西兰中华文学艺术界联合会、新西兰华文作家协会、澳大利亚中文作家协会、加拿大华裔作家协会、加拿大中国笔会、加拿大华人文学学会、美国华文文艺界协会、全美中国作家联谊会、美国文心社、美国亚利桑那州华文作家协会、北美华文作家协会拉斯维加斯分会、美国洛东华文写作联谊会、北美洛杉矶华文作家协会。

# "美国华文文艺界协会"简介

[美国]吕　红

旧金山美国华文文艺界协会(简称："美华文协"，英语名称：Chinese—Literature & Art Association—in—America，简称：CLAA)，是成立于1994年的非牟利的民间组织，现有成员是来自中国大陆、台湾、香港及东南亚等地的作家、画家、摄影家、书法家以及文艺爱好者。该会宗旨是：团结美华文艺界的创作者和爱好者，弘扬中华文化，开展各项文艺创作和文化交流活动。协会成立以来，会员出版了众多书籍、画集、书法集和摄影集等，举办了多次作品的研讨会、报告会、展览会和各种比赛，如与旧金山总图书馆、旧金山中华文化中心等单位联合举办作家新书发表会、作品研讨会及书画艺术展，并与加州柏克莱大学亚裔研究系联合举办了题为“开花结果在海外”的海外华人文学国际研讨会(2002 年)；与美国华人历史学会、旧金山州立大学联合举办了“美国华人发展研讨会”(2005 年)；邀请众多的中国作家和艺术家来美访问，为中美文化交流，为促进海外文学艺术创作与发展做出成绩。美华文协首任会长纪弦，第二任会长戈云，第三任会长黄运基，第四任会长刘荒田，第五任会长沙石，第六任会长吕红。美华文协在历任会长带领下，老将新手携手并进，逐渐形成了一个和“留学生文学”群体、“台港文学”群体相异的“新移民作家”群体，共同打造美国华文文坛的新局面。文坛活跃作家包括刘荒田、沙石、吕红、王性初、李硕儒、程宝林、招思虹、伍可娉、郑其贤、穗青、刘子毅、许培根、谢为人、邓治、王明玉、曾宁、尔雅、梁应麟、陈波生、陈绮屏、黄新等。他们以劳养文，孜孜不倦地从事写作，获得了中国世界华文文学学会的鼓励及专家学者的好评。该会出版有吕红主编的季刊《红杉林》。

## “北美华文作家协会”简介

[美国]姚嘉为

北美华文作家协会于 1991 年 5 月 4 日在纽约成立，是“世界华文作家协会”七大洲分会之一，首任会长陈裕清，第二任会长为马克任，最初以纽约、新泽西及华府作家为主，著名作家王鼎钧、琦君、潘人木、夏志清、孟丝、刘墉、韩秀等均为会员。目前该会在美国与加拿大有 25 个分会，1500 多名会员。

现任会长为赵俊迈，副会长施叔青、姚嘉为，秘书长张凤、徐新汉。2014 年 8 月下旬，该协会在阿拉斯加游轮上举行年会，来自美加各地分会 40 多名代表出席，选出新的一届领导机构。

## “北美洛杉矶华文作家协会”简介

[美国]佚　名

北美洛杉矶华文作家协会成立于 1990 年，是隶属于世界华文作家协会及其下属的北美华文作家协会的地方性作家协会。该会宗旨为以文会友、交流写作经验和弘扬中华文化，不涉政治、宗教和种族问题。该会现任会长卢威，副会长黄宗之、张之元、刘俊民，秘书陈光，监事长于疆。

该会每年发行纯文学刊物“洛城作家”，此外在《中国日报》和《台湾时报》上主办文艺副刊“洛城文苑”。主编黄宗之。另创办报告文学专版“洛城华人”，不定期在报刊介绍洛杉矶成功华人。

2008年该会广邀海内外作家教授、学者，主办了“第一届美中华文文学论坛”，每年举办一次。该会还经常举办文学研讨会，如“五四运动与中国新文学”研讨会，“反右与中国当代文学”讨论会等，同时定期在会员家中举办“文学沙龙”。

该会每年组织对外交流活动，已和中国作家协会、中国小说学会、中国世界华文文学学会和台湾中华文艺协会等建立了交流互访关系，和中国作家协会的互访已达十六次之多。

该会积极推动华文文学创作，会员迭有佳作问世，包括散文、诗歌、文艺理论和中长篇小说等。该会还配合会员新作出版，举办新书发表会和作品讨论会。

（转引自该会网站）

# “《侨报》作家俱乐部”简介

[美国]侨　讯

《侨报》作家俱乐部 The China Press Writers Club 由美国《侨报》发起，于2013年8月31日在美国纽约成立。其宗旨为：网罗北美地区最具影响力的知名作家，挖掘深具潜质的文坛新秀，彰扬纯正严肃的文学理念，激励作家的创作实践，为北美读者提供质量上乘的佳作，为北美作家群提供交流学习的平台。

《侨报》作家俱乐部活动内容包括：运用《侨报》、《侨报周末》、侨报纽约网的综合媒体优势，刊载和出版作家作品，开设专栏及专版，积极推广介绍作家及作家新作。举办文学大奖赛，发现和奖励北美文学爱好者和新秀。研讨最新文坛动态和话题，组织与创作相关的读书及其他多种形式的联谊活动，分享创作体会，切磋创作经验，发展共同兴趣，建立紧密联系，合作开展主题写作。邀请知名作家学者，举办面对公众的文学讲座、论坛，普及文学知识，提高大众文学素养。开展对华交流，定期或不定期组织作家参加中国世界华文文学学会举办的年会或研讨会，择机组成作家访问团，赴大陆采风。为推广海外中文教育，俱乐部资深作家将出任海外中文作文大赛及相关活动的评审；与《侨报》小记者俱乐部展开互动，提携后辈，传授写作要义，提高小记者的中文写作水平。

《侨报》作家俱乐部不采会员制，凡有作品在《侨报》发表，长期支持《侨报》的北美作家均为当然会员。《侨报》作家俱乐部自成立以来，先后举办了"诗歌三人行——新诗朗诵会"活动，以及"中国古典诗词赏析"讲座，北美著名华人作家王鼎钧先生、宣树铮先生、王渝女士、赵淑侠女士、陈九先生、张宗子先生、董鼎山先生、陈安先生、孟丝女士、枫雨女士等都是《侨报》作家俱乐部的成员和支持者，《侨报》作家俱乐部也逐渐成为北美华人文坛相互交流的重要平台。

# "加拿大华裔作家协会"简介

袁　青

加拿大华裔写作人协会于1987年在温哥华成立，创会会长卢因，副会长梁丽芳。90年代初易名为加拿大华裔作家协会，英文名称不变。该会宗旨是推动加华作家的创作与研究，促进加拿大华裔作家与世界各国的文学交流。先后任会长的有卢因、梁丽芳、陈浩泉、刘慧琴。

自1997年以来，加拿大华裔作家协会与西门菲沙大学、大温哥华中华文化中心合办了多届座谈会和研讨会，邀请国内外作家共同探讨大家关心的文学问题。研讨会的召开不仅加强了海内外作家的交流与联系，也丰富了加拿大温哥华地区的文化生活。每届研讨会的召开都吸引了本地区的作家和文学爱好者积极参与，参加人数也由初期的二、三十人到最多时达到一百多人。

2014年3月，方方等六位中国作家、学者与加拿大华裔作家协会进行交流。参加这次交流活动的有：加华作协顾问、著名学者叶嘉莹教授、王健(JAN WALLS)教授、虞崇贞博士，会长陈浩泉，副会长陶永强、梁丽芳，理事韩牧、曹小莉、陈丽芬，成员施慧卿、胡守芳，以及梁佩、苏阿冠、赵小丹等。

# "加拿大中国笔会"简介

袁　青

加拿大中国笔会(Chinese Pen Society of Canada，网址 www. cpscnet. com)的前身是"天南海北笔会"，赵慧泉、胡清龙先后任会长。

1995年7月2日，加中笔会正式成立于多伦多大学医学部，王兆军(1995—1996年)、胡清龙(1996—1997年)、洪天国(1997—2003年)、孙博(2003—2009年)曾任历届笔会会长，现任会长为曾晓文。目前有近100名会员，以旅加大陆作家和学者为主要成员，吸收港台和东南亚移民，在世界华文文坛展现出一道璀璨夺目的文学风景。笔会会员在海内外发表了数百篇小说、散文、诗歌和评论，其中不少作品获奖；出版了数部小说集、诗集、散文集和纪实文学集，出版了十几部长篇小说，形成强大的社会效应，其中有些作品被选入大学教材，有的还被搬上银幕。

# "韩国中国言语文化研究会"简介

[韩国]钟　仁

韩国中国言语文化研究会是国际性学术组织之一，创办于1991年6月17日。该研究会由社团法人韩国现代中国研究会专家、韩国学者以及在韩中国人教授联谊会专家学者成立，实行会员制，韩国著名学者朴宰雨教授(韩国外国语大学中文系教授)担任该会的会长。

韩国中国言语文化研究会每年举办国际学术会议。为此，该研究会邀请国内外著名学者作主题报告，并与在韩国国内和海外的外国研究机构积极沟通，以学术追求为主流价值。

迄今为止，该会已举办多次国际学术会议和韩中文化论坛，会议与论坛以跨学科的研究视角与合作方式，从具体问题切入，涉及中国语言学、文学和文化等诸多方面的学科领域，重新认识中国的语言文学与文化的过去、现在和未来，促进对全球化时代中国语文学及文化领域的理论思考和实践关怀，从而拓宽新的研究领域，丰富研究内容，壮硕研究成果。

此外，该研究会主办的《韩中言语文化研究》是属于韩国研究财团(National Research Foundation of Korea)的核心期刊(即Korean Science Citation Index，简称为KSCI)。该期刊于2012年升格为韩国研究财团核心一级刊物，已经成为专业性的交流学术思想和研究成果的核心期刊。

# "韩国釜山大学现代中国文化研究室"简介

[韩国]金　仁

韩国釜山大学现代中国文化研究室(现文室)成立于2009年12月23日，负责人高慧琳，这是由一些致力于谋求从新的视角探索中国的青年学者们共同组建的文化社团。

纵观以往韩国对于中国的关注与研究不免过于集中在中国大陆，习惯于不加区分地看待中国大陆、台湾、香港以及其他各地的华人群体。现代中国文化研究室的成员们正是注意到此，致力于超越中国大陆的局限，将研究范畴扩展到不仅包括台湾、香港，更包括散居世界各地华人群体在内的更广阔领域。成员们从各自的专业领域出发，积极利用自身在韩国、中国或其他地区生活和研究的经验，试图提出有关中国和中国文化研究的新观点，展示研究的新视野。

现代中国文化研究室与韩国知名出版社共同筹划的20多种作品集的出版就是为以上目标迈出的第一步。这些作品都是严选过去100年间在中国大陆、台湾、香港以及世界各地用中文出版的，至今尚未被译介到韩国的代表作品。因此这是韩国读者在更广阔的领域里了解中国和华人世界的好机会，是接触既陌生又新鲜的中文文学的好契机。

现代中国文化研究室于2011年至2014年共出版作品23种。2011年"现代中国文学代表作品系列(一)"的7种作品希望使读者以新的视角重新认识和更深刻地体会台湾、香港以及散居世界各地的华人的生活，感受他们的文学所具有的新的活力与魅力。2012年"系列(二)"的6种作品由理解香港与台湾的历史和社会，聆听挣扎在漩涡中人的故事组成。2013年"系列(三)"的5种作品是为扩展对台湾、香港以及华人华文文学的理解，以及挖掘中文文学的多样性与成就而做出的努力。2014年出版的5种作品不仅包括优秀的文学作品，而且包括著名的文学理论著作，是"现文室"成员的翻译领域由文学作品向文学理论扩展的开始。

"现文室"向韩国读者介绍的香港、台湾以及散居世界各地华人作家的每部作品中都融入着作者本身的生活与记忆。他们虽然以中文这一共同语言展开创作，但是在自身所处的环境中，又各自构造了自身的创作世界。在"现文室"青年研究者们看来，中文文学不应局限于中国大陆，而是多地区间相互以不同声音不断对话的想象的场域。同时也希望釜山大学现代中国文化研究室成员的努力能够成为扩展这种意识的契机。

**附：2012—2014年度釜山大学中国现代文化研究室翻译出版著作目录**

《叶维廉诗选》，叶维廉著，高赞敬译(首尔：知万知，2011.2)
《棋王》，张系国著，高慧琳译(首尔：知万知，2011.2)
《塬乡人》，钟理和著，高韵旋译(首尔：知万知，2011.2)
《喜宝》，亦舒著，文晞祯译(首尔：知万知，已印完而尚待正式出版)
《二十年目睹之怪现状》，吴趼人著，崔炯禄译（首尔：知万知，2011.2)
《我城》，西西著，金惠俊译(首尔：知万知，2011.2)
《文明小史》，李佰元著，金素贞译(首尔：知万知，2011.2)
《蛇先生》，赖和著，金惠俊/李高银译(首尔：知万知，2012.9)
《旋风》，姜贵著，文晞祯译(首尔：知万知，2012.9)
《嫁妆一牛车》，王祯和著，高韵旋译（首尔：知万知，2012.9)
《古都》，朱天心著，全南玧译(首尔：知万知，2012.9)

《香港诗选 1997—2010》，梁秉钧等著，陈智德编，高赞敬译（首尔：知万知，2012.9）

《后殖民食物与爱情》，也斯著，金惠俊/宋珠兰译（首尔：知万知，2012.9）

《又见棕榈，又见棕榈》，於梨华著，高慧琳译（首尔：知万知，2013.12）

《沉沦》(1，2)，钟肇政著，文晞祯译（首尔：知万知，2013.12）

《狼》，朱西宁著，崔末顺译（首尔：知万知，2013.12）

《沉默之岛》，苏伟贞著，全南玧译（首尔：知万知，2014.2）

《天平》，陶然著，宋珠兰译（首尔：知万知，2014.2）

《酒徒》，刘以鬯著，金惠俊译(首尔：创批社，2014.10)

《她名叫蝴蝶》，施叔青著，金惠俊译(首尔：知万知，2014.11)

《玉米田之死》，平路著，高赞敬译(首尔：知万知，2014.11)

《当代小说22家》，王德威著，金惠俊译(首尔：学古房，2014.11)

《中国现代幻想文学》，全南玧著(釜山：釜山大学出版部，2014.12)

# “日本华文文学笔会”简介

袁　青

日本华文文学笔会2012年新年前夕在日本宣告成立。笔会以繁荣日本华文文学为目的，关注和支持注册会员发表作品、论文及参加评奖活动，促进日华文学对外传播，并在日中韩三国展开双向学术交流和举办专题作品研讨会。首届理事会成员有华纯、荒井茂树、王智新、藤田梨那、田原、林祁等知名作家和学者。在日本侨报社出版了《为什么咬合不上？——日中相互认识的误动作》的王敏担任首届会长。

日本华文文学笔会在成立宣言中写道：“最近几年，世界出现了从未有过的华文文化凝聚现象，华文报刊杂志遍布世界各个角落。用汉字书写的文学作品，与异域文明相遇，迸发光彩，通过不同渠道流向了汉语平台，成为中华文学这棵参天大树的一个分支。华文文学发展到今日，已日益成为一种世界性的文学现象，它与英语文学、法语文学、西班牙文学一样，由东南亚、日韩、北美和其他大洲汇合成跨国界的语种文学，为多元化文明比较提供了丰富的对比参考材料。”

日本华文文学笔会将致力于“将日本华文文学与学术研究的实力联结为东北亚汉字圈的一道亮丽风景，与中韩各国相互呼应合作，促进东北亚华文文学的繁荣发展”。为此笔会邀请日本和中、韩重量级学者与作家担任顾问，并与香港世界华文文学联会、中国世界华文文学学会建立合作关系。

日本华文文学笔会现任会长为华纯。

# “新加坡作家协会”简介

袁　青

新加坡作家协会正式成立于1970年8月11日。1975年，黄孟文、田流、谢克、范北羚、林北等人通过努力，成功改组协会，于1976年5月2日举行理事会议，选出新理事会，黄孟文任会长，协会易名为“新加坡写作人协会”。1984年至1989年，王润华任会长，领导作协继续前进，使之成为国际性的作家协会。1987年，鉴于其国际交流频繁、会员质量与创作水平不断提升，恢复原名即“新加坡作家协会”。1983年至2003年，郑亚本(杜红)、田流、黄孟文、艾禺等曾先后接任会长职务。现任会长为希尼尔。

作为新加坡规模巨大和甚为活跃的文学团体，该会在1999年获得国家艺术理事会之协助。近40年来，协会活动频繁，队伍日益壮大，举办过各种文艺活动达数百次。该会出版有《新加坡作家》报，后更名为书籍型的半年刊《新华文学》。

# “新加坡文艺协会”简介

袁　青

新加坡文艺协会成立于1980年12月，该会宗旨为联络新加坡中文写作界，促进新华文艺的发展，并将新华文学推向世界。早在1976年，《新加坡文艺》创刊，由杨松年、王润华、谢克、杜珠成、陈川强、骆明(叶昆灿)出任编辑。为了适应社会环境的要求，在刊物的基础上，由这六位作家发起组织“新加坡文艺协会”，随即举行了“国际文学研讨会”，邀请白先勇、刘以鬯、痖弦、方北方等主讲。

骆明作为新加坡文艺协会的创始人和领导者，策划或主编的新加坡作家的各类图书为研究者提供了可贵的资料。骆明有五十几年的创作历史，于繁忙的文学组织工作以及经商之余，出版了《游踪》、《九月进香》、《七月流火》、《边鼓集》等个人专集，有散文，有游记，有随笔，有杂文、小品，也有评论。

# “马来西亚华文作家协会”简介

袁　青

马来西亚写作人(华文)协会于1978年5月23日获准注册，7月29日在吉隆坡举行成立典礼。1985年，改名为马来西亚华文作家协会。

大马华文作协成立后，设法联络散居各处的作者，先后组成作协柔佛州联委会、作协马六甲州联委会、作协霹雳州联委会、作协北马联委会。

大马华文作协主办过多次的“文学之夜”，掀起华社对马华作家的认识与热爱的浪潮。作协除积极推动文学活动之外，亦协助华文报社与热心文艺的华团举办各类文体创作比赛，由理事或会员担任评审工作，或联办戏剧节、讲座会、研讨会、文艺写作营、作家会议。作协先后组团到过新加坡、泰国、菲律宾、印度尼西亚及中国大陆、香港、台湾等国家和地区参加文学活动。

自1983年以来，大马华文作协自行或协助出版了多种书刊和文学副刊，与《南洋商报》联办了多届“写作讲习班”，并出版有《马华文学 》，原为纸质版，现为网络版。作协于1989年催生了第一届马华文学节，并由吉隆坡暨雪兰莪中华工商总会颁发第一届马来西亚马华文学奖。以后，每两年举办一次马华文学节。作协在这个文学节设立了“韦晕马华文学评论奖”。历任会长有孟沙、云里风、戴小华等人，现任会长为曾沛。

# “泰国华文作家协会”简介

袁　青

1981年开始酝酿，1986年正式成立的泰华写作人协会，1990年改名为“泰国华文作家协会”。该会第十五届理事会(2010—2012)名单如下：永远名誉会长：司马攻。顾问：吴佟、林长茂、何韵、胡惠南、岭南人、老羊。会长：梦莉。副会长：陈博文、郑若瑟。秘书：白翎、晓云、杨玲。理事：倪长游、黎毅、曾心、范模士、林牧、蓝焰、游鱼、陈小民、博夫、马凡、方明、庄萍、若萍、林太深、黄玉虹、苏醒、陈静、马文、晶莹、苏佩吟、张声凤、吴静敏。

泰华作协1983年举办了“八三文艺征文比赛”，此后又举办了多次征文比赛和多种文学座谈会，还出版了十几套丛书。泰华作协重视并积极参加“亚细安华文文艺营”，还主办第二届世界华文微型小说研讨会，最值得书写的是为两岸诗人架桥。

泰华作协于1988年创刊《泰华文学》，1999年开始正式注册发行。属纯文学季刊，每期编印1000册，分赠各国对口单位。于2002年3月第17期开始上了网络，另在2011年3月14日，泰华作协和《亚洲日报》合作创办《泰华文艺》副刊，每周一和周四出版，刊登以本地作者为主的文学创作作品。

# “印度尼西亚华文写作者协会”简介

袁　青

印度尼西亚华文写作者协会(简称印华作协)，成立于1998年底，是一个纯文学组织，8年多来，定期举办文学活动，与印度尼西亚文学界交流，举办书展，征文比赛等。

印华作协成立以来，与国内外的文学团体交流频繁，取得了很好的沟通，通过交流，国外文学团体了解了印度尼西亚的华文文学发展、确认了印华作协在印度尼西亚华文文学及世界华文文学界的地位。

主要活动：华文开放以来，1999年第一次举办华文书展，是印度尼西亚严禁华文书刊后，民间主办的第一次书展。2000年第一次与印度尼西亚文学界合作，翻译第一本印中双语诗集“印度尼西亚的轰鸣”。2000年邀请黄孟文、艾禹、希尼尔、董农政四位新加坡著名作家前来座谈会主讲现代诗及微型小说。此外，举办过“金鹰杯”游记征文比赛、40多场文学讲座及解析会，邀请中国作家与雅加达、万隆文友交流、座谈。2007年成立印华作协万隆分会、井里汶分会。现任会长袁霓。

# “文莱作家协会”简介

袁　青

文莱华文作家活动有多年的历史。十多年前各国华文作协如雨后春笋般纷纷创办，区域性及国际性的作家会议经年召开，文莱经常受邀参与。1988年，开始组织“文莱华文作家协会”筹备委员会，在政府准证未取得前，获得文莱留台同学会的积极协助。1989年岁末成立文莱留学同学会写作组，附属在文莱留台同学会。

文莱华文作家协会于2004年3月正式成立，从事写作的来自各行各业，以文教界居多。第一届理事会包括教师、报社、广播、律师以及商人，现任会长孙德安。作协任务是鼓励本地写作人创作，向《美里日报》、《诗华日报》、《国际时报》三家报社借版位，每个月在各家报社刊出一整页“思维集”副刊，“文华文艺”每个月在《联合早报》(美里日报)星期日刊出，《诗华日报》则在最后一天刊出。1999 年，另出版文华作品选集《文华荟萃》，并举办过亚细安华文作家文艺营、世界华文微型小说研讨会、东南亚华文教学研讨会。2005 年 4 月中旬，文莱作协与厦门市东南亚华文文学研究会、厦门大学东南亚华文文学研究中心等单位联办第六届东南亚华文文学研讨会，议题之一为“文莱华文文学历程及特点”。

# “缅华笔会”简介

[中国澳门]许均铨

五边形诗社于 2012 年 2 月 25 日成立，成员为 80 后缅华作者。2012 年 7 月，他们出版第一本《五边形诗集》，并于该年 8 月在马来西亚吉隆坡《第十三届亚细安文艺营》首次公开发布，这也是亚细安文艺营举办十三届以来，缅甸第一次有作者代表参加。在此基础上，缅华笔会(全名“缅华笔友协会”)于 2014 年 8 月 20 日在澳门注册，社团编号为：6539，同年 10 月 5 日在澳门万豪轩大酒楼召开第一次会员大会，并选出第一届理监事，由康宁英女士出任会长、许均铨出任理事长、侯桂林女士出任监事长。会员来自缅甸各市镇、中国大陆多个城市、台湾、香港、澳门、美国等。宗旨：促进和推动缅华同侨(华侨、华人、华裔、缅甸归国华侨、侨眷)新、老笔友的创作热情，从而提高缅华文学欣赏和创作水平，探讨缅甸华文创作理论，为弘扬和传承华夏文化而奋斗。通讯地址：澳门荷兰园正街 113-115 号第二座荷兰花园大厦 5 楼 O 座。会刊：《缅华文学作品选》，2015 年春第一期将在 2015 年 3 月出版。电子箱：penofmc2014@ 163. com

活动如下：2014. 11. 02 在澳门热情接待以蒋淑贞副教授为首的台湾交通大学师生一行。研究缅华文学是蒋教授的课题之一，在与台湾师生的交流中，蒋教授应允提供缅华文学的相关数据。

2014 年 11 月 9 日组团出席“珠澳诗友联谊活动”，向珠海文友赠送多幅书法作品，两地文学一致同意加强交流，会后同游珠海圆明新园，有 70 余人出席活动。

2014 年 12 月 4 日组团到澳门路环岛黑沙村采风，为澳门旅游的多元发展，向黑沙村领导建议，打造一个澳门的“桃花源”。当天在黑沙村雅集，赠送二十余首写黑沙村的诗词书法作品给黑沙村委。百年村庄第一次被写入诗中。

2014 年 12 月 28 日组团到台山市联谊交流，互赠诗集、书法作品、纪念品，团友们还参观斗山镇陈宜禧纪念广场等，有 70 人余出席了这一活动。

# “亚细安文艺营”简介

袁　青

亚细安文艺营由新加坡文艺协会发起，它的宗旨是：推动亚细安各国(新加坡、马来西亚、泰国、菲律宾、文莱)华文文艺发展，促进文学交流和交换创作经验。

第一届大会于1988年12月21日至24日在新加坡举行，出席的有：泰国华文作家代表团、马来西亚华文作协代表团、菲律宾华文作家代表团和印度尼西亚华文作协代表团。大会通过决议，成立亚细安文艺营联络中心，设于新加坡，由新加坡文艺协会会长骆明任主席。各国设有联络员，亚细安文艺营每两年举行一次，各国轮流主办。后又设立“亚细安华文文学奖”，获奖人由各国自行推举。从第三届开始，文莱派代表团参加。至2008年新加坡主办第十一届亚细安华文文艺营为止，参加大会的共有六个东盟成员国家：新加坡、泰国、马来西亚、菲律宾、印度尼西亚和文莱。泰国华文作家协会主编有《亚细安华文文艺营文集》，包括新加坡卷、泰国卷、马来西亚卷、菲律宾卷、印度尼西亚卷、文莱卷、越南卷、缅甸卷。第十二届亚细安华文文艺营联络了越南、缅甸、柬埔寨、老挝等国的华文团体，这显示出亚细安华文文艺营组织日益壮大。同时，有中国大陆、香港及日本、美国等国家、地区的特邀代表出席。

# “欧洲华文作家协会”简介

[德国]高关中

20世纪六七十年代以来，留学欧洲的中国人开始增多，法、德、英、荷、俄五国已有超过十万以上的华人定居。20世纪80年代以后，随着赴欧洲留学生人数以及华人移居者的增多，德国(德语区)用母语创作的华文作家人数和作品逐年增加，并在海外华文文学领域逐渐扩大影响。这些欧华作家的特征是：教育程度、文化素质及文学修养普遍较高，且不少能用双语进行创作和发表作品，这与北美、东南亚等国的华文文学创作具有显著的不同。但华文文学在欧洲各国的发展很不平衡。无论从作家的人数上，还是作品的质与量上，法国和德国(含法语、德语区，如瑞士、奥地利、比利时等国)无疑已成为当今欧洲华文文学的两大重镇。

1991年3月，赵淑侠于巴黎创立了世界华文作家协会的分会：欧洲华文作家协会。

刚开始创会会员共 64 人，他们来自瑞士、法国、德国、奥地利、英国、比利时等多个国家。他们几乎全都不曾出版过书。如今，他们中的很多人都已经是成名作家。

欧华作协每两三年选择欧洲各大城市举办年会，历届年会在瑞士伯尔尼(1993)、汉堡(1996)、维也纳(1999)、苏黎世(2002)、布达佩斯(2004)、布拉格(2007)、维也纳(2009)和雅典(2011)举行。欧洲华文作家协会成立 22 周年暨第十届年会则于 2013 年 5 月底在德国柏林举行。大会开幕式由朱文辉主持。比利时作家郭凤西当选为新一届会长，捷克的李永华、荷兰的丘彦明与德国的谢盛友当选为副会长，奥地利的俞力工当选为监事，德国的麦胜梅当选为秘书长，德国的黄雨欣、穆紫荆当选副秘书长，另有朱文辉、杨允达、高丽娟当选理事。新一届理事将以源远流长的中华文化和华文为张本，立足欧洲，衔接原乡本土，以放眼全球的气度来进行文学交流，扩大书写使命和参与的深度广度。

在前任会长俞力工、朱文辉等人的主持下，如今会员已扩展到 19 个国家，掌握 13 种语言。出版有会员文集《欧罗巴的编钟协奏》《欧洲华人作家文选》《在欧洲的天空下》。

欧洲华文作家协会从 2010 年至今在海峡两岸出版社还先后出版了微型小说专辑《对窗六百八十格》、人文旅游专辑《欧洲不再是传说》、儿童教育专辑《东张西望看欧洲家庭教育》，及庆祝欧华作协 20 周年专辑《迤逦文林二十年》4 本集子。

# “亚洲华文作家协会”简介

袁 青

亚洲华文作家协会成立于 1981 年 11 月，创会会长为陈纪滢，现任会长孙德安，秘书长符兆祥。成立宗旨为：团结亚洲华文作家，发扬中华文化，推动各区文学发展，促进各地文学交流及文化合作，以提升人类文化生活。历任会长有黄石城、吴若、符兆祥、李必贤、林澄枝、杜正胜、吴统、林南、韦伯韬、庄延波、陈若莉。

1984 年 7 月创刊了创作与评论并重的《亚洲华文作家杂志》，总编辑为符兆祥，执行编辑为林焕彰，出版有《新华新诗》等专辑。2001 年还设有“世华作家出版”的栏目，刊登有黄维樑等人的文章。该杂志于 2001 年 9 月出至 64 期后停刊。另设有亚华文艺基金会，会长为林忠民。

亚洲华文作家协会第 13 届会员代表大会于 2013 年 6 月在泰国曼谷开幕，这是亚洲华文作家继 1990 年在泰举行第四届年会 23 年后再次在泰集会。出席年会的作家包括中国大陆、台湾、香港以及印度尼西亚、菲律宾、越南、马来西亚、新加坡、文莱、柬埔寨、日本等亚洲 25 个国家和地区约 90 人，同时邀泰国华文作家近 30 人与会，共襄盛举。

# “世界华文文学家协会”简介

钦　鸿

世界华文文学家协会原名世界华文文学学会，成立于2000年，名誉会长为季羡林等八人，顾问有贺敬之。成立后，便开始出版《世界华文文学学会会报》。

由于国内外先后成立了一些性质相近、名称相似的组织，为避免混乱，决定改名为世界华文文学家协会，并于2003年重新选举产生新的理事会和监事会。会长王一桃(香港)，副会长陈浩泉(加拿大)、王昭英(文莱)、陈博文(泰国)、林爽(新西兰)、池莲子(荷兰)、吴俊辉(中国)等。理事会由忠扬(香港)任理事长，廖彩珍(印尼)、白翎(泰国)、长谣(新加坡)、甄供(马来西亚)任副理事长。监事会由骆宾路(新加坡)任监事长，吴秀吟(印尼)、李岫(中国)为副监事长。会员分布于世界各地。

成立以来，世界华文文学家协会一直秉承弘扬中华五千年文化，团结世界各地文学家，共同为繁荣当代进步文学而努力。坚持出版会刊《世华文学家》，至2015年3月共出版39期。同时编辑出版《世界华文文学研究书系》，先后推出袁少杰《文化巨子的真情悲剧人生》、施修蓉《台港澳海外华文文学论集》、方畅《永恒的怀念——回忆诗人作家米军》、王玉树《世华文学星空灿烂》、何以刚《20—21世纪之交中国杰出爱国主义诗人王一桃》、丘帆《不落的星辰》、莫顺生《近体诗鉴赏与艺术创作》等50种著作。

除了一年一度的新春酒会外，协会还经常为各国到香港的文学家(如澳洲的郭存孝、周文杰，印尼的廖彩珍、吴秀吟，泰国的梦凌等)举行茶话会，以促进文化交流、联络彼此友情、推动协会工作开展。另外，还组团或派代表赴越南、新加坡、马来西亚、中国北京、上海等地出席各种学术会议或作文学交流。

# “中国文艺协会”简介

袁　青

“中国文艺协会”1950年5月4日在台北成立。这是台湾当年最大、且唯一有办公地点和少量专职干部的文艺团体。发起人张道藩和陈纪滢均具有“立法委员”身份，给这个民间群众团体涂上了一层浓浓的官方色彩。

这种政治高于艺术的团体，到了20世纪80至90年代已被蓬勃开展的党外运动和商业利益冲得元气大损，不再具有话语霸权。虽然经费严重不足，但该会仍坚持中国立场，现已成为服务艺术家、文学家的民间文艺团体。先后任值年常务理事有：张道藩、陈纪滢、李辰冬、赵友培、梁又铭、王蓝、何容、穆中南、钟雷、吴若、朱啸秋。1991年改为理事长制，先后任理事长的有郭嗣汾、饶晓明、愚溪，现任理事长为诗人王吉隆（绿蒂），他经常邀请中国作家协会组团来台访问，并多次组织台湾作家访问大陆，该会还在台北举办过“两岸诗学座谈会”、“两岸作家台北对话文学”等会议。该会每年颁赠“中国文艺奖章”（已办55届），出版有《文学人》季刊。

# “香港作家联会”简介

袁　青

香港作家联会是香港最大的作家团体，由香港文化、文学界的知名人士31人发起，成立于1988年1月，时名“香港作家联谊会”，现有会员逾400人。成员骨干多为海外及南来作家。该会是作家、文学研究者及报刊文艺版编辑组成之团体，并在香港注册为非牟利社团，于1992年3月更名为“香港作家联会”。

作联一直秉承“以文会友”的宗旨，突破了由历史、政治因素形成的派别壁垒，并首倡港、澳、粤、深、珠五地作家于深圳的贝岭居大厦举行联欢活动。经常邀请中国大陆、台湾及海外华人作家与会员举行讲座或交流，组织会员到外地访问，举办写作坊、文学月会等各种文学研讨活动，迄今已超过100场。部分会员曾应中国作家协会之邀，几次组成代表团赴京参加各届全国作家代表大会。此后由中国作协举办了著名作家刘以鬯作品研讨会，上海复旦大学举办香港作家陶然、张文建等创作研讨会。内地还先后出版香港作家小说集、散文集及香港文学丛书十卷。作联出版双月刊《香港作家》（前身为《作联会讯》）杂志和各种文学性书籍，并创立网站。该会创会会长曾敏之，名誉会长刘以鬯，2012—2014年会长潘耀明，执行会长陶然，副会长张诗剑、罗琅、周蜜蜜、蔡益怀，李远荣为秘书长。

# “澳门笔会”简介

袁　青

澳门笔会1987年1月成立。首任会长梁雪予、李成俊，荣誉顾问刘衍泉，会员超过100人，是澳门文艺界规模最大的团体。该会成立后积极开展交流活动，多次邀请内地著名学者到澳门讲学，同时又多次与内地的作家联欢，加强粤港澳作家的联系；在澳门方面则举办各项文学活动，以团结本地文艺界同仁，近年又与澳门基金会合办澳门文学奖，促进澳门文学事业的繁荣。1989年创办有同人刊物《澳门笔汇》，首任主编陶里。原来半年刊，2014年改为季刊。

澳门笔会曾举办“影像是我们的所有——澳门文学与多媒体”交流会，由澳门青年诗人贺绫声、陆奥雷主讲，分享文学如何与多媒体结合。笔会与澳门基金会合办澳门文学奖，源于1993年，至今已第十一届。2008年又合办澳门中篇小说征文。历任会长有陶里、李鹏翥，澳门大学中文系教授李观鼎为现任理事长。

# “台湾大学台湾文学研究所”简介

袁　青

台湾大学台湾文学研究所创设于2004年，为该校唯一以本土文学、文化为教学研究领域之单位，聘有专任教师五名，兼任教师三名，专长涵盖台湾与中国大陆近现代文学、台湾当代文学、台湾古典文学、台湾通俗文学与文化、日本近代文学、城市文学与文化研究、文学与美学理论、语言学与闽南语研究、性别研究、民间文学与文化等，教师学术专长基本上包括台湾文学研究的各重要领域。未来将以现有师资与课程为基础，结合校内外各种资源，增聘讲座教授、兼任教授，举办各类国内外学术活动，以期延伸更深、更广的台湾文学研究视野。该所发展方向与重点如下：一、台湾文学主体性与本土性研究的深化与开展。二、跨领域师资的结合运用。三、与东亚接轨、与世界对话的台湾文学研究视野。四、推展国际交流，落实“与世界对话”的学术研究与教学实践。五、未来愿景：立足台湾，放眼世界。该所办有登载有关台湾文学及语言研究之学术论文及书评的《台湾文学研究集刊》，每年两期，2月及8月出版，已出版16期。

历任所长如下：何寄澎（自2004-08-01起至2005-07-31）；柯庆明（自2005-08-01起至2008-07-31）；梅家玲（自2008-08-01起至2011-07-31）；洪淑苓（自2011-08-01起至2014-07-31）；黄美娥（自2014-08-01起）。该所电话：886-2-33664781。E-Mail：ntugitl@ntu.edu.tw。地址：10617台北市大安区罗斯福路四段1号。

# 台湾世新大学“世界华文文学资料典藏中心”简介

袁　青

中华文化枝叶繁茂、源远流长，华人散居世界各地者为数众多。虽身在异国，仍能以华文记录事件、阐述思想、抒发情感，尤弥足珍贵。故华侨、留学生在文化传播、思想交流上，扮演重要角色，有其不可忽视之贡献。

1999年8月，“世界华文作家协会”于台北圆山饭店召开第三届会员代表大会，本校中文系王琼玲主任参加会议，经积极争取，大会决议将该会自成立以来，及日后所有之图书、档案、文件数据等，捐赠了本校典藏。校长成嘉玲博士随即指示中国文学系、图书信息学系、公共传播学系、通识教育中心等，配合图书馆，筹划成立“世界华文文学资料典藏中心”，以“世界华文作家协会”捐赠之资料为基础，并扩大搜集全世界其他华文文学组织之档案、数据，私人藏书家收藏之著作，及作家个人之作品以期建立国际间研究华文文学之重镇。随即拟订三年项目计划，向国科会提出申请，获通过两年。图书馆馆长兼中心主任，另由图书馆相关职员及人文社会学院、中文系、英语系、图书信息学系之教师组成小组，负责规划“世界华文文学资料典藏中心”之工作。又为使各项数据能正确而迅速地上网，并落实与各地华文作家之互动，已签准自2012年12月1日起聘请在海外华文文学方面具专业经验素养之田新彬小姐担任特约咨询顾问，每周定时至中心执行工作。该网站之成立承蒙“行政院国家科学委员会”赞助，世界华文作家协会符兆祥秘书长鼎力相助，北美《世界日报》慨允转载部分作品。联络方式：116台北市文山区木栅路一段17巷1号。(02)22368225转2291 Email：ocl@ cc. shu. edu. tw

# “中国世界华文文学学会”第四届领导机构名单

（2014年11月20日通过）

世　华

**名誉会长**：曾敏之　张炯　饶芃子

**名誉副会长**：陆士清　陈公仲　曹惠民

**顾　　问**：（按姓氏拼音顺序）

陈　辽　陈贤茂　季　仲　潘亚暾　许翼心

**会　　长**：王列耀

**副 会 长**：（按姓氏拼音顺序）

方　忠　黄万华　黎湘萍　刘　俊　李凤亮　陆卓宁

杨际岚　张福贵　朱双一

**监 事 长**：杨匡汉　刘登翰

**副监事长**：（按姓氏拼音顺序）

白舒荣　杜元明　古远清　汤淑敏　王宗法　杨振昆

**秘　书　长**：杨际岚（兼）

**副 秘 书 长**：吴奕锜　陈涵平　黄汉平

**学术工作委员会**

主 任 委 员：钱超英　赵稀方

副主任委员：计璧瑞　刘小新　赵小琪　张重岗

**教学工作委员会**

主 任 委 员：袁勇麟　钱虹

副主任委员：胡德才　熊国华　王艳芳　梁燕丽

**对外交流工作委员会**

主 任 委 员：钟晓毅、徐学

副主任委员：蒲若茜　于贤德　甘以雯

**传媒工作委员会**

主 任 委 员：刘红林　詹秀敏

副主任委员：喻大翔　宋瑜　毕光明

**女性文学工作委员会**

主 任 委 员：王红旗　樊洛平

副主任委员：戴冠青、庄若江　周萍

**青年学术工作委员会**

主 任 委 员：白杨　陈林侠

副主任委员：朱文斌　朱崇科　张羽

**秘书处办公室**

主任：李瑞金

**理事名单**：（按姓氏拼音顺序）

| | | | | | | | |
|---|---|---|---|---|---|---|---|
| 白　杨 | 毕光明 | 蔡江珍 | 陈涵平 | 陈林侠 | 陈旋波 | 陈玉珊 | 程国君 |
| 戴冠青 | 樊洛平 | 方　忠 | 甘以雯 | 高　鸿 | 胡德才 | 胡贤林 | 黄汉平 |
| 黄万华 | 计璧瑞 | 计红芳 | 蒋金运 | 赖一郎 | 黎湘萍 | 李凤亮 | 李　娜 |
| 李诠林 | 李亚萍 | 梁燕丽 | 凌　逾 | 刘　云 | 刘红林 | 刘　俊 | 刘小新 |
| 陆卓宁 | 龙扬志 | 彭燕彬 | 蒲若茜 | 钱　虹 | 钱超英 | 宋　瑜（余禺） | |
| 王金城 | 王彦彦 | 王艳芳 | 王　杨 | 王　琢 | 王澄霞 | 王红旗 | 王俊秋 |
| 王列耀 | 巫小黎 | 吴奕锜 | 萧　成 | 熊国华 | 徐　学 | 燕世超 | 杨际岚 |
| 杨健民 | 颜　敏 | 于贤德 | 喻大翔 | 袁勇麟 | 詹秀敏 | 张福贵 | 张　晶 |
| 张　羽 | 张重岗 | 赵稀方 | 赵小琪 | 赵庆庆 | 钟晓毅 | 钟希明 | 周　萍 |
| 朱崇科 | 朱立立 | 朱双一 | 朱文斌 | 朱　蕊 | 朱育颖 | 庄若江 | |

# “江苏省台港澳暨海外华文文学研究会”简介

曹惠民

江苏省台港澳暨海外华文文学研究会于1994年4月23日在南京成立。

此前，1989年12月，由江苏省社科院文学所所长陈辽研究员和汤淑敏研究员发起，在南京召开了台港文学研讨会，全省各地有志于此的研究者40余人出席，成立了江苏台港与海外华文文学研究中心，陈辽为主任。1990年创办《台港与海外华文文学评论和研究》(现名《世界华文文学论坛》，季刊，2012年成为核刊）。江苏省学会是在中心的基础上，联合先前成立的南京市台港文学研究会而组成的省级民间学术团体。首届会长陈辽，副会长汤淑敏、秦家琪(南京师大)、冯亦同(南京市作协)等。2002—2013年，刘俊(南京大学)、曹惠民(苏州大学)先后任会长。现任会长方忠(江苏师大)，名誉会长陈辽、曹惠民，副会长温潘亚(泰州学院)、刘俊(南京大学)、刘红林(省社科院)、李志(南京师大)、尉天骄(河海大学)、庄若江(江南大学)、吴颖文(省社科联)、李顺兴(南京市台联)，秘书长王艳芳(江苏师范大学)、李良(省社科院)。现有会员140多人(半数以上有高级职称)，理事36人，来自各大专院校、研究机构、作协、文联、出版社等单位，遍及全省13个地级市。

该学会成立20年来，会员的著作、论文甚多。学会几乎每年都轮流在全省各地召开研讨会(年会)，并曾承(主)办过第8届世界华文文学国际研讨会、首届华文文学教学研讨会、第三届华文文学高峰论坛及首届世界华文文学大会筹备会等。

# “暨南大学海外华文文学与华语传媒研究中心”简介

南　华

暨南大学是华侨最高学府，海外华文文学是该校文艺学重点学科的特色及优势方向。1987年成立了暨南大学台港暨海外华文文学研究中心，并建立了台港澳暨海外华文文学资料中心。该中心先后三次主办海外华文文学机构与学术研究机构负责人联席会议，加强了与世界各地华人作家及相关机构的联系与合作。

2006年，在原海外华文文学研究中心学科梯队基础上，组建了“暨南大学海外华文文学与华语传媒研究中心”。2007年6月，该中心获批为“广东省普通高校人文社会科学重点研究基地”。2008年1月14日“暨南大学海外华文文学与华语传媒研究中心”正式挂牌。中心目前下设海外华文文学与华人诗学、华语传媒与当代文艺生产、华语传媒产业发展与中外文化交流三个研究室，还设置了海外华文文学与华语传媒文献信息中心。

该研究中心名誉主任为饶芃子，主任为蒋述卓，常务副主任为王列耀，副主任为董天策。现有专职研究人员17人，校内外兼职研究人员39人（其中海外兼职研究员9人）。2005年，首次举办全国高校教师“世界华文文学课程”高级进修班，并主办了首届世界华文文学高峰论坛。中心专职、兼职人员共承担省部级以上课题60余项，出版研究、学术著作近100部，主办“北美新移民文学国际学术研讨会”、海外华文媒体高级研究班等高规格的学术会议与培训近20余次，学术与社会影响力不断扩大。出版有饶芃子等主编的《海外华文文学教程》及其配套的多卷本作品选，并由饶芃子主持2011年度国家社科基金重大项目《百年海外华文文学研究》。

编者说明：本年鉴还拟介绍福建省研究台港文学的机构，但约了多次均未能交稿，只好从缺，憾甚！

# 会　议

# 第十届东南亚华文文学研讨会在福建举行

李宏伟

《光明日报》5月26日讯　由厦门市东南亚华文文学研究会、厦门大学东南亚华文文学研究中心、泉州师范学院和菲律宾华文作家协会等联合主办的第十届东南亚华文文学研讨会在福建厦门、泉州两地举行。

作为拥有27年历史的国际性学术研讨会，本次会议吸引了专家学者160余人参加。新加坡作家骆明、文学史家杨松年、菲律宾诗人江一涯等众多东南亚华文文学界知名人士应邀参会。

会议以东南亚华文新文学的创作与批评为议题，提出从东南亚华文新文学与"海上丝绸之路"关系的新视角来探讨其独特性与价值。

# "第六届当代诗学论坛"在香港岭南大学召开

[中国香港]郑政恒

为进一步加强全国诗歌研究的交流和学术合作，探讨从抗战到冷战及其后的汉语诗歌创作与研究，并继续探讨全国中生代诗歌在中国当代诗坛的地位，总结汉语新诗的发展规律和内在经验，中国当代文学研究会与香港岭南大学人文学科研究中心于2014年6月6日至7日，在香港岭南大学校内联合举办"第六届当代诗学论坛"。

这次会议议题的两大重点分别是全国中生代诗人研究，以及香港诗人、诗歌、诗刊研究，会议第二天更有"诗歌研究论坛"，参与者包括余君伟(香港教育学院)、吴思敬(首都师范大学)、张梅芳(台湾东华大学)、罗振亚(南开大学)、孙基林(山东大学)、林立婕(台北教育大学)、傅天虹(北京师范大学珠海分校)、王珂(东南大学)、龙扬志(暨南大学)、古远清(中南财经政法大学)、郑政恒(香港岭南大学)。

"第六届当代诗学论坛"的论文依报告次序为：吴思敬《郑敏的诗歌与诗论》、张梅芳《复刊〈现代诗〉的诗运继承》、林立婕《江文瑜现代诗的书写策略》、罗振亚《"后现代”路上的孤绝探险——中生代诗人伊沙诗歌论》、张桃洲《汉语新诗的近景与远景——从西渡的〈壮烈风景〉谈起》、孙基林《谱系或生态：处在纷争与整合中的诗歌写作》、龙扬志《代际与身份——论港澳中生代诗人的主体性建构》、朱寿桐《汉语新诗与香港新诗》、王珂《香港新诗的文体特征及香港诗人的诗体观》、傅天虹《论香港〈当代诗坛〉杂志的诗路历程》、古远清《余光中在香港的影响及其争议》。

# 马港台文学学术研讨会

龚万辉

由马来西亚留台联总与马来西亚大学中文系毕业生协会协办的第一届“战后台湾、香港、马华文学场域的形成与变迁”国际学术研讨会，于7月18日和19日在拉曼大学金宝校园举行。本届研讨会共邀33名学者出席参与，共30篇论文。包括境外学者22人(香港8人、台湾14人)、大马学者11人。论文分别探讨了三地文学场域状况和彼此互动交流的经验。筹委会主席许文荣在主持开幕式致词中表示，三地文学互相探讨的模式，可以冲破文学边界，超越“自己写自己”的框框。研讨会举办单位在会后也安排了金宝和怡保的在地文化考察活动，让国外出席者有机会接触当地“广府”华人社会的文化与美食。

# 第三届两岸民族文学交流暨学术研讨会

林妏霜

8月23日至24日，由中国作家协会、台湾艺文作家协会、新地文学发展协会合办之“第三届两岸民族文学交流暨学术研讨会”在假政大公企中心举行。8月23日，举行开幕式，由陈若曦、大陆少数民族文学访问团团长吉狄马加、台湾郭枫致词；后由郭枫引言，吉狄马加以“在文化觉醒中面向未来”为题演讲。研讨会共两场，发表四篇论文，分别由周春塘、浦忠成主持，黄季平、谭五昌、董恕明、贺绍俊发表，杨玉梅、董恕明、魏贻君、黄季平讨论。座谈会以“返回民族与走向民族：少数民族作家的文化选择”为题，由詹澈主持，赵晏彪、张未民、雅森孜拉力、夏曼·蓝波安、卜衮·伊斯玛哈单·伊斯立端、浦忠成与会讨论。

8月24日，举行两场座谈会，第一场以“全球化时代民族文学的坚守与嬗变”为题，由王幼华主持，山哈、唐樱、袁智中、撒可努、启明拉瓦、里慕伊·阿纪与会讨论；第二场以“两岸多民族文学发展的差异性与共性”为题，由应凤凰主持，雷子、刚杰索木东，田耳、巴代、沙力浪、瓦历斯·诺干与会讨论；闭幕式由郭枫、吉狄马加致词。

# 哥伦比亚大学举办第五届“聆听中国，对话全球”研讨会

佚　名

“哥伦比亚大学中国展望论坛”以“聆听中国 · 对话全球”为主题，邀请来自政治、经济、文化、学术等各界的领袖精英汇聚于哥伦比亚大学，开展一场中国与全球的深度对话。论坛于2014年10月4日、5日在美国纽约哥伦比亚大学举行。

近年来，中国与世界各国交流的广度和深度都有了大幅提升。“让中国梦携手世界梦”已不再是一个愿景，而是一个正在被践行的诺言。交流之中，中国发掘了来自于世界的机遇，也为世界创造了“中国价值”。然而，在此过程中，中国不可避免地遭遇了质疑、碰撞与挑战。此时此刻，开展一场中国与全球的深度对话，显得尤为重要——如何让世界理解中国寻求共赢的声音？中国特色是否为多元世界体系展示了另一种可能性？鉴于此，本届哥伦比亚大学中国展望论坛以“聆听中国·对话全球”为主题，发掘转型中的中国在适应并融入当今国际体系过程中所蕴含的机遇与挑战。

此届展望论坛板块主题包括：中国经济新格局下的投资机遇、通识教育vs专才教育：中国高等教育，未来发展何去何从？中国企业走向海外、科技与市场的融合：新时代中国的创业视角、中国媒体的国际角色、当代中文文学的突围。

在此，哥伦比亚大学中国学生学者联谊会诚挚地邀请您参与第五届哥伦比亚大学中国展望论坛，期待您与不同行业、不同背景的知名演讲嘉宾一起聆听中国，对话全球，寻求共赢。

（选自网页2014年9月23日）

# 第一届韩国世界华文文学国际学术研讨会综述

[韩国]朴宰雨　金英明

第一届韩国世界华文文学国际学术研讨会以“太平洋此岸与彼岸：东亚与北美华文文学”为主题于2014年10月17日在韩国外国语大学成功举办。本次学术研讨会由韩国台湾香港海外华文研究会(会长：韩国外大朴宰雨)组织，由韩国外国语大学中国研究所、韩国外国语大学中文学院联合主办。来自加拿大、马来西亚、香港的华文作家与韩国和在韩中国人教授、韩国青年学者齐聚一堂，在和谐的氛围中对海外华文文学的发展、写作、研究等诸多问题展开了热烈而具有深度的研讨。

在开幕典礼里朴宰雨会长致开幕词，梁丽芳会长、朵拉女士、陶然主编致贺词，接下来进行了3场作家与研究者的发言与论文报告。

主办单位对此次研讨会的策划，估计是从十年之前开始的。2004年以朴教授为中心创立了韩国台湾香港海外华文研究会，初期的几年每月组织了小规模的年轻学者读书会，每年几次邀请国际著名学者与作家进行学术演讲会，从2010年开始筹办中华名作家国际学术研讨会以及韩中诗歌朗诵会等。在这样积累的基础上，2014年就策划了这个研讨会。

此次研讨会规模虽然不大，但是指向点有三：第一，增进对海外华文文学的了解，尤其是对北美华文文学与东南亚华文文学的了解。第二，以太平洋此岸与彼岸的华文文学为借鉴，探索在韩国土生土长的韩国华文文学的可能性。第三，“以文会友”，通过文学加大韩国学者与海外作家学者之间的交流与沟通。

研讨会的第一场，朴宰雨教授做了以“从韩国角度看世界华文文学与韩华文学”为题的主题发言。朴教授首先梳理了韩国对海外华文文学研究的历史与现状，然后探究了“韩国华文文学重新建构”的可能性问题。除了较详细地提到著名学者、韩国人华文作家许世旭先生之外，还提出了现当代韩华文学的几种来源与发展线索以及今后的展望。

此次研讨会的特点在于几位海外华文著名作家亲临现场回顾自己走过来的文学道路，或者探讨东亚与北美华文文学的某种专题，然后学者与作家面对面地进行探讨。角度新颖，颇有力度和针对性。如：加拿大Alberta大学教授兼华文作家梁丽芳女士做了题为《作为文化桥梁的华人文学团体：以加拿大华裔作家协会为例》的发言，同济大学喻大翔教授和韩国外大的年轻年学者奇英分别做了题为《梁丽芳作品一窥》和《〈开花结果在海外〉之中国印象》的报告给予回应；加拿大华裔作家协会副会长陈浩泉做了题为

《从无根浮萍到落地生根——我的身份认同与离散写作》的发言，韩国外大讲师金英明做了题为《理想与现实的纠葛——解读陈浩泉的〈寻找伊甸园〉》的报告给予回应；马来西亚作家兼画家朵拉女士做了题为《马华文学和我的艺术追求》的发言，韩国外大讲师徐榛和青年学者郑有珍做了题为《朵拉微型小说自选集中爱情主题小说初探——男女关系；为中心》的报告给予回应。香港作家陶然做了题为“从手写到电脑写作——文学创作四十年”的报告。

此外，还有香港东亚细亚文化研究中心金惠媛所长特地前来参加，做了题为《通过电影在香港社会变化的理解》的报告，西南大学教授兼重庆文联名誉主席吕进先生没能及时参加，送来了题为《世界华文诗歌的中国参照系》的报告文章。

研讨会还特意安排专家教授做了综合讨论。参加综合讨论的学者有 Hanshin 大学金顺珍教授，韩国西南大学申义莲教授，南京大学张光芒教授，韩国白石大学柳泳夏教授，釜山大学青年学者宋珠蘭老师。复旦大学王东明教授和韩国外大讲师金艺善担任了研讨会的主持工作。

本次论坛的意义是在韩国首次举办世界华文文学研讨会，并邀请了世界华文文学领域的一些重要作家进行座谈和探讨，这为以后的韩国世界华文文学研究打下了良好的基础。至于韩国华文文学的创作队伍的成立与发展，算是今后的韩华文学的重要课题了。希望韩国华文文学创作队伍在世界华文作家的鼓励之下，以此为契机，团结散漫的力量，茁壮成长，“韩国世界华文文学研讨会”也继续坚持下去，写下新的历史，创造辉煌。

# 第十三届海外华文女作家协会双年会在厦门大学开幕

佚 名

10 月 25 日，第 13 届海外华文女作家协会双年会在厦大开幕，知名作家余光中、席慕蓉、陈若曦等来参会、演讲，吸引了上千书迷前来。

## 慕名前来者太多 演讲地迁移

本届海外华文女作家协会双年会原本年会场所是在厦门大学克立楼的一间小礼堂，只能容下 200 多人的会场，但因演讲者余光中、席慕蓉等是深受大家喜欢的作家，许多人纷纷慕名而来，演讲还未开始，观众已超千人。

主办方经过协调，将演讲场地移到了能容纳4000人的建南大礼堂。开幕式一开始，礼堂已是座无虚席。

## 席慕蓉：曾觉得自己是没有故乡的人

席慕蓉率先上台做了《我的原乡书写》的主题演讲。席慕蓉祖籍内蒙古察哈尔盟明安旗，在演讲中，她说过去曾一度觉得自己是没有故乡、远离乡馆的人，但1989年，席慕蓉第一次踏上父亲的草原，“当我看到连绵起伏的草原时，我一直在大叫。我觉得，这个草原我见过。我的身体、皮肤的直觉告诉我，我就走在自己的梦里”。席慕蓉对于故乡的记忆，充满了诗意。

席慕蓉说，自己一直非常喜欢素描画一棵树，孤单的一棵树，影子长长的，在她的诗集里，几棵这样的树就代表第几本。“而在那片草原上，我就看到了这棵树，傍晚时分，它的树影就是长长的。”

席慕蓉说，自己也一直在探求“为什么我会爱我的原乡，我踏上我的乡土我会觉得我来过呢”。席慕蓉说有人和她说这是头脑里最中间、最古老的、最坚定、最无可理喻的小小的元脑来决定的，“我也了解到原来这是我天生的、古老的感情，没人可以左右你”。

## 余光中：写文章有标准，看用几个“的”

昨天上午，余光中做了《从九州到世界》的主题演讲。在演讲中，余光中透露了许多写作中的技巧，他认为，不能全篇用方言来写作，但也不一定要全部用白话来写作，有些是可加入方言的。

现在，已经86岁的余光中写诗、散文、评论等文章，大部分是用通用的白话文，但是会有一个标准，那就是用几个“的”。如果文章30行，用了15个“的”，那还可以，如果超过20个，就太多了。“白话文中，形容词后都有一个‘的’字，太多了就非常单调。”

而关于中西风格，余光中说，他翻译一些古代英文诗，会保留一点古风；有欧化的，也会保留点欧化，就如徐志摩的诗《偶然》里的“你我相逢在黑夜的海上，你有你的，我有我的方向”，保留一点欧化的风格，并未按白话“公说公有理，婆说婆有理”的逻辑来翻译。

余光中称，自己写文章有一个准则，“白以为常，文以应变，理以见争，西以求新”。

（载《海峡都市报》电子版，2014年10月25日）

# 多伦多国际作家节劲吹中国风

焦焕文

滑铁卢大学孔子学院主办的“中加文学论坛”国际研讨会，于2014年10月25日在滑铁卢大学瑞纳森学院举行。这是该孔子学院成立8年来第七次举办类似的中加文学对话，本次对话主题为“文学与我们的环境”，会议被视为中加两国作家的一次高峰论坛。

参加论坛的中方代表8人于26日下午抵达多伦多湖滨中心，参加由第35届多伦多国际作家节举办的“中国专场”讨论会。曾经旅居北京的加拿大作家、《红色摇滚乐》的作者Jonathan Campbell主持了讨论会。中国小说家扎西达娃、金宇澄、评论家施战军，以及加拿大中英双语作家李彦，就文学创作、翻译等多个话题与近百名中西读者作了交流，并接受了现场读者的提问，气氛热烈融洽。

在“60分钟环球一周”(Around the World in 60 minutes)活动中，来自8个国家的10位不同种族的作家，每人用英文朗读自己的作品5分钟。李彦是唯一的华裔代表，朗读了她的英文小说《雪百合》片断，幽默的语言不断引起听众会意的笑声。

当天晚上，加拿大中国笔会与圣力嘉孔子学院共同举办了华裔文学交流会。中国代表团的小说家扎西达娃和金宇澄、评论家施战军和李云雷、《文艺报》副主编崔艾真、上海《文学报》总编陈歆耕、《世界华文文学论坛》主编刘红林、中国世界华文文学学会副会长陆卓宁教授，与加拿大华人作家孙博、陈河、李彦、曾晓文、原志、西风、雪犁等人作了广泛的交流。

陈歆耕、刘红林、陆卓宁三人先后作了主题发言。文学交流会下半场，双方就海外华人文学发展现状及面临的困境等多个话题，展开了热烈的对话，彼此度过了一个美好的文学之夜。

# 中加文学论坛在加拿大滑铁卢大学孔子学院举行

晏忠华

**新华网多伦多10月25日电**　以“文学与我们的环境”为主题的中加文学论坛25日在加拿大滑铁卢大学孔子学院举行，来自中国和加拿大的知名作家、文学批评家、以及出版社和学术刊物的代表出席。论坛就文学创作与自然环境、人文环境、商业环境等话题进行了讨论。

加拿大女作家多丽丝·海芙蓉的作品一直关注人与自然的关系。她介绍了自己的最新小说《城市狼群》，并表示，这部作品是希望展示人与动物以及环境之间的相互关系，揭示人类的狼性和狼群的人性。

中国藏族作家扎西达娃表示，很多中国作家都非常关注环境，比如2014年第六届鲁迅文学奖的获奖报告文学《毛乌素绿色传奇》就大胆直面荒漠化治理课题，并触及到当代中国经济发展与生态保护的关系问题。

出席论坛的加拿大诗人哈瑞·瑟思东和艾伦·库波是30多年的好友。他们于2009年12月尝试模仿1000多年前中国唐代诗人王维和裴迪的《辋川集》样式，分别在温哥华岛和新布伦瑞克省的芬地湾小渔村以诗歌唱和形式通信，结晶出诗集《鹿苑》。

作为本年度加拿大作协主席的瑟思东说，他和库波的诗篇深深扎根于大自然，像许多西方诗人一样，他们以中国经典诗篇为楷模，旨在以最佳方式表达人与大自然之间的关系。

本次论坛由滑铁卢大学孔子学院院长、华裔女作家李彦和滑铁卢大学学者达罗·布莱恩特主持。参加论坛的中国作家还将于26日出席在多伦多举办的国际作家节“中国专场”讨论，并将参加一系列文学交流活动。

# 第十届世界华文微型小说研讨会在吉隆坡召开

丁　年

10月25—27日，第十届世界华文微型小说研讨会在马来西亚吉隆坡的晶冠酒店召开，会议由世界华文微型小说研讨会主办，马来西亚华文作家协会承办。中国、马来西亚、新加坡、泰国、印尼、文莱、日本、瑞士、新西兰、澳大利亚，以及中国的香港、澳门等12个国家与地区的近百位作家、评论家参加了这次研讨会。

25日，在《星洲日报》大礼堂举办了微型小说讲座，这次活动由马来西亚华文作家协会与《星洲日报》联合举办，有100多位华文文学爱好者报名参加。世界华文微型小说研究会秘书长凌鼎年、中国写作学会副会长刘海涛教授、香港获益出版公司总编辑东瑞分别做了有关微型小说创作的主题演讲，并回答了与会者的提问。

下午，还举行了《马来西亚微型小说15家》的推介会。当晚，马来西亚华文作家协会设欢迎晚宴，并举行了马来西亚第6届海鸥年度文学奖颁奖典礼。

26日第十届世界华文微型小说研讨会在假晶冠酒店举行开幕式，马来西亚华文作家协会顾问、拿督、国会上议员何国忠博士与世界华文微型小说研究会会长郏宗培分别致开幕词，马来西亚华文作家协会会长、拿督曾沛女士致欢迎词。

开幕式上，由世界华文微型小说研究会副会长、泰国的司马攻先生宣读了荣获“世界华文微型小说双年奖”的新加坡、马来西亚、泰国、印度尼西亚、德国、日本、澳大利亚等国的18位获奖作家、作品名单，郑宗培、司马攻、凌鼎年三位终评委上台向到会的获奖作家分别颁发了获奖证书与奖金。

出席这次研讨会的有马来西亚华人文化学会永久荣誉总会长戴小华、马来西亚华文作协顾问云里风、马来西亚华文作协副会长李忆莙、柯金德、苏清强、年红，秘书长潘碧华，世界华文微型小说研究会创会会长黄孟文、新加坡作家协会会长希尼尔；泰国华文作协永久名誉会长司马攻、泰国作协会长梦莉，印度尼西亚作协会长袁霓、印度尼西亚华文文学社主席林万里，文莱华文作协会长孙德安，新西兰大洋洲华文作协主席冼锦燕、瑞士的欧洲华文作协原会长朱文辉、澳洲中文作协中华分会会长李明晏、日本国学院大学的渡边晴夫教授，与中国的吴林博士等。

拍摄全体大合照后，进入研讨会阶段。中国的郑宗培、刘海涛教授、龙钢华教授、萧成教授、郭剑卿教授、古远清教授、郭虹教授、王川、凌鼎年，香港的东瑞，日本的荒井茂夫教授，马来西亚的许通元、李树枝、马峰等宣读论文。

提交论文的还有日本的渡边晴夫教授、马来西亚的曾沛、陈政欣、刘育龙，新加坡的修祥明，澳门的贺鹏，中国的孟建煌教授、亚华等。

26日晚上，召开了世界华文微型小说研究会理事会，进行了换届，郑宗培会长与凌鼎年秘书长等连任，原菲律宾华文作家协会会长吴新钿系研究会副会长，去年因病去世，故增补菲律宾华文作家协会秘书长王勇为副会长，并增补了新加坡的君盈绿为查账，马来西亚的周锦聪、刘育龙，文莱的杨镇身为受邀理事。会上，确定第11届世界华文微型小说研讨会2016年在泰国召开。

27日，在马来西亚华文作家协会的安排下，与会者游览了吉隆坡郊区著名的景点黑风洞与市区的双峰塔、独立广场、玫瑰清真寺、总督府等。

# 第三届“21世纪世界华文文学高峰会议”在南京大学召开

侯印国　刘　成

2014年11月2日，以“承传与新创：新世界世界华文文学发展的可能性”为主题的第三届21世纪世界华文文学高峰会议开幕式在南京大学仙林校区举行，这也是21世纪世界华文文学高峰会议首次在大陆举办。本届会议由中国作家协会指导，中华全国台湾同胞联谊会、台湾新地文学发展协会、南京大学联合主办，南京大学文学院、南京大学中国新文学研究中心、南京大学中国文学与东亚文明协同创新中心承办。

中国作家协会主席铁凝、中华全国台湾同胞联谊会会长汪毅夫、台湾新地文学发展协会理事长郭枫、瑞典学院院士贺拉斯·恩格道尔、中国作家协会副主席李敬泽、中华全国台湾同胞联谊会副会长杨毅周、江苏省作家协会主席范小青，南京大学党委书记张异宾等领导嘉宾，以及来自世界各地的近百位作家、学者、翻译家出席了开幕式，开幕式由南京大学文学院院长徐兴无主持。张异宾书记代表南京大学致欢迎辞，向参加会议的各位嘉宾表示热烈的欢迎。他说，跨入21世纪以来，华文文学研究在华文地区和世界范围内受到越来越广泛的关注。世界华文文学高峰会议是当今世界华文文学、国际中文文学传播、研究领域的具有极大影响的文学创作平台和学术研究平台，对两岸文学交流和华文文学在世界的推广产生了积极推动作用，也为当今世界文学的建构与发展提供了独特的经验。张异宾说，百年南大一直肩负文化传承和创新的历史使命，形成了独特的治学品格和精神风范，为弘扬中华优秀文化传统、促进中外文化交流做出了很大的贡献。本届会议的举行，将推进南京大学和与会专家学者加强交流，深化合作，为促进两岸文化交流、中华文化与世界文化融合，推动中华民族的伟大复兴和人类文明的进步做出新的更大贡献。

中国作家协会主席铁凝在讲话中说，世界华文文学高峰会议先后在台湾和南京大学举办，象征着海峡两岸和全世界的炎黄子孙对我们共同的文化和文学的认同。这次会议将会对推动两岸文化交流、促进华文文学发展、深化华文文学研究产生深远影响。她指出，华人走向世界各地已有数百年的历史，东南亚、北美、西欧、大洋洲和南美等地，先后萌生和崛起华文文学写作。她向世界各地的华文作家表达敬意，向各国汉学家、翻译家表示感谢，在他们的努力下，汉语写作也越来越多、越来越快地被翻译成各种语言，参与建构21世纪的世界文学。她分享了对本次会议主题“承传与新创”的理解。创新就是真正的传承，而传承也正是为了创新。她展望说，世界华文文学必将在这壮阔的历史进程中迎来更大的繁荣。

中华全国台湾同胞联谊会副会长杨毅周对世界华文文学高峰会议在历史文化名城南京举行致以祝贺。台湾新地文学发展协会理事长郭枫致辞感谢促成第三届世界华文文学高峰会议在南京大学成功举办的各方贤达。他呼吁作者学者，要以中华文化为根本，从中华文化出发，创造世界性的华文文学。

瑞典学院院士贺拉斯恩格道尔发言，转达了瑞典学院和诺贝尔文学奖委员会的问候。他说这是他第一次来到中国，希望与中国作家有更深入的接触。他表示，诺贝尔文学奖委员会需要尽可能地了解世界文学在全世界的发展，减少作为评委在评价世界文学作品中可能出现的“傲慢”。

据了解，在接下来的会期中，与会代表还会分为“大陆的自省与异域的审视”、“华文文学理论研讨”、“翻译、批评、传播与文学的转向”等四个分组，就相关议题展开深入研讨。

据介绍，21世纪世界华文文学高峰会议由郭枫及其所领导的新地文学发展协会在两岸文学活动的丰硕成果基础上发起，旨在推进华文文学在世界范围内的交流和发展。第一和第二届分别于2010年和2012年在台湾举行，会议集结出版了《世界华文作家精选集丛书》，被誉为“文学百年飨宴”。

（新闻中心，2014年11月4日）

# 首届中国新移民文学研讨会在南昌开幕

王　姣

首届“中国新移民文学研讨会”11 月 14 日在江西南昌开幕，包括严歌苓、张翎、虹影、刘荒田、陈瑞琳在内的近百名知名海外华人作家出席会议。

据主办方介绍，中国新移民文学，特指中国改革开放 30 年来，从中国新移居或侨居到海外的文学爱好者、作家的文学创作和文学活动。本次活动是在中美作家、学者倡导下和中国国务院侨办、中国作家协会、中国世界华文文学学会等单位的支持下举办。

“世界华文文学如今已遍及四大洋五大洲，可以说有华人移民的地方就有华文文学。”中国世界华文文学学会名誉会长张炯在出席会议时表示，“在短短的二三十年中，新移民文学涌现了大批作家，如严歌苓的作品《归来》、《金陵十三钗》，张翎的小说《余震》等都被改编成电影，为读者和观众所熟知”。

旅美华文作家陈瑞琳被誉为当代北美新移民文学研究的开拓者，她作为作家代表发言时说：“30 年前，我们这一代游子带着梦想飞洋过海，开始在海外书写我们这一代人的故事。今天，我们带着作品回来，与其说是一次作品展示，不如说是对我们的鼓励。”“我们的梦想就是和海内外作家一起携手，共创我们汉语文学辉煌的未来。”陈瑞琳在说此番话时，现场响起热烈掌声。

中新社记者了解到，为鼓励和肯定海外华人作家做出的贡献，会议颁发了“杰出成就奖”、“突出贡献奖”、“优秀创作奖”、“荣誉奖”四组奖项。严歌苓、张翎、虹影、刘荒田、陈河等 10 人获“杰出成就奖”。

# “海洋视野中的妈祖文化与华文文学”研讨会在福建莆田市举行

孟建煌　许元振

11 月 26 日，“海洋视野中的妈祖文化与华文文学”学术研讨会在妈祖的故乡、福建省莆田市举行。来自新加坡、泰国、文莱、马来西亚、中国台湾以及内地各高等院校和研究机构的专家、学者参加研讨，并提交论文95篇。

由福建省社会科学界联合会、福建省妈祖文化研究会和莆田学院等联合主办的研讨会，把广义上的两种文化——妈祖文化与华文文学耦合在一起，产生了奇妙的效应。两者都蕴藏着中华民族优秀的传统文化精髓及充满正能量的核心价值观，这是华夏民族的精神支柱，以及身份认同的来源；同时，妈祖文化是华文文学取之不尽的创作源泉，华文文学也可以成为传播妈祖文化的一种载体。两者互相渗透，共同发展。与会者围绕海洋视野中的华文文学、台湾民族文化的发展与传承、文化历史责任、妈祖文化与民间信仰、妈祖海巡的意义等议题，踊跃发言，提出许多意见和建议。而中华文化传承与两岸文化交流、海洋视野中的华文文学、海洋视野中的妈祖文化、妈祖与施琅等分场次研讨也让人耳目一新。此外，论坛中，妈祖文化与“海上丝绸之路”关系的研究颇为抢眼，比如“妈祖对海上丝绸之路的影响”、“妈祖文化和海上丝绸之路”、“海上丝绸之路与妈祖信仰”等话题受到海内外专家学者的热切关注。

本次研讨会的召开，顺应了当今时代和平与发展的要求，并与国家经济战略密切相关，从文化层面夯实了党中央描绘的“丝绸之路经济带和21世纪海上丝绸之路”这一宏伟蓝图的人文基础。正如福建省台港澳暨海外华文文学研究会会长杨际岚在致辞中说的，海洋文化是中国现代性产生的契机，是文明转型的趋势。海洋视野，归根结底是现代视野和世界视野。“海洋视野中的妈祖文化与华文文学”研讨会，从一个侧面契合了“一带一路”建设的宏伟规划，“互联互通”事业的战略方针。

# 首届世界华文文学大会综述

黄汉平

2014年11月19至20日，由中国国务院侨务办公室主办，暨南大学、中国世界华文文学学会承办的首届世界华文文学大会在广州举行。大会以“语言寻根、文学铸魂”为宗旨，以“华文文学的文化传承与时代担当”为主题。来自30余个国家和地区的37个文学团体、400余名海内外文学代表、嘉宾和媒体人士参加了这次盛会。

全国政协副主席韩启德、国务院侨务办公室主任裘援平、广东省人大常委会主任黄龙云、广州市长陈建华、暨南大学校长胡军、中国世界华文文学学会会长王列耀、马来西亚常青集团执行主席张晓卿等出席开幕式。大会开幕式由国务院侨办副主任何亚非主持。“这是一次国际性、开放性的全球华文文学盛会。”韩启德在开幕式上讲话，华文文学为世界所关注，伴随着华侨华人移居海外的步履，华文文学也在异乡的土地上生根发芽，是中华文化与世界各民族文化相遇、交汇、交融而开出的文学奇葩。“华文文学作用独特，华文作家大有可为。”韩启德寄语华文文学界人士努力传承和弘扬中华优秀文化，致力推动华文文学繁荣发展，助力实现中华民族伟大复兴的中国梦。国务院侨办主任裘援平在致辞中说，中华优秀文化在海外的广泛传播，离不开广大海外侨胞特别是华侨华人文学家、艺术家的努力与奉献。她希望全球华文文学界人士，特别是华侨华人文学家、艺术家发挥融通中外、学贯中西的优势，植根中华优秀文化土壤，借鉴不同文明文化精粹；遵循文艺规律，观照现实生活，“讲述中国好故事，传播中国好声音”。作为大会承办方，暨南大学校长胡军希望为加强华文文学界的交流、繁荣发展华文文学做出更大贡献。中国世界华文文学学会会长王列耀表示，大会坚持文化传承、治学以恒、和而不同、创新思维，共同担起“以文化人”的时代责任。

开幕式之后的高端论坛是本届大会一大亮点。论坛由中国作协名誉副主席张炯主持，参与嘉宾包括六位重量级作家：吉狄马加、严歌苓、陈若曦、刘斯奋、尤今、汪国真，他们从不同角度分享了自己对华文文学创作的见解与期盼。彝族诗人吉狄马加首先发表了题为《汉语写作在当今世界文学格局中的地位与作用》的演讲，他引用布罗茨基的一句话，“无论你走得多远，你的民族文字就是你的祖国”，阐释了汉语写作在世界多元文化格局中的重要性。他还建议设立世界性奖项，把能够代表当代华文文学最高水平的作品向全世界推介。茅盾文学奖获得者刘斯奋也赞成吉狄马加的建议，他认为华文作家应有自己的文学追求，反俗还雅，去粗取精，回归诗教传统，坚守中华文化的审美理想，让华文文学在世界范围内赢得应有的尊重。作家严歌苓认为华文文学创作不能有焦灼感，讲好自己的故事尤为重要。她认为文学翻译和传播方式对作品的影响也很大。诗人汪国真认为中国古典诗词拥有穿越时间的魅力，他提出华文作家可以借鉴中国古典诗词中通俗易懂、引发共鸣以及经得起品味的创作规律，并借助音乐的形式，更好地推动华文作品的广泛传播。近几年社会各界对华文文学的日益重视，令台湾作家陈若曦颇感欣慰，她鼓励华文作家写出更多体现人类社会真善美的作品。新加坡作家尤今通过讲述异国人物故事而引出文学向善向上的意义，希望能带给大家立足本土、放眼海外、心系家乡的理念。

大会开设十个分论坛，包括“世界华文文学的理论建构”、“华文文学与丝绸之路”、“华文写作：带着乡愁的远行”、“华文女性文学的世界图景”、“华文创作论坛：经验、创新与融合”、“新移民文学的格局与走向”、“华文诗歌经典化问题对话”、“华文传媒与华文文学”、“台湾文学：文化传承与当代实践”、“作为文化窗口的港澳文学”等专题，进行了广泛而热烈的讨论。

## 华文文学经典化及理论之思

华文文学经典化及理论建构问题，是研讨会中议论最多的话题。暨南大学教授饶芃子对世界华文文学理论建构和学科发展进行了宏观考察，从时间意义、展示的生活深度和艺术角度三方面论述了经典文本具备的基本特征，阐述了世界华文文学理论建构的五大维度，勾勒出华文文学和学科发展的基本框架。吉林大学教授张福贵认为应该提升世界华文文学的学科地位问题。福建社科院研究员刘登翰提出华人性和华文美学应该成为华文文学研究的核心。香港学者黄维樑教授认为中国古典文论在华文文学的建构中有非常大的作用，这个作用还没有得到充分的发挥。

华语语系文学问题成为议论的焦点。深圳大学教授李凤亮认为，学科命名的每个变化背后都是学科方法、研究旨归的巨大变化，政治立场、文化立场的差异才是命名的实质。中国社科院研究员赵稀方举例说明了华文文学和华语语系文学的关系。加州大学教授张英进以“和而不同”的眼光重新反思现代语境中被经典化的作品。南京大学教授刘俊和美国学者张凤都认为，世界华文文学应该和华语语系文学展开对话，而且这个对话非常重要。马来西亚学者许文荣、德国学者黄凤祝分别论述了海外华文文学的本体性和属性界定问题。台湾学者李瑞腾强调，应以超越性视野面对全球各区域华文文学传统。

华文诗歌创作的讨论也是异常热烈。美国诗人王性初和四川大学教授张放分别提出诗歌与生态的关系，中南财经政法大学教授古远清分析了诗歌阅读的三种情况。云南大学教授杨振昆认为诗歌创作要注意多样化、平衡性，经典最根本要经过时间的考验。向明、吴岸、张诗剑等九位诗人还现场朗诵了自己的作品。

主题为“华文女性文学的世界图景”论坛参与者几乎全是女作家和女学者，涉及论题包括华文作品中的女性形象、母性情怀、性别视野、女性命运、性别空间和华文诗学等方面。巴西作家林美君、新西兰作家林宝玉、澳大利亚作家崖青就华文作家与当地社会融合情况作了介绍。马来西亚作家戴小华、加拿大作家李彦对华文文学与女性形象作了分析与解构，荷兰作家林湄、美国作家刘加蓉呼吁女性创作也要多关注人类生存际遇等大问题。暨南大学教授蒲若茜聚焦于北美新移民女作家的“跨界写作”与“双语诗学”，强调华裔女作家应建构自己的独特文化。香港作家周蜜蜜认为，黄碧云的小说真实地反映了香港被殖民的历史。江苏师范大学教授王艳芳、台湾作家方梓分别论述了香港女性小说的身份书写特征及产生原因。

## 华文传媒与丝路“华语”

海外华文媒体在推动华文文学创新与嬗变等方面发挥了重要的影响，传统媒体在推动华文文学发展的同时也面临了不少挑战和困境。印度尼西亚作家袁霓、加拿大作家陈浩泉、美国报人游江、澳大利亚作家张新颖等，结合自己的传媒实践经验，以详尽的数据以及具有历史意识的纵向视角，展示了各区域的华文媒体报刊在华文文学发展中所起的作用。美国作家陈屹认为采访写作是建立与心灵对话的最佳方式。美国华文文艺界协会会长吕红也提出了传统文学报刊目前的生存困境问题。

如果说传统媒体在推动华文文学发展中的作用逐渐弱化，那么新媒体尤其是网络的崛起，则让华文文学面临新的发展机遇。美国文心社社长施雨论证了网络令海外华文文学飞得更快更远。约克大学教授马佳发现，华文文学在当代跨区域传播中出现了“二度阅读空间”现象，传媒是“第五要素”的观点已经打破了将其仅作为文学载体的传统观念。文学奖作为助推华文文学发展的运作机制，有必要对其进行个案探讨。中山大学教授谢有顺认为，文学奖可以在当代发挥很大的正向能量，华语文学传媒大奖就创造出了一种新的评奖文化。

近年来中国政府提出“一路一带”（“丝绸之路经济带”和“21世纪海上丝绸之路”的

简称）的顶层战略发展规划，这说明“丝绸之路”是东西方之间进行政治、经济、文化交流的重要通道。学者们围绕此论题展开了多层次的讨论。德国作家高关中和土耳其作家高丽娟分别从不同角度谈论了陆上丝绸之路的构想。福建社科院副研究员萧成认为海上丝绸之路使东盟的华文文学呈现多维发展和融汇合成的新趋势。另外，丝绸之路的区域特色非常明显，主要集中在东亚和东北亚。新加坡作家骆明在题为《“海外存知己，天涯若比邻”——海内外华文文学的双向交流》的发言中强调交流的双向性。台湾学者蔡辉振和方明都集中谈论了越南华文文学发展情况。韩国学者朴宰雨教授通过中国现当代文学中的六部作品论述韩中跨国爱情叙事。华东政法大学副教授吴敏曾留学韩国，她谈论的话题是1992年中韩建交以后中国旅韩人士的韩国书写变迁。来自日本的林祁、廖赤阳和华纯等三位作家和学者，从不同方面论述日本华文文学的过去与现状。发言的学者们颇具前瞻性和比较视野，讨论的问题也具有相当的深度和广度。

## 新移民文学和港澳台文学

新移民文学涉及的问题颇为广泛，讨论中的思想交锋也相当激烈。华中师范大学教授江少川、加拿大作家林楠认为对新移民文学必须有一个更清晰的界定。澳门大学教授朱寿桐回应说，可通过时代对其概念进行大胆界定，并肯定了作家具有双重经验的重要性。香港作家盼耕发现，在新移民文学中出现了一种“新的家国情怀”。海南师范大学教授毕光明论证了中国经验、中国性、中国文学的想象，认为这些始终是新移民文学的参照系。德州学院副教授丰云强调了回归主题在新移民文学发展中的核心地位。广州大学周文萍副教授论述了新西兰华文文学的“长者现象”。深圳大学钱超英教授在讲评中认为，随着网络等媒体的发展，年轻创作群体在未来研究中应引起足够重视。跨国、跨界现象也绝不仅是一个单纯的学理问题，更是发生在社会上的现实变化，因此需要更加开放的思维。

新时代要有新视角，将香港和澳门放进全球语境中考察，为华文文学搭建了更广阔的平台。华南师范大学教授凌逾认为，香港文学的特色在于跨媒介叙事，香港作家李嘉慧认为，金庸的《神雕侠侣》反映出20世纪60年代“垮掉的一代”的文化精神。暨南大学龙扬志博士从四个维度反思了澳门批评场域及其建构问题。香港作家李远荣饱含深情地讲述了曾敏之先生对世界华文文学的贡献。论坛上的许多学者认同，港澳文学的研究不应成为过去式，而依然是值得挖掘的一口深井。

“流动”可以成为概括台湾文学历史脉络的关键词。中国社科院研究员黎湘萍的《战争与和平：燕京大学中的台湾籍人文学者》论述了台湾学者向北京的流动，台湾师范大学教授许俊雅则讲述了上海《申报》向台湾、新加坡的流动，说明了流动的双向性。福建师范大学朱立立教授和中国社科院副研究员张重岗都论及近二十年来台湾文学思潮或重写文学史的问题，朱立立还概括了重写台湾文学史的路径。福建师范大学教授袁勇麟在讲评中认为，上述论文是近几年来关于台湾文学脉络的最重要论述。台湾作家黄锦树阐述了台湾现代主义的流变，台湾作家蓝博洲、郑州大学副教授李勇等分别从不同方面论述了海峡两岸作家的精神差异和应承担的责任。

还有一些学者主张回到历史现场，对族群和地域视野中的台湾文学进行了探讨。江苏师范大学教授王志彬研究台湾少数民族文学的审美特征，代表了目前系统研究少数民族文学的较高水平。中国社科院研究员李娜亲自到少数民族的部落中居住，通过田野调查而写作了扎实的论文《古调中的布农：耕猎、信仰与部落民主的再造》。台湾作家巴代认为，台湾少数民族并不是要寻求保护，而是需要尊重。厦门大学教授朱双一从两岸客家文学的视角论证了客家文化特征是确实存在，而非人为建构的。郑州大学教授樊洛平论述了台湾客家女性书写中的族群文化特征。

## 带着乡愁的文化远行

不断远行的写作者，倘若能从表象进行抽丝剥茧的内在剖析，就会惊喜地发现异域异质文化给创作带来的巨大冲击，创作的触角也会更为敏锐。新加坡作家尤今就是如此，她把文学与旅游结合，带来许多跨文化的有趣发现。陈若曦认为，写作来自生活，只有深刻的内心体验才能打动人。美国作家叶周、加拿大作家曾晓文都认同，海外华文作家有两种文化融合的独特视角，因此写作应该由落叶归根转变为落叶生根。

在大历史时代的个人岁月中，很多作家都有去国离乡的经历，产生了记忆割裂、情感失落以及存在疑惑的问题，因此就有了寻找和乡愁。作为文化存在的个体，当他们讲述各自故事和思想的时候，每个人乡愁的内涵是不同的。作家王十月认为，文学不能只是唱赞歌，而需要对自己的责任进行反思。香港作家黄东涛、台湾作家向明、法国作家黄冠杰等都发表了各自的见解，乡愁是个广义的概念，它超出了民族、地域和国家的范畴。马来西亚作家朵拉感叹，博大精深的中华文化在她家的四代人中传承下来，门外是属于马来西亚的，门内却是家乡的味道。

乡愁、祖国、精神原乡，这些不同词汇描述的内涵，使讨论超出了乡愁的表意层面。一些新移民作家还谈到了远行时身上所肩负的使命。新西兰作家范士林和美国作家江岚认为，海外华人可以通过当地题材的写作来体现跨文化群体的境遇特点。作家熊育群谈及张翎的小说《金山》，认为文学还乡、情感还乡包括本次大会都是还乡的不同形式。谢有顺教授强调文学是对精神原乡的想象，我们要认同比母语更高的文化中国，否则大家都没有故乡。没有精神扎根的写作是可疑的，差异性是文化意义之所在，也是文化自信的力量。

大会的学术总结由中国世界华文文学学会监事长刘登翰主持，刘小新教授等十位代表分别对各论坛进行了学术汇报。中国社科院研究员杨匡汉作学术总结发言，认为本次大会有三项共识值得记忆。首先是要坚持创新思维，获取思想的光亮和学术的生长点，第二是要坚守华文文学大家庭精神和命运共同体的意识，第三是坚信华文文学的含金量是创作和研究的重中之重。随后举行了“文化中国 · 四海文馨”首届全球华文散文大赛颁奖仪式以及大赛散文集《相遇文化原乡》首发式暨第二届全球华文散文征文大赛启动仪式。首届全球华文散文大赛最终评选出 15 篇优秀奖，3 篇三等奖，2 篇二等奖，一等奖空缺。会长王列耀表示，本届大赛评奖过程遵循非常严格的匿名评审，充分体现公开、公平、公正原则。

本届大会还倡议成立了“世界华文文学联盟”，希望打造出世界华文文学领域中代表最广泛、参与华文文学团体最多的全球性华文文学组织，促进华文文学的发展与繁荣。联盟本着“服务、互动、平等、共赢”的原则，以文会友，互学互鉴，平等交流，跨界融会，成为华文文学繁荣昌盛的纽带和桥梁。大会闭幕式上还宣读了《广州倡议》，呼吁世界华文文学界人士“以文化人，以侨为桥，以和促赢，以美含章，以德立文”。国务院侨办副主任何亚非致闭幕辞，希望海内外华文文学界人士凝神静气搞创作，脚踏实地搞研究，发挥更好更多的影响力。

# 首届世界华文文学大会广州倡议

世 华

海内存知己，天涯若比邻。我们——出席首届世界华文文学大会(2014 年 11 月)的近四百位作家、学者，由衷感谢与赞赏中国国务院侨办主导、暨南大学和中国世界华文文学学会承办所展示的睿智领导力与出色组织力，使来自五湖四海的文朋诗友，得以相聚文化原乡，共话风雨桑麻，共享文学的春华秋实。本次华人文化和文学的盛会，以“文化传承和时代担当”为总主题，平等交流，对话互动，留下了美好的文化记忆。

我们确信，中华文化是炎黄子孙世代相传的精神基因，历史地形成了有别于其他民族的独特标识，构成了华文文学创作“抽刀断水水更流”的原动力。我们也深信，世界性的华文文学，是中华文化的“留根工程”和创造性转化的领域，文学家理应敬畏先辈的恩泽，以手中的笔墨和心中的汉字，为飞速发展的时代带去文心和人性的温暖。有鉴于此，在历史文化名城广州，为了全球华文文学的尊严和担当，为了推动文学对人类文明的新贡献，我们发出如下倡议——

(一)以文化人：赓续精神命脉。作为人学和美学的文学，从来肩负着“以文化人”、“文以载道”的使命。华文文学折射世道人心，风雨如磐，笔底波澜，以形象的语言记载人类的沧海桑田，也在延续民族文化血脉中与日俱新，回响春风化雨、以文化人的时代召唤。我们踏上振兴之路，就要促使优秀文化基因与当代文化相呼应、与当今社会相协调，把跨越时空、跨越国度、跨越地区的优秀文化精神弘扬起来，并通过文学的思想性和艺术性，赋予其更大的魅力和正向的能量。

(二)以侨为桥：让世界了解中国。当今是和平发展的新时期，作为海内外华文文学家的我们，要获取文化/文学重新起飞的有力支点，就要既讲好中国故事、传好中国声音，又要融入当地社会、增进文化互鉴。侨居或移民于他乡的华文作家，作为“民间使者”的身份，家园来去，目既往返，在国际社会通用的语境下与世界对话，尤其有责任发挥自身熟练使用双语写作的优势，以侨为桥，歌行磊落，增强中华文化的吸引力和感召力，推进中外文明的切实互动，使文学世界更加珍珠满目。

(三)以和促赢：随交流交融而博览，借互学互惠而丰富。中华文化精神的本质，是它的海纳百川的吮吸与开放。今天，我们所倡导的新文明观，即以更自由开放的姿态，察跨界融合之大势，取和而不同之法门，积极维护文化/文学的多样性。不同国家、不同地区、不同族群的文学，都尺有所短，寸有所长，应和谐共处而非相互排斥，平等对话而非相互对立，多元交流而非自我封闭，兼容并包而非唯我独尊。为共谋繁荣发展，我们倡议成立"世界华文文学联盟"并已列入实施程序，其目标是形成和合方阵，共襄文学大业。

(四)以美含章：追求真善美，登临新境界。对于每一位华文作家而言，作品乃立身之本，追求真善美是文学的永恒价值和最高境界。大凡优秀的作品，正是在真善美的追寻中显现其智慧之光、希望之光，展示其生活的厚度、情感的深度和灵魂的高度。也因此，在华文文学的当代书写中，我们重申拒绝浮躁而潜心于创新，拒绝平庸而精心于磨剑，拒绝媚俗而倾心于审美。通过敏力以求而成就的华文精品，不仅属于中华民族，也属于全人类。

(五)以德立文：当好人类的灵魂工程师。"万物遵道而贵德"，华族文学艺术因之而有"文以明德"、"孝恩恬品，霞灿松坚"的德性化人格要求。振兴世界华文文学，有赖于作家当好时代风气的先觉者和先倡者，也有赖于我们以壁立千仞为骨胳，以通会贤哲为笃行，胸有江海，腹有诗书，肩有担当，笔有春秋，为历史存正气，为世人弘美德，文质兼具地回应这个时代，回答这个世纪。

我们为同一个梦想而相逢、相识、相知。但愿海上生明月，天涯共此时。但愿在今后每一个精神文化团圆的节日里，我们都点亮心中的灯火，为守护汉字的江山而祝福，为华文文学跻于世界文学之林而祝福！

2014 年 11 月 20 日于广州

# "林燿德著作文本研讨会"述评

江少英

2014 年 11 月 28 日—11 月 30 日"林燿德著作文本研讨会"在福州举行。这次会议由福建师大文学院、台湾东吴大学人文社会学院共同主办，福建社会科学院文学所、海峡两岸文化发展协同创新中心协办。这是首届林燿德著作文本研讨会，来自祖国大陆、台湾、香港的 40 余位老中青学者出席了会议。规模虽小，却议题集中，有特色，效果好，小而精。福建师大汪文顶副校长和东吴大学人文社会学院谢政谕院长在开幕式上发表了热情洋溢的讲话，希望两岸学者以这次林燿德著作文本研讨会为契机，进一步构建两岸、闽台、两所大学之间交流与合作的平台。会议由福建师大文学院郑家建院长主持。

出席会议的台湾学者有郑明娳、王幼华、杨宗翰、周昭翡、张耀升等名家，香港有黄自鸿博士，大陆学者有中国世界华文文学学会副会长、苏州大学曹惠民教授、南京大学刘俊教授、河南社科院李孟舜博士。其余则以福建省为主，有厦门大学台湾研究院朱双一教授、福建社科院文学所所长刘小新研究员、《台港文学选刊》杨际岚编审、福建师大文学院朱立立教授及福建省社科院与福建多所高校的学者、厦大和福建师大的博士生等。会议提交的29篇论文中，对林燿德的著作文本进行了集中深入的探讨。组委会安排了三场大会发言，整个会议日程尽管短暂，却紧凑有致、富有成效，学者们作了精彩热烈的专题研讨。

第一场大会发言首先由台湾东吴大学人文社会学院郑明娳教授作了“《一座城市的身世》的身世”的报告，追索少年林燿德蜕变为成年林燿德(迄1986年)文本的身世。从少年林燿德的文学之路、大学时代的林燿德、1985年的林燿德、蜕变中的反差、感性书写与生活内涵、继续蜕变的身世等六个方面对1986年成名之前的林燿德进行了分析，指出踽踽独行的少年林燿德在走进文坛蜕变为成年林燿德的过程中，不论现实生活内容及创作内涵风格都有许多落差。并指出作为外省第三代的林燿德的写作是超越意识形态的，是大中华写作。郑明娳教授是这次学术研讨会的发起人，她对此次林燿德专题会议的召开表达了诚挚的谢意。

厦门大学台湾研究院徐学教授在题为“两岸文学交流先驱林燿德”的报告中，以图文并茂的方式，对林燿德积极参与祖国大陆台湾文学研讨会、力邀大陆学者参与在台文学研讨会，推动和参与两岸文学学术会议方面，推动祖国大陆台湾文学研究方面，首倡“大中华文化圈”方面都作了阐述。林燿德英年早逝，两岸同悲，其还有未竟之业，尚须大家继续努力。南京大学文学院刘俊教授以林燿德印象为出发点，报告了“在历史和都市中旅行的魔术师”，认为林燿德是个对“历史”(时间)充满自觉的作家、是个对“都市”(空间)满怀兴趣的作家、是个对“旅行”(探险)充满激情的作家、是个“文学魔术师”。台湾联合大学的王幼华教授向大会报告了“林燿德《迷宫零件》创作法论析”，认为“迷宫”与“地图”两个象征，可准确的作为解说林燿德文学的两个核心。林燿德表现的是新时代的散文气象，这种“新”事实上具有很强的挑战与重构的意味。

厦门大学台湾研究院朱双一教授从林燿德创作论出发，作了“站立于‘后现代’对于‘现代’的乡愁”的报告，揭示出林燿德对于“前现代”多所否定，对于“后现代”也未必认同，基本上他拥有的是一颗“现代”的心灵，林燿德作品表现的是站立于“后现代”对于“现代”的乡愁，这是很特别的，值得多加关注和考究。台湾《文讯》杂志杨宗翰总监的报告“林燿德晚期创作中的幻兽想象”，分析了那些被文字召唤生成的“兽”，不论虚幻抑或实存，其共通性就在映照出创作者对于“时间“的敏感，认为林燿德晚期创作中对“兽”的想象值得作更深广的重读、探索及考掘。台湾学者周昭翡报告了“编辑人/小说家林燿德——从《恶地形》到《非常的日常》”，就《恶地形》后改以书名《非常的日常》互补又悖反的问题展开了讨论。福建师大文学院林强“对读记——林燿德与大陆新生代散文家的都市意识和空间想象”的报告，把林燿德与大陆于坚、庞培等新生代散文家进行了对比。香港公开大学人文社会科学院黄自鸿博士从文学伦理研究的路径出发，报告了“暴力与正义：论林燿德的都市文学观”，对于写实主义的批评、文学正当性的反思、“集体潜意识”的提倡、都市文学和后现代主义的分析，论述林燿德主张的直视暴力的思想。

第一场大会发言由台湾东吴大学人文社会学院谢政谕院长主持，苏州大学曹惠民教授作了讲评。曹惠民教授对于此次林燿德专题研讨会给予了高度评价，认为此次会议议题集中，便于进行深入的研讨，便于展开讨论、争辩、驳诘。他认为林燿德实在是20世纪下半叶出现于台湾文坛的一个独特“存在”，他也称得上是这一时期最具诠释空间的十个台湾作家之一。

第二场大会发言中，闽江学院中文系蔡江珍教授从台湾散文史的角度阐述了“台湾散文史书写及林燿德散文论述的文学史意义”的问题。台湾学者张耀升提出了“林燿德《大东区》的现代性反思”这一问题，从叙事学隐含作者的层次，回顾隐含作者与当时台湾文化、社会的连结。河南社科院李孟舜博士报告的内容是“历史的共谋者——从《一九四七·高砂百合》看林燿德的‘建构史观’”，指出林燿德的《一九四七·高砂百合》是在文学与历史中出入自如，以小说重构历史。台湾政治大学黄信洋从空间角度诠释了“放逐到荒原——试论林燿德《恶地形》一文中的流离与行旅”。福建师大文学院林美貌报告了“论林燿德都市散文创作的‘迷宫’特征”。台湾廖素贞论述的是“城市之谜——《一座城市的身世》探索”。福建社科院萧成研究员探讨了“都市狩猎者与狙击手——林燿德诗集《城市终端机》解析”。福建社科院林秀琴阐述的是“废墟上的城市漫游者：林燿德小说评论”。《台港文学选刊》余禺探讨的是“意识的彩带——林燿德诗的解构特征与建构倾向”的问题。

第二场大会发言由《台港文学选刊》杨际岚编审主持，南京大学刘俊教授作了讲评。

第三场大会发言中，福建社科院陈舒劼论述的是“岛屿都市的认同困惑：林燿德小说的焦虑叙述”。福建师大文学院李诠林副教授把林燿德与苏曼殊、《一九四七·高砂百合》（林燿德）与《系在皮绳扣上的魂》（扎西达娃）进行了联结，报告了“火与光同在，火与光仍在——谈林燿德文学”一文。福建师大（福清校区）江少英副教授从解构与建构的角度报告的是“文本之后的梦想——林燿德诗歌分析”。福建社科院王伟探论的是“都市症候与世事人生——林燿德散文印象”。福建社科院刘桂茹探求的是“现代之思与后现代之喻——林燿德都市诗浅论”。福建社科院张帆阐述了“林燿德小说中的都市景观”，剖析出林燿德小说中时空内涵、权力架构与生产方式。福建师大文学院尚光一的论文是“海意与文心：林燿德海洋书写的文化寻踪——以《希腊》为例”。漳州城市职业学院曾丽琴的“徘徊在现代与后现代之间——林燿德笔下的都市性格”一文，对都市空间、都市空间中的器物、都市人进行了探索。福建社科院陈美霞探讨的是“林燿德新诗论”。福建信息职业技术学院蔡榕滨报告了“于虚空处寻找希望——试析林燿德的《高砂百合》”。

第三场大会发言由福建师大文学院朱立立教授主持，台湾《文讯》杂志杨宗翰总监作了讲评。

会议期间，学者对具有“神童”、“天才”、“全才”、“多面手”、“旗手”、“彗星”

之誉的林燿德(1962—1996)表达了深切缅怀。林燿德享年仅34岁，从文15年，却出书35种，笔涉诗歌、散文、小说、戏剧、评论，编辑出版《文学大系》，组织文学社团，推展文学活动，还是最早践行两岸文学交流的先行者。林燿德的文学成就，获得了与会学者的高度评价。

在会议交流和讨论中，学者认为在林燿德研究上要进一步发挥地缘、学缘、情缘优势，特色鲜明地把林燿德学术研究推向更高层次。闭幕式上，郑家建院长宣布：2016年林燿德辞世20周年之际再开一次学术研讨会，并策划在大陆出版林燿德作品。

# “跨文化论坛2014：海外汉学与比较文学研究新方向”在北语举行

比 文

12月4日至7日，“跨文化论坛2014：海外汉学与比较文学研究新方向”在北京语言大学召开。本次国际学术研讨会由北京语言大学比较文学研究所和北京外国语大学中国文化走出去协同创新中心(北京外国语大学中国海外汉学中心)共同举办。北京语言大学副校长曹志耘教授、北京外国语大学中国文化走出去协同创新中心副主任张西平教授、中国比较文学学会前会长杨慧林教授出席了开幕式并致辞。北语科研处处长李庆本教授主持会议。

来自中国、英国、意大利、西班牙、日本、南非、新加坡等国的60余位专家学者和研究生代表参加了本次研讨会，围绕“海外汉学与比较文学研究”这一主题，就“新世纪以来国外的中国文化研究的发展趋势与特点”、“新世纪以来中国学术界对海外汉学的研究”、“海外汉学对比较文学研究的新拓展”、“比较文学的新视角：海外汉学研究的方法、理论”和“回归文学性：比较文学研究新方向”五个议题展开讨论。

会议共收到相关论文和摘要50余篇，北京大学乐黛云教授、北京大学严绍璗教授、北京外国语大学张西平教授、天津师范大学王晓平教授、中国人民大学刘小枫教授、中国人民大学耿幼壮教授、北京大学陈跃红教授、北京语言大学李庆本教授、阎纯德教授、钱婉约教授、陈戎女教授、北京第二外国语学院胡继华教授、浙江外国语学院樊宝英教授、北京外国语大学顾钧教授、北京外国语大学麦克雷(Michele Ferrero)教授、北京师范大学沈庆利教授、广西师范大学犹家仲教授、马德里大学Asun Lopez Varela教授、英国波尔顿大学Ann Talbot教授、美国乔治梅森大学张宽(Karl Zhang)副教授、南非斯威士兰大学Karen Ferreira Meyers教授等专家学者，分别为大会做了14场主题发言，2个分会场的分组发言，以及3场圆桌会议发言。与会学者围绕译介学、形象学、汉学范式、比较文学的走向、中国文化的海外传播等多个主题展开了热烈的研讨。大会闭幕式由北京语言大学陈戎女教授总结发言，并向与会学者介绍了近三年来北语比较文学研究所和学科建设取得的成绩，合办单位北京外国语大学张西平教授发表了激情洋溢的闭幕致辞，大会圆满落幕。

当前全球化语境下，如何促进中外文化的对话和交流，推动中华文化走出去，显得日益迫切而重要。中华文化要走出去离不开跨文化研究和传播，此次在北京语言大学召开的跨文化论坛，为学者聚焦讨论海外汉学与比较文学的跨文化研究提供了契机，学术意义重大，同时对于我们树立高度的文化自觉和文化自信具有积极的推动作用。

# 林湄新作《天外》研讨会在北京举行

华　文

12 月 9 日，荷兰籍华裔作家林湄的新作《天外》作品研讨会在京举行。

林湄 1990 年移居荷兰，从事专业创作，已出过长篇小说《泪洒苦行路》、《漂泊》、《浮生外记》、《天望》等 15 部作品。作为《天望》的姊妹篇，小说《天外》的创作同样耗费了林湄 10 年的时间。林湄称，小说的每一章、每一个人物都寄托了她对社会、人性、生存、高科技发展的沉思。书里的人物均是现实生活中群体的代表，小说集中展现了平凡人的生活、际遇和命运，表达了人生的劳苦与愁烦及无奈焦虑的存在。

杨匡汉认为，《天外》把传统和现代联系起来，小说中不同文化观点、不同文化气质融汇，作者以伞状结构铺展小说，最终集于一条思想的主线。肖复兴认为这种结构打破了传统小说的写法，将多种元素开放式融合在一起，着墨于对精神上的需求、对精神深度的拷问和灵魂上的自我责难。

杨恒达谈到了《天外》中人物的浮士德精神。他认为在当代社会发展中，人的平庸化是一个总的倾向，怎样在当代社会背景下看待浮士德精神？浮士德身上所体现的人文精神，是否可以在当代社会中继续发挥作用？小说主人公郝忻受到了各种诱惑，也面对着各种矛盾，这些问题几乎是每个现代社会的人都会面对的，是否还需要精神上的追求？林湄通过郝忻这个人物给出了答案。

张志忠认为《天外》充满了理想气息，与 20 世纪 80 年代中国大陆的新时期文学一脉相承。周显波则认为作品背靠两个文学传统。其一是西方文学传统，小说里有大量对西方文学的互文式书写，特别是对于《浮士德》的引用；其二则是与以《红楼梦》为代表的中国文学传统相契合。王红旗认为，林湄从《天望》到《天外》的创作是有突破的，《天外》从人类文化的深层矛盾，从东西方家庭的性别伦理与情感秩序等方面，考察了个体人性的多层面相与内在本质，看到了人类现世代的困境。

# 第二届海峡两岸文学笔会在台湾举行

华 文

应台湾“中国妇女写作协会”的邀请，由厦门市作家协会组织、以厦门市作协主席林丹娅为团长的大陆作家交流团于2014年12月16日至22日赴台湾，参加第二届海峡两岸文学笔会暨两岸女性文学发展与交流研讨会。此届笔会由厦门市作家协会和台湾妇女写作协会主办，旨在进一步加强两岸文学发展和交流，特别是就两岸女性文学发展进行深度论述与对话。来自海峡两岸近50位作家、学者参加会议。

会上，林丹娅代表大陆作家向台北教育大学赠送舒婷文集。研讨会以论文发表人发言、特约讨论与开放讨论等形式展开，两岸作家林丹娅、杨际岚、吴尔芬、夏炜、夏敏、王茹、林黛嫚、王永盛、朱逸蕾先后发言，陈俊荣、黄咏梅、张春荣、李晓玲做特约评论，邱季子、陈若曦、王茹、李蔚超等作了开放时段的发言。之后，两岸作家还举行了题为“女性文学在两岸”的圆桌论坛，由台湾文讯杂志社社长封德屏主持。

与会学者表示，持续举办海峡两岸文学笔会，为两岸作家、学者提供了交流沟通的机会，有利于推动两岸文学的发展研究。台湾作家洪淑苓以自己研究的民俗学为例指出，民俗学强调在地的田野调查，由于各种原因，台湾作家对大陆了解有限，同样大陆作家对台湾也不太了解。有了笔会沟通渠道，可以增进两地了解，并通过研究各自近况，拓宽视野，对推动两岸民俗学的研究具有重要意义。同时，两岸文学笔会规模的壮大，为两岸学者提供了更为多样化、高效率的交流活动。台湾作家洪淑苓和李昂表示，希望能有一对一深度的交流机会，两岸作家一起深入生活，一起采风，从生活、创作等方面了解该作家的创作环境，学习其精华。同时，作家们还希望加强作品文本讨论。台湾作家蔡素芬认为，阅读作品是两岸文学交流最根本的活动，建议两岸作家多做作品讨论会，对两岸作家及其作品作深度解读，真正达到获取信息、促进创作的作用。

# 后 记

# “百年身世华文业，莫负相逢人海间”

古远清

在财经大学从事世界华文文学研究，难免被人瞧不起，如某文化名人在其发行量极大的自传《借我一生》中，这样蔑视笔者：

> 古先生长期在一所非文科学校里“研究台港文学”，因此我很清楚他的研究水平。

一位文友建议我回应他：

> 某文化名人长期在一所非创作单位上海戏剧学院从事散文创作，因此我很清楚他的写作水平。

不过实事求是地说，由于地域和环境的制约，完全没有背景的人在非名牌大学尤其是不在闽粤这样的沿海城市去追踪华文文学发展现状，或作台港澳文学的课题，困难肯定不小，至少资料难于收集，且缺乏同行切磋，因而我只好经常外出开会“取暖”，以至被“中国世界华文文学学会”监事长刘登翰戏称为“无古不成会”，现代文学史料家钦鸿则在《人民政协报》上著文《逢会必到古远清》。好在我不是华威先生，每次开会我都会提交论文或作大会演讲或小会发言。顺便说一句，此次未能保留“备忘”这一栏目，倒不是因为它不太符合年鉴的体例，而是出版社审稿时觉得《关于两岸文学交流的通信》过于敏感而忍痛割爱。我这次原想保留它，为的是体现这一原则：“年鉴”和文学本身一样，是充分个人化的事业。它不靠钻营，不靠趋时，不听从长官意志，不让商业利益和学术权力插手，也不去应付各种检查报表和繁琐得令人头痛的经费报销。它完全取决于编纂者的独到评判和私家选择，以保持学术尊严和彰显个人风格。有一位教授对此颇为认同，认为这本年鉴最好看的文章就是“备忘”。原香港作家协会主席黄维樑则在《古镜记：读古远清编纂〈世界华文文学研究年鉴·2013〉》一文中，称这类文章为“古镜”中的镶边纹饰。另有一位教授给我发的电邮中云：“这本年鉴史料和理论兼备，体现了你的性情与风格。”

《世界华文文学研究年鉴·2013》由汕头大学《华文文学》编辑部出版后，受到世界各地作家的追捧。“用香港的话来说，‘好抵买！’；用台语呢，大概可说‘好康！’”（黄维樑语）在南昌召开的“首届新移民文学国际研讨会”和广州举行的“首届世界华文文学大会”上，可以毫不夸张地说：“好康”的“年鉴”称得上炙手可热，争先恐后前来索书者不少，有一位在海外任教的教授“贪婪”地要了三本，“中国世界华文文学学会”一位名誉会长也说只给一本不够。最有趣的是长期生活在绿意葱茏的南方某教授，汕头大学给他寄年鉴时将通讯地址湄公河小区 A5—2—102 写成 A3—2—102，他给我的电邮中诉苦道：

> 古老师，我让学生天天睁大眼睛盯着，都未能与您编的“年鉴”在湄公河畔握手。我想是不是前段时间我到莱茵河云游时被孔乙己窃走了？我很心疼这本有可能擦肩而过的书却不翼而飞。这次接读您的回信才知道地址写错，这可害苦我这位书痴了。我先是去 A3 的那个绿荫成林下的信箱偷窥，突然跑来保安，大喝一声抓小偷，后来一位邻居帮我解围，才得以脱险。于是，我继续干我的“偷窥”事业，惊喜地发现里面确有一册大书静静地躺在里面，然后去敲那个住户的门，只见门口高悬“非诚勿扰”四个大字。后来物业说，户主在“北漂”不常住，因而特批我可以橇人家的信箱。我要郑重申明，本人乃君子，从未做过孔乙己，现在却要橇别人的信箱去干“窃”书的勾当，这都是您这个死鬼害的呀！

我这时正闻着茶香，莞尔一笑：“你又是偷窥，又是橇信箱，斯文何在？不过，‘橇’乃全篇之警策。你这位教授就不妨放下身段，效法余光中去做一回‘雅贼’，不亦乐乎！”他后来兴奋地告诉我：在小区保安的陪同下，他拿出事先准备好的“作案工具”，费了九牛二虎之力终于橇开了！旗开得胜后，他在伊妹儿中得意地“唱”道：“借用《牡丹亭》里的一句‘名言’：牡丹花下死，做鬼也风流；橇到古大师大作，做贼也优雅。”他这里说的“大师”，我知道是大学老师之简称，也就不去更正。

在《世界华文文学研究年鉴 · 2013》的“后记”中，我曾说过：“年鉴编撰本身是一种理性的冒险，同时也是审美乃至灵魂的冒险。”这次编辑第二本“年鉴”，是名副其实的冒险行为，因为出版资金在我写这篇后记时还没有着落。《华文文学》编辑部向学校申请经费要下学期开学之后才有结果。如批不准，就得找别的“婆家”，乃至自费出版。编第一本“年鉴”时，我就有自费在台湾出版的打算，好在汕头大学同行为我解决了这个难题。这一次能否过关，还是未知数（本书编好后，《华文文学》说他们的经费未批准，我校便决定接棒），但为第一本“年鉴”写序的汕头大学陈贤茂教授，极力怂恿我先编起来再说，因为据他说是“皇帝的女儿不愁嫁”，况且学术界的确很需要这种填补空白的工具书。于是，我加足马力，在春节前就编好初稿。这时刚得知暨南大学潘亚暾教授和澳门作家李鹏翥仙逝，在报刊上找不到任何悼念文章，因而我又补写了两篇悼文。

“年鉴”的编撰关系着文学的发展大计，其中反映出来的学术水准也是一个时代的良心体现。然而近年来学术违规、学术腐败及其产生的学术泡沫现象，引起大家严重的关切。我编工具书，自信与学术泡沫不沾边，但毕竟单枪匹马，留下遗憾甚多，主要是疏漏之处不少，如大陆研究台湾文学专家小传中钦鸿的生平，就漏掉了这一史实：陈辽和张超分别主编的两本辞典，他其实是主要编撰者。另外，钦鸿还为南通籍的台湾作家师范和沙漠两人分别编辑、出版过作品集《不变的步伐——师范小说选》、《故乡组曲——沙漠散文诗歌小说选》。国家社科基金立项者也遗漏了宋晓英，大陆高校开华文文学课统计则遗漏了济南大学等校，《华文文学工具书一瞥》遗漏了《当代马华作家百人传》。更多的反映是"年鉴"中我的文章太多了。有人问，难道不可叫你的学生写吗？对此，我也曾考虑过，但实在找不到合适的人选。我曾找了某位作者帮忙，可看了他的文章后，遗漏之处甚多，我几乎帮其重写一遍。所以，我这位"独行侠"(陈映真语)下定决心资料性的文章自己单干，这样更省事，也不影响出版的速度。需要说明的是，上次的"年鉴"并不是哪个机构承担的项目，也没有成立编纂委员会，编纂者只有我一人，故本人署名的文章便显得多，也显示了更多的个人色彩、个人风格。好在主办者汕头大学《华文文学》编辑部没有用行政化的学术管理制度制约我，放手让我驰骋，一般不干预我的编写工作，合作得非常愉快。

这是一个躲避崇高、失却信仰的时代。在拜金主义影响下，传统信仰被解构，造成学术界一些人不坚守学术信仰而参与制造"学术泡沫"行列。对以学术为业的我来说，始终坚持学术进步的信仰，追求学术的创新，但"年鉴"毕竟有约定俗成的体例，很难出新。如果说 2014 年年鉴和去年有什么不同的话，就是这本"年鉴"把"争鸣"放在首位。这是有鉴于世界华文文学学科争鸣空气不浓，可探讨的理论空间很有限，这类文章也较难找，因而选用了个别并非当年发表，但系当年出版的论文集中的文章。所选者皆依原文排印，但头篇王鼎钧的文章在《羊城晚报》发表时，所用的题目是《起来，不愿被包围的作家!》，后来鼎公来信说："'起来'作题目，易生歧义，用于年鉴，也稍欠庄重。仍用原来的题目吧。"这原来的题目即《海外华文文学的突围》。

这位大名鼎鼎的王鼎钧，曾在台湾出版过《文学江湖》。借用他的话来说，世界华文文学文坛已成一座深不可测的江湖。是华文文学的创作与研究，构成了这个"江湖"的存在。比起中国大陆文学、台湾文学及港澳文学，还有东南亚华文文学，世界华文文学这个"江湖"之大可以说是无以伦比的。这个"江湖"的发展趋势和作家的走向如何，他们的作品如何经典化？本书收入的有关文章，初步回答了这个问题。

我很感谢作者们的支持，同意转刊他们的大作，尤其是感谢"综述"的那些固定作者群，没有他们，这本"年鉴"也就难成为名副其实的"年鉴"。惭愧而遗憾的是，这本"年鉴"未能发现更多的新人，写《〈联合文学〉小史》的赵文豪算是例外。他目前就读台湾师范大学博士班一年级，系台北教育大学林于弘教授推荐的。就赵文豪这篇文章达到的水准看，前途无量，也许有一天真会成为"文豪"呢。

"百年身世华文业，莫负相逢人海间"(据叶嘉莹诗句改写)。年复一年，季复一季，每本"年鉴"均是我徜徉在世界华文文学"人海间"理性冒险的履印与灵魂冒险的足音。我在密密的书林中享受着生命的安静，在一本又一本的"年鉴"中寻回了青春。晚年编工具书，又找到了自己人生的新坐标。这时正好接到远在美国的一位老友的电邮："佩服您阅览广博，感谢您青眼相加。敬祝大著早成，为文学史架构支柱。"做"支柱"不敢当，而做一座世界华文文学的观察所，做一个传递信息的烽火台，做一面反映世界华文文学研究动态的镜子，也许还算称职。不过，这次和上次一样，肯定有许多不妥和遗漏之处，欢迎识者共同来维护、美化或修补这面"古镜"，以让其更明亮，更光彩夺目。

(载香港《城市文艺》2015 年 10 月)